E. L. James

CINQUANTA SFUMATURE DI GRIGIO

Traduzione di Teresa Albanese

MONDADORI

Questo libro è un'opera di fantasia. Personaggi e luoghi citati sono inven-
zioni dell'autrice e hanno lo scopo di conferire veridicità alla narrazione.
Qualsiasi analogia con fatti, luoghi e persone, vive o scomparse, è assolutamente casuale.

ISBN 978-88-04-62323-6

CINQUANTA SFUMATURE DI GRIGIO

Per Niall,
il signore del mio universo

Ringraziamenti

Ho un debito con le seguenti persone, per l'aiuto e il sostegno che mi hanno dato:

mio marito Niall: grazie perché tolleri la mia ossessione, perché sei un angelo del focolare e per aver fatto il primo editing;

il mio capo, Lisa: grazie per avermi sopportato nell'ultimo anno, mentre io indulgevo in questa follia.

CCL: non lo dirò mai, ma grazie;

le mie amiche nella buona e nella cattiva sorte: grazie per il vostro affetto e il vostro sostegno costante;

SR: grazie per tutti gli utili consigli che mi hai dato fin dall'inizio e per avermi fatto strada;

Sue Malone: grazie per avermi rimesso in sesto;

Amanda e a tutti quelli della TWCS: grazie per aver puntato su di me.

1

Mi guardo allo specchio, arrabbiata e delusa. Al diavolo i miei capelli, che non vogliono saperne di stare a posto, e al diavolo Katherine Kavanagh, che si è ammalata e mi sotto pone a questa prova. Dovrei studiare per gli ultimi esami, che saranno la settimana prossima, e invece eccomi qui a cercare di domare questa chioma ribelle. "Non devo più an dare a letto con i capelli bagnati. Non devo più andare a letto con i capelli bagnati." Recitando più volte questo mantra tento, di nuovo, di addomesticarli con la spazzola. Contemplo esasperata la diafana ragazza castana con gli occhi azzurri, troppo grandi per il suo viso, che mi fissa dallo specchio, e depongo le armi. La mia unica possibilità è legarli in una coda e sperare di avere un aspetto almeno presentabile.

Kate è la mia coinquilina, e fra tutti i giorni possibili ha scelto proprio questo per farsi venire l'influenza. Così, non può fare l'intervista, programmata per il giornale studentesco, a un pezzo grosso dell'industria che io non ho mai sentito nominare, e mi sono dovuta offrire di andarci al posto suo. Ho gli esami da preparare, una tesina da finire, e nel pomeriggio dovrei presentarmi al lavoro, ma no… oggi mi tocca guidare per più di duecento chilometri fino a Seattle per incontrare il misterioso amministratore delegato della Grey Enterprises Holdings Inc. Il tempo di questo eccezionale imprenditore, nonché importante sponsor della nostra università, è straordinariamente prezioso – molto più del mio – ma ciò non gli ha impedito di concedere a Kate un'intervista. Un vero scoop, mi dice lei. Al diavolo la mia amica e le sue attività extracurricolari.

Kate è raggomitolata sul divano del soggiorno.

«Ana, mi dispiace. Mi ci sono voluti nove mesi per ottenere questa intervista. Ce ne vorrebbero altri sei per spostare l'appuntamento, e a quel punto saremo entrambe laureate. Come direttore del giornale, non posso giocarmi questa chance. Ti prego» mi implora con la voce rauca per il mal di gola. Ma come fa? Anche da malata è uno schianto, con i capelli ramati in perfetto ordine e gli occhi verdi splendenti, anche se adesso sono cerchiati di rosso e lacrimano. Ignoro un inopportuno moto di compassione.

«Certo che ci andrò, Kate. Ora è meglio che tu torni a letto. Vuoi un po' di NyQuil o di Tylenol?»

«NyQuil, grazie. Qui ci sono le domande e il registratore. Basta che premi questo pulsante. Prendi appunti, poi trascriverò tutto io.»

«Non so niente di quel tizio» mormoro, cercando invano di reprimere il panico.

«Basta che segui l'ordine delle domande. Adesso vai. Il viaggio è lungo. Non vorrei che arrivassi in ritardo.»

«Va bene, vado. Tu torna a letto. Ti ho preparato una zuppa da scaldare.» Le lancio uno sguardo pieno d'affetto. "Lo faccio solo perché sei tu, Kate."

«D'accordo. In bocca al lupo. E grazie, Ana... Come al solito, mi salvi la vita.»

Mentre prendo lo zainetto, le rivolgo un sorriso tirato, esco e mi dirigo verso l'auto. Non posso credere di essermi lasciata convincere a fare questa pazzia. D'altra parte Kate convincerebbe chiunque a fare qualsiasi cosa. Diventerà una grande giornalista. È decisa, persuasiva, polemica, bella... ed è anche la mia più cara amica.

Le strade sono sgombre quando parto da Vancouver, nello Stato di Washington, alla volta dell'I-5. È ancora presto, e devo essere a Seattle non prima delle due del pomeriggio. Per fortuna, Kate mi ha prestato la sua macchina sportiva, una Mercedes CLK. Non sono certa che Wanda, il mio vecchio Maggiolino, mi avrebbe portato a destinazione in tempo. Con la Mercedes si fila che è una meraviglia e schiacciando a fondo l'acceleratore si bruciano i chilometri.

La mia meta è il quartier generale della multinazionale di Mr Grey. Un enorme palazzo con uffici di venti piani, tutto vetro e acciaio, la fantasia funzionale di un architetto; sulle porte a vetri dell'ingresso, in caratteri molto sobri, la scritta GREY. Arrivo alle due meno un quarto, alquanto sollevata di non essere in ritardo, e mi inoltro nell'immenso, e decisamente imponente, atrio.

Da dietro la massiccia reception una bionda splendida e tutta in tiro mi sorride amabilmente. Indossa il più elegante tailleur color antracite, con camicia bianca, che abbia mai visto. Ha un aspetto impeccabile.

«Sono qui per vedere Mr Grey. Anastasia Steele per conto di Katherine Kavanagh.»

«Mi scusi un attimo, Miss Steele.» Inarca un sopracciglio, mentre aspetto impacciata davanti a lei. Comincio a rimpiangere di non essermi fatta prestare una delle giacche eleganti di Kate, invece di accontentarmi della mia giacca sportiva blu marina. Facendo uno sforzo, ho indossato la mia unica gonna, i miei dignitosi stivali marroni al ginocchio e un maglioncino azzurro. Questo, per me, è il massimo dell'eleganza. Mi infilo una ciocca ribelle dietro l'orecchio, fingendo di non essere intimidita da quella donna.

«Miss Kavanagh era attesa. Per favore, firmi qui, Miss Steele. Deve prendere l'ultimo ascensore sulla destra. Ventesimo piano.» Mi sorride gentilmente, senza dubbio divertita, mentre io firmo.

Mi porge un pass con la scritta OSPITE. Non riesco a evitare un sorrisetto. Mi pare ovvio che sono solo un'ospite. Non c'entro niente con questo posto. "È sempre la stessa storia" mi dico con un sospiro. Dopo averla ringraziata, mi dirigo verso gli ascensori, passando accanto ai due addetti alla sicurezza, entrambi molto più eleganti di me nei loro abiti neri di sartoria.

L'ascensore mi porta al ventesimo piano a velocità supersonica. Le porte si aprono e mi ritrovo in un altro vasto atrio, sempre di vetro, acciaio e arenaria. Incappo in un'altra reception e in un'altra giovane bionda, impeccabilmente vestita in bianco e nero, che si alza per accogliermi.

«Miss Steele, le dispiace aspettare qui, per cortesia?» Indica un salottino con poltrone bianche di cuoio.

Dietro si apre una enorme sala riunioni dalle pareti di vetro, con un altrettanto enorme tavolo di legno scuro e almeno venti sedie abbinate tutt'intorno. Al di là, c'è una vetrata a tutt'altezza con una vista sullo skyline di Seattle che arriva fino al Puget Sound. È un panorama mozzafiato, che per un attimo mi annichilisce. "Wow."

Mi siedo, prendo l'elenco delle domande dallo zainetto e le leggo in fretta, maledicendo Kate per non avermi fornito qualche breve dato biografico. Non so niente dell'uomo che sto per intervistare. Potrebbe avere novant'anni come trenta. L'incertezza è irritante e il nervosismo riaffiora, facendomi agitare sulla poltrona. Non ho mai amato le interviste a tu per tu, preferendo l'anonimato di una discussione di gruppo, dove posso sedermi in fondo alla stanza e farmi notare il meno possibile. Anzi, per essere onesta, la cosa che preferisco in assoluto è rimanere per conto mio a leggere un romanzo inglese, raggomitolata in una poltrona nella biblioteca del campus.

Alzo mentalmente gli occhi al cielo. "Calmati, Steele." A giudicare dall'edificio, troppo asettico e moderno, Grey potrebbe essere sulla quarantina: snello, abbronzato, capelli biondi in tinta con quelli del resto del personale.

Un'altra elegante e impeccabile bionda esce da una porta sulla destra. Cos'è questa fissazione per le bionde perfette? Mi sembra di essere in una soap opera. Con un respiro profondo, mi alzo in piedi.

«Miss Steele?» chiede l'ultima bionda della serie.

«Sì» gracchio. Mi schiarisco la voce. «Sì.» Ecco, così suonava più autorevole.

«Mr Grey la riceverà fra un attimo. Posso prendere la sua giacca?»

«Oh, sì, grazie.» Me la sfilo, un po' impacciata.

«Le hanno offerto qualcosa da bere?»

«Mmh… no.» Oh, cavolo, la Bionda Numero Uno adesso è nei guai?

La Bionda Numero Due aggrotta la fronte e guarda di traverso la ragazza alla reception.

«Gradisce un tè, un caffè, un bicchiere d'acqua?» chiede, riportando l'attenzione su di me.

«Un bicchiere d'acqua, grazie» mormoro.

«Olivia, per cortesia, porta un bicchiere d'acqua a Miss Steele.» Ha un tono severo. Olivia balza dalla sedia e si dirige immediatamente verso una porta dall'altra parte dell'atrio.

«Le faccio le mie scuse, Miss Steele, Olivia è la nostra nuova stagista. Mr Grey la riceverà tra cinque minuti.»

Olivia torna con un bicchiere di acqua ghiacciata.

«Ecco a lei, Miss Steele.»

«Grazie.»

La Bionda Numero Due si dirige verso la reception, con i tacchi che risuonano sul pavimento. Si siede. Lei e la collega riprendono il loro lavoro.

Forse Mr Grey vuole che tutte le sue dipendenti siano bionde. Mi sto oziosamente chiedendo se ciò sia legale, quando la porta dell'ufficio si apre ed emerge un attraente afroamericano con corti dreadlocks, alto e ben vestito. Decisamente, ho scelto il look sbagliato.

Si gira e chiede dalla soglia: «Questa settimana si gioca a golf, Grey?».

Non sento la risposta. L'uomo si volta, mi vede e sorride, stringendo gli occhi scuri. Olivia è balzata a chiamare l'ascensore. Sembra eccellere nel salto dalla sedia. È più nervosa di me!

«Buon pomeriggio, signore» saluta lui, uscendo.

«Mr Grey è pronto a riceverla, Miss Steele. Si accomodi» dice la Bionda Numero Due. Mi alzo, cercando di dominare l'agitazione. Prendo lo zainetto, abbandono il bicchiere d'acqua e mi dirigo verso la porta socchiusa.

«Non occorre che bussi, può entrare.» Mi sorride con gentilezza.

Apro la porta e inciampo. Cado lunga distesa in mezzo all'ufficio.

"Merda… Imbranata che non sono altro!" Mi ritrovo carponi mentre due mani premurose mi aiutano a rialzarmi. Sono così imbarazzata, maledetta la mia goffaggine! Devo farmi forza per alzare lo sguardo. Porca miseria… è giovanissimo.

«Miss Kavanagh.» Quando sono di nuovo in piedi, lui mi porge una mano dalle dita affusolate. «Sono Christian Grey. Va tutto bene? Vuole sedersi?»

Giovanissimo… e bello, bello da morire. È alto, indossa un elegante completo grigio, una camicia bianca, una cravatta nera, ha una ribelle chioma biondo rame scuro e intensi, luminosi occhi grigi che mi scrutano con attenzione. Ci metto qualche istante a trovare la voce.

«Mmh. In realtà…» mormoro. Se questo tipo ha più di trent'anni, io sono la regina Elisabetta. Stordita, avvicino la mia mano alla sua e gliela stringo. Quando le nostre dita si toccano, sento una strana, inebriante scossa. Ritiro subito la mano, imbarazzata. Dev'essere l'elettricità statica. Sbatto in fretta le palpebre, a ritmo con il battito del mio cuore.

«Miss Kavanagh è indisposta, quindi ha mandato me. Spero che non le dispiaccia, Mr Grey.»

«E lei è...?» Il tono è affabile, forse divertito, ma è difficile dirlo dalla sua espressione impassibile. Sembra blandamente interessato, ma soprattutto educato.

«Anastasia Steele. Studio letteratura inglese con Kate, cioè... Katherine... cioè... Miss Kavanagh, alla Washington State University di Vancouver.»

«Capisco» dice lui semplicemente. Mi pare di scorgere sul suo volto l'ombra di un sorriso, ma non ci giurerei.

«Vuole accomodarsi?» Indica un divano a L di pelle bianca.

Il suo ufficio è troppo grande per un uomo solo. Davanti alla vetrata c'è un'enorme scrivania moderna di legno scuro intorno alla quale potrebbero trovare comodamente posto sei persone. È dello stesso colore del tavolino accanto al divano. Tutto il resto è bianco: soffitto, pavimento e pareti, a parte il muro intorno alla porta su cui è appeso un mosaico di piccoli quadri disposti a forma di quadrato. Sono davvero deliziosi: una serie di oggetti di uso quotidiano dimenticati, dipinti con tale precisione da sembrare fotografie. Esposti tutti insieme fanno un certo effetto.

«Un artista locale. Trouton» dice Grey, intercettando il mio sguardo.

«Sono belli. Elevano l'ordinario a straordinario» mormoro, distratta sia da lui sia dai quadri. Lui piega la testa di lato e mi guarda con interesse.

«Non potrei essere più d'accordo, Miss Steele» dice con voce vellutata, e per qualche inspiegabile motivo mi fa arrossire.

A parte i quadri, il resto dell'ufficio è freddo e asettico. Mi chiedo se rifletta la personalità dell'Adone che si lascia elegantemente cadere su una delle poltrone davanti a me. Scuoto la testa, turbata dalla direzione che stanno prendendo i miei pensieri, e recupero dallo zainetto le domande di Kate. Poi afferro il registratore e, maneggiandolo in modo maldestro, lo faccio cadere due volte sul tavolino. Mr Grey non dice nulla e aspetta con pazienza – almeno, spero – mentre io sono sempre più imbarazzata e confusa. Quando recupero il coraggio per guardarlo, lui mi sta fissando, con una mano che sostiene il mento, sfiorando le labbra con il lungo dito indice. Penso che stia cercando di reprimere un sorriso.

«M-mi scusi» farfuglio. «Non sono abituata a usare questo arnese.»

«Si prenda tutto il tempo che le occorre, Miss Steele» dice.

«Le dispiace se registro le sue risposte?»

«Me lo chiede adesso, dopo aver tanto faticato per far funzionare il registratore?»

Arrossisco. Mi prende in giro? Lo spero. Lo guardo sbattendo le palpebre, senza sapere che cosa dire, e mi pare che lui sia mosso a pietà perché si addolcisce. «No, non mi dispiace.»

«Kate, voglio dire, Miss Kavanagh, le aveva spiegato a cosa è destinata questa intervista?»

«Sì. Apparirà sul prossimo numero del giornale studentesco, dato che alla cerimonia di quest'anno sarò io a consegnare i diplomi di laurea.»

Ah! Questa è nuova, e per un attimo mi disturba il pensiero che il diploma mi sia consegnato da una persona non molto più vecchia di me... D'accordo, forse avrà un sei anni di più, e d'accordo, ha un successo travolgente, ma comunque... Aggrotto la fronte, tentando di riportare la mia attenzione indisciplinata sul compito che mi aspetta.

«Bene.» Deglutisco nervosamente. «Avrei alcune domande da farle, Mr Grey.»

«Lo avevo intuito» dice, senza battere ciglio. Mi sta prendendo in giro. L'idea mi fa avvampare, dunque raddrizzo la schiena e le spalle nello sforzo di sembrare più alta e autorevole. Premo il pulsante del registratore.

«Lei è molto giovane per aver creato un simile impero. A che cosa deve il suo successo?» Lo guardo: ha un sorriso tranquillo, ma sembra vagamente seccato.

«Il mondo degli affari ruota intorno alle persone, Miss Steele, e io sono molto bravo a giudicarle. So come agiscono, che cosa le fa crescere e che cosa no, che cosa le stimola e come incentivarle. Mi avvalgo di una squadra eccezionale, che ricompenso bene.» Fa una pausa e mi fissa con i suoi occhi grigi. «Sono convinto che, per raggiungere il successo in qualsiasi settore, si debba diventare padroni di quel settore, conoscerlo da ogni punto di vista, nei minimi dettagli. Io lavoro sodo, molto sodo, per riuscirci. Prendo decisioni basate sulla logica e sui fatti. Ho un istinto naturale che mi porta a individuare e a far crescere un'idea buona e solida con gente valida. La morale è che è sempre una questione di gente valida.»

«Forse ha solo avuto fortuna.» La battuta non è sulla lista di Kate, ma il personaggio è troppo arrogante. Lui sbarra gli occhi, sorpreso.

«Non mi sottometto alla fortuna o al caso, Miss Steele. Più mi impegno nel lavoro più sembro fortunato. È questione di avere le persone giuste nella propria squadra e di saperne guidare le energie al meglio. Mi pare che sia stato Harvey Firestone a dire: "La crescita e lo sviluppo delle persone è la vocazione più nobile della leadership".»

«Lei sembra un maniaco del controllo.» Le parole mi escono di bocca prima che riesca a fermarle.

«Oh, io esercito il controllo su tutto, Miss Steele» dice, senza traccia di ironia. Lo guardo negli occhi, e lui regge il mio sguardo, impassibile. Il mio cuore accelera i battiti, e io arrossisco di nuovo.

Perché quest'uomo ha un effetto così inquietante su di me? Sarà la sua bellezza travolgente? Il modo in cui mi fulmina con gli occhi? Il modo in cui si accarezza il labbro inferiore con il dito? Quanto vorrei che smettesse di farlo.

«Inoltre, se nelle proprie fantasie segrete ci si convince di essere nati per dominare, si acquista un potere immenso» continua, con la voce vellutata.

«Lei pensa di avere un potere immenso?» "Maniaco del controllo."

«Ho più di quarantamila persone alle mie dipendenze, Miss Steele. Questo mi dà un certo senso di responsabilità... di potere, se preferisce. Se io dovessi decidere che il settore delle telecomunicazioni non mi interessa più e che voglio vendere, ventimila persone faticherebbero a pagare il mutuo dopo un mese o poco più.»

Lo guardo a bocca aperta. Sono sconcertata dalla sua mancanza di umiltà.

«Non ha un consiglio di amministrazione a cui rispondere?» chiedo, disgustata.

«La società è di mia proprietà. Non devo rispondere a nessun consiglio.» Alza un sopracciglio. Naturalmente avrei dovuto saperlo, se solo avessi fatto qualche ricerca. Ma, accidenti, è così arrogante! Cambio strategia.

«E ha qualche interesse, al di fuori del lavoro?»

«Ho interessi molto vari, Miss Steele.» L'ombra di un sorriso gli sfiora le labbra. «Molto vari.» Per qualche ragione, il suo sguardo penetrante mi confonde. Nei suoi occhi luccica un pensiero perverso.

«Che cosa fa per rilassarsi?»

«Rilassarmi?» Sorride, rivelando denti bianchissimi. Rimango senza fiato. È davvero bellissimo. Nessuno dovrebbe essere così attraente.

«Be', per "rilassarmi", come dice lei, vado in barca, volo, pratico diversi sport.» Si muove sulla poltrona. «Sono molto ricco, Miss Steele, e ho passatempi costosi e impegnativi.»

Lancio una rapida occhiata alle domande di Kate, ansiosa di cambiare argomento.

«Lei investe nell'attività industriale. Perché, esattamente?» chiedo. Come mai quest'uomo mi mette così a disagio?

«Mi piacciono le cose. Mi piace sapere come funzionano: quali sono i loro ingranaggi, come costruirle e smontarle. E ho una passione per le navi. Cosa posso dire?»

«Sembra che sia il suo cuore a parlare, più che la logica e i fatti.»

Lui storce la bocca e mi soppesa con lo sguardo.

«È possibile. Anche se certe persone direbbero che io non ho un cuore.»

«Perché direbbero una cosa del genere?»

«Perché mi conoscono bene.» Piega le labbra in un sorriso sarcastico.

«I suoi amici direbbero che è facile conoscerla?» Rimpiango subito di aver fatto quella domanda. Non è nella lista di Kate.

«Sono una persona molto riservata, Miss Steele. Faccio di tutto per proteggere la mia privacy. Non rilascio molte interviste…»

«Perché ha accettato di rilasciare questa?»

«Perché sono uno dei finanziatori dell'università, e a dispetto dei miei sforzi non sono riuscito a togliermi di torno Miss Kavanagh. Ha tormentato i miei addetti alle pubbliche relazioni fino all'esaurimento, e io ammiro questo genere di tenacia.»

So bene quanto possa essere tenace Kate. Non per nulla, mi trovo seduta qui, quando invece dovrei studiare per gli esami.

«Lei investe anche in tecnologie agricole. Perché le interessa questo settore?»

«I soldi non si mangiano, Miss Steele, e troppe persone su questo pianeta non hanno abbastanza da mangiare.»

«Sembra molto filantropico. È una cosa che la appassiona… sfamare i poveri del mondo?»

Si stringe nelle spalle, con fare evasivo.

«È solo senso per gli affari» mormora, anche se mi sembra poco sincero. Non ha senso… Sfamare i poveri? Non riesco a vederne i vantaggi finanziari, ma solo la virtù di un ideale. Sbircio la domanda seguente.

«Lei ha una filosofia? Se sì, quale?»

«Non ho una filosofia vera e propria. Forse un principio guida, quello di Carnegie: "Un uomo che acquisisce la capacità di prendere pieno possesso della propria mente è in grado di prendere possesso di qualsiasi altra cosa a cui abbia diritto". Sono un tipo molto particolare, motivato. Mi piace avere il controllo, di me stesso e di quelli che mi circondano.»

«Quindi vuole possedere le cose?» "Sei un maniaco del controllo."

«Voglio meritarne il possesso, ma sì, alla fine, voglio possederle.»

«Lei sembra il consumatore ideale.»

«Lo sono.» Sorride, ma il suo sorriso non coinvolge gli occhi. Di nuovo, ciò è in contrasto con una persona che vuole sfamare il mondo, per cui non posso fare a meno di pensare che stiamo parlando di qualcos'altro, ma non saprei proprio dire di cosa. Deglutisco. La temperatura nella stanza sta aumentando, o forse dipende da me. Voglio solo che questa intervista si concluda. Ormai Kate avrà abbastanza materiale, no? Guardo la domanda successiva.

«Lei è stato adottato. In quale misura ritiene che ciò abbia influenzato il suo modo di essere?» Ah, questa sì che è una domanda personale. Lo guardo, sperando che non si sia offeso. Lui aggrotta la fronte.

«Non ho modo di saperlo.»

La mia curiosità si è risvegliata. «Quanti anni aveva quando è stato adottato?»

«È un'informazione di pubblico dominio, Miss Steele.» Il suo tono è severo. "Merda." Già, certo, se avessi saputo di dover fare questa intervista, mi sarei preparata. Confusa, mi affretto a passare oltre.

«Ha dovuto sacrificare la vita familiare al lavoro.»

«Questa non è una domanda» taglia corto lui.

«Mi scusi.» Sono agitata. Lui mi fa sentire come una bambina colta in fallo. Ci riprovo. «Ha dovuto sacrificare la vita familiare al lavoro?»

«Io ho già una famiglia. Un fratello, una sorella e due genitori amorevoli. Non mi interessa allargarla ulteriormente.»

«Lei è omosessuale, Mr Grey?»

Lui fa un sospiro irritato, e io chino il capo, mortificata. "Accidenti." Perché non ho usato una sorta di filtro prima di sparare questa domanda? Come faccio a dirgli che mi sono limitata a leggerla? Al diavolo Kate e la sua curiosità!

«No, Anastasia, non lo sono.» Alza un sopracciglio, con un lampo gelido negli occhi. Non sembra contento.

«Le chiedo scusa. È... ecco... è scritto qui.» È la prima volta che pronuncia il mio nome. Il cuore mi martella nel petto, e le guance mi bruciano. Mi infilo nervosamente alcune ciocche sciolte dietro l'orecchio.

Lui piega la testa di lato.

«Queste domande non sono sue?»

Impallidisco.

«Ehm... no. È stata Kate, Miss Kavanagh, a prepararle.»

«Siete colleghe al giornale studentesco?» "Oh, no." Io non ho niente a che fare con il giornale studentesco. È l'attività extracurricolare di Kate, non la mia. Ho di nuovo il volto in fiamme.

«No, lei è la mia coinquilina.»

Lui si gratta il mento, riflettendo senza fretta, mentre i suoi occhi grigi mi valutano.

«Si è offerta lei di farmi questa intervista?» chiede, con una calma glaciale.

Un attimo, chi è che fa le domande qui? Il suo sguardo mi inchioda, spietato: mi sento costretta a dire la verità.

«Sono stata reclutata all'ultimo. Kate non sta bene.» La mia voce trema.

«Questo spiega molte cose.»

Qualcuno bussa alla porta, ed entra la Bionda Numero Due.

«Mr Grey, mi scusi se la interrompo, ma il suo prossimo appuntamento è fra due minuti.»

«Non abbiamo ancora finito, Andrea. Per favore, annul-la il prossimo appuntamento.»

Andrea esita, guardandolo a bocca aperta. Sembra diso-rientata. Lui gira piano la testa verso di lei e la fa arrossire. "E così non sono l'unica!"

«Certo, Mr Grey» farfuglia, poi esce. Lui aggrotta la fron-te, e riporta l'attenzione su di me.

«Dove eravamo, Miss Steele?»

"Ah, adesso siamo tornati al 'Miss Steele'."

«La prego, non voglio distoglierla dai suoi impegni.»

«Voglio sapere qualcosa di lei. Mi sembra doveroso.» I suoi occhi brillano di curiosità. "Dove vuole arrivare?" Ap-poggia i gomiti sui braccioli della poltrona e unisce le dita di fronte alla bocca. La sua bocca è… una grande distra-zione. Deglutisco.

«Non c'è molto da sapere.»

«Che progetti ha dopo la laurea?»

Mi stringo nelle spalle, sconcertata dal suo interessamen-to. "Venire a Seattle con Kate, trovare un lavoro." Non sono ancora riuscita a pensare oltre gli esami.

«Non ho fatto progetti, Mr Grey. Per il momento, mi ba-sta superare gli esami.» Per cui in questo preciso momento dovrei studiare, invece di starmene seduta nel tuo ufficio sontuoso, elegante e asettico, sentendomi a disagio sotto il tuo sguardo penetrante.

«Nella mia azienda abbiamo un ottimo programma di stage» spiega con calma. Sono turbata, interdetta. Mi sta offrendo un lavoro?

«Me lo ricorderò» mormoro, confusa. «Anche se non sono certa di essere adatta a questo posto.» Oh, no. Sto di nuovo pensando ad alta voce.

«Perché dice così?» Piega la testa di lato, incuriosito, l'om-bra di un sorriso sulle labbra.

«È ovvio, no?» "Sono scoordinata, malvestita, e non sono bionda."

«Non per me.» Il suo sguardo è intenso, senza più traccia di umorismo, e io sento il ventre contrarsi all'improvviso. Distolgo gli occhi dal suo esame minuzioso e li abbasso sulle mie dita intrecciate. "Che cosa sta succedendo?" Devo andarmene. Adesso. Mi chino per prendere il registratore.

«Vuole che le faccia fare un giro dell'azienda?» chiede.

«Sono certa che lei è molto impegnato, Mr Grey, e io devo fare un lungo viaggio.»

«Deve tornare a Vancouver?» Sembra sorpreso, addirittura in ansia. Lancia un'occhiata fuori dalla finestra. Ha cominciato a piovere. «Be', è meglio che guidi con prudenza» mi intima, con tono severo e autorevole. E a lui cosa importa? «Ha ottenuto quello che le serviva?» aggiunge.

«Sì, signore» rispondo, infilando il registratore nello zainetto. Mi guarda perplesso, stringendo gli occhi.

«Grazie per l'intervista, Mr Grey.»

«È stato un piacere» dice lui, educato come al solito.

Mentre mi alzo, mi tende la mano.

«Alla prossima, Miss Steele.» Non sono sicura se suoni come una sfida, o una minaccia. Aggrotto la fronte. Quando mai ci incontreremo di nuovo? Gli stringo la mano, stupefatta di sentire ancora quella strana scossa. Devono essere i miei nervi.

«Mr Grey.» Gli faccio un cenno di saluto. Con grazia atletica lui va alla porta e la spalanca.

«Solo per assicurarmi che la oltrepassi indenne, Miss Steele.» Mi fa un piccolo sorriso. Naturalmente, allude al mio ingresso non proprio trionfale. Arrossisco.

«È molto premuroso da parte sua, Mr Grey!» esclamo, e il suo sorriso si allarga. "Mi fa piacere che tu mi trovi buffa" lo fulmino dentro di me, tornando nell'atrio. Sono sorpresa di vedere che mi segue. Andrea e Olivia alzano entrambe gli occhi, ugualmente sorprese.

«Ha un soprabito?» chiede Grey.

«Una giacca.»

Olivia balza in piedi e va a recuperarla. Grey gliela strappa di mano prima che possa consegnarmela. La tiene sollevata davanti a me e io me la infilo, vergognandomi da morire. Lui mi posa un istante le mani sulle spalle, facendomi sussultare. Se nota la mia reazione, non lo dà a vedere. Chiama l'ascensore e restiamo entrambi in attesa: io sulle spine, lui freddo e controllato. Le porte dell'ascensore si aprono e io sfreccio dentro, ansiosa di scappare. "Ho davvero bisogno di andarmene da qui." Quando mi giro verso di lui, mi sta osservando, appoggiato alla parete con una mano. È davvero molto, molto bello. La cosa mi inquieta.

«Anastasia» dice, a mo' di saluto.

«Christian» replico. E, per fortuna, le porte si chiudono.

2

Il cuore mi batte all'impazzata. L'ascensore arriva al pianoterra e io mi precipito fuori appena le porte si aprono, inciampando nei miei piedi, ma fortunatamente senza cadere lunga distesa sul pavimento immacolato. Corro verso le grandi porte a vetri e mi ritrovo libera nella rinfrancante aria umida di Seattle. Alzando il viso, accolgo la pioggia fresca. Chiudo gli occhi e faccio un respiro profondo e liberatorio, cercando di recuperare quel che resta del mio equilibrio mentale.

Nessun uomo mi ha mai fatto l'effetto di Christian Grey, e non riesco a comprenderne il motivo. È il suo aspetto? La sua educazione? La sua ricchezza? Il suo potere? Non mi spiego la mia reazione irrazionale. Mi lascio scappare un sospiro di sollievo. Accidenti, che cos'è successo là dentro? Appoggiandomi a uno dei pilastri d'acciaio dell'edificio, mi sforzo di calmarmi e di raccogliere le idee. Scuoto la testa. Che cos'è stato? Il mio cuore riprende il suo ritmo regolare e, quando riesco a respirare normalmente, mi avvio verso la macchina.

Mentre mi lascio alle spalle i confini della città, inizio a sentirmi stupida e imbarazzata nel ripensare all'intervista. Sicuramente sto reagendo in modo eccessivo a qualcosa che esiste solo nella mia immaginazione. Certo, Grey è un uomo molto attraente, sicuro di sé, autorevole, a suo agio con se stesso, ma l'altra faccia della medaglia è che è arrogante e, nonostante le maniere impeccabili, prepotente e freddo. Almeno in superficie. Un brivido involontario mi percorre la schiena. Sarà anche arrogante, ma ha il diritto di esserlo: è così giovane e ha raggiunto così tanti risultati. È intransigente, ma in fondo perché non dovrebbe esserlo? Ancora una volta, mi irrita il fatto che Kate non mi abbia fornito qualche breve dato biografico su di lui.

Mentre guido verso l'I-5, la mia mente continua a vagare. Davvero non capisco cosa renda una persona tanto determinata nel ricercare il successo. Alcune delle sue risposte erano così criptiche, come se avessero un doppio senso. E le domande di Kate... accidenti! L'adozione, e chiedergli se era gay! Rabbrividisco. Non posso credere di averglielo domandato davvero. "Voglio sprofondare!" Maledetta Katherine Kavanagh!

Controllo il tachimetro. Sto andando più piano di quanto farei in qualsiasi altra occasione. E so che è il ricordo di quei penetranti occhi grigi che mi fissano e di quella voce severa che mi intima di guidare con prudenza. Scuotendo la testa, mi rendo conto che Grey è più simile a un uomo con il doppio dei suoi anni.

"Dimenticatene, Ana" mi dico. Decido che, tutto sommato, è stata un'esperienza molto interessante, ma che non dovrei rimuginarci troppo. "Lasciatela alle spalle." Non dovrò rivederlo mai più. Questo pensiero mi tranquillizza all'istante. Accendo lo stereo e alzo il volume al massimo, mi appoggio allo schienale e ascolto la martellante musica rock mentre premo sull'acceleratore. Appena raggiungo l'I-5, mi rendo conto che posso guidare alla velocità che voglio.

Kate e io viviamo in un piccolo complesso di villette a schiera vicino al campus universitario. Ho avuto fortuna: i genitori di Kate hanno comprato la casa per lei e io le pago un affitto ridicolo. Abito lì da quattro anni. Quando accosto davanti alla porta, so che la mia amica vorrà un resoconto dettagliato, e non si arrenderà facilmente. Be', se non altro c'è il registratore. Spero di non doverle spiegare molto più di quello che è stato detto durante l'intervista.

«Ana! Sei tornata.» Kate è seduta in soggiorno, circondata dai libri. A quanto pare, sta studiando per gli esami, anche se indossa ancora il suo pigiama di flanella rosa con i coniglietti, quello che riserva ai postumi della rottura con un fidanzato, a malattie varie e, in generale, ai momenti di depressione. Mi corre incontro e mi abbraccia forte.

«Iniziavo a preoccuparmi. Pensavo che tornassi prima.»

«Oh, credevo di aver fatto presto, considerando che l'intervista si è prolungata.» Le do il registratore.

«Ana, non so come ringraziarti. Sono in debito con te, lo so. Com'è andata? Com'è lui?» Oh, no, ecco che parte il famoso *terzo grado* di Katherine Kavanagh.

Non so come rispondere. Cosa posso dirle?

«Sono felice che sia finita e di non doverlo rivedere mai più. È un tipo che mette una certa soggezione.» Mi stringo nelle spalle. «È risoluto, intenso e... giovane. Molto giovane.»

Kate mi rivolge uno sguardo innocente. Io aggrotto la fronte.

«Non fare finta di niente. Perché non mi hai dato una sua biografia? Mi sono sentita una tale idiota per non aver fatto un minimo di ricerche!»

Kate si porta una mano alla bocca. «Oddio, Ana, scusami... Non ci ho pensato.»

Sbuffo stizzita.

«È stato educato, formale, un po' ingessato... come se fosse più vecchio di quello che è. Non gli piace parlare come un ventenne. A proposito, quanti anni ha?»

«Ventisette. Davvero, Ana, mi dispiace tanto. Avrei dovuto spiegarti qualcosa, ma ero in preda al panico. Dammi il registratore, così inizio subito a trascrivere l'intervista.»

«Hai un aspetto migliore adesso. Hai mangiato la zuppa?» le chiedo, ansiosa di cambiare argomento.

«Sì, ed era deliziosa come sempre. Mi sento molto meglio.» Mi sorride con riconoscenza. Io controllo l'orologio.

«Devo correre. Forse riesco ancora a fare il mio turno da Clayton.»

«Ana, sarai esausta.»

«Sto benissimo. Ci vediamo più tardi.»

Lavoro da Clayton da quando ho iniziato l'università. È il più grande negozio di ferramenta nella zona di Portland, e nei quattro anni che ho passato lì dentro ho imparato a conoscere un po' tutti i prodotti che vende, anche se, per ironia della sorte, sono un disastro nel bricolage. È una cosa che lascio volentieri a mio padre.

Sono contenta di essere al lavoro perché mi consente di pensare a qualcosa che non sia Christian Grey. Il negozio è affollato: siamo all'inizio della stagione estiva e la gente si mette a ristrutturare casa. Mrs Clayton è felice di vedermi.

«Ana! Pensavo che oggi non ce l'avresti fatta.»

«Il mio appuntamento è durato meno del previsto. Posso fare un paio d'ore.»

«Sono davvero contenta che tu sia qui.»

Mi manda nel magazzino per cominciare a rifornire gli scaffali, e presto mi ritrovo assorbita dal mio compito.

Più tardi, quando rincaso, vedo Katherine che indossa le cuffie e sta lavorando al computer. Ha il naso ancora arrossato, ma sta scrivendo un pezzo, per cui è concentrata e batte sui tasti come una furia. Io sono distrutta: sfinita dal lungo viaggio, dall'estenuante intervista e dalla sfacchinata da Clayton. Mi accascio sul divano, a pensare alla tesina che devo finire e a tutto quello che non ho studiato oggi perché ero bloccata con... lui.

«C'è materiale interessante qui, Ana. Ottimo lavoro. Non riesco a credere che tu non abbia accettato la sua offerta di farti fare un giro per l'azienda. Chiaramente aveva voglia di passare altro tempo con te.» Mi lancia un'occhiata maliziosa.

Il mio battito cardiaco accelera inspiegabilmente. Non era quello il motivo, sicuramente. Voleva accompagnarmi a fare un giro solo per mostrarmi che aveva il controllo di ogni cosa. Mi accorgo che mi sto mordendo il labbro e spero che Kate non lo noti. Ma lei sembra immersa nella sua trascrizione.

«Capisco cosa intendevi con "formale". Hai preso qualche appunto?» chiede.

«Mmh… no.»

«Non importa. Posso fare un buon articolo con questo materiale. Peccato che non abbiamo qualche foto originale, però. È belloccio, l'amico, no?»

Arrossisco.

«Direi di sì.» Mi sforzo di suonare disinteressata, e mi sembra di esserci riuscita.

«Oh, andiamo, Ana… nemmeno tu puoi essere indifferente a un tipo del genere.»

"Merda!" Provo a distrarla con l'adulazione, una strategia che funziona sempre.

«Probabilmente tu ne avresti ricavato molto di più.»

«Ne dubito, Ana. Andiamo… ti ha praticamente offerto un lavoro. Considerato che ti ho rifilato questa patata bollente all'ultimo minuto, sei andata benissimo.» Mi guarda con aria interrogativa. Me la squaglio in cucina.

«Dunque, che cosa pensi davvero di lui?» Accidenti, che curiosa! Perché non possiamo passare oltre? "Fatti venire in mente qualcosa… subito."

«È molto motivato, arrogante, uno che vuole controllare tutto… fa paura, ma è molto carismatico. Posso capire il suo fascino» aggiungo con sincerità, sperando che ciò la zittisca una volta per tutte.

«Tu, affascinata da un uomo? Questa è nuova» sbuffa.

29

Comincio a cercare gli ingredienti per un panino, in modo che lei non possa vedermi in faccia.

«Perché volevi sapere se era gay? A proposito, quella è stata la domanda più imbarazzante. Io ero mortificata, e lui era piuttosto seccato.»

«Quando appare su una rivista, non è mai accompagnato.»

«È stato imbarazzante. Tutto l'incontro è stato imbarazzante. Sono felice di non doverlo rivedere mai più.»

«Oh, Ana, non può essere stato così tremendo. A me sembra abbastanza preso da te.»

"Preso da me?" Ora Kate sta diventando ridicola.

«Vuoi un panino?»

«Sì, grazie.»

Quella sera, con mio sollievo, non parliamo più di Christian Grey. Dopo mangiato, mi siedo al tavolo da pranzo insieme a Kate e, mentre lei lavora al suo articolo, mi dedico alla mia tesina su *Tess dei d'Urberville*. Accidenti, quella donna era nel posto sbagliato al momento sbagliato nel secolo sbagliato. Quando finisco, è mezzanotte, e Kate è già andata a letto da un po'. Vado in camera mia, stanca ma felice di aver combinato tanto per un lunedì.

Mi rannicchio nel mio letto di ferro bianco, avvolgendomi nella coperta di mia madre, chiudo gli occhi e mi addormento all'istante. Quella notte sogno posti oscuri, squallidi, freddi pavimenti bianchi e occhi grigi.

Per il resto della settimana mi concentro nello studio e nel lavoro da Clayton. Anche Kate è indaffarata con l'ultimo numero del giornale studentesco prima di passare le consegne al nuovo direttore, e intanto prepara come me gli esami. Mercoledì si sente molto meglio, e io non devo più sopportare la vista del suo pigiama di flanella rosa con i coniglietti. Chiamo mia madre in Georgia per sapere come sta e per farmi augurare buona fortuna per gli esami. Mi racconta della sua recente iniziativa imprenditoriale, la fabbricazione di candele: mia madre non fa che lanciarsi in nuove attività commerciali. In realtà, si annoia e vuole fare qualcosa per occupare il tempo, ma ha una capacità di concentrazione molto ridotta. La prossima settimana si cimenterà in qualcos'altro. Mi fa preoccupare. Spero che non abbia ipotecato la casa per finanziare questo progetto. E spero che Bob – il suo relativamente nuovo, ma ben più anziano, marito – la tenga d'occhio adesso che io non sono lì. Sembra molto più con i piedi per terra del Marito Numero Tre.

«Come ti vanno le cose, Ana?»

Esito per un istante, il che fa drizzare le antenne a mia madre.

«Bene.»

«Ana? Hai conosciuto qualcuno?» "Dio santo... ma come fa?" L'eccitazione nella sua voce è palpabile.

«No, mamma. Saresti la prima a saperlo.»

«Ana, tesoro, dovresti uscire di più, davvero. Mi fai stare in pensiero.»

«Mamma, sto bene. E Bob come sta?» Come sempre, la migliore politica è la digressione.

Più tardi chiamo Ray, il mio patrigno, il Marito Numero Due di mia madre, l'uomo che considero mio padre e di cui porto il cognome. È una conversazione breve. Anzi, non è tanto una conversazione quanto una serie di grugniti in risposta alle mie moine. Ray non è un gran chiacchierone. Ma è vivo, guarda ancora il calcio alla tivù, e quando non è impegnato in quello, gioca a bowling, pesca con la mosca o costruisce mobili. È un abile falegname ed è il motivo per cui conosco la differenza tra un martello e un cacciavite. A quanto pare, lui sta benone.

Venerdì Kate e io stiamo discutendo su come passare la serata – vogliamo prenderci una pausa dallo studio, dal lavoro e dal giornale studentesco – quando suona il campanello. Sulla soglia, il mio caro amico José, con una bottiglia di champagne in mano.

«José! Che bello vederti!» Lo abbraccio rapidamente. «Entra.»

José è la prima persona che ho conosciuto quando sono arrivata all'università, perché sembrava sperduto e solo come me. Quel giorno ci siamo riconosciuti a vicenda come spiriti affini e da allora siamo amici. Non solo abbiamo lo stesso senso dell'umorismo, ma abbiamo scoperto che Ray e José senior erano insieme nell'esercito. Di conseguenza, anche i nostri padri sono diventati buoni amici.

José studia ingegneria ed è il primo della sua famiglia a frequentare l'università. È molto intelligente, ma la sua vera passione è la fotografia. Devo dire che ha talento.

«Ci sono novità.» Sorride, con gli occhi scuri che brillano.

«Non mi dire... sei riuscito a non farti cacciare per un'altra settimana.» lo prendo in giro, e lui finge di guardarmi storto.

«Il mese prossimo la Portland Place Gallery esporrà le mie foto.»

«Ma è fantastico... Congratulazioni!» Felice per lui, lo abbraccio di nuovo. Anche Kate gli sorride radiosa.

«Bel colpo, José! Dovrei segnalare la notizia sul giornale. Non c'è niente di meglio di un cambiamento editoriale dell'ultimo minuto, il venerdì sera» dice poi, con finto disappunto.

«Festeggiamo. Voglio che tu venga all'inaugurazione.» José mi guarda negli occhi, facendomi arrossire. «Tutte e due, naturalmente» aggiunge, con un'occhiata nervosa a Kate.

José e io siamo buoni amici, ma dentro di me so che lui vorrebbe qualcosa di più. È un ragazzo carino e simpatico, ma non è il mio tipo. Assomiglia più al fratello che non ho mai avuto. Katherine mi prende in giro dicendo che mi manca il gene "ho-bisogno-di-un-fidanzato", ma la verità è semplicemente che non ho conosciuto nessuno dal quale... insomma, dal quale mi senta attratta, anche se una parte di me sogna le ginocchia tremanti, il cuore in gola, le farfalle nello stomaco, le notti insonni.

A volte mi chiedo se in me ci sia qualcosa che non va. Forse ho passato troppo tempo in compagnia dei miei romantici eroi letterari, e di conseguenza il mio ideale e le mie aspettative sono irraggiungibili. Ma la realtà è che nessuno mi ha mai fatto sentire così.

"Fino a pochissimo tempo fa" mormora l'importuna vocina del mio subconscio. NO! Scaccio subito quel pensiero. Non voglio proprio saperne, non dopo quella penosa intervista. "Lei è omosessuale, Mr Grey?" Mi vergogno al ricordo. So di aver sognato quell'uomo quasi tutte le notti da allora, ma sicuramente è stato solo per espellere la terribile esperienza dal mio organismo.

Guardo José aprire la bottiglia di champagne. È alto, la maglietta mette in risalto i bicipiti muscolosi, ha la pelle abbronzata, i capelli scuri e gli occhi neri ardenti. Già, José non è affatto male, ma penso che finalmente stia capendo l'antifona: noi due siamo solo amici. Il tappo salta con uno schiocco e lui alza lo sguardo e sorride.

Il sabato in negozio è un incubo. Siamo assediati dai fanatici del bricolage che non vedono l'ora di dare una rinfrescata alle loro case. Mr e Mrs Clayton, John e Patrick – gli altri due commessi part-time – e io siamo presissimi. Ma all'ora di pranzo c'è un momento di calma, e Mrs Clayton mi chiede di controllare alcuni ordini mentre sono seduta dietro la cassa, intenta a mangiare un bagel senza dare nell'occhio. Quel compito mi assorbe: devo confrontare i numeri di catalogo dei prodotti che ci servono con quelli che abbiamo ordinato, saltando con gli occhi dal libro delle ordinazioni allo schermo del computer e così via, per verificare che tutto torni. Poi, per qualche ragione, alzo lo sguardo e... sono catturata dagli sfrontati occhi grigi di Christian Grey che, in piedi di fianco alla cassa, mi guarda con interesse.

"Ora mi viene un infarto."

«Miss Steele. Che piacevole sorpresa.» Il suo sguardo è fermo e penetrante.

Oh, mio Dio. Che diavolo è venuto a fare qui con i capelli scarmigliati e la sua tenuta da tempo libero, il maglione color crema fatto a mano, i jeans e le scarpe sportive? Rimango a bocca aperta e mi sembra di aver perso il contatto con il cervello e la voce.

«Mr Grey» mormoro, ed è tutto quello che riesco a dire. Sulle sue labbra aleggia l'ombra di un sorriso e gli occhi brillano di ironia, come se fosse divertito da uno scherzo segreto.

«Passavo di qua» dice, come spiegazione. «Ho bisogno di fare qualche acquisto. È un piacere rivederla, Miss Steele.» La sua voce è roca e calda come cioccolato nero fuso al caramello... o qualcosa del genere.

Scuoto la testa per ricompormi. Il mio cuore batte furiosamente, e per qualche motivo arrossisco sotto il suo sguardo immobile. Sono totalmente sconvolta. I miei ricordi non gli facevano giustizia. Non è semplicemente bello: è la quintessenza della bellezza maschile mozzafiato, ed è qui. Qui, nel negozio di ferramenta di Mr Clayton. Chi lo avrebbe mai immaginato? Alla fine, riesco a ripristinare le mie funzioni cognitive e a ricollegarle con il resto del corpo.

«Ana. Mi chiamo Ana» farfuglio. «Come posso aiutarla, Mr Grey?»

Lui sorride, e ancora una volta sembra immerso in un suo grande segreto. È davvero sconcertante. Dopo un lungo respiro assumo l'aria dell'esperta che lavora in quel negozio da anni. "Posso farcela."

«Mi servono un paio di cose. Tanto per cominciare, vorrei delle fascette stringicavo» mormora, con una punta di ironia negli occhi gelidi.

"Fascette stringicavo?"

«Ne abbiamo di diverse lunghezze. Vuole che gliele faccia vedere?» mormoro, con voce tremante. "Datti un tono, Steele."

«Grazie, Miss Steele, la seguo» dice. Cerco di ostentare nonchalance mentre esco da dietro il bancone, ma in realtà mi sto impegnando al massimo per non inciampare e franare al suolo: le mie gambe hanno la consistenza della gelatina. Sono così felice di aver indossato i miei jeans più carini stamattina.

«Si trovano nel reparto materiale elettrico, scaffale otto.» La mia voce è un po' troppo squillante. Gli lancio un'occhiata e me ne pento quasi subito. Accidenti, è proprio bello!

«Dopo di lei» mormora, allungando una mano dalle dita affusolate e perfettamente curate.

Con il cuore in gola, imbocco uno dei corridoi che porta al reparto materiale elettrico. "Cosa ci fa a Portland? Cosa ci fa qui da Clayton?" E da una minuscola, poco usata parte del mio cervello affiora il pensiero: "È qui per vedere te". Impossibile! Perché mai quell'uomo splendido, potente e raffinato dovrebbe volermi vedere? È un'idea assurda, e io la reprimo immediatamente.

«È a Portland per affari?» chiedo, e la voce mi esce troppo stridula, come se mi fossi chiusa un dito in una porta o qualcosa del genere. "Cerca di rimanere calma, Ana!"

«Ero in visita al dipartimento di agraria della Washington State University. Ha sede a Vancouver. Sto finanziando alcune ricerche sulla rotazione delle colture e sulla micromorfologia del suolo» dice, in tono neutro. "Visto? Non è affatto qui per vedere te." Le mie ridicole fantasie mi fanno arrossire.

«Fa tutto parte del suo piano per sfamare il mondo?» lo stuzzico.

«Qualcosa del genere» ammette, con un mezzo sorriso.

Osserva la serie di fascette stringicavo. Che cavolo se ne farà? Non riesco a immaginarlo mentre si dedica al bricolage. Le sue dita scorrono sulle varie confezioni esposte e, per qualche inspiegabile motivo, devo distogliere lo sguardo. Si china a sceglierne una

«Queste dovrebbero andare.»

«Le serve altro?»

«Vorrei del nastro adesivo di carta.»

"Nastro adesivo di carta?"

«Deve imbiancare?» Le parole mi escono prima che possa fermarle. Certo chiamerà degli operai, o avrà dei domestici che lo aiutano nei lavori.

«No, niente del genere» risponde in fretta, poi sorride, e ho l'inquietante sensazione che stia ridendo di me.

"Sono così divertente? Ho un aspetto buffo?"

«Da questa parte» sussurro, imbarazzata. «Il nastro adesivo di carta è nel reparto vernici.»

Gli lancio un'occhiata da sopra la spalla, mentre mi segue.

«È da molto che lavora qui?» Parla a voce bassa e mi fissa. Arrossisco violentemente. Ma perché mi fa questo effetto? Mi sembra di essere una quattordicenne: impacciata, come al solito, e fuori posto. "Stai in campana, Steele!"

«Quattro anni» mormoro, quando arriviamo a destinazione. Per distrarmi, mi chino e prendo i due formati di nastro adesivo di carta che abbiamo in negozio.

«Va bene questo» dice Grey, indicando quello più largo, e io glielo porgo. Le nostre dita si sfiorano e sento di nuovo quella scossa che mi attraversa come se avessi toccato un cavo scoperto. Sussulto mio malgrado, in un posto oscuro e inesplorato del basso ventre. Cerco disperatamente di riprendermi.

«Qualcos'altro?» Ho la voce roca e affannata. I suoi occhi si dilatano impercettibilmente.

«Un po' di corda, direi.» La sua voce, roca, rieccheggia la mia.

«Di qua.» Mi dirigo verso lo scaffale.

«Che tipo di corda le serve? Abbiamo quella sintetica e quella in fibre naturali… lo spago… il fil di ferro…» Mi interrompo nel vedere la sua espressione, il suo sguardo che si incupisce. "Oddio."

«Prendo cinque metri di quella in fibra naturale.»

36

Rapidamente, con dita tremanti, misuro la corda, consapevole di avere addosso i suoi occhi ardenti. Non oso guardarlo. Accidenti, potrei mai sentirmi più in soggezione? Prendo il coltellino dalla tasca posteriore dei jeans, taglio, e arrotolo con cura la corda prima di legarla con un nodo. Per miracolo, riesco a non tranciarmi un dito.

«Era negli scout?» chiede, piegando le labbra scolpite e sensuali in un sorriso divertito. "Non guardargli la bocca!"

«Le attività di gruppo organizzate non sono la mia passione, Mr Grey.»

Lui aggrotta la fronte.

«Qual è la sua passione, Anastasia?» chiede con la sua voce vellutata, e si riaffaccia il sorriso misterioso. Lo guardo, incapace di articolare una risposta. Mi sembra di stare su placche tettoniche in movimento. "Cerca di calmarti, Ana" implora il mio subconscio torturato.

«I libri» sussurro, ma la vocina interiore sta gridando: "Tu! Tu sei la mia passione". La soffoco subito, avvilita che la mia psiche alzi la cresta in questo modo.

«Che genere di libri?» Piega la testa di lato. "Perché gli interessa tanto?"

«Oh, le solite cose. I classici. Soprattutto letteratura inglese.»

Lui si gratta il mento con il pollice e l'indice mentre riflette sulla mia risposta. O forse è solo annoiato a morte e sta cercando di nasconderlo.

«Le serve altro?» Devo cambiare argomento... quelle dita, quel volto sono troppo affascinanti.

«Non so. Cosa mi consiglia?»

Cosa gli consiglio? Ma se non so nemmeno cosa deve fare!

«Per il bricolage?»

Lui annuisce, con lo sguardo animato da una strana luce. Arrossisco, e i miei occhi si posano sui suoi jeans.

«Tute da lavoro» rispondo. Ormai so di aver perso il controllo.

Lui alza un sopracciglio, divertito.

«Non vorrà rovinarsi i vestiti.» Faccio un gesto vago in direzione dei suoi jeans.

«Posso sempre togliermeli.» Sorride.

«Ah.» Sento che le guance mi bruciano. "Smetti di parlare. Smetti SUBITO di parlare."

«Prenderò qualche tuta. Dio non voglia che rovini i miei vestiti» dice in tono impassibile.

Cerco di allontanare l'importuna immagine di lui senza pantaloni.

«A posto così?» gracchio, mentre gli porgo le tute blu.

Lui ignora la mia domanda.

«Come sta venendo l'articolo?»

Finalmente una domanda priva di insinuazioni e disorientanti doppi sensi... una domanda a cui posso rispondere. Mi ci aggrappo come a una scialuppa di salvataggio, e opto per la sincerità.

«Non lo sto scrivendo io, ma Katherine. Miss Kavanagh. La mia coinquilina, è lei la giornalista. È soddisfatta di come sta venendo. È il direttore del giornale, ed era molto avvilita di non averla potuta intervistare personalmente.» Mi sembra di aver preso una boccata di ossigeno... «Le dispiace solo di non avere sue foto.»

«Che genere di foto vorrebbe?»

Okay. Non avevo previsto questa replica. Scuoto la testa, perché non lo so.

«Be', io sono in zona. Domani, magari...»

«Sarebbe disponibile a posare per un servizio fotografico?» La mia voce è di nuovo stridula. Kate sarebbe al settimo cielo se riuscissi a mettere a segno questo colpo. "E tu potresti rivederlo domani" sussurra suadente quel punto oscuro alla base del mio cervello. Cancello quell'idea: non c'è niente di più stupido e ridicolo di...

«Kate ne sarebbe entusiasta... sempre che riusciamo a trovare un fotografo.» Sono così contenta che gli faccio un ampio sorriso. Lui socchiude le labbra come se dovesse prendere fiato e sbatte le palpebre. Per una frazione di secondo, sembra quasi smarrito, e la terra si sposta leggermente sul suo asse, le placche tettoniche scivolano in una nuova posizione.

"Oddio. Lo sguardo smarrito di Christian Grey."

«Mi faccia sapere per domani.» Tira fuori il portafoglio dalla tasca posteriore dei pantaloni. «Ecco il mio biglietto da visita. C'è anche il mio numero di cellulare. Mi chiami prima delle dieci del mattino.»

«Okay.» Gli sorrido. Kate sarà elettrizzata.

«Ana!»

In fondo al reparto si è materializzato Paul. È il fratello più giovane di Mr Clayton. Avevo sentito che era rientrato da Princeton, ma non mi aspettavo di vederlo oggi.

«Ehm, mi scusi un secondo, Mr Grey.» Lui aggrotta la fronte, mentre gli volto le spalle.

Paul è mio amico da sempre, e visto lo strano dialogo che sto avendo con il ricco, potente, superbello maniaco del controllo Grey, è fantastico parlare con una persona normale. Paul mi abbraccia forte, cogliendomi di sorpresa.

«Ana, ciao, sono troppo felice di vederti!» esclama.

«Ciao, Paul, come va? Sei a casa per il compleanno di tuo fratello?»

«Già. Hai un aspetto magnifico. Davvero magnifico.» Mi sorride, esaminandomi a distanza ravvicinata. Poi allenta la stretta, ma continua a tenermi un braccio protettivo sulla spalla. Io sposto il peso da una gamba all'altra, imbarazzata. È bello vedere Paul, ma è sempre stato troppo espansivo.

Quando lancio un'occhiata a Christian Grey, vedo che ci sta osservando come un falco, con gli occhi grigi socchiusi e pensierosi, le labbra strette in una linea dura e impassibile. Il cliente stranamente interessato si è trasformato in qualcun altro, una persona gelida e distante.

«Paul, sono con un cliente. Una persona che dovresti conoscere» dico, cercando di disinnescare l'antagonismo che vedo nell'espressione di Grey. Trascino Paul a fare la sua conoscenza, e i due si soppesano. L'atmosfera all'improvviso è polare.

«Ehm, Paul, ti presento Christian Grey. Mr Grey, Paul Clayton. Suo fratello è il proprietario del negozio.» Per qualche strano motivo, sento di dover dare altre spiegazioni.

«Conosco Paul da quando lavoro qui, anche se non ci vediamo spesso. È appena tornato da Princeton, dove studia gestione aziendale.» La sto facendo troppo lunga... "Fermati adesso!"

«Mr Clayton.» Christian tende la mano, con un'espressione indecifrabile.

«Mr Grey.» Paul gliela stringe. «Aspetti un attimo... *quel* Christian Grey? Della Grey Enterprises Holdings?» Paul passa dalla stizza al timore reverenziale in un nanosecondo. Grey gli rivolge un sorriso gentile che non coinvolge gli occhi.

«Wow... Posso fare qualcosa per lei?»

«Ha già provveduto Anastasia, Mr Clayton. È stata molto premurosa.» La sua espressione è impassibile, ma le sue parole... è come se stesse dicendo qualcosa di completamente diverso. È sconcertante.

«Ottimo» replica Paul. «Ci vediamo dopo, Ana.»

«Certo, Paul.» Lo guardo sparire verso il magazzino. «Le serve altro, Mr Grey?»

«Solo queste cose.» Ha un tono freddo e risoluto. Dio... non si sarà offeso? Con un respiro profondo, mi giro e mi dirigo verso la cassa. "Che problema c'è, adesso?"

Batto la corda, le tute, il nastro adesivo di carta e le fascette stringicavo.

«Sono quarantatré dollari.» Alzo lo sguardo su Grey e vorrei non averlo fatto. Mi sta osservando attentamente, con i suoi occhi intensi e misteriosi. È inquietante.

«Vuole un sacchetto?» gli chiedo, mentre prendo la sua carta di credito.

«Sì, grazie, Anastasia.» La sua lingua accarezza il mio nome. Mi sembra di non riuscire a respirare. Infilo rapidamente i suoi acquisti in un sacchetto di plastica.

«Mi chiamerà se vorrà fare il servizio fotografico?» Ha ripreso l'abituale pragmatismo. Annuisco, senza dire una parola, e gli restituisco la carta di credito.

«Bene. A domani, forse.» Si volta per andarsene, poi si ferma. «Ah... e... Anastasia, sono felice che Miss Kavanagh non abbia potuto fare l'intervista.» Sorride, poi con rinnovata energia si dirige fuori dal negozio, facendo penzolare il sacchetto dalla spalla e lasciandomi tremante e in balia di una tempesta ormonale. Prima di tornare sulla terra passo diversi minuti a fissare la porta da cui è uscito.

"E va bene... mi piace." Ecco, dentro di me l'ho ammesso. Non posso continuare a negare i miei sentimenti. Non mi sono mai sentita così. Lo trovo attraente, molto attraente. Ma è una causa persa, lo so, e sospiro con un rimpianto dolceamaro. La sua venuta qui è stata solo una coincidenza. Comunque, posso sempre ammirarlo da lontano, no? Non può certo farmi male. E se trovo un fotografo, domani potrò ammirarlo meglio. A quel pensiero, mi mordo il labbro e mi sorprendo a ridere tra me e me come una scolaretta. Devo chiamare Kate e organizzare il servizio fotografico.

3

Kate è entusiasta.

«Ma cosa ci faceva lui da Clayton?» Sprizza curiosità da tutti i pori: lo percepisco attraverso il telefono. Mi sono rifugiata nel magazzino, sforzandomi di assumere un tono noncurante.

«Era in zona.»

«Penso che sia una coincidenza notevole, Ana. Non credi che sia venuto per vedere te?» Il cuore mi balza nel petto a quella prospettiva, ma la gioia dura poco. La banale, deludente realtà è che è venuto per lavoro.

«Ha visitato il dipartimento di agraria dell'università. Sta finanziando alcune ricerche» mormoro.

«Ah, già. Ha fatto una donazione di due milioni e mezzo al dipartimento.»

"Wow."

«Come fai a saperlo?»

«Ana, sono una giornalista, e ho scritto un suo profilo. Sapere queste cose è il mio lavoro.»

«Okay, reporter d'assalto, calmati. Dunque, le vuoi o no queste foto?»

«È ovvio che le voglio. La domanda è solo chi le farà e dove.»

«Dove, possiamo chiederlo a lui. Ha detto che è in zona.»

«Puoi contattarlo?»

«Ho il suo numero di cellulare.»

Kate fa un gemito di sorpresa.

«Lo scapolo più ricco, sfuggente e misterioso dello Stato di Washington ti ha dato il suo numero di cellulare?»

«Be'... sì.»

«Ana! Gli piaci. Non ci sono dubbi.»

«Kate, sta solo cercando di essere gentile.» Ma nel momento stesso in cui pronuncio queste parole, so che non sono vere. Christian Grey non ci tiene a spacciarsi per una persona gentile. È educato, tutto qui. Ma la vocina interiore sussurra: "Forse Kate ha ragione". Mi si accappona la pelle al pensiero che forse, solo forse, potrei piacergli. In fin dei conti, ha detto che era contento che Kate non avesse potuto fare l'intervista. Mi crogiolo in quella gioia silenziosa, stringendomi tra le braccia e oscillando da un piede all'altro, e accarezzo per un breve momento la possibilità di aver davvero fatto colpo su di lui. Kate mi riporta al presente.

«Non so a chi possiamo chiedere di scattare il servizio. Levi, il nostro fotografo ufficiale, non può. È tornato a casa a Idaho Falls per il weekend. Si incazzerà quando saprà di essersi fatto scappare l'occasione di fotografare uno degli uomini d'affari più importanti degli Stati Uniti.»

«Mmh... Se lo chiedessimo a José?»

«Ottima idea! Chiediglielo tu... Farebbe qualsiasi cosa per te. Poi chiama Grey e scopri dove vuole che ci incontriamo.» Kate è insopportabilmente sdegnosa nei confronti di José.

«Penso che dovresti chiamarlo tu.»

«Chi, José?» ridacchia Kate.

«No, Grey.»

«Ana, sei tu ad avere il contatto.»

«Contatto?» strillo, e la mia voce si alza di diverse ottave. «Ma se lo conosco appena.»

«Almeno ci hai parlato» sottolinea lei con amarezza. «E a quanto pare, lui ha una gran voglia di conoscerti meglio.

Ana, chiamalo e basta» taglia corto, prima di riattaccare. Certe volte è così autoritaria! Aggrotto la fronte e faccio una linguaccia al cellulare.

Sto lasciando un messaggio per José quando Paul entra nel magazzino in cerca della carta vetrata.

«C'è un sacco di gente là fuori, Ana» dice, senza astio.

«Sì, be'… mi dispiace» borbotto, facendo per andarmene.

«Allora, come mai conosci Christian Grey?» La noncuranza nel tono di Paul è poco convincente.

«Ho dovuto intervistarlo per il giornale studentesco. Kate non stava bene.» Mi stringo nelle spalle, cercando di sembrare indifferente, ma senza risultati migliori dei suoi.

«Christian Grey da Clayton. Chi l'avrebbe mai detto?» sbuffa Paul, sbigottito. Scuote la testa come per schiarirsi le idee. «Comunque, ti va di bere qualcosa insieme, stasera?»

Ogni volta che è a casa, Paul mi invita a uscire e io gli rispondo di no. È una specie di rituale. Non mi è mai sembrata una buona idea frequentare il fratello del mio datore di lavoro, e poi Paul ha la bellezza del tipico ragazzone americano della porta accanto, ma non è un eroe letterario, neanche con uno sforzo di fantasia.

«Non avete una cena di famiglia o qualcosa del genere in onore di tuo fratello?»

«Quella è domani.»

«Magari un'altra volta, Paul. Stasera devo studiare. La prossima settimana ho gli esami.»

«Ana, prima o poi mi dirai di sì.» Sorride, mentre io scappo verso il negozio.

«Ma io fotografo luoghi, Ana, non persone» sbuffa José.

«José, per favore!» lo supplico. Mi aggiro per il nostro appartamento come un'anima in pena, stringendo in mano il cellulare e guardando dalla finestra la luce calante della sera.

«Dammi quel telefono.» Kate me lo strappa, gettandosi i morbidi capelli ramati dietro la spalla.

«Stammi a sentire, José Rodriguez, se vuoi che il giornale si occupi dell'inaugurazione della tua mostra, domani farai questo servizio per noi, chiaro?» Kate sa essere terribilmente dura. «Bene. Ana ti richiamerà per dirti il luogo e l'ora. Ci vediamo domani.» Chiude il telefono di scatto.

«Fatto. Ora dobbiamo solo decidere dove e quando. Chiamalo.» Mi porge il cellulare, e il mio stomaco si contorce.

«Chiama Grey, subito!»

La guardo furiosa e cerco il biglietto da visita nella tasca posteriore dei pantaloni. Faccio un bel respiro per calmarmi e, con le dita tremanti, digito il numero.

Lui risponde al secondo squillo. Il suo tono è freddo, efficiente. «Pronto?»

«Ehm… Mr Grey? Sono Anastasia Steele.» Sono tanto nervosa che quasi non riconosco la mia voce. Una breve pausa. Sto tremando.

«Miss Steele, che piacere sentirla!» Ha cambiato tono. È sorpreso, credo, e sembra… amichevole, quasi suadente. Mi si ferma il respiro e arrossisco. All'improvviso mi rendo conto che Katherine mi sta fissando a bocca aperta, e mi rifugio in cucina per evitare il suo sguardo indiscreto.

«Dunque… vorremmo procedere con il servizio fotografico per l'articolo.» "Respira, Ana, respira." I miei polmoni inalano una veloce boccata d'ossigeno. «Domani, se per lei va bene. Dove le farebbe comodo?»

Mi sembra quasi di vedere il suo sorriso da sfinge attraverso il telefono.

«Alloggio all'Heathman di Portland. Facciamo domattina qui alle nove e mezzo?»

«Perfetto, ci vediamo lì.» Sono emozionata e ansimante, come se fossi una bambina, anziché una donna adulta che può votare e bere alcolici nello Stato di Washington.

«Non vedo l'ora, Miss Steele.» Immagino la scintilla maliziosa nei suoi occhi grigi. "Come riesce a trasformare poche semplici parole in una promessa così allettante?" Riattacco. Kate è in cucina, e mi sta guardando con un'espressione attonita.

«Anastasia Rose Steele, quell'uomo ti piace! Non ti ho mai vista o sentita così, così... turbata da nessun altro prima. Sei addirittura arrossita.»

«Oh, Kate, sai che arrossisco per qualsiasi cosa. È il mio marchio di fabbrica. Non dire assurdità» sbotto. Lei mi guarda sbigottita, perché è raro che io perda le staffe. Mi calmo in fretta. «È solo che lui... mi intimidisce. Tutto qui.»

«L'Heathman, niente meno» mormora Kate. «Darò un colpo di telefono al direttore dell'albergo e gli chiederò uno spazio per fare il servizio fotografico.»

«Io intanto preparo la cena. Poi dovrò mettermi a studiare.» Mentre apro la dispensa, non riesco a nascondere un moto di irritazione verso la mia amica.

Durante la notte sono irrequieta, continuo a rigirarmi nel letto e a sognare penetranti occhi grigi, tute da lavoro, lunghe gambe, dita sottili e oscuri luoghi inesplorati. Mi sveglio due volte con il cuore in gola. "Oh, domani avrò un aspetto fantastico dopo aver dormito così poco" mi rimprovero. Abbraccio il cuscino e cerco di calmarmi.

L'Heathman Hotel si trova nel centro di Portland. L'imponente edificio di pietra marrone fu completato subito prima del crollo della Borsa alla fine degli anni Venti. José, Travis e io viaggiamo sul mio Maggiolino, mentre Kate guida la sua Mercedes, perché non ci stiamo tutti in una sola auto. Travis, un amico e assistente di José, è venuto ad aiutarlo con le luci. Kate è riuscita a ottenere l'utilizzo gratuito di una stanza dell'hotel per il mattino, in cambio di una citazione dell'albergo nell'articolo. Quando spiega alla reception che siamo lì per fotografare l'amministratore delegato Christian Grey, veniamo immediatamente promossi a una suite. Solo una suite di normali dimensioni, tuttavia, dato che a quanto pare Mr Grey occupa la più spaziosa dell'albergo. Un iperentusiasta dirigente marketing ci fa strada; è incredibilmente giovane e, per qualche motivo, molto nervoso. Sospetto che la bellezza e le maniere autorevoli di Kate lo disarmino, perché si comporta come creta nelle sue mani. Le stanze sono eleganti, raffinate e sontuosamente arredate.

Sono le nove: abbiamo mezz'ora per montare il set. Kate è in piena frenesia.

«José, direi che potremmo scattare contro quella parete, che ne dici?» Non aspetta la risposta. «Travis, sposta le sedie. Ana, ti dispiace chiedere al cameriere di portare qualcosa da bere? E fai sapere a Grey dove siamo.»

"Sissignora." È proprio dispotica. Alzo gli occhi al cielo, ma faccio quel che mi dice.

Mezz'ora dopo Christian Grey entra nella suite.

"Accidenti!" Indossa una camicia bianca con il colletto aperto e pantaloni grigi di flanella che gli cadono alla perfezione sui fianchi. La sua chioma ribelle è ancora umida dopo la doccia. Rimango a bocca aperta, mentre lo guardo... È sexy da morire. È seguito da un uomo sulla trentina – capelli a spazzola, barba corta e ispida, vestito con un elegante completo scuro e cravatta in tinta – che rimane silenzioso in un angolo, a scrutarci con i suoi impassibili occhi nocciola.

«Miss Steele, ci incontriamo di nuovo.» Grey mi tende la mano e io gliela stringo... Oddio... è davvero, è proprio... Mentre gli tocco la mano, sento quella deliziosa scossa che mi percorre, mi accende, mi fa avvampare, e sono certa che il mio respiro affannoso è percepibile.

«Mr Grey, le presento Katherine Kavanagh» farfuglio, sventolando una mano verso Kate che si fa avanti, guardandolo dritto negli occhi.

«La tenace Miss Kavanagh. È un piacere.» Le fa un piccolo sorriso, con l'aria sinceramente divertita. «Spero che si sia ripresa. Anastasia mi ha detto che la scorsa settimana è stata male.»

«Sto bene, grazie, Mr Grey.» Kate gli stringe la mano con forza, senza battere ciglio. Ricordo a me stessa che la mia amica ha frequentato le migliori scuole private di Washington. La sua famiglia è ricca, e lei è cresciuta sicura di sé e del proprio posto nel mondo. Non si fa intimidire da nessuno. Quanto la ammiro!

«La ringrazio per aver trovato il tempo di fare questo servizio fotografico» dice, con un sorriso cortese e professionale.

«È un piacere» replica lui, guardandomi e facendomi arrossire di nuovo. Maledizione!

«Questo è José Rodriguez, il nostro fotografo» dico, sorridendo a José, che contraccambia il sorriso con affetto. Il suo sguardo si raffredda quando si sposta su Grey.

«Mr Grey» saluta, con un cenno del capo.

«Mr Rodriguez.» Anche lo sguardo di Grey cambia, posandosi su José.

«Dove vuole che mi metta?» gli chiede poi, con un tono che suona vagamente minaccioso. Ma Katherine non ha intenzione di lasciare a José la regia.

«Mr Grey, potrebbe sedersi qui, per favore? Faccia attenzione ai cavi delle luci. Poi faremo qualche scatto in piedi.» Gli indica una poltrona appoggiata alla parete.

Travis accende le luci, abbagliando per un attimo Grey, e borbotta delle scuse. Poi lui e io ci allontaniamo e guardiamo José all'opera. Scatta diverse foto con la macchina in mano, chiedendo a Grey di voltarsi da una parte, poi dall'altra, di muovere un braccio, di appoggiarlo di nuovo sul bracciolo. Quindi mette l'apparecchio sul cavalletto ed esegue una serie di altri scatti, mentre Grey sta seduto in posa, con pazienza e naturalezza, per una ventina di minuti. Il mio desiderio è diventato realtà: posso ammirare quell'uomo da lontano, ma non troppo. Per due volte i nostri occhi si incrociano, e io devo sottrarmi al suo sguardo torbido.

«Direi che può bastare per le foto da seduto» interviene Katherine. «Ne facciamo qualcuna in piedi, Mr Grey?»

Lui si alza, e Travis si affretta a spostare la poltrona. La Nikon di José ricomincia a scattare.

«Penso che ne abbiamo fatte abbastanza» annuncia José dopo cinque minuti.

«Fantastico» sentenzia Kate. «Grazie di nuovo, Mr Grey.» Gli stringe la mano, e lo stesso fa José.

«Non vedo l'ora di leggere il suo articolo, Miss Kavanagh» mormora Grey, e poi si gira verso di me, che sono vicina alla porta. «Le andrebbe di accompagnarmi, Miss Steele?» chiede.

«Certo» rispondo, colta alla sprovvista. Lancio un'occhiata nervosa a Kate, che si stringe nelle spalle. Noto che José, dietro di lei, aggrotta la fronte.

«Buona giornata a tutti» saluta Grey aprendo la porta, poi si scosta per lasciarmi passare.

"Oddio… E adesso? Che cosa vorrà?" Mi fermo nel corridoio dell'albergo in preda all'agitazione, mentre Grey esce dalla suite seguito da Mr Capelli a Spazzola nel suo elegante completo.

«Ci sentiamo, Taylor» gli dice. Taylor si allontana nella direzione opposta, mentre Grey posa il suo sguardo ardente su di me. "Merda… Avrò fatto qualcosa di sbagliato?"

«Mi chiedevo se ha voglia di prendere un caffè con me.» Il cuore mi balza in gola. Un appuntamento? "Christian Grey mi sta chiedendo di uscire con lui." Mi ha domandato se voglio un caffè. "Forse pensa che non ti sei ancora svegliata del tutto." Mi schiarisco la voce, cercando di controllare i nervi.

«In realtà, dovrei accompagnare gli altri a casa» abbozzo, tormentandomi le mani.

«Taylor!» grida lui, facendomi sobbalzare. Taylor fa dietrofront lungo il corridoio e torna verso di noi.

«Alloggiano all'università?» chiede Grey, con la sua voce

vellutata e inquisitoria. Io annuisco, troppo stordita per parlare.

«Può accompagnarli Taylor. È il mio autista. Abbiamo un grosso SUV, sul quale riuscirà a caricare anche l'attrezzatura.»

«Mr Grey?» dice Taylor con voce inespressiva, dopo averci raggiunti.

«Potrebbe accompagnare a casa il fotografo, il suo assistente e Miss Kavanagh?»

«Certo, signore» risponde lui.

«Ecco fatto. Ora può venire a prendere un caffè con me?» Grey sorride come se avesse appena concluso un affare.

«Mr Grey, ecco… Mi sembra davvero… Senta, non è necessario che Taylor li accompagni a casa.» Lancio una rapida occhiata all'autista, che rimane stoicamente impassibile. «Se mi dà un attimo, scambio la mia macchina con quella di Kate.»

Grey mi rivolge un abbagliante, spontaneo, naturale, splendido sorriso a tutta bocca. "Oddio…" Poi apre la porta della suite in modo che io possa passare. Io gli sguscio accanto per rientrare nella stanza, dove trovo Katherine immersa in una conversazione con José.

«Ana, penso proprio che tu gli piaccia» mi dice senza preamboli. José mi lancia uno sguardo di disapprovazione. «Però io non mi fido di quel tipo» aggiunge poi. Alzo la mano, sperando di zittirla. Per miracolo, ci riesco.

«Kate, se ti lascio il Maggiolino, posso usare la tua macchina?»

«Perché?»

«Christian Grey mi ha invitato a prendere un caffè con lui.»

Lei rimane a bocca aperta. Kate senza parole! Assaporo quel momento. Mi prende per un braccio e mi trascina nella stanza da letto della suite, accanto al soggiorno.

«Ana, c'è qualcosa in quell'uomo…» Il suo tono è pieno di apprensione. «È stupendo, sono d'accordo, ma temo che sia pericoloso. Soprattutto per una come te.»

«Cosa intendi con "una come te"?» chiedo, punta sul vivo.

«Una innocente come te, Ana. Sai cosa intendo» ribatte lei, con una certa irritazione. Arrossisco.

«Kate, è solo un caffè. Questa settimana iniziano gli esami, e devo studiare, per cui non starò via molto.»

Kate fa una smorfia come se stesse soppesando le mie parole. Alla fine, estrae dalla tasca le chiavi della sua macchina e me le porge. Io le lascio quelle della mia.

«Ci vediamo dopo. Non metterci molto, altrimenti mando qualcuno a cercarti.»

«Grazie.» La abbraccio.

Esco dalla suite e trovo Christian Grey ad attendermi, appoggiato alla parete, simile a un modello in posa per una rivista patinata.

«Okay, andiamo a prendere questo caffè» mormoro, diventando rossa come un peperone.

Lui sorride.

«Dopo di lei, Miss Steele.» Si raddrizza, facendomi segno con la mano di precederlo. Io mi avvio lungo il corridoio, con le ginocchia che tremano, le farfalle nello stomaco e il cuore che batte all'impazzata. "Sto per bere un caffè con Christian Grey... e io detesto il caffè."

Percorriamo insieme l'ampio corridoio fino all'ascensore. "Cosa dovrei dirgli?" La mia mente è di colpo paralizzata. Di cosa parleremo? Cosa mai posso avere in comune con lui? La sua voce calda e vellutata mi riscuote dalle mie fantasticherie.

«Da quanto tempo conosce Katherine Kavanagh?»

Ecco una domanda facile per rompere il ghiaccio.

«Dal nostro primo anno all'università. È una buona amica.»

«Mmh» fa lui, evasivo. A cosa starà pensando?

Preme il pulsante di chiamata dell'ascensore e il segnale sonoro di arrivo suona quasi subito. Le porte si aprono su una giovane coppia avvinta in un abbraccio appassionato. Sorpresi e imbarazzati, i due si separano di scatto, guardando con aria colpevole in tutte le direzioni tranne che nella nostra.

Mi sto sforzando di mantenere un'espressione seria, quindi fisso il pavimento, sentendomi avvampare. Quando sbircio Grey di sottecchi, ha l'ombra di un sorriso sulle labbra, ma è difficile esserne certi. La giovane coppia non dice una parola, e scendiamo al pianoterra in un silenzio impacciato. Non c'è nemmeno la tipica musichetta di sottofondo a distrarci.

Le porte si aprono e, con mia grande sorpresa, Grey mi prende la mano, stringendola. Sento la scossa attraversarmi e il mio battito, già rapido, accelera. Mentre mi scorta fuori dall'ascensore, udiamo le risatine soffocate della coppia esplodere alle nostre spalle. Grey sorride.

Attraversiamo l'immensa, brulicante hall dell'albergo, ma Grey evita le porte girevoli, e mi chiedo se sia perché così dovrebbe lasciarmi la mano.

Fuori è una bella domenica di maggio. Il sole splende e il traffico è scarso. "Sono in mezzo alla strada, e Christian Grey mi sta tenendo per mano." Nessuno mi ha mai tenuta per mano. Mi gira la testa, e un brivido mi corre lungo il corpo. Tento di soffocare un assurdo sorriso da un orecchio all'altro. "Cerca di calmarti, Ana."

Camminiamo per quattro isolati prima di raggiungere la Portland Coffee House, dove Grey mi lascia la mano per aprire la porta del locale e farmi entrare.

«Perché non sceglie un tavolo, mentre faccio le ordinazioni? Che cosa prende?» chiede, educato come sempre.

«Prendo… ehm… un tè English Breakfast, con la bustina a parte.»

Lui alza le sopracciglia.

«Niente caffè?»

«Non sono un'amante del caffè.»

Sorride.

«D'accordo, tè con bustina a parte. Dolce…?»

Per un attimo, rimango sbigottita, pensando che sia un modo affettuoso di rivolgersi a me, ma per fortuna interviene la mia vocina interiore. "No, scema... chiede se vuoi lo zucchero nel tè."

«No, grazie.» Mi guardo le mani.

«Qualcosa da mangiare?»

«No, grazie.» Si dirige verso il bancone.

Gli lancio un'occhiata di sottecchi mentre si mette in coda, in attesa di essere servito. Potrei stare tutto il giorno a guardarlo... È alto, slanciato, con le spalle forti... e il modo in cui i pantaloni gli cadono sui fianchi... Una o due volte si passa le dita tra i capelli, che adesso sono asciutti ma sempre scarmigliati. Mmh... quanto vorrei farlo io. Mi mordo il labbro e abbasso gli occhi, perché non mi piace la direzione che stanno prendendo i miei imprevedibili, imbarazzanti pensieri.

«A cosa sta pensando?» Grey è accanto a me, e mi coglie di sorpresa.

Divento paonazza. "Stavo pensando di accarezzare i tuoi capelli e mi chiedevo se al tatto fossero morbidi come sembrano." Scuoto la testa. Lui ha portato un vassoio, che posa sul piccolo tavolo rotondo. Mi porge una tazza sul piattino, una piccola teiera e, a parte, un secondo piattino con una bustina di tè su cui c'è scritto TWININGS ENGLISH BREAKFAST: la mia marca preferita. Per sé ha preso una tazza di caffè macchiato con un grazioso motivo di foglie disegnato sul latte. Ha ordinato anche un muffin ai mirtilli. Dopo aver scostato il vassoio, si siede di fronte a me. Sembra così sicuro di sé, così tranquillo, così a suo agio nel proprio corpo, che mi fa invidia. Io sono maldestra e scoordinata, a stento capace di andare dal punto A al punto B senza cadere lunga distesa.

«A cosa sta pensando?» ripete.

«Questo è il mio tè preferito.» La mia voce è bassa, ansimante. Non riesco proprio a credere di essere seduta davanti a Christian Grey in una caffetteria di Portland. Capisce che gli sto nascondendo qualcosa. Immergo la bustina nella teiera e quasi subito la ripesco con il cucchiaino. Mentre la poso sul piatto, lui china la testa e mi guarda con aria interrogativa.

«Mi piace che il tè sia leggero» mormoro a mo' di spiegazione.

«Capisco. Lui è il suo fidanzato?»

"Eh??... Cosa?"

«Chi?»

«Il fotografo. José Rodriguez.»

Scoppio a ridere, imbarazzata ma curiosa. Che cosa gli ha dato questa impressione?

«No. José è un mio caro amico, ma niente di più. Perché ha pensato che fosse il mio fidanzato?»

«Il modo in cui lei gli ha sorriso, e in cui lui ha contraccambiato il suo sorriso.» Fissa gli occhi nei miei. È così inquietante. Vorrei distogliere lo sguardo, ma sono catturata... ipnotizzata.

«È più che altro una specie di fratello» mormoro.

Grey annuisce, apparentemente soddisfatto della risposta, e contempla il suo muffin. Poi lo libera dalla carta in poche mosse. Io lo guardo affascinata.

«Ne vuole un pezzetto?» chiede. Sulle sue labbra ritorna quel sorriso divertito e misterioso.

«No, grazie.» Aggrotto la fronte e ricomincio a guardarmi le mani.

«E il ragazzo che mi ha presentato ieri al negozio? Nemmeno lui è il suo fidanzato?»

«No. Paul è solo un amico. Gliel'ho detto ieri.» Uffa, questo gioco sta diventando stupido. «Perché me lo chiede?»

«Sembra nervosa con gli uomini.»

Accidenti, va sul personale. "Sono nervosa solo con te, Grey."

«Lei mi intimidisce.» Divento rossa come un peperone,

ma mi congratulo con me stessa per la sincerità. Lo sento inspirare profondamente.

«Capisco» annuisce. «Lei è molto schietta. La prego, non abbassi lo sguardo. Mi piace guardarla negli occhi.»

Oh. Gli lancio un'occhiata, e lui mi rivolge un sorriso incoraggiante, ma ironico.

«Mi dà un'idea di quali possano essere i suoi pensieri» sussurra. «Lei è un mistero, Miss Steele.»

«Non c'è niente di misterioso in me.»

«Penso che sia molto riservata» mormora.

Ah, sì? "Oddio… e adesso che cosa dico?" È spiazzante. "Riservata, io? Per carità."

«A parte quando arrossisce, il che accade spesso. Vorrei solo sapere cosa la fa arrossire.» Si infila un piccolo boccone di muffin in bocca e inizia a masticarlo, senza togliermi gli occhi di dosso. E, neanche a farlo apposta, arrossisco. "Merda!"

«Lei fa sempre commenti così personali?»

«Non me n'ero reso conto. L'ho offesa?» Sembra sorpreso.

«No» rispondo, ed è la verità.

«Bene.»

«Ma devo dire che non ha molto tatto.»

Grey alza le sopracciglia e, se non sbaglio, arrossisce appena anche lui.

«Sono abituato a fare a modo mio, Anastasia» mormora. «In tutte le cose.»

«Non ne dubito. Perché non mi ha chiesto di chiamarla per nome?» La mia audacia mi sorprende. Come mai questa conversazione è diventata così seria? Non sta andando nel modo che pensavo. Non riesco a credere di essere così polemica con lui, ma sento che cerca di tenermi a distanza.

«Le uniche persone che mi chiamano per nome sono i miei familiari e pochi amici intimi. Preferisco così.»

Oh. Non ha ancora detto: "Chiamami Christian". È un maniaco del controllo, non c'è altra spiegazione, e una parte di me sta pensando che forse sarebbe stato meglio se fosse andata Kate a intervistarlo. Due maniaci del controllo insieme. Inoltre, lei è quasi bionda – be', in realtà, ramata – come tutte le donne nel suo ufficio. "Ed è bella" mi ricorda la vocina interiore. Non mi piace l'idea di Christian e Kate insieme. Prendo un sorso di tè, e Grey mangia un altro pezzetto di muffin.

«Lei è figlia unica?» chiede.

"Oddio"… Continua a cambiare strategia. «Sì.»

«Mi racconti dei suoi genitori.»

E perché mai? È una noia mortale.

«Mia madre vive in Georgia con il suo nuovo marito, Bob. Il mio patrigno vive a Montesano.»

«E suo padre?»

«È morto quand'ero appena nata.»

«Mi dispiace» mormora, e un fuggevole sguardo turbato gli attraversa il viso.

«Non ho nessun ricordo di lui.»

«E sua madre si è risposata?»

Sbuffo.

«Può ben dirlo.»

Aggrotta la fronte.

«Non lascia trapelare molto, eh?» dice seccamente, strofinandosi il mento come se fosse immerso in una profonda riflessione.

«Neanche lei.»

«Mi ha già intervistato una volta, e ricordo qualche domanda pungente.» Mi strizza l'occhio.

Sta pensando alla domanda sull'omosessualità. Di nuovo, sono mortificata. Nei prossimi anni, lo so, avrò bisogno di sedute psicoanalitiche per non sentirmi imbarazzata ogni volta che ricorderò quel momento. Inizio a farfugliare qualcosa su mia madre… qualsiasi cosa per reprimere quel ricordo.

«Mia madre è incredibile. È un'inguaribile romantica. Al momento è al quarto marito.»

Christian mi guarda sorpreso.

«Mi manca» continuo. «Adesso ha Bob. Spero solo che lui riesca ad aver cura di lei e a raccogliere i cocci quando i suoi progetti sventati non vanno come previsto.» Faccio un sorriso affettuoso. È tanto tempo che non vedo mia madre. Grey mi osserva con attenzione, mentre sorseggia il caffè. Dovrei proprio evitare di guardargli la bocca. Mi mette a disagio.

«Va d'accordo con il suo patrigno?»

«Molto. Mi ha cresciuto. È l'unico padre che conosco.»

«E che tipo è?»

«Ray? È... taciturno.»

«Tutto qui?» chiede Grey, sorpreso.

Mi stringo nelle spalle. Cosa si aspetta quest'uomo? La storia della mia vita?

«Taciturno come la figliastra» suggerisce Grey.

Mi trattengo dal fare una smorfia esasperata.

«Ama il calcio, soprattutto quello europeo, il bowling, la pesca con la mosca, e costruire mobili. È un falegname. Ex militare.» Sospiro.

«Ha vissuto con lui?»

«Sì. Mia madre ha incontrato il Marito Numero Tre quando avevo quindici anni. Io sono rimasta con Ray.»

Aggrotta la fronte, come se non capisse.

«Non ha voluto vivere con sua madre?» chiede.

"Davvero, non sono affari suoi."

«Il Marito Numero Tre viveva in Texas. Casa mia era a Montesano. E... sa, mia madre era appena sposata.» Mi interrompo. Mia madre non parla mai del Marito Numero Tre. Dove vuole arrivare Grey con questo interrogatorio? Non sono affari suoi. "Deve mettersi in gioco anche lui."

«Mi dica dei suoi genitori» chiedo.

Lui alza le spalle.

«Mio padre fa l'avvocato, mia madre la pediatra. Vivono a Seattle.»

Oh… una famiglia benestante. Penso a una coppia di successo che adotta tre bambini, uno dei quali diviene un uomo splendido che entra nel mondo degli affari e raggiunge la vetta senza l'aiuto di nessuno. Cosa lo avrà fatto diventare così? Chissà come sono fieri i suoi genitori.

«Cosa fanno i suoi fratelli?»

«Elliot lavora nell'edilizia e mia sorella minore vive a Parigi, dove studia cucina con qualche rinomato chef francese.» Il suo sguardo si vela di irritazione. Non ha voglia di parlare di sé o della sua famiglia.

«Dicono che Parigi è bellissima.» Perché non vuole parlare della sua famiglia? Forse perché è stato adottato?

«È vero. C'è mai stata?» chiede, dimenticando la sua irritazione.

«Non ho mai lasciato gli Stati Uniti.» Ed eccoci tornati alle chiacchiere inoffensive. Cosa nasconde quest'uomo?

«Le piacerebbe andarci?»

«A Parigi?» chiedo, esterrefatta. La sua domanda mi confonde… Chi non vorrebbe andare a Parigi? «Certo» rispondo. «Ma il posto che vorrei visitare più di tutti è l'Inghilterra.»

Lui china la testa di lato, passandosi l'indice sul labbro inferiore… "Oddio."

«Come mai?»

Sbatto le palpebre più volte. "Concentrati, Steele."

«È la patria di Shakespeare, della Austen, delle sorelle Brontë, di Thomas Hardy. Mi piacerebbe tanto vedere i luoghi che hanno ispirato quelle opere meravigliose.»

Tutto questo parlare dei grandi della letteratura mi ricorda che dovrei essere a casa a studiare. Guardo l'orologio. «È meglio che vada. Devo studiare.»

«Per gli esami?»

«Sì. Iniziano martedì.»

«Dov'è l'auto di Miss Kavanagh?»

«Nel parcheggio dell'albergo.»

«La accompagno.»

«Grazie per il tè, Mr Grey.»

Lui fa quel suo strano sorriso che sembra voler dire: "Ho un segreto scottante e non lo rivelo a nessuno".

«Di niente, Anastasia. È stato un piacere. Venga» mi ordina, porgendomi la mano. Io la prendo, sconcertata, e lo seguo fuori dalla caffetteria.

Torniamo verso l'Heathman in un silenzio che definirei privo di imbarazzo. Lui, in realtà, è calmo e controllato come sempre. Io, invece, sto cercando disperatamente di valutare come sia andato il nostro piccolo appuntamento. Mi sembra di aver fatto un colloquio di lavoro, ma non capisco bene per quale mansione.

«Indossa sempre i jeans?» mi chiede Grey di punto in bianco.

«Quasi sempre.»

Annuisce. Siamo di nuovo all'incrocio di fronte all'albergo. La mia mente gira a vuoto. "Che domanda bizzarra…" E penso che il nostro tempo insieme sta per finire. Anzi, è finito, e io l'ho sprecato, lo so. Forse lui sta con qualcuno.

«Ha una fidanzata?» mi lascio sfuggire. Cavolo… "Non l'avrò detto a voce alta?"

Lui mi guarda, con un mezzo sorriso.

«No, Anastasia. Non sono un tipo da fidanzate» risponde sommessamente.

Ah… "E questo cosa vorrebbe dire? Non è gay. Oh, forse sì… merda!" Deve avermi mentito durante l'intervista. Per un attimo, mi illudo che prosegua dando qualche spiegazione, qualche indizio per decifrare la sua criptica affermazione, invece no. Devo andarmene. Devo cercare di raccogliere le idee. Devo allontanarmi da lui. Faccio qualche passo precipitoso e inciampo in mezzo alla strada.

«Maledizione, Ana!» urla Grey. Mi afferra così forte per la mano che gli vado a sbattere addosso, proprio mentre un ciclista in contromano ci supera in un lampo, mancandomi per un soffio.

Succede tutto così in fretta… un attimo prima sto caden-do, l'attimo dopo mi ritrovo tra le sue braccia e lui mi strin-ge forte al petto. Respiro il suo profumo fresco e intenso. Odora di biancheria pulita e di qualche costoso sapone. È inebriante.

«Tutto bene?» mormora. Con un braccio mi tiene stretta a sé, mentre con le dita dell'altra mano mi accarezza dol-cemente il viso, tastandomi con delicatezza, esplorandomi. Con il pollice, mi sfiora il labbro inferiore, e sento il suo re-spiro spezzarsi. Mi sta guardando negli occhi, e io reggo il suo sguardo ardente per un attimo, o forse a lungo… ma alla fine, la mia attenzione è attratta dalla sua splendida boc-ca. "Oddio." Per la prima volta in ventun anni, ho voglia di essere baciata. Ho voglia di sentire quella bocca sulla mia.

4

"Baciami, dannazione!" lo imploro, ma non riesco a muovermi. Sono paralizzata da un bisogno sconosciuto, completamente ammaliata. Sto fissando, ipnotizzata, la bocca perfettamente scolpita di Christian Grey, e lui mi guarda con gli occhi socchiusi, lo sguardo torbido. Ha un respiro più pesante del solito, mentre io ho smesso del tutto di respirare. "Sono tra le tue braccia. Baciami, ti prego." Lui abbassa le palpebre, respira a fondo, e scuote piano la testa come in risposta alla mia muta richiesta. Quando riapre gli occhi, sembra avere una nuova, incrollabile convinzione.

«Anastasia, dovresti stare alla larga da me. Non sono l'uomo per te» mormora, passando al tu. "Cosa? Perché mai dice una cosa del genere?" Semmai, dovrei essere io a giudicare. Lo guardo di traverso, confusa dal suo rifiuto.

«Respira, Anastasia, respira. Adesso ti aiuto a rimetterti in sesto e ti lascio andare» dice piano, e si stacca con dolcezza.

Una scarica di adrenalina mi ha attraversato il corpo, per lo scontro mancato con il ciclista o per l'inebriante vicinanza di Christian, lasciandomi debole e stordita. "No!" urla la mia vocina interiore quando lui si allontana, lasciandomi a secco. Mi tiene le mani sulle spalle, studiando le mie reazioni. E l'unica cosa a cui riesco a pensare è che volevo essere baciata, mi si leggeva in faccia, e lui non l'ha fatto.

"Non mi vuole. Ho mandato a puttane il nostro appuntamento, non c'è dubbio."

«Ho capito» mormoro, recuperando la voce. «Grazie» sussurro umiliata. Come ho potuto fraintendere fino a questo punto quel che c'era tra noi? Devo andarmene subito.

«Per cosa?» chiede, senza togliermi le mani dalle spalle.

«Per avermi salvata» mormoro.

«Quell'idiota stava andando contromano. Meno male che c'ero io. Mi vengono i brividi se penso a cosa poteva succederti. Vuoi entrare un attimo nell'hotel e sederti?» Lascia cadere le braccia lungo i fianchi, e io, in piedi di fronte a lui, mi sento una stupida.

Scuoto la testa per schiarirmi le idee. Voglio solo andarmene. Tutte le mie vaghe, inespresse speranze sono state distrutte. Lui non mi vuole. "Cosa ti eri messa in testa?" mi rimprovero. "Cosa potrebbe volere da te uno come Christian Grey?" mi sbeffeggia la vocina interiore. Mi circondo con le braccia e mi giro verso la strada, notando con sollievo che è apparso il verde. Mi affretto ad attraversare, sapendo che Grey è dietro di me. Davanti all'hotel, mi giro un attimo verso di lui, ma non riesco a guardarlo negli occhi.

«Grazie per il tè, e per le foto» mormoro.

«Anastasia… io…» Si interrompe, e il suo tono angosciato reclama la mia attenzione, quindi, riluttante, lo guardo. Si sta ravviando i capelli, con uno sguardo triste. Sembra lacerato, frustrato, la sua espressione severa, il suo perfetto autocontrollo sono evaporati.

«Cosa c'è, Christian?» sbotto irritata, dato che non completa la frase. Voglio solo andarmene via. Ho bisogno di portare lontano il mio fragile orgoglio ferito e trovare il modo di curarlo.

«In bocca al lupo per gli esami» sussurra.

"Come???!!!" È per questo che ha un'aria così desolata? È questa la grande frase d'addio? Un in bocca al lupo per gli esami?

«Grazie.» Non riesco a mascherare una nota di sarcasmo. «Addio, Mr Grey.» Giro sui tacchi, meravigliata di non inciampare, e senza più voltarmi sparisco lungo il marciapiede, in direzione del parcheggio sotterraneo.

Una volta al riparo del freddo, buio cemento del garage, con le sue squallide luci al neon, mi appoggio al muro e mi prendo la testa tra le mani. Che razza di idea mi ero fatta? Lacrime inopportune e irrefrenabili mi salgono agli occhi. "Perché sto piangendo?" Mi lascio scivolare a terra, furiosa con me stessa per questa reazione assurda. Mi rannicchio con le ginocchia al petto. Voglio diventare più piccola possibile. Forse così anche questo dolore assurdo diventerà più piccolo. Lascio che le mie irrazionali lacrime scorrano senza freno. Piango per aver perso una cosa che non ho mai avuto. "Che stupida." Piango per ciò che non c'è mai stato... per le mie speranze e i miei sogni infranti, per le mie aspettative finite nel nulla.

Non sono mai stata rifiutata in vita mia. Certo... ero sempre l'ultima scelta per la squadra di pallacanestro o di pallavolo, ma questo era comprensibile: correre e fare qualcos'altro in contemporanea, tipo far rimbalzare o lanciare una palla, non è pane per i miei denti.

In campo sentimentale, però, non mi sono mai messa in gioco. Una vita di insicurezze... Sono troppo pallida, troppo magra, troppo trasandata, scoordinata, e la lista potrebbe continuare all'infinito. Quindi sono sempre stata io a respingere qualsiasi spasimante. C'era un tipo del corso di chimica che mi veniva dietro, ma nessuno ha mai suscitato il mio interesse... nessuno, a parte Christian Grey. Forse dovrei essere più gentile con Paul Clayton e José Rodriguez, anche se sono certa che nessuno dei due si è mai ritrovato a singhiozzare in un angolo buio. Forse ho solo bisogno di piangere un po'.

"Smettila, adesso, smettila!" mi grida la vocina, esasperata. "Sali in macchina, vai a casa e mettiti a studiare. Dimenticalo… Immediatamente!" E basta con questa auto-commiserazione.

Faccio un respiro profondo per calmarmi e mi alzo. "Ricomponiti, Steele." Mi dirigo verso l'auto di Kate, asciugandomi le lacrime. Non penserò mai più a quell'uomo. Farò in modo che questo episodio mi serva da esperienza e mi concentrerò solo sugli esami.

Quando rientro, Kate è seduta al tavolo da pranzo davanti al computer. Il suo sorriso di benvenuto svanisce non appena mi vede.

«Ana, cos'è successo?»

Oh, no… non il *terzo grado* di Katherine Kavanagh. Scuoto la testa per farle capire che voglio essere lasciata in pace, ma lei è dura come il muro.

«Hai pianto.» A volte ha un vero talento per le ovvietà. «Cosa ti ha fatto quel bastardo?» ringhia, e la sua espressione mette davvero paura.

«Niente, Kate.» È proprio questo il problema. Quel pensiero mi suscita un sorriso amaro.

«E allora perché hai pianto? Tu non piangi mai» dice, con voce più dolce. Si alza, e vedo la preoccupazione nei suoi occhi verdi. Mi abbraccia forte. Devo dire qualcosa per tenerla buona.

«Ho rischiato di essere investita da un ciclista.» Non mi viene in mente niente di meglio, ma questo la distrae, almeno per il momento, da… lui.

«Oddio, Ana, stai bene? Ti sei fatta male?» Indietreggia e mi ispeziona rapidamente con lo sguardo.

«Christian mi ha salvato» mormoro. «Però sono un po' scossa.»

«Non mi sorprende. Com'è andato l'appuntamento? So che detesti il caffè.»

«Ho preso un tè. È andato bene. In realtà, non c'è nulla da riferire. Non so perché mi abbia invitato.»

«Gli piaci, Ana.» Mi lascia andare.

«Non più. Non credo che lo vedrò di nuovo.» Riesco a usare un tono realistico.

«Cioè?»

Accidenti, si è incuriosita. Mi dirigo verso la cucina perché non veda la mia espressione.

«Sai... è un po' fuori dalla mia portata, Kate» dico, cercando di rimanere impassibile.

«Cosa vuoi dire?»

«Dài, Kate, è evidente.» Mi giro verso di lei, che è sulla soglia della cucina.

«Non per me» sentenzia. «Okay, è più ricco di te, ma, se è per questo, è più ricco della maggior parte degli abitanti degli Stati Uniti!»

«Kate, lui è...» Mi stringo nelle spalle.

«Ana! Per l'amor del cielo... quante volte devo ripetertelo? Tu sei un gran bel bocconcino» mi interrompe. Oh, no. Ora parte con la solita solfa.

«Kate, ti prego. Devo studiare» taglio corto. Lei aggrotta la fronte.

«Vuoi vedere l'articolo? È pronto. José ha fatto delle foto fantastiche.»

Ho bisogno di un promemoria visivo del bellissimo Christian "Non-Voglio-Saperne-di-Te" Grey?

«Certo.» Mi stampo un sorriso in faccia e mi trascino verso il computer. Lui è lì, che mi fissa in bianco e nero... mi fissa e non mi trova all'altezza.

Fingo di leggere l'articolo, continuando a incrociare il suo inflessibile sguardo grigio e cercando nella foto qualche indizio del perché non sia l'uomo per me, per dirla con le sue parole. E di colpo è evidente, in maniera accecante. È troppo, troppo bello. Noi due siamo agli antipodi e veniamo da due mondi troppo diversi. Ho una visione di me stessa come Icaro, che per essersi avvicinato troppo al sole si brucia le ali e si schianta a terra. Quello che lui dice è ragionevole. Non è l'uomo per me. È questo che intendeva, e rende il suo rifiuto più facile da accettare… in un certo senso. Posso sopportarlo. Lo capisco.

«Ottimo lavoro, Kate» le dico. «Ora vado a studiare.» Per il momento non ci penserò più, giuro a me stessa, e, aperti i quaderni degli appunti, inizio a leggere.

Solo quando sono a letto, mentre cerco di addormentarmi, permetto ai miei pensieri di rivivere quella strana mattinata. Continuo a tornare sull'affermazione "Non sono un tipo da fidanzate" e mi rimprovero di non aver riflettuto su quel dettaglio prima, mentre ero tra le sue braccia e lo supplicavo con ogni fibra del mio corpo di baciarmi. L'aveva già detto chiaro e tondo: non voleva che fossi la sua fidanzata. Mi giro dall'altra parte, chiedendomi oziosamente se sia asessuato. Chiudo gli occhi e inizio a scivolare nel sonno. Magari si sta conservando per qualcuno. "Certo non per te." Il mio subconscio sonnolento mi sferra un'ultima stoccata prima di lasciarmi ai miei sogni.

E quella notte, sogno occhi grigi, disegni di foglie sul latte, e corse trafelate in posti bui con una lugubre illuminazione al neon, ma non so se sto correndo verso qualcosa o via da qualcosa… non si capisce.

Poso la penna. Finito. L'esame finale è fatto. Un sorriso da un orecchio all'altro mi si apre sul volto. Deve essere la prima volta che sorrido in tutta la settimana. È venerdì, e stasera si festeggia, ma si festeggia sul serio. Potrei addirittura prendere una sbronza, io che non mi sono mai ubriacata in vita mia! Guardo Kate, che continua a scrivere frenetica dall'altra parte della palestra, a cinque minuti dalla fine. Questa è la conclusione della mia carriera accademica. Non dovrò mai più sedermi in queste file di studenti isolati e ansiosi. Dentro la mia testa sto facendo le capriole, sapendo fin troppo bene che è l'unico posto in cui posso fare capriole senza rompermi l'osso del collo. Kate smette di scrivere e posa la penna. Mi lancia un'occhiata, e vedo che anche lei fa un sorriso uguale al mio.

Torniamo insieme al nostro appartamento sulla sua Mercedes, evitando di parlare dell'esame. Kate è più preoccupata di quello che indosserà stasera. Io sono impegnata a cercare le chiavi nella borsa.

«Ana, c'è un pacco per te.» Kate è in piedi sui gradini davanti alla porta d'ingresso, con un involto di carta marrone in mano. "Strano." Non ho ordinato niente da Amazon di recente. Mi consegna il pacco e prende le chiavi per aprire la porta. Il destinatario è "Miss Anastasia Steele". Mancano il nome e l'indirizzo del mittente. Forse me l'ha spedito mia mamma, o Ray.

«Sarà uno dei miei genitori.»

«Aprilo!» Kate, eccitata, si precipita in cucina per il nostro brindisi postesame.

Apro il pacco, e trovo una scatola parzialmente rivestita di pelle che contiene tre vecchi libri rilegati in stoffa, in perfette condizioni e a prima vista identici, con un semplice biglietto bianco. Su un lato, con l'inchiostro nero e una bella scrittura corsiva, c'è scritto:

Perché non mi hai detto che gli uomini sono pericolosi?
Perché non mi hai messo in guardia? Le gran dame sanno
come difendersi perché leggono romanzi che parlano di questi
artifizi…

Riconosco la citazione da *Tess dei d'Urberville*. E rimango sbalordita dalla coincidenza: ho appena passato tre ore a scrivere sui romanzi di Thomas Hardy per l'esame. O forse non c'è nessuna coincidenza… Forse è una cosa voluta. Esamino i libri, i tre volumi di *Tess dei d'Urberville*. Ne apro uno. Sul frontespizio, in caratteri antiquati, c'è scritto:

Londra, Jack R. Osgood, McIlvaine and Co., 1891.

Oddio… è una prima edizione. Deve valere una fortuna, e tutt'a un tratto so chi mi ha mandato quei libri. Kate li sta osservando da sopra la mia spalla. Prende il biglietto.

«Una prima edizione» mormoro.

«No!» Kate sbarra gli occhi incredula. «Grey?»

Annuisco.

«Non mi viene in mente nessun altro.»

«Cosa significa il biglietto?»

«Non ne ho idea. Penso che sia un avvertimento. In realtà, continua a mettermi in guardia. Non capisco perché, non mi sembra di stargli tanto con il fiato sul collo.» Aggrotto la fronte.

«So che non vuoi parlarne, Ana, ma lui è molto preso da te. Avvertimenti o meno.»

Durante tutta la settimana mi sono imposta di non fantasticare su Christian Grey. Certo, i suoi occhi grigi infestano ancora i miei sogni, e so che mi ci vorrà un'eternità per cancellare la sensazione delle sue braccia intorno a me e la sua meravigliosa fragranza. Perché mi ha mandato questo pacco? Mi ha detto che lui non è l'uomo per me.

«Ho trovato una prima edizione di *Tess* in vendita a New York per quattordicimila dollari. Ma questa sembra in condizioni migliori, deve essere costata di più.» Kate sta consultando il suo fido Google.

«Questa citazione è una frase che Tess dice a sua madre dopo che Alec d'Urberville l'ha maltrattata.»

«Lo so» replica Kate, pensierosa. «Cosa sta cercando di comunicarti?»

«Non lo so, e non m'importa. Non posso accettare questo regalo da lui. Gli rispedisco tutto con una citazione altrettanto enigmatica da qualche oscura parte del libro.»

«Il punto in cui Angel Clare la manda a quel paese?» chiede Kate con espressione molto seria.

«Sì, proprio quello» ridacchio. Adoro Kate; è così leale e pronta a sostenermi. Rimetto i libri nel pacco e li lascio sul tavolo da pranzo. Kate mi allunga un bicchiere di champagne.

«Alla fine degli esami e alla nostra nuova vita a Seattle!» esclama.

«Alla fine degli esami, alla nostra nuova vita a Seattle e a voti stellari.» Facciamo risuonare i bicchieri nel brindisi e beviamo.

Il bar è affollato e rumoroso, pieno di laureandi usciti a ubriacarsi. José è venuto con noi. Gli manca ancora un anno alla laurea, ma ha voglia di fare festa e ci introduce nello spirito della nostra nuova libertà offrendo una caraffa di margarita per tutti. Quando butto giù il quinto bicchiere, mi rendo conto che non è stata una buona idea mescolarlo con lo champagne.

«E adesso, Ana?» mi grida José per farsi sentire sopra quel frastuono.

«Kate e io andremo a vivere a Seattle. I suoi genitori le hanno comprato un appartamento lì.»

«*Dios mío*, ecco come si vive ai piani alti. Ma tornerete per la mia mostra?»

«Certo, José, non me la perderei per nulla al mondo.» Sorrido, e lui mi mette un braccio intorno alla vita e mi stringe a sé.

«Per me è molto importante che tu ci sia, Ana» mi mormora all'orecchio. «Un altro margarita?»

«José Luis Rodriguez, stai cercando di farmi ubriacare? Perché mi sa che ci stai riuscendo.» Sorrido. «Forse è meglio passare alla birra. Vado a prenderne una caraffa.»

«Altri drink, Ana!» strilla Kate.

Kate ha la resistenza di un cavallo. Tiene un braccio sulle spalle di Levi, un nostro compagno del corso di inglese, nonché fotografo ufficiale del giornale studentesco. Lui ha ormai rinunciato a scattare foto agli ubriaconi che lo circondano. Ha occhi solo per Kate, che indossa una camicetta striminzita, jeans attillati e tacchi a spillo, i capelli raccolti sulla testa con ciocche che le cadono morbide sul viso, ed è uno schianto come al solito. Io ho optato per il look Converse e maglietta, ma indosso i miei jeans più sexy. Sfuggo alla stretta di José e mi alzo dal tavolo.

Ops… mi gira la testa.

Devo aggrapparmi allo schienale della sedia. I cocktail a base di tequila non sono stati una buona idea.

Mi faccio strada fino al bancone e decido che mi conviene fare un salto in bagno finché mi reggo in piedi. "Bella pensata, Ana." Ovviamente c'è la coda, ma almeno il corridoio è silenzioso e fresco. Tiro fuori il cellulare per ingannare la noia dell'attesa. "Mmh… Chi ho chiamato per ultimo?" È stato José. Prima, c'è un numero che non riconosco. Ah, già. Grey… mi sa che è il suo numero. Faccio una risatina. Non ho idea di che ore siano, forse rischio di svegliarlo. Magari potrebbe spiegarmi perché mi ha mandato quei libri e quel messaggio criptico. Se vuole che stia lontana da lui, deve lasciarmi in pace. Soffoco un sorriso ubriaco e premo il pulsante di chiamata. Lui risponde al secondo squillo.

«Anastasia?» È sorpreso di sentirmi. A dirla tutta, sono sorpresa anch'io di averlo chiamato. Poi il mio cervello appannato realizza… come fa a sapere che sono io?

«Perché mi hai mandato quei libri?» farfuglio.

«Anastasia, ti senti bene? Sembri strana.» La sua voce suona preoccupata.

«Non sono io quella strana, sei tu» lo accuso. Ecco, gliel'ho detto, con l'audacia dell'alcol.

«Anastasia, hai bevuto?»

«E a te cosa importa?»

«Sono… curioso. Dove sei?»

«In un bar.»

«Quale bar?» Sembra esasperato.

«Un bar di Portland.»

«Come farai a tornare a casa?»

«Troverò un modo.» La conversazione non sta andando come avevo previsto.

«In quale bar ti trovi?»

«Perché mi hai mandato i libri, Christian?»

«Anastasia, dove sei? Dimmelo, subito.» Il suo tono è così... così risoluto! Il solito maniaco del controllo. Me lo vedo come un regista d'altri tempi, con indosso i pantaloni da fantino, un antiquato megafono e un frustino. L'immagine mi fa scoppiare a ridere.

«Sei così... dispotico» dico.

«Ana, dammi una mano, dove cazzo sei?»

Christian Grey che impreca... Faccio un'altra risatina. «Sono a Portland... è un bel viaggio da Seattle.»

«A Portland, dove?»

«Buonanotte, Christian.»

«Ana!»

Riattacco. Ah! Però non mi ha detto dei libri. Che disdetta. Missione non compiuta. In effetti, sono un po' ubriaca, la testa mi gira mentre mi trascino avanti, a mano a mano che la fila avanza. Certo, lo scopo della serata era ubriacarsi. E ci sono riuscita. Dunque è così che ci si sente... "Un'esperienza da non ripetere, direi." Adesso è il mio turno per il bagno. Guardo con occhi vitrei il poster sulla porta del gabinetto che celebra i vantaggi del sesso sicuro. Mio Dio, ho appena chiamato Christian Grey!? Il mio telefono squilla, facendomi sobbalzare. Grido dalla sorpresa.

«Pronto» dico, con voce timida. Non mi aspettavo quella chiamata.

«Sto venendo a prenderti» dice, poi riattacca. Solo Christian Grey è capace di suonare così calmo e al tempo stesso così minaccioso.

"Merda." Mi tiro su i jeans, con il cuore in gola. Sta venendo a prendermi? "Oh, no." Mi viene da vomitare... no... sto bene. Un attimo... mi sta solo prendendo in giro. Non gli ho detto dove sono, non può trovarmi. E poi, gli ci vorranno ore per arrivare da Seattle, e a quel punto ce ne saremo andati da un pezzo. Mi lavo le mani e mi guardo allo specchio. Sono rossa e un po' fuori fuoco. "Mmh... la tequila."

Aspetto la caraffa di birra al bancone per quella che sembra un'eternità e alla fine torno al tavolo.

«Ci hai messo un secolo» mi sgrida Kate. «Dove sei stata?»

«In coda per il bagno.»

José e Levi sono immersi in un acceso dibattito sulla squadra di baseball locale. José versa la birra a tutti, e io ne bevo una lunga sorsata.

«Kate, penso che sia meglio se vado fuori a prendere una boccata d'aria.»

«Ana, sei una bevitrice da strapazzo.»

«Solo cinque minuti.»

Mi faccio di nuovo largo in mezzo alla folla. Inizio a sentire un po' di nausea, la testa mi gira ancora e ho il passo malfermo. Più del solito.

Respirare l'aria fresca della sera nel parcheggio mi fa capire quanto sono ubriaca. Ci vedo doppio, proprio come nei vecchi cartoni animati di *Tom e Jerry*. Penso di essere sul punto di vomitare. Perché mi sono ridotta così?

«Ana.» José mi raggiunge. «Stai bene?»

«Temo di aver bevuto un po' troppo.» Gli faccio un debole sorriso.

«Anch'io» dice, guardandomi con i suoi penetranti occhi neri. «Hai bisogno di una mano?» mi chiede, e si avvicina, cingendomi le spalle con un braccio.

«José, sto bene. Ce la faccio.» Cerco di spingerlo via, ma senza molta forza.

«Ana, per favore» mormora, e mi prende tra le braccia, stringendomi a sé.

«José, che stai facendo?»

«Lo sai che mi piaci, Ana.» Mi tiene una mano sulla parte bassa della schiena e mi stringe a sé, mentre con l'altra mi solleva il mento. "Oh, accidenti, vuole baciarmi."

«No, José, smettila… no.» Lo spingo via, ma lui è una parete di muscoli, e non riesco a spostarlo di un millimetro. La sua mano è scivolata tra i miei capelli, e mi tiene ferma.

«Per favore, Ana, *cariño*» mi sussurra contro le labbra. Il suo alito è leggero e ha un odore dolciastro, di margarita e birra. Mi bacia dolcemente lungo la mascella, fino all'angolo della bocca. Mi sento in preda al panico, ubriaca, incapace di reagire. È una sensazione soffocante.

«José, no» lo supplico. "Non voglio." Sei il mio amico, e sento che sto per vomitare.

«Mi sembra che la signora abbia detto no» mormora una voce emersa dal buio. Oddio! Christian Grey è qui. Come è possibile? José molla la presa.

«Grey» si limita a dire José. Guardo Christian ansiosa. Sta fulminando José con gli occhi, furioso. Mi si rivolta lo stomaco, mi chino in avanti, il mio corpo ormai incapace di tenersi dentro l'alcol, e vomito sull'asfalto.

«Acc… *Dios mío*, Ana!» José salta indietro disgustato. Grey mi scosta i capelli dal volto e mi accompagna dolcemente verso un'aiuola soprelevata al margine del parcheggio. Noto, con profonda gratitudine, che è in penombra.

«Se vuoi vomitare di nuovo, fallo qui. Ti aiuto.» Mi tiene un braccio sulle spalle, mentre con l'altro mi stringe i capelli in una coda per impedirmi di sporcarmi. Cerco goffamente di spingerlo via, ma vomito ancora… e ancora. "Per quanto andrà avanti?" Anche quando il mio stomaco è ormai svuotato e non esce più niente, sono scossa da orribili conati. Giuro che non berrò mai più alcol. È una cosa troppo disgustosa per descriverla. Poi, finalmente, smette.

Con le mani appoggiate al bordo dell'aiuola, mi reggo a stento in piedi. Vomitare è sfiancante. Grey mi porge un fazzoletto. Solo lui può avere un fazzoletto di stoffa, con le iniziali ricamate e fresco di bucato. CTG. Non sapevo che fossero ancora in commercio. Mentre mi asciugo la bocca, mi chiedo vagamente per cosa stia la T. Non ho il coraggio di guardarlo. Mi vergogno e sono disgustata di me stessa. Vorrei sprofondare tra le azalee dell'aiuola ed essere in qualsiasi altro posto tranne che qui.

José è in piedi sulla soglia del locale e ci guarda. Con un gemito mi prendo la testa fra le mani. Credo che questo sia il momento peggiore della mia vita. Sono ancora in preda al capogiro, mentre cerco di ricordarne uno peggiore: mi viene in mente solo il rifiuto di Christian... nella scala dell'umiliazione è più in alto di qualche gradino. Mi azzardo a lanciargli un'occhiata. Lui mi osserva con un'espressione composta, che non lascia trapelare niente. Voltandomi, guardo José, che sembra piuttosto mortificato e, come me, intimidito da Grey. Lo fulmino con lo sguardo. Mi vengono in mente alcune parole per definire il mio cosiddetto amico, ma nessuna è pronunciabile davanti a Christian Grey, amministratore delegato. "Ana, chi stai prendendo in giro? Ti ha appena visto vomitare."

«Ci... ehm... ci vediamo dentro» farfuglia José, ma entrambi lo ignoriamo, e lui sgattaiola nel locale. Mi ritrovo sola con Grey. Cosa posso dirgli? Chiedergli scusa per la telefonata.

«Mi dispiace così tanto» mormoro, guardando il fazzoletto che sto nervosamente stropicciando tra le mani. "È così morbido."

«Per cosa, Anastasia?»

Accidenti, vuole farmela pagare.

«Per la telefonata, soprattutto. Per aver vomitato. Oh, l'elenco è infinito». "Ti prego, ti prego, posso morire adesso?"

«Ci siamo passati tutti, magari non in modo così spettacolare» dice lui seccamente. «Si tratta solo di conoscere i propri limiti. O meglio, io sono per spingere i limiti sempre più in là, ma in questo caso è davvero troppo. Ti comporti così di solito?»

La mia testa ronza per l'eccesso di alcol e l'irritazione. Che diavolo gliene importa? Non gli ho chiesto io di venire qui. Sembra un uomo di mezza età che mi sgrida come se fossi una bambina indisciplinata. Una parte di me vorrebbe dirgli: "Se voglio devastarmi così ogni notte, lo decido io. Tu non c'entri". Ma non ho il coraggio di farlo. Non dopo aver vomitato davanti a lui. Cosa ci fa ancora qui?

«No» rispondo avvilita. «Non mi sono mai ubriacata in vita mia, e per ora non ho nessuna voglia di ripetere l'esperienza.»

Non riesco a capire perché lui sia venuto. Inizio a sentirmi svenire. Lui lo capisce e mi afferra prima che cada a terra. Mi prende tra le braccia, stringendomi al petto come una bimba.

«Vieni, ti porto a casa» mormora.

«Devo avvertire Kate.» "Sono di nuovo tra le sue braccia."

«Glielo dirà mio fratello.»

«Cosa?»

«Mio fratello Elliot sta parlando con Miss Kavanagh.»

«Eh?» Non riesco a capire.

«Era con me quando hai telefonato.»

«A Seattle?» Sono così confusa.

«No, alloggio all'Heathman.»

"Ancora? Perché?"

«Come hai fatto a trovarmi?»

«Ho rintracciato la chiamata, Anastasia.»

Ah, ma certo. Com'è possibile? È legale? "Stalker" mormora la mia vocina interiore attraverso i fumi dell'alcol che mi fluttuano ancora nel cervello, e tuttavia, trattandosi di lui, non mi dà nessun fastidio.

«Hai una giacca o una borsetta?»

«Ehm... sì, tutte e due. Christian, per favore, devo avvertire Kate. Si preoccuperà.» Fa una smorfia, e sospira sonoramente.

«Se proprio devi.»

Mi rimette in piedi e, prendendomi per mano, mi accompagna all'interno del locale. Mi sento debole, ancora ubriaca, esausta, mortificata ma stranamente eccitata. Lui mi stringe la mano… È una tale confusione di emozioni. Avrò bisogno di almeno una settimana per analizzarle tutte.

Dentro la musica ha iniziato a suonare, la pista è piena di gente che balla. Kate non è al nostro tavolo, e José è sparito. Levi, rimasto solo, ha un'aria smarrita e sconsolata.

«Dov'è Kate?» gli grido, per farmi sentire sopra quel chiasso. Le mie tempie hanno iniziato a pulsare a ritmo con il martellio della musica.

«A ballare» grida Levi, facendomi capire che è furioso. Guarda Christian con aria diffidente. Mi infilo la giacca e mi metto la borsetta a tracolla, così sarò pronta per andare, dopo che avrò avvertito Kate.

Tocco il braccio di Christian e gli urlo nell'orecchio: «Lei è in pista», sfiorandogli i capelli con il naso e sentendo il suo profumo. "Oddio." Tutti i sentimenti proibiti e sconosciuti che ho cercato di negare affiorano per tormentarmi. Da qualche parte, nelle profondità del mio corpo, i muscoli mi si contraggono piacevolmente.

Lui alza gli occhi al cielo, mi prende di nuovo per mano e mi accompagna al bancone. Viene servito all'istante, niente coda per Mr Maniaco del Controllo Grey. Perché gli viene tutto così facile? Non riesco a sentire la sua ordinazione. Mi porge un enorme bicchiere di acqua ghiacciata.

«Bevi» mi grida.

Le luci stroboscopiche pulsano e girano a ritmo con la musica, gettando strane ombre e bagliori colorati sul bancone e sulla clientela. Si passa dal verde al blu, al bianco, al rosso acceso. Lui posa su di me il suo sguardo penetrante. Bevo un sorso d'acqua.

«Tutta» urla.

È così autoritario! Si ravvia i capelli scarmigliati. Sembra frustrato, arrabbiato. Qual è il suo problema? A parte una stupida ragazza ubriaca che lo chiama a notte fonda facendogli pensare di dover essere salvata. E lui si trova a liberarla da un amico fin troppo affettuoso. Dopodiché lei vomita ai suoi piedi. "Oh, Ana, riuscirai mai a superare questa figuraccia?" Il mio subconscio, per dirla con un'immagine, mi guarda con aria di disapprovazione da sopra gli occhiali. Perdo quasi l'equilibrio, e Christian mi sostiene afferrandomi per una spalla. Bevo tutta l'acqua. Mi fa venire il voltastomaco. Lui mi prende il bicchiere dalle mani e lo posa sul bancone. Sia pur con la vista annebbiata, noto il suo abbigliamento: una comoda camicia di lino bianco, jeans aderenti, Converse nere e una giacca nera gessata. La camicia ha il colletto sbottonato e lascia intravedere un ciuffo di peli del petto. Lo trovo supersexy.

Mi prende di nuovo per mano. "Oddio"… mi porta sulla pista da ballo. Io non so ballare. Lui sente la mia riluttanza e sotto le luci colorate vedo il suo sorriso divertito, quasi sardonico. Mi dà uno strattone e mi trovo di nuovo tra le sue braccia. Comincia a muoversi, portandomi con sé. Caspita, è un ballerino coi fiocchi e, per quanto mi sembri incredibile, io gli sto dietro. Forse ci riesco solo perché sono brilla. Mi stringe forte, il suo corpo contro il mio… Se non mi tenesse così stretta, sono certa che perderei i sensi. In un angolo remoto della mia mente riecheggia l'eterno monito di mia madre: "Mai fidarsi di un uomo che sa ballare".

Ci spostiamo fino alla parte opposta della pista e ci troviamo accanto a Kate e Elliot, il fratello di Christian. La musica mi rimbomba nella testa. Resto a bocca aperta. "Kate ci sta provando." Balla in modo seducente, cosa che fa solo quando qualcuno le piace. Quando le piace davvero. Significa che domani mattina a colazione saremo in tre. "Kate!"

Christian urla qualcosa nell'orecchio di Elliot. Non riesco a sentire quello che dice. Elliot è alto, con le spalle larghe, i capelli biondi ricci e gli occhi chiari e maliziosi. Sorride e prende Kate tra le braccia, dove lei è più che contenta di stare… "Kate!" Anche da ubriaca, sono sconvolta. L'ha appena conosciuto! Lei annuisce a ogni parola che il suo cavaliere pronuncia e continua a sorridermi e a salutarmi con la mano. Christian mi trascina fuori dalla pista a passo di marcia.

Non sono neanche riuscita a parlare con Kate. Sta bene? So già come finirà la serata per quei due. "Devo farle una lezione sul sesso sicuro." Mi auguro che le capiti di leggere uno dei poster sulle porte dei gabinetti. I pensieri mi si scontrano nel cervello, lottando contro la sensazione di stordimento. Fa così caldo, qui dentro, è così rumoroso, così colorato, e c'è troppa luce. La mia testa comincia a ciondolare, oh, no… il pavimento si alza per colpirmi in viso, o almeno così mi sembra.

L'ultima cosa che sento prima di perdere i sensi tra le braccia di Christian Grey è la sua esclamazione aspra: «Cazzo!».

5

C'è un gran silenzio. La luce è smorzata. Sono comoda e al caldo, in questo letto. Mmh... Apro gli occhi e per un attimo sono serena, mentre mi godo quell'ambiente strano e sconosciuto. Non ho idea di dove mi trovo. La testiera del letto ha la forma di un sole gigantesco. Mi ricorda qualcosa. La stanza è ampia, ariosa e riccamente arredata in toni marroni, dorati e beige. L'ho già vista da qualche parte. Dove? La mia mente confusa fruga tra i ricordi recenti. Ma certo! Sono all'Heathman Hotel... in una suite. Sono già stata in una stanza simile con Kate. Questa sembra più grande. Oh, merda. Sono nella suite di Christian Grey. Come ci sono arrivata?

Ricordi frammentari della sera precedente tornano pian piano a ossessionarmi. L'alcol, "Oh, no, l'alcol", la telefonata, "Oh, no, la telefonata", il vomito, "Oh, no, il vomito". José e poi Christian, "Oh, no", mi vergogno da morire. Non ricordo di essere venuta qui. Indosso la maglietta, il reggiseno e gli slip. Niente calze. Niente jeans. "Accidenti!"

Guardo il comodino. Sopra ci sono un bicchiere di succo d'arancia e due pastiglie. Un antidolorifico. Quel maniaco del controllo pensa sempre a tutto. Mi siedo e prendo le pastiglie. In realtà non mi sento poi così male, probabilmente meglio di quanto mi merito. Il succo d'arancia ha un sapore delizioso. È dissetante e rinfrescante.

Qualcuno bussa alla porta. Il cuore mi balza nel petto, e non riesco a trovare la voce. Lui apre comunque, ed entra nella stanza.

Oh, mio Dio, è andato ad allenarsi. Ha i pantaloni grigi della tuta che gli cadono sui fianchi in quel modo sexy e una canottiera grigia, scura di sudore come i capelli. Il sudore di Christian Grey: la sola idea mi fa venire strani pensieri. Faccio un respiro profondo e chiudo gli occhi. Mi sento come quando avevo due anni: se chiudo gli occhi, allora non sono davvero qui.

«Buongiorno, Anastasia. Come stai?»

"Oh, no."

«Meglio di quanto mi merito» farfuglio.

Gli do una sbirciata. Lui mette una borsa su una sedia e afferra i due capi dell'asciugamano che ha intorno al collo. Mi guarda con i suoi occhi grigi e, come al solito, non ho idea di cosa stia pensando. È così bravo a nascondere i suoi pensieri e i suoi sentimenti.

«Come sono arrivata qui?» La mia voce è flebile e contrita.

Lui viene a sedersi sul bordo del letto. È abbastanza vicino da poterlo toccare, da sentire il suo odore. Oh... sudore, bagnoschiuma e Christian. È un cocktail che dà alla testa, infinitamente meglio di un margarita, e adesso posso dirlo per esperienza.

«Dopo che sei svenuta, non ho voluto mettere in pericolo il rivestimento di cuoio dei sedili della mia auto riaccompagnandoti a casa. E così ti ho portata qui» dice, flemmatico.

«Sei stato tu a mettermi a letto?»

«Sì.» La sua espressione è impassibile.

«Ho vomitato di nuovo?» chiedo, più tranquilla.

«No.»

«Mi hai tolto tu i vestiti?» mormoro.

«Sì.» Lui alza un sopracciglio, mentre io arrossisco violentemente.

«Non abbiamo...?» sussurro, con la bocca così secca per

80

la mortificazione che non riesco a finire la domanda. Mi guardo le mani.

«Anastasia, eri praticamente in coma. La necrofilia non fa per me. Mi piacciono le donne coscienti e ricettive» dice, deciso.

«Mi dispiace tanto.»

Sul suo volto appare un sorriso sarcastico.

«È stata una serata molto movimentata. Non la dimenticherò tanto presto.»

Nemmeno io... Oh, mi sta prendendo in giro, quel bastardo. Non sono stata io a chiedergli di venire. In qualche modo riesce a farmi sentire la cattiva della situazione.

«Non eri tenuto a rintracciarmi con le diavolerie alla James Bond che produci per i tuoi clienti» sbotto. Lui mi guarda sorpreso e, forse, un po' ferito.

«Primo, la tecnologia che serve a rintracciare i cellulari è disponibile su Internet. Secondo, la mia società non investe in nessun tipo di dispositivo di sorveglianza né lo produce. Terzo, se non fossi venuto a prenderti, probabilmente ti saresti svegliata nel letto di quel fotografo del cui corteggiamento, se ben ricordo, non eri troppo entusiasta» ribatte con tono acido.

"Corteggiamento!" Alzo lo sguardo su di lui. Mi sta fissando, con gli occhi fiammeggianti di rabbia. Per quanto mi sforzi, non riesco a trattenere una risata.

«Da quale cronaca medievale sei fuggito?» dico. «Sembri un cavalier cortese.»

Il suo umore cambia all'istante. Gli occhi si addolciscono e la sua espressione diventa più affabile. Un vago sorriso gli aleggia sulle labbra.

«Non penso proprio. Un cavaliere nero, forse.» Scuote il capo, con un sorriso sardonico. «Hai mangiato ieri sera?» chiede, severo. Io faccio segno di no con la testa. Che terribile trasgressione ho commesso stavolta? Contrae le mascelle, ma il suo volto rimane inespressivo.

«Devi mangiare. Per questo sei stata così male. Davvero, Anastasia, è la regola numero uno di chi beve.» Si passa una mano tra i capelli, e ormai so che fa così quando è esasperato.

«Intendi continuare a sgridarmi?»

«È questo che sto facendo?»

«Mi pare di sì.»

«Sei fortunata che mi limito a sgridarti.»

«Cosa vuoi dire?»

«Be', se fossi mia, non potresti sederti per una settimana dopo la bravata di ieri sera. Non hai mangiato, ti sei ubriacata, ti sei messa in pericolo.» Chiude gli occhi preoccupato, e sussulta. Quando li riapre, mi lancia uno sguardo truce. «Odio pensare a cosa ti sarebbe potuto succedere.»

Contraccambio lo sguardo truce. Perché se la prende tanto? Che cosa gliene importa? Se io fossi sua… Be', non lo sono. Anche se forse una parte di me lo vorrebbe. Il pensiero si fa strada nell'irritazione che provo per le sue parole severe. L'imprevedibilità del mio subconscio mi fa arrossire: l'idea di essere sua lo colma di gioia… la sua felicità è incontenibile.

«Non mi sarebbe successo niente. Ero con Kate.»

«E il fotografo?» sbotta.

"Mmh… il giovane José." Prima o poi dovrò dirgliene quattro.

«José ha solo perso il controllo.» Mi stringo nelle spalle.

«Be', la prossima volta che perde il controllo, forse qualcuno dovrebbe insegnargli le buone maniere.»

«Sei molto severo in fatto di disciplina» sibilo.

«Oh, Anastasia, non ne hai idea.» Stringe gli occhi, poi sorride perfidamente. È disarmante. Un attimo prima sono confusa e arrabbiata, l'attimo dopo sono lì a fissare il suo splendido sorriso. "Wow… sono stregata." Ho quasi dimenticato di che cosa stavamo parlando.

«Vado a farmi una doccia. A meno che non voglia farla prima tu.» Piega la testa di lato, sempre sorridendo. Il mio cuore ha accelerato i battiti, e quasi non respiro. Con un sorriso ancora più radioso, si china e mi sfiora la guancia e il labbro inferiore con il pollice.

«Respira, Anastasia» mormora, alzandosi. «La colazione sarà in camera fra un quarto d'ora. Avrai una fame da lupo.» Va in bagno e chiude la porta.

Lascio uscire il fiato che stavo trattenendo. Perché deve essere così maledettamente seducente? Vorrei alzarmi e fare la doccia insieme a lui. Non mi sono mai sentita così con nessuno. I miei ormoni sono impazziti. Avverto un fremito là dove il suo pollice mi ha sfiorato. Provo un languido, dolente... imbarazzo. Non capisco la mia reazione. "Mmh... desiderio." Questo è il desiderio. Ecco che cosa si prova.

Sprofondo nei morbidi cuscini di piume. "Se fossi mia." Oddio, cosa darei per esserlo! È l'unico uomo che mi abbia mai fatto tremare i polsi. Certo, è anche scontroso; è un tipo difficile, complicato e spiazzante. Prima mi rimprovera, poi mi manda libri da quattordicimila dollari, poi mi intercetta il telefono come uno stalker. Nonostante tutto, comunque, ho passato la notte nella sua stanza d'albergo e mi sento al sicuro. Protetta. Gli importa di me abbastanza da venire a salvarmi da un pericolo erroneamente percepito. Non è affatto un cavaliere nero, ma un cavaliere bianco in un'armatura lucente e bellissima, il classico eroe romantico alla Lancillotto.

Scendo dal letto, alla frenetica ricerca dei jeans. Lui esce dal bagno, umido e luccicante, ancora non rasato, coperto solo da un asciugamano intorno ai fianchi e io sono lì... goffa e con le gambe nude. È sorpreso di vedermi fuori dal letto.

«Se stai cercando i tuoi jeans, li ho mandati in lavanderia.» Il suo sguardo è cupo. «Erano macchiati di vomito.»

«Oh.» Perché mi coglie sempre in fallo?

«Ho mandato Taylor a comprare un altro paio di pantaloni e di scarpe. Sono nella borsa sulla sedia.»

"Vestiti puliti." Che lusso inaspettato.

«Mmh... credo che farò una doccia» mormoro. «Grazie.»
Che altro posso dire? Prendo la borsa e sfreccio nel bagno,
allontanandomi dalla conturbante vicinanza di Christian se-
minudo. Il *David* di Michelangelo è niente in confronto a lui.

Il bagno è ancora caldo e pieno di vapore. Mi tolgo i vestiti e mi infilo nella doccia, ansiosa di trovarmi sotto il getto
purificante dell'acqua. Alzo il viso verso quella cascata be-
nefica. Voglio Christian Grey. Lo voglio da morire. È semplice: per la prima volta nella mia vita ho voglia di andare a letto con un uomo. Voglio sentire le sue mani e la sua
bocca su di me.

Ha detto che gli piace che le sue donne siano coscienti.
"Dunque è probabile che non sia asessuato." Ma con me
non ci ha provato, a differenza di Paul o José. Non capisco.
Mi vuole o no? La settimana scorsa non mi ha baciato. Gli
faccio schifo? Eppure, sono qui, ed è stato lui a portarmi-
ci. Non capisco a quale gioco stia giocando. Cosa pensa?
"Hai dormito tutta la notte nel suo letto, e non ti ha toccato, Ana. Traine le conseguenze." La mia vocina fa capolino
malignamente. Cerco di ignorarla.

L'acqua è calda e tonificante. Mmh... Potrei stare sotto
questa doccia in eterno. Prendo il bagnoschiuma e sento il
profumo di lui. È delizioso. Me lo strofino sulla pelle, fan-
tasticando che sia lui a spalmarmi questo sapone meravigliosamente profumato sul corpo, sul seno, sul ventre, tra
le cosce. "Oddio." Il mio cuore accelera i battiti. È così...
così piacevole.

«La colazione è pronta.» Christian bussa alla porta, spa-
ventandomi.

«B-bene» balbetto, crudelmente strappata al mio sogno
erotico.

Esco dalla doccia e prendo due asciugamani, in uno dei
quali avvolgo i capelli, stile Carmen Miranda. Mi asciugo
in fretta, ignorando il piacevole contatto della spugna sulla mia pelle ipersensibile.

Guardo nella borsa che contiene i vestiti. Taylor mi ha comprato non solo un paio di jeans e di Converse, ma anche una camicetta azzurra, calzini e biancheria intima. "Oddio." Un reggiseno e un paio di slip nuovi... ma definirli in modo così pragmatico e utilitaristico non rende loro giustizia. Si tratta di raffinata lingerie europea di squisita fattura. Azzurra, tutta pizzi e merletti. Sono incantata e un po' intimidita da questi due capi d'abbigliamento. Che, tra l'altro, mi stanno a pennello. Ovviamente. Il pensiero di Mr Capelli a Spazzola che mi compra queste cose in un negozio di biancheria intima mi fa arrossire. Mi chiedo quali altre mansioni preveda il suo lavoro.

Mi vesto velocemente. Anche il resto dei vestiti mi sta alla perfezione. Mi tampono alla meglio i capelli con l'asciugamano e cerco disperatamente di domarli. Ma, come al solito, loro si rifiutano di collaborare, e la mia unica possibilità è legarli con un elastico. Dovrei averne uno nella borsetta, dovunque essa sia. Faccio un respiro profondo. È il momento di affrontare Mr Indecifrabile.

Provo un certo sollievo nel trovare la stanza vuota. Mi metto a cercare la borsetta, ma non ne vedo traccia. Entro nel soggiorno della suite. È enorme. Ci sono una sontuosa e lussuosa zona salotto, con divani imbottiti, soffici cuscini e un elegante tavolino pieno di enormi libri illustrati, una zona studio con un iMac di ultima generazione e un gigantesco televisore al plasma sulla parete; Christian è seduto al tavolo da pranzo dall'altra parte della stanza, intento a leggere il giornale. Il locale è grande più o meno come un campo da tennis; in realtà io non gioco a tennis, ma ho guardato Kate un paio di volte. "Kate!"

«Merda, Kate» gracchio. Christian alza lo sguardo su di me.

«Sa che sei qui e che sei ancora viva. Ho mandato un messaggio a Elliot» dice, con appena un velo di umorismo.

"Oh, no." Ripenso al modo in cui ballava la sera prima. A tutte le sue collaudate mosse, usate con arte per sedurre il fratello di Christian, nientemeno! Cosa penserà del fatto che sono stata qui? Non ho mai passato una notte fuori prima d'ora. Lei è ancora con Elliot. L'ha fatto solo due volte prima, ed entrambe le volte ho dovuto sopportare quell'orrendo pigiama rosa per una settimana dopo l'infelice esito della vicenda. Penserà che anch'io abbia avuto una notte di sesso.

Christian mi fissa imperiosamente. Indossa una camicia di lino bianco, con il colletto e i polsini sbottonati.

«Siediti» mi ordina, indicando un posto a tavola. Attraverso la stanza e, obbedendo, mi siedo di fronte a lui. La tavola è imbandita di cibo.

«Non sapevo cosa ti piace, quindi ho ordinato un po' di tutto dal menu della colazione.» Mi rivolge un sorriso di scuse.

«Non hai badato a spese» mormoro, affamata ma confusa da quell'abbondanza.

«No, infatti.» Sembra quasi sentirsi in colpa.

Opto per pancake, sciroppo d'acero, uova strapazzate e bacon. Christian cerca di nascondere un sorriso mentre torna alla sua omelette di albumi. Il cibo è delizioso.

«Tè?» chiede.

«Sì, grazie.»

Mi passa una piccola teiera di acqua calda e un piattino con una bustina di Twinings English Breakfast. Cielo, si ricorda come mi piace il tè.

«Hai i capelli bagnati» mi rimprovera.

«Non sono riuscita a trovare il phon» mormoro, imbarazzata. Non che l'abbia cercato.

Christian fa una smorfia di disapprovazione, ma non dice niente.

«Grazie per i vestiti.»

«È un piacere, Anastasia. Quel colore ti sta benissimo.»

Arrossisco e abbasso lo sguardo.

«Sai, dovresti davvero imparare a ricevere un complimento.» Il suo tono è punitivo.

«Dovrei restituirti i soldi dei vestiti.»

Mi fulmina con lo sguardo, come se in qualche modo l'avessi offeso.

Io mi affretto a proseguire. «Mi hai già regalato i libri che, naturalmente, non posso accettare. Ma questi vestiti... lascia che te li rimborsi.» Gli rivolgo un sorriso esitante.

«Fidati, Anastasia, posso permettermelo.»

«Non è questo il punto. Perché dovresti comprare tutte queste cose per me?»

«Perché ne ho la possibilità.» Nei suoi occhi scintilla un lampo malizioso.

«Il fatto che tu ne abbia la possibilità non significa che devi farlo» replico con calma, mentre lui mi guarda alzando un sopracciglio, con gli occhi scintillanti; all'improvviso ho la sensazione che stiamo parlando di qualcos'altro, ma non saprei dire di cosa. Il che mi ricorda...

«Perché mi hai mandato quei libri, Christian?» La mia voce è quasi un sussurro. Lui appoggia le posate e mi guarda intensamente, mentre un sentimento indecifrabile gli brucia negli occhi grigi. Accidenti, ho la gola secca.

«Be', quando hai rischiato di farti investire dal ciclista... e io ti tenevo tra le braccia e tu mi guardavi con quello sguardo, come per dire "Baciami, baciami Christian"» fa una pausa e si stringe nelle spalle «ho sentito che ti dovevo delle scuse e un avvertimento. Anastasia, io non sono un tipo da cuori e fiori, non ho niente di romantico, ho gusti molto particolari. Dovresti stare alla larga da me.» Chiude gli occhi, quasi abbattuto. «Ma in te c'è qualcosa, per cui non riesco a starti lontano. Immagino che tu ormai l'abbia capito.»

L'appetito mi passa in un lampo. "Non riesce a starmi lontano!"

«E allora non farlo» mormoro.

Lui sussulta, sbarrando gli occhi.

«Non sai quello che dici.»

«Spiegamelo.»

Ci guardiamo negli occhi, senza che nessuno dei due tocchi cibo.

«E così non sei asessuato?» sussurro.

Un lampo divertito gli brilla negli occhi.

«No, Anastasia, non lo sono.» Tace, per lasciarmi assimilare questa informazione, e io divento paonazza. Il filtro bocca-cervello si è rotto di nuovo. Non riesco a credere di aver detto una cosa del genere ad alta voce.

«Quali sono i tuoi piani per i prossimi giorni?» chiede, a voce bassa.

«Oggi lavoro, da mezzogiorno. Che ore sono?» All'improvviso, mi faccio prendere dal panico.

«Le dieci appena passate. C'è tutto il tempo. E domani?» Ha i gomiti sul tavolo e il mento appoggiato alle mani.

«Kate e io inizieremo a fare le valigie. Il prossimo weekend traslochiamo a Seattle, e tutta la prossima settimana lavorerò al negozio.»

«Avete già un posto dove stare a Seattle?»

«Sì.»

«Dove?»

«Non ricordo l'indirizzo. È nella zona del Pike Place Market.»

«Non lontano da dove abito io.» Le sue labbra abbozzano un mezzo sorriso. «Che lavoro farai a Seattle?»

Dove vuole andare a parare con questo interrogatorio? Il terzo grado di Christian è irritante quasi quanto quello di Kate.

«Ho presentato domanda per alcuni stage. Sto aspettando la risposta.»

«L'hai presentata anche alla mia azienda, come ti avevo suggerito?»

"Certo che no." «Mmh... no.»

«Cosa c'è che non va nella mia azienda?»

«Nella tua azienda o nel capo della tua azienda?» scherzo.

«Mi prendi in giro, Miss Steele?» Piega la testa di lato.

Mi sembra divertito, ma non ne sono sicura. Non riesco a guardarlo negli occhi quando usa quel tono di voce.

«Vorrei essere io a mordere quel labbro» mormora con voce roca.

Rimango senza fiato, del tutto inconsapevole del fatto che mi stavo mordendo il labbro inferiore. Credo che sia la cosa più erotica che mi abbiano mai detto... Il mio respiro si fa affannoso. Sono tutta un fremito, senza che lui mi abbia nemmeno toccata. Mi agito nervosamente sulla sedia e incrocio il suo sguardo penetrante.

«Perché non lo fai?» lo sfido con calma.

«Perché non ho intenzione di toccarti, Anastasia... non prima di aver avuto il tuo consenso scritto.» Le sue labbra accennano un sorriso.

"Cosa?"

«Che intendi dire?»

«Esattamente quello che ho detto.» Sospira e scuote la testa, divertito, ma anche esasperato. «A che ora finisci di lavorare stasera?»

«Verso le otto.»

«Bene, potremmo andare a Seattle stasera o sabato prossimo e cenare a casa mia, così potrei metterti al corrente. A te la scelta.»

«Perché non puoi dirmelo ora?»

«Perché mi sto godendo la colazione e la tua compagnia. Quando saprai come stanno le cose, probabilmente non vorrai rivedermi mai più.»

Che cosa significa? Gestisce una tratta di minorenni in qualche zona dimenticata del pianeta? Fa parte di qualche associazione malavitosa? Questo spiegherebbe la sua ricchezza. È profondamente religioso? È impotente? Certo che no, questo potrebbe provarmelo subito. Pensare alle varie possibilità mi fa arrossire e non mi porta da nessuna parte. Mi piacerebbe risolvere l'enigma Christian Grey: meglio prima che poi. Se significa che il suo segreto, qualunque esso sia, è così orribile che non vorrò più saperne di lui, allora, francamente, sarà un sollievo. "Non mentire a te stessa, dovrebbe essere una cosa davvero raccapricciante per farti tagliare la corda."

«Stasera.»

Lui alza un sopracciglio.

«Come Eva, hai troppa fretta di mangiare dall'albero della conoscenza» mi sfotte.

«Mi prendi in giro, Mr Grey?» chiedo dolcemente. "Stronzo presuntuoso."

Lui socchiude gli occhi e prende il BlackBerry. Preme un pulsante.

«Taylor. Mi serve *Charlie Tango.*»

"Charlie Tango! Chi è?"

«Da Portland, diciamo alle venti e trenta... No, sosta all'Escala... Tutta la notte.»

"Tutta la notte!!"

«Sì. A disposizione domani mattina. Piloto io da Portland a Seattle.»

"Piloto?"

«Sostituto pilota dalle ventidue e trenta.» Riattacca. Senza un "grazie" o un "arrivederci".

«Le persone fanno sempre quello che dici?»

«In genere sì, se vogliono tenersi il posto» riconosce, impassibile.

«E se non lavorano per te?»

«Oh, so essere molto convincente, Anastasia. Dovresti finire la colazione. Poi ti porto a casa. Vengo a prenderti al negozio stasera alle otto, quando stacchi. Voleremo a Seattle.»

«Voleremo?»

«Sì. Ho un elicottero.»

Lo guardo a bocca aperta. Ho il mio secondo appuntamento con il misterioso Christian Grey. Dal caffè al giro in elicottero. "Wow."

«Andremo a Seattle in elicottero?»

«Sì.»

«Perché?»

Lui fa un sorriso perverso. «Perché posso permettermelo. Finisci la colazione.»

Come faccio a mangiare, adesso? Sto per andare a Seattle in elicottero con Christian Grey. E lui vuole mordermi il labbro… Quel pensiero mi fa venire i brividi.

«Mangia» dice, più severamente. «Anastasia, non sopporto lo spreco di cibo… mangia.»

«Non posso mangiare tutta questa roba.» Guardo allibita quello che resta sul tavolo.

«Mangia quello che hai nel piatto. Se avessi mangiato a sufficienza ieri, non saresti qui, e io non avrei dovuto scoprire così presto le mie carte.» La sua bocca si stringe in una linea dura. Sembra arrabbiato.

Aggrotto la fronte e torno al mio cibo ormai freddo. "Sono troppo eccitata per mangiare, Christian, non riesci a capirlo?" dice la mia vocina interiore. Ma sono troppo codarda per esprimere apertamente questi pensieri, soprattutto perché lui ha un'aria così accigliata. Mmh… come un ragazzino. Trovo la cosa divertente.

«Cosa c'è di così divertente?» chiede. Scuoto la testa, senza azzardarmi a dirglielo, e tengo gli occhi sul cibo. Dopo aver ingollato l'ultimo morso di pancake, lo guardo. Mi sta osservando con aria pensierosa.

«Brava bambina» dice. «Ti porterò a casa quando ti sarai asciugata i capelli. Non voglio che ti ammali.» Nelle sue parole c'è una specie di promessa inespressa. "Cosa vuole dire?" Lascio il tavolo, incerta per un attimo se chiedere il permesso di farlo, ma poi liquido quell'idea. Potrei stabilire un pericoloso precedente. Torno verso la camera da letto, ma un pensiero mi blocca.

«Tu dove hai dormito stanotte?» Mi volto, e lui è ancora seduto al tavolo. Non vedo coperte o lenzuola nel soggiorno, forse le ha già messe via.

«Nel mio letto» risponde semplicemente, lo sguardo di nuovo impassibile.

«Ah.»

«Già, è stata una novità anche per me.» Sorride.

«Non fare... sesso?» Ecco, ho detto quella parola. Naturalmente arrossisco.

«No» scuote la testa e aggrotta la fronte come se ricordasse qualcosa di spiacevole. «Dormire con qualcuno.» Prende il giornale e continua a leggere.

Che diavolo significa questo? Non ha mai dormito con nessuno? È vergine? Per qualche motivo ne dubito. Rimango a fissarlo incredula. È la persona più disorientante che abbia mai conosciuto. Se penso che ho dormito con Christian Grey mi prenderei a schiaffi: cosa avrei dato per essere stata più lucida e guardarlo dormire! Vederlo in versione vulnerabile. In qualche modo, mi riesce difficile immaginarlo. Se le cose vanno come devono andare, tutto sarà rivelato stanotte.

Mi asciugo i capelli meglio che posso, cercando di pettinarli con le dita. Voglio lavarmi i denti. Noto lo spazzolino di Christian. Sarebbe come averlo nella mia bocca. Mmh... Sbirciando la porta con aria colpevole, tocco le setole. Sono umide, deve averlo già usato. In un lampo, lo afferro, ci strizzo sopra il dentifricio e mi spazzolo i denti alla velocità della luce. Mi sento così disobbediente. È un brivido delizioso.

Prendo la maglietta, il reggiseno e gli slip di ieri, li metto nella borsa portata da Taylor e torno nel soggiorno per cercare la borsetta e la giacca. Con mia grande gioia, nella borsetta trovo un elastico. Mi lego i capelli in una coda e Christian mi guarda con un'espressione indecifrabile. Sento che i suoi occhi mi seguono mentre mi siedo e aspetto che finisca. Sta parlando con qualcuno al BlackBerry.

«Ne vogliono due?... Quanto ci costerà?... Va bene, e quali misure di sicurezza abbiamo previsto?... Andranno via Suez?... È sicuro? Ben Sudan?... E quando arriveranno in Darfur?... Okay, procediamo. Tienimi aggiornato su come procede il viaggio.» Riattacca.

«Sei pronta?»

Annuisco. Mi chiedo cosa riguardasse quella conversazione. Lui si infila la giacca, prende le chiavi della macchina e si dirige verso la porta.

«Dopo di te, Miss Steele» mormora, tenendomi la porta aperta. Ha un'aria disinvoltamente elegante.

Mi fermo per un istante di troppo a guardarlo. E pensare che ho dormito con lui la notte scorsa e, dopo tutta la tequila e il vomito, è ancora qui. E soprattutto, vuole portarmi a Seattle. Perché proprio io? Non lo capisco. Vado verso la porta ricordando le sue parole, "In te c'è qualcosa"... Be', la sensazione è reciproca, Mr Grey, e il mio obiettivo è scoprire di cosa si tratta.

Camminiamo in silenzio lungo il corridoio verso l'ascensore. Mentre aspettiamo, lo guardo, e lui mi osserva con la coda dell'occhio. Sorrido, e le sue labbra si contraggono.

In ascensore siamo soli. Di colpo, per qualche inspiegabile ragione, forse la nostra vicinanza in uno spazio così limitato, l'atmosfera tra noi cambia, si carica di una euforica, elettrica aspettativa. Il mio respiro accelera, insieme al battito del cuore. La sua testa si gira impercettibilmente verso di me, con gli occhi color ardesia. Mi mordo il labbro.

«Oh, al diavolo le scartoffie» grugnisce. Si avventa su di me, sbattendomi contro la parete dell'ascensore. Prima di rendermene conto, mi ha preso entrambe le mani in una delle sue e le tiene strette in una morsa sopra la mia testa, e intanto mi inchioda alla parete con i fianchi. "Oh, mio Dio." Con l'altra mano mi afferra la coda e la tira, alzandomi il viso, e le sue labbra sono sulle mie. Non fa male. Gemo nella sua bocca, lasciando un varco alla sua lingua. Lui ne approfitta, esplorandomi la bocca con fare esperto. Non sono mai stata baciata così. La mia lingua accarezza esitante la sua e si unisce a lei in una lenta danza erotica fatta di contatti e sensazioni, sussulti e stoccate. Sposta la mano per afferrarmi il mento e immobilizzarmi. Sono indifesa, le mani incastrate, il viso bloccato e i suoi fianchi che mi imprigionano. Sento la sua erezione contro il ventre. Oddio… mi vuole. Christian Grey, il dio greco, mi vuole, e io voglio lui, qui… adesso, in ascensore.

«Tu. Sei. Così. Dolce» mormora, scandendo ogni parola.

L'ascensore si ferma, le porte si aprono e lui si stacca da me in un batter d'occhio, lasciandomi sospesa. Tre uomini in giacca e cravatta ci guardano e ridacchiano mentre entrano nella cabina. Il mio cuore è a mille, mi sembra di aver fatto una corsa in salita. Vorrei chinarmi e appoggiare le mani sulle ginocchia… ma sarebbe troppo banale.

Lo guardo. Sembra così calmo e distaccato, come se avesse appena smesso di fare un cruciverba. "Non è giusto." Possibile che la mia presenza non gli faccia effetto? Mi guarda con la coda dell'occhio e si lascia sfuggire un profondo sospiro. Ah, dunque gli faccio effetto, eccome, e la mia piccola dea interiore si agita in un samba trionfale. Gli uomini in giacca e cravatta scendono al primo piano. Ci resta un piano solo.

«Ti sei lavata i denti» mi dice, fissandomi.

«Ho usato il tuo spazzolino» mormoro.

Le sue labbra si curvano in un mezzo sorriso.

«Oh, Anastasia Steele, cosa devo fare con te?»

Quando le porte si aprono al pianoterra, mi prende per mano e mi trascina fuori.

«Perché gli ascensori sono così imbarazzanti?» sussurra, più a se stesso che a me, mentre attraversiamo l'atrio. Fatico a tenere il passo perché le mie facoltà mentali sono rimaste nell'ascensore numero tre dell'Heathman Hotel.

6

Christian apre la portiera del passeggero del suo SUV Audi nero, e io mi arrampico dentro. È un bestione di macchina. Non ha accennato all'impeto di passione esploso in ascensore. Dovrei farlo io? Meglio parlarne o far finta di nulla? Quasi non mi sembra vero, il mio primo autentico bacio senza esclusione di colpi. Con il passare del tempo, gli assegno un'aura mitica, da leggenda di re Artù, da città perduta di Atlantide. Non è mai successo, non è mai esistito. "Forse mi sono immaginata tutto." No. Mi tocco le labbra, ancora gonfie per il suo bacio. È successo, non ci sono dubbi. Sono una donna diversa. Voglio quest'uomo, disperatamente, e lui vuole me.

Lo guardo con la coda dell'occhio. Christian è educato e un po' distante come al solito.

Avvia il motore ed esce in retromarcia dal parcheggio. Accende lo stereo. L'abitacolo dell'auto si riempie di una musica dolcissima e magica cantata da due donne. "Wow…" Ho tutti i sensi in fibrillazione, quindi mi fa un effetto doppio. Sento brividi deliziosi lungo la schiena. Christian imbocca Southwest Park Avenue, e guida con disinvolta, pigra sicurezza.

«Cosa stiamo ascoltando?»

«È il *Duetto dei fiori* di Delibes, dall'opera *Lakmé*. Ti piace?»

«Christian, è meraviglioso.»

«Vero?» sorride, guardandomi. E per un fugace attimo, sembra un uomo della sua età: giovane, spensierato, e bello da togliere il fiato. È questa la chiave per arrivare a lui? La musica? Ascolto quelle voci angeliche, che mi provocano e mi seducono.

«Posso riascoltarlo?»

«Certo.» Christian preme un pulsante, e la musica torna ad accarezzarmi. È un assalto gentile, dolce, ma inesorabile al mio udito.

«Ti piace la musica classica?» chiedo, sperando di ricevere una rara soffiata sui suoi gusti personali.

«Ho gusti eclettici, Anastasia, da Thomas Tallis ai Kings of Leon. Dipende dall'umore. E tu?»

«Anch'io. Però non so chi sia Thomas Tallis.»

Lui si gira a guardarmi per un attimo, prima di riportare gli occhi sulla strada.

«Un giorno te lo farò ascoltare. È un compositore inglese del Sedicesimo secolo. Epoca Tudor, musica corale religiosa.» Mi sorride. «Suona molto esoterico, lo so, ma ha qualcosa di magico, Anastasia.»

Preme un pulsante e i Kings of Leon iniziano a cantare. Mmh... questa la conosco. *Sex on Fire*. Molto appropriato. La musica è interrotta dalla suoneria di un cellulare che squilla dalle casse. Christian schiaccia un comando sul volante.

«Grey» sbotta. È così brusco.

«Mr Grey, sono Welch. Ho l'informazione che le serve.» Una voce rauca, incorporea esce dalle casse.

«Ottimo. Mi mandi una mail. Altro da aggiungere?»

«No, signore.»

Lui termina la chiamata e la musica riprende. Niente "grazie" o "arrivederci". Sono così felice di non aver mai preso seriamente in considerazione l'idea di lavorare per lui. Solo il pensiero mi fa venire i brividi. È un tipo troppo autoritario e freddo con i suoi dipendenti. La musica si interrompe di nuovo per lasciare spazio al telefono.

«Grey.»

«Le ho mandato l'accordo di riservatezza via mail, Mr Grey.» È una voce di donna.

«Bene. È tutto, Andrea.»

«Buona giornata, signore.»

Christian riattacca. La musica risuona per pochi istanti prima che il telefono squilli di nuovo. Mio Dio, questa è la sua vita: una sfilza continua di telefonate?

«Grey» risponde.

«Pronto, Christian, ci hai dato dentro?»

«Ciao, Elliot… sono sul vivavoce, e c'è qualcuno in macchina con me» sospira Christian.

«Chi è?»

Christian alza gli occhi al cielo.

«Anastasia Steele.»

«Ciao, Ana!»

"Ana!"

«Ciao, Elliot.»

«Ho sentito molto parlare di te» mormora Elliot con voce roca. Christian aggrotta la fronte.

«Non credere a una parola di quello che dice Kate.»

Elliot scoppia a ridere.

«Sto per riportare a casa Anastasia.» Christian pronuncia il mio nome con enfasi. «Vuoi che ti dia un passaggio?»

«Magari.»

«A fra poco.» Christian riattacca, e la musica torna.

«Perché insisti a chiamarmi Anastasia?»

«Perché è il tuo nome.»

«Io preferisco Ana.»

«Ah, sì?» mormora.

Siamo quasi arrivati. Non ci è voluto molto.

«Anastasia» dice. Lo guardo in cagnesco, ma lui ignora

la mia espressione. «Quello che è successo in ascensore... non succederà più, a meno che non sia stabilito prima.»

Accosta davanti alla nostra villetta. Mi rendo conto a posteriori che non mi ha chiesto dove abito. Eppure lo sa. D'altra parte, mi ha spedito i libri; è ovvio che sappia dove vivo. È una cosa da niente per un abile stalker, intercettatore di telefoni e proprietario di elicottero.

Perché non vuole baciarmi più? Quel pensiero mi intristisce. Non capisco. Di cognome dovrebbe chiamarsi Enigma, non Grey. Scende dall'auto, e viene con il suo passo slanciato e disinvolto dalla mia parte per aprire la portiera, gentiluomo come sempre, eccetto forse in quei rari, preziosi momenti in ascensore. Arrossisco al ricordo della sua bocca sulla mia, e mi sfiora la mente il pensiero che non ho avuto la possibilità di toccarlo. Avrei voluto affondare le dita tra i suoi capelli spettinati e voluttuosi, ma non potevo muovere le mani. Provo una frustrazione retrospettiva.

«A me è piaciuto quello che è successo in ascensore» mormoro, scendendo dall'auto. Mi sembra di sentire un sussulto, ma decido di ignorarlo e mi dirigo verso la porta di casa.

Kate e Elliot sono seduti al tavolo da pranzo. I libri da quattordicimila dollari sono spariti, grazie al cielo. So già cosa fare in proposito. Lei ha sul volto il sorriso più assurdo che le abbia mai visto e un'aria scarmigliata e sexy. Christian mi segue nel soggiorno, e Kate, nonostante la sua aria beata da "Stanotte ho fatto follie", lo guarda con sospetto.

«Ciao, Ana.» Salta in piedi per abbracciarmi, poi fa un passo indietro per osservarmi bene. Aggrotta la fronte e si volta verso Christian.

«Buongiorno, Christian» dice, con un tono un po' ostile.

«Miss Kavanagh» risponde lui, nel suo modo rigido e informale.

«Christian, si chiama Kate» borbotta Elliot.

«Kate.» Christian le rivolge un educato cenno del capo e

lancia un'occhiataccia a Elliot, che sorride e si alza per abbracciarmi anche lui.

«Ciao, Ana» sorride, gli occhi azzurri scintillanti, e mi sta subito simpatico. È evidente che non ha niente in comune con Christian, ma in fin dei conti sono fratelli adottivi.

«Ciao, Elliot» gli dico sorridendo, e mi accorgo che mi sto mordendo il labbro.

«Elliot, dovremmo andare» dice Christian gentilmente.

«Certo.» Lui si gira verso Kate e la prende tra le braccia, stampandole un lungo, interminabile bacio.

"Che cavolo… prendetevi una stanza." Mi guardo i piedi, imbarazzata. Alzo gli occhi su Christian, che mi sta fissando. Gli faccio una smorfia. Perché non puoi baciarmi così? Elliot continua a baciare Kate, sollevandola in aria e facendole inarcare la schiena in modo teatrale.

«A più tardi, piccola» dice.

Kate si scioglie. Non l'ho mai vista sciogliersi prima… Mi vengono in mente le parole "docile" e "compiacente". Kate compiacente. Elliot deve saperci fare! Christian alza gli occhi al cielo e poi mi guarda, con un'espressione indecifrabile, in cui mi pare, tuttavia, di scorgere una scintilla di divertimento. Mi infila dietro l'orecchio una ciocca di capelli che è sfuggita dalla coda. Quel contatto mi fa trattenere il fiato, e inclino appena la testa verso le sue dita. Il suo sguardo si addolcisce, e mi passa il pollice sul labbro inferiore. Mi fa ribollire il sangue. La sua carezza finisce. Troppo in fretta.

«A più tardi, piccola» mormora, e mi viene da ridere perché suona così strano in bocca a lui. Ma, pur sapendo che vuole solo essere irriverente, il vezzeggiativo mi tocca una corda profonda.

«Passo a prenderti alle otto.» Si gira per andarsene, apre la porta d'ingresso ed esce sulla veranda. Elliot lo segue fino alla macchina, ma poi si gira per mandare a Kate un ultimo bacio. Io provo una spiacevole fitta di gelosia.

«Allora, l'hai fatto?» chiede la mia amica, mentre guardiamo i due uomini salire in auto e allontanarsi. Sento che impazzisce dalla curiosità.

«No» sbotto irritata, sperando che questo tronchi l'argomento. Rientriamo in casa. «Tu sì, mi pare di capire.» Non posso fare a meno di provare invidia. Kate riesce sempre a irretire gli uomini. È irresistibile, bella, sexy, brillante, sfacciata... Tutto quello che io non sono. Ma il suo sorriso di risposta è contagioso.

«E stasera lo rivedo.» Batte le mani e saltella come una ragazzina. Non riesce a tenere a freno l'eccitazione e la contentezza, e io non posso evitare di sentirmi felice per lei. Una Kate felice... La cosa si fa interessante.

«Christian stasera mi porta a Seattle.»

«A Seattle?»

«Sì.»

«Allora forse lo farete?»

«Lo spero.»

«Quindi ti piace?»

«Sì.»

«Ti piace tanto da...?»

«Sì.»

Mi guarda incredula.

«Per la miseria. Ana Steele, finalmente innamorata di un uomo, ed è Christian Grey... bello, sexy, miliardario.»

«Eh, sì, è solo per i soldi» dico, e scoppiamo a ridere tutte e due.

«È nuova quella camicia?» chiede, e la informo di tutti i dettagli poco eccitanti della mia nottata.

«Vi siete baciati?» chiede, facendo il caffè.

Arrossisco.

«Una volta.»

«Una volta!» ride.

Annuisco, mortificata. «È un tipo molto riservato.»

Aggrotta la fronte. «Che strano.»

«Credo che "strano" non renda l'idea.»

«Dobbiamo fare in modo che tu sia semplicemente irresistibile stasera» dice con determinazione.

"Oh, no"... Prevedo qualcosa di interminabile, umiliante e doloroso.

«Fra un'ora devo essere al lavoro.»

«Mi basta. Vieni con me.» Kate mi prende per mano e mi porta nella sua stanza.

Da Clayton la giornata si trascina noiosamente, anche se c'è molto da fare. Siamo ormai in piena stagione estiva, quindi devo passare due ore a rifornire gli scaffali dopo la chiusura. È un lavoro abbastanza meccanico e mi lascia troppo tempo per pensare.

Seguendo le incessanti e francamente invadenti istruzioni di Kate, ho le gambe e le ascelle depilate alla perfezione e le sopracciglia assottigliate, e sono tirata a lucido. È stata un'esperienza molto sgradevole, ma lei mi assicura che è questo che gli uomini si aspettano. Che cos'altro potrebbe aspettarsi lui? Devo convincere Kate che voglio davvero farlo con Christian. Per qualche strana ragione, la mia amica non si fida di lui, forse perché è così freddo e formale. Dice che è qualcosa che non riesce a spiegare. Comunque ho promesso di mandarle un messaggio non appena arrivo a Seattle. Non le ho detto dell'elicottero; farebbe il diavolo a quattro.

C'è anche il problema José. Ho trovato tre suoi messaggi e sette chiamate sul cellulare. Mi ha persino telefonato a casa due volte. Kate è stata molto vaga sul mio conto. Lui deve aver capito che mi stava coprendo, perché Kate sa sempre tutto di me. Ma ho deciso di lasciarlo cuocere nel suo brodo. Sono ancora troppo arrabbiata con lui.

Christian ha accennato a non so quali "scartoffie", e io non so se stesse scherzando o se dovrò davvero firmare qualcosa. Fare ipotesi è frustrante. E la cosa più angosciante è che stento a contenere l'eccitazione e il nervosismo. Questa è la grande notte! Dopo tutto questo tempo sono pronta? La mia dea interiore mi guarda storto, battendo impaziente il piedino. Lei è pronta da anni, ed è pronta a fare qualsiasi cosa con Christian Grey, ma ancora non riesco a capire cosa ci veda lui in me… la scialba Ana Steele. Sembra talmente assurdo.

Lui arriva puntuale, come al solito, e mi sta già aspettando quando esco dal negozio. Scende dalla Audi per aprirmi la portiera e mi sorride affettuoso.

«Buonasera, Miss Steele» dice.

«Mr Grey» lo saluto educatamente, mentre salgo sul sedile posteriore. Taylor è seduto al posto di guida.

«Salve, Taylor» dico.

«Buonasera, Miss Steele.» Il suo tono è cortese e professionale. Christian sale dall'altra parte e mi prende la mano, con una stretta delicata che sento in tutto il corpo.

«Com'è stata la giornata?» chiede.

«Interminabile» rispondo, con la voce roca, troppo bassa e piena di desiderio.

«Anche per me è stata una giornata lunga.»

«Cos'hai fatto?»

«Sono stato in giro con Elliot.» Mi accarezza le nocche con il pollice, avanti e indietro, e il mio cuore sembra fermarsi, mentre il mio respiro parte in quarta. Come riesce a farmi questo effetto? Sta solo toccando una parte minuscola del mio corpo, ma i miei ormoni impazziscono.

Il tragitto fino all'eliporto è breve, e in men che non si dica siamo arrivati. Mi chiedo dove possa essere il famoso elicottero. Siamo in un'area edificata della città, e anche nella mia ignoranza so che gli elicotteri hanno bisogno di spazio per decollare e atterrare. Taylor parcheggia, scende dall'auto e mi apre la portiera. Christian compare accanto a me in un batter d'occhio e mi prende per mano.

«Sei pronta?» chiede. Io annuisco e vorrei aggiungere "a tutto", ma non riesco ad articolare le parole perché sono troppo nervosa, troppo eccitata.

«Taylor.» Christian si congeda in fretta dall'autista ed entriamo in un edificio, dirigendoci verso gli ascensori. "Ascensore!" Il ricordo del nostro bacio del mattino torna ad assalirmi. Non ho pensato ad altro per tutto il giorno, sognando a occhi aperti mentre stavo alla cassa del negozio. Mr Clayton ha dovuto gridare il mio nome due volte per riportarmi sulla terra. Dire che sono stata distratta sarebbe l'eufemismo dell'anno. Christian mi guarda, con un sorriso appena accennato. Ah! Ci sta pensando anche lui.

«Sono solo tre piani» dice, con lo sguardo divertito. È telepatico, non c'è dubbio.

Cerco di rimanere impassibile, mentre entriamo in ascensore. Le porte si chiudono ed ecco la strana attrazione elettrica che crepita tra noi e mi imprigiona. Chiudo gli occhi nel vano tentativo di ignorarla. Lui mi stringe ancora più forte la mano, e cinque secondi dopo le porte si aprono sul tetto dell'edificio. Lì c'è l'elicottero: bianco con la scritta GREY ENTERPRISES HOLDINGS INC. in blu accanto al logo della società. "È sicuramente un uso improprio di beni aziendali."

Mi porta in un piccolo ufficio dove un uomo anziano è seduto dietro una scrivania.

«Ecco il suo piano di volo, Mr Grey. Tutti i controlli esterni sono stati già fatti. Il velivolo è pronto a partire, signore. Potete andare.»

«Grazie, Joe.» Christian gli rivolge un sorriso affettuoso.

Oh, una persona che merita un trattamento gentile da parte di Christian. Forse non è un suo dipendente. Guardo il vecchio, ammirata.

«Andiamo» dice Christian, e ci dirigiamo verso l'elicottero. Da vicino, è molto più grande di quanto pensassi. Mi aspettavo che fosse un biposto, invece ne ha almeno sette. Christian apre la portiera e mi indica uno dei sedili davanti.

«Accomodati, e non toccare niente» mi ordina, mentre sale dietro di me.

Chiude la porta con un tonfo. Per fortuna, l'area è illuminata a giorno, altrimenti troverei difficile sedermi nella piccola carlinga. Mi accomodo nel posto assegnatomi, e lui si accovaccia vicino a me per infilarmi la cintura di sicurezza. È una specie di imbracatura con quattro cinghie che si collegano a una fibbia centrale. Stringe le cinghie superiori, tanto che riesco appena a muovermi. È così vicino, e impegnato in quello che sta facendo. Se potessi chinarmi in avanti, gli affonderei il naso tra i capelli. Ha un profumo divino, ma io sono così compressa dalla cintura di sicurezza da essere praticamente immobile. Mi guarda sorridendo, come divertito dal suo solito scherzo privato, gli occhi accesi. È così provocantemente vicino… Trattengo il respiro, mentre lui regola una delle cinghie superiori.

«Sei al sicuro, non c'è modo di scappare» sussurra. «Respira, Anastasia» aggiunge piano. Mi accarezza la guancia, sfiorandomi con le dita fino al mento, che prende tra pollice e indice. Si china in avanti e mi deposita un rapido, casto bacio sulla bocca, lasciandomi stordita, le viscere in fiamme per l'inatteso, eccitante tocco delle sue labbra.

«Mi piace questa cintura di sicurezza» mormora.

"Cosa?"

Si siede di fianco a me e si aggancia al sedile, poi inizia una lunga procedura in cui controlla strumenti e muove leve e pulsanti nell'incredibile assortimento di quadranti sulla plancia. Varie lucine cominciano a lampeggiare, e tutto il pannello dei comandi si accende.

«Infilati quelle» dice, indicando le cuffie davanti a me. Le indosso, e le pale del rotore iniziano a girare. È un frastuono assordante. Anche lui si mette le cuffie, mentre continua ad azionare comandi.

«Sto solo eseguendo i controlli preliminari.» La voce incorporea di Christian mi arriva attraverso le cuffie. Mi volto e gli sorrido.

«Sai cosa stai facendo?» chiedo. Lui si volta e mi sorride.

«Ho il brevetto di pilota da quattro anni, Anastasia. Con

me sei al sicuro.» Mi rivolge un sorriso da lupo. «Almeno finché siamo in volo» aggiunge, strizzandomi l'occhio.

«Sei pronta?»

Annuisco, con gli occhi sbarrati.

«Okay, torre di controllo. PDX, qui *Charlie Tango*, Golf Echo Hotel, autorizzato al decollo. Confermate. Passo.»

«*Charlie Tango*, sei autorizzato. PDX al pilota, procedi a 14.000 con prua 010. Passo.»

«Ricevuto, torre di controllo, *Charlie Tango* pronto. Passo e chiudo. Si parte» aggiunge, rivolto a me, e l'elicottero si alza lentamente e senza difficoltà nel cielo.

Portland sparisce davanti a noi mentre ci inoltriamo nello spazio aereo degli Stati Uniti, anche se il mio stomaco rimane saldamente in Oregon. Oooh! Tutte le luci si rimpiccioliscono fino a lampeggiare minuscole sotto di noi. È come stare dentro un acquario e guardare fuori. Quando arriviamo in alto, non c'è più molto da vedere. È buio pesto, non c'è nemmeno la luna a illuminare il nostro viaggio. Come fa Christian a capire dove stiamo andando?

«Inquietante, vero?» La sua voce mi entra nelle orecchie.

«Come fai a sapere qual è la direzione giusta?»

«Guarda qui.» Punta l'indice su uno dei quadranti, mostrandomi una bussola elettronica. «Questo è un Eurocopter EC135. Uno dei più sicuri della sua categoria. È attrezzato per il volo notturno.» Mi guarda sorridendo.

«C'è un'elisuperficie sul tetto della casa in cui vivo. È lì che siamo diretti.»

Figuriamoci se non aveva un'elisuperficie sul tetto. Mi sento un pesce fuor d'acqua, qui. Il suo viso è debolmente illuminato dalle luci del pannello di controllo. È molto concentrato e continua a fissare i quadranti che ha davanti. Osservo i suoi lineamenti di sottecchi. Ha un profilo splendido: il naso dritto, la mascella scolpita... vorrei tracciarne il percorso con la lingua. Non si è fatto la barba, e la pelle non rasata rende la prospettiva ancor più attraente. Vorrei sentirne il contatto ruvido sotto la lingua, sotto le dita, contro le guance.

«Quando si vola di notte, lo si fa alla cieca. Bisogna affidarsi alla strumentazione» dice, interrompendo la mia fantasia erotica.

«Quanto dura il volo?» chiedo, con un filo di voce. Non stavo pensando al sesso, no, no, ci mancherebbe.

«Meno di un'ora, il vento è a favore.»

"Mmh, meno di un'ora a Seattle…" Piuttosto rapido. Dopotutto, stiamo volando.

Meno di un'ora alla grande rivelazione. I muscoli mi si contraggono. Le farfalle impazzano nel mio stomaco. Oddio, chissà cos'ha in serbo per me?

«Tutto bene, Anastasia?»

«Sì.» La mia risposta è breve, concisa, l'unica che il nervosismo mi consente.

Mi pare che Christian sorrida, ma è difficile dirlo con questo buio. Muove un'altra leva.

«PDX, qui *Charlie Tango*, sono in quota, passo.» Scambia informazioni con i controllori di volo. Suona tutto molto professionale alle mie orecchie. A quanto pare, stiamo passando dallo spazio aereo di Portland a quello di Seattle. «D'accordo, SEA-TAC, resto in attesa, passo e chiudo.»

«Guarda laggiù.» Indica un minuscolo puntino di luce in lontananza. «Quella è Seattle.»

«Usi sempre questo sistema per far colpo sulle donne? "Vieni a fare un giro sul mio elicottero?"» chiedo, con sincero interesse.

«Non ho mai portato una ragazza quassù, Anastasia. È un'altra prima volta per me.» Il suo tono è serio e tranquillo.

Oh, questa sì che è una risposta inaspettata. Un'altra prima volta? Ah, forse si riferisce al fatto di dormire con qualcuno…

«Sei colpita?»

«Sono tramortita, Christian.»

Sorride.

«Tramortita?» Per un breve istante, ha di nuovo la sua età.

Annuisco. «È che sei così... esperto.»

«Oh, grazie, Miss Steele» dice educatamente. Penso che sia lusingato, ma non ne sono sicura.

Per qualche minuto voliamo nella notte buia in silenzio. La chiazza luminosa di Seattle sta diventando sempre più grande.

«Sea-Tac torre di controllo a *Charlie Tango*. Piano di volo per l'Escala a posto. Procedi. E rimani in ascolto. Passo.»

«Qui *Charlie Tango*, ricevuto, Sea-Tac. Rimango in ascolto, passo e chiudo.»

«È evidente che ti diverte molto» mormoro.

«Cosa?» Mi guarda. Ha un'aria interrogativa nel bagliore degli strumenti.

«Volare» rispondo.

«Richiede controllo e concentrazione... Come potrebbe non piacermi? Anche se preferisco planare.»

«Planare?»

«Sì. Andare in aliante. Alianti ed elicotteri, li guido entrambi.»

«Oh.» "Passatempi costosi." Ricordo che me l'aveva detto nell'intervista. A me piace leggere e qualche volta andare al cinema. Non sono all'altezza della situazione, qui.

«*Charlie Tango*, rispondi, passo.» La voce incorporea del controllore di volo interrompe i miei pensieri. Christian risponde, con il solito tono sicuro.

Seattle si avvicina. Ormai voliamo sulla periferia. "Wow!" È una vista eccezionale. Seattle di notte, dal cielo...

«Bella, vero?» mormora Christian.

Annuisco entusiasta. Ha un aspetto soprannaturale, irreale, e mi sembra di trovarmi in un gigantesco set cinematografico; magari nel film preferito di José, *Blade Runner*. Il ricordo del tentativo di bacio di José mi ossessiona. Sto iniziando a sentirmi un po' crudele per non averlo richiamato. "Certo potrà aspettare fino a domani."

«Arriviamo fra cinque minuti» mormora Christian, e di colpo il sangue mi pulsa nelle tempie mentre il mio battito accelera e l'adrenalina mi entra in circolo. Lui ricomincia a parlare con il controllore di volo, ma io ho smesso di ascoltarlo. Oddio... mi sento svenire. Il mio destino è nelle sue mani.

Ora stiamo volando in mezzo agli edifici, e in lontananza vedo un grattacielo con un'elisuperficie sul tetto. La parola ESCALA è dipinta in bianco sulla cima dell'edificio. Diventa sempre più vicina, sempre più grande... come la mia ansia. "Dio, spero di non deluderlo." Di sicuro troverà che non sono all'altezza. Vorrei aver dato retta a Kate e preso in prestito uno dei suoi vestiti, ma a me piacciono i miei jeans neri, sui quali indosso una camicia verde menta e la giacca nera della mia amica. Sono relativamente elegante. Mi stringo sempre più forte al sedile. "Posso farcela." Recito queste parole come un mantra mentre il grattacielo appare sotto di noi.

L'elicottero rallenta e rimane sospeso, e Christian lo fa atterrare nel punto giusto. Ho il cuore in gola. Non so più dire se è per il nervosismo, per il sollievo di essere arrivata viva o per la paura di fare qualcosa di sbagliato. Lui spegne il motore e le pale del rotore rallentano e si fermano. Alla fine sento solo il suono del mio respiro affannoso. Christian si toglie le cuffie e si china a togliermi le mie.

«Siamo arrivati» mormora.

Ha un aspetto così drammatico, mezzo in ombra e mezzo sotto l'intensa luce bianca dei fari. Cavaliere nero e cavaliere bianco: è una metafora calzante per Christian. Ha l'aria tesa, le mascelle contratte e lo sguardo severo. Si slaccia la cintura di sicurezza e mi aiuta a fare altrettanto. Il suo viso è a pochi centimetri dal mio.

«Non devi fare niente che non vuoi fare. Lo sai, vero?» Il suo tono è così sincero, addirittura disperato, i suoi occhi sono pieni di passione. Mi coglie di sorpresa.

«Non farei niente che non voglia fare, Christian.» Mentre lo dico, però, non ne sono troppo convinta, perché in questo preciso momento credo che farei qualsiasi cosa per l'uomo seduto accanto a me. Ma la frase sembra tranquillizzarlo. Si rilassa un po'.

Mi guarda con circospezione per un attimo e, pur essendo così alto, raggiunge con destrezza il portellone dell'elicottero e lo apre. Salta giù, aspettando che lo segua, e mi prende la mano mentre scendo con difficoltà sulla pista. C'è molto vento in cima all'edificio, e l'idea di stare a un'altezza di almeno trenta piani senza barriere protettive mi rende nervosa. Christian mi avvolge un braccio intorno alla vita e mi stringe forte contro di sé.

«Vieni» grida, sopra il rumore del vento. Mi trascina verso l'ascensore, e dopo aver digitato alcuni numeri sulla tastiera le porte si aprono. Dentro fa caldo ed è pieno di specchi. Vedo un'infinità di Christian ovunque poso gli occhi, e la cosa meravigliosa è che lui mi abbraccia all'infinito. Digita un altro codice, le porte si chiudono e l'ascensore inizia a scendere.

Qualche attimo dopo raggiungiamo un atrio tutto bianco. Al centro c'è un tavolo rotondo di legno scuro, sopra il quale svetta un gigantesco mazzo di fiori bianchi. Alle pareti ci sono quadri. Christian apre una porta a doppio battente, e il tema del bianco prosegue lungo un ampio corridoio in fondo al quale si scorge una splendida sala. È l'ambiente principale della casa. "Immenso" è un aggettivo insufficiente a descriverlo. La parete di fronte a noi è di vetro e dà su una terrazza che sovrasta Seattle.

A destra c'è un divano a U, che potrebbe ospitare comodamente dieci persone. Fronteggia un avanguardistico caminetto moderno di acciaio… Per quello che ne so, potrebbe essere anche di platino. Il fuoco è acceso e crepita vivace. Sulla sinistra, vicino all'ingresso, c'è la zona cucina. Bianca, con piani di lavoro di legno scuro e un enorme bancone con sei posti.

Vicino alla cucina, davanti alla parete di vetro, c'è un tavolo da pranzo circondato da sedici sedie. E in un angolo campeggia un pianoforte a coda, nero lucente. Ah, già... probabilmente Christian sa anche suonare il piano. Sulle pareti ci sono quadri di ogni forma e dimensione. In realtà, l'appartamento sembra più una galleria che un posto in cui vivere.

«Vuoi darmi la giacca?» chiede lui. Scuoto la testa. Sento ancora il freddo del vento sulla pista.

«Gradisci qualcosa da bere?» si informa. Lo guardo incredula. Dopo la notte scorsa! "Vuole fare lo spiritoso?" Per un attimo, penso di chiedergli un margarita, ma non ho una simile faccia tosta.

«Io prendo un bicchiere di vino bianco. Ne vuoi uno anche tu?»

«Sì, grazie» mormoro.

Sono in questa stanza enorme e mi sento fuori posto. Mi avvicino alla parete di vetro, e mi rendo conto che la metà inferiore si apre a fisarmonica sul terrazzo. Seattle campeggia, illuminata e vivace, sullo sfondo. Torno verso la cucina – ci vogliono alcuni secondi, tanto è lontana dalla vetrata – dove Christian sta aprendo una bottiglia di vino. Si è tolto la giacca.

«Ti va bene un Pouilly-Fumé?»

«Non capisco niente di vini, Christian. Sono sicura che andrà benissimo.» Ho la voce bassa ed esitante. Il cuore mi batte all'impazzata. Vorrei scappare. Questa è ricchezza vera. Siamo ai livelli da record di Bill Gates. Cosa ci faccio qui? "Sai benissimo cosa ci fai qui" mi sbeffeggia la mia vocina interiore. Ah, già, è vero, voglio andare a letto con Grey.

«Ecco.» Mi porge un calice. Persino quello trasuda lusso... pesante cristallo moderno. Bevo un sorso di vino: è leggero, frizzante, delizioso.

«Sei molto silenziosa, e non arrossisci nemmeno. Anzi, penso di non averti mai visto così pallida, Anastasia» mormora. «Hai fame?»

Scuoto la testa. Non di cibo. «Hai un appartamento molto grande.»

«Grande?»

«Sì.»

«Sì, è grande» ammette, divertito. Bevo un altro sorso di vino.

«Sai suonare?» Indico il piano con il mento.

«Sì.»

«Bene?»

«Sì.»

«Ovvio. C'è qualcosa che non sai fare bene?»

«Sì... alcune cose.» Beve un sorso di vino. Non mi toglie gli occhi di dosso. Li sento che mi seguono mentre mi aggiro e mi guardo intorno nella stanza immensa. "Stanza" è la parola sbagliata. Non è una stanza. È una dichiarazione di intenti.

«Vuoi sederti?»

Annuisco. Lui mi prende per mano e mi porta verso l'ampio divano bianco. Sedendomi, mi colpisce il fatto di provare la stessa sensazione di Tess Durbeyfield mentre guarda la villa del famigerato Alec d'Urberville. Il pensiero mi fa sorridere.

«Cosa c'è di così divertente?» Si siede accanto a me, e si gira a guardarmi.

«Perché mi hai regalato proprio *Tess dei d'Urberville*?» chiedo. Christian mi guarda per qualche istante. Sembra sorpreso dalla domanda.

«Be', avevi detto che ti piaceva Thomas Hardy.»

«È l'unico motivo?» Persino io sento la delusione nelle mie parole. Lui stringe le labbra.

«Mi sembrava appropriato. Sarei capace di innalzarti a qualche ideale impossibilmente alto come Angel Clare o degradarti completamente come Alec d'Urberville» mormora, e i suoi occhi splendono, penetranti e pericolosi.

«Se le scelte sono solo queste due, opto per la seconda» sussurro, guardandolo fisso. Lui resta a bocca aperta.

«Anastasia, smettila di morderti il labbro, per favore. Mi distrae. Non sai cosa stai dicendo.»

«È per questo che sono qui.»

«Già. Vuoi scusarmi un attimo?» Sparisce oltre un'ampia soglia in fondo alla stanza. Sta via un paio di minuti e poi torna con un documento in mano.

«Questo è un accordo di riservatezza.» Si stringe nelle spalle e ha la compiacenza di mostrarsi un po' imbarazzato. «Il mio avvocato ha insistito.» Me lo porge, e io lo guardo perplessa. «Se scegli la seconda opzione, la degradazione, dovrai firmarlo.»

«E se non voglio firmare niente?»

«Allora opteremo per gli alti ideali di Angel Clare, almeno per buona parte del libro.»

«Cosa significa questo accordo?»

«Significa che non puoi rivelare niente di noi due. Niente, a nessuno.»

Lo guardo incredula. Oh, no. Deve esserci qualcosa di davvero terribile, e a questo punto sono ansiosa di sapere.

«Va bene. Firmo.»

Mi allunga una penna.

«Non lo leggi neanche?»

«No.»

Aggrotta la fronte.

«Anastasia, dovresti sempre leggere qualsiasi cosa prima di firmare» mi ammonisce.

«Christian, quello che non riesci a capire è che non parlerei comunque a nessuno di noi due. Nemmeno a Kate. Quindi è irrilevante che io firmi questo accordo o no. Se per te significa tanto, o per il tuo avvocato… al quale, a quanto pare, hai raccontato tutto, per me va bene. Firmerò.»

Annuisce con aria grave.

«Un punto per te, Miss Steele.»

Firmo con uno svolazzo sulla linea tratteggiata di entrambe le copie e gliene restituisco una. L'altra la piego, la infilo nella borsetta e bevo un altro generoso sorso di vino. Sembro assai più audace di quanto mi senta in realtà.

«Questo significa che stanotte farai l'amore con me, Christian?» "Oh, signore. L'ho detto davvero?" Lui rimane di stucco per un attimo, ma si riprende in fretta.

«No, Anastasia. Primo: io non faccio l'amore; io fotto… senza pietà. Secondo: ci sono molte altre scartoffie da firmare. Terzo: non sai cosa ti aspetta. Sei ancora in tempo per dartela a gambe. Vieni, voglio mostrarti la mia stanza dei giochi.»

Rimango a bocca aperta. "Fotte senza pietà!" Oddio, suona così… allettante. Ma perché andiamo nella stanza dei giochi? Sono confusa.

«Vuoi giocare con la Xbox?» chiedo. Lui scoppia in una risata fragorosa.

«No, Anastasia, niente Xbox, niente PlayStation. Vieni.» Si alza e mi tende la mano. Mi lascio condurre nel corridoio. Alla destra della porta da cui siamo entrati, ce n'è un'altra che si apre su una scala. Saliamo al piano superiore e giriamo a destra. Dopo aver tirato fuori una chiave dalla tasca, Christian apre un'altra porta e respira a fondo.

«Puoi andartene in qualsiasi momento. L'elicottero è in attesa, pronto a portarti ovunque tu voglia; oppure, puoi passare qui la notte e tornare a casa domani mattina. Qualsiasi cosa tu decida per me va bene.»

«Apri questa dannata porta, Christian.»

Lui obbedisce e fa un passo indietro per lasciarmi passare. Lo guardo di nuovo. Sono così curiosa di sapere cosa c'è lì dentro. Faccio un profondo sospiro ed entro.

Di colpo, mi sembra di aver viaggiato nel tempo ed essere approdata nel Sedicesimo secolo, durante l'Inquisizione spagnola.

"Oh, mio Dio."

7

La prima cosa che noto è l'odore: cuoio, legno, cera con un vago sentore di agrumi. È un profumo molto piacevole, e l'illuminazione è tenue, delicata. Non riesco a individuarne la sorgente, ma corre intorno al perimetro della stanza ed emette un bagliore soffuso. Le pareti e il soffitto sono di un intenso color porpora, e danno all'ampio locale un'atmosfera intima. Il pavimento è di legno antico verniciato. Sulla parete di fronte alla porta campeggia una grossa croce di legno a forma di X. È di mogano lucido, con cinghie sui quattro bracci. Sopra di essa c'è un'ampia griglia d'acciaio appesa al soffitto – quasi due metri e mezzo per lato – da cui pendono corde, catene e manette di ogni genere. Vicino alla porta due lunghe pertiche lucide e intagliate, simili alle aste di una ringhiera ma più lunghe, sono attaccate alla parete come bastoni per le tende. Da esse pende un impressionante assortimento di fruste, frustini e attrezzi leggeri e soffici dall'aspetto curioso.

Accanto alla porta c'è anche un solido cassettone di mogano, con i cassetti bassi e piatti come se dovessero contenere esemplari in qualche vetusto museo. Mi chiedo di sfuggita che cosa contengano in realtà. Voglio davvero saperlo? Nell'angolo in fondo ci sono una panca imbottita di cuoio color sangue e, fissata al muro retrostante, una rastrelliera di legno verniciato che assomiglia a un portastecche da biliardo, ma che, osservata meglio, risulta raccogliere verghe di varia lunghezza e spessore. Nell'angolo opposto c'è un robusto tavolo di un paio di metri di lunghezza, di legno verniciato e con le gambe intagliate, sotto il quale ci sono due sgabelli in tinta.

Ma quello che domina la stanza è un letto. È più grande di un matrimoniale, un modello a baldacchino con ornate colonnine rococò e la parte superiore piatta. Sembra risalire alla fine del Diciannovesimo secolo. Sotto il drappo vedo scintillare altre catene e manette. Non ci sono lenzuola... solo un materasso coperto di pelle rossa e cuscini di raso rosso ammucchiati su un lato.

A qualche metro di distanza c'è un ampio divano Chesterfield rosso scuro, collocato al centro della stanza e rivolto verso il letto. Che strana disposizione... un divano rivolto verso il letto. Sorrido tra me e me: definisco strano proprio il divano, che in realtà è l'arredo più normale della stanza. Alzo gli occhi e guardo il soffitto. Ci sono moschettoni appesi dappertutto. Mi chiedo vagamente a cosa servano. La cosa curiosa è che tutto quel legno, le pareti scure, la luce soffusa e il cuoio rosso rendono la stanza quasi intima e romantica... So che è tutto tranne questo. È la versione di Christian dell'intimità e del romanticismo.

Quando mi giro lui mi sta osservando con attenzione, come immaginavo, e la sua espressione è del tutto indecifrabile. Mi segue, mentre faccio qualche passo nella stanza. Uno degli attrezzi leggeri e soffici mi incuriosisce. Lo tocco, esitante. È di pelle scamosciata e assomiglia a un gatto a nove code, ma più fitto, e con minuscole perline di plastica alle estremità.

«Si chiama flagellatore.» La voce di Christian è dolce e pacata.

"Un flagellatore... mmh." Temo di essere sotto shock. Il mio subconscio è emigrato o ammutolito, o semplicemente ha subito il colpo di grazia. Sono senza parole. Posso osservare e assimilare informazioni, ma non articolare le mie sensazioni di fronte a tutto questo perché sono sconvolta. Qual è la reazione appropriata alla scoperta che un potenziale amante è un eccentrico sadico o masochista? La paura... sì... questa sembra essere il sentimento preponderante. Adesso la riconosco. Ma, strano a dirsi, non è paura di lui... Non penso che mi farebbe male, almeno, non senza il mio consenso. Tante domande mi si affollano nel cervello. Perché? Come? Quando? Con quale frequenza? Chi? Mi avvicino al letto e faccio scorrere la mano su una delle colonnine intagliate. È molto solida, e la lavorazione è di grande pregio.

«Di' qualcosa» ordina Christian, con voce ingannevolmente dolce.

«Sei tu a fare questo agli altri o sono gli altri a farlo a te?»

La sua bocca si piega in un sorriso divertito o sollevato.

«Agli altri?» Sbatte le palpebre un paio di volte mentre riflette sulla mia domanda. «Lo faccio alle donne che lo desiderano.»

Non capisco.

«Se hai già delle volontarie, cosa ci faccio io qui?»

«Perché vorrei farlo con te, lo vorrei tanto.»

«Ah» sussulto. "Perché?"

Mi sposto nell'angolo in fondo e sfioro la panca imbottita, che mi arriva ai fianchi, passando le dita sul cuoio. "Gli piace fare male alle donne." Quel pensiero mi rattrista.

«Sei un sadico?»

«Sono un Dominatore.» Il grigio dei suoi occhi è bruciante, intenso.

«Cosa significa?» mormoro.

«Significa che voglio che accetti di abbandonarti spontaneamente a me, in tutto.»

Aggrotto la fronte, cercando di assimilare l'idea.

«Perché dovrei fare una cosa del genere?»

«Per compiacermi» mormora, inclinando la testa di lato, e vedo l'ombra di un sorriso.

116

"Compiacerlo! Vuole che lo compiaccia!" Resto a bocca aperta. "Compiacere Christian Grey." E in quel momento mi rendo conto che, sì, è proprio quello che voglio fare. Voglio che lui tragga un folle godimento da me. È una rivelazione.

«In parole povere, voglio che tu desideri compiacermi» dice piano. La sua voce è ipnotica.

«E come dovrei fare?» Ho la bocca secca, vorrei aver bevuto più vino. Okay, capisco la storia del voler essere compiaciuto, ma sono disorientata dallo scenario tipo boudoir elisabettiano/stanza delle torture. Sono sicura di voler conoscere la risposta?

«Ho delle regole e voglio che tu le rispetti. Sono per il tuo bene, e per il mio piacere. Se le segui in modo soddisfacente, ti ricompenso. Se non lo fai, ti punisco, così imparerai» sussurra. Mentre lui parla, lancio un'occhiata alla rastrelliera delle verghe.

«E tutto questo armamentario quando entra in gioco?» Faccio un cenno vago con la mano per indicare la stanza.

«Rientra tutto nel pacchetto degli incentivi. Premi e punizioni.»

«Quindi tu ti ecciti esercitando la tua volontà su di me.»

«Si tratta di conquistare la tua fiducia e il tuo rispetto, in modo che tu mi consenta di esercitare la mia volontà su di te. Io traggo un grande piacere, addirittura gioia, direi, dalla tua sottomissione. Più tu ti sottometti, più la mia gioia aumenta: è un'equazione molto semplice.»

«D'accordo, e io cosa ci guadagno?»

Si stringe nelle spalle, con un'aria quasi di scuse.

«Me» risponde semplicemente.

"Oddio." Mentre mi guarda, Christian si passa una mano tra i capelli.

«Non rivelerai niente, Anastasia» mormora, esasperato. «Torniamo al piano di sotto, dove riesco a concentrarmi meglio. Mi distrae molto averti qui dentro.» Mi tende la mano, ma adesso sono esitante ad accettarla.

Kate mi aveva detto che lui era pericoloso: quanto aveva ragione. Come faceva a saperlo? È pericoloso per la mia salute, perché so che gli dirò di sì. E una parte di me non vuole. Una parte di me vorrebbe scappare di corsa da questa stanza e da tutto ciò che rappresenta. Mi sento così fuori posto, qui.

«Non ti farò male, Anastasia.»

So che sta dicendo la verità. Gli prendo la mano, e lui mi porta fuori dalla stanza.

«Se accetti, ti faccio vedere cosa ti aspetta.» Invece di scendere le scale, gira a destra fuori dalla stanza dei giochi, come la chiama lui, e imbocca un corridoio. Passiamo davanti a numerose porte finché non raggiungiamo quella in fondo, al di là della quale c'è una stanza con un immenso letto matrimoniale... È tutta bianca: i mobili, le pareti, la biancheria. È asettica e fredda, ma dalla vetrata si gode uno splendido panorama su Seattle.

«Questa sarà la tua stanza. Puoi arredarla come vuoi, farci mettere quello che vuoi.»

«La mia stanza? Ti aspetti che mi trasferisca da te?» Non riesco a nascondere il terrore.

«Non a tempo pieno. Diciamo, dal venerdì sera alla domenica. Dobbiamo discutere di tutti questi dettagli, trattare. Sempre che tu accetti» aggiunge, con voce esitante.

«Io dormirò qui?»

«Sì.»

«Non con te.»

«No. Te l'ho detto, non dormo con nessuno, a parte quando sei rintronata dall'alcol.» Ha un tono di rimprovero.

Stringo le labbra. È proprio questo che non riesco a far combaciare. Il gentile, premuroso Christian, che mi salva dalla sbronza e mi sostiene delicatamente mentre vomito sulle azalee, e il mostro che colleziona fruste e catene in una stanza speciale.

«Tu dove dormi?»

«La mia stanza è al piano di sotto. Vieni, devi essere affamata.»

«Strano, mi sembra di aver perso l'appetito» mormoro, stizzita.

«Devi mangiare, Anastasia» mi ammonisce e, prendendomi la mano, mi riporta dabbasso.

Quando torniamo nel salone, sono in preda a una profonda ansia. Mi sento sull'orlo di un precipizio, e devo decidere se saltare o no.

«Sono consapevole che è un sentiero oscuro quello in cui ti voglio condurre, Anastasia, ed è per questo che voglio che tu rifletta bene. Avrai delle domande da farmi» dice, mentre si aggira per la cucina, dopo avermi lasciato la mano.

"In effetti, sì. Ma da dove comincio?"

«Hai firmato l'accordo; puoi chiedermi quello che vuoi e ti risponderò.»

Mi fermo accanto al bancone, e lo guardo aprire il frigo e tirare fuori un vassoio di formaggi assortiti con due grosse ciotole di uva verde e rossa. Posa il vassoio sul piano di lavoro e si mette a tagliare una baguette.

«Siediti.» Mi indica uno sgabello e io obbedisco all'ordine. Se deciderò di buttarmi in questa avventura, mi ci dovrò abituare. Mi rendo conto che si è comportato da despota fin dal primo momento che ci siamo incontrati.

«Hai parlato di scartoffie.»

«Sì.»

«Che genere di scartoffie?»

«Be', a parte l'accordo di riservatezza, un contratto che dice quello che faremo e quello che non faremo. Ho bisogno di conoscere i tuoi limiti, e tu devi conoscere i miei. È un atto consensuale, Anastasia.»

«E se non voglio farlo?»

«Va bene lo stesso» dice con cautela.

«Ma non avremo nessuna relazione?» chiedo.

«No.»

«Perché?»

«Perché questo è l'unico genere di relazione che mi interessa.»

«Perché?»

Si stringe nelle spalle. «Sono fatto così.»

«Come sei diventato così?»

«Perché le persone sono come sono? È difficile rispondere. Perché ad alcuni piace il formaggio mentre altri lo odiano? A te piace il formaggio? Mrs Jones, la mia domestica, lo ha lasciato per cena.» Prende alcuni piatti bianchi da una credenza e me ne mette uno davanti.

"Stiamo parlando di formaggio... Mio Dio."

«Quali sono le regole che dovrei seguire?»

«Ne ho un elenco scritto. Le guarderemo, ma solo dopo aver mangiato.»

"Come faccio a mangiare, adesso?"

«Non ho molta fame» sussurro.

«Mangerai lo stesso» dice semplicemente. "Christian il Dominatore, tutto diventa molto chiaro."

«Gradisci un altro bicchiere di vino?»

«Sì, grazie.»

Mi versa il vino nel bicchiere e viene a sedersi vicino a me. Mi affretto a bere un sorso.

«Serviti pure, Anastasia.»

Prendo un piccolo grappolo d'uva, una cosa che riesco a mandare giù. Lui mi guarda stringendo gli occhi.

«È da molto che fai queste cose?» chiedo.

«Sì.»

«È facile trovare donne disponibili?»

Lui alza un sopracciglio.

«Ti sorprenderebbe sapere quante ce ne sono» risponde seccamente.

«E allora perché proprio io? Davvero non capisco.»

«Anastasia, te l'ho detto. In te c'è qualcosa. Non riesco a starti lontano.» Fa un sorriso ironico. «Sono come una falena attratta dalla fiamma.» La sua voce si incupisce. «Ti voglio da impazzire, soprattutto adesso, che ti mordi di nuovo il labbro.» Fa un respiro profondo e deglutisce.

Il mio stomaco fa capriole... Lui mi vuole... in un modo bizzarro, certo, ma questo splendido, eccentrico, perverso uomo vuole me.

«Penso che tu abbia usato l'immagine al contrario» farfuglio. Io sono la falena e lui è la fiamma, e a bruciarmi sarò io. Lo so.

«Mangia!»

«No. Non ho ancora firmato niente, quindi credo che mi terrò il mio libero arbitrio ancora per un po', se per te va bene.»

Il suo sguardo si addolcisce, e le sue labbra si piegano in un sorriso.

«Come desideri, Miss Steele.»

«Quante donne?» Faccio la domanda senza riflettere, ma muoio dalla curiosità.

«Quindici.»

Ah... meno di quelle che pensavo.

«Per lunghi periodi?»

«Con alcune, sì.»

«Hai mai fatto male a una di loro?»

«Sì.»

"Oddio."

«In modo grave?»

«No.»

«A me farai male?»

«In che senso?»

«Fisicamente, mi farai male?»

«Ti punirò quando serve, e sarà doloroso.»

Mi sento quasi svenire. Bevo un altro sorso di vino. L'alcol mi renderà audace.

«Sei mai stato picchiato?» chiedo.

«Sì.»

Oh... questo mi sorprende. Prima che possa fargli altre domande in proposito, lui interrompe il flusso dei miei pensieri.

«Andiamo a parlarne nel mio studio. Voglio mostrarti una cosa.»

È difficile da accettare. Come una stupida pensavo di passare un'impareggiabile notte di passione nel letto di quest'uomo, ed eccomi a negoziare questo stravagante contratto.

Lo seguo nel suo studio, una stanza spaziosa con un'altra vetrata che si apre sulla terrazza. Lui si mette alla scrivania, mi fa cenno di sedermi su una sedia di cuoio davanti a lui e mi porge un foglio di carta.

«Queste sono le regole. Possono essere soggette a cambiamenti. Costituiscono una parte del contratto, che ti darò. Leggile e discutiamone.»

REGOLE
Obbedienza
La Sottomessa obbedirà a qualsiasi istruzione impartita dal Dominatore, immediatamente, senza riserve e con sollecitudine. La Sottomessa accetterà qualsiasi attività sessuale considerata appropriata e piacevole dal Dominatore, fatta eccezione per le attività considerate limiti assoluti (Appendice 2). Lo farà con zelo e senza esitazioni.
Sonno
La Sottomessa garantirà di dormire almeno sette ore per notte quando non è insieme al Dominatore.
Alimentazione
La Sottomessa mangerà regolarmente per mantenersi in forma e in salute, scegliendo da una lista prescritta di cibi (Appendice 4). La Sottomessa eviterà gli spuntini fuori pasto, a eccezione della frutta.
Abbigliamento
Per tutta la durata del contratto, la Sottomessa indosserà esclusivamente abiti approvati dal Dominatore. Il Dominatore fornirà un budget per l'abbigliamento della Sottomessa, che lei utilizzerà. Il Dominatore, quando lo riterrà opportuno,

accompagnerà la Sottomessa ad acquistare i vestiti. Se il Dominatore lo desidera, la Sottomessa indosserà qualsiasi ornamento il Dominatore richieda, in presenza del Dominatore e in qualsiasi altra occasione il Dominatore ritenga opportuno.

Esercizio fisico

Il Dominatore fornirà alla Sottomessa un personal trainer quattro volte alla settimana in sessioni di un'ora da concordare tra il personal trainer e la Sottomessa. Il personal trainer riferirà al Dominatore i progressi della Sottomessa.

Igiene personale / Bellezza

La Sottomessa si terrà pulita e depilata con rasoio e/o ceretta in qualsiasi momento. La Sottomessa si recherà in un salone di bellezza a scelta del Dominatore nelle occasioni prescritte dal Dominatore, e si sottoporrà a qualsiasi trattamento il Dominatore ritenga opportuno.

Sicurezza personale

La Sottomessa eviterà di bere in eccesso, fumare, assumere droghe, o mettersi in pericolo senza motivo.

Qualità personali

La Sottomessa eviterà rapporti sessuali con persone che non siano il Dominatore. La Sottomessa si comporterà sempre in modo rispettoso e modesto. Deve riconoscere che il suo comportamento ha un riflesso diretto sul Dominatore. Sarà ritenuta responsabile di qualsiasi misfatto, trasgressione e comportamento scorretto commesso in assenza del Dominatore.

La trasgressione di una qualsiasi delle regole precedenti provocherà un'immediata punizione, la cui natura sarà determinata dal Dominatore.

"Mio Dio."

«Limiti assoluti?» chiedo.

«Sì. Quello che tu non farai e quello che io non farò va specificato nel nostro accordo.»

«Non mi piace molto l'idea di accettare denaro per i vestiti. Non mi sembra bello.» Mi sento a disagio, in un angolo della mia mente risuona la parola "puttana".

«Voglio riempirti di soldi. Lascia che ti compri qualche vestito. Potrei avere bisogno che tu mi accompagni in occasioni ufficiali, e voglio che tu sia vestita bene. Sono certo che il tuo stipendio, quando troverai un lavoro, non ti permetterà di acquistare il tipo di vestiti che voglio vederti addosso.»

«Non dovrò indossarli quando non sono con te?»

«No.»

«Okay.» "Consideriamoli un'uniforme."

«Non mi va di fare ginnastica quattro volte alla settimana.»

«Anastasia, ho bisogno che tu sia snodata, forte, e resistente. Fidati, hai bisogno di allenarti.»

«Ma quattro volte alla settimana mi sembra troppo. Che ne dici di tre?»

«Voglio che siano quattro.»

«Pensavo che stessimo negoziando.»

Lui mi guarda con un'espressione severa.

«Va bene, Miss Steele, un altro punto per te. Che ne dici di tre giorni da un'ora e uno da mezz'ora?»

«Tre giorni, tre ore. Ho l'impressione che tu mi terrai in allenamento quando sono qui.»

Fa un sorriso perfido e i suoi occhi luccicano di sollievo. «È vero. D'accordo, siamo intesi. Sei sicura di non volere uno stage nella mia azienda? Sei una brava negoziatrice.»

«No, non mi sembra una buona idea.» Guardo le sue regole. "Ceretta. Ceretta dove? Dappertutto? *Ahi.*"

«Dunque, veniamo ai limiti. Questi sono i miei.» Mi porge un altro foglio.

LIMITI ASSOLUTI
No ad atti che implichino giochi con il fuoco.
No ad atti che implichino di urinare o defecare.
No ad atti che implichino aghi, coltelli, piercing o sangue.
No ad atti che implichino strumenti medici ginecologici.
No ad atti che implichino bambini o animali.
No ad atti che lascino segni permanenti sulla pelle.

No ad atti che implichino il controllo del respiro.

No ad atti che richiedano il contatto diretto del corpo con la corrente elettrica (alternata o diretta che sia) o con le fiamme.

"Oddio. Era proprio necessario mettere queste cose per iscritto?" Certo, sono tutti punti molto ragionevoli, e, in effetti, necessari... Nessuna persona sana di mente vorrebbe divertirsi con questo genere di cose, no? Adesso, però, mi sento un po' inquieta.

«C'è qualcosa che vorresti aggiungere?» chiede lui con gentilezza.

"Dio mio." Non ne ho idea. Sono sconvolta. Lui mi guarda con la fronte aggrottata.

«C'è qualcosa che non farai?»

«Non lo so.»

«Cosa significa che non lo sai?»

Mi agito, a disagio, e mi mordo il labbro.

«Non ho mai fatto niente del genere.»

«Be', quando hai fatto sesso, non c'è stato qualcosa che non ti è piaciuto fare?»

Per la prima volta dopo quello che mi sembra un secolo divento rossa.

«A me puoi dirlo, Anastasia. Dobbiamo essere sinceri l'uno con l'altra se vogliamo che tra noi funzioni.»

Mi agito di nuovo e fisso le dita strette a pugno.

«Dimmelo» ordina.

«Ecco, io... non ho mai fatto sesso, quindi non lo so» dico con un filo di voce. Alzo gli occhi su di lui, che mi sta guardando a bocca aperta, sconvolto, e pallido... molto pallido.

«Mai?» mormora. Scuoto la testa.

«Quindi, sei vergine?» sussurra. Io annuisco, avvampando di nuovo. Chiude gli occhi e sembra che stia contando fino a dieci. Quando li riapre, sembra infuriato.

«Perché cazzo non me l'hai detto?» ringhia.

8

Christian cammina avanti e indietro nello studio, passandosi le mani tra i capelli. Tutt'e due le mani, addirittura: siamo ben oltre l'esasperazione. Il suo autocontrollo granitico sembra perdere colpi.

«Non capisco perché tu non me l'abbia detto» mi sgrida.

«Non ce n'è stata occasione. Non sono abituata a rivelare i miei trascorsi sessuali al primo che incontro. In fin dei conti, ci conosciamo appena.» Mi sto guardando le mani. Perché mi sento in colpa? Perché se la prende tanto? Alzo gli occhi.

«Ma tu adesso sai molte cose di me» sbotta. «Che fossi poco esperta lo avevo capito, ma addirittura vergine!» Lo dice come se fosse una parola oscena. «Cazzo, Ana, e pensare che ti ho appena mostrato quella roba» grugnisce. «Che Dio mi perdoni. Hai mai baciato qualcuno, a parte me?»

«Ma certo.» Faccio del mio meglio per sembrare offesa. "Be'... un paio di volte, almeno."

«E non c'è stato un bel ragazzo che ti abbia fatto perdere la testa? Proprio non capisco. Hai ventun anni, quasi ventidue. Sei una bella ragazza.» Si passa di nuovo le mani tra i capelli.

"Bella." Arrossisco di piacere. Christian Grey mi considera bella. Intreccio le dita e le fisso con ostinazione, cercando di nascondere il mio sorriso ebete. "Forse è miope." La mia vocina adesso si fa sentire. Dov'era quando avevo bisogno di lei?

«Stiamo discutendo seriamente di quello che ho intenzione di fare, e tu non hai la minima esperienza.» Ha la fronte corrugata. «Come hai fatto a evitare di fare sesso? Dimmelo, ti prego.»

Mi stringo nelle spalle.

«Nessuno è mai... capisci...» Nessuno è mai stato all'altezza, solo tu. E ora si scopre che sei una specie di mostro. «Perché sei tanto arrabbiato con me?» mormoro.

«Non sono arrabbiato con te, sono arrabbiato con me stesso. Avevo dato per scontato che...» Sospira. Mi guarda preoccupato e poi scuote la testa. «Vuoi andartene?» chiede, con gentilezza.

«No, se non lo vuoi tu» mormoro. "Oh, no... Non me ne voglio andare."

«Certo che non lo voglio. Mi piace averti qui.» Si acciglia mentre lo dice, poi guarda l'orologio. «È tardi.» Si gira verso di me. «Ti stai mordendo il labbro.» La sua voce è roca, e il suo sguardo pensieroso.

«Scusa.»

«Non chiedermi scusa. È solo che ho voglia di morderlo anch'io, di morderlo forte.»

Sussulto... Come può dirmi cose del genere e aspettarsi che non mi facciano effetto?

«Vieni» mormora.

«Dove?»

«Dobbiamo sistemare questa faccenda, subito.»

«In che senso? Quale faccenda?»

«La tua. Ana, intendo fare l'amore con te adesso.»

«Oh.» Mi sento mancare la terra sotto i piedi. "Io sarei una faccenda." Non riesco a respirare.

«Se tu lo vuoi, beninteso. Non voglio sfidare la sorte.»

«Pensavo che tu non facessi l'amore. Pensavo che fottessi senza pietà.» Deglutisco. Tutt'a un tratto ho la bocca secca.

Mi rivolge un sorriso perverso, che mi fa vibrare tutto il corpo.

«Posso fare un'eccezione, o forse combinare le due cose. Vedremo. Desidero davvero fare l'amore con te. Ti prego, vieni a letto con me. Voglio che il nostro accordo funzioni, ma tu devi farti almeno un'idea di quello che ti aspetta. Possiamo iniziare l'addestramento stanotte... con le nozioni di base. Questo non significa che io sia diventato un sentimentale; è un mezzo per ottenere un fine, ma è una cosa che desidero fare, e spero che per te sia lo stesso.» Il suo sguardo è intenso.

"Oddio"... I desideri si avverano.

«Ma non ho ancora fatto tutte le cose richieste dalla tua lista di regole.» La mia voce è ansimante, esitante.

«Lasciamo perdere le regole e i dettagli, per stanotte. Ti voglio. Ti voglio da quando sei inciampata dentro il mio ufficio, e so che tu mi vuoi. Altrimenti non saresti qui a discutere di punizioni e limiti assoluti come se niente fosse. Per favore, Ana, passa la notte con me.» Mi porge una mano – i suoi occhi sono luminosi, ardenti... eccitati – e io la prendo. Mi attira fra le sue braccia, stringendo il mio corpo contro il suo, e quella mossa repentina mi coglie di sorpresa. Mi sfiora la nuca, poi si avvolge la mia coda intorno al polso e le dà un piccolo strattone, costringendomi a guardarlo negli occhi.

«Sei una ragazza molto coraggiosa. Ti ammiro.»

Le sue parole sono incendiarie; il mio sangue prende fuoco. Si china a baciarmi dolcemente sulle labbra, succhiandomi il labbro inferiore.

«Voglio mordere questo labbro» sussurra, e me lo sfiora con i denti, prudente. Mugolo, suscitandogli un sorriso.

«Per favore, Ana, facciamo l'amore.»

«Sì» mormoro. D'altronde, è per quello che sono qui. Ha un sorriso trionfante mentre mi scioglie dalla sua stretta e mi prende la mano per guidarmi.

La sua camera da letto è enorme. Le finestre si affacciano sui grattacieli illuminati di Seattle. Le pareti sono bianche e i mobili azzurro chiaro. Il gigantesco letto è ultramoderno, fatto di un rustico legno grigio, con le colonnine tutt'intorno, ma senza il baldacchino. Sulla parete che lo sovrasta c'è un impressionante dipinto del mare.

Tremo come una foglia. Ci siamo. Finalmente, dopo tutto questo tempo, lo farò, e per di più con Christian Grey. Ho il respiro corto, e non riesco a togliergli gli occhi di dosso. Lui si slaccia l'orologio e lo appoggia su un cassettone, poi si toglie la giacca e la appende a una sedia. Addosso ha una camicia bianca di lino e i jeans. È bello da mozzare il fiato. Ha i capelli biondo scuro scarmigliati, la camicia aperta, gli occhi sfrontati e abbaglianti. Si toglie le Converse e si china per sfilarsi i calzini, uno alla volta. I piedi di Christian Grey... Dio mio... perché i piedi nudi sono così eccitanti? Posa lo sguardo su di me, con un'espressione dolce.

«Immagino che tu non prenda la pillola.»

"Oh, merda."

«Lo sapevo.» Apre un cassetto e tira fuori una scatola di preservativi.

«Bisogna sempre essere pronti» mormora. «Vuoi che chiuda le tende?»

«Non importa» sussurro. «Pensavo che non permettessi a nessuno di dormire nel tuo letto.»

«Chi ha detto che dormiremo?» mormora.

«Ah.» "Oddio."

Si avvicina piano. Sicuro di sé, sensuale, con lo sguardo ardente. Il mio cuore comincia a battere. Il sangue mi ribolle nelle vene. Un desiderio, cocente e intenso, mi invade il ventre. Christian è in piedi davanti a me e mi guarda negli occhi. "È così seducente."

«Togliamo la giacca, magari?» dice piano, e me la fa scivolare delicatamente dalle spalle per appoggiarla su una sedia.

«Hai idea di quanto ti desidero, Ana Steele?» sussurra. Mi manca il respiro e non riesco a staccare gli occhi da lui. Mi sfiora piano la guancia, scendendo fino al mento.

«Immagini quello che sto per farti?» aggiunge, accarezzandomi.

I muscoli della parte più profonda e oscura di me fremono, provocandomi una sensazione deliziosa. È una fitta così intensa e soave che mi viene voglia di chiudere gli occhi, ma sono ipnotizzata dal suo sguardo fisso nel mio. Lui si china e mi bacia. Le sue labbra sono esigenti, lente, decise, e plasmano le mie. Comincia a sbottonarmi la camicia e intanto mi distribuisce baci leggeri come piume su uno zigomo, sul mento, agli angoli della bocca. Mi toglie piano la camicia, lasciandola cadere sul pavimento. Poi fa un passo indietro per ammirarmi. Indosso il reggiseno di merletto azzurro che mi calza a pennello. "Grazie al cielo."

«Oh, Ana» sussurra. «Hai una pelle bellissima, candida e perfetta. Voglio baciarne ogni centimetro.»

"Oddio…" Perché ha detto che non è capace di fare l'amore? Sono pronta a fare tutto quello che vuole. Mi afferra la coda, la scioglie e trasale mentre i capelli mi cadono sulle spalle.

«Adoro le brune» mormora, e mi infila le mani nei capelli, stringendomi i lati della testa. Il suo bacio è esigente, le sue labbra forzano le mie. Gemendo, cerco la sua lingua con la mia. Lui mi abbraccia e mi stringe a sé, con forza. Una delle sue mani rimane tra i miei capelli, mentre l'altra scende lungo la spina dorsale fino alla vita, e al sedere. Mi stringe le natiche con dolcezza. Mi attira contro i suoi fianchi, facendomi sentire la sua erezione, che preme lasciva contro di me.

Gli ansimo in bocca. Stento a contenere il sentimento tumultuoso che mi travolge… o sono ormoni? Lo voglio da impazzire. Gli stringo le braccia, tastando i bicipiti. È sorprendentemente… muscoloso. Con esitazione, gli porto le mani al viso, tra i capelli. Sono così morbidi, indisciplinati. Glieli tiro con delicatezza, facendolo gemere. Mi spinge piano verso il letto. Penso che ora mi getterà sul materasso, ma non lo fa. Si stacca da me, e all'improvviso cade in ginocchio. Mi afferra i fianchi con entrambe le mani e mi passa la lingua sull'ombelico, poi si sposta dolcemente verso un'anca e quindi, facendosi strada attraverso il mio ventre, verso l'altra.

«Ah» gemo.

Vederlo in ginocchio davanti a me, sentire la sua bocca sulla mia pelle è una cosa così inattesa, così erotica. Ho ancora le mani tra i suoi capelli e li stringo con delicatezza, cercando di calmare il mio respiro affannoso. Lui mi guarda da sotto le ciglia lunghissime, e il grigio dei suoi occhi è ardente. Mi slaccia il bottone dei jeans, poi abbassa con calma la cerniera. Senza staccare gli occhi dai miei, sposta le mani sotto la cintura, sfiorandomi le natiche. Le sue mani scivolano lente sul mio sedere fino alle cosce, portandosi dietro i jeans. Non riesco a distogliere lo sguardo. Si ferma per passarsi la lingua sulle labbra, senza mai interrompere il contatto visivo. Si china in avanti e mi sfiora con il naso la sommità tra le cosce. Lo sento. *Lì.*

«Hai un odore così buono» mormora chiudendo gli occhi, con uno sguardo di puro piacere, e quasi mi vengono le convulsioni. Allunga una mano e scosta la trapunta dal letto, poi mi adagia con dolcezza sul materasso.

Sempre in ginocchio, mi afferra un piede e mi slaccia la scarpa, poi me la sfila, seguita dalla calza. Mi alzo sul gomito per osservarlo, ansimante di desiderio. Lui mi solleva il tallone e passa il pollice sul collo del piede. È quasi doloroso, ma il movimento mi si riverbera nell'inguine. Senza togliermi gli occhi di dosso, passa la lingua sul collo del piede, poi i denti. "Dio mio." Gemo... Come posso sentirlo *lì*? Ricado sul letto, mugolando, e sento la sua risatina soffocata.

«Oh, Ana, cosa ti farei» sussurra. Mi toglie l'altra scarpa e l'altra calza, poi si alza e mi sfila i jeans. Sono sdraiata sul suo letto, in slip e reggiseno, e lui mi guarda dall'alto.

«Sei bellissima, Anastasia Steele. Non vedo l'ora di essere dentro di te.»

Le sue parole... È così seducente. Mi toglie il fiato.

«Fammi vedere come ti tocchi.»

"Cosa?" Aggrotto la fronte.

«Non essere timida, Ana, fammi vedere» mormora.

Scuoto la testa. «Non so che cosa vuoi dire.» Ho la voce roca. Stento quasi a riconoscerla, piena com'è di desiderio.

«Come fai a raggiungere l'orgasmo? Voglio vedere.»

Scuoto di nuovo la testa.

«Non lo faccio» farfuglio. Lui alza un sopracciglio, per un attimo sorpreso, e i suoi occhi si incupiscono. Poi scuote la testa incredulo.

«Bene, vedremo che cosa possiamo fare al riguardo.» La sua voce è vellutata, provocante, suona come una minaccia deliziosa e sensuale. Si slaccia i jeans e se li abbassa lentamente, sempre guardandomi negli occhi. Si china su di me, e dopo avermi afferrato entrambe le caviglie, mi divarica le gambe in una mossa repentina e si infila nel mezzo. Ora incombe su di me, mentre mi dimeno dalla voglia.

«Stai ferma» mormora, poi si china a baciarmi l'interno coscia, e con la bocca sale fino al sottile merletto degli slip.

Oh... Non riesco a stare ferma. Come faccio a non muovermi? Mi sto contorcendo sotto di lui.

«Dovremo trovare il modo di tenerti ferma, piccola.» Mi bacia il ventre, affondando la lingua nell'ombelico. Poi continua a salire. Sento la pelle rovente. Sono in fiamme, muoio di caldo, di freddo, mi aggrappo al lenzuolo. Lui si sdraia accanto a me e mi sfiora le anche, la vita, arrivando fino al seno. Mi guarda con un'espressione indecifrabile, mentre mi avvolge i seni con le mani.

«Le tue misure si adattano perfettamente alle mie mani, Anastasia» mormora, poi infila l'indice nella coppa del reggiseno e la scosta piano, liberandomi un seno, che il ferretto e la stoffa spingono verso l'alto. Fa la stessa cosa con l'altro. I miei seni si gonfiano, e i capezzoli si induriscono sotto il suo sguardo insistente. Il reggiseno mi fa da corsetto.

«Non male» mormora con uno sguardo di approvazione, e i miei capezzoli si induriscono ancora di più.

Soffia piano su un seno, mentre la sua mano viaggia fino all'altro, e con il pollice tocca lentamente la punta del capezzolo, poi la pizzica. Gemo, sentendo una scossa deliziosa fino ai lombi. Sono tutta bagnata. "Oh, ti prego" supplico dentro di me, stringendo ancora più forte il lenzuolo. Le sue labbra si chiudono sull'altro capezzolo, e quando comincia a succhiarlo mi vengono quasi le convulsioni.

«Vediamo se riesco a farti venire così» mormora, continuando il suo lento assalto erotico. I miei capezzoli sopportano il delizioso attacco delle sue labbra e delle sue dita abili, capaci di accendere ogni mia singola terminazione nervosa, al punto che tutto il mio corpo risuona di questa dolce agonia. Lui non si ferma.

«Oh… ti prego» supplico e rovescio la testa all'indietro, la bocca aperta, le gambe rigide. Oddio, cosa mi sta succedendo?

«Lasciati andare, piccola» mormora. Chiude i denti sul mio capezzolo, mentre con il pollice e l'indice tira forte l'altro, e io mi sgretolo tra le sue mani, il mio corpo freme ed esplode in mille pezzi. Lui mi bacia sulla bocca, in profondità, assorbendo con la lingua le mie grida.

"Dio mio." È stato straordinario. Ora capisco di cosa parlano tutti. Lui mi guarda, un sorriso soddisfatto aleggia sul suo viso, mentre sono sicura che sul mio ci sono solo gratitudine e ammirazione.

«Sei molto sensibile» mormora. «Dovrai imparare a controllarti, e insegnartelo sarà molto divertente.» Mi bacia di nuovo.

Mentre il mio piacere si placa, ho ancora il respiro spezzato. Le sue mani si muovono, scendendo lungo la vita, i fianchi, stringendomi intimamente… "Dio mio." Infila le dita sotto il sottile merletto e le muove in piccoli cerchi proprio… *lì*. Chiude un attimo gli occhi, con il fiato grosso.

«Sei così deliziosamente bagnata. Dio, quanto ti voglio.» Infila un dito dentro di me, facendomi urlare. Mi avvolge il clitoride, e urlo di nuovo. Continua a spingere dentro, sempre più forte. Gemo.

All'improvviso, si alza a sedere e mi strappa gli slip, gettandoli a terra. Si toglie i boxer, liberando la sua erezione.

"Accidenti…" Allunga la mano sul comodino e prende una bustina, poi si insinua tra le mie gambe, divaricandole sempre di più. Si inginocchia e si infila il preservativo sul suo notevole membro. "Oh, no… Riuscirà a…? Come?"

«Non preoccuparti» sussurra, guardandomi negli occhi. «Anche tu stai diventando più larga.» Si china, prendendomi la testa tra le mani in modo da sovrastarmi, gli occhi fissi nei miei, la mascella contratta, lo sguardo ardente. Solo ora mi rendo conto che ha ancora addosso la camicia.

«Sei sicura di volerlo fare?» chiede dolcemente.

«Ti prego.»

«Alza le ginocchia» ordina, e io mi affretto a obbedire. «Sto per fotterti, Miss Steele» sussurra, e posiziona la punta del pene all'ingresso della vagina. «Senza pietà» mormora, e si avventa dentro di me.

«*Aah!*» grido. Sento un dolore mai provato, mentre lui lacera la mia verginità. Si immobilizza, guardandomi con occhi luccicanti di trionfo.

Socchiude la bocca. Ha il respiro affannoso. Grugnisce.

«Sei così stretta. Stai bene?»

Annuisco, con gli occhi sbarrati, stringendogli forte gli avambracci. Mi sento riempita. Lui resta immobile, lasciando che mi abitui all'invadente, sconvolgente sensazione di averlo dentro di me.

«Ora inizierò a muovermi, piccola» sussurra dopo un attimo, con tono deciso.

"Oh."

Indietreggia con mirabile lentezza. Poi chiude gli occhi, geme e sprofonda di nuovo dentro di me. Grido una seconda volta, e lui si ferma.

«Ancora?» mormora, con voce roca.

«Sì» gemo. Lui torna alla carica, ancora, e ancora.

Io ansimo, accogliendolo dentro di me… Dio, quanto lo voglio.

«Ancora?» sussurra.

«Sì.» La mia è una supplica.

E lui si muove, questa volta senza fermarsi. Si appoggia ai gomiti per farmi sentire che mi tiene imprigionata. All'inizio scivola lentamente dentro e fuori. E io, a mano a mano che mi abituo a quella sensazione, muovo esitante i fianchi verso i suoi. Accelera. Io gemo, e lui continua a spingere, guadagnando velocità, un ritmo spietato e irrefrenabile, e io cerco di stare al passo, rispondendo alle sue spinte. Mi afferra la testa e mi bacia con violenza, mordendomi di nuovo il labbro inferiore. Si sposta leggermente, e sento qualcosa montare dentro di me, come prima. Inizio a irrigidirmi, mentre lui continua a spingere. Il mio corpo freme, si inarca, coprendosi di un velo di sudore. "Oddio"... Non immaginavo che fosse così... Non immaginavo che fosse così bello. I miei pensieri si sfaldano... C'è solo una sensazione... solo lui... solo io... Oh, ti prego... Mi tendo fino al limite.

«Vieni per me, Ana» mormora con il fiato corto, e le sue parole mi sciolgono, mi fanno esplodere sotto il suo peso. Quando viene, lui urla il mio nome e spinge sempre più forte, e infine si ferma, mentre si svuota dentro di me.

Sto ancora ansimando e cerco di rallentare il respiro, il cuore martellante, i pensieri in tumulto. "Wow... È stato incredibile." Lo guardo, lui ha la fronte premuta contro la mia, gli occhi chiusi, il respiro spezzato. Poi i suoi occhi si aprono di scatto e mi guardano, torbidi ma dolci. È ancora dentro di me. Mi posa un bacio delicato sulla fronte, poi scivola fuori dolcemente.

«Ooh.» Quella sensazione sconosciuta mi fa trasalire.

«Ti ho fatto male?» chiede Christian, sdraiandosi accanto a me e sollevandosi su un gomito. Mi infila una ciocca di capelli dietro l'orecchio. Io sorrido, beata.

«*Tu* mi chiedi se mi hai fatto male?»

«L'ironia della situazione non mi sfugge» osserva, con un sorriso sardonico. «Sul serio, va tutto bene?» Il suo sguardo è intenso, inquisitore, quasi severo.

Mi stiracchio accanto a lui. Mi sento tutta indolenzita, con le ossa molli, ma anche rilassata. Profondamente rilassata. Gli sorrido. Non riesco a smettere di sorridergli. Ora so di cosa parlano tutti. Due orgasmi... Sono sottosopra, come se fossi uscita dalla centrifuga della lavatrice. Non avevo idea che il mio corpo fosse capace di questo, di essere ferito nell'intimo e liberato in modo così violento, così gratificante. Il piacere è stato indescrivibile.

«Ti stai mordendo il labbro, e non mi hai risposto.» È accigliato. Gli faccio un sorriso malizioso. È uno schianto con i capelli aggrovigliati, quei sensuali occhi grigi imbronciati, e l'espressione seria.

«Mi piacerebbe farlo di nuovo» sussurro. Per un attimo, mi sembra di scorgere una fugace traccia di sollievo nel suo sguardo, poi lui abbassa le palpebre e mi scruta con gli occhi socchiusi.

«Adesso, Miss Steele?» mormora in tono asciutto. Si china e mi bacia molto delicatamente all'angolo della bocca. «Sei una bambina esigente, sai? Girati dall'altra parte.»

Per un attimo lo guardo sbattendo le palpebre, poi faccio come mi chiede. Lui mi slaccia il reggiseno e mi accarezza la schiena, fino alle natiche.

«Hai una pelle davvero stupenda» mormora. Si sposta in modo da infilare le gambe tra le mie, e attaccarsi alla mia schiena. Sento i bottoni della sua camicia premere contro la mia pelle, mentre mi scosta i capelli dal viso per baciarmi le spalle nude.

«Perché porti ancora la camicia?» chiedo. Lui si ferma. Dopo un istante, se la sfila e si sdraia di nuovo su di me. Sento la sua pelle calda contro la mia. Mmh... che sensazione divina. La leggera peluria sul suo petto mi pizzica la schiena.

«Dunque vuoi che ti fotta di nuovo?» mi sussurra all'orecchio, e inizia a coprirmi di baci leggeri intorno all'orecchio e sul collo.

Una mano scende lungo il mio corpo, sfiorandomi la vita,

il fianco, la coscia, fino all'incavo del ginocchio. Mi solleva il ginocchio. Boccheggio... "Che cosa fa adesso?" Si sistema tra le mie gambe, stretto contro la mia schiena, e la sua mano sale dalla coscia al sedere. Mi accarezza piano le natiche, poi mi infila le dita tra le gambe.

«Sto per prenderti da dietro, Anastasia» sussurra, e con l'altra mano mi stringe i capelli sulla nuca nel pugno e li tira piano, per tenermi ferma. Non posso muovere la testa. Sono bloccata sotto di lui, inerme.

«Sei mia» mormora. «Solo mia. Non dimenticarlo.» La sua voce è inebriante, le sue parole eccitanti, seducenti. Sento la sua erezione crescere contro la mia coscia.

Allunga le dita per accarezzarmi piano il clitoride, descrivendo piccoli cerchi. Sento il suo respiro leggero contro il viso mentre mi morde gli zigomi.

«Hai un profumo divino» mi soffia dietro l'orecchio. Continua a descrivere cerchi con le dita, e, in risposta, i miei fianchi iniziano a roteare, come per riflettere i movimenti della sua mano, mentre il piacere mi invade come adrenalina.

«Stai ferma» ordina, la voce dolce ma risoluta, e pian piano mi infila dentro il pollice, ruotandolo, accarezzando la parete anteriore della vagina. L'effetto è devastante: tutta la mia energia si concentra in quello spazio minuscolo all'interno del mio corpo. Gemo.

«Ti piace?» sussurra, sfiorandomi l'orecchio con i denti, e inizia a flettere lentamente il pollice, dentro, fuori, dentro, fuori... mentre le sue dita continuano a girare in tondo.

Chiudo gli occhi, cerco di controllare il respiro e di assimilare le sensazioni confuse e caotiche che le sue dita liberano dentro di me, il fuoco che mi incendia. Gemo di nuovo.

«Sei così bagnata, così impaziente, così sensibile. Oh, Anastasia, questo mi piace. Mi piace da morire» mormora.

Vorrei tendere le gambe, ma non riesco a muovermi. Mi ha inchiodato con il suo ritmo lento e costante. È una sensazione divina. Gemo ancora, e lui fa una mossa improvvisa.

«Apri la bocca» mi ordina, e mi infila il pollice tra le labbra. Io sbarro gli occhi, esterrefatta.

«Assaggia il tuo sapore» mi mormora nell'orecchio. «Succhia, piccola.» Il suo pollice mi preme sulla lingua, e la mia bocca si chiude su di lui, succhiando forsennata. Assaggio il gusto salato sul suo dito, e il debole sapore metallico del sangue. È una cosa perversa, ma erotica da morire.

«Voglio scoparti in bocca, Anastasia, e presto lo farò.» La sua voce è roca, dura, il suo respiro sempre più ansante.

"Scoparmi in bocca!" ansimo, e gli do un morso. Lui sussulta e mi stringe più forte i capelli, facendomi male, e io lo lascio andare.

«Bambina cattiva e adorabile» mormora, poi prende un altro preservativo dal comodino. «Stai ferma, non muoverti» mi ordina, lasciandomi i capelli.

Mentre strappa la bustina, io continuo ad ansimare, il sangue che mi pulsa nelle vene. L'aspettativa mi dà alla testa. Lui si china di nuovo su di me e mi afferra i capelli per immobilizzarmi. Non posso muovermi. Sono imprigionata, e lui mi sovrasta, pronto a prendermi un'altra volta.

«Stavolta faremo pianissimo, Anastasia» mormora.

Poi scivola lentamente dentro di me, molto lentamente, arrivando fino in fondo. Mi riempie, straziante, irrefrenabile. Lancio un gemito sonoro. Stavolta lo sento più in profondità, magnifico. Un altro gemito. Di proposito lui ruota i fianchi e si tira indietro, si ferma un attimo, e poi affonda di nuovo. Ripete il movimento all'infinito. Le sue spinte provocanti, studiatamente lente, mi fanno impazzire, e l'intermittente sensazione di pienezza mi manda fuori di testa.

«Si sta così bene dentro di te» grugnisce, facendomi fremere nel profondo. Scivola fuori e aspetta. «Oh, no, piccola, non ancora» mormora, poi, quando il mio tremito si arresta, ricomincia tutto daccapo.

«Oh, ti prego» supplico. Non sono sicura di poterlo sopportare oltre. Il mio corpo è lacerato, e brama il piacere.

«Voglio farti male, piccola» mormora, continuando il suo dolce, languido tormento, avanti, indietro. «Voglio che domani, ogni volta che ti muoverai, ti ricordi che sono stato qui. Solo io. Sei mia.»

Gemo di piacere.

«Ti prego, Christian» mormoro.

«Cosa vuoi, Anastasia? Dimmelo.»

Gemo ancora. Lui esce, e rientra di nuovo lentamente, ruotando i fianchi.

«Dimmelo» mormora.

«Ti voglio.»

Lui accelera in modo impercettibile, e inizia ad ansimare. Le mie viscere cominciano a fremere, e Christian aumenta il ritmo.

«Sei. Così. Dolce» mormora, tra una spinta e l'altra. «Ti. Voglio. Da. Morire.»

Mi fa ansimare.

«Tu. Sei. Mia. Vieni per me, piccola» grugnisce.

Le sue parole sono la mia rovina, mi spingono sull'orlo del precipizio. Il mio corpo trema, ed esplodo, urlando a pieni polmoni contro il materasso una versione ingarbugliata del suo nome. Christian segue con due spinte violente, poi si immobilizza, svuotandosi dentro di me. Mi crolla sulla schiena, il viso tra i miei capelli.

«Cristo, Ana.» Scivola subito fuori e rotola dalla sua parte del letto. Io rannicchio le ginocchia al petto, sfinita, e cado all'istante in un sonno profondo, come se avessi perso i sensi.

Quando mi sveglio è ancora buio. Non ho idea di quanto ho dormito. Mi stiracchio sotto la trapunta, sentendo un piacevole indolenzimento. Christian non c'è. Mi siedo, guardando il panorama davanti a me. Ci sono meno luci tra i grattacieli, e un accenno di aurora a est. Poi sento una musica. Le note cadenzate di un pianoforte, un lamento triste e dolce. Mi sembra Bach, ma non ne sono certa.

Mi avvolgo nella trapunta e percorro a passi felpati il corridoio verso il salone. Christian è seduto al piano, immerso nella musica che sta suonando. Ha un'espressione dolente come quella melodia. Suona in maniera divina. Appoggiata alla parete vicina alla porta, lo ascolto incantata. È un musicista eccezionale. Siede a torso nudo, il corpo immerso nella calda luce di una lampada accanto al piano. Con il resto del salone in penombra, è come se fosse dentro una pozza di luce isolata, intoccabile... Solo, in una specie di bolla.

Mi avvicino in silenzio, ipnotizzata da quella musica sublime e malinconica. Guardo incantata le sue dita che cercano e premono dolcemente i tasti, pensando che quelle stesse dita esperte mi hanno accarezzato. Al ricordo arrossisco e stringo le cosce. Lui alza lo sguardo, con una scintilla negli occhi, l'espressione indecifrabile.

«Scusa» sussurro. «Non volevo disturbarti.»

Per un attimo, appare accigliato.

«Forse dovrei dirlo io a te» mormora. Smette di suonare e appoggia le mani sulle ginocchia.

Noto che indossa i pantaloni del pigiama. Si passa le dita tra i capelli e si alza in piedi. I pantaloni gli cadono sui fianchi in quel modo... Ho la bocca riarsa, mentre lui gira disinvolto intorno al piano per raggiungermi. Ha le spalle larghe, i fianchi stretti, e mentre cammina i suoi addominali guizzano. È bello come il sole.

«Dovresti essere a letto» mi rimprovera.

«Era un brano magnifico. Bach?»

«La trascrizione è di Bach, ma in origine era un concerto per oboe di Alessandro Marcello.»

«Era meraviglioso, ma molto triste, una melodia così piena di malinconia.»

Le sue labbra si piegano in un mezzo sorriso.

«A letto» ordina. «Domani sarai sfinita.»

«Mi sono svegliata e non c'eri.»

«Faccio fatica a prendere sonno, e non sono abituato a dormire con un'altra persona.» Non riesco a capire il suo umore. Sembra abbattuto, ma è difficile dirlo al buio. Forse è l'atmosfera del brano che suonava. Mi circonda i fianchi con un braccio e mi accompagna con dolcezza verso la camera da letto.

«Da quanto tempo suoni? Sei bravissimo.»

«Da quando avevo sei anni.»

«Oh.» Christian a sei anni... La mia mente evoca l'immagine di un bel bambino con i capelli biondo scuro e gli occhi grigi e mi sciolgo. Un bambino dalla chioma selvaggia che ama una musica struggente.

«Come ti senti?» chiede, quando siamo in camera. Accende un abat-jour.

«Bene.»

Entrambi guardiamo il letto. Sulle lenzuola c'è una chiazza di sangue, la prova della mia verginità perduta. Arrossisco, imbarazzata, stringendomi addosso la trapunta.

«Be', così Mrs Jones avrà qualcosa su cui fantasticare» mormora Christian. Mi mette la mano sotto il mento e mi alza il viso, guardandomi negli occhi. Esamina la mia espressione con i suoi occhi penetranti. Mi rendo conto di non aver mai visto prima il suo petto nudo. D'istinto, allungo un dito per toccargli la peluria sul torace, per sentire che effetto fa. Lui indietreggia all'istante.

«Vai a letto» dice, in tono severo. Poi, più dolcemente: «Verrò a stendermi accanto a te». Lascio cadere la mano, mortificata. Penso di non avergli mai toccato il torace. Lui apre un cassetto, tira fuori una T-shirt e se la infila in fretta.

«A letto» mi ingiunge di nuovo. Mi stendo, cercando di non pensare al sangue. Lui si corica al mio fianco e mi attira nella sua stretta, avvolgendomi da dietro. Mi bacia i capelli, inspirandone l'odore.

«Dormi, dolce Anastasia» sussurra, e io chiudo gli occhi, ma non riesco a evitare di provare un residuo di malinconia, forse per via della musica, o del suo comportamento. Christian Grey ha un lato triste.

9

La luce invade la stanza, strappandomi a un sonno profondo. Mi stiracchio e apro gli occhi. È una splendida mattina di maggio, e Seattle è ai miei piedi. "Wow, che spettacolo." Accanto a me, Christian Grey dorme profondamente. "Wow, che spettacolo." Sono sorpresa di vederlo ancora a letto. È girato verso di me, e ho un'opportunità unica per studiarlo. Nel sonno il suo bel viso sembra più giovane, rilassato. Le sue labbra scolpite e imbronciate sono socchiuse, i capelli lucenti ridotti a una matassa inestricabile. Come può essere legale una persona così bella? Mi viene in mente la sua stanza al piano di sopra… Forse "legale" non è la parola più appropriata. Scuoto la testa, troppe cose a cui pensare. Sono tentata di toccarlo, ma è adorabile mentre dorme, come un bambino piccolo. Non devo preoccuparmi di quello che dico, di quello che dice lui, dei suoi progetti, in particolare di quelli che riguardano me.

Potrei restare a guardarlo tutto il giorno, ma devo andare in bagno. Scivolando giù dal letto, trovo la sua camicia bianca sul pavimento e me la infilo. Apro una porta pensando che sia quella del bagno, e scopro invece che si tratta di un'enorme cabina armadio, grande come la mia stanza da letto. File e file di abiti costosi, camicie, scarpe e cravatte. Cosa se ne farà di tutti questi vestiti? Faccio un verso di disapprovazione. È vero che il guardaroba di Kate potrebbe rivaleggiare con questo. Kate! "Oh, no." Non ho pensato a lei per tutta la sera. Avrei dovuto mandarle un messaggio. Accidenti! Passerò dei guai. Mi chiedo di sfuggita come le vadano le cose con Elliot.

Torno in camera da letto, dove Christian dorme ancora. Provo con l'altra porta. È il bagno, ed è molto più grande della mia stanza da letto. Che cosa se ne fa un uomo solo di tutto questo spazio? Due lavandini, noto con ironia. Dato che lui non dorme con nessuno, uno di essi non sarà mai stato usato.

Mi guardo nel gigantesco specchio sopra ai lavandini. Ho un aspetto diverso? Io mi sento diversa. Un po' indolenzita, francamente, e i miei muscoli... Dio, mi sembra di non aver mai fatto movimento in tutta la mia vita. "In realtà è così, non l'hai mai fatto." La mia vocina interiore si è svegliata. Il suo tono è severo, inflessibile. "E così hai dormito con lui, gli hai dato la tua verginità. A un uomo che non ti ama. Anzi, si è fatto un'idea piuttosto stravagante di te, vuole trasformarti in una specie di perversa schiava sessuale."

"SEI IMPAZZITA?" mi urla.

Faccio una smorfia allo specchio. Sono tutte cose su cui dovrò riflettere. Accidenti... innamorarsi di un uomo bello come un dio, più ricco di Onassis, e con una Stanza Rossa delle Torture che mi aspetta. Rabbrividisco. Sono stordita e confusa. I miei capelli sono un disastro come al solito. La chioma postcoito non mi si addice molto. Cerco di riportare ordine nel caos con le dita, ma fallisco miseramente e rinuncio, forse troverò un elastico nella borsetta.

Sto morendo di fame. Torno in camera da letto. Il Bell'Addormentato è ancora immerso nel sonno, quindi lo lascio in pace e mi dirigo in cucina.

"Oh, no... Kate." Ho lasciato la borsetta nello studio di Christian. Vado a prenderla e cerco il cellulare. Ci sono tre SMS.

tutto ok Ana?
dove 6 Ana?
Ana, ke cavolo

La chiamo subito. Dato che non risponde, le lascio un messaggio desolato per dirle che sono ancora viva e non sono caduta vittima di Barbablù, almeno non nel senso che la preoccupa… "O forse sì." Oh, non ci capisco niente. Devo cercare di incasellare e analizzare i miei sentimenti per Christian Grey, ma sembra un compito impossibile. Scuoto la testa, sconfitta. Per pensare ho bisogno di stare sola, lontana da qui.

Per fortuna, nella borsa trovo ben due elastici e mi faccio subito i codini. Ottimo! Forse, più sembro infantile più sono al sicuro da Barbablù. Prendo l'iPod e mi metto le cuffie. Non c'è niente di meglio che cucinare con la musica. Lo infilo nella tasca della camicia di Christian, alzo il volume al massimo e inizio a ballare.

Porca miseria, ho una fame da lupo.

La sua cucina mi intimidisce. È così lucente e moderna, e gli sportelli sono senza maniglie. Mi ci vogliono alcuni secondi per capire che per aprirli devo spingere. Forse dovrei preparare a Christian la colazione. L'altro giorno stava mangiando un'omelette… Mmh, ieri all'Heathman. Caspita, ne sono successe di cose da allora. Guardo nel frigo, dove ci sono uova in abbondanza, e decido che ho voglia di pancake e bacon. Mi metto a preparare la pastella, ballando per la cucina.

Avere qualcosa da fare è un bene: mi dà un po' di tempo per pensare, ma senza consentirmi di andare troppo a fondo. Anche la musica sparata nelle orecchie mi aiuta a rimandare le riflessioni impegnative. Sono venuta qui per passare la notte nel letto di Christian Grey, e ci sono riuscita, anche se lui non lascia entrare nessuno nel suo letto. Sorrido, missione compiuta. Grande! Sorrido. Grande, grande, grande e mi lascio distrarre dal ricordo della notte appena passata. Le sue

144

parole, il suo corpo, il suo modo di fare l'amore... Chiudo gli occhi e fremo al ricordo, e i muscoli mi si contraggono deliziosamente nel ventre. La mia vocina interiore mi sgrida... "Si chiama fottere, non fare l'amore" urla come un'arpia. La ignoro, ma dentro di me so che non ha tutti i torti. Scuoto la testa per concentrarmi su quello che sto facendo.

I fornelli sono ultramoderni, ma credo di aver capito come funzionano. Mi serve un posto per tenere i pancake al caldo, e comincio con il bacon. Amy Studt sta cantando *Misfit*, disadattata. Questa canzone significava tanto per me, perché sono una disadattata anch'io. Mi sono sempre sentita fuori posto e adesso... sto considerando una proposta indecente da parte del Re dei Disadattati in persona. Perché lui è così? Natura o educazione? È così estraneo a tutto ciò che conosco.

Metto il bacon sotto il grill, e mentre si cuoce sbatto le uova. Mi giro, e Christian è seduto su uno degli sgabelli, appoggiato al bancone, il viso sulle mani. Indossa ancora la T-shirt con cui ha dormito. La chioma postcoito a lui dona moltissimo, come la barba non fatta. Ha un'espressione divertita e perplessa al tempo stesso. Rimango di sasso, arrossisco, poi mi ricompongo e mi tolgo le cuffie dalle orecchie. A vederlo mi cedono le gambe.

«Buongiorno, Miss Steele. Ti vedo arzilla, stamattina.»

«H-ho dormito bene» farfuglio. Le sue labbra cercano di mascherare un sorriso.

«Chissà perché.» Fa una pausa e aggrotta la fronte. «Anch'io, da quando sono tornato a letto.»

«Hai fame?»

«Parecchia» dice con uno sguardo penetrante, e ho il sospetto che non si riferisca al cibo.

«Pancake, bacon e uova?»

«Sembra squisito.»

«Non so dove tieni le tovagliette.» Mi stringo nelle spalle, sforzandomi di non apparire agitata.

«Ci penso io. Tu cucina. Vuoi che metta un po' di musica così puoi continuare... ehm... a ballare?»

Mi guardo le dita, consapevole che sto diventando paonazza.

«Per favore, non smettere per colpa mia. È molto divertente da guardare.» Ha un tono ironico.

Io faccio una smorfia. Divertente, eh? Il mio subconscio, lui sì è piuttosto divertito. Mi volto e continuo a sbattere le uova, un po' più energicamente del necessario. In un attimo, me lo trovo di fianco. Mi tira un codino.

«Sono carini» mormora. «Ma non ti proteggeranno.»

"Mmh, Barbablù..."

«Come ti piacciono le uova?» chiedo, con voce acida. Lui sorride.

«Molto, molto strapazzate.»

Torno a concentrarmi sulla cucina, cercando di nascondere un sorriso. È difficile restare in collera con lui. Soprattutto quand'è così inconsuetamente giocherellone. Apre un cassetto e prende due tovagliette nero ardesia per la colazione. Verso il composto di uova in una padella, tiro fuori il bacon, lo giro, e lo rimetto sotto il grill.

Quando mi volto di nuovo, sul tavolo c'è del succo d'arancia, e lui sta facendo il caffè.

«Vuoi una tazza di tè?»

«Sì, grazie. Se ce l'hai.»

Prendo un paio di piatti e li metto sulla piastra calda. Christian fruga nella credenza e tira fuori alcune bustine di Twinings English Breakfast.

«La conclusione era scontata, eh?»

«Ah, sì? Non sono sicuro che abbiamo ancora concluso alcunché, Miss Steele» mormora.

"A cosa si riferisce? Alle nostre trattative? Alla nostra, come dire... relazione... qualunque essa sia?" È sempre così enigmatico. Dispongo il cibo sui piatti riscaldati, che poi metto sulle tovagliette. Nel frigorifero trovo lo sciroppo d'acero.

Alzo gli occhi su Christian, che sta aspettando che mi sieda.
«Miss Steele.» Indica uno degli sgabelli.

«Mr Grey.» Faccio un cenno del capo. Nel sedermi, ho un lieve sussulto.

«Quanto ti fa male, di preciso?» chiede lui. I suoi occhi grigi mi trafiggono. "Perché fa domande così personali?"

«Be', a essere sincera, non ho termini di confronto» sbotto. «Vuoi offrirmi la tua compassione?» gli chiedo troppo dolcemente. Mi sembra che cerchi di soffocare un sorriso, ma non ne sono certa.

«No. Mi chiedevo se potevamo continuare il tuo addestramento di base.»

«Oh.» Lo guardo attonita. Mi sento mancare il fiato, e tutto dentro di me si contrae. "Ooh... è così piacevole." Soffoco un gemito.

«Mangia, Anastasia.» Il mio appetito è di nuovo incerto... Ancora... ancora sesso... sì, ti prego.

«Per la cronaca, è delizioso.» Mi sorride.

Provo una forchettata di omelette, ma quasi non ne sento il sapore. Addestramento di base! "Voglio scoparti in bocca." Questo farebbe parte dell'addestramento di base?

«Smetti di morderti il labbro. Mi distrae parecchio, e poi so che non porti niente sotto la mia camicia, e questo mi distrae ancora di più» sibila.

Immergo la bustina nella piccola teiera che Christian mi ha dato. La mia mente è in fibrillazione.

«Che genere di addestramento di base hai in mente?» chiedo. La mia voce, appena troppo stridula, tradisce il mio desiderio di sembrare il più possibile calma e indifferente, mentre i miei ormoni sono allo sbando.

«Be', dato che sei dolorante, penso che potremmo limitarci alle attività orali.»

Il tè mi va di traverso e lo guardo a bocca aperta. Lui mi dà una leggera pacca sulla schiena e mi passa il succo d'arancia. Non capisco a cosa stia pensando.

«Sempre che tu abbia voglia di restare» aggiunge. Lo guardo, cercando di riprendermi. La sua espressione è indecifrabile. È così frustrante.

«Per oggi vorrei restare. Se per te va bene. Domani devo lavorare.»

«A che ora devi essere al lavoro?»

«Alle nove.»

«Alle nove sarai al lavoro.»

Aggrotto la fronte. "Vuole che mi fermi un'altra notte?"

«Stanotte dovrei tornare a casa. Ho bisogno di vestiti puliti.»

«Puoi prenderli qui.»

Non ho denaro da spendere in vestiti. Lui alza la mano e mi afferra il mento, tirando fino a liberare il labbro dalla stretta dei denti. Non mi ero nemmeno accorta che me lo stavo mordendo.

«Che cosa c'è?» chiede.

«Stasera devo essere a casa.»

Stringe le labbra.

«Va bene, stasera» dice. «Adesso fai colazione.»

Ho i pensieri e lo stomaco sottosopra, mi è passato l'appetito. Guardo la colazione avanzata. Non ho più fame.

«Mangia, Anastasia. Ieri sera non hai cenato.»

«Non mi va» mormoro.

Socchiude gli occhi. «Vorrei che finissi la colazione.»

«Perché hai questa fissa con il cibo?» sbotto. Lui mi guarda di traverso.

«Te l'ho detto, non mi piace vedere il cibo sprecato. Mangia!» esclama. Ha lo sguardo cupo, sofferente.

"Accidenti a lui. Perché insiste tanto?" Prendo la forchetta e mangio con lentezza, cercando di masticare. Devo ricordarmi di non mettermi troppo cibo nel piatto, dato che lui ha questa ossessione. La sua espressione si ammorbidisce, mentre finisco lentamente la colazione. Noto che pulisce il suo piatto. Aspetta che finisca, poi pulisce anche il mio.

«Tu hai cucinato, io sparecchio.»

«È molto democratico.»

«Già.» Aggrotta la fronte. «Non è il mio stile. Quando ho finito qui, ci faremo un bagno.»

«Ah, va bene.» "Oddio... Preferirei una doccia." Lo squillo del cellulare interrompe le mie fantasticherie. È Kate.

«Pronto.» Mi dirigo verso la vetrata della terrazza, lontano da lui.

«Ana, perché non mi hai mandato un messaggio ieri?» È su tutte le furie.

«Mi dispiace, sono stata sopraffatta dagli eventi.»

«Stai bene?»

«Sì, sto bene.»

«L'hai fatto?» Sta raccogliendo informazioni. L'ansia nella sua voce mi fa alzare gli occhi al cielo.

«Kate, non mi va di parlarne al telefono.» Christian mi lancia un'occhiata.

«L'hai fatto... Lo sento.»

Come fa a sentirlo? Sta bluffando, e io non posso dirle niente. Ho firmato un maledetto accordo.

«Kate, per favore.»

«Com'è stato? Ti senti bene?»

«Ti ho detto che sto bene.»

«È stato dolce?»

«Kate, ti prego!» Non riesco a contenere l'esasperazione.

«Ana, non fare la vaga con me, aspetto questo giorno da quasi quattro anni.»

«Ci vediamo stasera.» Riattacco.

Sarà davvero un'impresa. Kate è così cocciuta, e vorrà sapere tutto nei dettagli, mentre io non potrò dirle una parola perché ho firmato... com'è che si chiamava?... un accordo di riservatezza. Lei monterà su tutte le furie, e avrà ragione. Mi serve un piano. Torno in cucina, dove Christian si sta muovendo con la sua solita eleganza.

«L'accordo di riservatezza copre ogni cosa?» gli chiedo, sondando il terreno.

149

«Perché me lo chiedi?» Si gira a guardarmi mentre mette via il tè. Divento rossa.

«Ecco, avrei qualche domanda, sai, sul sesso.» Abbasso lo sguardo. «E vorrei chiedere a Kate.»

«Puoi chiedere a me.»

«Christian, con il dovuto rispetto...» La voce mi muore in gola. "Non posso chiedere a te." Con te avrei una visione delle cose parziale, distorta, e molto eccentrica. Voglio un'opinione imparziale. «È solo una questione pratica. Non accennerò alla Stanza Rossa delle Torture.»

Lui alza un sopracciglio.

«Stanza Rossa delle Torture? Si tratta solo di piacere, Anastasia. Credimi» dice. «E poi» continua, con tono più severo «la tua coinquilina ci sta dando dentro con mio fratello. Preferirei che con lei non parlassi.»

«I tuoi sanno della tua... ehm... predilezione?»

«No. Non sono affari loro.» È in piedi di fronte a me e mi si avvicina.

«Cosa vuoi sapere?» chiede, e mi sfiora con le dita la guancia e il mento, raddrizzandomi il viso in modo da guardarmi dritto negli occhi. Mi sento fremere dentro. Non posso mentire a quest'uomo.

«Niente di specifico, per ora» mormoro.

«Possiamo cominciare così: com'è stato per te la notte scorsa?» I suoi occhi ardono di curiosità. "È ansioso di sapere. Incredibile."

«Bello» mormoro.

«Anche per me» sussurra. «Non avevo mai fatto sesso alla **vaniglia**. Devo dire che ha il suo interesse. Ma forse è stato solo perché eri tu.» Mi passa il pollice sul labbro inferiore.

Trattengo il fiato. "Sesso alla vaniglia?"

«Vieni. Facciamoci un bagno.» Si china a baciarmi. Il cuore mi balza nel petto e il mio desiderio si annida in qualche punto... giù in fondo. *Lì.*

La vasca è un pezzo di design di pietra bianca, profonda e a forma di uovo. Christian la riempie. Versa nell'acqua qualche goccia di un bagnoschiuma dall'aria costosa, che produce una nuvola di schiuma dal voluttuoso profumo di gelsomino. Si alza e mi fissa con uno sguardo rovente, poi si sfila la T-shirt e la getta sul pavimento.

«Miss Steele.» Mi tende la mano.

Io sono in piedi sulla soglia con le braccia conserte e un'aria circospetta. Faccio un passo avanti, ammirando di sottecchi il suo fisico. È proprio sexy. Gli prendo la mano, e lui mi invita a entrare nella vasca mentre indosso ancora la camicia. Faccio quello che mi dice. Devo farci l'abitudine, se intendo accettare la sua proposta oscena... "Se!" L'acqua è calda e invitante.

«Girati, guardami in faccia» mi ordina, con la sua voce vellutata. Io obbedisco, e vedo che mi sta fissando.

«So che quel labbro è delizioso, posso confermarlo, ma potresti smettere di mordertelo?» dice, a denti stretti. «Se te lo mordi, mi viene voglia di scoparti, e tu sei ancora dolorante, hai capito?»

Sussulto e apro automaticamente le labbra, sconvolta.

«Ecco» mi provoca. «Non so se ho reso l'idea.» Mi fulmina con lo sguardo. Io annuisco in modo meccanico. Non avevo idea di fargli un simile effetto.

«Bene.» Tira fuori il mio iPod dal taschino e lo appoggia vicino al lavandino.

«Acqua e iPod... Non è una combinazione intelligente» mormora. Afferra un lembo della camicia, me la solleva sopra la testa e la getta sul pavimento.

Fa un passo indietro per contemplarmi. "Oddio, sono nuda." Divento rossa come un peperone e mi guardo le mani, all'altezza dell'inguine, e ho una voglia disperata di sparire nell'acqua calda e tra la schiuma, ma so che le sue intenzioni sono altre.

«Ehi» mi chiama. Alzo lo sguardo, e lo sorprendo a contemplarmi con la testa piegata di lato.

«Anastasia, sei una donna splendida, dalla testa ai piedi. Non abbassare lo sguardo come se ti vergognassi. Non devi vergognarti di niente, è una gioia guardarti.» Mi prende il mento e mi alza la testa per fissarmi negli occhi. I suoi sono dolci e caldi, addirittura ardenti. "Oddio." È così vicino. Mi basterebbe allungare la mano per toccarlo.

«Ora puoi sederti» dice, interrompendo i miei pensieri sconnessi, e io mi immergo nell'acqua. Ahi... scotta. Mi coglie di sorpresa, ma ha un profumo celestiale, quindi il pungente dolore iniziale passa subito. Mi lascio andare e chiudo gli occhi un istante, rilassandomi nel tepore. Quando li apro, ho i suoi occhi addosso.

«Perché non vieni anche tu?» chiedo, con una certa audacia, la voce roca.

«Credo proprio che lo farò. Fammi posto» ordina.

Si toglie i pantaloni del pigiama ed entra nella vasca dietro di me. Il livello dell'acqua si alza quando si siede, stringendomi al petto. Stende le sue lunghe gambe sopra le mie, le ginocchia piegate e le caviglie in corrispondenza delle mie, poi divarica i piedi, aprendomi le gambe. Rimango senza fiato dalla sorpresa. Mi affonda il naso tra i capelli e inala a fondo.

«Hai un profumo così buono, Anastasia.»

Un tremito mi percorre il corpo. "Sono nuda, e sto facendo il bagno con Christian Grey, nudo anche lui." Se qualcuno mi avesse detto che avrei fatto una cosa del genere quando mi sono svegliata ieri nella suite dell'hotel, non ci avrei creduto.

Prende il flacone del bagnoschiuma e se ne versa qualche goccia sul palmo. Strofina le mani, creando una schiuma vaporosa e soffice, e mi avvolge il collo, poi inizia a spalmarmi il sapone sulle spalle, offrendomi un vigoroso massaggio con le sue dita affusolate e forti. Comincio ad ansimare. Adoro avere le sue mani addosso.

«Ti piace?» Sento che sorride.

«Mmh.»

Scende sulle braccia, poi sotto le ascelle, e mi lava con dolcezza. Per fortuna Kate ha insistito perché mi depilassi. Le sue mani mi scivolano sui seni, e sospiro mentre le sue dita li circondano e iniziano a palparli, senza esitazioni. Il mio corpo si inarca d'istinto, spingendo i seni contro le sue mani. Ho i capezzoli doloranti. Molto doloranti, certo per il suo trattamento non proprio delicato della notte scorsa. Lui non vi indugia a lungo, e mi fa scivolare le mani sul ventre. Il mio respiro si fa più pesante, e il cuore mi batte all'impazzata. Sento la sua crescente erezione premermi contro il sedere. È così eccitante sapere che è il mio corpo a provocargli quella reazione. "Ha-ha... non la tua mente." Scaccio quel pensiero sgradito.

Lui si ferma e prende un guanto di spugna mentre io ansimo di voglia... di desiderio. Le mie mani sono posate sulle sue cosce sode e muscolose. Dopo aver versato altro bagnoschiuma sul guanto, si china e mi lava in mezzo alle gambe. Trattengo il fiato. Le sue dita abili mi stimolano attraverso la stoffa, è una sensazione celestiale, e i miei fianchi iniziano a muoversi a ritmo, premendo contro la sua mano. Sopraffatta dalle sensazioni, lascio andare la testa all'indietro, rovescio gli occhi, apro la bocca e gemo. La pressione sale lenta, inesorabile dentro di me... "Oddio."

«Godi, piccola» mi sussurra Christian, mordicchiandomi piano un orecchio. «Godi per me.» Le mie gambe sono intrappolate dalle sue contro le pareti della vasca, tenendomi prigioniera e dandogli facile accesso alla mia parte più intima.

«Oh... ti prego» sussurro. Cerco di tendere le gambe, mentre il mio corpo si irrigidisce. Sono l'ostaggio sessuale di quest'uomo, e lui non mi permette di muovermi.

«Penso che adesso tu sia abbastanza pulita» mormora, poi si ferma. "Cosa? No! No! No!" Il mio respiro si spezza.

«Perché ti fermi?» ansimo.

«Perché ho altri progetti per te, Anastasia.»

"Cosa... oddio... ma io... io ero... non è giusto."

«Girati. Anch'io ho bisogno di essere lavato» mormora.

Oh! Voltandomi verso di lui, mi sconvolge trovarlo con l'erezione stretta nella mano. Resto a bocca aperta.

«Voglio che tu faccia conoscenza, se possibile amicizia, con la parte del mio corpo che preferisco. Sono molto legato a lui.»

"È così grosso, e continua a crescere." La sua erezione spunta dal pelo dell'acqua, che gli lambisce i fianchi. Lo guardo e scopro il suo sorriso perverso. È divertito dalla mia espressione sgomenta. Mi rendo conto che lo stavo fissando, e deglutisco. "Quel coso era dentro di me!" Non sembra possibile. Vuole che lo tocchi.

Gli sorrido e prendo il bagnoschiuma, facendomene cadere qualche goccia sul palmo. Come ha fatto lui, lo strofino tra le mani finché non diventa schiumoso. Non distolgo gli occhi da lui. Le mie labbra sono socchiuse... Mi mordo di proposito il labbro inferiore, poi ci passo sopra la lingua, ripercorrendo il tracciato dei denti. I suoi occhi sono seri e torbidi, e si allargano mentre la mia lingua sfiora il labbro. Mi chino in avanti e metto una mano intorno al suo membro, imitando la sua presa. Lui chiude gli occhi per un istante, e subito li riapre. "Wow... è più duro di quanto mi aspettassi." Lo stringo, e lui posa una mano sulla mia.

«Così» mormora, e muove la mano su e giù con una presa ferma sulle mie dita, che rinsaldano la loro stretta. Chiude gli occhi di nuovo, ha il fiato corto. Quando li riapre, sembrano metallo fuso. «Molto bene, piccola.»

Molla la presa, lasciandomi continuare da sola, e chiude gli occhi mentre muovo la mano su e giù. Flette appena i fianchi assecondando il mio movimento e, di riflesso, stringo più forte. Un basso gemito gli sfugge dalle profondità della gola. "Scoparmi in bocca... Mmh." Ricordo come mi ha spinto il pollice tra le labbra chiedendomi di succhiarlo. Socchiude la bocca e il suo respiro si fa pesante. Mentre ha gli occhi chiusi, mi chino in avanti e lo tocco con le labbra, poi provo a succhiare, accarezzandogli la punta con la lingua.

«Oh… Ana.» Apre gli occhi di scatto, e io succhio più forte.

Mmh… è morbido e duro al tempo stesso, come acciaio avvolto nel velluto, e ha un sapore sorprendente, lievemente salato.

«Cristo» geme lui, chiudendo di nuovo gli occhi.

Mi abbasso di più, prendendolo in bocca. Lui geme ancora. *"Ah!"* La mia dea interiore è euforica. Ci sto riuscendo. Riesco a scoparlo con la bocca. Avvolgo la lingua intorno alla punta, e lui flette le anche. Adesso ha gli occhi aperti, in fiamme. Stringe i denti, inarcandosi, e io me lo spingo ancora più in fondo, appoggiandomi alle sue cosce. Sento che le sue gambe si tendono sotto le mie mani. Mi afferra i codini e inizia a muoversi sul serio.

«Oh… piccola… è fantastico» mormora. Succhio più forte, facendo guizzare la lingua sulla punta della sua erezione colossale. Coprendomi i denti con le labbra, lo stringo nella morsa della mia bocca. Lui sibila e geme.

«Oddio… Fin dove riesci ad arrivare?» sussurra.

"Mmh…" Lo prendo ancora più dentro, in modo da sentirlo sul fondo della gola, e poi di nuovo sul davanti. La mia lingua guizza intorno alla punta, come su un ghiacciolo delizioso. Succhio forte, sempre più forte, spingendolo sempre più a fondo, facendo piroette con la lingua. "Mmh…" Non avevo idea che fosse così eccitante dargli piacere, vederlo contorcersi per il desiderio. La mia dea interiore balla il merengue, inframmezzato da qualche passo di salsa.

«Anastasia, sto per venirti in bocca» mi avverte, tra i gemiti. «Se non vuoi, fermati adesso.» Ha i fianchi inarcati, gli occhi sbarrati, attenti, e pieni di una voglia lasciva… voglia di me. Voglia della mia bocca…

Le sue mani mi stringono i capelli. Posso farcela. Spingo ancora più forte, e in un momento di insolita baldanza, sfodero i denti. Questo gli dà il colpo di grazia: urla e smette di muoversi, e sento un liquido caldo e salato scorrermi dentro la gola. Mi affretto a ingoiare. Non sono certa che mi piaccia. Ma mi basta alzare gli occhi su Christian, vederlo abbandonato nella vasca a causa mia, e non me ne importa niente. Mi tiro indietro e lo guardo, con un sorriso di trionfo. Ha il respiro spezzato. Apre gli occhi e mi fissa.

«Ma non ti vengono i conati?» chiede, esterrefatto. «Ana… è stato… fantastico, davvero fantastico, e non me l'aspettavo.» Aggrotta la fronte. «Sai, non smetti mai di sorprendermi.»

Sorrido e mi mordo il labbro, imbarazzata. Lui mi guarda con sospetto.

«L'avevi già fatto prima?»

«No.» E non posso evitare di lasciar trapelare una punta di orgoglio.

«Bene» dice lui, soddisfatto e, mi sembra, sollevato. «Un'altra prima volta, Miss Steele.» Mi guarda con approvazione. «Bene, nell'esame orale ti meriti un 10. Vieni, andiamo a letto, ti devo un orgasmo.»

"Orgasmo! Un altro!"

Esce in un lampo dalla vasca, offrendomi la prima visione completa delle sue forme da Adone. La mia dea interiore ha smesso di ballare e lo sta fissando anche lei con la bava alla bocca. La sua erezione domata, ma ancora consistente… Si avvolge una salvietta intorno alla vita, coprendosi le parti intime, e apre un grande, morbido asciugamano bianco per me. Io prendo la mano che mi viene tesa, esco dalla vasca, e lui mi avvolge nella spugna, prendendomi tra le braccia, e mi bacia con passione, affondandomi la lingua in bocca. Ho voglia di abbracciarlo… di toccarlo… ma lui mi ha intrappolato le braccia nell'asciugamano. Presto mi ritrovo prigioniera del suo bacio. Mi afferra la testa, esplorandomi la bocca con la lingua, e ho la sensazione che mi stia esprimendo la sua gratitudine.

Fa un passo indietro, tenendomi il volto tra le mani e guardandomi negli occhi. Ha un'aria smarrita.

«Accetta» mormora con fervore.

Aggrotto la fronte. Non capisco.

«Cosa?»

«Il nostro accordo. Accetta di essere mia. Ti prego, Ana» sussurra, calcando sull'ultima parola, il mio nome, con voce implorante. Mi bacia di nuovo, con dolcezza e passione, poi fa un passo indietro e mi osserva sbattendo le palpebre. Mi prende per mano e mi riporta in camera. Lo seguo obbediente, stordita. "Lo vuole davvero."

Arrivati accanto al letto, mi guarda.

«Ti fidi di me?» chiede tutt'a un tratto. Annuisco, sorpresa dall'improvvisa consapevolezza che è proprio così. "Cosa mi farà adesso?" Mi sento percorrere da una scossa elettrica.

«Brava bambina» sussurra, accarezzandomi il labbro inferiore con il pollice. Entra nella cabina armadio e torna con una cravatta di seta argentea.

«Unisci le mani davanti a te» ordina, poi mi toglie l'asciugamano e lo lascia cadere sul pavimento.

Faccio come dice, e lui mi lega i polsi con la cravatta, fermandola con un nodo stretto. I suoi occhi brillano di eccitazione. Dà uno strattone al nodo: è ben saldo. "Deve essere stato nei boy scout per aver imparato a fare i nodi." E adesso? Ho il cuore che batte a mille, impazzito. Lui mi sfiora i codini.

«Sembri così giovane con questi» mormora, facendo un passo avanti. Indietreggio d'impulso, fino a sfiorare il bordo del letto. Lui lascia cadere il suo asciugamano, ma io non riesco a staccare gli occhi dai suoi. Ha uno sguardo ardente, pieno di desiderio.

«Oh, Anastasia, cosa dovrei farti?» mormora, mentre mi fa sdraiare sul letto, poi si stende accanto a me, e mi solleva le mani sopra la testa.

«Tieni le mani così, non muoverle, capito?» Mi fulmina con lo sguardo, lasciandomi senza fiato. Decisamente, non viene voglia di contrariarlo.

«Rispondi» ordina con la sua voce vellutata.

«Ho capito. Non le muoverò.» Mi resta un filo di voce.

«Brava bambina» mormora, leccandosi piano le labbra. Sono ipnotizzata dalla sua lingua, che accarezza lenta il labbro superiore. Mi guarda negli occhi, come per soppesarmi. Si china e mi stampa un casto, rapido bacio sulle labbra.

«Ora ti bacerò dappertutto, Miss Steele» sussurra, poi mi afferra il mento, sollevandolo per avere accesso alla mia gola. Le sue labbra scivolano lungo il mio collo, baciano, succhiano e mordono. Tutto il mio corpo si mette in allerta... La recente esperienza nella vasca ha reso la mia pelle ipersensibile. Il sangue si annida ardente nel basso ventre, tra le gambe, giù in fondo. Gemo.

Ho voglia di toccarlo. Muovo le mani, e un po' goffamente, dato che sono legata, gli sfioro i capelli. Lui smette di baciarmi e mi lancia un'occhiataccia, scuotendo la testa e sbuffando. Mi prende le mani e me le sistema di nuovo sopra la testa.

«Non muoverti, altrimenti dovremo ricominciare daccapo» mi rimprovera senza troppa severità.

«Voglio toccarti.» La mia voce è affannosa e incontrollata.

«Lo so» mormora. «Tieni le mani sopra la testa» ordina, alzando la voce.

Mi prende il mento e inizia a baciarmi il collo come prima. Oh... è così frustrante. Quando con le labbra raggiunge l'incavo, le sue mani mi sfiorano il corpo e i seni. Descrive un cerchio con la punta del naso e inizia senza fretta a scendere verso il basso, seguendo il tracciato delle sue mani, dallo sterno fino ai seni. Li bacia entrambi e li mordicchia, succhiandomi teneramente i capezzoli. "Dio santo." I miei fianchi iniziano a oscillare e a muoversi per conto proprio, adattandosi al ritmo della sua bocca, e cerco disperatamente di ricordarmi di tenere ferme le mani.

«Stai buona» mi avverte. Sento il suo fiato caldo sulla pelle. Quando raggiunge l'ombelico, vi immerge la lingua, sfiorandomi piano la pancia con i denti. Il mio corpo si inarca.

«Mmh. Sei così dolce, Miss Steele.» Il suo naso sfiora la linea tra la pancia e i peli pubici. Mi morde con delicatezza, stuzzicandomi con la lingua. Di colpo raddrizza la schiena e si inginocchia ai miei piedi, afferrandomi le caviglie e divaricandomi le gambe.

"Oh, Signore." Mi prende il piede sinistro, mi piega il ginocchio e si porta il piede alla bocca. Osservando ogni mia reazione, mi bacia le dita una alla volta e poi le morde tutte con delicatezza. Quando arriva al quinto dito, morde più forte, e io mugolo, fremente. Mi fa scivolare la lingua sul collo del piede, e non riesco più a guardarlo: è troppo erotico. Sto per prendere fuoco. Chiudendo gli occhi, cerco di assorbire e metabolizzare tutte le sensazioni che lui sta creando. Mi bacia la caviglia, il polpaccio, poi sale fino al ginocchio, fermandosi appena sopra. Poi passa al piede destro, ripetendo tutto quell'incredibile processo di seduzione.

«Oh, ti prego» gemo quando mi morde il quinto dito, una sensazione che mi arriva allo stomaco.

«Bisogna essere pazienti, Miss Steele» sussurra.

Stavolta non si ferma al ginocchio, ma continua nell'interno coscia, allargandomi le gambe. Capisco cosa sta per fare, e una parte di me vorrebbe respingerlo perché mi vergogno. Ha intenzione di baciarmi proprio *lì*! Lo so. Un'altra parte di me, invece, freme per l'impazienza. Passa all'altro ginocchio e mi semina la coscia di baci, lecca, succhia, e quando arriva in mezzo alle gambe, mi sfiora il sesso con il naso, in un tocco dolce, molto delicato. Guaisco… "Oddio."

Si ferma, aspettando che mi calmi. Lo faccio, e alzo la testa per guardarlo, con la bocca aperta e il cuore in gola.

«Lo sai che hai un profumo inebriante, Miss Steele?» mormora, e senza smettere di guardarmi negli occhi, tuffa il naso in mezzo ai peli pubici e inala.

Divento paonazza, mi sento svenire e chiudo gli occhi all'istante. Non posso guardarlo mentre fa una cosa del genere!

Me la lecca per tutta la lunghezza.

«Mi piace.» Mi tira dolcemente i peli dell'inguine. «Forse questi potremmo anche tenerli.»

«Oh… per favore» lo imploro.

«Mmh, mi piace sentirti supplicare, Anastasia.»

Gemo.

«Rendere pan per focaccia non è il mio stile abituale, Miss Steele» mormora, e continua a leccare su e giù. «Ma oggi mi hai fatto godere, e meriti una ricompensa.» Sento una vena di malizia nella sua voce, e mentre il mio corpo esulta per le sue parole, la sua lingua inizia a circondarmi piano il clitoride, e intanto le sue mani mi stringono i fianchi.

«Ah!» Gemo. Il mio corpo freme e si inarca al tocco della sua bocca.

Continua a descrivere cerchi con la lingua, senza smettere di tormentarmi. Sto perdendo ogni controllo, ogni atomo del mio essere è concentrato sulla piccola, potente centrale elettrica che ho in mezzo alle cosce. Quando le mie gambe si irrigidiscono, lui infila un dito dentro di me, e ansima.

«Oh, piccola. Mi piace che ti bagni tanto per me.»

Descrive un ampio cerchio con le dita, e la sua lingua imita le sue azioni, girando in tondo. È troppo… Il mio corpo anela al sollievo, non posso più evitarlo. Mi lascio andare, scordando ogni pensiero razionale mentre il godimento mi investe. Lancio un urlo, e il mondo crolla e sparisce dalla mia vista, mentre la forza dell'orgasmo annulla tutto ciò che mi circonda.

Ansimo, e quasi non lo sento infilarsi il preservativo ed entrare dentro di me. Lui mi penetra lentamente e inizia a muoversi. Oddio. È una sensazione così dolce e dolorosa, brutale e tenera al tempo stesso.

«Come ti senti?» mormora.

«Bene, mi sento bene» sussurro. Si muove sempre più in fretta, spingendosi dentro di me in continuazione, implacabile, fino a portarmi di nuovo sull'orlo del piacere. Mugolo.

«Vieni per me, piccola.» Ha la voce roca, aspra, e io esplodo sotto la spinta delle sue mosse rapide.

«È fantastico» mormora, poi spinge un'ultima volta e viene, stringendomi forte. Infine si ferma, il corpo rigido.

Quando crolla sopra di me, mi sento affondare nel materasso sotto il suo peso. Gli getto al collo le braccia legate, stringendolo meglio che posso. So che in questo momento farei qualsiasi cosa per lui. Sono sua. Le meraviglie nelle quali mi ha introdotto superano ogni mia immaginazione. E lui vuole spingersi oltre, molto più lontano, in un posto che, con la mia scarsa esperienza, non posso nemmeno immaginare. "Oh… che cosa devo fare?"

Si alza sui gomiti e mi guarda con i suoi penetranti occhi grigi.

«Hai visto come stiamo bene insieme?» mormora. «Se ti dai a me, sarà ancora meglio. Fidati, Anastasia, posso portarti in luoghi di cui nemmeno sospetti l'esistenza.» Le sue parole riecheggiano i miei pensieri. Strofina il naso contro il mio. Sono ancora stordita dalla mia straordinaria reazione fisica a lui, e gli rivolgo uno sguardo perso, cercando un pensiero coerente.

Di colpo, entrambi udiamo delle voci in corridoio. Mi ci vogliono alcuni istanti per registrare quello che sto sentendo.

«Ma se è ancora a letto, sarà malato. Non dorme mai fino a quest'ora. Christian è un tipo mattiniero.»

«Mrs Grey, per cortesia.»

«Taylor, non puoi impedirmi di vedere mio figlio.»

«Mrs Grey, non è da solo.»

«In che senso non è da solo?»

«C'è una persona con lui.»

«Oh…» Sento l'incredulità nella voce di quella donna.

Christian mi guarda, con un'espressione di finto spavento.

«Merda! È mia madre.»

10

Christian scivola subito fuori da me, facendomi sussultare. Si siede sul letto e getta il preservativo usato nel cestino.

«Forza, dobbiamo vestirci... sempre che tu voglia conoscere mia madre.» Sorride, balza in piedi e si infila i jeans, senza le mutande! Io cerco di mettermi seduta, ma non ci riesco, perché sono ancora legata.

«Christian, non posso muovermi.»

Lui, chinandosi, mi slaccia la cravatta. La stoffa mi ha scavato un solco nei polsi. È così... sexy. Mi guarda fisso, con un'espressione divertita. Poi mi bacia la fronte e il suo sorriso diventa radioso.

«Un'altra prima volta» osserva, ma non so a cosa si riferisca.

«Non ho vestiti puliti qui.» Mi sento invadere dal panico e, considerato quello che ho appena vissuto, temo di non farcela a sopportarlo. Sua madre! "Povera me." Non ho niente da mettermi, e lei ci ha praticamente colti sul fatto. «Forse è meglio se rimango qui.»

«Niente affatto» minaccia Christian. «Puoi metterti qualcosa di mio.» Si è infilato una T-shirt bianca e si ravvia i capelli arruffati.

«Anastasia, saresti bella anche con un sacco della spazzatura addosso. Non preoccuparti, davvero. Mi fa piacere presentarti a mia madre. Vestiti. Intanto vado a calmarla.» Mi guarda con aria severa. «Ti aspetto di là fra cinque minuti, altrimenti vengo a tirarti fuori da qui con le mie mani, qualunque cosa tu abbia addosso. Le mie T-shirt sono in questo cassetto. Le camicie nella cabina armadio. Serviti pure.» Mi scruta un istante con aria perplessa, poi lascia la stanza.

"Oddio. La madre di Christian." Questo esula dal nostro contratto. Forse conoscerla mi aiuterà a mettere a posto un tassello del puzzle. Forse mi permetterà di capire perché Christian è fatto così... Di colpo, sono ansiosa di incontrarla. Raccolgo la mia camicia dal pavimento e scopro che, per fortuna, è sopravvissuta alla notte quasi senza una grinza. Recupero il reggiseno sotto il letto e mi vesto in un battibaleno. Ma se c'è una cosa che odio, è indossare mutande sporche. Frugo nel cassetto di Christian e prendo un paio dei suoi boxer. Mi infilo degli attillati Calvin Klein grigi, i jeans e le scarpe.

Prendo la giacca, corro in bagno e mi guardo gli occhi troppo lucidi, il viso arrossato... e i capelli! Accidenti... i codini postcoito non sono il massimo. Cerco disperatamente una spazzola e trovo un pettine. Dovrò farmelo bastare. Una coda è l'unica soluzione. I miei vestiti sono un disastro. Forse dovrei accettare l'offerta di Christian. La mia vocina è fin troppo chiara: "Puttana". La ignoro. Mi infilo la giacca, contenta che riesca a coprire i solchi sui polsi, e lancio un'ultima occhiata angosciata allo specchio. Non posso far altro che accontentarmi. Mi dirigo nel salone.

«Eccola qui.» Christian, che è sprofondato nel divano, si alza in piedi.

Ha un'espressione affettuosa e di apprezzamento. La donna con i capelli biondo rossiccio seduta accanto a lui si volta e mi rivolge un ampio sorriso. Si alza a propria volta. È impeccabilmente vestita con un abito di maglia color cammello e scarpe in tinta. Sembra curata, elegante, splendida, e dentro di me mi vergogno del mio aspetto disastroso.

«Mamma, ti presento Anastasia Steele. Anastasia, lei è Grace Trevelyan-Grey.»

La dottoressa Trevelyan-Grey mi tende la mano. "T... sta per Trevelyan? La sua seconda iniziale."

«Piacere di conoscerla» dice. Se non mi sbaglio, nella sua voce c'è sorpresa, e anche un po' di sollievo, e nei suoi occhi nocciola luccica una scintilla di compiacimento. Le stringo la mano e non posso far altro che sorridere, contraccambiando il suo calore.

«Dottoressa Trevelyan-Grey» mormoro.

«Chiamami Grace» sorride, con disappunto di Christian. «Per tutti sono la dottoressa Trevelyan, mentre Mrs Grey è mia suocera.» Mi strizza l'occhio. «Allora, come vi siete conosciuti voi due?» Guarda Christian con aria interrogativa, incapace di nascondere la curiosità.

«Anastasia mi ha intervistato per il giornale studentesco della Washington State University, perché questa settimana devo consegnare i diplomi di laurea.»

"Merda." L'avevo scordato.

«Dunque ti laurei questa settimana?» chiede Grace.

«Sì.»

Il mio telefono inizia a squillare. Scommetto che è Kate.

«Scusatemi.» Il cellulare è in cucina. Mi protendo sul bancone, senza controllare il numero.

«Kate.»

«Dios mío! Ana!» "Accidenti, è José." Ha una voce disperata. «Dove sei? Ho cercato di contattarti in tutti i modi. Devo vederti, chiederti scusa per come mi sono comportato venerdì. Perché non mi hai richiamato?»

«Senti, José, non è un buon momento.» Lancio un'occhiata a Christian, che mi sta osservando con aria impassibile, mentre mormora qualcosa a sua madre. Gli volto le spalle.

«Dove sei? Kate è così evasiva» si lamenta.

«Sono a Seattle.»

«Cosa ci fai a Seattle? Sei con lui?»

«José, ti chiamo dopo. Ora non posso parlare.» Riattacco.

Torno con indifferenza da Christian e sua madre. Grace non riesce a frenare l'entusiasmo.

«... Così Elliot ha chiamato per dire che eri da queste parti... sono due settimane che non ti vedo, tesoro.»

«Ah, davvero?» mormora Christian, guardandomi con un'espressione indecifrabile.

«Pensavo che potessimo pranzare insieme, ma vedo che hai altri piani, e non voglio guastarti la giornata.» Prende il lungo soprabito color crema e gli offre la guancia. Lui le dà un rapido, affettuoso bacio. Lei non lo tocca.

«Devo riaccompagnare Anastasia a Portland.»

«Certo, tesoro. Anastasia, è stato un vero piacere. Spero proprio di rivederti presto.» Mi tende la mano, con gli occhi che brillano.

Taylor compare... da dove?

«Mrs Grey.»

«Grazie, Taylor.» Lui la accompagna fuori dal salone, verso l'atrio. Taylor è sempre stato qui? Da quanto tempo è in casa? Dove si nascondeva?

Christian mi fissa.

«Allora, ha chiamato il fotografo?»

"Merda."

«Sì.»

«Cosa voleva?»

«Solo chiedere scusa, sai... per venerdì.»

Christian stringe gli occhi a fessura.

«Capisco» dice soltanto

Taylor riappare.

«Mr Grey, c'è un problema con la spedizione in Darfur.»

Christian annuisce seccamente.

«*Charlie Tango* è stato riportato a Boeing Field?»

«Sissignore.»

Taylor mi fa un cenno con la testa.

«Miss Steele.»

Gli rispondo con un sorriso esitante, dopodiché lui si volta e lascia la stanza.

«Ma Taylor vive qui?»

«Sì.» Il suo tono è brusco. "Qual è il problema, adesso?"

Christian va in cucina e prende il BlackBerry, credo per controllare la posta elettronica. Fa una chiamata.

«Ros, cos'è successo?» sbotta. Ascolta, e intanto mi osserva pensieroso, chiedendomi cosa fare e sentendomi più che mai in imbarazzo e fuori posto.

«Non intendo mettere a rischio l'equipaggio. No, annulla... Faremo un lancio del carico con il paracadute... Bene.» Riattacca. Il calore nel suo sguardo è scomparso. Ha un'aria ostile, e dopo avermi rivolto una rapida occhiata, si dirige verso lo studio. Un attimo dopo è di ritorno.

«Questo è il contratto. Leggilo, ne discuteremo il prossimo weekend. Ti consiglierei di fare qualche ricerca, per capire di cosa si tratta.» Fa una pausa. «Mi auguro che accetti, con tutto il cuore.» Aggiunge con un tono più dolce, ansioso.

«Ricerca?»

«Non hai idea di cosa si trovi su Internet» mormora.

Internet! Io non ho un computer, a parte il laptop di Kate, e certo non posso usare quello del negozio per questo genere di "ricerca".

«Qualche problema?» mi chiede, inclinando la testa di lato.

«Non ho un computer. Di solito uso quello dell'università. Vedrò se riesco a farmi prestare quello di Kate.»

Mi porge una busta marrone.

«Sicuramente posso... ehm, prestartene uno. Prendi le tue cose, partiamo subito per Portland e mangeremo qualcosa per strada. Vado a vestirmi.»

«Devo fare una chiamata» mormoro. Ho solo bisogno di sentire la voce di Kate. Lui aggrotta la fronte.

«Il fotografo?» Serra la mandibola, con gli occhi fiammeggianti. «A me non piace condividere, Miss Steele. Tienilo bene a mente.» Il suo tono gelido nasconde una minaccia, e dopo una lunga, fredda occhiata, esce dalla stanza.

"Volevo solo chiamare Kate" vorrei urlargli dietro, ma la sua freddezza improvvisa mi ha paralizzato. Dov'è finito l'uomo generoso, rilassato e sorridente con cui stavo facendo l'amore meno di mezz'ora fa?

«Pronta?» chiede Christian davanti alla porta d'ingresso.

Annuisco, poco convinta. Ha ripreso la sua aria distaccata, educata e pensierosa, si è rimesso la maschera. Ha con sé una cartella di cuoio. A cosa gli serve? Forse deve fermarsi a Portland... e poi mi viene in mente la cerimonia della laurea. Ah già... giovedì ci sarà anche lui. Indossa una giacca di pelle nera. Con quei vestiti, non ha l'aspetto del multimiliardario. Sembra piuttosto un ragazzo scapestrato, o forse una rockstar ribelle o un modello in passerella. Quanto vorrei avere un decimo della sua disinvoltura! È così calmo e controllato. Aggrotto la fronte, ricordando la scenata su José... Diciamo che sembra calmo e controllato.

Taylor rimane sullo sfondo.

«Allora a domani» gli dice Christian, e lui annuisce.

«Certo. Che automobile prende, signore?»

Lui mi guarda per un attimo.

«La R8.»

«Buon viaggio, Mr Grey. Miss Steele.» Taylor mi rivolge uno sguardo gentile, forse con un'ombra di compassione.

Senza dubbio, pensa che io abbia ceduto alle discutibili abitudini sessuali di Mr Grey. Non ancora, solo alle sue eccezionali abitudini sessuali, o forse il sesso è così per tutti. Quel pensiero mi innervosisce. Non ho termini di paragone, e non posso fare domande a Kate. Questo è un argomento di cui devo discutere con Christian. È perfettamente naturale che io parli con qualcuno, e con lui non posso farlo, se passa in un istante dall'umore estroverso a quello impenetrabile.

167

Taylor ci tiene la porta aperta e Christian chiama subito l'ascensore.

«C'è qualcosa che non va, Anastasia?» chiede. Come fa a sapere che sto rimuginando? Mi prende il mento tra le dita.

«Smetti di morderti il labbro, o ti scopo qui nell'ascensore, e non mi importa se sale qualcuno.»

Arrossisco, ma vedo che sulle sue labbra c'è l'ombra di un sorriso. Finalmente sembra che il suo umore stia cambiando.

«Christian, ho un problema.»

«Dimmi.» Ora ho tutta la sua attenzione.

L'ascensore arriva. Entriamo, e Christian preme il pulsante del sotterraneo.

«Ecco» arrossisco. "Come faccio a dirglielo?" «Ho bisogno di parlare con Kate. Ho un sacco di domande sul sesso, e tu sei parte in causa. Se vuoi che io faccia tutte queste cose, come faccio a sapere…?» Mi fermo, sforzandomi di trovare le parole giuste. «Il fatto è che non ho termini di paragone.»

Lui alza gli occhi al cielo.

«Parlale pure, se proprio devi.» Sembra esasperato. «Ma assicurati che lei non dica niente a Elliot.»

La sua insinuazione mi irrita. "Kate non è quel tipo di persona."

«Non lo farebbe mai.» E mi affretto ad aggiungere: «Così come io non direi nulla a te, se lei mi raccontasse qualcosa su Elliot».

«Vedi, la differenza è che io non voglio sapere niente della vita sessuale di mio fratello» mormora Christian. «Elliot invece è un ficcanaso. Comunque, puoi raccontarle solo quello che abbiamo fatto finora» mi avverte. «Probabilmente mi strapperebbe le palle se sapesse cosa ho intenzione di farti» aggiunge, a voce così bassa che mi chiedo se volesse farsi sentire.

«D'accordo» concordo prontamente, sorridendogli con sollievo. Il pensiero di ciò che farebbe Kate con le palle di Christian è qualcosa su cui non intendo soffermarmi.

Lui scuote la testa, con un fremito delle labbra.

«Prima avrò la tua sottomissione, meglio sarà, così potremo smetterla con tutto questo» mormora.

«A che cosa ti riferisci?»

«Alla tua sfida nei miei confronti.» Mi prende il mento e mi deposita un rapido, dolce bacio sulle labbra mentre le porte dell'ascensore si aprono. Mi prende per mano e mi conduce nel garage sotterraneo.

"La mia sfida... Ma di cosa sta parlando?"

Accanto all'ascensore vedo un SUV nero, ma quello che si illumina quando lui punta il telecomando è un lucente bolide sportivo. È una di quelle auto che dovrebbero avere sdraiata sulla capote una bionda con le gambe interminabili e una fusciacca come unico vestito.

«Bella macchina» commento.

Lui alza gli occhi e sorride.

«Lo so» dice, e per un nanosecondo rispunta il dolce, giovane, spensierato Christian. È così eccitato che mi scalda il cuore. "I ragazzi e i loro giocattoli." Mi fa esasperare, ma non riesco a reprimere un sorriso. Mi apre la portiera e salgo. Accidenti... è proprio bassa. Poi gira intorno all'auto con disinvolta eleganza e, piegando la sua figura slanciata, si infila sul sedile vicino a me con una mossa sinuosa. "Ma come fa?"

«Che modello è?»

«Un'Audi R8 spider. È una bella giornata; possiamo abbassare la capote. Lì c'è un berretto da baseball. Anzi, dovrebbero essercene due.» Indica il vano portaoggetti. «E un paio di occhiali da sole, se ti servono.»

Gira la chiave e il motore romba dietro di noi. Posa la cartella nello spazio dietro i sedili, preme un pulsante, e il tettuccio si abbassa lentamente. Un altro pulsante, e siamo avvolti dalla voce di Bruce Springsteen.

«Ci vuole proprio Bruce» mi sorride ed esce dal parcheggio, poi imbocca la ripida rampa, fermandosi per aspettare che si alzi la sbarra.

Usciamo nel luminoso mattino di maggio. Frugo nel vano portaoggetti e trovo i berretti. Sono dei Mariners, la squadra di Seattle. Dunque, è un tifoso del baseball? Gli passo un berretto, che lui indossa. Io infilo il mio e me lo calco sul viso.

La gente ci guarda mentre sfrecciamo lungo le strade. Per un attimo, penso che guardino lui... poi il mio lato paranoico si mette in testa che tutti stanno guardando me perché sanno quello che ho fatto nelle ultime dodici ore, ma alla fine mi rendo conto che quella che guardano è la macchina. Christian sembra distratto, perso nei suoi pensieri.

C'è poco traffico, e presto imbocchiamo la I-5 verso sud, con il vento che ci soffia sulla testa. Bruce canta di fiamme e desiderio, mi sembra appropriato. Ascoltare quelle parole mi fa arrossire. Christian mi lancia un'occhiata. Ha indossato i Ray-Ban, quindi non riesco a vedere la sua espressione. La sua bocca ha un fremito leggero, poi allunga una mano e me la posa sul ginocchio, dandogli una strizzatina. Mi si ferma il respiro.

«Hai fame?» chiede.

"Non di cibo."

«Non tanta.»

Stringe le labbra.

«Devi mangiare, Anastasia» brontola. «Conosco un posto fantastico vicino a Olympia. Ci fermeremo lì.» Mi stringe di nuovo il ginocchio, poi torna a posare la mano sul volante e preme sull'acceleratore. Io rimango inchiodata allo schienale. Accidenti, questa macchina è una saetta.

Il ristorante è piccolo e intimo, uno chalet di legno in mezzo al bosco. L'arredamento è rustico: sedie e tavoli spaiati con tovaglie a quadretti, e fiori selvatici in minuscoli vasi. Sopra la porta c'è la scritta: CUISINE SAUVAGE.

«È tanto che non vengo qui. Non c'è un menu: cucinano quello che hanno raccolto o cacciato.» Alza un sopracciglio in segno di finto orrore, e mi viene da ridere. La cameriera prende le ordinazioni delle bevande. Vedendo Christian, arrossisce, ed evita di guardarlo negli occhi, nascondendosi dietro la lunga frangia bionda. È attratta da lui! "Dunque, non sono l'unica."

«Due bicchieri di pinot grigio» dice Christian con tono autorevole. Storco la bocca, contrariata.

«Che cosa c'è?» sbotta.

«Volevo una Diet Coke» mormoro.

Stringe gli occhi a fessura e scuote la testa.

«Qui hanno un ottimo pinot grigio. Andrà bene per accompagnare il pranzo, qualsiasi cosa ci diano» spiega con pazienza.

«Qualsiasi cosa ci diano?»

«Già.» Fa il suo sorriso irresistibile, con la testa piegata di lato. Impossibile non contraccambiarlo.

«A mia madre sei piaciuta» dice seccamente.

«Davvero?» Arrossisco di gioia.

«Eh, sì. Ha sempre pensato che fossi gay.»

Rimango a bocca aperta, ricordando quella famosa domanda dell'intervista. "Oh, no."

«Perché pensava che fossi gay?» sussurro.

«Perché non mi ha mai visto con una ragazza.»

«Ah... nemmeno con una delle quindici?»

Sorride.

«Hai una buona memoria. No, nemmeno con quelle.»

«Ah.»

«Sai, Anastasia, anche per me è stato un weekend di prime volte» osserva tranquillamente.

«Davvero?»

«Non avevo mai dormito con una donna, mai fatto sesso nel mio letto, mai portato nessuna su *Charlie Tango*, mai presentato nessuna a mia madre. Cosa mi stai facendo?» L'intensità ardente dei suoi occhi mi toglie il fiato.

La cameriera arriva con il vino. Bevo subito un sorso dal mio bicchiere. Christian si sta aprendo con me, o ha solo fatto una constatazione priva di importanza?

«Io mi sono molto divertita» mormoro. Lui stringe gli occhi di nuovo.

«Smettila di morderti il labbro» ansima. «Anch'io» aggiunge.

«Cosa si intende per sesso alla vaniglia?» chiedo, se non altro per distrarmi dal suo sguardo seducente. Lui scoppia a ridere.

«Quello tradizionale, Anastasia. Senza giochetti, senza accessori strani.» Si stringe nelle spalle. «Sai, no?... Be', è ovvio che non lo sai, comunque significa questo.»

«Ah.» Pensavo che quello che avevamo fatto fosse sesso al cioccolato e caramello, con la ciliegina sopra. Ma, in fondo, io che ne so?

La cameriera ci porta una zuppa, che guardiamo entrambi con sospetto.

«Zuppa di ortiche» ci informa lei, prima di sfrecciare di nuovo in cucina. Penso che non le piaccia essere ignorata da Christian. Ne assaggio una cucchiaiata, diffidente. È deliziosa. Christian e io alziamo gli occhi nello stesso momento e ci guardiamo sollevati. Faccio una risatina, e lui piega la testa di lato.

«È un suono adorabile» dice.

«Perché non hai mai fatto sesso alla vaniglia, prima? Hai sempre fatto... ehm, quello che fai?» gli chiedo, incuriosita.

Lui annuisce lentamente.

«Più o meno.» Ha un tono prudente. Aggrotta un attimo la fronte, e sembra impegnato in una lotta interiore. Poi alza lo sguardo, come se avesse preso una decisione. «Una delle amiche di mia madre mi ha sedotto quando avevo quindici anni.»

«Oh.» "Accidenti, era giovanissimo!"

«Aveva gusti molto particolari. Sono stato il suo schiavo per sei anni.» Si stringe nelle spalle.

«Oh.» Il mio cervello è paralizzato, tramortito da quell'ammissione.

«Quindi so cosa si prova, Anastasia.» I suoi occhi brillano, con comprensione.

Lo guardo senza sapere cosa dire... Persino la mia vocina interiore è rimasta senza parole.

«In realtà, non ho avuto un'introduzione molto normale al sesso.»

Brucio dalla curiosità.

«Quindi al college non sei mai uscito con nessuna?»

«No.» Scuote la testa per sottolineare il concetto.

La cameriera ci porta via i piatti, interrompendoci per un attimo.

«Perché?» gli chiedo, dopo che se n'è andata.

Mi rivolge un sorriso sardonico.

«Sei certa di volerlo sapere?»

«Sì.»

«Non ne avevo voglia. Lei era tutto ciò che volevo, e di cui avevo bisogno. Senza contare che mi avrebbe ammazzato di botte.» Sorride teneramente al ricordo.

"Mi sta raccontando fin troppi dettagli." Ma io ne voglio ancora.

«Se era un'amica di tua madre, quanti anni aveva?»

Sorride compiaciuto. «Abbastanza da saperci molto fare.»

«La vedi ancora?»

«Sì.»

«Ma ci fai ancora... ehm...?» Arrossisco.

«No.» Scuote la tesa e mi fa un sorriso indulgente. «Siamo buoni amici.»

«Ah. E tua madre lo sa?»

Lui mi guarda come se fossi impazzita.

«Certo che no.»

La cameriera torna con la carne di cervo, ma il mio appetito è svanito. Che rivelazione! "Christian il sottomesso... Dio mio." Bevo un altro abbondante sorso di pinot grigio. Come sempre, ha ragione lui: è delizioso. Ho bisogno di tempo per metabolizzare il tutto, quando sarò sola,

173

non distratta dalla sua presenza. Lui è così schiacciante, un vero maschio alfa, e ora ha lanciato questa notizia bomba. "Sa cosa si prova."

«Ma non sarà stato a tempo pieno?» Sono confusa.

«In realtà, sì, anche se non la vedevo tutto il giorno. Era... complicato. Dopotutto, andavo ancora a scuola, e poi al college. Mangia, Anastasia.»

«Davvero, Christian, non ho fame.» "Sono stordita dalle cose che mi hai detto."

La sua espressione si indurisce. «Mangia» dice tranquillamente, troppo tranquillamente.

Lo fisso. Quest'uomo, sessualmente abusato da adolescente, ha un tono così minaccioso.

«Dammi un attimo» mormoro. Lui sbatte le palpebre un paio di volte.

«Va bene» acconsente, e continua a mangiare.

Questo è ciò che mi aspetta se firmo: lui non farà che darmi ordini. "Lo voglio davvero?" Prendo coltello e forchetta e assaggio un piccolo boccone di cervo. È molto saporito.

«Sarà così la nostra... ehm, relazione?» sussurro. «Tu che mi comandi?» Non oso guardarlo in faccia.

«Sì» risponde.

«Capisco.»

«E c'è di più: sarai tu a volerlo» aggiunge, a bassa voce. "Sinceramente, ne dubito." Taglio un altro pezzo di carne, e me lo porto alle labbra.

«È un passo importante» mormoro. Poi addento il boccone.

«Sì.» Chiude gli occhi per un istante. Quando li apre, ha uno sguardo grave. «Anastasia, devi seguire l'istinto. Leggi il contratto, fai le ricerche... Sarò felice di discutere con te ogni dettaglio. Resterò a Portland fino a venerdì, se desidererai parlarne prima.» Le sue parole mi travolgono. «Chiamami... Magari possiamo uscire a cena, diciamo, mercoledì? Voglio davvero che tra noi funzioni. A dir la verità, non ho mai voluto niente così tanto.»

La sua bruciante sincerità, il suo desiderio si riflettono nei suoi occhi. È proprio questo che non riesco a capire. "Perché io?" Perché non una delle quindici? Oh, no... questo farà di me un semplice numero? La sedicesima di molte?

«Perché è finita con la numero quindici?» chiedo senza riflettere.

Lui alza le sopracciglia sorpreso, poi scuote la testa, con aria rassegnata.

«Per varie ragioni, ma in definitiva era solo una questione di...» Fa una pausa, sforzandosi di trovare le parole, credo. «... incompatibilità.» Si stringe nelle spalle.

«E pensi che noi due saremo compatibili?»

«Sì.»

«Quindi non vedi più nessuna di loro?»

«No, Anastasia. Sono un tipo monogamo.»

Oh... "Questa sì che è una novità."

«Capisco.»

«Fai le tue ricerche, Anastasia.»

Poso coltello e forchetta. Non posso più mangiare.

«Tutto qui? Non intendi mangiare altro?»

Annuisco. Lui fa il broncio, ma decide di non commentare. Esalo un piccolo sospiro di sollievo. Il mio stomaco ribolle di tutte queste informazioni nuove, e mi gira un po' la testa per il vino. Lo guardo divorare tutto quello che ha nel piatto. Mangia come un lupo. Deve allenarsi parecchio per rimanere così in forma. Il ricordo del modo in cui i pantaloni del pigiama gli pendevano dai fianchi mi torna spontaneo alla mente. È un'immagine che mi distrae e mi fa sentire a disagio. Lui mi guarda, facendomi avvampare.

«Darei qualsiasi cosa per sapere a cosa stai pensando in questo momento» mormora. Io divento ancora più rossa.

Fa un sorriso perverso.

«Posso indovinare» mi stuzzica.

«Sono contenta che tu non possa leggere nel pensiero.»

«Nel pensiero, no, Anastasia, ma nel tuo corpo, sì... Ieri

ho imparato a conoscerlo piuttosto bene.» Ha una voce suadente. Come fa a cambiare umore così in fretta? È così lunatico... È difficile stargli dietro.

Fa un cenno alla cameriera e chiede il conto. Dopo aver pagato, si alza.

«Vieni.» Mi prende per mano e mi accompagna alla macchina. Quel contatto – pelle contro pelle – è qualcosa che non ci si aspetterebbe da lui: normale, intimo. Non riesco a conciliare un simile gesto banale e ordinario con quello che vuole fare in quella stanza... la Stanza Rossa delle Torture.

Durante il tragitto da Olympia a Vancouver non parliamo molto, entrambi persi nei nostri pensieri. Quando parcheggia davanti a casa mia, sono le cinque del pomeriggio. Le luci sono accese, Kate è in casa. Senza dubbio starà facendo le valigie, a meno che Elliot non sia ancora lì. Christian spegne il motore, e mi rendo conto che dovrò separarmi da lui.

«Ti va di entrare?» chiedo. Non voglio che se ne vada. Voglio prolungare il nostro tempo insieme.

«No, ho del lavoro da fare» dice lui semplicemente, guardandomi con la sua espressione indecifrabile.

Abbasso lo sguardo sulle mie mani, stringendo le dita. Improvvisamente, mi sento commossa. Lui sta per andarsene. Mi prende la mano e se la porta lentamente verso la bocca, poi la bacia con tenerezza sul dorso, un gesto così romantico e all'antica che mi fa balzare il cuore in gola.

«Grazie per questo weekend, Anastasia. È stato... fantastico. A mercoledì? Ti vengo a prendere al lavoro, o dove preferisci» dice con dolcezza.

«A mercoledì» mormoro.

Mi bacia di nuovo la mano e torna a posarmela in grembo. Esce dall'auto e viene ad aprirmi la portiera. Perché all'improvviso mi sento svuotata? Ho un nodo in gola. Non devo farmi vedere così da lui. Stampandomi un sorriso in faccia, scendo dall'auto e mi dirigo verso la porta, sapendo che dovrò affrontare Kate, cosa che mi terrorizza. A metà strada, mi giro a guardarlo. "Su con la testa, Steele" mi rimprovero.

«Ah... per la cronaca, indosso i tuoi boxer.» Gli faccio un sorrisetto e sollevo l'elastico dei boxer per fargli vedere. Lui rimane a bocca aperta, sconvolto. Però, che reazione! Il mio umore cambia di colpo, ed entro in casa con passo disinvolto. Una parte di me vorrebbe saltellare e prendere a pugni l'aria. "E vai!!!" La mia dea interiore è estasiata.

Kate è nel soggiorno, intenta a infilare libri negli scatoloni.

«Eccoti. Dov'è Christian? Come stai?» Ha un tono ansioso, febbrile, e mi si getta addosso, prendendomi le spalle e scrutandomi con attenzione prima ancora che riesca a dire ciao.

"Bel casino"... Devo affrontare l'insistenza e la tenacia di Kate, e nella borsetta ho un documento legale firmato che mi vieta di parlare. Non è una combinazione sana.

«Be', com'è stato? Non ho fatto che pensare a te, da quando Elliot se n'è andato, naturalmente.» Fa un sorriso malizioso.

Non posso non sorridere della sua preoccupazione e della sua ardente curiosità, ma di colpo mi sento timida. Arrossisco. È molto privato. Tutto quanto. Vedere e scoprire ciò che Christian ha da nascondere. Qualche dettaglio, però, devo darglielo, altrimenti non mi lascerà in pace.

«È stato bello, Kate. Molto bello, credo» dico con calma, cercando di nascondere un eloquente sorriso di imbarazzo.

«Lo pensi davvero?»

«Non ho termini di paragone, no?» Mi stringo nelle spalle con aria di scuse.

"Ti ha fatto venire?"

Accidenti, è così esplicita. Divento paonazza.

«Sì» mormoro, esasperata.

Kate mi trascina sul divano e si siede vicino a me. Mi prende le mani.

«È una buona cosa.» Mi guarda incredula. «Era la tua prima volta. Wow, Christian deve proprio saperci fare.»

"Oh, Kate, non puoi immaginare quanto!"

«La mia prima volta è stata terribile» continua, con uno sguardo di teatrale disperazione.

«Ah, sì?» Questo risveglia il mio interesse. Non me ne aveva mai parlato.

«Sì, Steve Paton. Scuola superiore, atleta senza cervello.» Rabbrividisce. «È stato brusco, e io non ero pronta. Eravamo ubriachi tutti e due. Sai... il classico disastro da adolescenti dopo il ballo della scuola. Ah... ci sono voluti mesi prima di decidermi a riprovarci. E non certo con quell'essere senza palle. Ero troppo giovane. Hai fatto bene, tu, ad aspettare.»

«Sembra orribile, Kate.»

Lei ha un'aria assorta.

«Sì, e mi ci è voluto quasi un anno per avere il primo orgasmo con la penetrazione. E tu... alla prima volta?»

Annuisco timidamente. La mia dea interiore siede nella posizione del loto con uno sguardo sereno, a parte il sorriso furbo e compiaciuto.

«Sono felice che tu abbia perso la verginità con uno che sa il fatto suo.» Mi strizza l'occhio. «Allora, quando vi rivedete?»

«Mercoledì. Usciremo a cena.»

«Quindi continua a piacerti.»

«Sì, ma non so cosa succederà... in futuro.»

«Perché?»

«È complicato, Kate. Sai, lui vive in un mondo completamente diverso dal mio.» Ottima scusa. Credibile, tra l'altro. Molto meglio di "ha una Stanza delle Torture, e vuole fare di me la sua schiava sessuale".

«Oh, per favore, non farne una questione di soldi, Ana. Elliot ha detto che è molto insolito per Christian uscire con qualcuno.»

«Davvero?» La mia voce si alza di diverse ottave.

"Attenta, Steele!" Il mio subconscio mi invita a essere prudente. "Che cosa farà, mi prenderà tutti i soldi?" Devo ricordarmi di cercare su Google le sanzioni in caso di rottura di un accordo di riservatezza, mentre faccio il resto delle "ricerche". Mi sembra di avere un compito scolastico. Magari sarò promossa. Arrossisco, ricordando il 10 che ho preso stamattina, per l'esperimento nella vasca da bagno.

«Ana, cos'hai?»

«Niente, stavo ricordando una cosa che mi ha detto Christian.»

«Hai un'aria diversa» dice Kate affettuosa.

«Mi sento diversa. E dolorante» confesso.

«Dolorante?»

«Un po'.»

«Anch'io. Gli uomini» dice, con finto disgusto. «Sono proprio animali.» Scoppiamo entrambe a ridere.

«Fa male anche a te?» esclamo.

«Sì… Uso eccessivo.»

Faccio una risatina.

«Parlami di Elliot». Sento che mi sto rilassando per la prima volta da quando ero in coda per il bagno nel locale… prima che la mia telefonata mettesse in moto tutto quanto, quando mi accontentavo di ammirare Mr Grey da lontano. Quei giorni felici e spensierati.

Kate arrossisce. "Oh, mio Dio…" Katherine Agnes Kavanagh sembra Anastasia Rose Steele. Mi guarda con occhi innocenti. Non l'ho mai vista reagire così a un uomo. Sono sbalordita. "Dov'è finita Kate. Cos'hai fatto alla mia amica?"

«Oh, Ana» sospira. «È così… tutto. E quando abbiamo… oh… bellissimo.» È talmente fusa che non riesce nemmeno ad articolare una frase.

«Credo che tu stia cercando di dirmi che ti piace.»

Annuisce, con un sorriso folle.

«Lo vedrò sabato. Ci aiuta a fare il trasloco.» Batte le mani, si alza di scatto dal divano e piroetta fino alla finestra. Il trasloco. "Merda… me n'ero dimenticata, nonostante gli scatoloni che ci circondano."

«Molto gentile da parte sua» commento. Potrò conoscere anche lui. Magari mi aiuterà a capire meglio il suo strano, inquietante fratello.

«Allora, cos'hai fatto ieri sera?» chiedo. Lei piega la testa di lato e alza le sopracciglia come per dire: "Prova a indovinare".

«Più o meno quello che hai fatto tu, anche se prima abbiamo cenato.» Mi sorride. «Sei sicura di stare bene? Mi sembri sopraffatta.»

«È così che mi sento. Christian è molto impegnativo.»

«Sì, posso immaginarlo. Ma è stato gentile con te?»

«Sì» la rassicuro. «Sto morendo di fame. Cucino qualcosa?» Kate annuisce e raccoglie altri due libri da impacchettare.

«Cosa vuoi fare con l'edizione da quattordicimila dollari?» chiede.

«Ho intenzione di restituirgliela.»

«Ah, sì?»

«È un regalo davvero eccessivo. Non posso accettarlo, tanto meno adesso.» Sorrido a Kate, che fa un cenno di approvazione.

«Capisco. Sono arrivate un paio di lettere per te e José ha chiamato ogni ora. Sembrava disperato.»

«Gli telefonerò» mormoro, evasiva. Se dico a Kate di José, se lo mangerà vivo. Prendo le lettere dal tavolo del soggiorno e le apro.

«Ehi, mi hanno fissato dei colloqui! Fra due settimane, a Seattle, per posti da stagista!»

«Per quale delle due case editrici?»

«Per entrambe!»

«Ti avevo detto che la media dei tuoi voti ti avrebbe aperto le porte, Ana.»

Kate, naturalmente, ha già uno stage che l'attende al "Seattle Times". Suo padre conosce qualcuno, che conosce qualcuno.

«Cosa dice Elliot del fatto che vai in vacanza?» chiedo.

Kate si aggira per la cucina, e per la prima volta dal mio arrivo appare sconsolata.

«Mi capisce. Una parte di me vorrebbe non andare, ma è una tentazione crogiolarmi al sole per un paio di settimane. E poi, mia madre è certa che questa sarà la nostra ultima vera vacanza in famiglia, prima che Ethan e io facciamo il nostro ingresso nel mondo del lavoro.»

Io non ho mai messo piede fuori dagli Stati Uniti. Kate sta per partire per Barbados con i genitori e suo fratello Ethan per due settimane. Rimarrò da sola nel nostro nuovo appartamento. Sarà strano. Ethan viaggia per il mondo da quando si è laureato, l'anno scorso. Mi chiedo di sfuggita se lo vedrò prima che partano per le vacanze, è un ragazzo così simpatico. Il telefono squilla, strappandomi alle mie fantasticherie.

«Sarà José.»

Sospiro. So che devo parlargli. Prendo il telefono.

«Pronto.»

«Ana, sei tornata!» urla José, sollevato.

«A quanto pare.» La mia voce gronda sarcasmo. Alzo gli occhi al cielo.

Lui resta un attimo in silenzio.

«Possiamo vederci? Mi dispiace per venerdì sera. Ero ubriaco… e tu… insomma. Ana, perdonami, ti prego.»

«Certo che ti perdono, José. Ma devi promettere di non farlo mai più. Sai che non è quello che cerco da te.»

Fa un sospiro rassegnato.

«Lo so, Ana. Ho solo pensato che se ti avessi baciato ti avrei fatto cambiare idea.»

«José, io ti voglio un gran bene, sei importante per me. Sei come il fratello che non ho mai avuto. Questo non cambierà mai, lo sai.» Mi dispiace deluderlo, ma è la verità.

«Quindi adesso stai con lui?» Il suo tono è pieno di sdegno.

«José, non sto con nessuno.»

«Ma hai passato la notte con lui.»

«Non sono affari tuoi!»

«È per i soldi?»

«José! Come ti permetti!» urlo, sbigottita dalla sua faccia tosta.

«Ana» piagnucola, chiedendomi subito scusa. Non ho voglia di affrontare la sua gelosia adesso. So che sta male, ma per me è già abbastanza sfiancante trattare con Christian Grey.

«Magari domani possiamo prendere un caffè insieme. Ti chiamo io.» Cerco di essere conciliante. È un mio amico, e gli voglio bene. Solo che al momento non ho bisogno di questo.

«A domani, allora. Mi chiamerai?» La speranza nella sua voce mi stringe il cuore.

«Sì… Buonanotte, José.» Riattacco, senza aspettare la risposta.

«Cos'è successo?» chiede Katherine, le mani sui fianchi. Decido di optare per la sincerità, dato che ha un'aria più cocciuta del solito.

«Venerdì ci ha provato.»

«José? E Christian Grey? Ana, mi sa che i tuoi feromoni stanno facendo gli straordinari. Cosa credeva di fare, quel cretino?» Scuote la testa disgustata, e si rimette a impacchettare roba per il trasloco.

Quarantacinque minuti dopo interrompiamo i lavori per la specialità della casa: le mie lasagne. Kate apre una bottiglia di vino e ci sediamo a mangiare in mezzo agli scatoloni, bevendo vino rosso da quattro soldi e guardando programmi demenziali alla tivù. Benedetta routine. È così tranquillizzante e piacevole dopo le ultime quarantotto ore di… follia. Consumo il mio primo pasto rilassante, senza fretta e senza frecciate. "Chissà come mai Christian è così fissato con il cibo." Kate lava i piatti e io finisco di inscatolare le nostre cose nel soggiorno. Restano solo il divano, il televisore e il tavolo da pranzo. Cos'altro ci serve? Dobbiamo ancora disfare le camere da letto e la cucina, ma abbiamo il resto della settimana.

Il telefono squilla di nuovo. È Elliot. Kate mi strizza l'occhio e scappa nella sua stanza come un'adolescente. So che dovrebbe scrivere il discorso di commiato per la cerimonia delle lauree, ma sembra che Elliot sia più importante. Cos'avranno questi Grey? Cosa li rende tanto spiazzanti e irresistibili da cancellare tutto il resto? Bevo un altro sorso di vino.

Faccio un po' di zapping alla tivù, ma dentro di me so che sto procrastinando. Il contratto arde come un fuoco nella mia borsetta. Ho la forza e la prontezza mentale per leggerlo stasera?

Mi prendo la testa tra le mani. José e Christian, tutti e due vogliono qualcosa da me. Con José è facile. Ma Christian… Christian richiede una capacità di comprensione e di gestione completamente diversa. Una parte di me avrebbe voglia di correre a nascondersi. Cosa farò? I suoi ardenti occhi grigi e il suo sguardo penetrante mi tornano in mente, e il mio corpo si contrae al pensiero. Lui non è qui, e tuttavia io sono eccitata. Non può essere solo una questione di sesso, vero? Ricordo le sue punzecchiature stamattina a colazione, la sua gioia per il fatto che mi piaceva il giro in elicottero, la sua abilità nel suonare il pianoforte… quella musica dolce, intensa e commovente.

È un uomo così complicato. E adesso ho qualche indizio su cosa l'ha portato a essere così. Un ragazzo a cui è stata rubata l'adolescenza, stuprato da un'arpia tipo la Mrs Robinson del *Laureato*… Non sorprende che sia invecchiato prima del tempo. Il mio cuore si riempie di tristezza al pensiero di ciò che deve avere passato. Sono troppo ingenua per capirlo fino in fondo, ma la ricerca dovrebbe illuminarmi. Ma voglio davvero sapere? Voglio davvero esplorare questo mondo di cui non so niente? È un tale salto nel vuoto.

Se non l'avessi incontrato, vivrei ancora in una beata ignoranza. La mia mente torna alla notte scorsa, e a stamattina… e all'incredibile, lasciva sessualità che ho vissuto. Voglio lasciarmela alle spalle? "No!" urla la mia vocina… La dea interiore annuisce con aria zen.

Kate torna in soggiorno, con un sorriso da un orecchio all'altro. "Si direbbe che è innamorata…" La guardo a bocca aperta. Non l'ho mai vista così.

«Ana, vado a letto. Sono molto stanca.»

«Anch'io, Kate.»

Mi abbraccia.

«Sono felice che tu sia tornata tutta intera. Quel Christian ha qualcosa di strano» aggiunge calma, con aria di scuse. Le rivolgo un sorriso rassicurante, ma dentro di me penso: "Come diavolo l'ha capito?". È questo che farà di lei una grande giornalista: il suo intuito infallibile.

Prendo la borsetta e vado con nonchalance in camera mia. Sono sfiancata. Mi siedo sul letto e tiro fuori con circospezione la busta marrone, rigirandomela tra le mani. Voglio davvero sapere fin dove arriva la depravazione di Christian? È così scoraggiante. Faccio un respiro profondo e con il cuore in gola apro la busta.

11

Dentro ci sono vari documenti. Li estraggo a uno a uno, con il cuore a mille, e, sdraiandomi sul letto, comincio a leggere.

CONTRATTO
Stipulato il giorno_____ ("Data d'Inizio")

TRA
MR CHRISTIAN GREY, residente al 301, Escala, Seattle, WA 98889
("Il Dominatore")
MISS ANASTASIA STEELE, residente in 1114 SW Green Street, Appartamento 7, Haven Heights, Vancouver, WA 98888
("La Sottomessa")

LE PARTI CONCORDANO SU QUANTO SEGUE
1. Quelli che seguono sono i termini di un contratto vincolante tra il Dominatore e la Sottomessa.

TERMINI FONDAMENTALI
2. Lo scopo fondamentale di questo contratto è consentire alla Sottomessa di esplorare in sicurezza la propria sensualità e i propri limiti, con il dovuto rispetto e la dovuta considerazione per i suoi bisogni e il suo benessere.
3. Il Dominatore e la Sottomessa convengono e concordano che tutto ciò che avverrà nei termini di questo contratto sarà consensuale, confidenziale e soggetto ai limiti concordati e alle

procedure di sicurezza in esso stabilite. Limiti e procedure di sicurezza aggiuntivi possono essere concordati per iscritto.

4.   Sia il Dominatore sia la Sottomessa garantiscono di non soffrire di malattie sessuali, gravi, infettive o letali, tra cui (ma non solo) HIV, herpes ed epatite. Se nel corso della Durata del contratto (definita più sotto) o di qualsivoglia sua estensione, a una delle due parti dovesse essere diagnosticata una di tali malattie, questa è tenuta a informare l'altra immediatamente, e in ogni caso prima di qualsiasi forma di contatto fisico tra le parti.

5.   L'adesione alle garanzie, accordi e obblighi suddetti (oltre che a qualsiasi limite o procedura di sicurezza aggiuntiva concordata alla sopracitata clausola 3) è vincolante. Qualsiasi infrazione renderà nullo il contratto con effetto immediato, e ognuna delle due parti accetta la piena responsabilità verso l'altro per qualsiasi conseguenza di qualsiasi infrazione.

6.   In questo contratto, tutto deve essere letto e interpretato alla luce dello scopo fondamentale e dei termini fondamentali definiti nelle sopracitate clausole 2-5.

RUOLI

7.   Il Dominatore si assumerà la responsabilità del benessere e del corretto addestramento, guida e disciplina della Sottomessa. Deciderà la natura di tali addestramento, guida e disciplina e il tempo e il luogo in cui verranno dispensati, nel rispetto dei termini, limiti e procedure di sicurezza definiti in questo contratto o concordati a posteriori in base alla sopracitata clausola 3.

8.   Se il Dominatore dovesse mancare di rispettare i termini, limiti e procedure di sicurezza definiti in questo contratto o concordati a posteriori in base alla clausola 3, la Sottomessa avrà il diritto di rescindere il contratto seduta stante e lasciare il servizio del Dominatore senza preavviso.

9.   Nel rispetto della clausola condizionale di cui sopra e delle sopracitate clausole 2-5, la Sottomessa è tenuta a servire e obbedire al Dominatore in tutto. In base ai termini, limiti e procedure di sicurezza definiti in questo contratto o concordati a posteriori in base alla sopracitata clausola 3, offrirà al Dominatore senza domande o esitazioni qualunque

piacere da lui richiesto, e accetterà senza domande o esitazioni l'addestramento, la guida e la disciplina in qualunque forma essi si presentino.

INIZIO E DURATA

10.   Il Dominatore e la Sottomessa sottoscrivono questo contratto nella Data d'Inizio, nella piena consapevolezza della sua natura e si impegnano ad attenersi alle sue condizioni senza eccezioni.

11.   Questo contratto sarà effettivo per un periodo di tre mesi di calendario a partire dalla Data d'Inizio ("la Durata"). Allo scadere della Durata le parti discuteranno se il contratto e le disposizioni stabilite in base a esso sono soddisfacenti e se le loro esigenze sono state rispettate. Ciascuna delle due parti avrà il diritto di proporre l'estensione del contratto soggetta alla modifica dei termini o delle disposizioni stabilite. In assenza di accordo su detta estensione, il contratto si considererà terminato ed entrambe le parti saranno libere di riprendere le loro vite separatamente.

DISPONIBILITÀ

12.   La Sottomessa si renderà disponibile al Dominatore da venerdì sera fino a domenica pomeriggio, ogni settimana per tutta la durata del contratto, alle ore che saranno specificate dal Dominatore ("gli Orari Stabiliti"). Eventuali ore aggiuntive potranno essere concordate di volta in volta.

13.   Il Dominatore si riserva il diritto di congedare la Sottomessa in qualsiasi momento e per qualsiasi ragione. La Sottomessa ha facoltà di chiedere di essere congedata in qualsiasi momento, ma la sua richiesta sarà esaudita a discrezione del Dominatore, in considerazione dei diritti della Sottomessa citati nelle clausole 2-5 e 8.

SEDE

14.   La Sottomessa si renderà disponibile durante gli Orari Stabiliti e negli orari aggiuntivi concordati in luoghi decisi dal Dominatore. Il Dominatore si assicurerà di coprire tutte le spese di viaggio sostenute a tal fine dalla Sottomessa.

FORNITURE DI SERVIZI

15. Le seguenti forniture di servizi sono state discusse e concordate e saranno rispettate da entrambe le parti nel corso della Durata del contratto. Entrambe le parti accettano che possano sorgere questioni non coperte dai termini di questo contratto o dalle forniture di servizi, o che certe questioni possano essere rinegoziate. In tal caso, potranno essere proposte ulteriori clausole in forma di emendamento. Qualsiasi clausola o emendamento aggiuntivo dovrà essere concordato, documentato e sottoscritto da entrambe le parti e sarà soggetto ai termini fondamentali definiti dalle sopracitate clausole 2-5.

DOMINATORE

15.1. Il Dominatore considererà in qualsiasi momento sua priorità la salute e la sicurezza della Sottomessa. Il Dominatore non dovrà in nessun caso richiedere, esigere o consentire alla Sottomessa di partecipare, per mano del Dominatore, alle attività dettagliate nell'Appendice 2 o a qualsiasi azione considerata rischiosa da una delle due parti. Il Dominatore non intraprenderà né consentirà che siano intraprese azioni che possano causare danni gravi o mettere in pericolo la vita della Sottomessa. Le restanti sottoclausole della clausola 15 devono essere interpretate alla luce di questa clausola condizionale e delle questioni fondamentali sancite dalle clausole 2-5.

15.2. Il Dominatore accetta la Sottomessa come sua e potrà possederla, controllarla, dominarla e disciplinarla per tutta la Durata del contratto. Il Dominatore ha facoltà di usare il corpo della Sottomessa in qualsiasi momento durante gli Orari Stabiliti o gli orari aggiuntivi concordati, in qualunque modo riterrà opportuno, a scopi sessuali e non.

15.3. Il Dominatore dovrà fornire alla Sottomessa l'addestramento e la guida necessari al fine di servire il Dominatore nel modo appropriato.

15.4. Il Dominatore manterrà un ambiente stabile e sicuro in cui la Sottomessa possa adempiere ai suoi doveri al servizio del Dominatore.

15.5. Il Dominatore può punire la Sottomessa quando necessario ad assicurare che la Sottomessa comprenda appieno il proprio ruolo di subordinazione al Dominatore e a scoraggiare condotte inaccettabili. Il Dominatore può frustare, sculacciare, fustigare o infliggere altre punizioni corporali alla Sottomessa, a scopo di disciplina, per il proprio godimento personale o per qualsiasi altra ragione, che non è tenuto a esplicitare.

15.6. Nell'addestramento e nell'amministrazione della disciplina il Dominatore si assicurerà che sul corpo della Sottomessa non restino segni permanenti né che si producano ferite che richiedano un intervento medico.

15.7. Nell'addestramento e nell'amministrazione della disciplina il Dominatore si assicurerà che la disciplina e gli strumenti usati per impartirla siano sicuri, non vengano usati in modo da provocare danni gravi e non eccedano in nessun caso i limiti definiti e dettagliati in questo contratto.

15.8. In caso di malattia o infortunio il Dominatore si prenderà cura della Sottomessa, facendosi carico della sua salute e sicurezza, offrendole sostegno morale e ordinando cure mediche, quando giudicato necessario dal Dominatore.

15.9. Il Dominatore si manterrà in forma e ricorrerà a cure mediche, quando necessario, al fine di mantenere un ambiente sicuro.

15.10. Il Dominatore non presterà la propria Sottomessa a un altro Dominatore.

15.11. Il Dominatore può legare, ammanettare o imprigionare la Sottomessa in qualsiasi momento durante gli Orari Stabiliti o gli orari aggiuntivi concordati per qualsiasi motivo e per periodi prolungati di tempo, con il dovuto riguardo per la salute e la sicurezza della Sottomessa.

15.12. Il Dominatore si assicurerà che tutta l'attrezzatura utilizzata a scopo di addestramento e disciplina sia costantemente mantenuta in condizioni di pulizia, igiene e sicurezza.

SOTTOMESSA

15.13. La Sottomessa accetta il Dominatore come suo padrone, con la consapevolezza di essere adesso proprietà del Dominatore, che può disporne a suo piacimento per tutta la durata del contratto, ma in particolare durante gli Orari Stabiliti o gli orari aggiuntivi concordati.

15.14. La Sottomessa obbedirà alle regole ("le Regole") elencate nell'Appendice 1 di questo contratto.

15.15. La Sottomessa servirà il Dominatore in qualsiasi modo egli ritenga opportuno, e dovrà sforzarsi di compiacere il Dominatore in qualsiasi momento e al meglio delle proprie capacità.

15.16. La Sottomessa prenderà tutte le misure necessarie a mantenersi in buona salute, e dovrà chiedere o cercare cure mediche ogni volta che sarà necessario, tenendo il Dominatore informato in ogni momento di qualsiasi problema di salute che possa insorgere.

15.17. La Sottomessa assicurerà di far uso di contraccettivi orali e di assumerli nei tempi e nei modi prescritti al fine di prevenire una gravidanza.

15.18. La Sottomessa accetterà senza fare domande qualsiasi azione disciplinare considerata necessaria dal Dominatore, e ricorderà in ogni momento la propria condizione e il proprio ruolo rispetto al Dominatore.

15.19. La Sottomessa non si toccherà né si darà piacere sessuale senza il permesso del Dominatore.

15.20. La Sottomessa si sottoporrà a qualsiasi attività sessuale pretesa dal Dominatore senza esitazioni né discussioni.

15.21. La Sottomessa accetterà frustate, fustigazioni, sculacciate e qualsiasi altra disciplina il Dominatore decida di infliggerle, senza esitazioni, domande o lamentele.

15.22. La Sottomessa non guarderà il Dominatore negli occhi, a meno che non le venga espressamente richiesto. La Sottomessa è tenuta a tenere gli occhi bassi e a mantenere un contegno modesto e rispettoso in presenza del Dominatore.

15.23. La Sottomessa dovrà sempre comportarsi in modo rispettoso nei confronti del Dominatore e rivolgersi a lui chiamandolo solo "signor", "Mr Grey" o con altri titoli ordinati dal Dominatore.

15.24. La Sottomessa non toccherà il Dominatore senza il suo esplicito permesso.

ATTIVITÀ

16. La Sottomessa non parteciperà ad attività o atti sessuali considerati rischiosi da una delle due parti, o alle attività elencate nell'Appendice 2.

17. Il Dominatore e la Sottomessa hanno discusso le attività elencate nell'Appendice 3 e hanno registrato per iscritto sull'Appendice 3 il loro accordo nel rispettarle.

SAFEWORD

18. Il Dominatore e la Sottomessa ammettono che il Dominatore possa avanzare alla Sottomessa richieste che non possono essere esaudite senza incorrere in danni fisici, mentali, emotivi, spirituali o di altro tipo nel momento in cui le richieste sono fatte alla Sottomessa. In tali circostanze la Sottomessa ha facoltà di usare una parola di sicurezza, o *safeword*. Saranno utilizzate due *safeword*, a seconda della durezza delle pretese.

19. La *safeword* "Giallo" servirà ad avvertire il Dominatore che la Sottomessa è vicina al limite di sopportazione.

20. La *safeword* "Rosso" servirà ad avvertire il Dominatore che la Sottomessa non è in grado di tollerare ulteriori richieste. Quando questa parola verrà pronunciata, l'azione del Dominatore cesserà completamente con effetto immediato.

CONCLUSIONE

21. Noi sottoscritti abbiamo letto e compreso appieno le clausole di questo contratto. Accettiamo liberamente i termini dell'accordo e li suggelliamo con le nostre rispettive firme qui sotto.

Il Dominatore: Christian Grey
Data

La Sottomessa: Anastasia Steele
Data

APPENDICE 1

REGOLE

Obbedienza

La Sottomessa obbedirà a qualsiasi istruzione impartita dal Dominatore, immediatamente, senza riserve e con sollecitudine. La Sottomessa accetterà qualsiasi attività sessuale considerata appropriata e piacevole dal Dominatore, fatta eccezione per le attività considerate limiti assoluti (Appendice 2). Lo farà con zelo e senza esitazioni.

Sonno

La Sottomessa garantirà di dormire almeno sette ore per notte quando non è insieme al Dominatore.

Alimentazione

La Sottomessa mangerà regolarmente per mantenersi in forma e in salute, scegliendo da una lista prescritta di cibi (Appendice 4). La Sottomessa eviterà gli spuntini fuori pasto, a eccezione della frutta.

Abbigliamento

Per tutta la durata del contratto, la Sottomessa indosserà esclusivamente abiti approvati dal Dominatore. Il Dominatore fornirà un budget per l'abbigliamento della Sottomessa, che lei utilizzerà. Il Dominatore, quando lo riterrà opportuno, accompagnerà la Sottomessa ad acquistare i vestiti. Se il Dominatore lo desidera, la Sottomessa indosserà qualsiasi ornamento il Dominatore richieda, in presenza del Dominatore e in qualsiasi altra occasione il Dominatore ritenga opportuno.

Esercizio fisico

Il Dominatore fornirà alla Sottomessa un personal trainer quattro volte alla settimana in sessioni di un'ora da concordare tra il personal trainer e la Sottomessa. Il personal trainer riferirà al Dominatore i progressi della Sottomessa.

Igiene personale / Bellezza

La Sottomessa si terrà pulita e depilata con rasoio e/o ceretta in qualsiasi momento. La Sottomessa si recherà in un salone di bellezza a scelta del Dominatore nelle occasioni prescritte dal Dominatore, e si sottoporrà a qualsiasi trattamento il Dominatore ritenga opportuno.

Sicurezza personale

La Sottomessa eviterà di bere in eccesso, fumare, assumere droghe, o mettersi in pericolo senza motivo.

Qualità personali

La Sottomessa eviterà rapporti sessuali con persone che non siano il Dominatore. La Sottomessa si comporterà sempre in modo rispettoso e modesto. Deve riconoscere che il suo comportamento ha un riflesso diretto sul Dominatore. Sarà ritenuta responsabile di qualsiasi misfatto, trasgressione e comportamento scorretto commesso in assenza del Dominatore.

La trasgressione di una qualsiasi delle regole precedenti provocherà un'immediata punizione, la cui natura sarà determinata dal Dominatore.

APPENDICE 2

Limiti assoluti

No ad atti che implichino giochi con il fuoco.

No ad atti che implichino di urinare o defecare.

No ad atti che implichino aghi, coltelli, piercing o sangue.

No ad atti che implichino strumenti medici ginecologici.

No ad atti che implichino bambini o animali.

No ad atti che lascino segni permanenti sulla pelle.

No ad atti che implichino il controllo del respiro.

No ad atti che richiedano il contatto diretto del corpo con la corrente elettrica (alternata o diretta che sia) o con le fiamme.

APPENDICE 3

Limiti relativi

Da discutere e concordare tra le due parti.

La Sottomessa consente a…?

- Masturbazione
- Cunnilingus
- Fellatio
- Ingoiare lo sperma
- Penetrazione vaginale
- Fisting vaginale
- Penetrazione anale
- Fisting anale

La Sottomessa consente all'uso di…?

- Vibratore
- Dilatatore anale
- Dildo
- Altri giocattoli vaginali/anali

La Sottomessa consente a…?

- Bondage con corda
- Bondage con cinghie di pelle
- Bondage con manette/
  ceppi di metallo
- Bondage con nastro adesivo
- Bondage con altro

La Sottomessa consente a essere costretta con…?

- Mani legate sulla fronte
- Caviglie legate

- Gomiti legati

- Mani legate dietro la schiena
- Ginocchia legate

- Polsi legati alle caviglie
- Legatura a oggetti fissi/
  mobili ecc.

- Legatura a barra
  divaricatrice

- Sospensione

La Sottomessa consente a essere bendata sugli occhi?

La Sottomessa consente a essere imbavagliata?

Quanto dolore la Sottomessa è disposta a provare?

Dove 1 significa "mi piace intensamente" e 5 "lo detesto intensamente":
1 - 2 - 3 - 4 - 5

La Sottomessa acconsente ad accettare le seguenti forme di dolore/punizione/disciplina?

- Sculacciate

- Frustate
- Morsi
- Pinze per genitali
- Cera bollente

- Sculacciate con strumenti
  appositi
- Bacchettate
- Pinze per capezzoli
- Ghiaccio
- Altri tipi/metodi di dolore

Mio Dio. Non ho nemmeno la forza di leggere la lista degli alimenti. Deglutisco a fatica, con la bocca secca, e leggo una seconda volta.

La testa mi ronza. Come posso accettare tutto questo? E a quanto pare è per il mio bene, per esplorare la mia sensualità e i miei limiti... in sicurezza... ma per favore! Sono fuori di me. "Servire e obbedire... in **tutto**." **Tutto e per tutto**! Scuoto il capo incredula. In realtà, non usa parole simili anche la promessa nuziale?... "Obbedire"? Quel pensiero mi sconvolge. La sposa promette ancora obbedienza allo sposo? Solo tre mesi: è per questo che ce ne sono state tante? È lui a non sopportarle per un tempo più lungo? O sono loro ad averne abbastanza dopo tre mesi? Ogni weekend? È troppo. Non riuscirei mai a vedere Kate o gli amici che potrei farmi nel nuovo posto di lavoro, ammesso che riesca a trovarlo. Forse dovrei tenere per me un weekend al mese. Magari quando ho il ciclo, mi sembra la cosa più... pratica. Lui, il mio padrone! Che può trattarmi a suo piacimento!

Rabbrividisco al pensiero di essere frustata o fustigata. Le sculacciate potrebbero non essere così terribili, ma di certo sono umilianti. E farmi legare? Be', a dire il vero è già successo. È stato... eccitante, molto eccitante, quindi magari non sarà un gran sacrificio. Lui non mi presterà a un altro Dominatore... Ci mancherebbe altro! Sarebbe del tutto inaccettabile. "È una cosa a cui non voglio nemmeno pensare."

Non posso guardarlo negli occhi. "Che stranezza è questa?" È l'unico modo che ho per capire i suoi pensieri. Ma chi sto prendendo in giro? In realtà, non capisco mai a cosa sta pensando, ma mi piace guardarlo negli occhi. Sono splendidi, affascinanti, intelligenti, profondi, offuscati dai suoi segreti. Ricordo il suo sguardo bruciante e stringo le cosce, fremendo.

E non posso toccarlo. Questa, in realtà, non è una sorpresa. E quelle stupide regole... No, no, non posso accettare. Mi prendo la testa tra le mani. Non è questo il modo di avere una relazione. Ho bisogno di dormire, sono distrutta. Tut-

195

te le acrobazie fisiche a cui mi sono sottoposta nelle ultime ventiquattro ore sono state sfiancanti. E dal punto di vista mentale… Dio mio, c'è così tanto da elaborare. Come direbbe José, una cosa che ti fotte il cervello. Forse domani mattina potrebbe non sembrare una battuta di cattivo gusto.

Mi cambio in fretta. Forse dovrei farmi prestare da Kate il pigiama di flanella rosa. Voglio avere addosso qualcosa di avvolgente e rassicurante. Vado in bagno con la maglietta e i calzoncini per dormire e mi lavo i denti.

Mi guardo nello specchio sopra il lavandino. "Non puoi prendere davvero in considerazione questa proposta…" La mia vocina suona lucida e razionale, non isterica come al solito. La mia dea interiore saltella e batte le mani come una bambina di cinque anni. "Dài, dài, facciamolo… altrimenti finirai sola, con un sacco di gatti e di romanzi classici a tenerti compagnia."

È il primo uomo da cui mi sia mai sentita attratta e si presenta con un contratto assurdo, un frustino e una marea di problemi. Be', almeno questo weekend mi sono fatta valere. La mia dea interiore smette di saltellare e fa un sorriso beato. "Oh, sì…" sussurra, compiaciuta. Avvampo al ricordo delle sue mani e della sua bocca su di me, del suo corpo dentro il mio. Chiudendo gli occhi, sento la familiare, deliziosa stretta dei miei muscoli profondi. Voglio farlo ancora, e ancora. Magari se firmassi solo per il sesso… Gli basterebbe? Sospetto di no.

Io sono una sottomessa? Forse gli ho dato quest'impressione. Forse l'ho fuorviato durante l'intervista. Sono timida, questo sì… ma sottomessa? È vero, mi lascio tiranneggiare da Kate, ma è la stessa cosa? E questi limiti relativi… Inorridisco al solo pensiero, ma mi rassicura il fatto che ci sia spazio per la discussione.

Torno in camera mia. Troppe cose a cui pensare. Ho bisogno di una mente lucida, di un approccio fresco al problema. Rimetto quegli oltraggiosi documenti nella borsetta. Domani... domani è un altro giorno. Mi infilo a letto, spengo la luce e rimango a fissare il soffitto. Oh, vorrei non averlo mai incontrato. La mia dea interiore mi guarda scuotendo la testa: sappiamo entrambe che non è vero. Non mi sono mai sentita così viva come adesso.

Chiudo gli occhi e scivolo in un sonno profondo con qualche sporadico sogno di letti a baldacchino, catene e penetranti occhi grigi.

Il giorno dopo Kate viene a svegliarmi.

«Ana, ti ho chiamato. Mi sa che dormivi come un sasso.»

I miei occhi si aprono con riluttanza. Lei non è solo sveglia, ma in piena attività. Guardo l'ora: sono le otto del mattino. Caspita, ho dormito nove ore buone.

«Cosa c'è?» farfuglio, assonnata.

«C'è un uomo con un pacco per te. Devi venire a firmare.»

«Cosa?»

«Sbrigati. È grosso. Sembra interessante.» Saltella eccitata da un piede all'altro e corre in soggiorno. Io scendo dal letto e prendo la vestaglia appesa dietro la porta. Un giovane elegante con la coda è in mezzo al soggiorno con una grossa scatola.

«Salve» mormoro.

«Vado a fare un tè.» Kate sgattaiola in cucina.

«Miss Steele?»

Capisco subito da chi arriva il pacco.

«Sì» rispondo, circospetta.

«Ho un pacco per lei, ma devo farle vedere come funziona.»

«Davvero? A quest'ora?»

«Sto solo eseguendo gli ordini, signora.» Sorride in modo accattivante ma professionale. Non ha tempo da perdere.

"Mi ha appena chiamato signora?" Cos'è, sono invecchiata di dieci anni in una notte? Se è così, deve essere colpa del contratto. Faccio una smorfia disgustata.

«D'accordo, cos'è?»

«Un MacBook Pro.»

«Certo.» Alzo gli occhi al cielo.

«Non si trova ancora nei negozi, signora; è l'ultimissimo prodotto della Apple.»

Chissà come mai, la cosa non mi sorprende. Sospiro.

«Lo metta lì, sul tavolo da pranzo.»

Vado in cucina da Kate.

«Cos'è?» chiede curiosa, con gli occhi che brillano. Anche lei ha dormito bene.

«È un laptop, mandato da Christian.»

«Perché ti ha mandato un laptop? Sai che puoi usare il mio» dice lei, aggrottando la fronte.

"Non per quello che lui ha in mente."

«Oh, è solo in prestito. Vuole farmelo provare.» La mia scusa suona poco credibile, ma Kate annuisce convinta. "Oddio…" Sono riuscita a imbrogliare Katherine Kavanagh. Inaudito. Mi porge il tè.

Il Mac è argenteo, lucente e molto elegante. Ha uno schermo enorme. Christian Grey ama fare le cose in grande, basti pensare al suo soggiorno, anzi, all'intero appartamento.

«Ha il sistema operativo più avanzato e molti programmi installati, più un hard disk di 1,5 terabyte, così avrà tutto lo spazio che vuole, trentadue giga di RAM… Per cosa intende usarlo?»

«Ehm… per controllare le mail.»

«Le mail?!» esclama, incredulo, alzando le sopracciglia con aria indignata.

«Magari qualche ricerca su Internet?» aggiungo, con tono colpevole.

Lui sospira.

«Be', è dotato di wireless ad alta velocità, e ho già impostato i dettagli del suo account personale. Questo gioiellino è pronto a partire, può raggiungere praticamente qualsiasi angolo del pianeta.» Lo guarda con desiderio.

«Il mio account personale?»

«Il suo nuovo indirizzo di posta elettronica.»

"Ho un indirizzo di posta elettronica?"

Indica un'icona sullo schermo e continua a parlarmi, ma è come un rumore di sottofondo. Non capisco una parola di quello che dice e, a essere sincera, non mi interessa. "Dimmi solo come accenderlo e spegnerlo…" Per il resto mi arrangio. In fin dei conti, ho usato il computer di Kate per quattro anni. Quando vede il Mac, Kate fa un fischio, ammirata.

«È l'ultima frontiera della tecnologia.» Mi guarda perplessa. «In genere le donne ricevono fiori, magari gioielli» dice maliziosamente, cercando di sopprimere un sorriso.

La fulmino con lo sguardo, ma non riesco a rimanere seria. Scoppiamo entrambe a ridere, e l'uomo del computer ci guarda interdetto. Finisce quello che deve fare e mi chiede di firmare la ricevuta.

Mentre Kate lo accompagna fuori, mi siedo con la tazza di tè, apro il programma di posta e trovo una mail di Christian. Il cuore mi balza in gola. "Christian Grey mi ha scritto una mail." La apro, sulle spine.

Da: Christian Grey
A: Anastasia Steele
Data: 22 maggio 2011 23.15
Oggetto: Il tuo nuovo computer

Cara Miss Steele,
spero che tu abbia dormito bene. Mi auguro che farai buon uso di questo computer, come d'accordo.
Aspetto con ansia la nostra cena di mercoledì.
Sarò lieto di rispondere a qualsiasi tua domanda anche prima, via mail, se lo desideri.

Christian Grey
Amministratore delegato, Grey Enterprises Holdings Inc.

Clicco su "Rispondi".

Da: Anastasia Steele
A: Christian Grey
Data: 23 maggio 2011 08.20
Oggetto: Il tuo nuovo computer (in prestito)

Ho dormito benissimo, grazie – per qualche
strano motivo – "signore".
Pensavo che questo computer fosse in prestito, dunque non mio.
Ana

Quasi subito arriva la risposta.

Da: Christian Grey
A: Anastasia Steele
Data: 23 maggio 2011 08.22
Oggetto: Il tuo nuovo computer (in prestito)

Il computer è in prestito, sì. A tempo indeterminato, Miss Steele.
Noto dal tuo tono che hai letto la documentazione che ti ho dato.
Hai domande?

Christian Grey
Amministratore delegato, Grey Enterprises Holdings Inc.

Non riesco a trattenere un sorriso.

Da: Anastasia Steele
A: Christian Grey
Data: 23 maggio 2011 08.25
Oggetto: Menti curiose

Ho molte domande, ma non sono adatte a una mail,
e alcuni di noi devono lavorare per vivere.

Non voglio e non mi serve un computer a tempo indeterminato.
A più tardi, buona giornata, "signore".
Ana

Di nuovo la sua risposta è istantanea, e mi diverte.

Da: Christian Grey
A: Anastasia Steele
Data: 23 maggio 2011 08.26
Oggetto: Il tuo nuovo computer (ancora in prestito)

A più tardi, piccola.
PS: Anch'io devo lavorare per vivere.

Christian Grey
Amministratore delegato, Grey Enterprises Holdings Inc

Spengo il computer, sghignazzando come un'idiota. Come faccio a resistere a Christian quando fa lo spiritoso? Arriverò tardi al lavoro. Certo, è la mia ultima settimana, Mr e Mrs Clayton probabilmente chiuderanno un occhio. Corro a farmi una doccia, senza riuscire a togliermi quel sorriso ebete. "Mi ha mandato una mail." Mi sento una bambina dell'asilo sovreccitata. E tutte le mie angosce riguardo al contratto svaniscono. Mentre mi lavo i capelli, cerco di pensare a cosa mai potrei chiedergli via mail. Di sicuro, è meglio discuterne a tu per tu. Non vorrei mai che qualcuno si infiltrasse nel suo account… Solo il pensiero mi riempie di vergogna. Mi vesto in un lampo, grido un saluto frettoloso a Kate e vado da Clayton per la mia ultima settimana di lavoro.

José chiama alle undici.
«Ehi, ce lo prendiamo, il caffè?» Sembra tornato quello di sempre. José il mio amico, non un… come l'aveva chiamato Christian… corteggiatore. Dio mio.

«Certo. Sono al lavoro. Ce la fai a venire per mezzogiorno?»

«A tra poco.»

Riattacca, e io torno a sistemare i pennelli e a pensare a Christian Grey e al suo contratto.

José arriva puntuale. Entra saltellando, come un cucciolo dagli occhi neri che fa le capriole.

«Ana» mi chiama, con il suo radioso sorriso da ragazzone ispano-americano, e non riesco più a essere arrabbiata con lui.

«Ciao, José.» Lo abbraccio. «Sto morendo di fame. Avverto Mrs Clayton che vado a pranzo.»

Mentre camminiamo verso la vicina caffetteria, lo prendo a braccetto. Apprezzo così tanto la sua... normalità. Una persona che conosco e capisco.

«Ehi, Ana» mormora. «Davvero mi hai perdonato?»

«José, sai che non riesco a tenerti il broncio a lungo.»

Lui sorride.

Non vedo l'ora di tornare a casa. C'è l'allettante prospettiva di scambiare mail con Christian... e magari potrei iniziare le mie ricerche. Kate è uscita, quindi accendo il mio laptop e apro la casella di posta. Neanche a farlo apposta, c'è un nuovo messaggio di Christian. Quasi faccio un salto sulla sedia dalla gioia.

Da: Christian Grey
A: Anastasia Steele
Data: 23 maggio 2011 17.24
Oggetto: Lavorare per vivere

Cara Miss Steele,
spero che tu abbia avuto una buona giornata al lavoro.

Christian Grey
Amministratore delegato, Grey Enterprises Holdings Inc.

Rispondo.

Da: Anastasia Steele
A: Christian Grey
Data: 23 maggio 2011 17.48
Oggetto: Lavorare per vivere

"Signore"… Ho avuto un'ottima giornata al lavoro.
Grazie.
Ana

Da: Christian Grey
A: Anastasia Steele
Data: 23 maggio 2011 17.50
Oggetto: Fai i compiti!

Miss Steele,
mi fa piacere che tu abbia avuto una buona giornata.
Finché mi scrivi, non ti dedichi alle ricerche.

Christian Grey
Amministratore delegato, Grey Enterprises Holdings Inc.

Da: Anastasia Steele
A: Christian Grey
Data: 23 maggio 2011 17.53
Oggetto: Tormento

Mr Grey,
smettila di scrivermi, così posso iniziare i miei compiti.
Vorrei prendere un altro 10.
Ana

Mi circondo con le braccia.

Da: Christian Grey
A: Anastasia Steele
Data: 23 maggio 2011 17.55
Oggetto: Impaziente

Miss Steele,
smettila di rispondere, e fai i compiti.
Anche a me piacerebbe darti un altro 10.
Il primo era davvero meritato. ;)

Christian Grey
Amministratore delegato, Grey Enterprises Holdings Inc.

Christian Grey mi ha appena mandato la faccina che fa l'occhiolino… "Oddio." Avvio Google.

Da: Anastasia Steele
A: Christian Grey
Data: 23 maggio 2011 17.59
Oggetto: Ricerche sul web

Mr Grey,
cosa suggerisci di inserire nel motore di ricerca?
Ana

Da: Christian Grey
A: Anastasia Steele
Data: 23 maggio 2011 18.02
Oggetto: Ricerche sul web

Miss Steele,
comincia sempre da Wikipedia.
Basta con le mail, a meno che tu non abbia domande. Intesi?

Christian Grey
Amministratore delegato, Grey Enterprises Holdings Inc.

Da: Anastasia Steele
A: Christian Grey
Data: 23 maggio 2011 18.04
Oggetto: Prepotente!

Sì, "signore".
Sei un vero prepotente.
Ana

Da: Christian Grey
A: Anastasia Steele
Data: 23 maggio 2011 18.06
Oggetto: Controllo

Anastasia, non sai quanto.
Be', forse cominci ad averne un'idea.
Fai il tuo dovere.

Christian Grey
Amministratore delegato, Grey Enterprises Holdings Inc.

Cerco "Sottomessa" su Wikipedia.

Mezz'ora dopo mi sento un po' a disagio e francamente sconvolta nel profondo. Ho davvero voglia di sapere tutto ciò? È a questo che lui vuole arrivare nella sua Stanza Rossa delle Torture? Resto a fissare lo schermo e una parte di me – una parte impulsiva e invadente, di cui ho fatto la conoscenza solo da pochissimo – è eccitata. Oddio, alcune di queste cose sono davvero spinte. Ma è roba per me? Potrei farlo? Ho bisogno di spazio. Ho bisogno di pensare.

12

Per la prima volta in vita mia vado a fare una corsa spontaneamente. Recupero le mie orribili, mai usate scarpe da ginnastica, una tuta e una maglietta. Mi lego i capelli in due codini, arrossendo ai ricordi che evocano, e mi infilo le cuffie dell'iPod. Non posso stare seduta davanti a quella meraviglia della tecnologia a leggere o guardare altro materiale inquietante. Devo sfogare una parte dell'eccesso di energia che mi sfinisce. A essere sinceri, avrei una mezza idea di correre fino all'Heathman Hotel e chiedere semplicemente al maniaco del controllo di fare sesso. Ma il tragitto è di otto chilometri e penso che non riuscirò a farne nemmeno uno, senza contare che lui sarebbe capace di rifiutarmi, il che sarebbe oltremodo umiliante.

Quando esco, Kate sta scendendo dalla macchina. Nel vedermi per poco non lascia cadere la borsa della spesa. Ana Steele in tenuta sportiva! La saluto con un cenno, senza fermarmi per il *terzo grado*. Ho bisogno di stare un po' da sola. Con gli Snow Patrol che mi rimbombano nelle orecchie, mi tuffo nel crepuscolo color opale e acquamarina.

Attraverso il parco. "Cosa farò?" Voglio Christian, ma alle sue condizioni? Non lo so. Forse dovrei negoziare. Esaminare quel ridicolo contratto riga per riga e dire cosa trovo accettabile e cosa no. Dalle mie ricerche ho scoperto che non ha valore legale. Lui deve saperlo per forza. Immagino che il contratto serva solo a stabilire i parametri della relazione. Spiega che cosa posso aspettarmi da lui e che cosa lui si aspetta da me... la mia sottomissione totale. Sono pronta a offrirgliela? Ne sono capace?

Una domanda continua a tormentarmi: perché gli piacciono queste cose? È perché è stato sedotto da ragazzino? Non lo so. Lui è ancora un tale mistero per me!

Mi fermo e mi metto le mani sulle ginocchia, ansimando, per far entrare prezioso ossigeno nei miei polmoni. Ah, è una sensazione divina, catartica. Sento che la mia determinazione si rafforza. Sì, devo dirgli che cosa va bene e che cosa no. Devo scrivergli una mail con i miei pensieri, poi potremo discuterne mercoledì. Faccio un respiro profondo e purificante, poi torno a casa.

Kate è stata a fare shopping, come solo lei è capace, in cerca di abiti per la sua vacanza a Barbados. Soprattutto bikini e sarong abbinati. Sarà uno schianto con quelle cose addosso, ma mi costringe comunque a guardarla e a commentare mentre si prova ogni singolo capo. C'è una quantità limitata di formule per dire: "Kate, stai da Dio". Ha una figura slanciata e formosa davvero irresistibile. Non lo fa apposta, lo so, ma io trascino il mio corpo depresso e sudato nella mia camera con la scusa che devo preparare altri scatoloni. Potrei sentirmi più inadeguata? Apro il mio computer supertecnologico e mando una mail a Christian.

Da: Anastasia Steele
A: Christian Grey
Data: 23 maggio 2011 20.33
Oggetto: Studentessa sconvolta

Okay, ho visto abbastanza.
È stato bello conoscerti.
Ana

Premo INVIA, stringendomi le braccia intorno al corpo e ridendo del mio piccolo scherzo. Ci riderà sopra anche lui? "Oh, merda." Probabilmente no. Christian Grey non è famoso per il suo senso dell'umorismo. Eppure so che non ne è privo, l'ho visto in azione. Forse ho esagerato. Aspetto la sua risposta.

Aspetto… aspetto. Guardo l'orologio della sveglia. Sono passati dieci minuti.

Per distrarmi dall'ansia che mi invade, inizio a fare quello che ho detto a Kate: preparare scatoloni. Inizio a impacchettare i miei libri. Alle nove non ho ancora avuto notizie. Magari è uscito. Indispettita, mi infilo le cuffie dell'iPod e ascolto gli Snow Patrol, poi mi siedo di nuovo alla scrivania per rileggere il contratto e scrivere i miei commenti.

Non so perché alzo lo sguardo, forse ho intercettato un movimento con la coda dell'occhio, non lo so, sta di fatto che lo vedo in piedi sulla soglia della mia stanza, intento a fissarmi. Indossa i pantaloni grigi di flanella e una camicia bianca di lino, e fa ruotare piano le chiavi della macchina. Mi tolgo le cuffie e resto paralizzata. "Per la miseria!"

«Buonasera, Anastasia.» Ha un tono gelido, l'espressione controllata e indecifrabile. La capacità di esprimermi mi abbandona. Accidenti a Kate, che l'ha lasciato entrare senza avvisarmi. In un angolo della mia mente, so di essere ancora in tuta, sudata, sporca, e lui è uno schianto come sempre, e soprattutto è qui nella mia stanza.

«Ho pensato che la tua mail esigesse una risposta di persona» mi spiega seccamente.

Apro la bocca e la richiudo, due volte. Il mio scherzo mi si rivolta contro. Mai, in questo o in qualsiasi universo parallelo, mi sarei aspettata che mollasse tutto e si presentasse qui.

«Posso sedermi?» chiede, con lo sguardo ora divertito… "Meno male… Forse vede il lato simpatico della cosa?"

Annuisco. La facoltà di parola continua a sfuggirmi.

«Mi chiedevo come fosse la tua camera» dice.

Mi guardo intorno, cercando una via di fuga. No... ci sono solo la porta e la finestra, come sempre. La mia stanza è spartana, ma accogliente: pochi mobili di vimini laccati di bianco e un letto matrimoniale di ferro bianco con un copriletto patchwork, fatto da mia madre quando era nel periodo delle coperte rustiche americane: azzurro e crema.

«È un posto molto tranquillo e sereno» mormora. "Non adesso... Non con te qui."

Mi decido a fare un bel respiro.

«Come...?»

Mi sorride.

«Sto ancora all'Heathman.»

"Questo lo so."

«Vuoi bere qualcosa?» L'educazione ha la meglio su qualsiasi altra cosa vorrei dire.

«No, grazie, Anastasia.» Mi rivolge un sorriso enigmatico, la testa leggermente piegata di lato.

"Be', io invece potrei averne bisogno."

«E così, è stato bello conoscermi?»

Accidenti, non si sarà offeso? Abbasso lo sguardo. Come faccio a tirarmi fuori da questo pasticcio? Se gli dico che era uno scherzo, temo che non sarà molto contento.

«Pensavo che mi rispondessi con una mail.» La mia voce è flebile, patetica.

«Fai apposta a morderti il labbro?» mi chiede, severo.

Lo guardo sussultando, e lascio andare il labbro.

«Non me n'ero accorta» mormoro.

Mi batte forte il cuore. È seduto molto vicino, gli occhi pensierosi, i gomiti sulle ginocchia, le gambe divaricate. Si china in avanti e mi slega lentamente un codino, liberandomi i capelli con le dita. Ho il fiato corto, e non riesco a muovermi. Guardo ipnotizzata la sua mano dirigersi verso il secondo codino e togliere l'elastico con le dita lunghe ed esperte.

«Così, hai deciso di fare un po' di movimento» mormora, con una voce dolce e melodiosa. Con calma, mi infila i capelli dietro le orecchie. «Perché, Anastasia?» Mi sfiora un orecchio e, con estrema dolcezza, mi pizzica il lobo, più volte. È eccitante.

«Avevo bisogno di pensare» sussurro. È un rapporto coniglio/fanali, falena/fiamma, uccello/serpente… e lui sa fin troppo bene cosa mi sta facendo.

«Pensare a cosa, Anastasia?»

«A te.»

«E hai deciso che è stato piacevole conoscermi? Intendevi in senso biblico?»

Divento rosso fuoco.

«Non pensavo che avessi familiarità con la Bibbia.»

«Ho frequentato il catechismo, Anastasia. Mi ha insegnato parecchio.»

«Non ricordo di aver letto di pinze per capezzoli nella Bibbia. Forse tu hai studiato su una traduzione moderna.»

Le sue labbra si piegano in una parvenza di sorriso, e il mio sguardo è calamitato dalla sua bocca.

«Bene, ho pensato di venire a ricordarti quanto sia stato bello conoscermi.»

Lo guardo a bocca aperta, e le sue dita si spostano dal mio orecchio al mento.

«Cos'hai da dire a riguardo, Miss Steele?»

I suoi occhi lampeggiano, come per lanciarmi una sfida. Ha le labbra socchiuse, è in attesa, pronto a colpire. Un desiderio acuto e bruciante mi cova dentro. Gioco d'anticipo e mi getto su di lui. In qualche modo riesce a muoversi per primo e, non so come, in un batter d'occhio mi trovo sul letto, incastrata sotto di lui, le braccia tese e tenute ferme sopra la testa, mentre con la mano libera lui mi afferra il viso e la sua bocca trova la mia.

La sua lingua mi invade la bocca, rivendicandone il possesso, e io mi crogiolo nella forza che usa. Sento il suo corpo contro il mio. Mi vuole, e questo pensiero mi provoca una

sensazione strana e deliziosa. Non vuole Kate e i suoi bikini striminziti, né una delle quindici donne, né la perverti-
ta Mrs Robinson della sua adolescenza. Vuole me. Questo
splendido uomo vuole me. La mia dea interiore brilla con
tale intensità che potrebbe illuminare tutta Portland. Lui
smette di baciarmi e quando apro gli occhi vedo che mi
sta fissando.

«Ti fidi di me?» mormora.

Annuisco, con gli occhi sbarrati, mentre il cuore minaccia di saltarmi fuori dalle costole e il sangue mi pulsa nelle
vene.

Dalla tasca dei pantaloni tira fuori la sua cravatta argentea… quella che mi ha lasciato sulla pelle la leggera impronta del tessuto. Si muove in fretta, mettendosi a cavalcioni
su di me e legandomi i polsi, ma stavolta lega l'altro capo
della cravatta a una sbarra della testiera del letto. Controlla che il nodo sia resistente. Non posso muovermi. Sono legata ed eccitata da impazzire.

Lui scivola giù dal letto e rimane in piedi a guardarmi,
gli occhi torbidi di desiderio. Ha uno sguardo trionfante,
sollevato.

«Così va meglio» mormora, con un sorrisetto d'intesa, dispettoso. Si china e inizia a slacciarmi una scarpa. Oh, no…
no… i miei piedi. No. Sono appena stata a correre.

«No» protesto, cercando di calciarlo via.

Lui si ferma.

«Se ti ribelli, ti lego anche i piedi. Se fai rumore, Anastasia,
ti imbavaglio. Stai buona. Probabilmente Katherine sarà qui
fuori ad ascoltare.»

"Imbavagliarmi! Kate!" Taccio all'istante.

Lui mi toglie scarpe e calze con efficienza, e mi sfila piano
i pantaloni della tuta. Oddio, che slip avrò indossato? Mi
solleva, mi strappa da sotto la schiena il copriletto e la trapunta e mi rimette giù, sulle lenzuola.

«Allora.» Si passa lentamente la lingua sul labbro inferiore. «Ti stai mordendo il labbro, Anastasia. Sai che effetto mi fa.» Mi posa un indice sulla bocca, a mo' di avvertimento.

"Oddio." Fatico a trattenermi, mentre, sdraiata inerme, lo guardo girare con eleganza per la camera. È un potente afrodisiaco. Piano, quasi svogliatamente, si toglie le scarpe e le calze, si slaccia i pantaloni e si sfila la camicia.

«Penso che tu abbia visto troppo» ridacchia maliziosamente. Si siede a cavalcioni su di me, mi solleva la maglietta, e penso che voglia sfilarmela, invece me la tira su in modo da coprirmi gli occhi, ma non la bocca e il naso. Non vedo niente.

«Mmh» mormora, in segno di approvazione. «Sempre meglio. Ora vado a prendermi un drink.»

Si china a baciarmi con le sue labbra morbide, spostando il peso sul letto. Sento il cigolio della porta della stanza. Va a prendersi un drink. "Ma dove? Qui? A Portland? A Seattle?" Tendo l'orecchio. Distinguo un basso mormorio e capisco che sta parlando con Kate. Oh, no… "È mezzo nudo". Cosa dirà lei? Sento un flebile schiocco. Cos'era? Christian torna, sento la porta cigolare e i suoi passi sul pavimento, il ghiaccio che cozza contro il bicchiere. Che genere di drink avrà preso? Chiude la porta e si toglie i pantaloni. Cadono sul pavimento e capisco che è nudo. Si siede di nuovo a cavalcioni su di me.

«Hai sete, Anastasia?» domanda, in tono dispettoso.

«Sì» mormoro, perché improvvisamente ho la gola secca. Sento il ghiaccio tintinnare contro il vetro, lui lo posa di nuovo e si china a baciarmi, versandomi in bocca un delizioso liquido fresco. È vino bianco. È così inatteso, così *bollente*, anche se viene dal frigorifero e le labbra di Christian sono fredde.

«Ancora?»

Annuisco. Ha un gusto ancora più sublime perché è stato nella sua bocca. Lui si china, e bevo un'altra sorsata dalle sue labbra… "Oddio."

«Non esageriamo; sappiamo che hai una tolleranza limitata dell'alcol, Anastasia.»

Non riesco a trattenere un sorriso, e lui si china per somministrarmi un altro sorso delizioso. Si sdraia vicino a me, premendomi la sua erezione contro il fianco. Dio, quanto lo voglio dentro di me.

«È *bello*, questo?» chiede, con una punta acida.

Mi irrigidisco. Lui sposta di nuovo il bicchiere, si china, mi bacia e mi deposita in bocca una piccola scheggia di ghiaccio, insieme a un piccolo sorso di vino. Lentamente e tranquillamente mi traccia una pista di baci verso il centro del corpo, dalla base della gola al solco tra i seni, fino alla pancia. Mi lascia cadere nell'ombelico un frammento di ghiaccio in una pozza di vino ghiacciato. Lo sento bruciare fino alle profondità del ventre. "Wow."

«Ora devi stare ferma» mormora. «Se ti muovi, Anastasia, verserai tutto il vino sul letto.»

I miei fianchi si inarcano d'istinto.

«Oh, no. Se versi il vino, ti punirò, Miss Steele.»

Gemo e combatto disperatamente l'istinto di muovere i fianchi, facendo appello al mio autocontrollo. "Ti prego!"

Con un dito mi abbassa le coppe del reggiseno, facendo schizzare fuori i seni. Chinandosi, mi bacia e succhia a turno i capezzoli con le sue labbra gelide. Lotto contro l'impulso di inarcarmi.

«È *bello*, questo?» mormora, soffiandomi su un capezzolo.

Percepisco di nuovo il rumore del ghiaccio, e poi lo sento intorno al capezzolo destro, mentre lui stuzzica l'altro con le labbra. Gemo, sforzandomi di non muovermi. È una straziante, dolce agonia.

«Se versi il vino, non ti lascerò venire.»

«Oh… ti prego… Christian… Signore… Ti prego.» Mi fa perdere la testa. *Sento* il suo sorriso.

Il ghiaccio mi si sta sciogliendo nell'ombelico. Sono più

che calda… calda, gelata e vogliosa. Lo desidero, dentro di me. Adesso.

Le sue dita fredde mi accarezzano oziosamente la pancia. La mia pelle è ipersensibile, i miei fianchi si inarcano d'istinto, e il liquido, più caldo dopo essere stato nel mio ombelico, mi schizza sulla pancia. Christian si affretta a raccoglierlo con la lingua, baciandomi e mordendomi con delicatezza.

«Oh, Anastasia, ti sei mossa. Cosa devo fare con te?»

Ho il respiro pesante. Posso concentrarmi solo sulla sua voce e sulle sue carezze. Nient'altro è reale. Nient'altro è importante, nient'altro viene captato dal mio radar. Le sue dita si infilano sotto i miei slip e la mia ricompensa è un suo sospiro incontrollato.

«Oh, piccola» mormora, infilandomi dentro due dita.

Resto senza fiato.

«Sei già pronta per me» dice. Muove le dita con lentezza lancinante, dentro e fuori, e io spingo contro di lui, sollevando le anche.

«Sei una bambina avida» mi rimprovera a voce bassa, e intanto il suo pollice mi circonda il clitoride e lo preme.

Mi sfugge un gemito sonoro mentre il mio corpo si piega sotto le sue dita esperte. Mi sfila la maglia dalla testa così posso vederlo, e io sbatto le palpebre alla luce fioca dell'abat-jour. Muoio dalla voglia di toccarlo.

«Voglio toccarti» sussurro.

«Lo so.» Si piega, continuando a muovere le dita dentro di me a cadenza regolare, descrivendo cerchi e facendo pressione con il pollice. Con l'altra mano, mi afferra i capelli e mi immobilizza la testa. La sua lingua imita i movimenti delle sue dita, reclamandomi. Le mie gambe iniziano a irrigidirsi e spingo contro la sua mano. Lui rallenta, fermandosi quando sono a un passo dal godimento. Poi ricomincia. È una tortura… "Oh, ti prego, Christian", grido nella mia testa.

«Questo è il tuo castigo, così vicino eppure così lontano.

È *bello*?» mi sussurra all'orecchio. Gemo, esausta, lottando contro la mia prigione. Sono inerme, persa in un tormento erotico.

«Ti prego» supplico, e infine lo muovo a pietà.

«Come devo scoparti, Anastasia?»

Oh... il mio corpo inizia a fremere. Lui si ferma di nuovo.

«Ti prego.»

«Cosa vuoi, Anastasia?»

«Te... adesso» urlo.

«Devo scoparti in questo modo o in quest'altro? O in quest'altro ancora? Le possibilità sono infinite» mi mormora contro le labbra. Sposta la mano e prende una bustina dal comodino. Si inginocchia tra le mie gambe e con estrema lentezza mi abbassa gli slip, guardandomi con un bagliore negli occhi. Si infila il preservativo. Io lo fisso incantata, ipnotizzata.

«È *bello*, questo?» dice, accarezzandosi.

«Era uno scherzo» piagnucolo. "Ti prego, Christian, scopami."

Lui alza un sopracciglio, mentre si accarezza il membro.

«Uno scherzo?» Ha un tono minaccioso.

«Sì. Per favore, Christian» lo imploro.

«Stai ridendo, adesso?»

«No» miagolo.

Sono un grumo di desiderio. Lui mi guarda per un istante, misurando il mio bisogno, poi mi afferra di colpo e mi gira. Mi prende alla sprovvista e, dato che ho le mani legate, devo sostenermi con i gomiti. Mi spinge in modo che mi metta in ginocchio, con il sedere sollevato, e mi sculaccia forte. Prima che possa reagire, sprofonda dentro di me. Urlo, per la sculacciata e per il suo assalto improvviso, e vengo all'istante, più volte, crollando sotto le sue spinte. Lui non si ferma. Sono sfinita. Non ce la faccio più... e lui continua a darci dentro... Poi la mia eccitazione cresce di nuovo... Sicuramente non... no...

«Vieni, Anastasia, di nuovo» grugnisce a denti stretti e, per quanto sia incredibile, il mio corpo reagisce, fremendo in un nuovo orgasmo, mentre io chiamo a gran voce il suo nome. Esplodo in minuscole schegge, e Christian si ferma, finalmente lasciandosi andare, godendo a sua volta. Crolla sopra di me, ansimando.

«È stato *bello*, questo?» chiede.

"Oh, mio Dio."

Sono riversa sul letto, a occhi chiusi e senza fiato, mentre lui scivola piano fuori dal mio corpo. Si alza subito e si riveste di tutto punto. Dopodiché sale di nuovo sul letto, e slaccia con delicatezza la cravatta. Mi sgranchisco le dita e mi strofino i polsi, sorridendo nel vedere l'impronta del tessuto scavata nella pelle. Mi sistemo il reggiseno, mentre lui mi copre con il copriletto e la trapunta. Lo guardo stralunata, e lui mi sorride.

«È stato davvero bello» dico, con un sorriso timido.

«Di nuovo quella parola.»

«Non ti piace?»

«No. Non fa per me.»

«Mah, non saprei… Sembra averti fatto un effetto benefico.»

«Un effetto benefico, eh? Continua pure a ferire il mio ego, Miss Steele.»

«Non penso che il tuo ego abbia problemi.» In realtà, anche mentre lo dico, non ne sono sicura al cento per cento… Qualcosa di sfuggente attraversa i miei pensieri, un'idea fugace, che si perde prima che riesca ad afferrarla.

«Dici?» La sua voce è dolce. È sdraiato accanto a me, completamente vestito, la testa appoggiata al gomito, mentre io indosso solo il reggiseno.

«Perché non ti piace essere toccato?»

«Perché no.» Si protende su di me e mi depone un bacio leggero sulla fronte. «Dunque, quella mail era il tuo concetto di scherzo.»

Gli sorrido mortificata, alzando le spalle.

«Capisco. Dunque stai ancora considerando la mia proposta?»

«La tua proposta indecente... Sì, la sto considerando. Ma vorrei discutere di alcune cose.»

Lui mi sorride, sollevato.

«Ci resterei male se non fosse così.»

«Volevo scriverti, ma diciamo che mi hai interrotto.»

«Coito interrotto.»

«Vedi, sapevo che avevi un senso dell'umorismo nascosto da qualche parte.» Gli sorrido.

«Solo alcune cose sono divertenti, Anastasia. Pensavo che volessi dirmi di no, senza discutere.» La sua voce si affievolisce.

«Non lo so ancora. Non ho preso una decisione. Mi metterai un collare?»

Lui alza le sopracciglia. «Dunque, hai fatto le tue ricerche. Non lo so, Anastasia. Non l'ho mai messo a nessuna.»

Dovrei esserne sorpresa? So così poco di quel mondo...

«A te l'hanno messo?» mormoro.

«Sì.»

«Mrs Robinson?»

«Già, Mrs Robinson!» Scoppia in una risata fragorosa, sfrenata, e sembra così giovane e spensierato con la testa rovesciata all'indietro e quell'ilarità contagiosa.

Rido anch'io.

«Le dirò che l'hai chiamata così. Le piacerà molto.»

«La senti ancora?» Non riesco a nascondere lo stupore.

«Sì.» Adesso è serio.

Oh... Una parte di me è improvvisamente pazza di gelosia. La profondità dei miei sentimenti mi preoccupa.

«Ho capito» dico, con tono acido. «Dunque tu hai qualcuno con cui parlare del tuo stile di vita alternativo, mentre a me non è concesso.»

Aggrotta la fronte.

«Non credo di aver mai pensato al nostro rapporto in questi termini. Mrs Robinson faceva parte di quello stile di vita. Te l'ho detto, ora siamo buoni amici. Se vuoi, posso presentarti a qualcuna delle mie sottomesse precedenti. Potresti parlare con loro.»

"Cosa? Sta cercando di farmi arrabbiare?"

«Questa sarebbe la *tua* idea di scherzo?»

«No, Anastasia.» È stupito, mentre scuote la testa.

«Me la cavo da sola, grazie tante» sbotto, tirandomi la trapunta fino al mento.

Lui mi guarda, disorientato, sorpreso.

«Anastasia, io…» È a corto di parole. Per la prima volta. «Non avevo intenzione di offenderti.»

«Non sono offesa. Sono sgomenta.»

«Sgomenta?»

«Non voglio parlare con una delle tue ex ragazze… schiave… sottomesse… o come vuoi chiamarle.»

«Anastasia Steele, sei gelosa?»

Divento paonazza.

«Ti fermi a dormire?»

«Ho una colazione di lavoro domani all'Heathman. E poi te l'ho detto: non dormo con ragazze, schiave, sottomesse, né con chiunque altro. La volta scorsa è stata un'eccezione. Non ricapiterà più.» Sento la determinazione nella sua voce roca.

Faccio una smorfia.

«Be', adesso sono stanca.»

«Mi stai cacciando?» Alza le sopracciglia, divertito, e un po' dispiaciuto.

«Sì.»

«Un'altra prima volta per me.» Mi guarda pensieroso. «Dunque, per il momento non vuoi discutere del contratto?»

«No» rispondo stizzita.

«Dio, avrei voglia di dartele di santa ragione. Ti sentiresti molto meglio dopo, e io pure.»

«Non puoi dire queste cose… Non ho ancora firmato niente.»

«Un uomo ha il diritto di sognare, Anastasia.» Si china su di me e mi prende il mento. «A mercoledì?» mormora, e mi stampa un bacio leggero sulle labbra.

«A mercoledì» confermo. «Ti accompagno alla porta, se mi dai un minuto.» Mi alzo a sedere e prendo la T-shirt, spingendolo via. Lui si alza, divertito e riluttante.

«Per favore, passami i pantaloni della tuta.»

Lui li prende dal pavimento e me li allunga.

«Sì, signora.» Tenta invano di nascondere un sorriso.

Lo guardo stringendo gli occhi, mentre mi infilo i pantaloni. I miei capelli sono una massa disordinata, e so che dovrò affrontare il *terzo grado* di Kate quando lui se ne sarà andato. Prendo un elastico, e socchiudo la porta per vedere se lei è nei paraggi. In soggiorno non c'è. Mi sembra di sentirla parlare al telefono in camera sua. Christian mi segue fuori. Durante il breve tragitto dalla mia stanza alla porta d'ingresso i miei pensieri e sentimenti vanno e vengono, trasformandosi. Non sono più arrabbiata con lui. All'improvviso mi sento insopportabilmente intimorita. Non voglio che se ne vada. Per la prima volta desidero che lui sia… normale… che voglia una relazione normale, senza bisogno di un contratto da dieci pagine, un frustino, e le cinghie appese al soffitto della stanza dei giochi.

Gli apro la porta, tenendo gli occhi bassi. È la prima volta che faccio sesso in casa mia, e, da quel punto di vista, mi sembra che sia andata alla grande. Ma adesso mi sento un ricettacolo, un contenitore vuoto che aspetta di essere riempito secondo il suo capriccio. "Volevi correre fino all'Heathman per fare sesso, invece te l'hanno consegnato a domicilio." Il mio subconscio vuole dirmi: "Di cosa ti lamenti?". Christian si ferma sulla soglia e mi prende il mento, obbligandomi a guardarlo negli occhi. Ha la fronte aggrottata.

«Tutto bene?» mi chiede premuroso, accarezzandomi il labbro inferiore con il pollice.

«Sì» rispondo, anche se, in tutta sincerità, non ne sono certa. Mi sembra di trovarmi a un punto di svolta. So che se farò questa cosa con lui, mi farò male. Lui non sa, non vuole e non intende offrirmi niente di più... e io voglio di più. Molto di più. Il moto di gelosia che ho avvertito pochi istanti fa mi dice che i miei sentimenti per lui sono più profondi di quanto sia disposta ad ammettere.

«A mercoledì» dice, poi si china a baciarmi. Qualcosa cambia in quel momento: le sue labbra si fanno più incalzanti, la sua mano si stacca dal mento per premermi una tempia, mentre l'altra stringe dall'altra parte. Il suo respiro accelera. Il suo bacio diventa più intenso mentre si protende verso di me. Io gli poso le mani sulle braccia. Vorrei accarezzargli i capelli, ma resisto, sapendo che non gli piacerebbe. Lui appoggia la fronte alla mia, con gli occhi chiusi, la voce tesa.

«Anastasia» mormora. «Cosa mi stai facendo?»

«Potrei chiederti la stessa cosa» rispondo.

Fa un respiro profondo, mi bacia la fronte e si allontana. Cammina a passo energico fino alla macchina, ravviandosi i capelli. Mentre apre la portiera alza gli occhi e mi rivolge un sorriso mozzafiato. Il mio sorriso di risposta è fiacco, perché sono completamente stordita da lui, e mi torna in mente Icaro, che volò troppo vicino al sole. Chiudo la porta mentre lui sale sulla sua auto sportiva. Ho un fortissimo bisogno di piangere, un senso di malinconia e solitudine mi stringe il cuore. Torno di corsa nella mia stanza, chiudo la porta e mi ci appoggio con la schiena, cercando di razionalizzare i miei sentimenti. Non ci riesco. Scivolo sul pavimento e mi prendo la testa tra le mani, mentre le lacrime iniziano a scorrere.

Kate bussa piano.

«Ana?» mormora. Apro la porta. Lei mi guarda a lungo e mi getta le braccia al collo.

«Cosa ti è successo? Cosa ti ha fatto quel viscido bastardo che sembra tanto bello?»

«Oh, Kate, niente che io non volessi.»

Lei mi porta verso il letto e ci sediamo.

«I tuoi capelli sono un casino.»

Nonostante la tristezza, mi viene da ridere.

«Ne è valsa la pena.»

Kate sorride.

«Così va meglio. Perché stai piangendo? Tu non piangi mai.» Prende la mia spazzola dal comodino e, sedendosi dietro di me, inizia a passarmela lentamente sui capelli, per sciogliere i nodi.

«Penso solo che la nostra relazione non andrà da nessuna parte.» Abbasso lo sguardo sulle mie dita.

«Pensavo che avessi detto che vi sareste visti mercoledì.»

«Infatti. Questi erano i piani.»

«E allora perché è venuto oggi?»

«Gli ho mandato una mail.»

«Chiedendogli di venirti a trovare?»

«No, dicendo che non volevo più vederlo.»

«E lui si è presentato? Che genio, Ana.»

«In realtà, era uno scherzo.»

«Ah. Non ci capisco più niente.»

Con pazienza, le spiego la sostanza della mia mail senza rivelarle nulla di scottante.

«Quindi pensavi che lui rispondesse via mail.»

«Sì.»

«E invece è venuto di persona.»

«Sì.»

«Io dico che è innamorato cotto di te.»

Aggrotto la fronte. "Christian innamorato cotto di me? Difficile." Sta solo cercando un nuovo giocattolo a cui può fare cose oscene. Sento una stretta al cuore. È questa la realtà.

«È venuto per scoparmi, tutto qui.»

«Alla faccia del romanticismo» mormora inorridita. L'ho

221

sconvolta. Non pensavo che fosse possibile. Mi stringo nelle spalle.

«Lui usa il sesso come un'arma.»

«Per sottometterti?» Scuote il capo con aria di disapprovazione. Sbatto le palpebre, e sento che sto arrossendo. "E adesso... chiamiamo sul palco Katherine Kavanagh, vincitrice del premio Pulitzer."

«Ana, non capisco, lasci che lui faccia l'amore con te e basta?»

«No, Kate, noi non facciamo l'amore, noi fottiamo, nella terminologia di Christian. L'amore non fa per lui.»

«Sapevo che aveva qualcosa di strano. Ha dei problemi a impegnarsi.»

Annuisco, come se fossi d'accordo. Dentro di me, mi affliggo. Oh, Kate... quanto vorrei raccontarti tutto, tutto di questo strano, eccentrico, triste ragazzo, così potresti dirmi di dimenticarlo, di smettere di fare pazzie.

«Sono un po' sconvolta da questa storia, ecco tutto.» "È l'eufemismo dell'anno."

Non voglio più parlare di Christian, così le chiedo di Elliot. L'espressione di Katherine cambia dal giorno alla notte alla sola menzione del suo nome. Si illumina da dentro e mi sorride raggiante.

«Verrà sabato mattina presto per aiutarmi a caricare.» Si stringe al petto la spazzola. Dio, c'è dentro fino al collo. Provo una familiare fitta di invidia. Kate si è trovata un uomo normale, e sembra così felice.

Mi giro e la abbraccio.

«Ah, volevo dirti, tuo padre ha chiamato mentre eri... ehm, occupata. Pare che Bob abbia avuto un infortunio, e quindi lui e tua madre non potranno assistere alla cerimonia delle lauree. Ma tuo padre arriva giovedì. Vuole che lo richiami.»

«Oh... mia madre non mi ha telefonato. Bob si è fatto molto male?»

«Non credo. Chiamala domani. Ormai è tardi.»

«Grazie, Kate. Sto meglio. Domani chiamerò anche Ray. Penso che andrò a letto, adesso.»

Lei sorride, ma i suoi occhi tradiscono apprensione.

Dopo che se n'è andata, mi siedo a rileggere il contratto, prendendo appunti. Quando ho finito, accendo il laptop, pronta a reagire.

Nella mia casella di posta c'è una mail di Christian.

Da: Christian Grey
A: Anastasia Steele
Data: 23 maggio 2011 23.16
Oggetto: Stasera

Miss Steele,
Non vedo l'ora di ricevere i tuoi commenti sul contratto.
Per il momento, dormi bene, piccola.

Christian Grey
Amministratore delegato, Grey Enterprises Holdings Inc.

Da: Anastasia Steele
A: Christian Grey
Data: 24 maggio 2011 00.02
Oggetto: Problemi

Caro Mr Grey,
ecco la mia lista di obiezioni. Non vedo l'ora di
discuterle più estesamente alla cena di mercoledì.
i numeri si riferiscono alle clausole.
2. Non sono certa che sia solo per il MIO beneficio,
cioè per esplorare la MIA sensualità e i MIEI limiti. Sono
certa che per questo non mi servirebbe un contratto
di dieci pagine! Di certo il beneficio è anche TUO.
4. Come sai, sei il mio unico partner sessuale. Non prendo

223

droghe e non ho mai fatto una trasfusione di sangue. Con ogni probabilità sono al riparo da rischi. Cosa mi dici di te?
8. Posso rescindere il contratto in qualsiasi momento se mi sembra che tu non ti attenga ai limiti concordati. Bene, questa mi piace.
9. Obbedirti in tutto? Accettare senza esitazioni la tua disciplina? Di questo dobbiamo parlare.
11. Un periodo di prova di un mese. Non tre.
12. Non posso impegnarmi per tutti i weekend. Ho anch'io una vita, o comunque l'avrò. Perché non tre su quattro?
15.2. Usare il mio corpo come ti sembra opportuno, a scopi sessuali e non. Per favore, definisci "e non".
15.5. Tutta questa clausola sulla disciplina. Non sono certa di voler essere frustata, fustigata o sottoposta a punizioni corporali. Sono sicura che questa sia una violazione delle clausole 2-5. E anche "per qualsiasi altra ragione". Questa è pura crudeltà, e mi avevi detto di non essere un sadico.
15.10. Come se prestarmi a qualcun altro fosse un'ipotesi contemplabile. Sono felice che sia nero su bianco.
15.14. Le Regole. Di questo discutiamo più avanti.
15.19. Toccarmi senza il tuo permesso. Che problema c'è? Tanto sai che non lo faccio comunque.
15.21. Disciplina, vedi la sopracitata clausola 15.5.
15.22. Non posso guardarti negli occhi? Perché?
15.24. Perché non posso toccarti?

Regole
Sonno: accetterò 6 ore.
Alimentazione: non intendo mangiare cibi scelti da una lista. O la lista, o me. Su questo non transigo.
Abbigliamento: finché si tratta di indossare i tuoi vestiti solo quando sono con te, ci sto.
Esercizio fisico: avevamo concordato tre ore, questo contratto dice quattro.

Limiti relativi
Possiamo rivederli insieme? Niente fisting
di nessun genere. Cos'è la sospensione? Pinze
per genitali... vorrai scherzare.

Puoi farmi sapere l'orario per mercoledì?
Quel giorno stacco alle cinque
del pomeriggio.
Buonanotte.
Ana

Da: Christian Grey
A: Anastasia Steele
Data: 24 maggio 2011 00.07
Oggetto: Problemi

Miss Steele,
è una lunga lista. Perché sei ancora sveglia?

Christian Grey
Amministratore delegato, Grey Enterprises Holdings Inc.

Da: Anastasia Steele
A: Christian Grey
Data: 24 maggio 2011 00.10
Oggetto: Ore piccole

Signore,
se ti ricordi, stavo scrivendo la lista quando
sono stata distratta e scopata dal maniaco
del controllo che passava di qua.
Buonanotte.
Ana

Da: Christian Grey
A: Anastasia Steele
Data: 24 maggio 2011 00.12
Oggetto: In branda!

VAI A LETTO, ANASTASIA.

Christian Grey
Amministratore delegato e Maniaco
del Controllo, Grey Enterprises Holdings Inc.

"Oh… tutte maiuscole!" Spengo il computer. Come fa a mettermi in soggezione anche a distanza? Scuoto la testa. Con il cuore ancora pesante, mi infilo a letto e cado all'istante in un sonno profondo, ma tormentato.

13

Il giorno dopo, rientrata a casa dal turno di lavoro, chiamo mia madre. La giornata al negozio è stata abbastanza tranquilla e mi ha lasciato fin troppo tempo per pensare. Sono irrequieta, nervosa per il mio chiarimento di domani con Mr Maniaco del Controllo, e in un angolo della mente temo di essere stata troppo negativa nella mia risposta al contratto. Forse finirà per tirarsi indietro.

Mia madre gronda mortificazione, è desolata di non poter venire alla mia laurea. Bob si è rotto un legamento e zoppica. Devo dire che è facile agli infortuni quanto me. È previsto che guarisca completamente, ma deve stare a riposo, e mia madre deve fargli da infermiera.

«Ana, tesoro, mi dispiace così tanto» piagnucola al telefono.

«Non preoccuparti, mamma. Ci sarà Ray.»

«Ana, hai una voce distratta… Stai bene, amore?»

«Sì, mamma.» "Se solo tu sapessi." Ho incontrato un uomo ricco sfondato che vuole avviare con me una specie di perversa relazione sessuale, nella quale io non ho voce in capitolo.

«Hai conosciuto qualcuno?»

«No, mamma.» Non ho la minima intenzione di parlarne adesso.

«Va bene, tesoro, giovedì ti penserò. Ti voglio bene... lo sai, vero?»

Chiudo gli occhi. Le sue parole preziose mi riscaldano il cuore.

«Anch'io, mamma. Salutami Bob, spero che si riprenda in fretta.»

«Certo, tesoro. A presto.»

«A presto.»

Vago per la mia camera con il telefono in mano. Per passare il tempo, accendo la macchina infernale e apro il programma della posta. C'è una mail di Christian arrivata ieri sera tardi, o molto presto stamattina, a seconda del punto di vista. Il battito del mio cuore accelera all'istante, e sento il sangue pulsarmi nelle tempie. Dio santissimo... magari mi ha detto di no, è finita, magari annulla la cena. È un pensiero insopportabile. Lo scaccio in fretta e apro la mail.

Da: Christian Grey
A: Anastasia Steele
Data: 24 maggio 2011 01.27
Oggetto: Le tue obiezioni

Cara Miss Steele,
dopo un più attento esame delle tue osservazioni,
posso permettermi di attirare la tua attenzione
sulla definizione di "Sottomessa"?

sottomesso – *part. pass. di* sottomettere, *anche agg.*
1. incline o pronto a sottomettersi; persona che obbedisce
umilmente e senza resistenze: "un servo sottomesso".
2. caratterizzato da o indicante sottomissione:
"un comportamento sottomesso".
Dal latino *submittere*, mettere sotto.
Sinonimi: 1. arrendevole, compiacente, adattabile,

228

condiscendente. 2. passivo, rassegnato, paziente, docile, domato, soggiogato. Contrari: 1. ribelle, disobbediente.
Per favore, tienilo a mente durante il nostro incontro di mercoledì.

Christian Grey
Amministratore delegato, Grey Enterprises Holdings Inc.

La mia prima reazione è di sollievo. Se non altro, è disposto a discutere delle mie obiezioni e vuole ancora incontrarmi domani. Dopo qualche riflessione, rispondo.

Da: Anastasia Steele
A: Christian Grey
Data: 24 maggio 2011 18.29
Oggetto: Le mie obiezioni… E le tue?

Signore,
ti prego di notare la lontana origine del termine. Vorrei rispettosamente ricordare a vossignoria che l'anno in corso è il 2011. Dall'epoca romana sono stati fatti molti passi avanti. Mi permetto di offrirti anch'io una definizione su cui riflettere in vista del nostro incontro:

compromesso – *sostantivo maschile*
1. appianamento delle differenze per mezzo di reciproche concessioni; accordo raggiunto trattando su rivendicazioni e principi conflittuali o contrastanti, tramite la vicendevole modifica delle rispettive esigenze.
2. il risultato di tale accordo.
3. via di mezzo tra cose diverse: "La villetta a schiera è un compromesso tra un condominio e un'abitazione isolata".
4. *agg.* danneggiato, *spec.* di reputazione; esposizione al rischio, al sospetto ecc: "la sua integrità è compromessa".
Ana

Da: Christian Grey
A: Anastasia Steele
Data: 24 maggio 2011 18.32
Oggetto: E le mie obiezioni?

Un punto per te, come al solito, Miss Steele.
Vengo a prenderti domani alle 19.

Christian Grey
Amministratore delegato, Grey Enterprises Holdings Inc.

Da: Anastasia Steele
A: Christian Grey
Data: 24 maggio 2011 18.40
Oggetto: 2011 – Le donne possono guidare

Signore,
io possiedo un'automobile. Ho la patente.
Preferirei incontrarti da qualche parte.
Dove ci vediamo?
Al tuo hotel alle 19?
Ana

Da: Christian Grey
A: Anastasia Steele
Data: 24 maggio 2011 18.43
Oggetto: Giovani donne caparbie

Cara Miss Steele
faccio riferimento alla mia mail inviata il 24 maggio
2011 all'1.27 e alla definizione lì contenuta.
Pensi che sarai mai in grado di fare quello che ti viene detto?

Christian Grey
Amministratore delegato, Grey Enterprises Holdings Inc.

Da: Anastasia Steele
A: Christian Grey
Data: 24 maggio 2011 18:49
Oggetto: Uomini intrattabili

Mr Grey,
ho voglia di guidare.
Per favore.
Ana

Da: Christian Grey
A: Anastasia Steele
Data: 24 maggio 2011 18:52
Oggetto: Uomini esasperati

D'accordo.
Al mio hotel alle 19.
Ci vediamo al bar al pianterreno.

Christian Grey
Amministratore delegato, Grey Enterprises Holdings Inc.

È scontroso persino via mail. Non capisce che potrei
aver bisogno di una via di fuga? Non che il mio Maggiolino sia una freccia... Comunque ho bisogno di avere una
scappatoia.

Da: Anastasia Steele
A: Christian Grey
Data: 24 maggio 2011 18.55
Oggetto: Uomini non così intrattabili

Grazie.
Ana x

231

Da: Christian Grey
A: Anastasia Steele
Data: 24 maggio 2011 18.59
Oggetto: Donne esasperanti

Prego.

Christian Grey
Amministratore delegato, Grey Enterprises Holdings Inc.

Chiamo Ray, che sta per mettersi a guardare la partita dei Sounders contro una squadra di Salt Lake City, quindi la nostra conversazione, per fortuna, è rapida. Giovedì verrà alla mia laurea. Dopo, vuole portarmi fuori a pranzo. Parlando con Ray, mi viene un groppo in gola. Lui è stato la mia costante, durante tutti gli alti e bassi di mia madre. Abbiamo un legame speciale, che per me significa moltissimo. Anche se non è il mio vero padre, mi ha sempre trattata come una figlia, e non vedo l'ora di riabbracciarlo. È passato troppo tempo dall'ultima volta. La sua tranquilla forza d'animo è ciò di cui ho bisogno adesso, ciò che mi manca. Forse posso fare appello al mio Ray interiore per l'incontro di domani.

Kate e io ci dedichiamo alla preparazione degli scatoloni, dividendoci una bottiglia di vino rosso economico. Quando finalmente vado a letto, dopo aver quasi finito di impacchettare la mia stanza, mi sento più tranquilla.

Paul è tornato da Princeton prima di partire per New York, dove inizierà uno stage in una società finanziaria. In negozio mi tallona per tutto il giorno, chiedendomi di uscire con lui. È molto insistente.

«Paul, per la centesima volta, stasera ho un appuntamento.»

«Non è vero, lo dici solo per evitarmi.»

"Ah… allora hai capito l'antifona."

«Paul, non mi è mai sembrata una buona idea uscire con il fratello del mio datore di lavoro.»

«Venerdì è il tuo ultimo giorno qui. E domani non lavori.»

«Sabato sarò a Seattle, e tu presto partirai per New York. Non potremmo essere più lontani, nemmeno a farlo apposta. E poi, stasera ho davvero un appuntamento.»

«Con José?»

«No.»

«E allora con chi?»

«Paul... uffa» sospiro esasperata. Non ha intenzione di arrendersi. «Con Christian Grey.» Non riesco a nascondere l'irritazione, ma almeno riesco a zittirlo. Paul rimane a bocca aperta, e mi guarda trasecolato. Caspita... basta il suo nome a lasciare la gente senza parole.

«Hai un appuntamento con Christian Grey?» dice alla fine, dopo aver superato lo shock. Dal suo tono è evidente che non mi crede.

«Sì.»

«Capisco.» Paul ha l'aria abbattuta, quasi stordita, e una piccolissima parte di me è infastidita che lo trovi così strano.

Dopo questa conversazione mi ignora, e alle cinque sono fuori dalla porta, sul piede di partenza.

Kate mi ha prestato due abiti e due paia di scarpe: per stasera e per la cerimonia di domani. Vorrei entusiasmarmi di più per i vestiti e fare uno sforzo extra, ma la moda non è proprio la mia passione. "Qual è la tua passione, Anastasia?" La domanda di Christian mi perseguita. Scuoto la testa, cerco di calmarmi i nervi, e per stasera scelgo il vestito attillato color prugna. È sobrio e mi dà un'aria vagamente professionale... Dopotutto, vado a negoziare un contratto.

Mi faccio la doccia, mi depilo le gambe e le ascelle, mi lavo i capelli, e dedico una buona mezz'ora ad asciugarli in modo che mi cadano in onde morbide lungo la schiena, poi li fermo di lato con un pettinino per scostarli dal viso. Quindi mi metto il mascara e un po' di lucidalabbra. Io non mi trucco quasi mai, è una cosa che mi mette a disagio. Nessuna delle mie eroine romanzesche doveva misurarsi con il trucco… Forse, se l'avessero fatto, conoscerei l'argomento un po' meglio. Mi infilo le scarpe con i tacchi a spillo abbinate al vestito e alle sei e mezzo sono pronta.

«Cosa ne dici?» chiedo a Kate.

Lei sorride.

«Cavolo, sei in gran tiro, Ana.» Annuisce in segno di approvazione. «Sei proprio sexy.»

«Sexy! Cercavo di avere un'aria sobria e professionale.»

«Sì, ma soprattutto sexy. Quel vestito ti sta d'incanto e si addice molto alla tua carnagione. E mette in risalto i punti giusti.» Mi fa l'occhiolino.

«Kate!»

«Sono sincera, Ana. L'intero pacchetto è una bomba. Tieni quel vestito. Christian ti seguirà come un cagnolino.»

Faccio una smorfia. "Mi sa che è il contrario."

«Augurami buona fortuna.»

«Hai bisogno di fortuna per un appuntamento?» Mi guarda perplessa.

«Sì, Kate.»

«Allora… buona fortuna.» Mi abbraccia, e io mi precipito fuori.

Devo guidare scalza: Wanda, il mio Maggiolino azzurro, non è fatta per essere guidata con i tacchi a spillo. Accosto davanti all'Heathman alle sei e cinquantotto precise e lascio le chiavi al parcheggiatore. Lui guarda perplesso il mio macinino, ma io lo ignoro. Faccio un respiro profondo e mi preparo alla lotta, poi entro nell'albergo.

Christian è appoggiato al bancone del bar, con un bicchiere di vino bianco. Indossa la sua abituale camicia bianca di lino, i jeans neri, e una cravatta e una giacca anch'esse nere. Ha i capelli spettinati come sempre. Sospiro. Rimango per qualche istante sulla soglia a contemplare ammirata quella visione. Lui lancia un'occhiata verso l'entrata, con l'aria nervosa, e quando mi vede resta immobile. Sbatte le palpebre un paio di volte, poi mi rivolge un sorriso pigro e sensuale che mi lascia senza parole e mi fa sciogliere dentro. Con uno sforzo supremo per non mordermi il labbro faccio un passo avanti, consapevole che io, Anastasia Steele la Regina delle Imbranate, indosso i tacchi a spillo. Lui mi viene incontro con la sua solita eleganza.

«Sei splendida» mormora, mentre si china a baciarmi la guancia. «Un vestito, Miss Steele. Hai tutta la mia approvazione.» Mi prende il braccio e mi porta verso un séparé, facendo un cenno al cameriere.

«Cosa bevi?»

Faccio un sorriso malizioso mentre mi siedo… Be', se non altro me lo chiede.

«Quello che stai bevendo tu, grazie.» Visto?! So comportarmi come una vera signora. Divertito, lui ordina un altro calice di Sancerre e si siede di fronte a me.

«Qui hanno un'ottima cantina» dice, piegando la testa di lato. Appoggia i gomiti sul tavolo e unisce le dita davanti alla bocca. I suoi occhi grigi sono animati da un'emozione indecifrabile. Ed eccola… la familiare scossa che mi arriva da lui e raggiunge qualche punto profondo dentro di me. Mi sento a disagio sotto il suo sguardo attento, il cuore mi batte forte. Devo mantenere la calma.

«Sei nervosa?» chiede.

«Sì.»

Si china verso di me.

«Anch'io» sussurra, con aria complice. I miei occhi si alzano di scatto per incontrare i suoi. "Lui? Nervoso? Ma quando mai?" Sbatto le palpebre perplessa, e lui sorride nel suo modo adorabile. Il cameriere arriva con il mio vino, un piattino di noci assortite e un altro di olive.

«Dunque, come procediamo?» chiedo. «Esaminiamo i punti che ho sottolineato uno per uno?»

«Impaziente come sempre, Miss Steele.»

«Se vuoi, allora, possiamo parlare del tempo.»

Lui sorride, e allunga le sue dita affusolate per prendere un'oliva. Se la lascia cadere in bocca e il mio sguardo indugia su quelle labbra, che sono state su di me... su ogni parte del mio corpo. Arrossisco.

«Non mi è sembrato che il tempo avesse niente di eccezionale, oggi» sorride.

«Mi prendi in giro, Mr Grey?»

«Sì, Miss Steele.»

«Tu sai che questo contratto non ha valore legale.»

«Lo so perfettamente, Miss Steele.»

«Avevi intenzione di dirmelo, prima o poi?»

Aggrotta la fronte. «Pensavi che ti costringessi a fare qualcosa che non vuoi fare e poi fingessi di avere qualche diritto legale su di te?»

«Ecco... sì.»

«Non hai un'opinione molto alta di me, vero?»

«Non hai risposto alla mia domanda.»

«Anastasia, non importa se è legale o no. Rappresenta un accordo che vorrei stringere con te: quello che vorrei da te e quello che tu puoi aspettarti da me. Se non ti piace, allora non firmarlo. Se lo firmi e poi decidi che non ti piace, ci sono clausole che ti permettono di uscirne. Anche se fosse legalmente vincolante, pensi che ti trascinerei in tribunale se tu decidessi di filartela?»

Bevo un sorso di vino. "Devi restare lucida. Non bere troppo."

«Questo tipo di relazioni si basa sull'onestà e sulla fiducia» continua. «Se non ti fidi di me, se credi che io non conosca l'effetto che ho su di te, che non sappia fin dove posso spingermi, fin dove posso portarti, se non sei in grado di essere onesta con me, allora è meglio che lasciamo perdere.»

"Oddio, abbiamo fatto in fretta ad arrivare al punto. Fin dove può spingersi..." Cosa significa?

«Dunque, Anastasia, il discorso è semplice. Ti fidi di me o no?» I suoi occhi sono ardenti, appassionati.

«Hai avuto discussioni simili con... ehm... le altre quindici?»

«No.»

«Perché?»

«Perché erano tutte sottomesse convinte. Sapevano cosa volevano da una relazione con me e, a grandi linee, che cosa mi aspettavo. Con loro era solo una questione di mettere a punto i limiti relativi, e dettagli del genere.»

«C'è un negozio in cui ci si rifornisce? Tipo "Schiave & Co."?»

Scoppia a ridere. «Non proprio.»

«E allora come si fa?»

«È di questo che vuoi parlare? O vogliamo venire al dunque? Alle tue obiezioni, come dici tu.»

Deglutisco. "Se mi fido di lui?" Si tratta dunque di questo, di fiducia? Sicuramente dovrebbe essere una cosa reciproca. Ricordo la sua sfuriata quando ho parlato al telefono con José.

«Hai fame?» chiede, distraendomi dai miei pensieri.

"Oh, no... di nuovo la storia del cibo."

«No.»

«Hai mangiato oggi?»

Lo guardo. "Onestà... Merda, mi sa che la risposta non gli piacerà."

«No» rispondo, con un filo di voce.

Lui mi guarda di traverso.

«Devi mangiare, Anastasia. Possiamo cenare qui o nella mia suite. Come preferisci.»

«Penso che dovremmo stare in pubblico, su un terreno neutrale.»

Fa un sorriso sardonico.

«Pensi che questo mi fermerà?» chiede piano. Un sensuale avvertimento.

Spalanco gli occhi.

«Lo spero!»

«Vieni, ho prenotato una saletta privata. Niente pubblico.» Mi fa un sorriso enigmatico ed esce dal séparé, tendendomi la mano.

«Portati il vino» mormora.

Prendo la sua mano e mi alzo. Lui mi scorta sullo scalone fino al mezzanino. Un giovane in livrea si avvicina.

«Mr Grey, da questa parte, prego.»

Lo seguiamo attraverso un lussuoso soggiorno fino a un'intima sala da pranzo. "Un solo tavolo." La stanza è piccola, ma sontuosa. Il tavolo, sotto un lampadario scintillante, è apparecchiato con una tovaglia inamidata, bicchieri di cristallo, posate d'argento e un mazzo di rose bianche. Un fascino sofisticato e vecchio stile pervade il locale rivestito di legno. Il cameriere scosta la sedia per farmi accomodare e mi stende il tovagliolo in grembo. Christian si siede di fronte a me.

«Non morderti il labbro» sussurra.

Aggrotto la fronte. Maledizione. Non mi accorgo nemmeno di farlo.

«Ho già ordinato. Spero che non ti dispiaccia.»

A dire il vero, sono sollevata. Non sono certa di poter prendere altre decisioni.

«Per me va bene» dico.

«È bello sapere che riesci a essere malleabile. Dunque, dove eravamo?»

«Dovevamo venire al dunque.» Bevo un altro sorso abbondante di vino. È proprio delizioso. Christian Grey è un intenditore. Mi viene in mente l'ultimo sorso di vino che mi ha fatto bere, sul mio letto. Quel pensiero mi fa arrossire.

«Già, le tue obiezioni.» Fruga nella tasca interna della giacca e ne estrae un foglio. La mia mail.

«Clausola 2. Concessa. Il beneficio è di entrambi. Devo riformulare.»

Sbatto le palpebre. Oddio... esamineremo davvero i punti uno per uno. A tu per tu non mi sento tanto audace. Lui ha un'aria così seria. Bevo un altro po' di vino per farmi forza. Christian continua.

«La mia salute sessuale. Dunque, tutte le mie partner precedenti avevano fatto il test, io mi sottopongo ogni sei mesi agli esami per le malattie citate. Gli ultimi sono negativi. Non ho mai fatto uso di droghe. Per dirla tutta, sono assolutamente contrario alla droga. In azienda conduco una politica di tolleranza zero, e faccio test a campione sui dipendenti.»

Caspita... la mania del controllo all'ennesima potenza. Lo guardo sconvolta.

«Non ho mai fatto trasfusioni di sangue. È una risposta soddisfacente alla tua domanda?»

Annuisco, impassibile.

«Al punto successivo ho accennato prima. Puoi andartene quando vuoi, Anastasia. Io non ti fermerò. Se te ne vai, però, è finita. Mi sembra giusto che tu lo sappia.»

«D'accordo» mormoro. Se me ne vado, è finita. Quel pensiero è sorprendentemente doloroso.

Il cameriere arriva con la prima portata. Come faccio a mangiare? Dio santo... ha ordinato ostriche su un letto di ghiaccio.

«Spero che le ostriche ti piacciano» mormora Christian.

«Non le ho mai mangiate.»

«Davvero? Bene.» Ne prende una. «Non devi far altro che infilartele in bocca e deglutire. Penso che tu possa farcela.» Mi guarda, e capisco il doppio senso. Divento viola. Lui mi sorride, spruzza qualche goccia di limone sull'ostrica e se la lascia cadere in bocca.

«Mmh, deliziosa. Sa di mare.» Mi sorride. «Coraggio!» mi esorta.

«Quindi, non devo masticarla?»

«No, Anastasia.» Quello sguardo ironico lo fa sembrare ancora più giovane.

Mi mordo il labbro e la sua espressione cambia all'istante. Mi lancia uno sguardo severo. Io prendo la prima ostrica della mia vita. Okay... adesso o mai più. Ci spruzzo sopra il limone e me la infilo in bocca. Mi scivola lungo la gola: sapore di salsedine, acqua di mare, il gusto acre del limone e una consistenza carnosa... ooh. Mi lecco le labbra, mentre lui mi guarda interessato, con gli occhi socchiusi.

«Allora?»

«Ne prendo un'altra» mi limito a dire.

«Brava bambina» commenta lui, orgoglioso.

«Le hai scelte apposta? Non sono note per le loro proprietà afrodisiache?»

«No, sono il primo piatto del menu. Quando sono con te non ho bisogno di afrodisiaci. Penso che tu lo sappia, e che valga la stessa cosa per te nei miei confronti» dice semplicemente. «Bene, dove eravamo?» Guarda la mia mail, mentre io afferro un'altra ostrica.

"Ha le stesse mie reazioni. Anch'io gli faccio un certo effetto... evviva."

«Obbedirmi in tutto. Sì, è questo che voglio da te. È quello di cui ho bisogno. Consideralo un gioco di ruolo, Anastasia.»

«Ma ho paura che tu mi faccia male.»

«Che tipo di male?»

«Male fisico.» "Ed emotivo."

«Pensi davvero che lo farei? Pensi che oltrepasserei i limiti che hai fissato?»

«Hai detto di aver fatto male a qualcuna prima di me.»

«Sì. È stato molto tempo fa.»

«Com'è successo?»

«Ho appeso una donna al soffitto della stanza dei giochi. A proposito, questa è una delle tue domande. La sospensione... È a quello che servono i moschettoni. Una delle corde era legata troppo stretta.»

Alzo la mano per farlo smettere.

«Non ho bisogno di sapere di più. Dunque, non mi sospenderai.»

«No, se non vuoi. Puoi indicarlo come limite assoluto.»

«Va bene.»

«Per quanto riguarda l'obbedienza, pensi di potercela fare?»

Mi fissa con il suo sguardo penetrante. Sento l'orologio ticchettare.

«Potrei provarci» sussurro.

«Bene.» Sorride. «Per quanto riguarda la durata. Un mese invece di tre è troppo poco, soprattutto se vuoi un weekend libero al mese. Non penso che potrò starti lontano per tanto tempo. Faccio fatica anche adesso.» Si interrompe.

"Non riesce a starmi lontano, eh?"

«Che ne dici di prenderti un giorno di un weekend al mese, ma in cambio io mi prendo una notte infrasettimanale di quella settimana?»

«Va bene.»

«E per favore, proviamo per tre mesi. Se la cosa non fa per te, puoi andartene quando vuoi.»

«Tre mesi?» Mi sento pressata. Bevo un po' di vino e mi concedo un'altra ostrica. Forse potrei imparare ad apprezzare queste cose.

«La storia del possesso è solo una questione di terminologia, e si riconduce sempre al principio dell'obbedienza. Serve a metterti nel giusto stato mentale, a farti capire quello che desidero. Devi sapere che non appena varchi la mia soglia per essere la mia Sottomessa, io farò di te quello che voglio. Devi accettarlo, e desiderarlo. Per questo devi fidarti di me. Ti scoperò in qualsiasi momento, in qualsiasi modo, in qualsiasi luogo ne avrò voglia. Ti punirò quando mi ostacolerai. Ti addestrerò a compiacermi.

«So, comunque, che non hai mai avuto esperienze del genere. All'inizio faremo le cose con calma, e ti aiuterò. Creeremo varie situazioni. Voglio che tu mi dia la tua fiducia, ma so di dovermela guadagnare, e ho intenzione di farlo. Quell'"e non" serve, ancora una volta, ad aiutarti a entrare nella mentalità; significa che non ci sono tabù.»

È così appassionato, così ipnotico. È chiaro che per lui è un'ossessione, il suo modo di essere... Non riesco a staccargli gli occhi di dosso. Lui vuole davvero questo. Smette di parlare e mi guarda.

«Mi stai ascoltando?» chiede, con voce profonda e seducente. Beve un sorso di vino, fissandomi con il suo sguardo penetrante.

Il cameriere appare sulla soglia, e Christian gli fa un cenno, permettendogli di sparecchiare.

«Vuoi altro vino?»

«Devo guidare.»

«Un po' d'acqua, allora?»

Annuisco.

«Naturale o frizzante?»

«Frizzante, per favore.»

Il cameriere si allontana.

«Sei molto silenziosa» mormora Christian.

«Tu sei molto loquace.»

Sorride.

«Disciplina. C'è una linea molto sottile tra piacere e dolore, Anastasia. Sono due facce della stessa medaglia, e uno non può esistere senza l'altro. Posso mostrarti quanto può essere piacevole il dolore. Ora non mi credi, ma è questo che intendo per fiducia. Ti farai male, ma niente che tu non riesca a sopportare. Ancora una volta, è una questione di fiducia. Ti fidi di me, Ana?»

"Ana!"

«Sì.» Rispondo d'istinto, senza pensarci... perché è vero, mi fido di lui.

«Bene, allora» dice lui, sollevato. «Il resto sono soltanto dettagli.»

«Dettagli importanti.»

«Okay, discutiamone.»

Sono frastornata dalle sue parole. Avrei dovuto portarmi il registratore di Kate per poterlo riascoltare. Ci sono trop-

242

pe informazioni, troppe cose su cui riflettere. Il cameriere torna con la portata principale: merluzzo nero, asparagi e purè di patate con salsa olandese. Non ho mai avuto meno voglia di mangiare.

«Spero che il pesce ti piaccia» dice Christian, premuroso.

Prendo un assaggio di quel che ho nel piatto e bevo un lungo sorso di acqua frizzante. Rimpiango fortemente che non sia vino.

«Le regole. Parliamone. Il cibo non è negoziabile?»

«No.»

«Posso pretendere che tu consumi almeno tre pasti al giorno?»

«No.» Su questo non transigo. Nessuno può dirmi come devo mangiare. Come devo scopare, sì, ma mangiare... no, non esiste.

Fa una smorfia.

«Devo essere certo che tu non abbia fame.»

Aggrotto la fronte. "Perché?" «Dovrai fidarti anche tu di me.»

Mi guarda per un attimo e si rilassa.

«Touché, Miss Steele» dice con calma. «Sul cibo e sul sonno te la darò vinta.»

«Perché non posso guardarti negli occhi?»

«È una regola del rapporto di dominazione-sottomissione. Ti ci abituerai.»

"Ah, sì?"

«Perché non posso toccarti?»

«Perché no.»

La sua bocca prende una piega testarda.

«È per via di Mrs Robinson?»

Mi guarda confuso. «Cosa te lo fa pensare?» Poi, di colpo, capisce. «Pensi che quella donna mi abbia traumatizzato?»

Annuisco.

«No, Anastasia. Non è lei il motivo. E poi, Mrs Robinson non avrebbe sentito ragioni.»

Ah… "Io, invece, devo obbedire." Lo guardo storto.

«Quindi non ha niente a che fare con lei.»

«No. E non voglio nemmeno che ti tocchi da sola.»

"Cosa?" Ah, già, la clausola sulla masturbazione.

«Per curiosità… mi diresti il motivo?»

«Perché voglio per me tutto il tuo piacere» la sua voce è roca, ma determinata.

"Oh." Non so come replicare. Da un lato, è divino come il "Vorrei essere io a mordere quel labbro"; dall'altro, è così egoista! Aggrotto la fronte e mangio un boccone di merluzzo, cercando di calcolare mentalmente quante concessioni ho guadagnato. L'alimentazione, il sonno. Stiamo andando piano, e ancora non abbiamo affrontato i limiti relativi. D'altra parte, non sono certa di poter parlare di queste cose a tavola.

«Ti ho dato molte cose a cui pensare, no?»

«Sì.»

«Vuoi parlare adesso anche dei limiti relativi?»

«Non durante la cena.»

Sorride. «Schizzinosa?»

«Qualcosa del genere.»

«Non hai mangiato molto.»

«Ho mangiato abbastanza.»

«Tre ostriche, quattro pezzi di merluzzo, e un asparago, niente patate, niente noci, niente olive, e non hai mangiato altro per tutto il giorno. Hai detto che posso fidarmi di te.»

Accidenti. Ha tenuto l'inventario.

«Christian, per favore, non affronto ogni giorno conversazioni di questo tipo.»

«Ti voglio sana e in forma, Anastasia.»

«Lo so.»

«E adesso voglio tirarti fuori da quel vestito.»

Deglutisco. "Tirarmi fuori dal vestito di Kate." Sento un fremito nel basso ventre. I muscoli che ultimamente ho imparato a conoscere si contraggono alle sue parole. Ma non

244

posso cedere. La sua arma più potente usata di nuovo contro di me. Che lui sia così pronto al sesso è chiaro persino a me.

«Non mi sembra una buona idea. Non abbiamo ancora mangiato il dessert.»

«Vuoi il dessert?» chiede, incredulo.

«Sì.»

«Potresti essere tu il dessert» dice con tono allusivo.

«Non sono certa di essere abbastanza dolce.»

«Anastasia, sei dolcissima. Lo so.»

«Christian. Tu usi il sesso come un'arma. Non è corretto, davvero» mormoro, guardandomi le mani, e poi fissandolo negli occhi. Lui alza le sopracciglia sorpreso, e mi rendo conto che sta soppesando le mie parole. Si accarezza il mento, perplesso.

«Hai ragione. Nella vita si usa quello che si conosce, Anastasia. Ma questo non cambia il fatto che ti voglio. Qui. Adesso.»

Come fa a sedurmi solo con la voce? Sto già ansimando, il mio sangue surriscaldato mi scorre all'impazzata nelle vene, i miei nervi fremono.

«Vorrei provare qualcosa di nuovo» sussurra.

Aggrotto la fronte. Mi ha già dato una valanga di idee su cui riflettere, e adesso questo.

«Se fossi la mia Sottomessa, non dovresti pensarci. Sarebbe facile.» La sua voce è dolce, suadente. «Tutte quelle decisioni... tutto lo sfiancante processo mentale che ci sta dietro. Tutte quelle domande: "È la cosa giusta da fare? È bene che succeda qui? È bene che succeda adesso?". Non dovresti preoccuparti di nessun dettaglio. Spetterebbe tutto quanto a me, come tuo Dominatore. E in questo preciso momento, so che mi vuoi, Anastasia.»

Lo guardo accigliata. Come fa a capirlo?

«Lo capisco perché...»

"Oddio, sta rispondendo alla mia domanda inespressa. Ha anche il dono della lettura del pensiero?"

«... il tuo corpo ti tradisce. Stai premendo le cosce una contro l'altra, sei arrossita, e il tuo respiro è cambiato.»

"No, questo è troppo."

«Come fai a sapere delle mie cosce?» La mia voce è flebile, incredula. Sono sotto il tavolo, per amor del cielo.

«Sento la tovaglia che si muove, ed è un'ipotesi basata su anni di esperienza. Ho ragione o no?»

Arrossisco e abbasso lo sguardo. Ecco perché sono svantaggiata in questo gioco della seduzione: lui è il solo a conoscere e capire le regole. Io sono troppo ingenua e inesperta. Il mio unico punto di riferimento è Kate, e lei non si fa certo comandare dagli uomini. Gli altri modelli che ho sono tutti di fantasia: Elizabeth Bennet sarebbe indignata, Jane Eyre morirebbe di paura, e Tess soccomberebbe, proprio come ho fatto io.

«Non ho finito il merluzzo.»

«Preferisci il merluzzo freddo a me?»

Alzo la testa di scatto per lanciargli un'occhiataccia. I suoi occhi di argento fuso bruciano di desiderio.

«Pensavo che ti piacesse che io finisca tutto quel che ho nel piatto.»

«In questo preciso momento, Miss Steele, non mi potrebbe importare meno della cena.»

«Christian, non sei corretto.»

«Lo so. Non lo sono mai stato.»

La mia dea interiore mi guarda male. Puoi farcela, mi blandisce, puoi vincere questo dio del sesso al suo stesso gioco. "Ah, davvero?" D'accordo. Cosa posso fare? La mia inesperienza è come una pietra al collo. Prendendo un asparago, lo guardo e mi mordo il labbro. Poi, con estrema lentezza, mi metto in bocca la punta dell'asparago freddo e la succhio.

Gli occhi di Christian si allargano impercettibilmente. Ma io me ne accorgo.

«Anastasia, cosa stai facendo?»

Trancio la punta con i denti.

«Sto mangiando l'asparago.»

Christian si dimena sulla sedia.

«Penso che tu mi stia provocando, Miss Steele.»

Fingo innocenza. «Sto solo finendo la cena, Mr Grey.»

Il cameriere sceglie proprio questo momento per bussare. Senza essere stato invitato a farlo, entra, lancia una breve occhiata a Christian, che lo guarda con severità ma poi annuisce, e si mette a sparecchiare. Il suo arrivo ha spezzato l'incantesimo, e io mi attacco a questo prezioso momento di lucidità. Devo andarmene. Se rimango, il nostro incontro può finire solo in un modo e io ho bisogno di una tregua dopo una conversazione così intensa. Per quanto il mio corpo brami il suo contatto, la mia mente si ribella. Devo prendere le distanze per pensare a tutto quello che Christian mi ha detto. Non ho ancora deciso che cosa fare e la sua abilità e la sua attrattiva sessuale non facilitano le cose.

«Allora, ti va il dessert?» chiede Christian, gentiluomo come sempre, ma i suoi occhi sono ancora ardenti.

«No, grazie. Penso che dovrei andare.» Mi guardo le dita.

«Andare?» Non riesce a nascondere la sorpresa.

Il cameriere si affretta ad allontanarsi.

«Sì.» È la decisione giusta. Se rimango in questa stanza con lui, mi scoperà. Mi alzo, decisa. «Abbiamo entrambi la cerimonia delle lauree domani.»

Christian si alza automaticamente, rivelando anni di inveterate buone maniere.

«Non voglio che tu te ne vada.»

«Per favore… Devo.»

«Perché?»

«Perché mi hai dato molte cose su cui riflettere… e ho bisogno di prendere le distanze.»

«Potrei farti restare» minaccia.

«Sì, e senza sforzo, ma non voglio che tu lo faccia.»

Lui si passa le mani tra i capelli, guardandomi con attenzione.

«Sai, quando sei entrata nel mio ufficio per intervistarmi, eri tutta un "sissignore", "nossignore". Pensavo che fossi una Sottomessa nata. Ma a dire il vero, Anastasia, non sono certo che il tuo corpo meraviglioso abbia il nerbo della Sottomessa.» Mentre parla, avanza lentamente verso di me, la voce tesa.

«Forse hai ragione» mormoro.

«Voglio avere la possibilità di esplorare questa ipotesi» sussurra, guardandomi. Mi accarezza il viso, sfiorando il labbro inferiore. «Non conosco altro modo, Anastasia. Sono fatto così.»

«Lo so.»

Christian si china a baciarmi, ma si ferma prima che le sue labbra tocchino le mie. Allora mi guarda negli occhi, cercando il mio consenso. Io alzo le labbra verso le sue, e lui mi bacia. Non sapendo se potrò baciarlo mai più, mi lascio andare del tutto. Le mie mani si muovono spontaneamente e gli spettinano i capelli, attirandolo verso di me, la mia bocca si apre, la mia lingua sferza la sua. Lui mi afferra la nuca e mi bacia con più convinzione, reagendo al mio ardore. L'altra sua mano scivola lungo la mia schiena e si posa alla base della spina dorsale, per spingermi contro il suo corpo.

«Non posso convincerti a restare?» ansima, tra un bacio e l'altro.

«No.»

«Passa la notte con me.»

«Senza toccarti? No.»

Lui geme. Fa un passo indietro e mi guarda. «Perché ho l'impressione che tu mi stia dicendo addio?»

«Perché me ne sto andando.»

«Non intendevo questo, e lo sai.»

«Christian, devo pensarci. Non so se posso sopportare il tipo di relazione che tu desideri.»

Lui chiude gli occhi e preme la fronte contro la mia, dando a entrambi la possibilità di riprendere fiato. Dopo un attimo mi bacia la fronte, respira a fondo, con il naso tra i miei capelli, e mi lascia andare.

«Come desideri, Miss Steele» dice, con un'espressione impassibile. «Ti accompagno nella hall.» Mi tende la mano. Prendo la borsetta e infilo la mano nella sua. "Accidenti, potrebbe finire tutto qui." Lo seguo docile giù per lo scalone fino alla hall, con il sangue alla testa, le tempie che pulsano. Questo potrebbe essere il nostro addio, se decido di rifiutare. Sento una stretta al cuore. La situazione si è capovolta. Che differenza può fare, nella vita, un momento di lucidità.

«Hai il tagliando del parcheggio?»

Frugo nella borsetta e glielo porgo, e lui lo consegna al portiere. Mentre aspettiamo, lo guardo con la coda dell'occhio.

«Grazie per la cena» mormoro.

«È stato un piacere come sempre, Miss Steele» dice con cortesia, anche se sembra immerso nei suoi pensieri, distratto.

Io cerco di imprimermi nella mente il suo splendido profilo. L'idea che potrei non rivederlo più mi perseguita, spiacevole e dolorosa. Lui si gira all'improvviso e mi guarda, con un'espressione intensa.

«Questo weekend vi trasferite a Seattle. Se prendi la decisione giusta, possiamo vederci domenica?» Suona esitante.

«Forse» mormoro. Per un attimo sembra sollevato, poi torna serio.

«Adesso fa più fresco, non hai una giacca?»

«No.»

Scuote la testa irritato e si toglie la sua.

«Tieni. Non voglio che tu prenda il raffreddore.»

Lo guardo mentre sorregge la giacca per me e, indossandola, mi ricordo di quando, nel suo ufficio, mi ha aiutato a infilare la giacca, la prima volta che ci siamo incontrati, e l'effetto che mi ha fatto allora. Non è cambiato niente; anzi, è ancora più forte. La sua giacca è calda, troppo grande per me, e ha il suo profumo... delizioso.

La mia macchina accosta davanti a noi. Christian rimane a bocca aperta.

«Tu guidi quest'affare?» È sbalordito. Mi prende per mano e mi accompagna fuori. Il parcheggiatore salta giù dall'auto e mi porge le chiavi e Christian gli lascia freddamente cadere del denaro in mano.

«È in grado di viaggiare?» Adesso mi guarda con aria truce.

«Sì.»

«Ce la farà ad arrivare a Seattle?»

«Sì.»

«È sicura?»

«Sì» sbotto, esasperata. «D'accordo, è vecchia. Ma è mia, ed è perfettamente in grado di viaggiare. Me l'ha comprata il mio patrigno.»

«Oh, Anastasia, penso che possiamo fare di meglio.»

«Cosa vuoi dire?» Di colpo, capisco. «Non vorrai comprarmi un'auto.»

Lui mi guarda, con la mascella contratta.

«Vedremo» risponde seccamente.

Fa una smorfia mentre apre la portiera e mi aiuta a entrare. Io mi tolgo le scarpe e abbasso il finestrino. Lui mi guarda con un'aria indecifrabile.

«Vai piano» dice.

«Ciao, Christian.» Ho la voce roca per le lacrime che sto trattenendo… Accidenti, non ho nessuna intenzione di piangere. Gli faccio un sorriso stentato.

Mentre mi allontano, avverto una fitta al petto. Le lacrime iniziano a scorrere, e devo soffocare un singhiozzo. Presto ho il viso inondato, e davvero non capisco perché sto piangendo. Gli ho tenuto testa. Lui mi ha spiegato ogni cosa. È stato chiaro. Mi vuole, ma la verità è che io ho bisogno di qualcosa di più. Ho bisogno che lui mi voglia come io voglio lui, come io ho bisogno di lui, e dentro di me so che questo è impossibile.

Non so nemmeno come considerarlo. Se accetto... sarà il mio fidanzato? Potrò presentarlo ai miei amici? Potrò andare nei locali, al cinema, magari al bowling insieme a lui? In realtà, credo di no. Lui non mi permetterà di toccarlo né di dormire con lui. So di non aver mai avuto queste cose nel mio passato, ma le vorrei nel mio futuro. E non è il futuro che ha in mente lui.

Cosa succederebbe se accettassi e fra tre mesi lui non ne potesse più di cercare di trasformarmi in quella che non sono? Come mi sentirei? In quei tre mesi avrei investito molto, dal punto di vista emotivo, facendo cose che non sono certa di voler fare. E se lui alla fine dicesse no, che il nostro contratto è sciolto, come affronterei il suo rifiuto? Forse è meglio che mi tiri indietro adesso, con l'autostima ancora intatta.

Ma il pensiero di non vederlo più è lacerante. Come ha fatto a entrarmi sotto la pelle così in fretta? Non può essere solo il sesso... vero? Mi asciugo le lacrime con rabbia. Non ho voglia di analizzare i sentimenti che provo per lui. Ho paura di quel che scoprirei se lo facessi. "Cosa posso fare?"

Parcheggio davanti a casa. Le luci sono spente, Kate dev'essere uscita. È un sollievo. Non voglio che mi veda piangere di nuovo. Mentre mi spoglio, accendo la macchina infernale e nella casella di posta trovo un messaggio di Christian.

Da: Christian Grey
A: Anastasia Steele
Data: 25 maggio 2011 22.01
Oggetto: Stasera

Non capisco perché sei scappata questa sera. Spero sinceramente di aver risposto a tutte le tue domande in modo soddisfacente. So di averti dato molte cose su cui riflettere e mi auguro di tutto cuore che considererai seriamente la mia proposta. Voglio davvero che tra noi funzioni. Faremo le cose con calma. Fidati.

Christian Grey
Amministratore delegato, Grey Enterprises Holdings Inc.

La sua mail mi fa piangere ancora di più. Non sono una società da incorporare. Non sono un'acquisizione. A leggere il messaggio, sembrerebbe così. Non rispondo, non saprei proprio cosa dirgli. Mi infilo il pigiama e, avvolgendomi nella sua giacca, mi metto a letto. Resto sveglia a fissare il buio, pensando a tutte le volte che mi ha avvertito di stargli lontana.

"Anastasia, dovresti stare alla larga da me. Non sono l'uomo per te."

"Non sono un tipo da fidanzate."

"Non sono un tipo da cuori e fiori."

"Io non faccio l'amore."

"Non conosco altro modo."

Mentre piango nel cuscino, senza far rumore, questa è l'ultima idea a cui mi attacco. Anch'io non conosco altro modo. Forse insieme potremmo tracciare una nuova rotta.

14

Christian incombe su di me, con un frustino di cuoio in mano. Indossa vecchi Levi's stinti e strappati, nient'altro. Si batte lentamente il frustino sul palmo e mi guarda, con un sorriso trionfante. Io non riesco a muovermi. Sono nuda e legata a un immenso letto a baldacchino, le braccia e le gambe divaricate. Lui si china verso di me e con la punta del frustino mi sfiora la fronte, il naso, facendomi annusare l'odore del cuoio, fino alle labbra socchiuse, ansimanti. Mi spinge la punta in bocca, per farmi assaggiare il suo sapore forte.

«Succhia» ordina, in un sussurro. La mia bocca, obbediente, si chiude sul frustino.

«Basta!» esclama.

Ansimo ancora quando mi strappa il frustino di bocca, passandomelo sul mento, sulla gola, fino all'incavo alla base del collo. Lo fa ruotare piano, poi riprende a farlo scorrere sul corpo, lungo lo sterno, tra i seni, sull'addome, fino all'ombelico. Io mi dimeno, forzando i lacci che mi scavano i polsi e le caviglie. Lui fa ruotare la punta nell'ombelico e continua il suo tragitto verso il basso, tra i peli pubici, fino al clitoride. Fa schioccare la frusta, mi colpisce con una sonora sferzata nel punto giusto e io vengo con un urlo trionfale.

Mi sveglio di soprassalto, senza fiato, madida di sudore e in preda ai postumi di un orgasmo. Dio mio. Sono completamente disorientata. "Cosa diavolo è successo?" Sono da sola nella mia stanza. Come? Perché? Mi alzo a sedere, sconvolta… "Wow. È mattino." Lancio un'occhiata alla sveglia: sono le otto. Mi prendo la testa fra le mani. Non sapevo di poter sognare il sesso. Sarà stato qualcosa che ho mangiato? Forse le ostriche e le mie ricerche su Internet hanno provocato il mio primo sogno erotico. È incredibile. Non avevo idea che si potesse godere nel sonno.

Kate si sta aggirando per la cucina quando entro.

«Ana, stai bene? Hai un'aria strana. È la giacca di Christian quella che hai addosso?»

«Sto bene.» "Merda, avrei dovuto guardarmi allo specchio." Evito il suo sguardo penetrante, ancora sconvolta da quanto è successo. «Sì, è la giacca di Christian.»

Aggrotta la fronte.

«Hai dormito?»

«Non molto bene.»

Mi dirigo verso il bollitore. Ho davvero bisogno di un tè.

«Com'è andata la cena?»

"Ci siamo."

«Abbiamo mangiato ostriche. Seguite da merluzzo, dunque a base di pesce, direi.»

«Puah… Odio le ostriche, e comunque il menu non mi interessa. Come si è comportato Christian?»

«È stato molto premuroso.» Faccio una pausa.

Cosa posso dirle? È negativo al test dell'HIV, gli piacciono i giochi di ruolo, vuole che obbedisca a ogni suo ordine, ha fatto male a una tipa legandola al soffitto, e voleva scoparmi in una sala da pranzo privata. Sarebbe un bel riassunto? Cerco disperatamente di ricordarmi qualche dettaglio del mio appuntamento da poter raccontare a Kate.

«Non approva Wanda.»

«Questa non mi sembra una grande notizia, Ana. Perché fai tanto la timida? Lasciati andare.»

«Oh, Kate, abbiamo parlato di molte cose. Sai, dei suoi problemi con il cibo. A proposito, gli è piaciuto il tuo vestito.» L'acqua sta bollendo. «Prendi il tè anche tu? Vuoi provare il discorso di commiato?»

«Magari. Ci ho lavorato ieri sera da Becca. Vado a recuperarlo. E sì, prendo il tè.» Kate esce di corsa dalla cucina.

Meno male, Katherine Kavanagh depistata. Taglio un bagel e lo infilo nel tostapane. Arrossisco ricordando il mio sogno così realistico. Cosa mi sta succedendo?

Ieri notte ho faticato a prendere sonno. Avevo la testa piena di domande. Sono così confusa. L'idea che Christian ha di una relazione assomiglia più a una proposta di lavoro. Ci sono orari ben precisi, prestazioni richieste e punizioni severe. Non era così che immaginavo la mia prima storia d'amore, ma lui, ovviamente, non è un principe azzurro. Se gli dico che voglio di più, potrebbe rifiutare... e manderei tutto all'aria. Questa è la cosa che mi preoccupa maggiormente, perché non voglio perderlo. Ma non sono certa di avere lo stomaco per essere la sua Sottomessa... Sono le verghe e le fruste a spiazzarmi. Io ho il terrore del dolore fisico, e faccio di tutto per evitarlo. Penso al mio sogno... "La sensazione sarebbe quella?" La mia dea interiore agita i pompon come una cheerleader, gridando: "Sì!".

Kate torna in cucina con il suo computer. Mi concentro sul bagel e la ascolto paziente mentre mi ripete il suo discorso di commiato.

Quando Ray arriva, sono già vestita e pronta per uscire. Apro la porta d'ingresso e lo trovo sulla veranda nel suo abito della taglia sbagliata. Un sentimento di amore e gratitudine per quest'uomo semplice mi invade e gli getto le braccia al collo in un'inconsueta esternazione di affetto. Lui è colto alla sprovvista, stupefatto.

«Ehi, Annie, anch'io sono contento di vederti» mormora. Tirandosi indietro, mi squadra, con la fronte aggrottata. «Stai bene, bimba?»

«Certo, papà. Non posso essere felice di vedere il mio vecchio?»

Lui sorride e i suoi occhi scuri si increspano agli angoli. Mi segue in soggiorno.

«Hai un aspetto magnifico» dice.

«Il vestito è di Kate.» Guardo l'abito di chiffon grigio. È un modello accollato, che lascia le spalle e la schiena scoperte.

«Dov'è lei?»

«È andata al campus. Terrà il discorso di commiato, quindi doveva arrivare prima.»

«Vuoi che ci muoviamo anche noi?»

«Papà, abbiamo mezz'ora. Ti va un tè? Così mi racconti cosa si dice a Montesano. Com'è andato il viaggio?»

Ray lascia l'auto nel parcheggio dell'università e seguiamo la folla, punteggiata qua e là di toghe rosse e nere, che si dirige verso la palestra.

«In bocca al lupo, Annie. Mi sembri molto nervosa. C'è qualcosa che non va?»

"Merda… Perché Ray ha scelto proprio oggi per essere un osservatore così attento?"

«No, papà, ma è un gran giorno per me.» "E inoltre, sto per vederlo."

«Eh, già, la mia bambina si laurea. Sono fiero di te, Annie.»

«Oh… grazie, Ray.» Dio, quanto adoro quest'uomo.

La palestra è affollata. Ray è andato a sedersi con gli altri genitori e amici sulle tribune, mentre io mi dirigo verso il mio posto. Indosso la toga nera e il tocco, che mi fanno sentire protetta, invisibile. Sul palco non c'è ancora nessuno, eppure non riesco a controllare il nervosismo. Mi batte forte il cuore, ho il fiato corto. Christian è qui, da qualche parte. Mi chiedo se Kate stia parlando con lui, magari interrogandolo. Mi faccio strada in cerca del mio posto tra gli altri studenti il cui cognome inizia per S. Sono in seconda fila, e questo mi garantisce un po' di anonimato in più.

Guardo alle mie spalle e vedo Ray sulle tribune. Lo saluto con la mano, e lui fa un cenno timido. Mi siedo e aspetto.

La sala è piena e il ronzio di voci eccitate si fa sempre più assordante. La fila davanti si riempie. Di fianco a me, una per parte, si siedono due ragazze che non conosco, di un'altra facoltà. Sembrano amiche intime e continuano a chiacchierare tra loro, come se io non ci fossi.

Alle undici in punto il rettore emerge da dietro il palco, seguito dai tre vicerettori e quindi dai professori anziani, tutti bardati di nero e di rosso. Ci alziamo in piedi ad applaudire il corpo docente. Alcuni professori annuiscono e salutano, altri hanno l'aria annoiata. Il professor Collins, il mio tutor e insegnante preferito, sembra, come al solito, appena sceso dal letto. Gli ultimi a salire sul palco sono Kate e Christian. Lui spicca nel suo abito grigio di sartoria, e le luci della palestra gli creano sui capelli riflessi ramati. Ha un'aria così seria e inaccessibile. Una volta seduto, si sbottona la giacca, lasciando intravedere la cravatta. "Oddio… quella cravatta!" Istintivamente mi strofino i polsi. Non riesco a staccargli gli occhi di dosso. Porta quella cravatta di proposito, non ci sono dubbi. Stringo le labbra in una linea dura. Il pubblico si siede e gli applausi cessano.

«Guardalo!» mormora entusiasta una delle mie vicine alla sua amica.

«È così sexy.»

Mi irrigidisco. Non stanno certo parlando del professor Collins.

«Dev'essere Christian Grey.»

«È single?»

Sussulto. «Non credo» mormoro.

«Oh.» Le due amiche mi guardano sorprese.

«Penso che sia gay» aggiungo.

«Che peccato» commenta in tono lamentoso una di loro.

Quando il rettore si alza per dare inizio alla cerimonia con il suo discorso, vedo Christian scrutare la platea. Sprofondo nel mio posto e curvo le spalle, cercando di rendermi invisibile. Tentativo fallito, perché un secondo dopo i suoi occhi intercettano i miei. Mi guarda con la sua espressione imperscrutabile. Mi sento a disagio, ipnotizzata dal suo sguardo. Sento che sto arrossendo. Senza volere, ricordo il sogno di stamattina e i muscoli del mio ventre si contraggono in quel modo delizioso. Respiro a fondo. L'ombra di un sorriso aleggia sulle labbra di Christian, ma scompare subito. Lui chiude un attimo gli occhi e, quando li riapre, ha assunto di nuovo la sua espressione indifferente. Dopo aver lanciato un'occhiata al rettore, guarda davanti a sé, concentrandosi sull'emblema dell'università sopra l'entrata, mentre il rettore continua a parlare.

Perché non mi guarda? Forse ha cambiato idea? Un'ondata di disagio mi sommerge. Forse la mia uscita di scena ieri sera è stata la fine anche per lui. È stanco di aspettare che mi decida. Oh, no, potrei aver rovinato tutto. Ripenso alla sua ultima mail. Forse se l'è presa perché non gli ho risposto.

Di colpo, la sala scoppia in un applauso quando Miss Katherine Kavanagh sale sul palco. Il rettore si siede e Kate sistema i fogli sul leggio, gettandosi gli splendidi capelli dietro la schiena. Non ha fretta, non è intimidita dalle migliaia di persone che la fissano. Quando è pronta, sorride, alza gli occhi sulla folla incantata e pronuncia il suo discorso con disinvoltura. È così tranquilla e spiritosa che le mie vicine di posto scoppiano a ridere alla prima battuta. "Oh, Kate, tu sì che sei capace di incantare la platea." In quel momento, sono così orgogliosa di lei che i miei pensieri su Christian passano in secondo piano. Anche se ho già sentito il suo discorso, lo ascolto di nuovo con attenzione. Kate domina la folla, trascinandola con sé.

L'argomento è "Cosa succederà dopo il college?". Bella domanda, davvero. Christian la guarda con un'espressione che direi di sorpresa. Già, avrebbe potuto essere Kate a fargli quell'intervista. E avrebbe potuto essere lei a ricevere la sua proposta indecente, adesso. La splendida Kate e lo splendido Christian, insieme. E io potrei ammirarli da lontano, come le due ragazze accanto a me. So che Kate non gliel'avrebbe data vinta. Come l'ha definito l'altro giorno? Viscido. Il pensiero di uno scontro fra Kate e Christian mi mette a disagio. Devo dire che non saprei su quale dei due scommettere.

Kate conclude il discorso con un inchino e tutti si alzano spontaneamente in piedi, applaudendo e acclamando. La sua prima standing ovation. Io grido e sorrido, e lei contraccambia il sorriso. "Ottimo lavoro, Kate." Poi si siede e altrettanto fa il pubblico. A quel punto il rettore si alza e presenta Christian... "Oddio." Christian sta per fare un discorso. Il rettore delinea in breve il suo profilo professionale: proprietario e amministratore delegato di un'azienda di straordinario successo, un uomo che si è fatto da solo.

«... e anche un importante finanziatore della nostra università: facciamo un applauso a Mr Christian Grey.»

Il rettore gli stringe la mano, ed esplode un applauso educato. Ho il cuore in gola. Christian si avvicina al leggio e osserva la platea. Sembra sicuro di sé davanti al folto pubblico, come Kate. Le mie due vicine si sporgono in avanti, incantate. In realtà, penso che tutte le donne del pubblico si protendano di qualche centimetro, e persino qualche uomo. Lui comincia a parlare, la voce vellutata, misurata, ipnotica.

«Sono profondamente grato e commosso per il grande onore che mi viene accordato oggi dalle autorità della Washington State University. Mi si offre una rara occasione di parlare dell'incredibile lavoro svolto dal dipartimento di Scienze ambientali dell'ateneo. Il nostro scopo è sviluppare metodi di coltivazione ecologici e sostenibili per i paesi del Terzo mondo; il nostro obiettivo finale è contribuire a sradicare la fame e la povertà dal pianeta. Più di un miliardo di persone, soprattutto in Africa subsahariana,

Asia meridionale e America Latina, vivono nella miseria. Il sottosviluppo agricolo dilaga in queste regioni del mondo e il risultato è un disastro ecologico e sociale. Io so cosa significa avere fame. Questo per me è un percorso molto personale...»

Resto a bocca aperta. "Come sarebbe a dire?" Christian un tempo ha sofferto la fame. "Oddio." Questo spiega molte cose. Ricordo l'intervista; ha davvero intenzione di sfamare il mondo. Cerco disperatamente di ricordare quello che aveva scritto Kate nel suo articolo. Adottato all'età di quattro anni, mi sembra. Non riesco a immaginare che Grace gli facesse patire la fame, quindi dev'essere successo prima, quand'era piccolo. Mi si stringe il cuore al pensiero di quel bimbo affamato dagli occhi grigi. Che razza di vita ha vissuto prima che i Grey lo adottassero e lo salvassero?

Mi sento sopraffare dall'indignazione. Povero Christian, molestato, deviato, filantropo, anche se sono sicura che lui non si riconoscerebbe in questo ritratto e respingerebbe qualsiasi accenno di pietà o commiserazione. All'improvviso, tutti si alzano in un applauso fragoroso. Lo faccio anch'io, pur essendomi persa metà del discorso. Si occupa di tutte queste opere buone, dirige una grossa azienda e trova anche il tempo per corrermi dietro. È incredibile. Ricordo i frammenti di una sua conversazione sul Darfur... Tutto torna. "Il cibo."

Fa un breve sorriso davanti a quell'applauso caloroso, a cui partecipa persino Kate, e torna a sedersi. Non guarda dalla mia parte, ma del resto io sono impegnata ad assimilare quelle nuove informazioni.

Uno dei vicerettori si alza. Comincia il lungo, tedioso processo della consegna dei diplomi. Ce ne sono oltre quattrocento da distribuire, e passa più di un'ora prima che io senta chiamare il mio nome. Mi dirigo verso il palco tra le risatine delle mie vicine di posto. Christian mi guarda, affettuoso ma distaccato.

«Congratulazioni, Miss Steele» dice, mentre mi stringe la mano, appena più forte del solito. Sento la scossa della sua pelle sulla mia. «Il tuo computer ha qualche problema?»

Lo guardo senza capire la domanda, mentre mi consegna la pergamena.

«No.»

«Quindi stai ignorando le mie mail?»

«Ho visto solo quella sulle fusioni e acquisizioni.»

Mi lancia uno sguardo interrogativo.

«Poi ne parliamo» dice. Devo muovermi perché sto bloccando la fila.

Torno al mio posto. "Le mie mail?" Deve avermene mandata un'altra. Chissà cosa dice.

Ci vuole ancora un'ora perché la cerimonia giunga alla conclusione. È interminabile. Alla fine il rettore scorta gli insegnanti giù dal palco, accompagnato da un applauso ancora più fragoroso e preceduto da Christian e Kate. Lui non mi degna di uno sguardo, anche se vorrei tanto che lo facesse.

Mentre aspetto che la mia fila si disperda, Kate mi chiama. È spuntata da dietro il palco e sta venendo verso di me.

«Christian vuole parlarti» grida. Le due ragazze che mi siedono vicine si girano a guardarmi a bocca aperta.

«Mi ha mandato a chiamarti» continua Kate.

"Oh…"

«Hai fatto un discorso magnifico, Kate.»

«Sì, vero?» sorride. «Vieni o no? Lui sa essere molto insistente.» Alza gli occhi al cielo e io sorrido.

«Non immagini quanto. Non posso lasciare Ray da solo a lungo.» Cerco mio padre con lo sguardo e alzo una mano per indicare di aspettarmi cinque minuti. Lui annuisce e io seguo Kate. Christian sta parlando con il rettore e due membri del corpo docente. Al mio arrivo alza gli occhi.

«Scusatemi, signori» lo sento mormorare. Viene verso di me e sorride a Kate.

«Grazie» dice, e prima che lei possa replicare, mi prende

per un gomito e mi spinge in quello che sembra uno spogliatoio maschile. Controlla che sia vuoto, poi chiude la porta a chiave.

"Oddio, cosa pensa di fare?" Lo guardo sconvolta.

«Perché non mi hai scritto una mail di risposta? O un SMS?» Mi fulmina con lo sguardo.

«Oggi non ho guardato il computer e neanche il cellulare.» "Merda, ha cercato di chiamarmi?" Provo la tattica diversiva che risulta così efficace con Kate. «Il tuo discorso è stato molto toccante.»

«Grazie.»

«Ora capisco perché hai tanti problemi con il cibo.»

Lui si passa una mano tra i capelli, esasperato.

«Anastasia, non voglio parlare di questo adesso.» Chiude gli occhi, con un'espressione sofferente. «Mi hai fatto preoccupare.»

«Preoccupare, e perché?»

«Perché te ne sei andata su quel catorcio che tu chiami auto.»

«Cosa? Non è un catorcio. Va alla grande. José la fa revisionare regolarmente.»

«José, il fotografo?» Christian stringe gli occhi, gelido. "Oh, merda."

«Sì, il Maggiolino era di sua madre.»

«Già, e probabilmente della madre di lei e della madre di sua madre.»

«Lo guido da più di tre anni. Mi dispiace che tu ti sia preoccupato. Perché non mi hai telefonato?» Accidenti, mi sta facendo una vera e propria scenata.

Fa un sospiro profondo.

«Anastasia, ho bisogno di una tua risposta. Quest'attesa mi sta facendo impazzire.»

«Christian, io… Senti, ho lasciato il mio patrigno da solo.»

«Domani. Voglio una risposta domani.»

«Va bene. Per domani ti faccio sapere.»

Lui fa un passo indietro, con uno sguardo glaciale, e le sue spalle si rilassano.

«Rimani per il cocktail?» mi chiede.

«Non so se Ray ne ha voglia.»

«Il tuo patrigno? Mi piacerebbe conoscerlo.»

"Oh, no... perché?"

«Non sono sicura che sia una buona idea.»

Christian apre la porta, con un'espressione offesa.

«Ti vergogni di me?»

«No!» Stavolta sono io a indignarmi. «Come devo presentarti a mio padre? "Questo è l'uomo che mi ha deflorato e vuole che iniziamo una relazione sadomaso"? Non indossi le scarpe da corsa.»

Christian mi guarda, e le sue labbra si piegano quasi in un sorriso. Anche se sono infuriata con lui, viene da sorridere pure a me.

«Per la cronaca, corro abbastanza veloce. Digli solo che sono un tuo amico, Anastasia.»

Con un cenno mi invita a uscire dallo spogliatoio. Sono nella confusione più totale. Il rettore, i tre vicerettori, quattro professori e Kate mi fissano mentre sgattaiolo via. "Maledizione." Dopo aver lasciato Christian con le autorità, vado a cercare Ray.

"Digli solo che sono un tuo amico."

"Un amico che ti scopa" vorrei puntualizzare. Lo so, lo so. Scaccio quel pensiero sgradevole. Come faccio a presentarlo a Ray? La sala è ancora mezza piena, e Ray non si è mosso dal suo posto. Mi guarda, mi fa un cenno con la mano e mi viene incontro.

«Ehi, Annie, congratulazioni.» Mi circonda le spalle con un braccio.

«Vuoi venire a prendere un drink?»

«Certo. È la tua giornata. Fammi strada.»

«Non siamo obbligati, se non ne hai voglia.» "Ti prego, dimmi di no..."

«Annie, sono stato seduto per due ore e mezzo ad ascoltare tutte quelle chiacchiere. Ho bisogno di bere qualcosa.»

Lo prendo sottobraccio e usciamo insieme alla folla nel caldo del primo pomeriggio. Passiamo accanto alla coda per la fotografia ufficiale.

«Ah, questo mi ricorda una cosa.» Ray tira fuori di tasca la macchina fotografica. «Una foto per l'album, Annie.» Alzo gli occhi al cielo, mentre lui scatta.

«Ora posso togliermi la toga e il tocco? Mi sento un po' scema.»

"In effetti, è questa l'impressione che fai…" mi dice la vocina interiore, sarcastica. "E così, stai per presentare Ray all'uomo che ti porti a letto? Sarà proprio fiero di te." Porca miseria, a volte la detesto.

Il padiglione è immenso, e affollato: studenti, genitori, insegnanti e amici, tutti che chiacchierano felici. Ray mi porge un calice di champagne o, sospetto, di spumante da quattro soldi. Non è alla temperatura giusta e ha un gusto dolciastro. Il mio pensiero corre a Christian… "A lui non piacerà."

«Ana!» Mi giro e Ethan Kavanagh mi prende tra le braccia. Mi fa girare in tondo, senza rovesciare il vino… Un vero acrobata.

«Congratulazioni!» Mi sorride, con un luccichio negli occhi verdi.

Che sorpresa! I capelli biondo cenere scarmigliati gli danno un'aria sexy. È bello come Kate. La somiglianza è impressionante.

«Wow… Ethan! Che piacere vederti! Papà, questo è Ethan, il fratello di Kate. Ethan, lui è mio padre, Ray Steele.» Si stringono la mano, e mio padre, freddo, studia Mr Kavanagh.

«Quando sei tornato dall'Europa?» chiedo.

«Una settimana fa, ma ho voluto fare una sorpresa alla mia sorellina» dice, con aria complice.

«Che idea carina.»

«Teneva il discorso di commiato, non potevo perdermelo.» Sembra molto fiero di Kate.

«È stata bravissima.»

«È vero» conferma Ray.

Ethan mi tiene un braccio intorno alla vita. In quel momento alzo gli occhi e incrocio lo sguardo gelido di Christian Grey. Kate è al suo fianco.

«Ciao, Ray.» Kate bacia il mio patrigno sulle guance, facendolo arrossire. «Hai già conosciuto il fidanzato di Ana? Christian Grey.»

"Maledizione... Kate! Ma che cavolo...?" Divento bianca come un cencio.

«Mr Steele, è un piacere conoscerla» dice Christian con calore, per niente confuso dalla presentazione di Kate. Tende la mano, che Ray, va detto a suo credito, stringe senza lasciar trapelare lo shock per quella rivelazione bomba.

"Tante grazie, Katherine Kavanagh." Sto fumando di rabbia. Credo che il subconscio mi abbia lasciato.

«Mr Grey» saluta Ray con un'espressione indecifrabile, a parte forse un leggero spalancarsi dei suoi grandi occhi castani. Mi lancia una rapida occhiata, come per dirmi: "Quando pensavi di informarmi?". Mi mordo il labbro.

«E questo è mio fratello, Ethan Kavanagh» dice Kate a Christian.

Christian posa il suo sguardo gelido su Ethan, che mi sta cingendo i fianchi con un braccio.

«Mr Kavanagh.»

Si stringono la mano. Poi Christian tende la sua verso di me.

«Ana, piccola» mormora. Quel vezzeggiativo mi fa quasi svenire.

Mi sciolgo dalla stretta di Ethan, mentre Christian gli rivolge un sorriso glaciale, e prendo il mio posto accanto a lui. Kate mi sorride. Sa esattamente quello che sta facendo, la furbastra!

«Ethan, mamma e papà vorrebbero parlarci.» E trascina via il fratello.

«Allora, da quanto tempo vi conoscete, ragazzi?» chiede Ray, guardandoci impassibile.

La facoltà di parola mi ha abbandonato. Vorrei sprofondare. Christian mi abbraccia, sfiorandomi con il pollice la schiena nuda, prima di stringermi una spalla con la mano.

«Un paio di settimane» dice, tranquillo. «Ci siamo conosciuti quando Anastasia è venuta a intervistarmi per il giornale studentesco.»

«Non sapevo che lavorassi per il giornale studentesco, Ana.» Nella voce di Ray risuona una nota di irritazione. "Merda."

«Kate era ammalata» farfuglio. Non riesco a dire di più.

«È stato bello il suo discorso, Mr Grey.»

«Grazie, signore. Ho sentito che lei è un pescatore esperto.»

Ray inarca le sopracciglia e sorride, uno dei suoi rari sorrisi spontanei, e loro due iniziano a parlare di pesca. Presto mi sento di troppo. Christian sta ammaliando mio padre... Il suo fascino non ha confini. Mi scuso e vado a cercare Kate.

Lei sta parlando con i suoi genitori, che, cordiali come sempre, mi salutano con calore. Parliamo del più e del meno, soprattutto della loro imminente vacanza a Barbados e del nostro trasloco.

«Kate, come hai potuto fare la spia con Ray?» sibilo alla prima occasione in cui nessuno ci ascolta.

«Perché sapevo che tu non glielo avresti mai detto, e ho voluto aiutare Christian a risolvere le sue difficoltà a impegnarsi» risponde, con un sorriso angelico.

Aggrotto la fronte. "Sono io che non voglio impegnarmi con lui, sciocca!"

«Non mi sembra che lui si faccia grandi problemi, Ana. Non prendertela troppo. Guardalo: Christian non riesce a staccarti gli occhi di dosso.» Alzo lo sguardo, e sia Ray sia Christian mi stanno fissando. «Ti sorveglia come un falco.»

«Meglio che vada a liberare Ray... o Christian. Non so quale dei due. Comunque non finisce qui, Katherine Kavanagh!»

«Ana, ti ho fatto un favore» mi urla dietro.

«Ciao.» Sorrido a entrambi, mentre torno da loro.

Sembrano tranquilli. Christian sta sorridendo fra sé e mio padre ha l'aria incredibilmente rilassata, pur trovandosi in una situazione mondana. Di cosa avranno parlato, oltre che della pesca?

«Ana, dove sono le toilette?»

«Subito fuori dal padiglione, a sinistra.»

«Ci vediamo fra un attimo. Voi ragazzi divertitevi.»

Ray si allontana. Guardo Christian, nervosa. Ci mettiamo un attimo in posa mentre un fotografo ci scatta una foto.

«Grazie, Mr Grey.» Il fotografo sgattaiola via. Sbatto le palpebre per il flash.

«E così hai sedotto anche mio padre?»

«Anche?» Christian mi guarda con gli occhi fiammeggianti, inarcando le sopracciglia. Arrossisco. Alza la mano e mi sfiora una guancia con le dita.

«Ah, cosa darei per sapere cosa pensi, Anastasia» sussurra con aria triste, prendendomi il mento e alzandomi il viso in modo da guardarmi dritto negli occhi.

Sussulto. Come può farmi un simile effetto, anche sotto questo tendone affollato?

«Penso che hai una bella cravatta» ansimo.

Ridacchia. «Ultimamente è la mia preferita.»

Divento paonazza.

«Sei bellissima, Anastasia. Questo vestito ti dona, e posso accarezzarti la schiena, sentire la tua splendida pelle.»

All'improvviso, è come se fossimo in camera da soli. Tutto il mio corpo si anima, ogni terminazione nervosa si attiva, una calamita mi attira verso di lui.

«Sai che sarà bellissimo, vero, piccola?» dice, facendomi sciogliere.

«Ma io voglio di più» mormoro.

«Di più?» Mi guarda sconcertato, incupendosi. Annuisco e deglutisco a fatica. "Adesso lo sa."

«Di più» ripete, a voce bassa, come per sondare quelle parole, due parole brevi, semplici, ma così piene di promesse. Mi sfiora il labbro con il dito. «Vuoi una storia romantica.»

Annuisco di nuovo. Vedo il conflitto interiore animare il suo sguardo.

«Anastasia.» La sua voce è gentile. «Io non so nulla di queste cose.»

«Neanch'io.»

Sorride appena.

«Non sai molto, no» mormora.

«E tu sai tutte le cose sbagliate.»

«Sbagliate? Non per me.» Scuote la testa. Sembra così sincero. «Fai una prova» sussurra. Mi lancia la sfida, poi piega la testa di lato rivolgendomi il suo sorriso misterioso e incantatore.

Trattengo il fiato. Sono Eva nel paradiso terrestre, lui è il serpente, e io non so resistere.

«Va bene» mormoro.

«Cosa?» Ora ho la sua totale attenzione. Deglutisco.

«Va bene. Ci proverò.»

«Stai accettando?» La sua incredulità è evidente.

«Se vengono rispettati i limiti relativi, sì. Ci proverò.» La mia voce è a malapena udibile. Christian chiude gli occhi e mi stringe in un abbraccio.

«Accidenti, Ana, mi sorprendi sempre. Mi togli il fiato.»

Fa un passo indietro, e all'improvviso Ray è di nuovo accanto a noi e il volume delle voci nel padiglione aumenta e mi assorda. Non siamo soli. "Oh, mio Dio, ho appena accettato di essere la sua Sottomessa." Christian sorride a Ray, lo sguardo che sprizza gioia.

«Annie, vuoi che andiamo a pranzo?»

«Va bene.» Guardo Ray, cercando di riprendermi. "Cos'hai

fatto?" mi urla la vocina. La mia dea interiore si lancia in una serie di capriole all'indietro degne di una ginnasta olimpionica russa.

«Vuole venire con noi, Christian?» chiede Ray.

"Christian!" Lo guardo, implorandolo di rifiutare. Ho bisogno di spazio per pensare... Che cavolo ho combinato?

«Grazie, Mr Steele, ma ho un impegno. Lieto di averla conosciuta, signore.»

«Ha fatto piacere anche a me» replica Ray. «Abbia cura della mia bambina.»

«Ne ho tutte le intenzioni, Mr Steele.»

Si stringono la mano. Mi sento male. Ray non ha idea di come Christian intende aver cura di me.

Christian mi prende la mano, se la porta alle labbra e mi bacia teneramente le nocche, tenendo i suoi occhi ardenti fissi nei miei.

«A più tardi, Miss Steele» mormora, con un tono pieno di promesse.

Mi si contrae lo stomaco al pensiero. "Un attimo... a più tardi?"

Ray mi prende per un braccio e mi porta verso l'ingresso del padiglione.

«Sembra un bravo ragazzo. Benestante, tra l'altro. Poteva andarti molto peggio, Annie, ma non so perché ho dovuto saperlo da Katherine» mi redarguisce.

Mi stringo nelle spalle, con aria di scuse.

«Comunque, qualsiasi uomo che sappia pescare con la mosca per me va bene.»

Oddio... Ray approva. Se solo sapesse.

Ray mi accompagna a casa al tramonto.

«Chiama tua madre» mi dice.

«D'accordo. Grazie per essere venuto, papà.»

«Non mi sarei perso la cerimonia per nulla al mondo, Annie. Sono così orgoglioso di te.»

"Oh, no." Non voglio commuovermi. Ho un groppo in gola, e lo abbraccio stretto. Lui mi circonda con le braccia, stupito, e io non posso evitare di scoppiare a piangere.

«Ehi, Annie, tesoro» mi consola Ray. «È stata una giornata intensa, eh? Vuoi che entri a prepararti un tè?»

Mi viene da ridere, nonostante le lacrime. Il tè è sempre la soluzione, secondo Ray. Ricordo che mia madre si lamentava di lui dicendo che era un asso del tè, un po' meno della vita di coppia.

«No, papà, non ti preoccupare. È stato bello vederti. Verrò a trovarti presto, dopo che mi sarò sistemata a Seattle.»

«In bocca al lupo per i colloqui. Fammi sapere come sono andati.»

«Ma certo, papà.»

«Ti voglio bene, Annie.»

«Anch'io, papà.»

Lui mi rivolge un sorriso affettuoso e sale in macchina. Lo saluto con la mano mentre imbocca il vialetto nella luce del crepuscolo, e mi appresto a entrare in casa con passo svogliato.

Per prima cosa controllo il cellulare. È scarico, per cui devo recuperare il caricabatteria e attaccarlo prima di poter leggere i messaggi. Quattro chiamate perse, un messaggio vocale e due SMS. Tre chiamate perse da Christian... nessun messaggio vocale. Una chiamata persa da José e un suo messaggio in cui mi fa gli auguri per la laurea.

Apro gli SMS.

Sei arrivata a casa?
Chiamami

Sono entrambi di Christian. Perché non mi ha telefonato a casa? Vado in camera mia e accendo la macchina infernale.

Da: Christian Grey
A: Anastasia Steele
Data: 25 maggio 2011 23.58
Oggetto: Stasera

Spero che tu sia arrivata a casa con quella specie di macinino.
Fammi sapere se sei sana e salva.

Christian Grey
Amministratore delegato, Grey Enterprises Holdings Inc.

Per la miseria... perché si preoccupa tanto del mio Maggiolino? Mi ha servito fedelmente per tre anni e José è sempre stato sollecito nella manutenzione. La seconda mail di Christian porta la data di oggi.

Da: Christian Grey
A: Anastasia Steele
Data: 26 maggio 2011 17.22
Oggetto: Limiti relativi

Cosa posso dire che non abbia già detto?
Comunque è stato bello parlarne. Oggi eri stupenda.

Christian Grey
Amministratore delegato, Grey Enterprises Holdings Inc.

Ho voglia di vederlo. Clicco su "Rispondi".

Da: Anastasia Steele
A: Christian Grey
Data: 26 maggio 2011 19.23
Oggetto: Limiti relativi

Potrei venire stasera a discuterne, se vuoi.
Ana

Da: Christian Grey
A: Anastasia Steele
Data: 26 maggio 2011 19.27
Oggetto: Limiti relativi

Vengo io da te. Quando ho detto che non mi piace che
guidi quella macchina non scherzavo. Arrivo fra poco.

Christian Grey
Amministratore delegato, Grey Enterprises Holdings Inc.

"Oddio…" Sta venendo qui. Devo preparare una cosa da
dargli: la prima edizione di Thomas Hardy è ancora sulla
mensola del soggiorno. Non posso tenerla. La avvolgo nella
carta da pacchi e ci scarabocchio sopra una battuta di Tess:

Accetto le condizioni, Angel; perché tu sai meglio di me
quale debba essere il mio castigo; solo… solo… non fare che
diventi più pesante di quanto io sia in grado di sopportare!

15

«Ciao.» Mi sento insopportabilmente timida quando apro la porta. Christian è sulla veranda in jeans e giacca di pelle.

«Ciao» dice, e il suo viso è illuminato da un sorriso radioso. Indugio un attimo su tanta bellezza. È sexy da morire.

«Accomodati.»

«Se posso» dice, divertito. Entrando, mi mostra una bottiglia di champagne. «Ho pensato che dovevamo festeggiare la tua laurea. Niente di meglio di un buon Bollinger.»

«Stiamo attenti a non versarlo, questo.»

Lui sorride. «Mi piace il tuo senso dell'umorismo, Anastasia.»

«Abbiamo solo tazze. I calici sono negli scatoloni.»

«Andranno benissimo.»

Vado in cucina. Sono nervosa, sento le farfalle nello stomaco. Mi sembra che nel soggiorno si aggiri una pantera o un puma, un animale imprevedibile e feroce.

«Vuoi anche i piattini?»

«Bastano le tazze, Anastasia.»

Quando torno, vedo che sta fissando il pacco dei libri. Appoggio le tazze sul tavolo.

«È per te» mormoro ansiosa.

"Merda… sicuramente non me la farà passare liscia."

«Mmh, lo immaginavo. La citazione è molto pertinente.»

Il suo indice segue distrattamente la scritta. «Pensavo di essere d'Urberville, non Angel. Tu hai scelto la degradazione.» Fa un sorriso malizioso. «Ero certo che avresti trovato qualcosa di appropriato.»

«È anche una supplica» sussurro. Perché sono così nervosa? Ho la bocca secca.

«Una supplica? Mi chiedi di andarci piano?»

Annuisco.

«Ho comprato questi libri per te» sussurra, lo sguardo impassibile. «Ci andrò piano solo se li accetti.»

Deglutisco convulsamente.

«Christian, non posso accettarli, valgono troppi soldi.»

«Vedi, è questo che intendevo quando parlavo della tua sfida nei miei confronti. Voglio che tu li tenga, fine della discussione. È molto semplice. Non devi pensarci più. In quanto Sottomessa, dovresti essere riconoscente e basta. Accetteresti quello che ho comprato per te perché a me fa piacere.»

«Non ero una Sottomessa quando me li hai comprati» mormoro.

«No... ma adesso hai accettato, Anastasia.» I suoi occhi si fanno circospetti.

Sospiro. Non riuscirò ad averla vinta, quindi passo al piano B.

«Se sono miei, posso farne quello che voglio.»

Mi guarda diffidente, ma cede.

«Sì.»

«In questo caso, vorrei darli a un ente benefico, uno che lavora in Darfur, visto che sembra starti tanto a cuore. Possono metterli all'asta.»

«Se è quello che vuoi.» La sua bocca si stringe in una linea dura. È contrariato.

Arrossisco.

«Ci penserò» mormoro. Non voglio deluderlo, e mi tornano in mente le sue parole: "Voglio che tu desideri compiacermi".

274

«Non pensare, Anastasia.»

Come faccio a non pensare? "Puoi fingere di essere un'auto, una delle tante cose che possiede." Oh, non possiamo ricominciare daccapo? Adesso l'atmosfera tra noi è tesa. Non so cosa fare, mi guardo le mani. Come faccio a recuperare?

Lui posa la bottiglia di champagne sul tavolo. Mi afferra il mento, sollevandomi la testa, e mi guarda con espressione grave.

«Ti comprerò molte cose, Anastasia. Dovrai farci l'abitudine. Posso permettermelo, sono molto ricco.» Si china e mi dà un bacio casto sulle labbra. «Per favore.» Mi lascia andare.

"Puttana" mi sussurra la vocina.

«Mi fa sentire volgare» mormoro.

Lui si passa una mano tra i capelli, esasperato.

«Non dovrebbe. Tu pensi troppo, Anastasia. Non dare di te stessa un vago giudizio morale basato su quello che potrebbero pensare gli altri. Non sprecare la tua energia. È solo perché hai delle riserve sul nostro accordo; è del tutto normale. Non sai in che cosa ti stai facendo coinvolgere.»

Aggrotto la fronte, cercando di elaborare le sue parole.

«Dài, smettila» mi ordina con dolcezza, prendendomi di nuovo il mento e tirandomi lievemente il labbro per liberarlo dalla morsa dei denti. «Non c'è niente di volgare in te, Anastasia. Non ti permetterò di pensare una cosa del genere. Ti ho solo comprato qualche vecchio libro che pensavo significasse qualcosa per te, fine della storia. Ora beviamo lo champagne.» Il suo sguardo si addolcisce e azzardo un sorriso. «Così va meglio» mormora. Prende lo champagne, toglie l'involucro di metallo intorno al tappo, ruota la bottiglia e la apre con un breve schiocco e un gesto esperto, senza rovesciarne una goccia. Riempie le tazze a metà.

«È rosato» mormoro sorpresa.

«Bollinger La Grande Année Rosé 1999, un'annata eccellente» dice soddisfatto.

«In tazze da tè.»

Sorride.

«In tazze da tè. Congratulazioni per la laurea, Anastasia.» Facciamo tintinnare le tazze e lui beve un sorso di champagne, ma non posso evitare di pensare che in realtà stiamo festeggiando la mia resa.

«Grazie» mormoro, bevendo un sorso anch'io. Ovviamente, è ottimo. «Vuoi che parliamo dei limiti relativi?»

Lui sorride e io arrossisco.

«Sei sempre così impaziente.» Mi prende la mano e mi porta sul divano, dove si siede e mi fa accoccolare accanto a lui.

«Il tuo patrigno è un uomo molto taciturno.»

Oh... dunque, niente limiti relativi. Io vorrei tanto togliermi il pensiero; l'ansia mi sta divorando.

«Sei riuscito a conquistarlo.»

Christian fa una risatina.

«Solo perché so pescare.»

«Come facevi a sapere che amava la pesca?»

«Sei stata tu a dirmelo, quando siamo andati a prendere il caffè.»

«Ah... davvero?» Bevo un altro sorso di champagne. Certo che ha una buona memoria per i dettagli. Mmh... questo Bollinger è divino. «Hai assaggiato il vino al ricevimento?»

Christian fa una smorfia.

«Sì, era uno schifo.»

«Bevendolo ti ho pensato. Quando sei diventato un esperto di vini?»

«Non sono un esperto, Anastasia. Conosco solo quelli che mi piacciono.» I suoi occhi grigi luccicano, sembrano quasi d'argento. «Ne vuoi ancora?» chiede.

«Grazie.»

Christian si alza a prendere la bottiglia, poi mi riempie la tazza. Mi sta facendo ubriacare? Lo guardo con sospetto.

«Questa casa sembra molto spoglia. Siete pronte per il trasloco?»

«Più o meno.»

«Domani lavori?»

«Sì, è il mio ultimo giorno al negozio.»

«Vi aiuterei per il trasloco, ma ho promesso di andare a prendere mia sorella all'aeroporto.»

Ah... questa è una novità.

«Mia arriva da Parigi sabato mattina presto. Domani torno a Seattle, ma ho sentito che Elliot vi darà una mano.»

«Sì, Kate è molto eccitata da questa prospettiva.»

Christian aggrotta la fronte. «Già, Kate e Elliot, chi l'avrebbe mai detto?» mormora, e per qualche oscura ragione non sembra contento. «Dunque, ci sono novità per il lavoro a Seattle?»

"Quando arriveremo a parlare dei limiti? A che gioco sta giocando?"

«Ho un paio di colloqui per posti da stagista.»

«Quando pensavi di dirmelo?» Inarca un sopracciglio.

«Be'... te lo sto dicendo adesso.»

Mi fissa stringendo gli occhi a fessura.

«Con chi?»

Per qualche ragione non mi va di dirglielo, forse perché temo che potrebbe usare la sua influenza.

«Due case editrici.»

«È questo che vuoi fare, lavorare nell'editoria?»

Annuisco con circospezione.

«Allora?» Mi guarda paziente, in attesa di informazioni più precise.

«Allora, cosa?»

«Non fare finta di non capire, Anastasia: quali case editrici?» sbotta.

«Due piccole» mormoro.

«Perché non me lo vuoi dire?»

«Pressioni indebite.»

Christian mi guarda interdetto.

«Adesso sei tu che fai finta di non capire.»

Scoppia a ridere. «Finta? Io? Certo che sei una provocatrice nata. Bevi, parliamo di questi limiti.» Tira fuori una copia della mia mail e la lista. Se ne va in giro con queste liste in tasca? Potrebbe essercene una anche nella giacca che mi aveva prestato. "Merda, meglio che non me ne dimentichi." Bevo lo champagne fino all'ultimo goccio.

Lui lancia una rapida occhiata.

«Ne vuoi ancora?»

«Grazie.»

Con il suo solito sorriso misterioso, prende la bottiglia di champagne. Poi si ferma.

«Hai mangiato qualcosa?»

Oh, no... la solita solfa.

«Sì, ho fatto un pasto di tre portate con Ray.» Alzo gli occhi al cielo. Lo champagne mi rende audace.

Lui si china in avanti e mi afferra il mento, guardandomi fisso negli occhi.

«La prossima volta che alzi gli occhi al cielo con me, ti prendo a sculacciate.»

"Cosa?"

«Oh» ansimo, e vedo l'eccitazione nel suo sguardo.

«Oh» risponde, scimmiottando il mio tono. «Si comincia così, Anastasia.»

Il cuore mi balza nel petto e le farfalle mi svolazzano dallo stomaco nella gola strozzata. "Perché è così eccitante?"

Mi riempie la tazza e io la svuoto quasi completamente. Alzo gli occhi, mortificata.

«Adesso sì che ho la tua attenzione, eh?»

Annuisco.

«Rispondimi.»

«Sì... hai tutta la mia attenzione.»

«Bene» dice con il suo sorriso saccente. «Dunque, per quanto riguarda gli atti sessuali, ne abbiamo già fatto la maggior parte.»

Mi avvicino a lui e sbircio la lista.

APPENDICE 3
Limiti relativi
Da discutere e concordare tra le due parti.

La Sottomessa consente a…?

- Masturbazione
- Cunnilingus
- Fellatio
- Ingoiare lo sperma

- Penetrazione vaginale
- Fisting vaginale
- Penetrazione anale
- Fisting anale

«Niente fisting, hai detto. Qualche altra obiezione?» chiede con dolcezza. Deglutisco.

«Il rapporto anale non mi ispira molto.»

«Il fisting te lo concedo, ma ci terrei davvero a esplorare il tuo sedere, Anastasia. Comunque, per questo possiamo aspettare. E poi, non è una cosa da fare in modo precipitoso» mi strizza l'occhio. «Il tuo sedere ha bisogno di allenamento.»

«Allenamento?» mormoro.

«Eh, sì. Ci vuole un'attenta preparazione. La penetrazione anale può essere molto piacevole, fidati. Ma se ci proviamo e non ti piace, non siamo obbligati a rifarlo.» Mi sorride.

Lo guardo incredula. Pensa davvero che mi piacerebbe? Come fa a sapere che è piacevole?

«Tu l'hai provato?» chiedo con un filo di voce.

«Sì.»

"Oh, mio Dio."

«Con un uomo?»

«No. Non ho mai fatto sesso con un uomo. Non fa per me.»

«Mrs Robinson?»

«Sì.»

"Oh, merda… e come?" Lo guardo sgomenta, mentre lui va avanti.

«Bene… ingoiare lo sperma. In questa materia, hai già preso 10.»

Arrossisco, e la mia dea interiore schiocca le labbra, raggiante d'orgoglio.

«Dunque» mi sorride «ingoiare lo sperma per te va bene?»

Annuisco, senza riuscire a guardarlo negli occhi, e bevo l'ultimo sorso di champagne.

«Ancora?» chiede.

«Ancora.» E di colpo mi viene in mente la nostra conversazione di qualche ora fa. Si sta riferendo solo allo champagne? C'è qualcosa di più dietro questa storia dello champagne?

«Giocattoli erotici?» chiede.

Mi stringo nelle spalle.

La Sottomessa consente all'uso di…?

- Vibratore
- Dilatatore anale
- Dildo
- Altri giocattoli vaginali/anali

«Dilatatore anale? Fa quello che dice il nome?» chiedo, storcendo il naso.

«Sì» risponde lui, sorridendo. «E rimanda alla penetrazione anale di cui sopra. Allenamento.»

«Oh… Cosa si intende per "altri giocattoli vaginali/anali"?» «Perline, uova… cose così.»

«Uova?» Sono allarmata.

«Non uova vere» dice lui, scoppiando a ridere e scuotendo la testa.

Lo guardo piccata.

«Mi fa piacere che mi trovi ridicola.» Non riesco a nascondere di essere offesa.

Smette subito di ridere.

«Scusami, Miss Steele, mi dispiace» dice, cercando di sembrare contrito, ma i suoi occhi luccicano di ironia. «Problemi con i giocattoli erotici?»

«No» sbotto.

«Anastasia» mi blandisce. «Mi dispiace, credimi. Non volevo ridere di te. Non ho mai avuto conversazioni così dettagliate sul tema. Il fatto è che sei così inesperta. Mi dispiace.» Dallo sguardo, sembra sincero.

Mi rilasso un po'.

«Dunque... bondage» dice, tornando alla lista. La esamino con attenzione.

La Sottomessa consente a...?

- Bondage con corda
- Bondage con cinghie di pelle
- Bondage con manette/ceppi di metallo
- Bondage con nastro adesivo
- Bondage con altro

Christian alza un sopracciglio. «Allora?»

«Va bene» sussurro, e riprendo a guardare la lista.

La Sottomessa consente a essere costretta con...?

- Mani legate sulla fronte
- Caviglie legate
- Gomiti legati
- Mani legate dietro la schiena
- Ginocchia legate
- Polsi legati alle caviglie
- Legatura a oggetti fissi/mobili ecc.
- Legatura a barra divaricatrice
- Sospensione

La Sottomessa consente a essere bendata sugli occhi?

La Sottomessa consente a essere imbavagliata?

«Della sospensione abbiamo parlato. E se vuoi inserirla tra i limiti assoluti, per me va bene. Richiede un sacco di tempo, e io avrò a disposizione solo brevi periodi in tua compagnia. Qualcos'altro?»

«Non ridere, ma cos'è una barra divaricatrice?»

«Ti prometto di non ridere. Ti ho già chiesto scusa due volte.» Mi guarda severo. «Non farmelo fare di nuovo» avverte. Rabbrividisco visibilmente... Uffa, è così dispotico.

«Una barra divaricatrice è una barra con manette per le caviglie e/o i polsi. È divertente.»

«D'accordo… Poi, essere imbavagliata. Sarei preoccupata di non riuscire a respirare.»

«Sarei preoccupato io, se tu non riuscissi a respirare. Non voglio soffocarti.»

«E come faccio a usare le *safeword* se sono imbavagliata?»

Ha un attimo di esitazione.

«Tanto per cominciare, mi auguro che non dovrai mai usarle. Ma se sei imbavagliata, ricorreremo a segnali con le mani» risponde.

Lo guardo stupita. Ma se sono legata come un salame, come faccio? Il mio cervello comincia ad annebbiarsi… Mmh, l'alcol.

«La storia del bavaglio mi rende nervosa.»

«Va bene. Ne prenderò nota.»

Guardandolo, mi viene in mente una cosa.

«Ti piace legare le tue sottomesse in modo che non possano toccarti?»

Lui sbarra gli occhi.

«È una delle ragioni» risponde con calma.

«È per questo che mi hai legato le mani?»

«Sì.»

«Non ti piace parlare di questo» mormoro.

«No. Vuoi altro champagne? Ti sta rendendo audace, e ho bisogno di sapere come la pensi riguardo al dolore.»

"Merda…" Sta arrivando la parte spinosa. Mi riempie la tazza. Bevo un sorso.

«Dunque, in generale qual è il tuo atteggiamento riguardo alla prospettiva di provare dolore fisico?» Mi guarda, in ansiosa attesa. «Ti stai mordendo il labbro» osserva, con tono severo.

Mi fermo subito, ma non so cosa dire. Abbasso lo sguardo.

«Da piccola ti picchiavano?»

«No.»

«Quindi non hai nessun punto di riferimento?»

«No.»

«Non è male come pensi. In questo campo l'immaginazione è il tuo peggior nemico» sussurra.

«Dobbiamo farlo per forza?»

«Sì.»

«Perché?»

«Fa parte del gioco, Anastasia. È così che agisco. Vedo che sei agitata. Diamo un'occhiata ai metodi.»

Mi mostra la lista. Il mio subconscio decide a questo punto di nascondersi.

- Sculacciate
- Frustate
- Morsi
- Pinze per genitali
- Cera bollente
- Sculacciate con strumenti appositi
- Bacchettate
- Pinze per capezzoli
- Ghiaccio
- Altri tipi/metodi di dolore

«Allora, hai detto niente pinze per genitali. Va bene. Quelle che fanno più male sono le bacchettate.»

Impallidisco.

«Possiamo arrivarci per gradi.»

«O evitarle del tutto» sussurro.

«Questo fa parte del contratto, piccola, ma ci arriveremo pian piano. Non ti spingerò troppo oltre.»

«Questa storia delle punizioni è quella che mi preoccupa di più» dico, con un filo di voce.

«Sono felice che tu me l'abbia detto. Per il momento elimineremo le bacchettate. E a mano a mano che acquisisci dimestichezza con queste cose, aumenteremo l'intensità. Procederemo molto lentamente.»

Deglutisco, e lui si china a baciarmi sulle labbra.

«Non è stato così male, no?»

Mi stringo nelle spalle, con il cuore in gola.

«Senti, voglio parlare di un'ultima cosa, poi ti porto a letto.»

«A letto?» Sbatto le palpebre, e il sangue inizia a pomparmi nelle vene, irrorando parti di cui fino a poco tempo fa non sospettavo nemmeno l'esistenza.

«Andiamo, Anastasia, a forza di parlare di queste cose ho voglia di scoparti fino alla settimana prossima. Anche a te deve fare un certo effetto.»

Mi sento fremere.

«Hai visto? E poi c'è una cosa che voglio provare.»

«Una cosa dolorosa?»

«No, smettila di vedere il dolore ovunque. È soprattutto piacevole. Ti ho fatto male finora?»

«No.»

«Bene. Senti, oggi mi dicevi che vuoi di più...» Si interrompe, di colpo esitante.

Oddio... Dove vuole andare a parare?

Mi prende le mani.

«Forse, al di fuori degli orari in cui sei la mia Sottomessa, potremmo provarci. Non so se funzionerà. Non so come sia separare le cose. È possibile che non funzioni. Ma sono disposto a provarci. Magari una sera alla settimana. Non so.»

Per la miseria... Rimango a bocca aperta, la mia vocina interiore non nasconde lo shock. "Christian Grey è pronto ad alzare la posta!" È disposto a provarci!

«Ho una condizione.» Guarda con cautela la mia espressione sorpresa.

«Quale?» mormoro. Qualsiasi cosa. Ti darò qualsiasi cosa.

«Che accetti il mio regalo di laurea.»

«Oh.» E dentro di me ho già capito di cosa si tratta. Sono terrorizzata.

Mi sta osservando, per soppesare la mia reazione.

«Vieni» mormora e si alza, prendendomi per mano. Si toglie la giacca, me la mette sulle spalle e si avvia verso la porta.

Parcheggiata fuori c'è un'elegante auto rossa, un'Audi a due volumi.

«È per te. Congratulazioni per la laurea» mormora, prendendomi tra le braccia e baciandomi i capelli.

Caspita, mi ha comprato una macchina nuova di zecca... Già mi hanno creato problemi i libri. Guardo l'Audi ammutolita, cercando disperatamente di capire cosa sento. Da un lato sono sgomenta, dall'altro riconoscente, sconvolta che l'abbia fatto davvero, ma il sentimento prevalente è la rabbia. Sì, sono arrabbiata, soprattutto dopo quello che gli ho detto sui libri... ma ormai l'ha comprata. Mi prende per mano e mi accompagna sul vialetto d'accesso, verso il nuovo acquisto.

«Anastasia, il tuo Maggiolino è decrepito e pericoloso. Non mi perdonerei mai se ti succedesse qualcosa, quando per me è così semplice sistemare la situazione.»

Mi guarda, ma io non riesco a contraccambiare il suo sguardo. Rimango a fissare in silenzio quell'incredibile novità rossa fiammante.

«Ne ho parlato con tuo padre. Era molto contento» mormora.

Mi volto e lo fulmino con lo sguardo, sconvolta.

«L'hai detto a Ray? Come hai potuto?» Riesco a stento ad articolare le parole. Come ha osato? Povero Ray. Sono stomacata, mortificata per mio padre.

«È un regalo, Anastasia. Cosa ti costa ringraziare e basta?»

«Lo sai che è troppo.»

«No, non per me, non per la mia pace mentale.»

Aggrotto la fronte, incapace di replicare. Proprio non vuole capire! Ha avuto soldi per tutta la vita. D'accordo, non proprio tutta, non quando era un bambino piccolo... La mia visione del mondo cambia. Questo pensiero mi calma e mi ammorbidisco riguardo all'auto, sentendomi in colpa per il mio accesso di rabbia. Le sue intenzioni sono buone... maldestre, magari, ma non cattive.

«Sono felice se me la presti, come il computer.»

Lui sospira. «E va bene. Un prestito a tempo indeterminato.»

«No, non a tempo indeterminato, ma per adesso. Grazie.»

Si acciglia. Mi alzo sulle punte dei piedi e lo bacio sulla guancia.

«Grazie per l'auto, signore» dico, con tutta la dolcezza di cui sono capace.

All'improvviso, mi afferra e mi attira contro di sé, tenendomi la schiena con una mano e prendendomi una ciocca di capelli nell'altra.

«Sei una donna complicata, Ana Steele.» Mi dà un bacio appassionato, forzandomi le labbra con la lingua, senza pietà.

Il mio sangue si riscalda subito. Rispondo al bacio con passione. Lo voglio da impazzire, a dispetto dell'auto, dei libri, dei limiti relativi... delle bacchettate... Lo voglio.

«Devo usare tutto il mio autocontrollo per non scoparti sul cofano della macchina seduta stante, solo per mostrarti che sei mia, e che se mi va di comprarti una fottuta auto, te la compro» ringhia. «Ora andiamo dentro, voglio vederti nuda.» Mi dà un bacio brutale.

Caspita, è furioso. Mi prende per mano e mi trascina in casa, puntando dritto verso la mia stanza, senza soste intermedie, poi accende l'abat-jour e si ferma a guardarmi.

«Per favore, non essere arrabbiato con me» mormoro.

Il suo sguardo è impassibile; i suoi occhi grigi sono due gelide schegge di vetro.

«Mi dispiace per l'auto e per i libri...» comincio. Lui è ancora silenzioso e imbronciato. «Mi fai paura quando ti arrabbi» sussurro.

Chiude gli occhi e scuote la testa. Quando li riapre, la sua espressione si è addolcita. Fa un respiro profondo.

«Girati» ordina. «Voglio toglierti quel vestito.»

Un altro sbalzo d'umore; è così difficile stargli dietro. Mi giro obbediente, con il cuore a mille, e il desiderio prende subito il posto dell'imbarazzo, sfrecciandomi nel sangue e andando ad accumularsi, torbido e impaziente, nel mio basso ventre. Lui mi scosta dalla schiena i capelli, che adesso pendono tutti da una parte, all'altezza del seno destro. Mi punta un indice sulla nuca e con lentezza straziante comincia a scendere, sfiorandomi la spina dorsale.

«Mi piace questo vestito» mormora. «Mi piace vedere la tua pelle perfetta.»

Il suo dito raggiunge la chiusura dell'abito a metà della schiena, e la usa per tirarmi verso di sé e farmi aderire al suo corpo. Mi annusa i capelli.

«Hai un profumo così buono, Anastasia. Così dolce.» Il suo naso mi sfiora l'orecchio, poi il collo. Lui mi copre una spalla di baci delicati come piume.

Il mio respiro cambia, diventa leggero, spezzato, pieno di aspettativa. Le sue dita sono sulla cerniera del vestito. Con grande lentezza la abbassa, mentre le sue labbra si spostano verso l'altra spalla, succhiando e leccando. È capace di provocarmi sensazioni divine. Il mio corpo reagisce, e io comincio a dimenarmi sotto il suo tocco, in preda al languore.

«Dovrai. Imparare. A. Stare. Ferma» sussurra, scandendo le parole e baciandomi sulla nuca tra una e l'altra.

Scioglie il laccio che lega il vestito al collo e l'abito cade ai miei piedi.

«Niente reggiseno, Miss Steele. Mi piace.»

Mi avvolge i seni con le mani e i capezzoli si induriscono all'istante.

«Alza le braccia e mettimele intorno alla testa» mormora.

Obbedisco senza indugio, e i miei seni si sollevano nelle sue mani. I capezzoli sono sempre più turgidi. Intreccio le dita, tirando leggermente i suoi capelli morbidi e sensuali. Giro la testa di lato, per offrirgli il collo.

«Mmh…» ansima dietro il mio orecchio, mentre inizia a tirarmi i capezzoli con le dita, imitando il movimento delle mie mani tra i suoi capelli.

Gemo, avvertendo una nitida e inconfondibile sensazione riverberarsi all'altezza dell'inguine.

«Vuoi che ti faccia venire così?» mormora.

Inarco la schiena per spingere i seni contro le sue mani esperte.

«Ti piace, vero, Miss Steele?»

«Mmh...»

«Dimmelo.» Continua la sua lenta, sensuale tortura, pizzicandomi piano.

«Sì.»

«Sì, cosa?»

«Sì... signore.»

«Brava bambina.» Mi pizzica forte, e il mio corpo si agita convulsamente contro il suo inguine.

L'intensa, deliziosa alternanza di dolore e piacere mi fa ansimare. Lo sento contro di me. Gemo e mi afferro con maggior forza ai suoi capelli.

«Penso che tu non sia ancora pronta per venire» mormora, fermando le mani, e mi morde piano il lobo dell'orecchio. «E poi mi hai dato un dispiacere.»

"Oh, no, cosa significa?" Benché offuscato dal desiderio accecante, il mio cervello si mette in allerta. Gemo di nuovo.

«Quindi, forse, dopotutto, non ti lascerò venire.» Ricomincia a maneggiare i miei capezzoli, tirandoli, torcendoli, massaggiandoli. Mi struscio contro di lui, dimenandomi.

Lo sento sorridere contro il mio collo, mentre le sue mani mi scendono lungo i fianchi. Le sue dita agganciano il retro degli slip e tirano. Infila i pollici nella stoffa, lacerandola e sventolandomela poi davanti agli occhi in modo che io veda... Le sue mani scendono proprio lì. Mi infila dentro le dita, piano, da dietro.

«Oh, sì. La mia adorabile bambina è pronta» mormora, e mi fa girare verso di lui. Il suo respiro è accelerato. Si infila un dito in bocca. «Hai un sapore così buono, Miss Steele.»

"Oddio." Le sue dita hanno il gusto salato... di me.

«Spogliami» mi ordina piano, guardandomi con gli occhi socchiusi.

Io indosso solo le scarpe, i tacchi a spillo di Kate. Mi sento presa alla sprovvista. Non ho mai svestito un uomo.

«Puoi farcela» mi prende in giro, con dolcezza.

Sbatto le palpebre, perplessa. Da dove comincio? Allungo le mani verso la sua maglietta, ma lui me le afferra con un sorriso malizioso.

«Oh, no.» Scuote la testa, sogghignando. «Non la maglietta. Forse dovrai toccarmi, per quello che ho in mente.» Ha gli occhi infiammati dall'eccitazione.

"Oh... questa è una novità." Prende una delle mie mani e la appoggia sulla sua erezione.

«Ecco l'effetto che mi fai, Miss Steele.»

Sussulto e lo accarezzo, facendolo sorridere.

«Voglio entrarti dentro. Toglimi i jeans. Prendi tu le redini.»

"Accidenti... le redini, a me." Lo guardo sbalordita.

«Cosa vuoi farmi?» mi provoca.

"Oh, c'è l'imbarazzo della scelta!" esclama la mia dea interiore, e, in preda a un misto di frustrazione, desiderio e faccia tosta, lo spingo sul letto. Lui scoppia a ridere, e io gli rivolgo uno sguardo trionfante. La mia dea interiore è sul punto di esplodere. Gli tolgo in fretta e un po' goffamente le scarpe e le calze. Lui mi guarda, con gli occhi accesi di divertimento e desiderio. È... splendido... È mio. Salgo sul letto e mi metto a cavalcioni su di lui per slacciargli i jeans. Gli infilo le dita sotto la cintura, sfiorandogli i peli del ventre. Lui chiude gli occhi e inarca i fianchi.

«Dovrai imparare a stare fermo» lo rimprovero, tirandogli i peli.

Il suo respiro è affannoso, e mi sorride.

«Sì, Miss Steele» mormora, con gli occhi che luccicano. «I preservativi, nella mia tasca» ansima.

Frugo lentamente nella tasca, guardando la sua espressione mentre lo tasto. Ha la bocca socchiusa. Tiro fuori le due bustine che trovo e le metto sul letto accanto a lui. Due!

Le mie dita ansiose raggiungono il bottone dei jeans e lo slacciano, dopo aver armeggiato un po'. Sono al culmine dell'eccitazione.

«Sei così impaziente, Miss Steele» mormora, ironico. Gli abbasso la cerniera, e mi trovo davanti il problema di togliergli i boxer... "Mmh." Provo a tirarli, ma si muovono appena. Aggrotto la fronte. Perché è così difficile?

«Non posso stare fermo se ti mordi il labbro» mi avverte, poi inarca l'inguine staccandosi dal letto, per consentirmi di abbassargli i pantaloni e i boxer allo stesso tempo. Scalcia i vestiti a terra.

Dio santo, è tutto mio, posso giocarci quanto voglio, e di colpo è come se fosse Natale.

«E adesso cosa pensi di fare?» mormora, senza più traccia di ironia. Alzo una mano e lo tocco, studiando la sua espressione. La sua bocca si arrotonda a "O", mentre lui inspira profondamente. La sua pelle è così liscia e vellutata... e dura... Mmh, che combinazione deliziosa. Mi piego in avanti, con i capelli sul viso, e lo prendo in bocca. Succhio senza ritegno. Lui chiude gli occhi, i suoi fianchi fremono.

«Dio, Ana, piano» geme.

Mi sento così potente; è una sensazione inebriante, stuzzicarlo ed esplorarlo con la bocca e la lingua. Lui si tende sotto di me mentre vado su e giù con la bocca, spingendomelo in fondo alla gola, a labbra strette... ancora e ancora.

«Fermati, Ana, fermati. Non voglio venire.»

Mi siedo e lo guardo stralunata. Sto ansimando come lui, ma sono confusa. "Pensavo di avere io le redini."

«La tua ingenuità e il tuo entusiasmo sono disarmanti» geme. «Mettiti sopra... è la cosa migliore.»

"Oh."

«Tieni, infilami questo.» Mi passa un profilattico.

"Merda. Come faccio?" Strappo la bustina e sento la guaina di gomma appiccicosa tra le dita.

«Pizzica la punta e poi srotolalo. Non deve entrarci l'aria» ansima.

Lentamente, con il massimo della concentrazione, faccio come mi ha detto.

«Anastasia, mi fai morire...» grugnisce.

Ammiro la mia opera e lui. È davvero uno splendido esemplare di uomo. Guardarlo è terribilmente eccitante.

«Ora voglio affondare dentro di te» mormora. Lo guardo intimidita, e lui di colpo si alza a sedere, per cui ci troviamo faccia a faccia.

«Così» mormora, poi mi circonda i fianchi con un braccio e mi solleva di qualche centimetro, mentre si posiziona sotto di me. Con grande lentezza, mi lascia scivolare sopra di lui.

Gemo mentre mi spalanca, mi riempie, a bocca aperta per la sorpresa di quella sensazione sublime, lancinante, che mi colma. "Oh... ti prego."

«Così va bene, piccola, sentimi, fino in fondo» ringhia, e chiude gli occhi per un attimo.

Ora è dentro di me, affondato fino all'elsa, e mi tiene ferma, per alcuni secondi... minuti... non lo so, fissandomi intensamente.

«È profondo, qui» mormora. Inarca e ruota i fianchi in un solo movimento, facendomi gemere... Oddio, la sensazione si irradia nel mio ventre... in tutto il corpo. "Cazzo!"

«Ancora» mormoro. Lui obbedisce, nel suo sguardo un sorriso svogliato.

Rovescio la testa all'indietro, gemendo, e i capelli mi cadono sulla schiena, pianissimo, mentre lui affonda nel letto.

«Muoviti, Anastasia, su e giù, come vuoi. Prendi le mie mani» ansima, la voce roca, profonda e sensuale.

Afferro le sue mani, come se fossero una zattera di salvataggio. Mi sollevo e poi mi abbasso. I suoi occhi ardono di desiderio. Il suo respiro spezzato si accompagna al mio e i suoi fianchi si sollevano mentre io scendo, spingendomi di nuovo in alto. Prendiamo il ritmo... su, giù, su, giù... ancora e ancora… è così… bello. Tra un respiro affannoso e l'altro, il profondo, traboccante senso di pienezza, la violenta e pulsante sensazione che mi sta invadendo rapidamente… lo guardo e i nostri occhi si incontrano… e nei suoi vedo stupore. Stupore nei miei confronti.

Lo sto scopando. Sono io che tengo le redini. È mio e io sono sua. Quel pensiero mi spinge, pesante come cemento, oltre il baratro, e vengo… urlando senza controllo. Lui mi afferra i fianchi, chiude gli occhi, rovescia indietro la testa, la mascella serrata, e viene senza fiatare. Io gli crollo sul petto, sopraffatta, in un luogo tra la fantasia e la realtà, un luogo dove non ci sono limiti, né assoluti né relativi.

16

Lentamente il mondo esterno mi invade i sensi. E che invasione! Sto fluttuando, le membra languide e molli, spossata. Sono sdraiata sopra di lui, con la testa sul suo petto, e lui ha un profumo divino: biancheria fresca di bucato e bagnoschiuma costoso e l'aroma più seducente del pianeta...

Lentamente il mondo esterno mi invade i sensi. E che invasione! Sto fluttuando, le membra languide e molli, spossata. Sono sdraiata sopra di lui, con la testa sul suo petto, e lui ha un profumo divino: biancheria fresca di bucato e bagnoschiuma costoso e l'aroma più seducente del pianeta... Christian. Non voglio muovermi, voglio respirare questa fragranza in eterno. Lo annuso, e vorrei che non ci fosse la barriera della sua T-shirt. Mentre la ragione si impadronisce di nuovo del resto del mio corpo, gli poso una mano sul petto. È la prima volta che lo tocco lì. È sodo... forte. Lui mi afferra subito la mano, ma attutisce il colpo portandosela alla bocca e baciandone dolcemente le nocche. Poi si gira su un fianco e mi guarda negli occhi.

«Non farlo» mormora e mi dà un bacio leggero.

«Perché non ti piace essere toccato?» domando, guardando i suoi dolci occhi grigi.

«Perché dentro ho cinquanta sfumature di tenebra, Anastasia.»

Oh... la sua sincerità è disarmante. Lo guardo sorpresa.

«La mia introduzione alla vita è stata molto dura. Non voglio annoiarti con i dettagli. Non farlo e basta.» Strofina il naso contro il mio, poi si stacca da me e si mette seduto.

«Abbiamo affrontato tutte le nozioni di base. Ti è piaciuto?»

Sembra soddisfatto di sé e al tempo stesso pragmatico, come se avesse semplicemente spuntato un'altra voce su una lista. Sono ancora stordita dalla sua frase sull'introduzione alla vita. Non so cosa darei per saperne di più, ma lui non mi dirà niente. Piego la testa di lato, come fa sempre lui, e mi sforzo di sorridergli.

«Se immagini che io creda di aver preso il controllo anche solo per un istante, be', non hai tenuto conto del mio quoziente di intelligenza.» Gli sorrido timidamente. «Ma grazie per avermi illuso.»

«Miss Steele, tu non hai solo un bel visino. Finora hai avuto sei orgasmi e mi appartengono tutti» si vanta, di nuovo allegro.

Arrossisco e lo guardo stupita. "Sta tenendo il conto!" Lui aggrotta la fronte.

«Devi dirmi qualcosa?» Il suo tono è diventato severo.

"Merda."

«Stamattina ho fatto un sogno.»

«Ah, sì?» Mi fulmina con lo sguardo.

"Sto per passare dei guai?"

«Sono venuta nel sonno.» Mi copro gli occhi con il braccio. Lui non dice niente. Sbircio la sua espressione, e mi sembra divertita.

«Nel sonno?»

«Mi ha svegliato.»

«Lo immagino. Cosa stavi sognando?»

"Per la miseria."

«Te.»

«Cosa facevo?»

Mi copro di nuovo gli occhi. Come un bambino piccolo, per qualche istante mi illudo che, se io non posso vederlo, lui non può vedere me.

«Anastasia, cosa facevo? Non te lo chiederò ancora.»

«Avevi un frustino.»

Mi scosta il braccio dagli occhi. «Davvero?»

«Sì.» Sono paonazza.

«C'è ancora speranza per te» mormora. «Ne ho diversi, di frustini.»

«Di cuoio marrone intrecciato?»

Scoppia a ridere.

«No, ma sono sicuro che potrei procurarmelo.»

Si china a baciarmi, poi si alza e si infila i boxer. "Oh, no... se ne sta andando." Lancio un'occhiata all'orologio, sono solo le nove e quaranta. Mi alzo anch'io e prendo i pantaloni della tuta e una canottiera, poi mi siedo sul letto, a gambe incrociate, e lo guardo. Non voglio che se ne vada. Cosa posso fare?

«Quando dovrebbe venirti il ciclo?» chiede, interrompendo i miei pensieri.

"Cosa?"

«Odio mettermi quest'affare» brontola. Solleva il preservativo, poi lo getta sul pavimento e si infila i jeans.

«Allora?» mi incalza, visto che non rispondo, e mi guarda come se aspettasse la mia opinione sul tempo. Per la miseria... sono cose personali.

«La settimana prossima.» Abbasso lo sguardo.

«Devi iniziare a prendere la pillola.»

È così autoritario. Lo guardo smarrita. Lui si siede sul letto per infilarsi calze e scarpe.

«Hai un medico di fiducia?»

Scuoto la testa. È tornato al tono da uomo d'affari, un altro sbalzo d'umore.

Aggrotta la fronte. «Posso chiedere al mio di venire a visitarti a casa tua, domenica mattina, prima che ci incontriamo. Oppure può visitarti a casa mia. Cosa preferisci?»

"Nessun problema, come al solito." Un'altra cosa che pagherà lui... anche se questa va a suo vantaggio.

«A casa tua.» Così ho la garanzia di vederlo domenica.

«Va bene. Ti farò sapere l'ora.»

«Te ne stai andando?»

"Non andartene… stai con me, ti prego."

«Sì.»

"Perché?"

«Come torni in albergo?» mormoro.

«Viene a prendermi Taylor.»

«Posso accompagnarti io. Ho una bellissima macchina nuova.»

Lui mi guarda, con un'espressione affettuosa.

«Così mi piaci. Ma temo che tu abbia bevuto troppo.»

«Mi hai fatto ubriacare apposta?»

«Sì.»

«Perché?»

«Perché ragioni troppo sulle cose, e sei reticente come il tuo patrigno. Un goccio di vino e cominci a parlare, e io ho bisogno che tu sia sincera con me. Altrimenti ti chiudi a riccio e non so cosa pensi. *In vino veritas*, Anastasia.»

«E tu pensi di essere sempre sincero con me?»

«Ci provo. La nostra storia funzionerà solo se siamo sinceri l'uno con l'altra.»

«Vorrei che restassi e usassi questo.» Mostro il secondo preservativo.

Lui sorride, divertito.

«Anastasia, ho superato tante barriere qui, stasera. Devo andare. Ci vediamo domenica. Il contratto con le modifiche sarà pronto, così possiamo iniziare a giocare sul serio.»

«Giocare?» "Oddio." Il cuore mi balza in gola.

«Mi piacerebbe mettere in scena una cosa con te. Lo farò solo quando avrai firmato, quando saprò che sei pronta.»

«Ah. Quindi potrei rimandare, se non firmo?»

Mi guarda pensieroso, poi le sue labbra si piegano in un sorriso.

«Sì, immagino di sì, ma io rischierei di cedere sotto la pressione.»

«Cedere? In che modo?» La mia dea interiore si è svegliata e drizza le orecchie.

Lui annuisce piano, e poi fa un sorriso provocatore. «Le cose potrebbero sfuggirmi di mano.»

Il suo sorriso è contagioso.

«In che senso?»

«Sai, esplosioni, inseguimenti in auto, rapimenti.»

«Potresti rapirmi?»

«Oh, sì» sorride.

«Tenermi prigioniera contro il mio volere?» "Oddio, è davvero eccitante."

«Oh, sì. E a quel punto passeremmo a un TPE 24/7.»

«Temo di non seguirti» ansimo, con il cuore in gola… "Sta parlando sul serio?"

«Un Total Power Exchange, uno scambio totale di potere, ventiquattro ore su ventiquattro.» I suoi occhi brillano, e sento la sua eccitazione persino a distanza.

"Oh, merda."

«A quel punto non avrai scelta» dice, con un sorriso sardonico.

«Ovvio.» Non riesco a frenare il sarcasmo e alzo gli occhi al cielo.

«Oh, Anastasia Steele, hai appena alzato gli occhi al cielo con me?»

"Cazzo."

«No» squittisco.

«Mi è sembrato di sì. Cosa ti ho detto che ti avrei fatto in questi casi?»

"Merda." Si siede sul bordo del letto.

«Vieni qui» sussurra.

Impallidisco. Mio Dio… fa sul serio. Resto a fissarlo, immobile.

«Non ho ancora firmato» mormoro.

«Ti ho detto cosa avrei fatto. Sono un uomo di parola. Ora ti sculaccerò, poi ti scoperò, molto in fretta e senza pietà. Alla fine quel preservativo tornerà utile.»

Ha la voce roca, minacciosa, ed è maledettamente sensuale. Un desiderio potente, fluido mi contorce le viscere. Lui mi guarda con gli occhi fiammeggianti, aspettando una reazione. Cambio posizione, esitante. "Dovrei darmela a gambe?" Ci siamo: la nostra relazione è a un punto di svolta. Glielo lascio fare o dico di no, e fine della storia? Perché so che se dicessi di no sarebbe tutto finito. "Fallo!" mi supplica la dea interiore. Il mio subconscio è paralizzato quanto me.

«Sto aspettando» dice lui. «Non sono un tipo paziente.»

Oddio. Ansimo, spaventata, eccitata. Il sangue mi pulsa nelle tempie, le mie gambe sono molli come gelatina. Lentamente, scivolo verso di lui, fino a trovarmi al suo fianco.

«Brava bambina» mormora. «Ora alzati in piedi.»

"Oh, merda… Non potrebbe farlo senza tante storie?" Non sono sicura di potermi reggere in piedi. Mi alzo, esitante. Lui tende la mano, e io gli poso il preservativo sul palmo. All'improvviso, mi afferra e mi rovescia sulle sue ginocchia. Con un solo movimento fluido, si piega in modo che il mio torace sia appoggiato sul letto vicino a lui. Getta la gamba destra sulle mie e con il braccio sinistro mi blocca alla base della schiena, in modo che non riesca a muovermi. "Oh, mio Dio."

«Metti le mani sopra la testa» ordina.

Obbedisco all'istante.

«Perché sto facendo questo, Anastasia?» chiede.

«Perché ho alzato gli occhi al cielo quando mi hai detto una cosa.» Riesco a parlare a stento.

«Ti sembra educato?»

«No.»

«Lo farai di nuovo?»

«No.»

«Ti sculaccerò ogni volta che lo farai, chiaro?»

Mi abbassa i pantaloni della tuta, molto lentamente. Dio, quanto è umiliante! Umiliante, spaventoso, ed erotico. Sta facendo un gran casino per una cosa da nulla. Ho il cuore in gola. Riesco a malapena a respirare. "Merda, mi farà male?"

Mi appoggia la mano sul sedere scoperto e mi accarezza in tondo con il palmo, con dolcezza. Poi la sua mano si alza... e mi colpisce, con forza. "*Ahi!*" Spalanco gli occhi e cerco di alzarmi, ma la sua mano mi blocca all'altezza delle scapole. Mi accarezza di nuovo nel punto in cui mi ha colpito, e il suo respiro è cambiato: è più forte, ruvido. Mi sculaccia di nuovo, e poi ancora, in una sequenza veloce. "Accidenti, fa male." Non emetto un gemito, il viso distorto dal dolore. Cerco di non pensare ai suoi colpi, grazie alla scarica di adrenalina che mi attraversa il corpo.

«Stai ferma» ringhia. «Altrimenti ti sculaccio più a lungo.»

Adesso mi massaggia. Poi sferra il colpo. Lo schema è cadenzato: carezza, massaggio, sberla. Devo concentrarmi per sopportare il dolore. La mia mente si svuota mentre mi sforzo di affrontare quella situazione estenuante. Non mi colpisce mai nello stesso punto due volte di seguito... cerca di distribuire il dolore.

«*Ahi!*» urlo alla decima sculacciata. Non mi ero resa conto di contare mentalmente i colpi.

«Mi sto solo riscaldando.»

Mi colpisce, poi mi accarezza. La combinazione colpo bruciante-tenera carezza mi stordisce. Mi picchia di nuovo... Diventa sempre più difficile da sopportare. Mi fa male la faccia, a forza di tenerla contratta. Mi accarezza, poi sferra la botta. Urlo un'altra volta.

«Nessuno può sentirti, piccola, solo io.»

E mi colpisce ancora, e ancora. Nel mio intimo vorrei implorarlo di smettere. Ma non lo faccio, non mi va di dargli questa soddisfazione. Lui continua, inesorabile. Urlo altre sei volte. Diciotto sculacciate in tutto. Il mio corpo risuona sotto il suo assalto spietato.

«Basta così» grugnisce. «Complimenti, Anastasia. Ora ti fotto.»

Mi massaggia piano il sedere, che brucia sotto le sue carezze. All'improvviso, mi infila dentro due dita, cogliendomi di sorpresa. Sussulto, questo nuovo assalto squarcia la nebbia che mi ottunde il cervello.

«Senti qui. Senti come il tuo corpo ha gradito, Anastasia. Sei fradicia.» C'è una nota di stupore nella sua voce. Muove le dita dentro e fuori, a ritmo frenetico.

Gemo. "No, non è possibile." Poi le sue dita spariscono... e rimango svuotata.

«La prossima volta ti chiederò di contare. Dov'è finito il preservativo?»

Lo cerca sul letto e mi solleva con cautela, adagiandomi a pancia in giù. Sento il suono della cerniera dei suoi pantaloni e della bustina che viene strappata. Mi sfila del tutto i pantaloni della tuta e mi fa mettere in ginocchio, accarezzandomi con delicatezza il sedere infiammato.

«Ora sto per prenderti. Hai il permesso di venire» mormora.

"Cosa? Come se potessi scegliere."

Ed ecco che è dentro di me, mi riempie in un batter d'occhio, e io emetto un gemito sonoro. Si muove, mi sprofonda dentro, in una cadenza veloce, intensa, contro le natiche doloranti. La sensazione è divina, brutale, degradante e inebriante. I miei sensi sono devastati, sconnessi, concentrati solo su quello che lui mi sta facendo. Sul modo in cui mi fa sentire quel fremito nel basso ventre, sempre più intenso, sempre più veloce. "No"... e il mio corpo traditore esplode in un intenso, sconvolgente orgasmo.

«Oh, Ana!» grida Christian al culmine del piacere, tenendomi ferma mentre si svuota dentro di me. Crolla al mio fianco, ansimando, mi solleva sopra di lui e affonda il viso tra i miei capelli, stringendomi forte.

«Oh, piccola» geme. «Benvenuta nel mio mondo.»

Restiamo sdraiati ad ansimare all'unisono, in attesa di riprendere fiato. Lui mi accarezza i capelli. Sono di nuovo sdraiata sul suo petto. Questa volta, però, non ho la forza di alzare la mano per toccarlo. "Caspita... Sono sopravvissuta." Non è stato così terribile. Sono più stoica di quanto pensassi. La mia dea interiore è prostrata... Se non altro, questo l'ha ammutolita. Christian continua ad accarezzarmi i capelli, respirando a fondo.

«Complimenti, piccola» mormora, con una gioia tranquilla nella voce. Le sue parole mi avvolgono come un soffice, vaporoso asciugamano dell'Heathman Hotel. Sono così contenta che lui sia felice.

Prende fra le dita una spallina della mia canottiera.

«Usi questa per dormire?» chiede.

«Sì» rispondo, assonnata.

«Dovresti indossare raso e seta, stupenda ragazza. Ti porterò a fare shopping.»

«Mi piace la mia tuta» mormoro, cercando inutilmente di sembrare irritata.

Lui mi bacia sulla testa.

«Vedremo» dice.

Restiamo sdraiati per qualche minuto ancora, ore, chissà. Penso di essermi assopita.

«Devo andare» dice lui, e chinandosi mi bacia la fronte con trasporto. «Stai bene?» La sua voce è dolce.

Rifletto sulla sua domanda. Il sedere mi fa male. In realtà, mi brucia. Ma stranamente, oltre che spossata, mi sento raggiante. È un pensiero mortificante, inatteso, che non capisco.

«Sto bene» mormoro. Non voglio dire di più.

Si alza.

«Dov'è il bagno?»

«In fondo al corridoio, a sinistra.»

Esce dalla stanza. Io mi alzo, indolenzita, e mi rimetto i pantaloni della tuta. Li sento un po' sfregare contro le natiche ancora irritate. Sono confusa dalla mia reazione. Ricordo che a un certo punto – non saprei dire quando – lui mi ha detto che dopo una buona sculacciata mi sarei sentita molto meglio. "Com'è possibile?" Proprio non capisco. Eppure, per quanto sia assurdo, è così. Non posso dire che l'esperienza mi sia piaciuta, anzi, farei ancora di tutto per evitarla, ma adesso... ho questa sensazione dolce, strana, di appagamento, un benessere persistente. Mi prendo la testa tra le mani. Non capisco.

Christian rientra nella stanza. Non riesco a guardarlo negli occhi, quindi abbasso lo sguardo.

«Ho trovato un po' di olio per bambini. Lascia che te lo spalmi sul sedere.»

"Cosa?"

«No, non c'è bisogno.»

«Anastasia» mi avverte. Vorrei alzare gli occhi al cielo, ma mi blocco subito. Sono in piedi davanti al letto. Lui si siede e mi abbassa con delicatezza i pantaloni. "Sempre a spogliarti e rivestirti, come una sgualdrina" è l'amara osservazione della mia vocina interiore. La mando a quel paese. Christian si versa un po' di olio su una mano e poi mi massaggia le natiche con estrema tenerezza... Da liquido struccante a balsamo lenitivo postsculacciata: chi avrebbe mai immaginato che fosse un prodotto così versatile.

«Mi piace metterti le mani addosso» mormora, e non posso che essere d'accordo; piace anche a me.

«Ecco» dice dopo aver finito, e mi tira di nuovo su i pantaloni.

Lancio un'occhiata all'orologio. Sono le dieci e mezzo.

«Devo andare.»

«Ti accompagno fuori.» Ancora non riesco a guardarlo.

Mi prende per mano e mi porta fino all'ingresso. Per fortuna, Kate non è ancora rientrata. È probabile che sia a cena con la sua famiglia. Sono davvero contenta che non fosse qui a sentire il mio castigo.

«Non devi chiamare Taylor?» chiedo, evitando di guardarlo negli occhi.

«Taylor è qui dalle nove. Guardami.»

Mi sforzo di incrociare il suo sguardo, e quando lo faccio, vedo la sua espressione stupita.

«Non hai pianto» mormora, poi di colpo mi prende e mi attira in un bacio appassionato. «A domenica» mi sussurra contro le labbra, e sembra tanto una promessa quanto una minaccia.

Lo guardo percorrere il vialetto d'accesso e salire sulla grossa Audi nera, senza voltarsi. Chiudo la porta e mi fermo smarrita nel soggiorno di un appartamento in cui passerò solo altre due notti. Un posto dove ho vissuto felice per quasi quattro anni... Eppure oggi, per la prima volta, mi sento sola e a disagio, triste di stare per conto mio. Mi sono allontanata così tanto da quella che sono? So che, annidata sotto la mia aria intorpidita, c'è una marea di lacrime. Cosa sto facendo? Per ironia della sorte, non posso nemmeno sedermi e godermi un pianto come si deve. Devo stare in piedi. So che è tardi, ma decido di chiamare mia madre.

«Tesoro, come stai? Com'è andata la cerimonia?» mi chiede con entusiasmo. La sua voce è un balsamo.

«Scusa se ti chiamo così tardi» mormoro.

Lei esita un istante.

«Ana? Cosa c'è che non va?» Adesso è molto seria.

«Niente, mamma, volevo solo sentire la tua voce.»

Rimane in silenzio per un attimo.

«Ana, cosa c'è? Dimmelo, per favore.» La sua voce è così premurosa e consolante. So che lei mi vuole bene. Le lacrime iniziano a scendere mio malgrado. Ho pianto così spesso negli ultimi giorni.

«Per favore, Ana» dice, e la sua angoscia riflette la mia.

«Oh, mamma, è un uomo.»

«Cosa ti ha fatto?» Ha un tono allarmato.

«Non mi ha fatto niente.» "Anche se... Merda, non voglio farla preoccupare." Voglio solo avere il sostegno di qualcuno, per un attimo.

«Ana, per favore, mi fai stare in ansia.»

Faccio un respiro profondo.

«Insomma, mi sono innamorata di un tipo molto diverso da me, e non so se siamo fatti per stare insieme.»

«Oh, tesoro. Come vorrei essere lì con te. Mi dispiace così tanto aver perso la tua laurea. Finalmente ti sei innamorata… Oh, cara, gli uomini sono così complicati. Sono una specie diversa da noi, tesoro. Da quanto tempo lo conosci?»

Non c'è dubbio che Christian appartenga a una specie diversa… a un altro pianeta.

«Da circa tre settimane.»

«Ana, tesoro, è pochissimo. Come fai a conoscere qualcuno in un periodo così breve? Devi solo andarci piano con lui e stare sulle tue finché non sei sicura che ti meriti.»

"Wow…" Mi innervosisce quando mia madre sfoggia la sua saggezza, ma stavolta arriva tardi. Se lui mi merita? È un modo interessante di vedere la situazione. Io mi sono sempre chiesta se ero io a meritare lui.

«Tesoro, ti sento così triste. Vieni a casa, a trovarci. Mi manchi, amore. Anche Bob sarebbe contento di vederti. Potresti prendere le distanze per un po' e vedere le cose da un altro punto di vista. Hai bisogno di una pausa. Hai lavorato così tanto!»

È una bella tentazione. Rifugiarmi in Georgia. Prendere il sole, qualche cocktail. L'allegria di mia madre… il suo abbraccio affettuoso.

«Lunedì devo fare due colloqui a Seattle.»

«Ah, questa sì che è una bella notizia.»

La porta si apre e Kate appare con un sorriso. Cambia subito espressione quando si accorge che ho pianto.

«Mamma, devo andare. Vedrò se riesco a venire a trovarvi. Grazie.»

«Tesoro, per piacere, non lasciare che un uomo ti incastri. Sei troppo giovane. Devi pensare a divertirti.»

«D'accordo, mamma, ti voglio bene.»

«Oh, Ana, anch'io ti voglio bene, un mondo di bene. Abbi cura di te, cara.» Riattacco e affronto Kate, che mi sta guardando malissimo.

«Quel brutto bastardo ti ha sconvolto di nuovo?»

«No... be'... ehm... sì.»

«Mandalo a quel paese, Ana. Sei di umore altalenante da quando lo conosci! Non ti ho mai vista così.»

Il mondo di Katherine Kavanagh è molto definito: o tutto bianco o tutto nero. Non ci sono le intangibili, misteriose, indefinite sfumature di grigio che colorano il mio. "Benvenuta nel mio mondo."

«Siediti, parliamo. Beviamoci un goccio di vino. Oh, hai bevuto lo champagne.» Osserva la bottiglia. «Una marca niente male.»

Faccio un vago sorriso, guardando il divano con apprensione. Mi avvicino con cautela. "Mmh... sedermi."

«Cosa c'è?»

«Sono caduta e ho preso una botta sul sedere.»

Non le passa per la testa di dubitare della mia spiegazione, perché sono una delle persone più maldestre dello Stato di Washington. Chi l'avrebbe mai detto che sarebbe stata la mia fortuna? Mi siedo con cautela, piacevolmente sorpresa di non provare dolore, e guardo Kate, ma la mia mente scivola lontano e mi riporta all'Heathman. "Se fossi mia, non potresti sederti per una settimana dopo la bravata di ieri sera." Mi aveva avvertito, e io all'epoca mi ero concentrata solo sul fatto di essere sua. I segnali d'allerta c'erano tutti, ma io ero troppo ingenua e infatuata per notarli.

Kate, nel frattempo, è andata a prendere una bottiglia di vino rosso e ha lavato le tazze.

«Eccoci qui.» Mi porge una tazza di vino. Non sarà buono come il Bollinger.

«Ana, se è un verme che trova difficile impegnarsi, mollalo. Non capisco le sue difficoltà, però. Al cocktail non riusciva a staccarti gli occhi di dosso, ti guardava come un falco. A me sembra cotto e stracotto, ma forse ha uno strano modo di dimostrarlo.»

"Cotto? Christian? Uno strano modo di dimostrarlo?"

«Kate, è complicato. Com'è andata la tua serata?» chiedo.

Basta farle una domanda su di lei e Kate parte in quarta. È così rassicurante ascoltarla chiacchierare del più e del meno. La notizia del giorno è che Ethan potrebbe venire a vivere con noi dopo la loro vacanza. Sarebbe divertente: Ethan è uno spasso. Mi acciglio. Temo che Christian non approverebbe. "Be'… pazienza." Dovrà farsene una ragione. Dopo un paio di tazze di vino, decido di ritirarmi in camera. È stata una giornata davvero lunga. Kate mi abbraccia, poi prende il telefono per chiamare Elliot.

Dopo essermi lavata i denti, accendo la macchina infernale. C'è una mail di Christian.

Da: Christian Grey
A: Anastasia Steele
Data: 26 maggio 2011 23.14
Oggetto: Tu

Cara Miss Steele,
sei semplicemente deliziosa. La donna
più bella, intelligente, spiritosa e audace che
abbia mai incontrato. Prendi un analgesico…
Non è una richiesta. E non guidare più il tuo
Maggiolino. Lo verrei a sapere.

Christian Grey
Amministratore delegato, Grey Enterprises Holdings Inc.

Oh, non posso più guidare la mia auto! Scrivo la mia risposta.

Da: Anastasia Steele
A: Christian Grey
Data: 26 maggio 2011 23.20
Oggetto: Adulatore

Caro Mr Grey,
l'adulazione non ti porterà da nessuna parte,
ma dato che sei già stato dappertutto,
la questione è controversa.
Dovrò guidare il mio Maggiolino fino a un'officina
per poterlo vendere, quindi non starò a sentire
nessuna delle tue stupidaggini in proposito.
Il vino rosso è sempre preferibile a qualsiasi
analgesico.
Ana

PS: Le bacchettate per me sono un limite ASSOLUTO.

Premo INVIA.

Da: Christian Grey
A: Anastasia Steele
Data: 26 maggio 2011 23.26
Oggetto: Donne frustranti che non sanno accettare i complimenti

Cara Miss Steele,
non ti stavo adulando. Dovresti andare a letto.
Accetto la tua aggiunta ai limiti assoluti.
Non bere troppo.
Taylor si sbarazzerà della tua vecchia auto, e
riuscirà anche a spuntare un buon prezzo.

Christian Grey
Amministratore delegato, Grey Enterprises Holdings Inc.

Da: Anastasia Steele
A: Christian Grey
Data: 26 maggio 2011 23.40
Oggetto: Taylor. È l'uomo giusto per la missione?

Caro signore,
sono sorpresa che tu sia disposto a correre il rischio
di far guidare la mia auto al tuo braccio destro, e non
a una donna che ti scopi di tanto in tanto. Come fai
a essere certo che Taylor riesca a spuntare il prezzo
migliore per la suddetta macchina? In passato,
probabilmente prima di incontrarti, ero nota per
essere un osso duro nelle contrattazioni.
Ana

Da: Christian Grey
A: Anastasia Steele
Data: 26 maggio 2011 23.44
Oggetto: Stai attenta!

Cara Miss Steele,
immagino che sia il VINO ROSSO a parlare, e che tu
abbia avuto una giornata molto lunga.
Ciononostante, sarei tentato di venire lì e fare in modo che tu non
possa sederti per una settimana, invece che per una sera soltanto.
Taylor è un ex militare ed è capace di guidare qualsiasi
cosa, da una motocicletta a un carro armato. La
tua auto non rappresenta un rischio per lui.
Per favore, non riferirti a te stessa come a una "donna che mi
scopo di tanto in tanto" perché, molto francamente, la cosa mi
fa INFURIARE, e ti assicuro che, arrabbiato, non ti piacerei.

Christian Grey
Amministratore delegato, Grey Enterprises Holdings Inc.

Da: Anastasia Steele
A: Christian Grey
Data: 26 maggio 2011 23.57
Oggetto: Stai attento tu

Caro Mr Grey,
non sono certa che tu mi piaccia in ogni caso,
soprattutto adesso.
Miss Steele

Da: Christian Grey
A: Anastasia Steele
Data: 27 maggio 2011 00.03
Oggetto: Stai attento tu

Perché non ti piaccio?

Christian Grey
Amministratore delegato, Grey Enterprises Holdings Inc.

Da: Anastasia Steele
A: Christian Grey
Data: 27 maggio 2011 00.09
Oggetto: Stai attento tu

Perché non resti mai con me.

Ecco, così avrà qualcosa su cui riflettere. Chiudo il computer con un'enfasi che in realtà non sento e mi infilo a letto. Spengo l'abat-jour e guardo il soffitto. È stata una giornata lunga, un'emozione forte dopo l'altra. È stato un sollievo passare un po' di tempo con Ray. Mio padre pareva in gran forma e, contro ogni previsione, ha approvato Christian. Accidenti a Kate e alla sua lingua lunga. Sentire Christian parlare della fame. Che storia incredibile! E l'auto nuova. Non l'ho nemmeno raccontato a Kate. Cosa gli è venuto in mente?

E poi stasera lui mi ha picchiata sul serio. Non sono mai stata picchiata in vita mia. In che guaio mi sto ficcando? Le lacrime, interrotte dall'arrivo di Kate, iniziano a scorrermi lente sul viso e dentro le orecchie. Mi sono innamorata di una persona così contorta sul piano emotivo che potrà solo farmi soffrire – in fondo, lo so – una persona che, per sua stessa ammissione, ha un cuore di tenebra. Perché è così? Credo sia terribile essere traumatizzati come lui, e il pensiero che da piccolo abbia subito qualche insostenibile cattiveria mi fa piangere ancora di più. "Forse, se fosse più normale non vorrebbe saperne di te" osserva la vocina, contribuendo alle mie riflessioni con il solito tatto… e nel profondo del mio cuore so che è vero. Mi giro sul cuscino e le cateratte si aprono… e per la prima volta da anni, mi metto a singhiozzare disperatamente.

Le urla di Kate mi distraggono per un attimo dall'abisso della mia sofferenza.

«Che cazzo sei venuto a fare?… Be', non puoi!… Che cosa le hai fatto stavolta? Da quando ti ha incontrato non fa che piangere… No, non puoi entrare!»

Christian irrompe nella mia stanza e senza cerimonie accende la luce, accecandomi.

«Cristo, Ana» mormora. Spegne di nuovo la luce e corre al mio fianco.

«Cosa ci fai qui?» singhiozzo. Merda. Non riesco a smettere di piangere.

Lui accende l'abat-jour, facendomi strizzare le palpebre. Kate appare sulla soglia.

«Vuoi che butti fuori questo stronzo?» mi chiede, irradiando un'ostilità termonucleare.

Christian alza un sopracciglio, senza dubbio sorpreso dall'epiteto lusinghiero e dall'avversione selvaggia di Kate. Io scuoto la testa e lei alza gli occhi al cielo. "Oh... eviterei di farlo davanti a Mr G."

«Se hai bisogno, lancia un urlo» mi dice, con tono più dolce. «Grey, sei sulla mia lista nera, ti tengo d'occhio» sibila. Lui le lancia un'occhiata sbigottita, e lei accosta la porta senza chiuderla del tutto.

Christian mi guarda con un'espressione grave, il volto terreo. Indossa una giacca gessata e dal taschino interno tira fuori un fazzoletto, che mi offre. Da qualche parte, ho ancora l'altro che mi aveva dato.

«Cosa succede?» chiede con calma.

«Perché sei venuto qui?» dico, ignorando la sua domanda. Le lacrime si sono miracolosamente fermate, ma singhiozzi secchi mi scuotono da capo a piedi.

«Fa parte del mio ruolo vegliare sulle tue necessità. Hai detto che volevi che rimanessi, quindi eccomi qui. Però ti trovo in questo stato.» Sbatte le palpebre, realmente confuso. «Sono certo di essere io il responsabile, ma non so perché. È perché ti ho picchiato?»

Mi tiro su, sussultando per il dolore al sedere. Lo guardo negli occhi.

«Hai preso un analgesico?»

Scuoto la testa. Lui mi rivolge uno sguardo corrucciato, si alza ed esce dalla stanza. Lo sento parlare con Kate, ma non capisco che cosa dicono. Pochi istanti dopo, torna con una pillola e una tazza d'acqua.

«Prendi questa» mi ordina con dolcezza, sedendosi accanto a me.

Faccio come mi dice.

«Parlami» mormora. «Mi avevi detto che stavi bene. Non ti avrei mai lasciato sola se avessi pensato che ti sentivi così.»

Abbasso lo sguardo. Cosa posso dire che non abbia già detto? Voglio di più. Voglio che lui stia con me perché lo vuole davvero, non perché sono stravolta dal pianto, e non voglio che mi picchi. È così irragionevole?

«Devo dedurre che quando mi hai detto che stavi bene non era vero.»

Arrossisco. «Pensavo di stare bene.»

«Anastasia, non puoi dirmi quello che pensi io voglia sentire. Non è sincerità, questa» mi ammonisce. «Come posso fidarmi di quello che mi dici?»

Ha un'espressione severa, lo sguardo perso. Si passa entrambe le mani tra i capelli.

«Come ti sei sentita mentre ti colpivo, e subito dopo?»

«Non mi è piaciuto. Vorrei che non lo facessi più.»

«Non doveva piacerti.»

«Perché a te piace?» Lo fisso.

La mia domanda lo sorprende.

«Vuoi saperlo davvero?»

«Oh, l'argomento mi affascina, fidati.» Non riesco a reprimere una nota di sarcasmo nella voce.

Lui stringe le palpebre.

«Stai attenta» mi minaccia.

Impallidisco.

«Vuoi picchiarmi di nuovo?» lo provoco.

«No, non stasera.»

Il mio subconscio e io sospiriamo di sollievo.

«Allora?» insisto.

«Mi piace sentire di avere il controllo, Anastasia. Voglio che tu ti comporti in un certo modo, e se non lo farai ti punirò, così imparerai a comportarti come desidero. Mi piace punirti. Ho voluto sculacciarti da quando mi hai chiesto se ero gay.»

Il ricordo mi fa arrossire. Accidenti, mi sarei sculacciata da sola dopo quella domanda. Dunque la responsabile di tutto questo è Katherine Kavanagh, e se fosse stata lei a fare l'intervista e a pronunciare quella domanda, ora ci sarebbe lei qui con il sedere in fiamme. Quel pensiero non mi piace. Sono troppo confusa.

«Quindi non ti piaccio così come sono.»

Lui mi guarda, di nuovo confuso. «Penso che tu sia fantastica come sei.»

«E allora perché tenti di cambiarmi?»

«Io non voglio cambiarti. Vorrei che fossi educata, seguissi le regole che ti ho dato e non mi provocassi. Semplice» dice.

«Però ti piace punirmi?»

«Sì.»

«È questo che non riesco a capire.»

Sospira.

«Io sono fatto così, Anastasia. Sento la necessità di controllarti. Ho bisogno che tu ti comporti in un certo modo, e se non lo fai, mi piace guardare la tua splendida pelle di alabastro arrossarsi e scaldarsi sotto le mie mani. Mi eccita.»

"Merda. Ecco che viene fuori la verità."

«Quindi il punto non è farmi soffrire?»

Deglutisce.

«In parte lo è, per vedere se riesci a sopportarlo, ma non è l'unica ragione. È il fatto che sei mia e che posso fare di te quello che voglio, il fatto di avere il controllo totale su un'altra persona. E poi mi eccita. Da morire. Senti, non mi sto spiegando molto bene... Non ho mai dovuto farlo prima. Non ho mai analizzato tutto questo in profondità. Sono sempre stato con persone che avevano i miei stessi gusti.» Si stringe nelle spalle, con aria di scuse. «E poi non hai ancora risposto alla mia domanda... Come ti sei sentita dopo?»

«Confusa.»

«Eri sessualmente eccitata, Anastasia.» Chiude gli occhi un istante, e quando li riapre sembrano due tizzoni ardenti.

La sua espressione stuzzica la parte più oscura di me, annidata nel profondo del mio ventre, la mia libido, risvegliata e domata da lui ma, persino adesso, insaziabile.

«Non guardarmi così» mormora.

Mi acciglio. "Uffa... Cos'ho fatto stavolta?"

«Non ho preservativi, Anastasia, e poi tu sei molto agitata.

Al contrario di ciò che pensa la tua coinquilina, non sono un mostro o un maniaco sessuale. E così, ti sei sentita confusa?»

Rabbrividisco sotto il suo sguardo penetrante.

«Non hai problemi a essere sincera con me quando scrivi. Le tue mail mi dicono sempre con precisione come ti senti. Perché non riesci a fare lo stesso di persona? Ti metto così in soggezione?»

Strofino una macchia immaginaria sulla coperta di mia madre.

«Mi incanti, Christian. Mi tramortisci. Mi sento come Icaro, che volava troppo vicino al sole» mormoro.

Sussulta.

«Io credo proprio che sia il contrario.»

«In che senso?»

«Oh, Anastasia, sei stata tu a stregarmi. Non è evidente?»

No, non per me. "Stregarlo…" La mia dea interiore è rimasta a bocca aperta. Non ci crede nemmeno lei.

«Non hai risposto alla mia domanda. Fallo via mail, per favore. Adesso, però, vorrei davvero dormire. Posso fermarmi?»

«Vuoi fermarti?» Non riesco a nascondere la speranza nella voce.

«Volevi che restassi qui.»

«Non è la risposta alla mia domanda.»

«Ti scriverò una mail» risponde, ironico.

Si alza, si svuota le tasche dei jeans da BlackBerry, chiavi, portafoglio, e soldi. Accidenti, gli uomini riescono a infilarsi un sacco di roba nelle tasche. Si toglie l'orologio, le scarpe, le calze, i pantaloni e appende la giacca alla mia sedia. Passa dall'altra parte del letto e si sdraia.

«Stenditi» ordina.

Mi infilo sotto le coperte senza far rumore, guardandolo negli occhi. Incredibile… resta qui a dormire. Penso di essere stordita dallo shock. Si appoggia su un gomito e mi guarda.

«Se devi piangere, fallo davanti a me. Ho bisogno di saperlo.»

«Vuoi che pianga?»

«Non particolarmente. Voglio solo sapere come ti senti. Non voglio che mi scivoli tra le dita. Spegni la luce. È tardi, e domani andiamo entrambi a lavorare.»

"È qui... e sempre così prepotente", ma non posso lamentarmi; è nel mio letto. Non capisco fino in fondo perché... Forse dovrei piangere più spesso davanti a lui. Spengo l'abat-jour.

«Girati sul fianco, dandomi le spalle» mormora al buio.

Alzo gli occhi al cielo, sapendo che non può vedermi, ma obbedisco. Lui si avvicina cautamente e mi circonda con le braccia, stringendomi al petto.

«Dormi, piccola» mormora, e lo sento inspirare a fondo tra i miei capelli.

Accidenti! Christian Grey sta dormendo con me, e nel suo abbraccio confortante scivolo in un sonno tranquillo.

La fiamma della candela è troppo calda. Guizza e danza nella brezza surriscaldata, che non offre alcun sollievo dal caldo torrido. Ali leggere frullano avanti e indietro nel buio, spargendo scaglie polverose nel cerchio di luce. Mi sforzo di resistere, ma l'attrazione è troppo forte. E poi il bagliore è così intenso, e io sto volando troppo vicino al sole, abbagliata, sfrigolante e sul punto di sciogliermi per il calore, stremata dai tentativi di stare in quota. Sto bruciando. Il caldo... è soffocante, opprimente. Mi sveglia.

Apro gli occhi, e sono circondata da Christian Grey. Lui è avvolto intorno a me come la bandiera della vittoria su un atleta. Dorme come un sasso, la testa sul mio petto, il braccio che mi stringe forte, una delle gambe agganciate alle mie. Mi soffoca con il suo calore corporeo ed è pesante. Ci metto qualche istante per rendermi conto che è ancora nel mio letto e sta dormendo, mentre fuori è già mattina. Ha passato con me tutta la notte.

Ho il braccio destro steso alla ricerca di un punto fresco, e mentre rifletto sul fatto che lui è rimasto con me, mi viene in mente che posso toccarlo. Sta dormendo. Alzo una mano esitante e gli sfioro la schiena con i polpastrelli. Dal fondo della sua gola sale un debole grugnito di fastidio. Si muove. Mi solletica il petto, inspirando forte, mentre si sveglia. Due occhi grigi sonnolenti incontrano i miei sotto la matassa aggrovigliata dei capelli.

«Buongiorno» farfuglia, imbronciato. «Maledizione, mi attiri anche nel sonno.» Si muove piano, staccandosi da me mentre tenta di raccapezzarsi. Sento la sua erezione contro il fianco. Lui nota il mio stupore, e mi rivolge un sorriso pigro e sensuale.

«Mmh... non sarebbe una cattiva idea, ma penso che dovremmo aspettare fino a domenica.» Mi strofina il naso contro l'orecchio.

Arrossisco, ma deve essere il suo calore.

«Sei bollente.»

«Anche tu sei piuttosto sexy» mormora, e preme contro di me, in maniera allusiva.

Arrossisco ancora di più. "Non era questo che intendevo." Si solleva su un gomito e mi guarda, divertito. Poi si piega e, con mia grande sorpresa, mi bacia delicatamente sulle labbra.

«Dormito bene?» chiede.

Annuisco, e mi rendo conto di aver dormito benissimo, eccetto forse per l'ultima mezz'ora in cui morivo di caldo.

«Anch'io» dice, aggrottando la fronte. «Sì, ho dormito molto bene.» Sembra sorpreso, confuso. «Che ore sono?»

Guardo la sveglia.

«Le sette e mezzo.»

«Le sette e mezzo... Cazzo.» Balza giù dal letto e si infila i jeans.

Stavolta sono io a guardarlo divertita. Christian Grey è in ritardo e smarrito. Una cosa mai vista. Mi rendo conto con sollievo che il sedere ha smesso di bruciarmi.

«Hai un'influenza terribile su di me. Ho una riunione. Devo andare, devo essere a Portland alle otto. Stai ridendo di me?»

«Sì.»

Sorride. «Sono in ritardo. Non mi succede mai. Un'altra

prima volta, Miss Steele.» Si mette la giacca, poi si china e mi prende la testa tra le mani.

«A domenica» dice, lasciando intendere una muta promessa. Ogni parte di me si distende e poi si contrae a quella prospettiva. È una sensazione deliziosa.

Dio, se solo la mia mente potesse stare al passo con il mio corpo. Christian mi bacia in fretta. Poi prende le sue cose dal comodino e le scarpe, senza infilarsele.

«Taylor verrà a ritirare il Maggiolino. Non stavo scherzando, non devi guidarlo. Ci vediamo a casa mia domenica. Ti scriverò una mail con l'orario.» E, come una folata di vento, svanisce.

Christian Grey ha passato la notte con me, e io mi sento riposata. Non c'è stato sesso, solo coccole. Mi ha detto di non aver mai dormito con nessuno, ma con me ha dormito tre volte. Sorrido e scendo dal letto senza fretta. Sono più ottimista di ieri. Vado in cucina, sentendo un gran bisogno di una tazza di tè.

Dopo colazione, mi faccio la doccia e mi vesto alla svelta per il mio ultimo giorno da Clayton. È la fine di un'epoca… Addio a Mr e Mrs Clayton, all'università, a Vancouver, all'appartamento, al Maggiolino. Guardo la macchina infernale, sono solo le 7.52. C'è tutto il tempo.

Da: Anastasia Steele
A: Christian Grey
Data: 27 maggio 2011 08.05
Oggetto: Violenza e percosse: i postumi

Caro Mr Grey,
volevi sapere perché mi sono sentita confusa dopo che mi hai
– che eufemismo dovremmo utilizzare? – sculacciato, castigato,
picchiato, aggredito. Ecco, durante tutta l'allarmante operazione,
mi sono sentita avvilita, degradata e maltrattata. E per aumentare
la mia mortificazione, hai ragione, ero eccitata, cosa che non

mi sarei mai aspettata. Come ben sai, tutti gli aspetti del sesso per me sono una novità… Vorrei tanto essere più esperta, e quindi più preparata. Il fatto di essere eccitata mi ha sconvolto. La cosa che mi ha davvero preoccupato è stata ciò che ho provato dopo. È ancora più difficile da spiegare. Ero felice perché tu eri felice. Mi sentivo sollevata, perché non era stato doloroso come pensavo. E quando mi sono trovata tra le tue braccia, ero… soddisfatta. Ma mi sento imbarazzata, persino colpevole, per le cose che ho provato. Non si addicono alla mia persona, per questo sono così confusa. Ho risposto alla tua domanda?
Spero che il mondo degli affari sia stimolante come sempre… e che tu non sia arrivato troppo tardi.
Grazie per esserti fermato a dormire.
Ana

Da: Christian Grey
A: Anastasia Steele
Data: 27 maggio 2011 08.24
Oggetto: Libera la mente

Oggetto interessante, anche se un tantino esagerato, Miss Steele.
Venendo alle questioni che sollevi.
Propenderei per "sculacciare", perché di questo si trattava.
Dunque ti sei sentita avvilita, degradata e maltrattata…
Vedo che hai molti punti in comune con Tess Durbeyfield.
Mi sembrava che fossi stata tu a scegliere la degradazione.
Ti senti davvero come dici, o pensi solo che dovresti sentirti così? Sono due cose molto diverse. Se ti senti davvero così, non pensi che potresti cercare di lasciarti andare a queste sensazioni, di guardarle in faccia, per me?
È questo che una Sottomessa dovrebbe fare.
Sono felice della tua inesperienza. Per me è preziosa, e solo adesso sto iniziando a capire cosa significa. In poche parole… significa che sei mia da ogni punto di vista.

Sì, eri eccitata, il che, a sua volta, era molto
eccitante. Non c'è niente di male in questo.
"Felice" non rende l'idea di come mi sono
sentito. "Estasiato" ci va più vicino.
La sculacciata di punizione fa molto più male di quella
erotica… quindi questo è il massimo del dolore che
proverai, a meno che, naturalmente, tu non compia
qualche trasgressione grave, nel qual caso userò
qualche arnese per punirti. A me bruciavano
le mani. Ma la cosa mi piace.
Anch'io mi sono sentito soddisfatto, più di
quanto potresti mai immaginare.
Non sprecare energie nei sensi di colpa, nei rimorsi ecc.
Siamo adulti consenzienti e quello che facciamo nell'intimità
riguarda solo noi. Devi liberare la mente e ascoltare il tuo corpo.
Il mondo degli affari non è stimolante quanto te, Miss Steele.

Christian Grey
Amministratore delegato, Grey Enterprises Holdings Inc.

**Oh, mio Dio… "Mia da ogni punto di vista." Mi sento
mancare il fiato.**

Da: Anastasia Steele
A: Christian Grey
Data: 27 maggio 2011 08.26
Oggetto: Adulti consenzienti!

Non dovresti essere in riunione?
Sono felice che ti bruciassero le mani.
E se avessi ascoltato il mio corpo, adesso sarei in Alaska.
Ana

PS: Sul fatto di lasciarmi andare, ci pensero.

Da: Christian Grey
A: Anastasia Steele
Data: 27 maggio 2011 08.35
Oggetto: Non hai chiamato la polizia

Miss Steele,
se proprio vuoi saperlo, sono in riunione, a
parlare del mercato dei futures.
Per la cronaca: mi hai dato corda, sapendo cosa stavo per fare.
Non mi hai chiesto in nessun momento di smettere,
non hai usato nessuna delle due *safeword*.
Sei un'adulta: puoi scegliere.
Sinceramente, non vedo l'ora di avere di nuovo il palmo dolorante.
A quanto pare, non ascolti la parte giusta del tuo corpo.
In Alaska fa molto freddo, non è un bel posto
in cui nascondersi. Ti troverei.
Posso intercettare il tuo cellulare… ricordi?
Vai a lavorare.

Christian Grey
Amministratore delegato, Grey Enterprises Holdings Inc.

**Lancio un'occhiataccia allo schermo. Certo, ha ragione.
Posso scegliere. Mmh. È serio quando dice che mi troverebbe, se decidessi di scappare per un po'? Prendo un istante
in considerazione l'invito di mia madre. Premo RISPONDI.**

Da: Anastasia Steele
A: Christian Grey
Data: 27 maggio 2011 08.36
Oggetto: Stalker

Ti sei mai rivolto a uno psicologo per
queste tue tendenze da stalker?
Ana

Da: Christian Grey
A: Anastasia Steele
Data: 27 maggio 2011 08.38
Oggetto: Stalker? Io?

Corrispondo una piccola fortuna al dottor Flynn per il
trattamento delle mie tendenze da stalker e altro.
Vai a lavorare.

Christian Grey
Amministratore delegato, Grey Enterprises Holdings Inc.

Da: Anastasia Steele
A: Christian Grey
Data: 27 maggio 2011 08.40
Oggetto: Ciarlatani costosi

Posso umilmente consigliarti di chiedere un secondo parere?
Non sono sicura che il dottor Flynn sia molto bravo.
Miss Steele

Da: Christian Grey
A: Anastasia Steele
Data: 27 maggio 2011 08.43
Oggetto: Altri pareri

Non che siano affari tuoi, umilmente o meno, ma quello
del dottor Flynn è già il secondo parere che chiedo.
Dovrai premere l'acceleratore della tua nuova auto, mettendoti
in pericolo senza motivo. Mi pare che sia contro le regole.
VAI A LAVORARE.

Christian Grey
Amministratore delegato, Grey Enterprises Holdings Inc.

Da: Anastasia Steele
A: Christian Grey
Data: 27 maggio 2011 08.47
Oggetto: L'ARROGANZA DELLE MAIUSCOLE

Per quanto riguarda le tue tendenze da
stalker, mi sembra che un po' siano anche
affari miei.
Non ho ancora firmato niente. Quindi, regole,
marameo. E poi non inizio prima delle 9.30.
Miss Steele

Da: Christian Grey
A: Anastasia Steele
Data: 27 maggio 2011 08.49
Oggetto: Linguistica descrittiva

"Marameo"? Non so se si trova sul dizionario.

Christian Grey
Amministratore delegato, Grey Enterprises Holdings Inc.

Da: Anastasia Steele
A: Christian Grey
Data: 27 maggio 2011 08.52
Oggetto: Linguistica descrittiva

È una via di mezzo tra il maniaco del controllo
e lo stalker.
E la linguistica descrittiva per me
è un limite assoluto.
Ora vuoi smetterla di tormentarmi?
Vorrei andare al lavoro con la mia nuova auto.
Ana

Da: Christian Grey
A: Anastasia Steele
Data: 27 maggio 2011 08.56
Oggetto: Ragazze impertinenti ma spassose

Mi prudono le mani.
Guida piano, Miss Steele.

Christian Grey
Amministratore delegato, Grey Enterprises Holdings Inc.

L'Audi è una gioia da guidare. Ha il servosterzo. Wanda, il mio Maggiolino, era quasi ingovernabile: così l'esercizio fisico quotidiano che facevo per guidarla cesserà. Be', comunque, secondo le regole di Christian, dovrò vedermela con un personal trainer. Uffa. Odio fare sport.

Mentre guido, provo ad analizzare il nostro scambio di mail. A volte lui sa proprio essere un paternalista figlio di puttana. Poi penso a Grace e mi sento in colpa. È vero, però, che lei non è la sua vera madre. Mmh... quello è tutto un mondo di dolore sconosciuto. Forse figlio di puttana ci potrebbe anche stare. Sì, sono adulta, grazie di avermelo ricordato, Christian Grey, e posso scegliere. Il problema è che voglio solo lui, non tutto il suo... bagaglio, che al momento riempirebbe un cargo. Non potrei lasciarmi andare e accettare i miei sentimenti? Ho promesso che ci avrei provato, ma è un'impresa titanica.

Parcheggio davanti a Clayton. Entrando, stento a credere che sia il mio ultimo giorno. Per fortuna, il negozio è pieno e il tempo passa in fretta. All'ora di pranzo Mr Clayton mi chiama. Accanto a lui c'è un corriere in motocicletta.

«Miss Steele?» chiede il corriere. Guardo con aria interrogativa Mr Clayton, il quale si stringe nelle spalle, perplesso quanto me. Il cuore mi balza nel petto. Cosa mi avrà mandato Christian stavolta? Firmo la ricevuta del pacchetto e lo apro subito. È un BlackBerry. Resto senza fiato. Lo accendo.

Da: Christian Grey
A: Anastasia Steele
Data: 27 maggio 2011 11.15
Oggetto: BlackBerry IN PRESTITO

Devo poterti contattare in qualsiasi momento e, dato
che la mail è la tua forma più sincera di comunicazione,
ho pensato che avessi bisogno di un BlackBerry.

Christian Grey
Amministratore delegato, Grey Enterprises Holdings Inc.

Da: Anastasia Steele
A: Christian Grey
Data: 27 maggio 2011 13.22
Oggetto: Alla faccia del consumismo

Penso che dovresti chiamare il dottor Flynn, subito.
Le tue tendenze da stalker stanno arrivando al limite.
Sono al lavoro. Ti scriverò quando torno a casa.
Grazie per l'ennesimo gadget.
Non sbagliavo quando ti ho detto che sei il consumatore ideale.
Perché l'hai fatto?
Ana

Da: Christian Grey
A: Anastasia Steele
Data: 27 maggio 2011 13.24
Oggetto: Sagace per essere così giovane

Un punto per te, come al solito, Miss Steele.
Il dottor Flynn è in vacanza.
L'ho fatto perché posso permettermelo.

Christian Grey
Amministratore delegato, Grey Enterprises Holdings Inc.

Mi infilo il BlackBerry nella tasca posteriore dei pantaloni. Lo odio già. Mandare mail a Christian dà assuefazione, ma adesso dovrei lavorare. Lo sento contro il sedere... "Molto appropriato" penso ironicamente, ma faccio appello a tutta la mia forza di volontà e lo ignoro.

Alle quattro del pomeriggio Mr e Mrs Clayton radunano tutti i dipendenti del negozio e, durante un discorso tanto imbarazzante da farmi venire la pelle d'oca, mi regalano un assegno da trecento dollari. In quel momento tutti gli eventi delle ultime tre settimane mi scoppiano dentro: gli esami, la laurea, un impegnativo, incasinato miliardario, la perdita della verginità, i limiti relativi e assoluti, le sale giochi senza console, i giri in elicottero e il fatto che domani mi trasferirò in un'altra città. Stranamente riesco a mantenere un contegno. Abbraccio i Clayton con trasporto. Sono stati datori di lavoro generosi e tolleranti e sentirò la loro mancanza.

Kate sta scendendo dall'auto quando arrivo a casa.

«Cos'è quella?» chiede con tono accusatorio, indicando la Audi.

Non riesco a resistere. «È un'automobile» scherzo. Mi fulmina con lo sguardo, e per un attimo mi chiedo se non stia per sculacciarmi anche lei. «Il regalo per la mia laurea.» Cerco di fare l'indifferente. "Ebbene sì, mi regalano auto costose ogni giorno." Lei rimane a bocca aperta.

«Un generoso, megalomane bastardo, vero?»

Annuisco. «Ho provato a non accettarla, ma, francamente, non avevo voglia di litigare.»

Kate fa una smorfia. «Non c'è da stupirsi che tu sia sopraffatta. Ho visto che è rimasto a dormire.»

«Sì.» Faccio un sorriso mesto.

«Impacchettiamo le ultime cose?»

Annuisco e la seguo all'interno. Controllo le mail di Christian.

Da: Christian Grey
A: Anastasia Steele
Data: 27 maggio 2011 13.40
Oggetto: Domenica

Ci vediamo domenica alle 13?
Il dottore arriverà all'Escala per visitarti alle 13.30.
Parto adesso per Seattle.
Spero che il trasloco vada bene, e aspetto con
ansia il nostro prossimo incontro.

Christian Grey
Amministratore delegato, Grey Enterprises Holdings Inc.

Caspita, sembra che stia parlando del tempo. Decido di scrivergli dopo che avrò finito di fare le valigie. Può essere divertente un attimo prima e formale e ingessato un attimo dopo. È difficile stargli dietro. A essere sinceri, questa sembra una mail di lavoro. Alzo gli occhi al cielo in segno di sfida e vado ad aiutare Kate.

Kate e io siamo in cucina quando sentiamo bussare. Taylor è in piedi sulla soglia, con il suo abito impeccabile. Scorgo una traccia dell'ex militare nel taglio a spazzola, nel fisico robusto e nello sguardo glaciale.

«Miss Steele» dice. «Sono venuto per l'automobile.»

«Sì, certo. Entri pure, prendo le chiavi.»

Sicuramente questo esula dalle sue mansioni. Ancora una volta, mi chiedo quale sia di preciso la funzione di Taylor. Gli consegno le chiavi e in un silenzio imbarazzato, almeno per me, ci dirigiamo verso il Maggiolino. Apro la portiera del passeggero e prendo la torcia dal vano portaoggetti. Basta così. Non ho altri oggetti personali nell'abitacolo. "Addio, Wanda. Grazie." Accarezzo il tettuccio mentre chiudo la portiera.

«Da quanto tempo lavora per Mr Grey?» chiedo.

«Da quattro anni, Miss Steele.»

All'improvviso sento l'irrefrenabile impulso di tempestarlo di domande. Chissà quante cose sa di Christian, deve conoscere tutti i suoi segreti. Ma è probabile che abbia firmato un accordo di riservatezza. Lo guardo con un certo nervosismo. Ha la stessa espressione riservata di Ray, e provo un moto d'affetto.

«È una brava persona, Miss Steele» dice, con un sorriso. Dopodiché mi fa un breve cenno con la testa, sale in macchina e parte.

Appartamento, Maggiolino, Clayton... un cambiamento dopo l'altro. Torno in casa scuotendo la testa. E il cambiamento più radicale è Christian Grey. Taylor lo considera una "brava persona". Dovrei credergli?

José viene a trovarci con una cena cinese takeaway alle otto. Abbiamo finito. Gli scatoloni sono pronti e noi siamo sul piede di partenza. Porta diverse bottiglie di birra. Kate e io ci accomodiamo sul divano, mentre lui si siede a gambe incrociate sul pavimento davanti a noi. Guardiamo programmi stupidi alla tivù, beviamo birra e, con il passare delle ore, a mano a mano che l'alcol fa effetto, ci lasciamo andare ai ricordi. Sono stati belli, questi quattro anni.

L'atmosfera tra me e José è tornata normale, le sue avances sono state dimenticate. O meglio, sono state nascoste sotto il tappeto su cui è adagiata la mia dea interiore, mangiando grappoli d'uva e tamburellando con le dita, nell'attesa non molto paziente che arrivi domenica. Qualcuno bussa alla porta, e il cuore mi balza nel petto. Non sarà...?

Kate va ad aprire e rischia di essere travolta da Elliot. Lui la avvolge in un abbraccio hollywoodiano, che si trasforma subito in un amplesso da film indipendente europeo. "Davvero... prendetevi una stanza." José e io ci guardiamo. Sono sconvolta dalla loro mancanza di pudore.

«Facciamo quattro passi fino al bar?» suggerisco a José, che si affretta ad annuire. Siamo troppo imbarazzati dallo sfrenato sfoggio di erotismo che sta avvenendo sotto i nostri occhi. Kate mi guarda, rossa in viso e con gli occhi scintillanti.

«José e io andiamo a berci un bicchiere.» Alzo gli occhi al cielo. Ah! Posso ancora farlo quando voglio.

«Okay» sorride lei.

«Ciao, Elliot.»

Lui mi fa l'occhiolino e José e io usciamo, ridacchiando come due adolescenti.

Mentre passeggiamo verso il bar, prendo José sottobraccio. Dio, è un tipo così poco complicato... Non avevo mai apprezzato tanto questo suo lato prima.

«Hai sempre intenzione di venire all'inaugurazione della mia mostra, vero?»

«Certo, José, quando sarà?»

«Il 9 giugno.»

«Che giorno della settimana è?» dico, subito preoccupata.

«Giovedì.»

«Sì, dovrei farcela... E tu verrai a trovarci a Seattle?»

«Puoi giurarci.» Sorride.

Quando torniamo dal bar, è tardi. Kate e Elliot non si vedono, ma si sentono eccome. Spero di non fare tanto casino anch'io. So che Christian è più silenzioso. Arrossisco al pensiero e mi rifugio in camera mia. Dopo un breve abbraccio, per fortuna non troppo imbarazzante, José se n'è andato. Non so quando lo rivedrò, probabilmente alla sua mostra, e ancora una volta sono felice che sia riuscito a realizzarla. Mi mancheranno, lui e il suo fascino spensierato. Non sono riuscita a dirgli del Maggiolino. So che andrà su tutte le furie quando lo scoprirà e riesco a sopportare solo un uomo furioso alla volta. Controllo la macchina infernale, e, neanche a dirlo, c'è una mail di Christian.

Da: Christian Grey
A: Anastasia Steele
Data: 27 maggio 2011 22.14
Oggetto: Dove sei?

"Sono al lavoro. Ti scrivo quando torno a casa."
Sei ancora al lavoro o hai messo negli scatoloni
anche il telefono, il BlackBerry e il MacBook?
Chiamami, o potrei essere costretto a chiamare Elliot.

Christian Grey
Amministratore delegato, Grey Enterprises Holdings Inc.

"Cazzo."

Prendo il telefono. Cinque chiamate perse e un messaggio vocale. Lo ascolto, esitante. È Christian.

"Penso che tu debba imparare a gestire le mie aspettative. Non sono un uomo paziente. Se dici che intendi contattarmi quando stacchi dal lavoro, dovresti avere la decenza di farlo. Altrimenti mi preoccupo, ed è un'emozione a cui non sono abituato e che non sopporto bene. Chiamami."

"Merda! Mi darà mai il tempo di respirare?" Guardo il telefono, accigliata. Mi sta soffocando. Con un terrore profondo e viscerale trovo il suo numero nella rubrica e premo il tasto di chiamata. Ho il cuore in gola mentre aspetto la sua risposta. È probabile che mi farà un culo così, e il pensiero mi deprime.

«Pronto» risponde dolcemente, il che mi spiazza, perché mi aspettavo una sfuriata. Se non altro, sembra sollevato.

«Ciao» mormoro.

«Mi hai fatto preoccupare.»

«Lo so. Mi dispiace di non aver risposto, ma sto bene.»

Rimane in silenzio per un attimo.

«Hai passato una bella serata?» La sua cortesia è un po' forzata.

«Sì. Kate e io abbiamo finito gli scatoloni, poi abbiamo mangiato cibo cinese con José.» Stringo forte le palpebre mentre pronuncio quel nome. Christian non fa commenti.

«E tu?» chiedo, per riempire l'improvviso, assordante silenzio. Non gli permetterò di farmi sentire in colpa per via di José.

Alla fine, sospira.

«Sono stato a una cena di beneficenza. Una noia mortale. Me ne sono andato appena ho potuto.»

Ha un tono così triste e rassegnato. Mi si stringe il cuore. Lo ricordo notti fa, seduto al pianoforte del salone di casa sua, con l'insopportabile malinconia dolceamara della musica che stava suonando.

«Vorrei che fossi qui» confesso, perché sento un forte desiderio di abbracciarlo, di calmarlo, anche se lui non me lo permetterebbe. Ho voglia di averlo vicino.

«Ah, sì?» chiede, poco convinto. Non sembra lui, e mi si accappona la pelle per l'apprensione.

«Sì» mormoro. Dopo un'eternità, sospira.

«Ci vediamo domenica?»

«Sì, domenica» rispondo, e un brivido mi attraversa il corpo.

«Buonanotte.»

«Buonanotte, signore.»

Il mio appellativo lo coglie alla sprovvista, lo sento dal suo respiro spezzato.

«In bocca al lupo per il trasloco, Anastasia.» Ora la sua voce è dolce. Siamo entrambi attaccati al telefono come adolescenti, nessuno dei due vuole chiudere.

«Riattacca tu» mormoro. Finalmente, percepisco il suo sorriso.

«No, tu.» E so che sta ridendo.

«Non voglio.»

«Neanch'io.»

«Eri molto arrabbiato con me?»

«Sì.»

«Lo sei ancora?»

«No.»

«Quindi non mi punirai?»

«No. Sono uno che reagisce d'impulso.»

«L'ho notato.»

«Ora puoi riattaccare, Miss Steele.»

«Vuoi davvero che lo faccia, signore?»

«Vai a letto, Anastasia.»

«Sì, signore.»

Restiamo entrambi in linea.

«Pensi che riuscirai mai a fare quello che ti viene detto?»
È divertito ed esasperato al tempo stesso.

«Forse... Vedremo dopo domenica.» E interrompo la
chiamata.

Elliot è in piedi e ammira la sua opera. Ha collegato il nostro
televisore all'impianto satellitare dell'appartamento di Pike
Place Market. Kate e io ci buttiamo sul divano ridacchiando, colpite dalla sua abilità con il trapano. Lo schermo piatto ha un'aria strana contro i mattoni del magazzino ricon-
vertito, ma senza dubbio ci abitueremo.

«Hai visto, piccola, è stato facile.» Guarda Kate con un
sorriso smagliante, e lei rischia di sciogliersi.

Alzo gli occhi, esasperata.

«Vorrei fermarmi, piccola, ma mia sorella è tornata da Parigi. Stasera sono obbligato a partecipare alla cena di famiglia.»

«Puoi venire più tardi?» chiede Kate esitante, con un tono
insolitamente remissivo.

Mi alzo e vado in cucina con il pretesto di disfare qualche
scatolone. La scena sta diventando stucchevole.

«Vedo se riesco a scappare» promette lui.

«Scendo con te» dice Kate, contenta.

«A dopo, Ana.» Elliot sorride.

«Ciao, Elliot. Porta i miei saluti a Christian.»

«Solo i saluti?»

«Sì.» Arrossisco. Lui mi strizza l'occhio e segue Kate fuori dall'appartamento.

Elliot è adorabile, così diverso da Christian. È gentile, estroverso, affettuoso, molto affettuoso, troppo affettuoso con Kate. Riescono a fatica a non toccarsi reciprocamente – a essere sinceri, è imbarazzante – e io mi rodo dall'invidia.

Kate torna una ventina di minuti dopo con la pizza, e ci sediamo, circondate dagli scatoloni, nel nostro nuovo open space, e mangiamo con le mani, senza piatti. Il padre di Kate ha scelto bene. L'appartamento non è enorme, ma grande quanto basta, con tre stanze da letto e un vasto soggiorno affacciato su Pike Place Market. I pavimenti sono di legno, le pareti di mattoni rossi e i piani della cucina sono di cemento levigato, tutto molto pratico e all'ultima moda. Siamo entrambe entusiaste di abitare nel centro della città.

Alle otto suona il citofono. Kate salta in piedi, e il cuore mi balza in gola.

«Una consegna, Miss Steele, Miss Kavanagh.» Provo un moto di delusione, spontaneo e inatteso. Non è Christian.

«Primo piano, appartamento due.»

Kate fa entrare il fattorino. Nel vederla, in jeans attillati e T-shirt, con i riccioli che sfuggono alla sua coda alta, lui rimane a bocca aperta: fa sempre quest'effetto agli uomini. Ha in mano una bottiglia di champagne con un palloncino a forma di elicottero. Kate lo liquida con un sorriso smagliante e mi legge il bigliettino.

Signore,
buona fortuna nella vostra nuova casa.
Christian Grey

Scuote la testa, contrariata.

«Perché non riesce a scrivere "Christian" e basta? E cosa vuol dire questo bizzarro palloncino?»

«*Charlie Tango.*»

«Cosa?»

«Christian mi ha portato a Seattle con quell'elicottero.»

Kate mi guarda a bocca aperta. Devo ammettere che amo le rare occasioni in cui riesco a far ammutolire Katherine Kavanagh. Mi godo quell'inebriante sensazione per un istante.

«Sì, ha un elicottero, che guida lui stesso» dico, orgogliosa.

«Figuriamoci se quel bastardo pieno di soldi non **ha** un elicottero. Perché non me l'avevi raccontato?» Kate mi lancia uno sguardo accusatorio, ma non riesce a nascondere un sorriso incredulo.

«Sono successe molte cose negli ultimi tempi.»

Aggrotta la fronte.

«Starai bene mentre sono via?»

«Certo» le rispondo, con tono rassicurante. "Nuova città, niente lavoro… un fidanzato fuori di testa."

«Sei stata tu a dargli il nostro indirizzo?»

«No, ma rintracciare le persone è la sua specialità» rispondo, impassibile.

Kate è sempre più perplessa.

«Non mi sorprende. Quel tizio mi fa paura, Ana. Se non altro, lo champagne è buono e ghiacciato.»

Certo. Solo Christian è capace di mandare champagne ghiacciato o chiedere alla sua segretaria di farlo… o magari a Taylor. Lo apriamo subito e recuperiamo due tazze, le ultime cose impacchettate.

«Bollinger La Grande Année Rosé 1999, un'annata eccellente.» Sorrido a Kate, e brindiamo.

Mi sveglio presto in una domenica grigia dopo una notte di sonno stranamente riposante, e rimango sdraiata a guardare gli scatoloni. "Sarebbe il caso di disfarli" mi tormenta la vocina. "No… oggi è il grande giorno." La mia dea interiore saltella da un piede all'altro, fuori di sé dalla gioia.

L'aspettativa mi grava addosso pesante e funesta come la nube scura di una tempesta tropicale. Le farfalle mi invadono lo stomaco, insieme a un dolore più oscuro, carnale, ipnotico, mentre cerco di immaginare che cosa mi farà... E, ovviamente, devo firmare quel dannato contratto, no? Sento l'avviso sonoro che segnala l'arrivo di una mail dalla macchina infernale accanto al letto.

Da: Christian Grey
A: Anastasia Steele
Data: 29 maggio 2011 08.04
Oggetto: La mia vita in cifre

Se arrivi in auto, ti servirà il codice
di accesso al parcheggio sotterraneo
dell'Escala: 146963.
Lascia la macchina nel posto 5, è uno
di quelli riservati a me.
Codice dell'ascensore: 1880.

Christian Grey
Amministratore delegato, Grey Enterprises Holdings Inc.

Da: Anastasia Steele
A: Christian Grey
Data: 29 maggio 2011 08.08
Oggetto: Un'annata eccellente

Sissignore. Ricevuto.
Grazie per lo champagne e il Charlie
Tango gonfiabile, che ora è legato
al mio letto.
Ana

Da: Christian Grey
A: Anastasia Steele
Data: 29 maggio 2011 08.11
Oggetto: Invidia

Prego.
Non fare tardi.
Beato Charlie Tango.

Christian Grey
Amministratore delegato, Grey Enterprises Holdings Inc.

La sua prepotenza mi esaspera, ma l'ultima riga mi fa sorridere. Vado in bagno, chiedendomi se Elliot sia tornato da Kate stanotte e cercando di controllare il nervosismo.

Riesco a guidare l'Audi con i tacchi! Alle 12.55 precise entro nel garage dell'Escala e parcheggio nel posto 5. Quanti posti macchina avrà a disposizione? Ci sono il suv Audi grande e due più piccoli, la R8... "Mmh." Controllo il mascara, che non sono abituata a mettere, nello specchietto del parasole. Sul Maggiolino non l'avevo.

Negli specchi che si ripetono all'infinito in ascensore mi controllo il vestito color prugna, quello di Kate. L'ultima volta che l'ho indossato, lui non vedeva l'ora di togliermelo. Il pensiero mi suscita un fremito. È una sensazione deliziosa, che mi lascia senza fiato. Indosso la biancheria intima che mi aveva comprato Taylor. Arrossisco al pensiero della sua testa con i capelli a spazzola che vaga tra gli scaffali di Agent Provocateur o di qualche altro negozio di lingerie di lusso. La porta si apre davanti all'atrio dell'appartamento numero 1.

Quando esco dall'ascensore, mi imbatto in Taylor.

«Buon pomeriggio, Miss Steele» dice.

«Oh, per favore, mi chiami Ana.»

«Ana» sorride. «Mr Grey la sta aspettando.»

"Lo spero bene."

Christian è seduto sul divano del soggiorno e legge i giornali della domenica. Alza gli occhi, mentre Taylor mi invita ad accomodarmi. La stanza è esattamente come me la ricordavo: è passata solo una settimana da quando sono stata qui, ma mi sembra molto di più. Christian ha un'aria calma e disinvolta... divina. Indossa una camicia di lino bianca, i jeans ed è a piedi scalzi. Ha i capelli arruffati e in disordine, e un luccichio malizioso negli occhi. Si alza e mi viene incontro, con un sorriso ammirato e divertito sulle sue meravigliose labbra scolpite.

Resto immobile sulla soglia, paralizzata dalla sua bellezza e dall'eccitante prospettiva di quello che succederà. Sento la familiare scossa tra noi.

«Mmh... quel vestito» mormora, guardandomi soddisfatto. «Bentornata, Miss Steele» aggiunge e, prendendomi il mento, si china a depositarmi un affettuoso bacio sulle labbra. Il tocco della sua bocca si riverbera in tutto il mio corpo, mozzandomi il respiro.

«Ciao» sussurro.

«Sei arrivata puntuale. Mi piacciono le persone puntuali. Vieni.» Mi prende per mano e mi porta verso il divano. «Volevo mostrarti una cosa» dice. Mi porge il "Seattle Times". A pagina otto, c'è una foto di noi due alla cerimonia di consegna dei diplomi. "Accidenti." Sono sul giornale. Leggo la didascalia:

Christian Grey e una sua amica alla cerimonia di laurea alla Washington State University di Vancouver.

Scoppio a ridere. «Quindi adesso sono una tua "amica".»

«Così pare. E se è sul giornale, dev'essere vero.» Mi strizza l'occhio.

Si siede accanto a me, piegando una gamba sotto l'altra.

Mi infila una ciocca di capelli dietro l'orecchio. Il mio corpo si anima sotto il suo tocco, pieno di desiderio.

«E così, Anastasia, adesso mi conosci meglio dell'ultima volta che sei stata qui.»

«Sì.» *Dove vuole arrivare?*

«Eppure sei tornata.»

Annuisco timidamente, e i suoi occhi splendono. Scuote appena la testa, come se non ci credesse.

«Hai mangiato?» chiede, di punto in bianco.

Merda.

«No.»

«Hai fame?» Sta facendo di tutto per non apparire irritato.

«Non di cibo» mormoro, e le sue narici fremono a quelle parole.

Si china verso di me e mi sussurra all'orecchio: «Sei impaziente come sempre, Miss Steele, e ti confido un segreto: lo sono anch'io. Ma la dottoressa Greene arriverà da un momento all'altro». Raddrizza la schiena. «Vorrei che avessi mangiato» mi sgrida, senza troppa severità. Il mio sangue surriscaldato si raffredda. Oddio... il medico. L'avevo dimenticato.

«Cosa puoi dirmi di questa dottoressa?» chiedo, per distrarci entrambi.

«È la miglior ginecologa di Seattle. Cos'altro posso dirti?» Si stringe nelle spalle.

«Pensavo che dovesse visitarmi il tuo medico di fiducia, e non venirmi a raccontare che in realtà sei una donna, perché non ti crederei.»

Mi guarda come se fossi impazzita.

«Mi è sembrato più opportuno che ti visitasse uno specialista. Non sei d'accordo?» dice.

Annuisco. È la migliore ginecologa di Seattle, e lui l'ha fatta venire di domenica, all'ora di pranzo! Non oso pensare a quanto possa essergli costato. Christian si acciglia di colpo, come se si fosse ricordato di qualcosa di spiacevole.

«Anastasia, mia madre vorrebbe invitarti a cena stasera. Credo che anche Elliot lo chiederà a Kate. Non so se te la senti. Per me sarebbe strano presentarti alla mia famiglia.»

"Strano? Perché?"

«Ti vergogni di me?» Non riesco a evitare il tono offeso.

«Certo che no.» Alza gli occhi al cielo.

«Perché, allora, sarebbe strano per te?»

«Perché non l'ho mai fatto.»

«Perché tu puoi alzare gli occhi al cielo, e io no?»

Sbatte le palpebre, stupito. «Non mi ero accorto di averlo fatto.»

«Di solito non me ne accorgo nemmeno io» sbotto.

Mi guarda ammutolito. Taylor compare sulla soglia.

«La dottoressa Greene è arrivata, signore.»

«Accompagnala nella stanza di Miss Steele.»

"La stanza di Miss Steele!"

«Sei pronta a prendere un contraccettivo?» mi domanda, mentre si alza e mi tende la mano.

«Non vieni anche tu?» chiedo io, atterrita.

Scoppia a ridere.

«Pagherei una fortuna per guardarti, Anastasia, credimi, ma non penso che la dottoressa approverebbe.»

Prendo la sua mano, e lui mi stringe tra le braccia e mi dà un bacio appassionato. Io lo stringo a mia volta, colta di sorpresa. Mi accarezza i capelli, mi prende la testa e mi attira verso di sé, accostando la sua fronte alla mia.

«Sono così felice che tu sia qui» sussurra. «Non vedo l'ora di spogliarti.»

18

La dottoressa Greene è alta, bionda e impeccabile, e indossa un tailleur blu scuro. Mi ricorda le donne che lavorano nell'ufficio di Christian. Sembra una loro fotocopia, l'ennesima bionda perfetta. I suoi capelli lunghi sono raccolti in un elegante chignon. Deve avere una quarantina d'anni.

«Mr Grey.» Stringe la mano che Christian le ha teso.

«Grazie per essere venuta con così poco preavviso» dice lui.

«Grazie per aver fatto in modo che ne valesse la pena, Mr Grey. Miss Steele.» Sorride, lo sguardo freddo e indagatore.

Ci stringiamo la mano e capisco subito che è una di quelle donne che vanno subito al sodo, come Kate. Mi piace. Lancia a Christian uno sguardo penetrante e, dopo un istante di imbarazzo, lui capisce l'antifona.

«Io sono al piano di sotto» mormora, e mi lascia in quella che sarà la mia stanza.

«Bene, Miss Steele. Mr Grey mi paga una piccola fortuna per assisterla. Che cosa posso fare per lei?»

Dopo una visita accurata e una lunga chiacchierata, la dottoressa e io optiamo per la minipillola. Lei mi scrive la ricetta e mi dice di procurarmi il farmaco il giorno dopo. Mi piace il suo atteggiamento pratico: mi ripete fino all'esasperazione che devo assumere una compressa ogni giorno alla stessa ora. Potrei giurare che arde dalla curiosità riguardo alla mia cosiddetta relazione con Mr Grey. Io non le rivelo particolari. Per qualche ragione penso che non sarebbe così calma e padrona di sé se vedesse la Stanza Rossa delle Torture. Avvampo mentre passiamo davanti alla porta chiusa di quella camera, dirigendoci verso il soggiorno.

Christian sta leggendo, seduto sul divano. Dallo stereo esce una straordinaria melodia, che fluttua intorno a lui, avvolgendolo e riempiendo il salone di note dolci e struggenti. Per un attimo, sembra sereno. Si gira verso di noi quando entriamo e mi rivolge un sorriso affettuoso.

«Avete finito?» chiede, come se fosse sinceramente interessato. Punta il telecomando verso una lucente scatola bianca sotto il caminetto dov'è sistemato il suo iPod, e abbassa il volume della musica, che rimane in sottofondo. Poi si alza in piedi e ci viene incontro.

«Sì, Mr Grey. Abbia cura di lei: è una ragazza bella e intelligente.»

Christian rimane sbalordito, e anch'io. Sembra una cosa inopportuna da dire, per un medico. Sta forse cercando di dargli un avvertimento, neanche tanto sottile? Lui si riprende.

«Ne ho tutta l'intenzione» mormora, attonito.

Io lo guardo e mi stringo nelle spalle, imbarazzata.

«Le manderò la fattura» dice la dottoressa seccamente, stringendogli la mano.

«Buona giornata e in bocca al lupo, Ana.» Sorride nel salutarmi.

Taylor si materializza dal nulla per scortarla verso l'ascensore. Ma come fa? Dove si nasconde?

«Com'è andata?» chiede Christian.

«Bene, grazie. Ha detto che devo astenermi da qualsiasi attività sessuale per le prossime quattro settimane.»

Christian resta a bocca aperta, ma io non riesco a rimanere seria a lungo e scoppio a ridere come una scema.

«Ci sei cascato!»

Lui mi guarda con aria severa e io smetto subito di ridere. In effetti, sembra piuttosto ostile. "Oh, merda." Il mio subconscio si rintana in un angolo, e io divento pallida come un cencio, immaginandomi un'altra sculacciata.

«Ci sei cascata!» esclama lui, facendomi l'occhiolino. Mi cinge la vita e mi attira a sé. «Sei incorreggibile, Miss Steele» mormora, guardandomi negli occhi e intrecciando le dita ai miei capelli per tenermi ferma. Mi bacia con passione, e io mi stringo alle sue braccia muscolose per non perdere l'equilibrio.

«Anche se vorrei prenderti qui e subito, hai bisogno di mangiare, e anch'io. Non voglio che tu mi svenga addosso, più tardi» mormora con le labbra sulle mie.

«È solo per questo che mi vuoi... per il mio corpo?» sussurro.

«Il tuo corpo e la tua lingua biforcuta» risponde.

Mi bacia ancora con trasporto, poi, all'improvviso, mi lascia andare e mi porta in cucina. Sono stordita. Prima scherza, poi... Mi sventolo il viso surriscaldato con la mano. Quell'uomo è sesso allo stato puro, e adesso devo ritrovare la calma e mangiare qualcosa. La melodia continua a risuonare in sottofondo.

«Cos'è questa musica?»

«Villa Lobos, un'aria delle *Bachianas Brasileiras*. Bella, vero?»

«Sì» rispondo, convinta.

Il bancone è apparecchiato per due. Christian prende una ciotola dal frigo.

«Va bene un'insalata di pollo?»

"Oh, per fortuna niente di troppo pesante."

«Benissimo, grazie.»

Lo guardo muoversi con eleganza per la cucina. Da un lato è totalmente a proprio agio con il suo corpo, dall'altro non gli piace essere toccato... quindi c'è qualcosa a un livello più profondo. "Nessun uomo è un'isola" cito tra me e me... eccetto forse Christian Grey.

«A cosa pensi?» chiede, strappandomi alle mie fantasticherie.

Arrossisco. «Stavo guardando il tuo modo di muoverti.»

Lui alza un sopracciglio, divertito.

«E allora?» chiede.

Divento ancora più rossa. «Sei molto elegante.»

«Caspita, grazie, Miss Steele» mormora. Si siede accanto a me, con una bottiglia di vino. «Chablis?»

«Sì, grazie.»

«Serviti pure» mi dice con dolcezza, porgendomi la ciotola dell'insalata. «Raccontami: che metodo avete scelto?»

La domanda mi spiazza per un attimo, poi mi rendo conto che sta parlando della visita della ginecologa.

«La minipillola.»

Si acciglia.

«E ti ricorderai di prenderla regolarmente, all'ora giusta, ogni giorno?»

"Maledizione... ma certo." Come fa a sapere quando e come va presa? Gliel'avrà spiegato una delle quindici, e quel pensiero mi fa arrossire.

«Sono sicura che tu me lo ricorderai» rispondo seccamente.

Mi guarda con divertita condiscendenza.

«Metterò un appunto sul calendario.» Mi strizza l'occhio. «Mangia.»

L'insalata è deliziosa. Con mia grande sorpresa scopro di avere molto appetito e, per la prima volta da quando sono con lui, finisco di mangiare per prima. Il vino è fragrante, delicato e fruttato.

«Impaziente come al solito, Miss Steele?» sorride, vedendo il mio piatto vuoto.

Lo guardo di sottecchi.

«Sì» mormoro.

Il suo respiro diventa pesante, e quando mi guarda sento che l'atmosfera tra noi comincia pian piano a cambiare, caricandosi di energia. Il suo sguardo da torbido diventa ardente, attraendomi. Lui si alza e mi strappa dal mio sgabello per stringermi tra le braccia.

«Vuoi farlo?» ansima, fissandomi intensamente.

«Non ho ancora firmato.»

«Lo so… ma oggi intendo infrangere tutte le regole.»

«Mi picchierai?»

«Sì, ma non ti farò male. Non voglio punirti per ora. Se ci fossimo visti ieri sera, be', sarebbe stata un'altra storia.»

Oddio. *Vuole* farmi male… Come devo comportarmi? Non riesco a dissimulare l'orrore.

«Non lasciare che qualcuno ti convinca del contrario, Anastasia. Uno dei motivi per cui quelli come me fanno quello che fanno è perché amano infliggere o subire dolore. È molto semplice. A te la cosa non piace, per cui ieri ci ho riflettuto a lungo.»

Mi stringe a sé, e la sua erezione mi preme contro il ventre. Dovrei fuggire, ma non ce la faccio. Sono attratta da lui a un livello profondo, primitivo, che non riesco ancora a capire.

«E sei arrivato a qualche conclusione?» chiedo.

«No, e in questo momento voglio solo legarti e scoparti fino a farti perdere i sensi. Sei pronta?»

«Sì» gemo, mentre tutti i muscoli del mio corpo si contraggono…

«Bene. Vieni con me.» Mi prende per mano e, lasciando i piatti sporchi sul bancone, saliamo al piano di sopra.

Il mio cuore inizia a battere forte. Ci siamo. Sto per farlo davvero. Lui apre la porta della stanza dei giochi e si scosta per lasciarmi passare. Entro per la seconda volta nella Stanza Rossa delle Torture.

È tutto come l'altra volta, l'odore di cuoio, di cera e legno scuro. Molto sensuale. Il mio sangue si surriscalda, un misto di adrenalina, passione e desiderio mi invade. È un cock tail potente, che dà alla testa. L'atteggiamento di Christian è completamente cambiato, si è sottilmente alterato, si è fatto più duro e crudele. Mi guarda e i suoi occhi sono ardenti, bramosi… ipnotici.

«Quando sei qui dentro, sei completamente mia» sussurra, ogni parola lenta e misurata. «Posso fare di te quello che voglio. Lo capisci?»

Ha uno sguardo così intenso. Annuisco, con la bocca secca. Il cuore mi batte come se volesse balzarmi fuori dal petto.

«Togliti le scarpe» mi ordina in un sussurro.

Deglutisco e, un po' maldestramente, me le sfilo. Lui si china a raccoglierle e le posa accanto alla porta.

«Bene. Non esitare, quando ti chiedo di fare qualcosa. Ora ti tiro fuori da quel vestito. È una cosa che desidero fare da qualche giorno, se ben ricordo. Voglio che tu ti senta a tuo agio con il tuo corpo, Anastasia. Hai un corpo splendido, e a me piace guardarlo. È una gioia contemplarlo. Anzi, lo contemplerei per tutto il giorno, e voglio che tu non sia imbarazzata dalla tua nudità. Hai capito?»

«Sì.»

«Sì, cosa?» Si china su di me, con sguardo truce.

«Sì, signore.»

«Dici sul serio?» sbotta.

«Sì, signore.»

«Bene. Alza le mani sopra la testa.»

Faccio come mi dice, e lui si china e afferra l'orlo del vestito. Lentamente me lo solleva sulle cosce, i fianchi, la pancia, i seni, le spalle, e la testa. Fa un passo indietro per guardarmi e senza togliermi gli occhi di dosso piega il vestito. Lo appoggia sul cassettone vicino alla porta. Poi mi solleva il mento, e il suo tocco mi strazia.

«Ti stai mordendo il labbro» ansima. «Sai che effetto mi fa» aggiunge cupamente. «Girati.»

Obbedisco, senza esitare. Lui mi slaccia il reggiseno e poi, prendendo entrambe le spalline, me lo fa scivolare lentamente lungo le braccia, sfiorandomi con le dita e la punta dei pollici. Brividi mi corrono lungo la spina dorsale, ogni terminazione nervosa del mio corpo si risveglia. È dietro di me, tanto vicino che sento il calore del suo corpo riscaldarmi tutta. Mi raccoglie i capelli in modo che mi pendano sulla schiena, ne prende una ciocca in corrispondenza della nuca e mi inclina la testa di lato. Passa il naso sul mio collo scoperto, annusandolo, poi si sposta verso l'orecchio. I muscoli del mio ventre si contraggono, pieni di desiderio. Oddio, mi ha appena sfiorato e già lo voglio.

«Hai un profumo divino come sempre, Anastasia» sussurra, baciandomi sotto l'orecchio.

Gemo.

«Piano» mormora. «Non fare rumore.»

Mi tira indietro i capelli e, con mia grande sorpresa, comincia a legarmeli in una grossa treccia, con dita abili e veloci. Quando ha finito, la ferma con un elastico e la tira leggermente per costringermi ad appoggiarmi a lui.

«Mi piaci con la treccia, qui dentro.»

"Mmh... perché?"

Mi lascia andare i capelli.

«Girati» ordina.

Obbedisco di nuovo, il respiro spezzato, in preda a un misto di desiderio e paura. È un cocktail inebriante.

«Quando ti dico di venire in questa stanza, dovrai essere vestita così. Solo con gli slip. Hai capito?»

«Sì.»

«Sì, cosa?» Mi lancia uno sguardo torvo.

«Sì, signore.»

Un vago sorriso gli increspa le labbra.

«Brava bambina.» I suoi occhi ardono dentro i miei. «Quando ti dico di venire qui, mi aspetto che ti inginocchi lì.» Indica un punto vicino alla porta. «Fallo subito.»

Lo guardo incredula, poi mi volto e, un po' goffamente, mi inginocchio come mi è stato ordinato.

«Puoi sederti sui talloni.»

Eseguo.

«Tieni le mani e gli avambracci sulle cosce. Bene. Ora divarica le ginocchia. Ancora. Ancora. Perfetto. Guarda il pavimento.»

Si avvicina a me, e vedo i suoi piedi e polpacci nel mio campo visivo. Piedi nudi. Dovrei prendere appunti, se vuole che ricordi tutto. Lui si china, mi afferra di nuovo la treccia, e mi solleva la testa in modo che lo guardi negli occhi. Non è tanto doloroso.

«Ricorderai questa posizione, Anastasia?»

«Sì, signore.»

«Bene. Stai lì e non ti muovere.» Esce dalla stanza.

Sono in ginocchio, ad aspettarlo. Dov'è andato? Cosa sta per farmi? Il tempo passa. Non so per quanto rimango così... pochi minuti, cinque, dieci? Il mio respiro è sempre più rapido, l'ansia mi divora le viscere.

All'improvviso lui ritorna... e di colpo sono più calma, e al tempo stesso più eccitata. "Potrei mai essere più eccitata?" Vedo i suoi piedi. Si è cambiato i jeans. Questi sono più vecchi, stracciati, flosci e scoloriti dai lavaggi. Accidenti, sono proprio sexy. Chiude la porta e appende qualcosa sul retro.

«Brava, Anastasia. Sei una meraviglia in quella posizione. Ottimo. Alzati.»

Mi alzo, tenendo gli occhi bassi.

«Puoi guardarmi.»

Sollevo lo sguardo. Lui mi sta fissando in modo attento, penetrante, ma presto si addolcisce. Si è tolto la camicia. Oddio... Voglio toccarlo. Il primo bottone dei jeans è slacciato.

«Ora ti incatenerò, Anastasia. Dammi la mano destra.»

Gliela tendo. Lui la gira con il palmo all'insù e prima che me ne accorga la colpisce al centro con un frustino che non avevo notato nella sua mano destra. Accade così in fretta che non riesco neanche a provare sorpresa. La cosa più incredibile è che non fa male. O meglio, non molto, solo una fitta leggera.

«Tutto bene?»

Lo guardo confusa.

«Rispondimi.»

«Bene.» Aggrotto la fronte.

«Non aggrottare la fronte.»

Sbatto le palpebre e cerco di assumere un'espressione impassibile. Ci riesco.

«Ti ha fatto male?»

«No.»

«Non ti farà male. Capisci?»

«Sì.» La mia voce è incerta. "Davvero non mi farà male?"

«Dico sul serio» aggiunge.

Ho il respiro così affannoso. Lui sa a cosa sto pensando? Mi mostra il frustino. È di cuoio marrone intrecciato. Alzo gli occhi per incontrare i suoi, che sono ardenti e leggermente divertiti.

«Il nostro scopo è il piacere, Miss Steele» mormora. «Vieni.» Mi prende per il gomito e mi porta sotto la griglia. Allunga un braccio e tira giù alcuni moschettoni con manette di cuoio nero.

«Questa griglia è fatta in modo che i moschettoni si spostino lungo di essa.»

"Oh, merda." Sembra una mappa della metropolitana.

«Inizieremo da qui, ma voglio scoparti in piedi. Quindi finiremo laggiù, vicino al muro.» Indica con il frustino la grossa X di legno.

«Alza le mani sopra la testa.»

Eseguo immediatamente e mi sento come se uscissi dal mio corpo, come se fossi un'osservatrice esterna degli eventi che si svolgono intorno a me. È una cosa che va oltre l'intrigante, oltre l'erotico. È senza dubbio l'esperienza più spaventosa ed eccitante che abbia mai fatto. Mi sto affidando a un uomo bellissimo che, per sua stessa ammissione, ha dentro cinquanta sfumature di tenebra. Reprimo un rapido brivido di paura. Kate e Elliot sanno che sono qui.

Lui è accanto a me e mi allaccia le manette. Io gli fisso il petto. La sua vicinanza è divina. Profuma di bagnoschiuma e di Christian, un misto inebriante che mi riporta al presente. Vorrei affondare il naso e la lingua in quel ciuffo di peli sul petto. Basterebbe che mi protendessi in avanti...

Lui fa un passo indietro e mi guarda, con gli occhi socchiusi, un'espressione lussuriosa, carnale. Io sono inerme, con le mani legate, ma mi basta uno sguardo al suo volto stupendo e pieno di desiderio, per sentirmi bagnata in mezzo alle gambe. Mi gira intorno lentamente.

«Sei uno schianto legata così, Miss Steele. E la tua lingua biforcuta tace per un momento. Mi piace.»

Torna davanti a me, mi infila le dita negli slip e, senza fretta, me li fa scivolare lungo le gambe, spogliandomi con lentezza straziante. Alla fine si inginocchia davanti a me. Senza staccare gli occhi dai miei, appallottola gli slip nella mano, se li porta al naso e inspira a fondo. "Oddio. L'ha fatto davvero?" Con un sorriso perverso, se li infila nella tasca dei jeans.

Si alza in piedi con una mossa pigra, come un felino selvatico, e mi punta il frustino sull'ombelico, descrivendo cerchi... È un supplizio. Il contatto del cuoio mi fa fremere e sussultare. Lui riprende a girarmi intorno, sfiorandomi il petto con il frustino. Al secondo giro, di colpo, lo fa schioccare e mi colpisce... proprio *lì*. Grido di sorpresa, mentre tutti i miei nervi si mettono all'erta. Do uno strattone alle manette. Sono sconvolta, ed è la sensazione più dolce, strana ed erotica che abbia mai provato.

«Stai buona» mormora, continuando a girarmi intorno, la punta dello scudiscio un po' più alta contro il mio corpo. Stavolta, quando mi colpisce nello stesso punto, sono preparata. Il mio corpo freme a quel tocco bruciante, delizioso.

Un altro giro e un altro colpo, stavolta sul capezzolo. Io rovescio la testa all'indietro, mentre le mie terminazioni nervose vibrano. Un colpo sull'altro capezzolo... un castigo breve, rapido, delizioso. I miei capezzoli si induriscono e si tendono. Emetto un gemito sonoro, tirando le manette di cuoio.

«Ti piace?» mormora.

«Sì.»

Un altro colpo. Sulle natiche. Stavolta il frustino brucia.

«Sì, cosa?»

«Sì, signore» piagnucolo.

Si ferma... ma non lo vedo più. Ho gli occhi chiusi mentre cerco di assorbire la miriade di sensazioni che mi invadono il corpo. Mi tempesta di colpetti lievi la pancia, scendendo piano verso il basso. So dove vuole arrivare, e cerco di prepararmi psicologicamente, ma quando mi colpisce il clitoride, lancio un grido.

«Oh... ti prego!» grugnisco.

«Buona» ordina, e mi colpisce di nuovo sul sedere.

Non mi aspettavo che fosse così... Mi sento persa. Persa in un mare di sensazioni. All'improvviso mi strofina lo scudiscio lì, in mezzo ai peli, fino all'ingresso della vagina.

«Senti quanto sei bagnata, Anastasia. Apri gli occhi e la bocca.»

Faccio come dice, sedotta. Mi spinge la punta del frustino in bocca, come nel mio sogno. "Oh, cazzo."

«Assaggia il tuo sapore. Succhia. Succhia forte, piccola.»

Le mie labbra si chiudono intorno allo scudiscio e i miei occhi incrociano i suoi. Sento il sapore intenso del cuoio e quello salato della mia eccitazione. Lui ha lo sguardo ardente. È nel suo elemento.

Mi tira fuori il frustino dalla bocca, poi mi afferra e mi bacia con trasporto, invadendomi la bocca con la sua lingua. Stringendomi tra le braccia, mi attira a sé. Il suo petto preme contro il mio, e vorrei tanto toccarlo, ma non posso, perché ho le mani sopra la testa, inutilizzabili.

«Oh, Anastasia, hai un sapore delizioso» ansima. «Vuoi che ti faccia venire?»

«Per favore» supplico.

Il frustino mi sferza il sedere. *"Ahi!"*

«Per favore, cosa?»

«Per favore, signore» gemo.

Mi sorride, trionfante.

«Con questo?» Solleva il frustino per farmelo vedere.

«Sì, signore.»

«Sei sicura?» mi guarda severo.

«Sì, per favore, signore.»

«Chiudi gli occhi.»

Serro le palpebre. Lui inizia con calma, lambendomi di nuovo la pancia con il frustino. Poi scende, dandomi colpetti delicati sul clitoride, una, due, tre volte, a ripetizione, e alla fine smette – non riesco più a sopportare oltre – e vengo, con un urlo straziante, crollando sfinita. Le sue braccia mi cingono mentre le mie gambe cedono. Mi dissolvo nel suo abbraccio, la testa contro il suo petto, e mi ritrovo a miagolare e piagnucolare mentre l'onda lunga dell'orgasmo mi consuma. Lui mi solleva. All'improvviso ci stiamo muovendo, le mie braccia ancora legate sopra la testa. Sento il legno freddo della croce dietro le spalle. Lui si sta slacciando i bottoni dei jeans. Mi appoggia un attimo alla croce mentre si infila un preservativo, e poi mi solleva di nuovo, circondandomi le cosce con le mani.

«Alza le gambe, piccola, e avvolgimele intorno ai fianchi.»

Mi sento debole, ma faccio quello che chiede. Lui si sistema le mie gambe intorno alla vita e si mette sotto di me. Con una spinta, mi entra dentro, e io urlo di nuovo, sentendo il suo gemito attutito nell'orecchio. Ho le braccia appoggiate alle sue spalle mentre spinge. Oddio, come va a fondo. Continua a colpirmi, il viso sul mio collo, il respiro spezzato contro la mia gola. Sento un fremito crescente. No... non un'altra volta... Non credo che il mio corpo possa reggere un'altra esplosione. Ma non ho scelta... e con un'inesorabilità che sta diventando familiare mi lascio andare e vengo di nuovo, un orgasmo dolce, lacerante e intenso. Perdo il contatto con il mio corpo. Christian mi segue, urlando a denti stretti e stringendomi forte.

Scivola rapidamente fuori di me e mi appoggia alla croce, sostenendomi con il suo corpo. Slacciandomi le cinghie, mi libera le mani ed entrambi ci abbandoniamo sul pavimento. Mi prende in braccio e mi culla, e io gli appoggio la testa sul petto. Se ne avessi la forza lo toccherei, ma non ce l'ho. Mi rendo conto solo adesso che indossa ancora i jeans.

«Molto bene, piccola» mormora. «Ti ha fatto male?»

«No» sussurro. Stento a tenere gli occhi aperti. "Perché sono così stanca?"

«Pensavi di sì?» mi chiede, stringendomi al petto e scostandomi dal viso qualche ciocca ribelle.

«Sì.»

«Vedi, le paure sono quasi tutte nella nostra testa.» Tace un istante. «Vorresti farlo ancora?»

Ci penso un attimo, mentre la stanchezza mi annebbia il cervello... "Ancora?"

«Sì» rispondo, con un filo di voce.

Lui mi abbraccia stretta.

«Bene, anch'io» mormora, poi si china e mi bacia con dolcezza la sommità della testa. «Non ho ancora finito con te.»

"Non ha ancora finito con me. Porca miseria." Non credo di poter fare di più. Sono distrutta, e sto combattendo contro un desiderio schiacciante di dormire. Sono appoggiata al suo petto, con gli occhi chiusi. Lui ha le braccia e le gambe avvolte intorno a me, e io mi sento... sicura, e così a mio agio. Mi lascerà dormire, forse sognare? La mia bocca si piega in un sorriso a quel pensiero stupido e, girando il viso verso il petto di Christian, inalo il suo profumo inconfondibile e gli strofino il naso contro, ma si irrigidisce all'istante... Oddio. Apro gli occhi, e vedo che mi sta guardando.

«Non farlo» sussurra, minaccioso.

Arrossisco e guardo il suo petto bramosa. Vorrei passare la lingua tra quei peli, baciarlo, e per la prima volta noto qualche piccola cicatrice tonda qua e là. "Morbillo? Varicella?" penso distrattamente.

«Inginocchiati vicino alla porta» mi ordina, e si mette a sedere, appoggiando le mani sulle ginocchia e lasciandomi libera. La temperatura della sua voce è scesa di diversi gradi.

Mi alzo in piedi a fatica, mi dirigo verso la porta e mi inginocchio come mi è stato ordinato. Sono tremante e molto, molto stanca, enormemente confusa. Chi avrebbe mai pensato che avrei potuto sentirmi tanto appagata in questa stanza? Chi avrebbe mai pensato che fosse così faticoso? Le mie gambe sono deliziosamente pesanti. La mia dea interiore ha appeso il cartello NON DISTURBARE fuori dalla porta della sua stanza.

Christian si muove alla periferia del mio campo visivo. Le mie palpebre iniziano a calare.

«Ti annoi con me, Miss Steele?»

Mi riscuoto all'improvviso, e Christian è davanti a me con le braccia incrociate e lo sguardo truce. "Oh, merda, mi ha sorpreso mentre mi stavo appisolando..." Non me la farà passare liscia. Il suo sguardo si addolcisce mentre alzo gli occhi.

«In piedi» ordina.

Mi alzo, circospetta. Lui mi guarda e non riesce a trattenere un sorriso.

«Sei distrutta, vero?»

Annuisco timidamente.

«Resistenza, Miss Steele. Io non sono ancora sazio di te. Unisci le mani davanti a te, come se stessi pregando.»

"Pregando! Pregando che tu non ci vada troppo pesante." Obbedisco. Lui prende una fascetta stringicavo e la usa per legarmi i polsi. Per la miseria! Sgrano gli occhi.

«La riconosci?» chiede, senza riuscire a nascondere un sorriso.

Accidenti... le fascette di plastica. Quelle comprate da Clayton! Ora diventa tutto chiaro. Lo guardo a bocca aperta, mentre l'adrenalina mi invade il corpo. Okay, adesso ha tutta la mia attenzione. Sono sveglia.

«Qui ho un paio di forbici.» Me le fa vedere. «Posso tagliare la fascetta in qualsiasi momento.»

Cerco di separare i polsi, verificando la stretta del laccio, ma la plastica mi scava la carne. Fa male. Se rilasso i polsi, invece, la fascetta non mi taglia.

«Vieni.» Mi prende le mani e mi porta verso il letto a baldacchino. Noto in questo momento che ha le lenzuola rosso scuro e un ceppo a ogni angolo.

Si china e mi sussurra all'orecchio: «Voglio di più... molto, molto di più».

E il mio cuore ricomincia a battere più forte.

«Ma farò alla svelta. Sei stanca. Aggrappati alla colonnina» dice.

Aggrotto la fronte. "Non ci sdraiamo sul letto, quindi." Scopro che posso aprire le mani mentre afferro la colonnina di legno finemente intagliata.

«Più in basso» ordina. «Bene. Non lasciarla. Se lo fai, ti sculaccio. Chiaro?»

«Sì, signore.»

«Bene.»

Si mette dietro di me e mi prende i fianchi, poi mi tira rapidamente indietro, per cui mi trovo chinata in avanti.

«Non mollare la presa, Anastasia» mi avverte. «Sto per fotterti da dietro. Tieniti forte per sostenere il mio peso. Chiaro?»

«Sì.»

Mi schiaffeggia il posteriore con la mano.

«Sì, signore» mi affretto a correggermi.

«Apri le gambe.» Infila una gamba tra le mie, e tenendomi le anche, spinge la mia gamba destra di lato.

«Così va meglio. Dopo, ti lascerò dormire.»

Dormire? Sto ansimando. Il sonno adesso è l'ultimo dei miei pensieri. Lui mi accarezza piano la schiena.

«Hai una pelle meravigliosa, Anastasia» sospira, e si china a baciarmi lungo la spina dorsale, baci delicati, leggeri come piume. Nel frattempo le sue mani raggiungono i miei seni, intrappolandomi i capezzoli tra le dita e tirandoli dolcemente.

Soffoco un gemito mentre sento che il mio corpo reagisce animandosi ancora una volta per lui.

Lui morde delicatamente e succhia la mia pelle intorno alla vita, e contemporaneamente mi pizzica i capezzoli. Poi, mentre le mie mani stringono la colonnina, le sue si staccano da me. Sento l'ormai familiare rumore della bustina del preservativo che viene strappata. Lui si sfila i jeans e li scalcia via.

«Hai un culo così adorabile, così sexy, Anastasia Steele. Cosa non gli farei...» Mi massaggia e palpa i glutei, poi scivola con le mani verso il basso e mi infila dentro due dita.

«Sei così bagnata. Non mi deludi mai, Miss Steele» mormora, e sento la sorpresa nella sua voce. «Resisti... Non ci vorrà molto, piccola.»

Mi prende per le anche e si mette in posizione, e io mi preparo al suo assalto, ma lui mi afferra la treccia e se la avvolge intorno al polso, per immobilizzarmi la testa. Con lentezza mi entra dentro, e intanto mi tira i capelli con una mano... "Oh, mi sento così piena." Poi scivola fuori senza fretta, e con l'altra mano mi prende il fianco, stringendomi forte, e sprofonda di nuovo dentro di me, sbilanciandomi in avanti.

«Reggiti forte, Anastasia!» mi urla.

Mi stringo al palo e spingo all'indietro per rispondere ai suoi movimenti, mentre lui continua il suo assalto spietato, ancora e ancora, affondandomi le dita nei fianchi. Mi fanno male le braccia, le gambe minacciano di cedere, la nuca è dolorante perché lui continua a tirarmi i capelli... e sento qualcosa che si accumula nel profondo di me. Oh, no...

Per la prima volta, ho paura del mio orgasmo… Se vengo… crollerò. Christian continua a muoversi in modo brutale contro di me, dentro di me, gemendo. Il mio corpo reagisce… "Come farò?" Sento un'accelerazione, ma di colpo, dopo una spinta particolarmente profonda, Christian si ferma.

«Vieni, Ana, dammi il tuo orgasmo» grugnisce, e il mio nome sulle sue labbra mi dà la spinta finale. Mi lascio afferrare dal vortice di sensazioni e da un piacere dolcissimo, e perdo i sensi.

Quando mi riprendo, sono sdraiata con la schiena sopra di lui, che giace sul pavimento. Guardo il soffitto, in preda ai postumi dell'orgasmo, raggiante, distrutta. "Oh… i moschettoni" penso… Me li ero dimenticati. Christian mi stuzzica l'orecchio.

«Alza le mani» mormora.

Le mie braccia sembrano fatte di piombo, ma obbedisco. Lui prende le forbici e infila una lama sotto la fascetta di plastica.

«Con grande soddisfazione, taglio questo nastro» sussurra, e recide la fascetta.

Io faccio una risatina, mentre mi strofino i polsi. Sento il suo sorriso.

«Adoro questo suono» dice pensieroso. All'improvviso si mette seduto, portandomi con sé, per cui adesso sono sulle sue ginocchia.

«È colpa mia» aggiunge, e mi sposta, in modo da riuscire a massaggiarmi le spalle e le braccia. Restituisce dolcemente un po' di vita alle mie membra.

"Eh?"

Mi giro a guardarlo, cercando di capire a cosa si riferisca.

«Il fatto che non ridi più spesso.»

«Non sono una che ride molto» farfuglio, con voce assonnata.

«Oh, ma quando succede, Miss Steele, è un tale gaudio ammirarti.»

«Molto forbito, Mr Grey» mormoro, sforzandomi di tenere gli occhi aperti.

Sorride.

«Direi che sei stata fottuta per bene e hai un gran bisogno di dormire.»

«Questo era meno forbito» brontolo scherzosamente.

Lui mi fa alzare e si alza a propria volta, meravigliosamente nudo. Per un attimo, vorrei essere più sveglia per apprezzarlo come merita. Prende i jeans e se li infila, senza mutande.

«Non voglio spaventare Taylor, o Mrs Jones» mormora.

"Mmh... eppure devono sapere che razza di pervertito è." Quel pensiero mi inquieta.

Mi accompagna verso la porta, alla quale è appeso un accappatoio grigio a nido d'ape. Me lo infila con pazienza, come se fossi una bambina piccola. Non ho la forza di alzare le braccia. Quando sono coperta e presentabile, si china e mi dà un bacio delicato, con un vago sorriso.

«A letto» dice.

"Oh... no..."

«A dormire» aggiunge per rassicurarmi, dopo aver visto la mia espressione.

Poi mi prende in braccio e mi porta nella stanza dove poco prima la dottoressa Greene mi ha visitato. Crollo con la testa contro il suo petto. Sono esausta. Non ricordo di essere mai stata così stanca. Lui scosta la trapunta e mi adagia sul materasso, e, cosa ancora più sorprendente, si mette a letto anche lui e mi stringe forte.

«Ora dormi, splendida ragazza» sussurra, baciandomi i capelli.

E prima di poter fare un commento spiritoso, cado addormentata.

19

Due labbra leggere mi sfiorano le tempie, lasciando teneri baci sulla loro scia, e una parte di me vorrebbe girarsi e ricambiare, ma in realtà vorrei soprattutto continuare a dormire. Mugugno e sprofondo nel cuscino.

«Anastasia, svegliati.» La voce di Christian è dolce, affettuosa.

«No» piagnucolo.

«Fra mezz'ora dobbiamo uscire per andare a cena dai miei genitori.» La cosa sembra divertirlo.

Apro gli occhi riluttante. Fuori sta calando il sole. Christian è chino su di me e mi guarda con i suoi occhi penetranti.

«Su, dormigliona, alzati.» Mi bacia di nuovo.

«Ti ho portato una bibita. Ti aspetto al piano di sotto. Non riaddormentarti, o passerai un brutto guaio» minaccia, ma il suo tono è mite. Mi dà un altro bacio ed esce, lasciandomi nella stanza spoglia e fredda a scrollarmi il sonno di dosso.

Sono riposata, ma improvvisamente nervosa. Porca miseria, sto per incontrare i suoi! Mi ha appena dato una ripassata con un frustino e legata con una fascetta stringicavo che gli ho venduto io stessa e sto per incontrare i suoi! Anche per Kate sarà il primo incontro con loro. Almeno ci sarà lei a sostenermi. Ruoto le spalle: sono anchilosate. La pretesa di Christian di affidarmi a un personal trainer comincia a sembrarmi meno assurda. Anzi, è necessaria, se voglio avere la minima speranza di stargli al passo.

Scendo lentamente dal letto e noto che il mio vestito è appeso fuori dalla cabina armadio e il reggiseno è sulla sedia. Dove sono i miei slip? Guardo dietro la sedia. Niente. Poi ricordo che Christian se li è infilati nella tasca dei jeans dopo che... Il pensiero mi fa avvampare, e non riesco a soffermarmici: lui è stato così... barbaro. Aggrotto la fronte. "Perché non mi ha restituito gli slip?"

Sgattaiolo in bagno, imbarazzata dalla mancanza di biancheria intima. Mentre mi asciugo dopo una doccia rinfrancante ma troppo breve, mi rendo conto che l'ha fatto apposta. Vuole che mi vergogni e gli chieda di ridarmi le mutandine, dopodiché lui deciderà se acconsentire o rifiutare. La mia dea interiore sorride. "Accidenti, perché non giochi anche tu?" Decido allora di non chiedergli indietro gli slip per non dargli soddisfazione, e mi preparo a incontrare i suoi senza mutande. Sono esaltata, perché so che così lo farò impazzire.

Torno in camera da letto, mi metto il reggiseno, indosso il vestito e mi infilo le scarpe. Poi disfo la treccia e mi spazzolo in fretta i capelli, lanciando un'occhiata alla bibita che Christian mi ha lasciato. È color rosa chiaro. Cosa può essere? Succo di mirtilli rossi e acqua frizzante. Mmh... ha un sapore delizioso e placa la mia sete.

Faccio di nuovo un salto in bagno e mi guardo allo specchio: occhi ardenti, guance arrossate, espressione compiaciuta per il piano svergognato che ho architettato. Scendo al piano di sotto. Quindici minuti. Non male, Ana.

Christian è in piedi vicino alla vetrata con i pantaloni di flanella grigia che mi piacciono tanto, quelli che gli cadono sui fianchi in quel modo incredibilmente sexy, e l'abituale camicia di lino bianco. Mi chiedo se possieda abiti di altri colori. La voce calda di Frank Sinatra esce dalle casse dello stereo.

Sentendomi entrare, lui si gira e sorride, con l'aria di chi si aspetta qualcosa.

«Ciao» mormoro, con un sorriso da sfinge.

«Ciao» replica. «Come ti senti?» mi chiede, con un lampo divertito negli occhi.

«Bene, grazie. E tu?»

«Molto bene, Miss Steele.»

Si vede benissimo che aspetta che io gli dica qualcosa.

«Non avrei mai pensato che fossi un fan di Sinatra.»

Lui mi guarda con aria interrogativa.

«Gusti eclettici, Miss Steele» e mi viene incontro come una pantera fino a trovarsi davanti a me, con uno sguardo così intenso da togliermi il fiato.

Sinatra intona una vecchia canzone, una delle preferite di Ray, *Witchcraft.*

Christian mi accarezza piano le guance con i polpastrelli, e lo sento in tutte le fibre del corpo, fin *lì* sotto.

«Balla con me» mormora, la voce roca.

Estrae il telecomando dalla tasca, alza il volume e mi tende la mano, con uno sguardo pieno di promesse, desiderio e umorismo. Poso la mano nella sua. Lui mi rivolge un sorriso indolente e mi prende tra le braccia, avvolgendomi la vita.

Gli appoggio l'altra mano sulla spalla e gli sorrido, contagiata dal suo umore giocoso. Lui si inclina di lato, e partiamo. Accidenti se sa ballare! Attraversiamo la sala, dalla vetrata alla cucina e ritorno, volteggiando a tempo con la musica. È così facile stargli dietro.

Giriamo intorno al tavolo da pranzo, verso il pianoforte, e poi avanti e indietro davanti alla vetrata, mentre fuori Seattle brilla, uno sfondo magico per la nostra danza. Non riesco a trattenere una risata spensierata. Lui mi sorride, mentre la canzone si avvia alla conclusione.

«Sei tu la strega di cui parla» mormora, poi mi bacia con dolcezza. «Be', almeno abbiamo dato un po' di colore alle tue guance, Miss Steele. Grazie per avermi concesso un ballo. Allora, andiamo a conoscere i miei?»

«Prego. Sì, non vedo l'ora» rispondo, senza fiato.

«Hai tutto quello che ti serve?»

«Oh, sì» rispondo dolcemente.

«Sei sicura?»

Annuisco con tutta la nonchalance di cui sono capace sotto il suo sguardo indagatore e divertito. Lui fa un gran sorriso e scuote la testa.

«Okay, se è a questo gioco che vuoi giocare, Miss Steele.»

Mi prende per mano, afferra la giacca appesa a uno degli sgabelli della cucina e mi porta verso l'ascensore. Oh, i mille volti di Christian Grey. "Riuscirò mai a capire quest'uomo così lunatico?"

Nell'ascensore lo osservo. Si sta godendo il suo scherzo privato, l'ombra di un sorriso sulla bocca adorabile. Temo che potrebbe essere a mie spese. "Cosa mi è venuto in mente?" Sto andando a casa dei suoi genitori e non indosso le mutandine. Nella relativa sicurezza dell'appartamento di Christian mi era sembrata un'idea divertente, provocante. Adesso sono quasi per strada senza slip! Lui mi guarda, e avverto la scossa tra noi. Lo sguardo divertito scompare e la sua espressione diventa più torbida, gli occhi si incupiscono...

L'ascensore si apre al pianterreno. Christian scuote piano la testa come per schiarirsi le idee e mi fa segno di uscire prima di lui, in modo quasi galante. "Chi vuole prendere in giro?" Lui non è affatto galante. Si è tenuto le mie mutande.

Taylor, alla guida della Audi, accosta davanti a noi. Christian apre la portiera posteriore e io salgo con tutta l'eleganza consentita dalla mia sconsiderata seminudità. Per fortuna, il vestito di Kate è molto aderente e mi arriva sopra il ginocchio.

Sfrecciamo sull'I-5, entrambi in silenzio, sicuramente inibiti dalla tranquilla presenza di Taylor sul sedile anteriore. L'umore di Christian è quasi tangibile e sembra cambiare, l'atmosfera giocosa si dissolve a mano a mano che ci dirigiamo verso nord. Lui è pensieroso e guarda fuori dal finestrino. So che sta scivolando lontano da me. A cosa sta pensando? Non posso chiederglielo. Cosa posso dire davanti a Taylor?

«Dove hai imparato a ballare?» gli domando, esitante. Lui si gira a guardarmi, gli occhi indecifrabili sotto la luce intermittente dei lampioni lungo la strada.

«Sei certa di volerlo sapere?» mormora.

Il mio cuore manca un colpo. Credo di indovinare la risposta.

«Sì» rispondo, riluttante.

«Mrs Robinson adorava ballare.»

La conferma dei miei peggiori sospetti. Lei gli ha insegnato bene, e il pensiero mi deprime. Io non ho niente da insegnargli, non ho nessuna capacità particolare. «Dev'essere stata una brava maestra.»

«Sì» risponde lui a bassa voce.

Mi vengono i brividi. Quella donna ha avuto il meglio di lui, prima che diventasse così chiuso? Oppure è stata lei a tirarlo fuori dal guscio? Lui ha un lato così divertente e giocoso. Sorrido, ricordando che, inaspettatamente, mi ha preso tra le braccia e mi ha fatto volteggiare per il soggiorno e che da qualche parte ha nascosto i miei slip.

E poi c'è la Stanza Rossa delle Torture. Di riflesso, mi strofino i polsi. Ecco cosa fanno a una ragazza quelle sottili fascette di plastica. Lei gli ha insegnato anche tutte quelle cose, oppure l'ha rovinato, a seconda dei punti di vista. O forse lui ci sarebbe arrivato lo stesso, anche senza Mrs Robinson. In quel momento, mi rendo conto di odiarla. Spero di non incontrarla mai, perché se ciò accadesse non sarei responsabile delle mie azioni. Non ricordo di aver mai provato un odio così forte per nessuno, tantomeno per una persona che non ho mai visto. Guardo fuori dal finestrino senza vedere, covando la mia gelosia e la mia rabbia irrazionale.

Torno con il pensiero al pomeriggio da poco trascorso. Da quello che ho capito dei gusti di Christian, mi sembra che lui ci sia andato piano con me. "Sarei disposta a rifarlo?" Non riesco a immaginare una sola obiezione. Certo che lo farei, se lui me lo chiedesse… a patto che non mi facesse male, e se fosse l'unico modo per stare con lui.

Morale della favola, io voglio stare con lui. La mia dea interiore sospira di sollievo. Giungo alla conclusione che lei non usa quasi mai il cervello per pensare, ma un'altra parte vitale della sua anatomia, una parte molto esposta in questo momento.

«Non farlo» mormora lui.

Mi giro a guardarlo, sorpresa.

«Non fare cosa?» Non l'ho toccato.

«Non rimuginare troppo sulle cose, Anastasia.» Mi prende la mano e se la porta alle labbra, baciando piano le nocche. «È stato un pomeriggio straordinario. Grazie.»

È di nuovo con me. Sbatto le palpebre e sorrido timidamente. Mi confonde le idee. Gli faccio una domanda che mi tormenta.

«Perché hai usato una fascetta stringicavo?»

Mi sorride.

«È facile e veloce, e per te è una cosa nuova da sperimentare. So che è un po' brutale, ma è questo che mi piace in un dispositivo di contenimento. È molto efficace per tenerti al tuo posto.»

Arrossisco e guardo Taylor imbarazzata, ma lui rimane impassibile, gli occhi sulla strada. "Che cosa potrei ribattere?" Christian alza le spalle, con aria innocente.

«Fa tutto parte del mio mondo, Anastasia.» Mi stringe la mano e poi la lascia andare, tornando a guardare fuori dal finestrino.

Il suo mondo, certo. Un mondo del quale voglio far parte. Ma alle sue condizioni? Davvero non lo so. Non ha più accennato al dannato contratto. Le riflessioni che sto facendo non mi rallegrano. Guardo fuori dal finestrino e il paesaggio è cambiato. Stiamo attraversando un ponte, immerso nella più totale oscurità. La notte tetra riflette il mio umore introspettivo, e si chiude su di me, soffocante.

Lancio un'occhiata a Christian, che mi sta fissando.

«A cosa pensi?» chiede.

Sospiro.

«Niente di bello, eh?» dice.

«Vorrei sapere cosa pensi tu.»

Mi sorride. «Idem, piccola» mormora, mentre Taylor sfreccia nel buio verso Bellevue.

Manca poco alle otto quando l'Audi imbocca il vialetto d'accesso di una villa in stile coloniale. È magnifica, cominciando dalle rose che incorniciano l'ingresso. Sembra uscita da un libro illustrato.

«Sei pronta?» chiede Christian, mentre Taylor parcheggia davanti alla sontuosa entrata.

Annuisco, e lui mi stringe la mano per rassicurarmi.

«È la prima volta anche per me» mormora, poi fa un sorriso perverso. «Scommetto che a questo punto vorresti indossare la biancheria intima» mi provoca.

Avvampo. Avevo dimenticato la storia degli slip. Per fortuna, Taylor è sceso dall'auto per aprirmi la portiera, quindi non ha sentito le ultime battute. Fulmino Christian con un'occhiataccia, ma lui sorride radioso mentre mi volto e scendo dall'auto.

Mrs Grace Trevelyan-Grey ci sta aspettando sulla soglia. È elegante e sofisticata in un vestito di seta azzurra. Dietro di lei c'è quello che immagino essere Mr Grey, un uomo alto, biondo e a suo modo bello quanto Christian.

«Anastasia, conosci già mia madre, Grace. Ti presento mio padre, Carrick.»

«Mr Grey, è un piacere conoscerla.» Sorrido e stringo la sua mano tesa.

«Il piacere è mio, Anastasia.»

«La prego, mi chiami Ana.»

364

I suoi occhi azzurri sono dolci e gentili.

«Sono lieta di rivederti, Ana.» Grace mi stringe in un abbraccio caloroso. «Accomodati pure, cara.»

«È arrivata?» Sento uno strillo provenire dall'interno. Guardo Christian, confusa.

«Questa deve essere Mia, la mia sorellina» dice lui. Sembra irritato, ma non sul serio.

C'è un sottofondo di affetto nelle sue parole, nel modo in cui la sua voce si è ammorbidita e i suoi occhi si sono socchiusi nel pronunciare il nome della sorella. È ovvio che Christian la adora. Questa è una vera rivelazione. Mia attraversa il corridoio di corsa, una ragazza alta e formosa con i capelli corvini. Deve avere più o meno la mia età.

«Anastasia! Ho tanto sentito parlare di te.» Mi abbraccia forte.

Non posso fare altro che sorridere davanti a tanto entusiasmo.

«Chiamami Ana, per favore» mormoro, mentre lei mi prende per mano e mi trascina nell'ampio atrio della villa, con i pavimenti di legno scuro, tappeti antichi e uno scalone che porta al piano superiore.

«Lui non ha mai portato a casa una ragazza prima d'ora» mi svela Mia, gli occhi scuri accesi dall'eccitazione.

Vedo Christian alzare gli occhi al cielo, e lo fulmino con lo sguardo. Lui mi guarda con le palpebre socchiuse.

«Mia, calmati» la rimprovera Grace con dolcezza. «Ciao, caro» dice, baciando Christian sulle guance. Lui le sorride con affetto, poi stringe la mano di suo padre.

Ci dirigiamo tutti nel soggiorno. Mia mi tiene ancora per mano. La stanza è grande, arredata con gusto in vari toni di beige, nocciola e azzurro: confortevole, sobria e di gran classe. Kate e Elliot sono seduti vicini sul divano e stanno brindando con due calici di vino. Kate balza in piedi per venire ad abbracciarmi, e Mia finalmente lascia la mia mano.

«Ciao, Ana!» mi saluta, raggiante. «Christian.» Gli fa un cenno sbrigativo con la testa.

«Kate.» Lui è altrettanto formale nei suoi confronti.

Li guardo di sottecchi, mentre Elliot mi stringe in un abbraccio soffocante. Cos'è, la settimana degli abbracci? Non sono abituata a tutte queste esternazioni d'affetto. Christian è in piedi vicino a me e mi cinge la vita con un braccio. Facendomi scivolare la mano sull'anca, mi attira a sé. Ci guardano tutti. È inquietante.

«Qualcosa da bere?» Mr Grey sembra riscuotersi. «Del Prosecco?»

«Sì, grazie» rispondiamo Christian e io in coro.

Oh... che cosa ridicola. Mia batte le mani.

«Dite persino le stesse cose! Vado io a prendere il vino.» Sfreccia fuori dalla stanza.

Arrossisco e, vedendo Kate accanto a Elliot, mi rendo conto improvvisamente che lei è l'unica ragione per cui Christian mi ha invitato. Molto probabilmente Elliot ha chiesto spontaneamente a Kate di venire a conoscere i suoi e Christian è rimasto incastrato, immaginando che sarei venuta a saperlo dalla mia amica. Mi incupisco a quel pensiero. Lui è stato costretto a invitarmi. È un'idea squallida e deprimente. Il mio subconscio annuisce saggiamente e sembra volermi dire: "Finalmente ci sei arrivata, stupida".

«La cena è quasi pronta» avverte Grace ed esce anche lei dalla stanza.

Christian mi guarda accigliato.

«Siediti» ordina, indicando il divano, e io obbedisco, accavallando accuratamente le gambe. Lui si siede vicino a me, ma senza toccarmi.

«Stavamo parlando delle vacanze, Ana» dice Mr Grey gentilmente. «Elliot ha deciso di seguire Kate e la sua famiglia a Barbados per una settimana.»

Guardo Kate, che sorride con gli occhi luccicanti. Sprizza felicità da tutti i pori. Katherine Kavanagh, un po' di dignità!

«E tu, Ana, ti prenderai una pausa adesso che ti sei laureata?» chiede Mr Grey.

«Sto pensando di andare in Georgia per qualche giorno» rispondo.

Christian mi guarda sbigottito, sbattendo gli occhi. "Merda." Non gliene avevo ancora parlato.

«In Georgia?» mormora.

«Mia madre vive lì, e non la vedo da molto tempo.»

«Quando pensavi di partire?»

«Domani sera.»

Mia torna in soggiorno e ci porge i calici di prosecco.

«Alla vostra salute!» Mr Grey alza il bicchiere. Un brindisi appropriato per il marito di un medico, e mi fa sorridere.

«Quanto tempo starai via?» chiede Christian, con voce ingannevolmente dolce.

"Oddio… è arrabbiato."

«Non lo so ancora. Dipende da come vanno i colloqui domani.»

Stringe la mascella, e Kate assume l'espressione di quando sta per intromettersi. Sorride con eccessiva dolcezza.

«Ana merita una pausa» dice a Christian, risoluta. Perche è così polemica con lui? Qual è il problema?

«Devi fare dei colloqui di lavoro?» chiede Mr Grey.

«Sì, due, domani. Per uno stage presso case editrici.»

«Ti faccio i miei migliori auguri.»

«La cena è servita» annuncia Grace.

Ci alziamo tutti. Kate e Elliot seguono Mr Grey e Mia fuori dalla stanza. Faccio per accodarmi a loro, ma Christian mi afferra una mano e mi trattiene.

«Quando pensavi di dirmi che stai per andartene in vacanza?» chiede. Il suo tono è tranquillo, ma nasconde rabbia.

«Non me ne vado in vacanza, vado a trovare mia madre, e comunque era solo un'idea.»

«E il nostro accordo?»

«Non abbiamo ancora un accordo.»

Stringe gli occhi, ma poi sembra controllarsi. Mi lascia la mano, mi prende sottobraccio e mi accompagna fuori dalla stanza.

«Il discorso non finisce qui» mormora con fare minaccioso mentre entriamo nella sala da pranzo.

Accidenti, non farla tanto lunga... E restituiscimi le mie mutande! Gli lancio un'occhiataccia.

La sala da pranzo mi ricorda la nostra cena privata all'Heathman. Un lampadario di cristallo pende sopra il tavolo di legno scuro e un enorme specchio con la cornice decorata occupa una delle pareti. La tovaglia è di lino, bianca e inamidata, e come centrotavola c'è un vaso di peonie rosa. È magnifico.

Ci accomodiamo. Mr Grey si siede a capotavola, io sono alla sua destra e Christian è al mio fianco. Il padrone di casa prende una bottiglia di vino rosso e lo offre a Kate. Mia, seduta accanto a Christian, gli prende la mano e la stringe forte. Il fratello le sorride affettuosamente.

«Dove vi siete conosciuti?» gli chiede Mia.

«Ana mi ha intervistato per il giornale studentesco.»

«Di cui Kate era il direttore» aggiungo, sperando di deviare l'attenzione da me.

Mia sorride a Kate, che è seduta di fronte a lei, accanto a Elliot, e iniziano a parlare del giornale.

«Un po' di vino, Ana?» chiede Mr Grey.

«Sì, grazie.» Gli sorrido. Mr Grey si alza per riempire i bicchieri degli altri commensali.

Lancio un'occhiata a Christian, che si volta a guardarmi, la testa piegata di lato.

«Cosa c'è?» mi chiede.

«Per favore, non essere arrabbiato con me» mormoro.

«Non lo sono.»

Lo guardo poco convinta, e lui sospira.

«E va bene, sono arrabbiato.» Chiude gli occhi per un istante.

«Tanto arrabbiato che ti prudono le mani?» gli chiedo, preoccupata.

«Cos'avete voi due da bisbigliare?» si intromette Kate.

Avvampo, e Christian le lancia un'occhiata assassina. Persino Kate rimpicciolisce sotto il suo sguardo.

«Stavamo parlando del mio soggiorno in Georgia» rispondo in tono conciliante, sperando di smorzare la loro reciproca ostilità.

Kate sorride, con un luccichio malizioso negli occhi.

«Come stava José quando siete andati fuori a bere, venerdì?»

"Porca miseria, Kate." La guardo sbigottita. Cosa sta facendo? Lei mi lancia un'occhiata d'intesa, e mi rendo conto che sta cercando di far ingelosire Christian. Non ha capito proprio niente. Pensavo di averla passata liscia.

«Stava bene» mormoro.

Christian si china a parlarmi all'orecchio.

«Mi prudono le mani» sussurra. «Adesso più che mai.» Il suo tono è tranquillo e inesorabile.

Rabbrividisco.

Grace entra con due piatti, seguita da una graziosa ragazza con i codini biondi e un'elegante divisa azzurra che porta un vassoio. I suoi occhi si posano subito su Christian. Arrossisce e lo guarda di sottecchi, sotto le lunghe ciglia coperte di mascara. "Cosa?"

In qualche punto della casa squilla un telefono.

«Scusatemi.» Mr Grey si alza ed esce dalla stanza.

«Grazie, Gretchen» dice Grace, aggrottando la fronte per la sparizione del marito. «Metti pure il vassoio sulla console.» La ragazza annuisce e, dopo un'altra occhiata furtiva a Christian, si ritira.

Dunque, i Grey hanno delle domestiche, e una di queste sbava dietro il mio aspirante Dominatore. La serata non potrebbe andare peggio di così. Abbasso gli occhi, mortificata.

Mr Grey ritorna.

«Una telefonata per te, tesoro. È l'ospedale» dice a Grace.

«Vi prego, iniziate pure.» Grace mi porge un piatto e sparisce.

Il profumo è delizioso: *chorizo* e capesante con peperoni e porri grigliati, cosparsi di prezzemolo. Pur avendo lo stomaco contratto per le velate minacce di Christian, le occhiate furtive dell'avvenente Miss Codini e l'imbarazzo per la mancanza di mutandine, sto morendo di fame. Arrossisco nel rendermi conto che è stato lo sforzo fisico del pomeriggio a mettermi tutto questo appetito.

Qualche attimo dopo Grace torna, pensierosa. Mr Grey piega la testa di lato, proprio come Christian.

«Tutto bene?»

«Un altro caso di morbillo» sospira Grace.

«Oh, no.»

«Sì, un bambino. Il quarto caso del mese. Se solo i genitori vaccinassero i figli!» Scuote la testa, ma poi sorride. «Sono felice che i nostri non ci siano passati. Non hanno mai preso niente di più grave della varicella, grazie al cielo. Povero Elliot» dice, sedendosi, con un sorriso indulgente al figlio. Lui aggrotta la fronte a metà di un boccone e sembra imbarazzato. «Christian e Mia sono stati fortunati. Hanno preso una forma così leggera che quasi non avevano pustole.»

Mia ridacchia e Christian alza gli occhi al cielo.

«Allora, papà, hai visto la partita dei Mariners?» chiede Elliot, chiaramente ansioso di cambiare argomento.

Gli antipasti sono deliziosi, e mi concentro sul cibo mentre Elliot, Mr Grey e Christian parlano di baseball. Christian sembra rilassato e tranquillo in mezzo ai suoi. La mia mente, intanto, non smette di rimuginare. Dannata Kate, a che gioco sta giocando? "Lui mi punirà?" Il pensiero mi sgomenta. Non ho ancora firmato il contratto. Forse non lo farò, forse rimarrò in Georgia, dove non potrà raggiungermi.

«Come ti trovi nel nuovo appartamento, cara?» mi chiede Grace premurosa.

Grata per quella domanda, che mi distrae dai miei pensieri, le racconto del trasloco.

Quando finiamo gli antipasti, ricompare Gretchen, e io vorrei poter toccare Christian liberamente, tanto per metterla in guardia: avrà anche in sé cinquanta sfumature di tenebra, ma è mio. La ragazza comincia a sparecchiare, avvicinandosi troppo a Christian per i miei gusti. Per fortuna, lui sembra non notarla, ma la mia dea interiore fuma di rabbia.

Kate e Mia stanno parlando di Parigi con aria sognante.

«Sei mai stata a Parigi, Ana?» chiede Mia, distogliendomi dalle mie fantasticherie.

«No, ma mi piacerebbe.» So di essere l'unica a quel tavolo che non è mai uscita dagli Stati Uniti.

«Noi abbiamo fatto il viaggio di nozze a Parigi.» Grace e il marito si sorridono.

È quasi imbarazzante guardarli. È evidente che si amano profondamente, e per un attimo mi chiedo come debba essere crescere con entrambi i genitori in casa.

«È una città meravigliosa. Nonostante i parigini» osserva Mia. «Christian, dovresti portarci Ana» aggiunge poi con convinzione.

«Credo che Anastasia preferirebbe Londra» risponde lui con dolcezza.

"Oh... se lo ricorda." Mi posa una mano sul ginocchio, facendo scorrere le dita verso le cosce. Tutto il mio corpo si tende in risposta. "No... non qui, non adesso." Divento rossa e cerco di spostarmi, di sottrarmi al suo tocco. La sua mano mi blocca, stringendomi la coscia. Bevo un goccio di vino per disperazione.

Miss Codini ritorna, ancheggiando e lanciando sguardi leziosi, con la portata principale: filetto in crosta, mi pare. Per fortuna, esce dopo aver distribuito i piatti, anche se indugia un attimo nel porgere a Christian il suo. Lui mi guarda incuriosito, mentre la seguo con gli occhi finché non chiude la porta.

«Che cosa c'è che non va nei parigini?» chiede Elliot a sua sorella. «Non gradivano le tue maniere seducenti?»

«Ehm, no. E Monsieur Floubert, l'orco per cui lavoravo, era un prepotente, un dominatore nato.»

Il vino mi va di traverso.

«Anastasia, stai bene?» chiede Christian premuroso, togliendo la mano dalla mia coscia.

Nella sua voce per fortuna è ricomparso l'umorismo. "Meno male." Quando annuisco, mi dà una leggera pacca sulla spalla e indugia con la mano finché non è certo che mi sia ripresa.

Il filetto, servito con patate dolci arrosto, carote, sedano e piselli, è delizioso, ed è reso ancora più gustoso dal fatto che Christian rimane di buonumore per il resto della cena. Sospetto che sia perché sto mangiando con tanto appetito. La conversazione scorre tranquilla, con i Grey che si stuzzicano affettuosamente a vicenda. Durante il dessert, costituito da un sorbetto al limone, Mia ci intrattiene con le sue avventure parigine, e a un certo punto comincia, senza accorgersene, a parlare fluentemente in francese. La fissiamo sbigottiti, e lei non ne capisce il motivo, finché Christian non glielo spiega in un francese altrettanto fluente, facendola scoppiare a ridere. La sua risata è davvero contagiosa, e presto ridiamo tutti.

Elliot parla del suo ultimo progetto edilizio, una nuova comunità ecologica a nord di Seattle. Guardo Kate, che lo ascolta rapita, piena di amore e di desiderio. Non mi è ancora chiaro quale di queste due cose prevalga. Lui le sorride, e una muta promessa aleggia tra loro. "A più tardi, piccola" sta dicendo Elliot, ed è tremendamente eccitante. Il solo guardarli mi fa arrossire.

Sospiro e lancio un'occhiata a Mr Cinquanta Sfumature. È così bello che potrei contemplarlo all'infinito. Ha la barba lunga e mi piacerebbe da morire passarci sopra le dita, sentirla contro il viso, contro il seno... tra le cosce. Quel pensiero mi fa diventare di tutti i colori. Lui mi guarda e mi solleva il mento.

«Non morderti il labbro» mormora, con la voce roca. «Voglio farlo io.»

Grace e Mia sparecchiano i piatti del dessert e li portano in cucina, mentre Mr Grey, Kate e Elliot parlano dei vantaggi dei pannelli solari nello Stato di Washington. Christian, fingendosi interessato alla conversazione, mi posa di nuovo la mano sul ginocchio e inizia a risalire lungo la coscia. Mi si mozza il respiro. Stringo le gambe nel tentativo di fermare il suo tragitto e lo vedo sorridere.

«Vuoi che ti faccia vedere la casa?» mi chiede poi.

So che dovrei rispondere di sì, ma non mi fido di lui. Prima che io possa dire qualcosa, comunque, Christian si alza in piedi e mi tende la mano. La prendo e sento i muscoli contrarsi nel profondo del mio ventre, in risposta al suo sguardo torbido e famelico.

«Con permesso» dico a Mr Grey, e seguo Christian fuori dalla sala da pranzo.

Lui mi guida attraverso il corridoio fino alla cucina, dove Mia e Grace stanno caricando la lavastoviglie. Non c'è traccia di Miss Codini.

«Porto Anastasia a vedere il giardino» annuncia Christian alla madre, con tono innocente. Lei ci fa un cenno di saluto, mentre Mia torna in sala da pranzo.

Usciamo su una terrazza lastricata in pietra grigia nella quale sono incassate le luci che la illuminano. Ci sono piante in vaso e un elegante set composto da tavolo e sedie di metallo in un angolo. Christian li oltrepassa, sale qualche gradino e raggiunge un vasto prato che scende fino alla baia... Oddio... è meraviglioso. Seattle brilla all'orizzonte e la luminosa, fredda luna di maggio traccia uno scintillante sentiero argenteo sull'acqua, verso un molo dove sono ormeggiate due barche. Lì accanto c'è una rimessa. È tutto così pittoresco, così tranquillo. Per un attimo rimango a bocca aperta.

Christian mi trascina dietro di sé, e i miei tacchi affondano nell'erba soffice.

«Fermati, per piacere.» Sto arrancando.

Lui si ferma e mi guarda, con un'espressione indecifrabile.

«I tacchi. Devo togliermi le scarpe.»

«Non serve» dice, poi si china e mi prende in spalla. Strillo per la sorpresa, e lui mi dà una sonora sculacciata sul sedere.

«Abbassa la voce» ringhia.

"Oh, no... non promette bene." La vocina mi allerta. Christian è arrabbiato per qualche motivo, potrebbe essere José, la Georgia, gli slip, il fatto che mi sono morsa il labbro. Accidenti, ha la collera facile.

«Dove andiamo?» sussurro.

«Nella rimessa.»

Sballottata a testa in giù, mi aggrappo ai suoi fianchi, mentre lui avanza deciso sul prato nel chiaro di luna.

«Perché?» Sono senza fiato.

«Ho bisogno di stare da solo con te.»

«Perché?»

«Perché voglio sculacciarti e poi fotterti.»

«Perché?» piagnucolo, con un filo di voce.

«Lo sai» sibila.

«Pensavo che fossi uno che vive nel presente» lo supplico.

«Anastasia, lo sono, fidati.»

"Merda."

20

Christian varca la porta di legno della rimessa delle barche e si ferma ad accendere qualche luce. Le lampade fluorescenti fischiano e ronzano in sequenza mentre una cruda luce bianca invade l'ampio locale. Dalla mia posizione a testa in giù vedo un enorme incrociatore che fluttua lentamente nell'acqua scura del porto, ma è solo un lampo, perché Christian mi sta portando su per una scala di legno, verso la stanza al piano di sopra.

Si ferma sulla soglia e preme un altro interruttore; stavolta sono lampade alogene, con una luce più morbida e regolabile. Ci ritroviamo in una soffitta con il tetto spiovente. È decorata in stile marinaro: blu oltremare e crema, con qualche spruzzata di rosso. I mobili sono pochi, giusto un paio di divani.

Christian mi deposita in piedi sul parquet. Non ho tempo di esaminare l'ambiente, non riesco a staccare gli occhi da lui. Sono incantata... Lo guardo come si guarderebbe un raro e pericoloso predatore, aspettando che attacchi. Lui ha il respiro spezzato, ma in fondo mi ha appena portato in spalla per una rampa di scale. I suoi occhi grigi bruciano di rabbia, bisogno e puro desiderio.

Potrei prendere fuoco solo per il suo sguardo.

«Ti prego, non picchiarmi» lo imploro.

Aggrotta la fronte e sbatte le palpebre due volte.

«Non voglio che mi sculacci, non qui, non adesso. Ti prego, non farlo.»

È tanto sconvolto che resta senza parole, e io gli sfioro la guancia con due dita esitanti, toccando il contorno delle basette, la barba morbida e pungente al tempo stesso. Lui chiude lentamente gli occhi, porgendo il viso al mio tocco, e il respiro gli si ferma in gola. Con l'altra mano gli accarezzo i capelli. Adoro i suoi capelli. Il suo gemito roco si sente appena, e quando apre gli occhi ha uno sguardo diffidente, come se non capisse quello che sto facendo.

Mi stringo a lui, gli prendo dolcemente la testa, spingendo la sua bocca sulla mia, e lo bacio, forzandogli le labbra con la lingua. Lui geme e mi abbraccia, attirandomi a sé. Mi afferra i capelli e risponde al mio bacio con violenza e possessività. Le nostre lingue guizzano insieme, consumandosi a vicenda. Ha un sapore divino.

Di colpo, si tira indietro. I nostri respiri affannosi si fondono. Le mie mani ricadono sulle sue braccia, mentre mi fissa.

«Cosa mi stai facendo?» mormora, confuso.

«Ti sto baciando.»

«Hai detto di no.»

«Cosa?» "A cosa ho detto no?"

«A tavola, durante la cena. Con le tue gambe.»

"Ah... ecco qual era il problema."

«Ma eravamo insieme ai tuoi genitori.» Lo guardo sconvolta.

«Nessuno mi ha mai rifiutato prima. Ed è così... eccitante.»

I suoi occhi, pieni di sorpresa e desiderio, si aprono leggermente. La sua espressione mi inebria. Deglutisco. Le sue mani scendono verso il mio sedere. Mi stringe forte contro di sé, facendomi sentire la sua erezione.

«Sei arrabbiato ed eccitato perché ti ho detto di no?» mormoro, esterrefatta.

«Sono arrabbiato perché non mi hai parlato della Georgia. Sono arrabbiato perché sei andata fuori a bere con un tizio che ha tentato di sedurti quando eri ubriaca e, appena hai iniziato a vomitare, ti ha lasciato con un perfetto sconosciuto. Che razza di amico sarebbe? E sono arrabbiato ed eccitato perché hai chiuso le gambe mentre ti toccavo.» Nei suoi occhi vedo una scintilla pericolosa. Mi sta sollevando lentamente l'orlo del vestito.

«Ti voglio. Adesso. E se non sei disposta a farti sculacciare, come meriteresti, ti scoperò sul divano subito, in fretta, per il mio piacere, non il tuo.»

Il vestito adesso mi copre appena le natiche nude. Di colpo lui si sposta, mi avvolge il sesso con la mano e affonda piano un dito dentro di me. L'altro braccio mi cinge saldamente la vita, tenendomi ferma. Soffoco un gemito.

«Questa è mia» mormora con tono aggressivo. «Tutta mia. Chiaro?» Fa scivolare il dito dentro e fuori, e intanto mi guarda, osservando la mia reazione con gli occhi fiammeggianti.

«Sì, è tua» ansimo, mentre il mio desiderio, profondo e ardente, entra in circolo, invadendo ogni parte del corpo, il sistema nervoso, il respiro. Il cuore mi batte nel petto come se volesse schizzarne fuori, e il sangue mi pulsa nelle orecchie.

Lui si muove all'improvviso e, quasi contemporaneamente, sposta le dita, lasciandomi colma di desiderio, si abbassa la cerniera dei pantaloni e mi spinge sul divano, sdraiandosi sopra di me.

«Metti le mani sulla testa» ordina a denti stretti mentre si inginocchia, costringendomi a divaricare le gambe. Si fruga in tasca, estrae la bustina del preservativo e continua a guardarmi con un'espressione cupa, prima di togliersi la giacca con un movimento delle spalle e lasciarla cadere sul pavimento. Srotola il preservativo sul membro enorme.

Porto le mani sulla testa, sapendo che così non potrò toccarlo. Sono eccitata da morire. Sento i miei fianchi che già si sollevano per andargli incontro. Lo voglio dentro di me, così, spietato e brutale. Oh… non riesco ad aspettare.

«Non abbiamo molto tempo. Sarà una cosa veloce, ed è per me, non per te. Chiaro? Non venire, altrimenti ti sculaccio» dice, a denti stretti.

"Dio santo… Come faccio a fermarmi?"

Con una spinta veloce, sprofonda dentro di me. Mi lascio sfuggire un gemito sonoro, gutturale, e mi sciolgo in quella sensazione di pienezza. Lui mette le mani sulle mie, spingendomi le braccia con i gomiti, e mi blocca le gambe con le sue. Sono in trappola. È dappertutto, mi sovrasta, mi soffoca quasi. È meraviglioso, comunque: questo è il mio potere, è l'effetto che gli faccio, e mi provoca una sensazione erotica, trionfale. Si muove dentro di me in fretta, con furia, sento il suo respiro spezzato nelle orecchie e il mio corpo risponde, avvolgendolo. "Non devo venire." No. Ma gli vado incontro, spinta su spinta, in un contrappunto perfetto. Di colpo, e troppo presto, lui viene e mi sprofonda dentro, con un sibilo. Per un attimo si rilassa, facendomi sentire tutto il suo peso. Non sono pronta a lasciarlo andare, il mio corpo anela il piacere, ma lui è così pesante che non riesco a spingere. All'improvviso scivola fuori, lasciandomi affamata e vogliosa. Mi rivolge uno sguardo truce.

«Non toccarti. Voglio che tu rimanga insoddisfatta. È questo che fai a me quando non mi parli, quando mi neghi quello che è mio.» I suoi occhi fiammeggiano di nuovo.

Annuisco, ansimando. Lui si alza e si sfila il preservativo, annodandolo e infilandoselo nella tasca dei pantaloni. Lo guardo, il respiro ancora spezzato, e senza volere stringo le cosce una contro l'altra, cercando un po' di sollievo. Christian chiude la cerniera, si ravvia i capelli e si china a prendere la giacca. Si volta a guardarmi, con un'espressione più dolce.

«È meglio se rientriamo.»

Mi tiro su a sedere, un po' stordita e traballante.

«Tieni. Puoi metterti queste.»

Dalla tasca interna estrae le mie mutandine. Le prendo senza sorridere, ma nel mio intimo so che, pur avendo ricevuto una scopata punitiva, con gli slip ho ottenuto la mia piccola vittoria. La mia dea interiore annuisce, d'accordo con me, con un sorriso soddisfatto: "Non hai dovuto chiederglieli".

«Christian!» urla Mia dal piano di sotto.

Lui si volta e alza un sopracciglio. «Appena in tempo. Maledizione, a volte sa essere davvero irritante.»

Lo guardo storto, mi affretto a indossare le mutandine e mi alzo con tutta la dignità di cui sono capace dopo essere stata scopata in quel modo. Cerco anche di sistemarmi la chioma postcoito.

«Siamo quassù, Mia» urla; poi mormora: «Ora mi sento meglio, Miss Steele, ma ho ancora voglia di sculacciarti».

«Non credo di meritarlo, Mr Grey, soprattutto dopo aver tollerato il tuo attacco ingiustificato.»

«Ingiustificato? Sei stata tu a baciarmi.» Fa del suo meglio per sembrare offeso.

Stringo le labbra. «A volte la miglior difesa è l'attacco.»

«Difesa da cosa?»

«Da te e dalle tue mani che prudono.»

Piega la testa di lato e mi sorride, mentre Mia sale di corsa le scale. «Comunque, è stato sopportabile?» mi chiede a voce bassa.

Avvampo. «A stento» mormoro, ma non posso evitare di sorridere.

«Ah, eccovi qui.» Mia ci guarda radiosa.

«Stavo facendo vedere la tenuta ad Anastasia.» Christian mi tende la mano, con il suo sguardo penetrante.

La prendo e lui me la stringe con delicatezza.

«Kate e Elliot stanno per andare via. È incredibile, non possono fare a meno di toccarsi, quei due.» Mia si finge disgustata e sposta lo sguardo da Christian a me. «Che cosa ci facevate qui?»

Accidenti, è diretta. Divento paonazza

«Mostravo ad Anastasia i miei trofei di canottaggio» risponde Christian con la sua faccia di bronzo, senza perdere un colpo. «Andiamo a salutare Elliot e Kate.»

"Trofei di canottaggio?" Mi spinge delicatamente davanti a lui e, quando Mia si gira per scendere, mi dà una pacca sul sedere. Sussulto per la sorpresa.

«Lo rifarò, Anastasia, e presto» mi minaccia sottovoce, poi mi abbraccia e mi bacia i capelli.

Quando torniamo in casa, Elliot e Kate stanno salutando Grace e Mr Grey. Kate mi stringe forte.

«Dobbiamo parlare, sei troppo polemica con Christian» le sussurro nell'orecchio.

«Lo faccio per il tuo bene, così puoi capire com'è davvero. Stai attenta, Ana, è un prepotente» mormora. «Ci vediamo dopo.»

"Io so com'è lui, davvero, tu no!" le grido mentalmente. So benissimo che Kate agisce con le migliori intenzioni, ma a volte tende a superare i limiti, e stavolta lo ha fatto. La fulmino con lo sguardo e lei mi fa la linguaccia, facendomi sorridere mio malgrado. Questa Kate giocosa è una novità; dev'esserci lo zampino di Elliot. Li salutiamo con la mano dalla soglia, poi Christian si gira verso di me.

«Forse dovremmo andare anche noi. Domani hai i colloqui.»

Al momento del congedo Mia mi abbraccia con calore.

«Pensavamo che Christian non avrebbe mai trovato una donna!» esclama.

Arrossisco, mentre Christian alza gli occhi al cielo.

«Stammi bene, Ana» dice Grace con dolcezza.

Christian, imbarazzato dall'attenzione che mi viene dedicata dai suoi familiari, mi prende la mano e mi attira a sé.

«Non spaventatela né viziatela troppo con tutte queste moine» brontola.

«Christian, basta scherzare» lo sgrida Grace con indulgenza. I suoi occhi trasudano affetto e adorazione per lui.

Non penso che stia scherzando. Osservo di sottecchi il loro modo di interagire. È chiaro che Grace stravede per lui, con l'amore incondizionato di una madre. Lui si china e la bacia con freddezza.

«Mamma» la saluta, e nella sua voce c'è una nota strana... forse di rispetto?

«Mr Grey, arrivederci e grazie.» Gli tendo la mano e mi abbraccia, anche lui!

«Per favore, chiamami Carrick. Spero di rivederti presto, Ana.»

Finiti i saluti, Christian mi conduce verso la macchina, dove Taylor ci attende. "È rimasto qui ad aspettare per tutto il tempo?" Taylor mi apre la portiera e io mi infilo sul sedile posteriore.

Sento che la tensione sta lentamente cominciando ad abbandonarmi. Mio Dio, che giornata! Sono esausta, fisicamente ed emotivamente. Dopo un breve scambio di battute con Taylor, Christian si siede al mio fianco e si volta a guardarmi.

«A quanto pare, piaci anche alla mia famiglia» mormora.

"Anche?" Il deprimente pensiero del motivo per cui sono stata invitata mi torna in mente, indesiderato e sgradevole. Taylor accende il motore e si allontana lungo il vialetto, immergendosi nel buio della notte. Guardo Christian negli occhi.

«Cosa c'è?» mi chiede.

Per un attimo lotto contro me stessa. No, devo dirglielo. Si lamenta sempre del fatto che non sono sincera con lui.

«Penso che tu ti sia sentito obbligato a farmi conoscere i tuoi.» La mia voce è flebile ed esitante. «Se Elliot non avesse invitato Kate, tu non me l'avresti mai chiesto.» Non riesco a vedere la sua espressione nel buio, ma lui piega la testa di lato, stupito.

«Anastasia, sono felicissimo che tu abbia conosciuto i

miei. Perché sei così piena di dubbi? È una cosa che non smetterà mai di stupirmi. Sei una ragazza forte e indipendente, ma sei ossessionata dai pensieri negativi su te stessa. Se non avessi voluto farteli conoscere, non saresti qui. È così che ti sei sentita per tutto il tempo?»

Oh! Quindi lui voleva che io venissi… Che rivelazione! Non sembra a disagio nel rispondermi, come sarebbe dovuto essere se avesse voluto nascondermi la verità. Pare sinceramente contento che io sia lì… Scuote la testa e mi prende la mano. Guardo Taylor, imbarazzata.

«Non preoccuparti di Taylor. Parla con me.»

Mi stringo nelle spalle

«Sì, mi sono sentita così. E un'altra cosa: ho accennato alla Georgia solo perché Kate stava parlando di Barbados. Non ho ancora preso una decisione.»

«Hai voglia di andare a trovare tua madre?»

«Sì.»

Mi guarda in modo strano, come se stesse lottando contro se stesso.

«Posso venire con te?» chiede alla fine.

"Cosa?"

«Ehm… non mi pare una buona idea.»

«Perché?»

«Speravo di prendermi una pausa da… da tutte queste emozioni forti, per cercare di riflettere un po'.»

Mi fissa.

«Sono troppo forti?»

Scoppio a ridere. «Per usare un eufemismo!»

Alla luce dei lampioni vedo le sue labbra piegarsi in un sorriso.

«Stai ridendo di me, Miss Steele?»

«Non oserei mai, Mr Grey» rispondo, con finta serietà.

«Penso che oseresti, e anzi penso che tu rida spesso di me.»

«Sei bizzarro.»

«Bizzarro?»

«Oh, sì.»

«Nel senso che sono strano o che faccio ridere?»

«Oh… quasi sempre l'una delle due, e a volte l'altra.»

«In che ordine?»

«Te lo lascio indovinare.»

«Non sono certo di riuscire a indovinare, quando si tratta di te, Anastasia» dice in modo beffardo, poi continua, serio: «Su cosa hai bisogno di riflettere, in Georgia?».

«Su noi due» sussurro.

Mi guarda, impassibile.

«Avevi detto di volerci provare» mormora.

«Lo so.»

«Ci stai ripensando?»

«Forse.»

Si sposta sul sedile, nervoso.

«Perché?»

"Merda." Perché all'improvviso la conversazione è diventata così profonda? Mi sta spiazzando, come un esame per cui non mi sono preparata. Cosa posso dirgli? Perché penso di amarti, e tu mi vedi solo come un giocattolo? Perché non posso toccarti, perché ho il terrore di mostrarti affetto temendo che tu possa respingermi o, peggio ancora, picchiarmi? Cosa posso dire?

Guardo un attimo fuori dal finestrino. L'auto sta attraversando il ponte. Siamo entrambi immersi nell'oscurità, che nasconde i nostri pensieri e i nostri sentimenti, ma per questo non ci serve la notte.

«Perché, Anastasia?» insiste Christian.

Alzo le spalle, sentendomi in trappola. Non voglio perderlo. Nonostante tutte le sue pretese, il suo bisogno di controllare ogni cosa, i suoi vizi inquietanti, non mi sono mai sentita così viva come adesso. È elettrizzante stare seduta al suo fianco. È un uomo così imprevedibile, sensuale, intelligente e spiritoso. Ma i suoi sbalzi d'umore… e la sua voglia di farmi male. Dice che terrà conto delle mie riserve, ma mi fa paura lo stesso. Chiudo gli occhi. Cosa posso dire? Dentro di me, vorrei solo di più, più gesti affettuosi, più giocosità, più… amore.

Mi stringe la mano.

«Parlami, Anastasia. Non voglio perderti. Quest'ultima settimana…» La voce gli muore in gola.

Ci stiamo avvicinando alla fine del ponte, la strada è di nuovo illuminata dai lampioni e il suo viso passa a intermittenza dall'ombra alla luce. È una metafora così calzante. Quest'uomo all'inizio mi sembrava un eroe romantico, un ardito cavaliere bianco dall'armatura scintillante, o un cavaliere nero, come dice lui. Invece non è un eroe; è un uomo con gravi, profonde lacune emotive, e mi sta trascinando nel buio. Non potrei, invece, essere io a guidare lui verso la luce?

«Continuo a volere di più» mormoro.

«Lo so» dice. «Ci proverò.»

Lo guardo stupita, e lui mi lascia la mano e mi prende il mento, liberando il labbro inferiore dalla stretta dei denti.

«Per te, Anastasia, sono disposto a provare.» Ha l'aria sincera.

Ne approfitto. Mi slaccio la cintura di sicurezza e mi siedo sulle sue ginocchia, cogliendolo alla sprovvista. Gli avvolgo la testa con le braccia e lo bacio a lungo, a fondo. Lui contraccambia subito.

«Resta con me, stanotte» mormora. «Se te ne vai, non ti vedrò per una settimana. Ti prego.»

«Sì» rispondo. «E ci proverò. Firmerò il contratto.» È una decisione d'impulso.

«Firma dopo essere stata in Georgia. Pensaci sopra. Pensaci bene, piccola.»

«D'accordo.» E rimaniamo in silenzio per un po'.

«Dovresti allacciarti la cintura di sicurezza» mormora Christian con aria di rimprovero, ma non accenna a spostarmi.

Mi strofino contro di lui, a occhi chiusi, il naso contro la sua gola, inalando il suo sensuale profumo. Appoggio la testa sulla sua spalla e lascio vagare la mente, concedendomi di immaginare che lui mi ami. Oh, è così reale, così tangibile e una piccola parte del mio dispettoso subconscio, fatto inaudito, osa sperare. Sto attenta a non toccargli il petto, mi limito a rannicchiarmi tra le sue braccia.

Troppo presto vengo strappata al mio impossibile sogno a occhi aperti.

«Siamo a casa» mormora Christian, ed è una frase così affascinante, così piena di possibilità.

"A casa, con Christian." Peccato che il suo appartamento, più che una casa, sia una galleria d'arte.

Taylor apre la portiera, e lo ringrazio un po' imbarazzata, sapendo che deve aver sentito tutta la nostra conversazione, ma il suo sorriso cortese mi rassicura e non lascia trapelare nulla. Una volta scesi, Christian mi guarda con aria di rimprovero. "Cos'ho fatto stavolta?"

«Perché non hai una giacca?» Si sfila la sua, accigliato, e me la appoggia sulle spalle.

Faccio un sospiro di sollievo.

«L'ho lasciata nella mia auto nuova» rispondo assonnata, con uno sbadiglio.

Mi sorride.

«Sei stanca, Miss Steele?»

«Sì, Mr Grey.» Sono intimidita dal suo sguardo indagatore, ma penso che una spiegazione sia d'obbligo. «Oggi sono stata sopraffatta in un modo che non avrei mai creduto possibile.»

«Bene, se sei sfortunata, potrei sopraffarti ancora un po'» promette, prendendomi per mano e avviandosi verso l'atrio. "Oddio... di nuovo?"

Nell'ascensore lo guardo negli occhi. Avevo dato per scontato che volesse semplicemente dormire con me, poi mi viene in mente che lui non dorme con nessuno, anche se con me, qualche volta, l'ha fatto. Aggrotto la fronte, e il suo sguardo si incupisce all'improvviso. Mi afferra il mento.

«Un giorno ti scoperò in questo ascensore, Anastasia, ma adesso sei stanca... quindi penso che dovremo accontentarci del letto.»

Si china, mi prende il labbro tra i denti e lo tira dolcemente. Io mi sciolgo, mi si ferma il respiro e il mio corpo freme di voglia. Stringo a mia volta i denti sul suo labbro superiore, tormentandolo, e lui geme. Quando le porte dell'ascensore si aprono, mi prende per mano e mi trascina nell'appartamento.

«Vuoi bere qualcosa?»

«No.»

«Ottimo. Andiamo a letto.»

Alzo un sopracciglio. «Ti accontenterai del banale, vecchio sesso alla vaniglia?»

Lui piega la testa di lato.

«Non c'è niente di vecchio o di banale nel sesso alla vaniglia, ha un sapore molto intrigante.»

«Da quando?»

«Da domenica scorsa. Perché? Speravi in qualcosa di più esotico?»

«Oh, no. Per oggi ne ho avuto abbastanza di esotismo.»

«Sei sicura? Qui ne abbiamo per tutti i gusti... almeno una trentina.» Mi sorride in modo lascivo.

«L'ho notato» replico seccamente.

Lui scuote la testa. «Andiamo, Miss Steele, domani è una giornata impegnativa per te. Prima andiamo a letto, prima ti scopo e prima potrai dormire.»

«Mr Grey, sei un inguaribile romantico.»

«Miss Steele, hai proprio una lingua biforcuta. Dovrò trovare il modo di sottometterti. Vieni.» Mi accompagna nella sua camera da letto e chiude la porta con un calcio.

«Mani in alto» ordina.

Io obbedisco, e con una mossa repentina lui mi toglie il

vestito come un prestigiatore, afferrando l'orlo e sfilando-melo dalla testa in un lampo.

«*Ta-da!*» dice per fare un po' di scena.

Sorrido e applaudo educatamente. Lui fa un inchino. "Come faccio a resistergli quando si comporta così?" Appoggia il mio vestito sulla sedia accanto al cassettone.

«E quale sarà il tuo prossimo trucco?» lo provoco.

«Oh, mia cara Miss Steele» sibila «mettiti a letto e te lo farò vedere.»

«Pensi che per una volta dovrei fare la preziosa?» gli chiedo, con tono civettuolo.

Sbarra gli occhi per la sorpresa, e vedo un lampo di eccitazione. «Be'... la porta è chiusa. Non so come potresti evitarmi» dice, sardonico. «Penso che ormai l'affare sia concluso.»

«Ma io sono brava a negoziare.»

«Anch'io.» Mi guarda, ma la sua espressione cambia. Sembra confuso, e l'atmosfera improvvisamente si carica di tensione. «Non vuoi scopare?» chiede.

«No» mormoro.

«Ah.» Aggrotta la fronte.

"Bene, continua così... Fai un bel respiro."

«Voglio fare l'amore con te.»

Lui si blocca e mi guarda senza capire. La sua espressione si fa seria. "Oh, merda, le prospettive non sono buone. Dagli un attimo!" sbotta la vocina interiore.

«Ana, io...» Si passa una mano tra i capelli. Due mani. Caspita, è proprio sconvolto. «Pensavo che l'avessimo fatto» dice alla fine.

«Voglio toccarti.»

Lui indietreggia involontariamente, e per un attimo sembra impaurito, poi riacquista il controllo.

«Per favore» mormoro.

Si riprende. «Oh, no, Miss Steele, per stasera hai avuto abbastanza concessioni. La mia risposta è no.»

«No?»

«No.»

"Oh... non posso discutere, vero?"

«Senti, tu sei stanca, io sono stanco. Andiamo a letto e basta» dice, fissandomi.

«Quindi essere toccato per te è un limite assoluto?»

«Sì, non ne ho mai fatto mistero.»

«Per cortesia, spiegami perché.»

«Oh, Anastasia, per favore. Lascia perdere adesso» dice, esasperato.

«Per me è importante.»

Si passa di nuovo entrambe le mani tra i capelli e impreca sottovoce. Si gira dall'altra parte, va verso il cassettone, tira fuori una maglietta e me la lancia. Io la prendo, confusa.

«Indossala e mettiti a letto» sbotta, irritato.

Ci rimango male, ma decido di assecondarlo. Dandogli le spalle, mi tolgo in fretta il reggiseno, e mi infilo la maglietta in un lampo per coprire la mia nudità. Tengo addosso le mutandine; non le ho indossate per gran parte della sera.

«Devo andare in bagno.» La mia voce è un sussurro.

Lui mi guarda, perplesso.

«Mi chiedi il permesso, adesso?»

«Ehm... no.»

«Anastasia, sai dov'è il bagno. Oggi, a questo punto del nostro strano accordo, non hai bisogno del mio permesso per usarlo.» Non riesce a nascondere l'irritazione. Si sfila la camicia, mentre io sgattaiolo in bagno.

Mi guardo nell'enorme specchio, sconvolta di avere sempre lo stesso aspetto. Dopo tutto quello che ho fatto oggi, è sempre la solita, banale ragazza quella che mi guarda. "Cosa ti aspettavi? Che ti spuntassero le corna e una coda?" esclama la vocina. "E che diavolo stai facendo, si può sapere? Per lui essere toccato è un limite assoluto. Hai avuto troppa fretta, sciocca. Lui deve imparare a camminare, prima di mettersi a correre. Lo stai facendo impazzire... pensa a tutte le cose che ti ha detto, a tutte le concessioni che ti ha fatto." Faccio una smorfia nello specchio. Devo potergli dimostrare il mio affetto; solo allora, forse, lui potrà contraccambiarlo.

Scuoto la testa, rassegnata, e prendo lo spazzolino di Christian. Il mio subconscio ha ragione, è ovvio. Gli sto facendo troppe pressioni. Lui non è pronto, e io nemmeno. Siamo in equilibrio sul precario dondolo che è il nostro strano accordo: ognuno appollaiato su un'estremità, mentre quello oscilla di continuo sotto di noi. Abbiamo entrambi bisogno di avvicinarci al centro. Spero solo che nessuno dei due cada nel provarci. Sta andando tutto così in fretta. Forse avrei bisogno di prendere le distanze. La Georgia mi attira più che mai. Quando comincio a spazzolarmi i denti, lui bussa alla porta.

«Entra» farfuglio, con la bocca piena di dentifricio.

Christian appare sulla soglia con indosso i pantaloni del pigiama. È a torso nudo, e mi abbevero a quella visione come se stessi morendo di sete e lui fosse una limpida, fresca fonte di montagna. Mi guarda impassibile, poi sorride e viene accanto a me. I nostri sguardi si incrociano nello specchio: grigio contro azzurro. Finisco di usare lo spazzolino, lo sciacquo e glielo passo, continuando a guardarlo negli occhi. Lui, senza una parola, lo prende e se lo mette in bocca. Gli strizzo l'occhio, e all'improvviso il suo sguardo si illumina, divertito.

«Sentiti libera di prendere in prestito il mio spazzolino.» Il suo tono è affettuosamente canzonatorio.

«Grazie, signore» sorrido tranquilla e lo lascio, tornando a letto.

Dopo qualche istante mi raggiunge.

«Sai, non era questo lo svolgimento che avevo previsto per la serata» mormora, irritato.

«Pensa se ti avessi detto che non potevi toccarmi.»

Lui sale sul letto e si siede a gambe incrociate.

«Anastasia, ti ho avvertito. Cinquanta sfumature. Ho avuto una dura introduzione alla vita... Meglio che tu non sia informata di queste brutture. Perché dovresti?»

«Perché voglio conoscerti meglio.»

«Mi conosci abbastanza.»

«Come fai a dirlo?» Mi metto in ginocchio davanti a lui. Alza gli occhi al cielo, esasperato.

«Hai alzato gli occhi al cielo. L'ultima volta che l'ho fatto io, sono finita sulle tue ginocchia.»

«Oh, quanto vorrei rimetterti di nuovo in quella posizione.»

Mi viene un'idea.

«Dimmi quel che voglio sapere e ti do il permesso di farlo.»

«Cosa?»

«Mi hai sentito.»

«Stai mercanteggiando?» È sbalordito, incredulo.

Annuisco. "Brava... così si fa."

«Sto negoziando.»

«Non funziona così, Anastasia.»

«D'accordo. Dimmelo e alzerò gli occhi al cielo.»

Lui scoppia a ridere, offrendomi una rara immagine del Christian spensierato. Era da tanto che non lo vedevo così. Sembra essersi calmato.

«Sei sempre così curiosa.» I suoi occhi grigi sono pensierosi. Dopo un attimo scende dal letto. «Non muoverti» dice, ed esce dalla stanza.

Lo aspetto trepidante, stringendomi con le braccia. Che cosa starà facendo? Avrà in mente qualche piano diabolico? "Merda. E se tornasse con una bacchetta, o qualche strano accessorio da pervertito? Oddio, cosa farei in quel caso?" Quando torna, tiene in mano un piccolo oggetto. Non riesco a vedere di cosa si tratta, e ardo dalla curiosità.

«A che ora è il tuo primo colloquio, domani?»

«Alle due del pomeriggio.»

Un sorriso lento e malizioso si disegna sul suo viso.

«Bene.» E sotto i miei occhi cambia impercettibilmente. È più severo, intrattabile... sexy. Il Christian Dominatore.

«Scendi dal letto. Mettiti qui.» Indica il pavimento, e io obbedisco. Mi guarda fisso, con una promessa scintillante negli occhi. «Ti fidi di me?» sussurra.

Annuisco. Apre la mano, e sul suo palmo ci sono due sfere d'argento, lucenti, legate da uno spesso filo nero.

«Queste sono nuove» dice con enfasi.

Lo guardo senza capire.

«Ora te le metterò dentro e poi ti sculaccerò, non per castigo, ma per il tuo piacere, e il mio.» Si interrompe, davanti alla mia espressione attonita.

"Dentro di me!" Ho un sussulto, e tutti i muscoli del mio ventre si contraggono. La mia dea interiore sta facendo la danza dei sette veli.

«Poi scoperemo e, se sei ancora sveglia, ti darò qualche informazione sugli anni della mia infanzia. Va bene?»

Mi sta chiedendo il permesso! Senza fiato, annuisco, incapace di parlare.

«Brava bambina. Apri la bocca.»

"La bocca?"

«Di più.»

Con delicatezza mi infila le sfere in bocca.

«Devono essere lubrificate. Succhia» ordina, con voce dolce.

Le sfere sono fredde, lisce, più pesanti di quanto immaginavo, e hanno un sapore metallico. La mia bocca asciutta si riempie di saliva mentre esploro con la lingua quegli oggetti misteriosi. Lo sguardo di Christian non si stacca dal mio. Oddio, mi sto eccitando. Un fremito leggero mi percorre.

«Stai ferma, Anastasia» mi avverte.

«Basta.» Mi toglie le sfere di bocca. Va verso il letto, scosta la trapunta e si siede sul bordo.

«Vieni qui.»

Mi metto di fronte a lui.

«Ora girati, chinati in avanti e afferrati le caviglie.»

Lo guardo stupita, e la sua espressione diventa severa.

«Non esitare» mi ammonisce a bassa voce, con un tono poco promettente, e si infila le sfere in bocca.

"Accidenti, è più erotico dello spazzolino." Mi affretto a obbedire ai suoi ordini... Ce la farò a prendermi le caviglie? Scopro che ce la faccio senza sforzo. La maglietta mi scivola sulla schiena, scoprendomi il sedere. Per fortuna ho tenuto le mutandine, ma ho il sospetto che non dureranno a lungo.

Mi posa delicatamente le mani sulle natiche e le accarezza con il palmo aperto. Riesco a vedere le sue gambe dietro le mie, nient'altro. Stringo gli occhi mentre mi scosta lentamente le mutandine, sfiorandomi *lì* con il dito. Il mio corpo si contrae, in un inebriante miscuglio di ansia ed eccitazione. Mi infila il dito dentro e inizia a girarlo con deliziosa lentezza. Oh, è fantastico. Gemo.

Il suo respiro si spezza e lo sento sussultare mentre ripete il movimento. Poi sfila il dito e piano piano infila le sfere, una dopo l'altra. "Oddio." Dopo essere state riscaldate dalle nostre bocche, sono alla giusta temperatura. È una sensazione strana. Una volta che sono al loro posto, quasi non riesco a sentirle... ma sono consapevole della loro presenza.

Lui mi rimette a posto gli slip e si china in avanti, baciandomi dolcemente le natiche.

«Tirati su» ordina. Obbedisco tremante.

Oh! Ora sì che le sento, in un certo senso... Lui mi prende i fianchi per tenermi ferma mentre riprendo l'equilibrio.

«Tutto bene?» chiede, con voce grave.

«Sì.»

«Girati.» Mi volto verso di lui.

Le sfere sprofondano e io contraggo istintivamente i muscoli per fermarle. La sensazione è sconvolgente, ma non sgradevole.

«Com'è?» chiede.

«Strano.»

«Strano bello o strano brutto?»

«Strano bello» confesso.

«Bene.» Sembra quasi divertito.

«Voglio un bicchiere d'acqua. Vai a prendermene uno, per favore. E quando torni, ti sculaccio. Ricordatelo, Anastasia.»

"Acqua? Vuole un bicchiere d'acqua... adesso... Perché?"

Quando esco dalla stanza, capisco che vuole solo farmi camminare: mentre lo faccio, le sfere si muovono dentro di me, praticandomi un massaggio interno. È una sensazione strana e non del tutto fastidiosa. Anzi, il mio respiro accelera mentre mi allungo per prendere un bicchiere dalla dispensa e ansimo. "Oddio..." Forse dovrei tenermele. Mi fanno venire una gran voglia di fare sesso.

Quando torno, lui mi guarda con attenzione.

«Grazie» dice, prendendo il bicchiere.

Beve lentamente un sorso d'acqua e posa il bicchiere sul comodino. C'è un preservativo, pronto e in attesa, come me. So che sta facendo tutto questo per aumentare la tensione. Ho il cuore in gola. Punta i suoi occhi nei miei.

«Vieni. Mettiti vicino a me. Come l'altra volta.»

Mi avvicino con cautela, con il sangue che pulsa, e questa volta... sono eccitata. Da morire.

«Chiedimelo» mormora.

Aggrotto la fronte. Cosa dovrei chiedergli?

«Chiedimelo.» Il suo tono è leggermente più severo.

Cosa? Ti è piaciuta l'acqua? Cosa intende?

«Chiedimelo, Anastasia. Non voglio ripeterlo di nuovo.» Il suo tono minaccioso mi illumina. Vuole che gli chieda di sculacciarmi.

"Porca miseria." Mi guarda, in attesa, con gli occhi sempre più gelidi. "Merda."

«Sculacciami, per favore... signore» mormoro.

Lui chiude gli occhi un istante, assaporando le mie parole. Prende la mia mano sinistra e con uno strattone mi tira sulle sue ginocchia. Cado all'istante, e lui mi raddrizza non appena gli atterro in grembo. Ho il cuore in gola, mentre la sua mano mi accarezza dolcemente il sedere. Sono messa in modo da avere il busto appoggiato sul letto. Stavolta non mi blocca le gambe con la sua, ma mi scosta i capelli dal viso e me li infila dietro le orecchie. Quando ha fatto, mi afferra i capelli sulla nuca per tenermi ferma. Con un leggero strattone, mi fa rovesciare la testa all'indietro.

«Voglio vederti in faccia mentre ti sculaccio, Anastasia» mormora, senza smettere di massaggiarmi le natiche.

La sua mano si infila tra i glutei, premendo contro la vagina, ed è una sensazione così… Gemo. Oh, è fantastico.

«Questo è per il nostro piacere, Anastasia, il mio e il tuo» sussurra.

Alza la mano e la abbassa con uno schiaffo sonoro sulla fessura tra le cosce e il sedere… poi *lì*. Le sfere vengono spinte in avanti, dentro di me, e io mi perdo in un groviglio di sensazioni. Il bruciore sul sedere, la rotondità delle sfere e il fatto che lui mi tiene ferma. Contraggo il volto, mentre i miei sensi cercano di metabolizzare tutte queste novità. In qualche punto del mio cervello noto che non mi ha colpito forte come l'altra volta. Mi accarezza di nuovo, sfiorandomi con il palmo la pelle e le mutandine.

"Perché non mi ha tolto gli slip?" Poi la sua mano si allontana e si abbassa di nuovo. Gemo, mentre la sensazione si diffonde. Segue uno schema preciso: sinistra, destra, in basso. I colpi in basso sono i migliori. Tutto viene spinto in avanti, e tra una sberla e l'altra lui mi accarezza, mi vezzeggia, quindi è come se mi massaggiasse dentro e fuori. È una sensazione così stimolante ed erotica, e per qualche ragione, dato che l'ho voluto io, non mi importa del dolore. Non è molto doloroso, o meglio… lo è, ma posso affrontarlo. Diciamo che è sopportabile e, sì, addirittura piacevole. Continuo a gemere. "Sì, ce la faccio."

Lui si ferma e mi fa scivolare gli slip lungo le gambe. Mi dimeno, non perché voglio sottrarmi ai colpi, ma perché voglio di più... voglio il piacere. Il suo tocco contro la mia pelle ipersensibile mi provoca un prurito sensuale, travolgente, poi lui ricomincia da capo. Qualche colpo leggero, quindi sempre più forte, sinistra, destra, in basso. "Dio, che meraviglia!"

«Brava bambina» grugnisce, con il fiato corto.

Mi sculaccia altre due volte, poi tira il filo attaccato alle sfere e me le strappa fuori di colpo. Arrivo quasi all'orgasmo... è una sensazione indescrivibile. In fretta, mi rovescia sulla schiena. Sento, più che vedere, la confezione del preservativo che si strappa, e poi lui si sdraia di fianco a me. Mi prende le mani, me le solleva sopra la testa e mi entra dentro, lentamente, riempiendomi nel punto in cui prima c'erano le sfere. Gemo forte.

«Oh, piccola» mormora scivolando dentro e fuori, in un ritmo lento e sensuale, assaporandomi, sentendomi.

Non è mai stato così riguardoso e ci metto pochi istanti a superare il limite e a farmi travolgere da un lussurioso, violento, spossante orgasmo. Mi stringo intorno a lui, suscitando il suo piacere, e lui sprofonda dentro di me e rimane immobile, ansimando il mio nome con disperata meraviglia.

«Ana!»

Resta in silenzio sopra di me, con il fiatone, le mani ancora intrecciate alle mie sopra la mia testa. Alla fine, si tira indietro e mi guarda.

«È stato fantastico» sussurra, e mi bacia con passione.

Non indugia in quel bacio, ma si alza, mi copre con la trapunta, e scompare nel bagno. Al suo ritorno, porta un flacone di lozione bianca. Si siede sul letto di fianco a me.

«Girati dall'altra parte» ordina, e riluttante mi sdraio sulla pancia.

"Perché tutta questa scena?" Ho un sonno tremendo.

«Hai il sedere di un bellissimo colore» dice soddisfatto, e mi massaggia con la lozione rinfrescante le natiche arrossate.

«Vuota il sacco, Grey» dico, sbadigliando.

«Miss Steele, tu sì che sai rovinare la poesia di un momento.»

«Avevamo un patto.»

«Come ti senti?»

«Fregata.»

Lui sospira, si sdraia accanto a me e mi prende tra le braccia. Facendo attenzione a non toccare il mio sedere dolorante, si stringe a me e mi bacia piano dietro l'orecchio.

«La donna che mi ha messo al mondo era una puttana drogata, Anastasia. Dormi, adesso.»

Oddio... Cosa significa?

«Era?»

«È morta.»

«Da quanto tempo?»

Fa un sospiro.

«È morta quando avevo quattro anni. Non la ricordo bene. Carrick mi ha raccontato qualche particolare. Io rammento solo certe cose. Ti prego, dormi, adesso.»

«Buonanotte, Christian.»

«Buonanotte, Ana.»

E scivolo in un sonno pesante ed esausto, sognando un bambino di quattro anni con gli occhi grigi in un luogo oscuro, spaventoso e triste.

21

C'è luce dappertutto. Una luce intensa, calda, abbagliante, e io vorrei ignorarla ancora per qualche minuto. Vorrei nascondermi, solo per un po'. Ma il bagliore è troppo forte, e alla fine sono costretta a svegliarmi. Una splendida mattina di Seattle mi accoglie, il sole si riversa dalle vetrate inondando la stanza di luce accecante. Perché ieri notte non abbiamo chiuso le imposte? Sono nel letto di Christian Grey, ma lui non c'è.

Resto un attimo sdraiata a contemplare il meraviglioso skyline della città. La vita in mezzo alle nuvole sembra irreale. Una fantasia, un castello in aria, sospeso sulla terra, al sicuro dalle realtà della vita, ad anni luce dall'abbandono, dalla fame, e dalle madri drogate. Rabbrividisco pensando a cosa deve aver passato Christian da piccolo, e capisco perché vive qui, isolato, circondato da preziose, splendide opere d'arte, in un ambiente così diverso da quello in cui è nato... È una dichiarazione d'intenti. Aggrotto la fronte al pensiero che questo non spiega ancora perché non posso toccarlo.

Strano a dirsi, anch'io mi sento così, quassù, nella sua torre aerea. Sono sospesa sulla realtà. Sono in questo appartamento fantastico, a fare sesso fantastico con il mio uomo fantastico, mentre la cruda realtà è che lui vuole un accordo speciale, anche se ha promesso che si sforzerà di darmi di più. Cosa significa, davvero? È questo che ho bisogno di chiarire, per capire se siamo ancora alle due estremità dell'altalena, o se piano piano ci stiamo avvicinando al centro.

Quando mi alzo, mi sento indolenzita e, in mancanza di un'espressione migliore, usurata. "Sarà stato tutto quel sesso." La mia vocina disapprova. Alzo gli occhi al cielo, felice che un certo maniaco del controllo non sia nella stanza, e decido che gli chiederò notizie del mio personal trainer. Se firmerò il contratto, naturalmente. La mia dea interiore mi guarda sconsolata. "Ma certo che firmerai." La ignoro e dopo una rapida sosta in bagno vado a cercare Christian.

Non è nel soggiorno, ma un'elegante donna di mezza età sta pulendo la zona cucina. Vedendola, mi fermo di colpo. Ha i capelli corti biondi e gli occhi azzurri; indossa una semplice camicia bianca e una gonna dritta blu. Quando mi vede, mi fa un ampio sorriso.

«Buongiorno, Miss Steele. Vuole fare colazione?» Il suo tono è gentile ma professionale, e rimango sorpresa. Chi è questa bionda attraente nella cucina di Christian? Io indosso solo la sua T-shirt. Mi sento imbarazzata, così poco vestita.

«Temo che non ci abbiano presentate.» La mia voce è bassa, ma non riesco a nascondere l'ansia.

«Oh, sono desolata… Sono Mrs Jones, la domestica di Mr Grey.»

"Ah."

«Piacere.» È tutto quello che riesco a dire.

«Desidera fare colazione, signora?»

"Signora!"

«Una tazza di tè va benissimo. Sa dove sia Mr Grey?»

«Nel suo studio.»

«Grazie.»

Sgattaiolo via, mortificata. Perché tutte le donne che lavorano per Christian sono bionde e attraenti? Un pensiero maligno si fa strada, importuno, nella mia mente: "Che siano tutte sue ex sottomesse?". Rifiuto di soffermarmi su quell'idea sgradevole. Faccio timidamente capolino nello studio. Christian è al telefono, con lo sguardo rivolto alla finestra. Indossa pantaloni neri e camicia bianca e ha i capelli ancora bagnati dalla doccia. I miei pensieri negativi si dissolvono di colpo.

«Finché il conto economico della società non migliora, non sono interessato, Ros. Non possiamo farci carico di un peso morto... Basta con queste scuse inconsistenti... Di' a Marco di chiamarmi, o così o niente... Sì, di' a Barney che il prototipo sembra buono, anche se l'interfaccia non mi convince del tutto... No, è solo che manca qualcosa... Voglio incontrarlo oggi pomeriggio per discuterne... Anzi, potremmo fare un brainstorming, con lui e il suo team... Bene. Ripassami Andrea...» Aspetta, guardando fuori dalla finestra, padrone del suo universo, osservando le persone minuscole ai piedi del suo castello nel cielo. «Andrea...»

Alzando lo sguardo, mi vede sulla soglia. Un lento sorriso sensuale si forma sul suo splendido volto, lasciandomi senza parole. È certamente l'uomo più bello del pianeta, troppo bello per le persone minuscole più in basso, troppo bello per me. No, mi sgrida la mia dea interiore, non troppo bello per me. È più o meno mio, per ora. L'idea mi trasmette un brivido e dissolve le mie paure irrazionali.

Lui continua a parlare al telefono, senza più staccare gli occhi dai miei.

«Stamattina cancella tutti i miei impegni, ma fammi chiamare da Bill. Sarò in ufficio alle due. Oggi pomeriggio devo parlare con Marco, ci vorrà una mezz'ora almeno... Metti in agenda Barney e la sua squadra dopo Marco o al massimo domani, e trovami un buco per vedere Claude entro la settimana... Digli di aspettare... Oh... No, non voglio pubblicità per il Darfur... Di' a Sam che ci pensi lui... No... Quale evento?... Sabato prossimo... Aspetta un attimo.»

«Quando torni dalla Georgia?» mi chiede.

«Venerdì.»

Riprende la conversazione telefonica.

«Avrò bisogno di un biglietto in più perché ho una compagna… Sì, Andrea, è quello che ho detto, una compagna, Miss Anastasia Steele verrà con me… È tutto.» Riattacca. «Buongiorno, Miss Steele.»

«Mr Grey» lo saluto, intimidita.

Lui gira intorno alla scrivania e mi viene incontro. Mi sfiora piano la guancia con le nocche.

«Non ho voluto svegliarti, sembravi così tranquilla. Hai dormito bene?»

«Mi sento molto riposata, grazie. Volevo solo salutarti prima di farmi una doccia.»

Lo guardo, assaporando ogni parte di lui. Mi bacia con dolcezza, e io non riesco a trattenermi. Gli getto le braccia al collo, intrecciando le dita ai suoi capelli ancora umidi e, premendo il mio corpo contro il suo, lo bacio a mia volta. Lo voglio. Il mio approccio lo coglie di sorpresa, ma dopo un istante risponde con un grugnito roco, gutturale. La sua mano scivola tra i miei capelli, lungo la schiena, e mi avvolge il sedere nudo, mentre lui mi esplora la bocca con la lingua. Poi si tira indietro, con gli occhi socchiusi.

«Be', il sonno sembra farti bene» mormora. «Ti consiglio di andare a fare la doccia, se non vuoi che ti prenda su questa scrivania.»

«Scelgo la scrivania» sussurro eccitata, mentre il desiderio mi riempie di adrenalina, risvegliando ogni fibra del mio corpo.

Lui mi guarda sbigottito per un istante.

«Ci stai prendendo gusto, vero, Miss Steele? Stai diventando insaziabile.»

«Sto prendendo gusto solo a te.»

Sbarra gli occhi, e intanto mi palpa il sedere.

«Ben detto, solo a me» geme, e tutt'a un tratto, con un solo

400

movimento fluido, sgombra il piano della scrivania, facendo cadere a terra fogli e documenti, mi prende in braccio e mi ci fa stendere sopra in modo da lasciarmi la testa quasi fuori dal bordo.

«Detto fatto, piccola» mormora, tirando fuori una bustina dalla tasca dei pantaloni e abbassandosi la cerniera. "Oh, Mr Boy Scout." Si srotola il preservativo sull'erezione e mi guarda. «Voglio sperare che tu sia pronta» ansima con un sorriso osceno, e in un attimo mi entra dentro, bloccandomi i polsi lungo i fianchi e affondando in me.

Gemo... "Oh, sì."

«Cazzo, Ana, sei pronta, eccome» mormora, adorante.

Avvolgendogli le gambe intorno alla vita, mi aggrappo a Christian come posso, mentre lui mi guarda dall'alto, con gli occhi che brillano, di passione e possesso. Inizia a muoversi, con forza. Questo non è fare l'amore, è fottere... e io lo adoro. Gemo. È così brutale, così carnale, mi fa impazzire di lussuria. La sua voglia appaga la mia, mi delizia. Lui si muove senza sforzo, godendo del mio possesso. Il suo respiro accelera dietro le labbra socchiuse. Oscilla i fianchi da una parte all'altra. È una sensazione divina.

Chiudo gli occhi, sentendo il piacere salire lentamente, vertiginosamente dentro di me, spingendomi in alto, sempre più in alto, verso il castello sospeso. "Oh, sì..." Le sue spinte aumentano ancora. Lancio un gemito assordante. Sono completamente presa dalle sensazioni, presa da lui, mi godo ogni spinta, ogni colpo che mi riempie. E lui aumenta il ritmo, sempre più veloce... sempre più forte... e tutto il mio corpo si muove con lui, sento le gambe tendersi, e le viscere fremere.

«Su, piccola, lasciati andare per me» mormora a denti stretti, e la brama ardente nella sua voce, la tensione, mi spingono oltre il limite.

Urlo una supplica appassionata e senza parole, mentre tocco il sole e brucio, crollando intorno a lui, precipitando, senza fiato, su una luminosa vetta terrestre. Lui spinge con forza e si ferma di colpo raggiungendo l'orgasmo, stringendomi i polsi e sprofondando in silenzio dentro di me.

"Wow... questo non me l'aspettavo." Lentamente mi materializzo di nuovo sulla terra.

«Che diavolo mi stai facendo?» mormora, strofinandomi il naso sul collo. «Mi hai completamente sedotto, Ana. Devi avermi fatto un incantesimo.»

Mi lascia andare i polsi, e io gli accarezzo i capelli, scendendo dalla mia vetta. Lo stringo tra le gambe.

«Sono io, quella sedotta» sussurro.

Lui mi guarda. La sua espressione è sconcertata, persino allarmata. Prendendomi il viso tra le mani, mi immobilizza la testa.

«Tu. Sei. Mia» dice, sottolineando ogni parola. «Chiaro?»

È così sincero, così appassionato... un fanatico. La forza della sua dichiarazione è così inattesa e disarmante. Mi chiedo perché si senta così. «Sì, tua» mormoro, disorientata dal suo fervore.

«Sei sicura di dover andare in Georgia?»

Annuisco piano, e in quel breve momento vedo la sua espressione cambiare e le saracinesche abbassarsi. Scivola fuori da me, facendomi sussultare.

«Ti fa male?» chiede, chinandosi su di me.

«Un po'» confesso.

«Mi fa piacere.» I suoi occhi fiammeggiano. «Così ti ricordi dove sono stato. Solo io.»

Mi prende il mento e mi dà un bacio rude, poi si alza e mi tende la mano per aiutarmi. Osservo la bustina vicino a me.

«Sempre preparato» mormoro.

Lui mi guarda confuso, mentre si tira su la cerniera. Gli mostro la confezione del preservativo vuota.

«Un uomo può sperare, Anastasia, persino sognare, e a volte i sogni si realizzano.»

Ha un tono così strano. Proprio non capisco. Il mio torpore postcoito si sta dissolvendo in fretta. "Cosa c'è che non va, adesso?"

«Dunque, sognavi di farlo sulla tua scrivania?» gli chiedo con noncuranza, cercando di alleggerire l'atmosfera.

Lui fa un sorriso enigmatico che non coinvolge gli occhi, e capisco subito che non è la prima volta che fa sesso sulla scrivania. Quel pensiero mi fa male. Mi sento a disagio, e la mia beatitudine evapora del tutto.

«È meglio che vada a farmi una doccia.» Mi alzo e mi dirigo verso la porta.

Lui si passa una mano tra i capelli, accigliato.

«Devo fare ancora un paio di telefonate. Vengo a fare colazione con te appena esci dalla doccia. Penso che Mrs Jones abbia lavato i tuoi vestiti di ieri. Sono nella cabina armadio.»

"Cosa? E quando l'avrebbe fatto, di grazia? Ci avrà sentiti?" Divento rossa come un peperone.

«Grazie» mormoro.

«Non c'è di che» replica automaticamente, ma c'è qualcosa di strano nella sua voce.

"Non ti sto ringraziando perché mi hai scopato. Anche se è stato molto…"

«Cosa c'è?» chiede, e mi rendo conto che ho la fronte aggrottata.

«Cosa c'è che non va?» mormoro.

«In che senso?»

«Non so… mi sembri più strano del solito.»

«Mi trovi strano?» Cerca di soffocare un sorriso.

«A volte.»

Mi guarda un istante, soprappensiero. «Come al solito, mi sorprendi, Miss Steele.»

«In che modo?»

«Diciamo che si è trattato di un godimento imprevisto.»

«Il nostro scopo è il piacere, Mr Grey.» Piego la testa di lato come lui fa spesso, e gli restituisco le sue parole.

«E tu sai come darmelo» commenta, ma pare a disagio. «Pensavo che stessi andando a farti una doccia.»

Oh, mi sta liquidando.

«Sì... ehm, ci vediamo fra poco.» Esco in fretta dallo studio, stordita.

Lui sembrava confuso, a disagio. "Perché?" Devo dire che, a livello fisico, è stato molto gratificante, ma a livello emotivo... be', sono scossa dalla sua reazione, che era emotivamente appagante quanto lo zucchero filato è nutriente.

Mrs Jones è ancora in cucina. «Vuole il suo tè, Miss Steele?»

«Prima mi farò una doccia, grazie» rispondo.

Mentre mi lavo, cerco di capire che cosa gli sia preso. Christian è la persona più complicata che abbia mai conosciuto e non riesco a decifrare il suo umore mutevole. Quando sono entrata nello studio, lui sembrava stare bene. Abbiamo fatto sesso... Dopodiché non stava più bene. Proprio non capisco. Mi rivolgo al subconscio... che mi ignora completamente, o forse non sa proprio cosa dire. Evidentemente non ne ha idea nemmeno lui. Niente da fare, nessuno sa niente.

Mi tampono i capelli con l'asciugamano, me li pettino e li lego in una crocchia. Il vestito color prugna di Kate è appeso, lavato e stirato, nella cabina armadio, insieme al reggiseno e alle mutandine. Mrs Jones è un prodigio. Mi infilo le scarpe di Kate, mi liscio il vestito, faccio un respiro profondo e torno nel soggiorno.

Christian non si vede, e Mrs Jones sta controllando il contenuto della dispensa.

«Vuole il tè adesso, Miss Steele?» chiede.

«Grazie.» Le sorrido. Mi sento un po' meno in imbarazzo, ora che sono vestita.

«Gradisce qualcosa da mangiare?»

«No, grazie.»

«Certo che mangerai qualcosa» sbotta Christian arrivando, furioso. «Le piacciono i pancake con bacon e uova, Mrs Jones.»

«Bene, Mr Grey. Lei cosa desidera, signore?»

«Un'omelette, per favore, e un po' di frutta.» Non mi toglie gli occhi di dosso, e la sua espressione è indecifrabile. «Siediti» ordina, indicando uno sgabello.

Obbedisco, e lui si siede vicino a me, mentre Mrs Jones prepara la colazione. È seccante che qualcuno ascolti la nostra conversazione.

«Hai già prenotato il volo?»

«No, lo farò quando torno a casa, su Internet.»

Si appoggia con un gomito al bancone, grattandosi il mento.

«Ce li hai i soldi?»

"Oh, no."

«Sì» dico, con finta pazienza, come se parlassi a un bambino piccolo.

Lui mi guarda di traverso. "Merda."

«Sì, grazie, ce li ho» mi correggo subito.

«Io ho un jet. Per tre giorni non ci sono voli in programma; è a tua disposizione.»

Lo guardo sconvolta. Certo, ha un jet, e devo resistere all'impulso spontaneo di alzare gli occhi al cielo. Vorrei mettermi a ridere, ma non lo faccio, perché non riesco a decifrare il suo umore.

«Abbiamo già gravemente abusato della tua flotta aziendale. Non mi va di rifarlo.»

«L'azienda è mia, il jet è mio.» Sembra quasi offeso. "Oh, i ragazzi e i loro giocattoli!"

«Grazie per l'offerta, ma preferirei prendere un volo di linea.»

Lui sembra voler aggiungere qualcosa, ma decide di non farlo.

«Come preferisci» sospira. «Hai molto da fare per prepararti ai colloqui?»

«No.»

«Bene. Ancora non vuoi dirmi i nomi delle case editrici?»

«No.»

Le sue labbra si curvano in un sorriso riluttante. «Sono un uomo pieno di risorse, Miss Steele.»

«Ne sono consapevole, Mr Grey. Intendi intercettare le mie telefonate?» chiedo, con aria innocente.

«In realtà, oggi pomeriggio sono molto impegnato, quindi dovrò chiedere a qualcuno di farlo.» Mi strizza l'occhio.

"Sta scherzando?"

«Se puoi affidare a qualcuno un compito del genere, è ovvio che hai personale in eccesso.»

«Manderò una mail al direttore delle risorse umane, chiedendo di controllare il numero dei dipendenti.» Stringe le labbra per nascondere un sorriso.

"Oh, per fortuna ha recuperato il senso dell'umorismo."

Mrs Jones ci serve la colazione, e mangiamo in silenzio per qualche istante. Dopo aver sparecchiato con discrezione, la domestica esce dal salone. Lo guardo negli occhi.

«Cosa c'è, Anastasia?»

«Sai, non mi hai più detto perché non vuoi essere toccato.»

Lui impallidisce, e la sua reazione mi fa sentire in colpa per la mia insistenza.

«Ti ho raccontato più di quanto abbia mai raccontato a chiunque altro.» La sua voce è tranquilla, il suo sguardo impassibile.

E per me è chiaro che non si è mai fidato di nessuno. Non ha amici stretti? Forse si è aperto con Mrs Robinson? Vorrei chiederglielo ma non posso, non posso essere tanto invadente. Scuoto la testa, rendendomi conto che è davvero solo.

«Penserai al nostro accordo, mentre sei via?» chiede.

«Sì.»

«Sentirai la mia mancanza?»

Sono sorpresa da quella domanda.

«Sì» rispondo, e lo penso davvero.

Com'è possibile che per me sia diventato tanto importante in così poco tempo? Mi è entrato sotto la pelle... letteralmente. Sorride, e i suoi occhi si illuminano.

«Anche tu mi mancherai. Più di quanto credi» mormora.

Le sue parole mi scaldano il cuore. Sta davvero facendo ogni sforzo. Mi accarezza piano la guancia, poi mi bacia con dolcezza.

È tardo pomeriggio e sono seduta nell'atrio della SIP, la Seattle Independent Publishing, in nervosa attesa di Mr J. Hyde. È il mio secondo colloquio di oggi, quello che mi rende più ansiosa. Il primo è andato bene, ma era per una società più grande, con sedi sparse in tutti gli Stati Uniti, e lì sarei solo una delle tante segretarie di redazione. Immagino di poter essere fagocitata e risputata in fretta da una simile macchina aziendale. La SIP è la casa editrice che mi interessa davvero. È piccola e non convenzionale, sostiene autori locali e ha una lista di clienti interessanti ed eccentrici.

L'ambiente è piuttosto spoglio, ma penso che sia una precisa scelta estetica più che un segno di parsimonia. Sono seduta su uno dei due divani Chesterfield, non molto diversi da quello che Christian ha nella sua stanza dei giochi; questi però sono di color verde scuro. Accarezzo compiaciuta il cuoio e mi chiedo oziosamente cosa faccia Christian su quel divano. La mia mente vaga, mentre mi perdo a esaminare le varie possibilità... I miei pensieri inopportuni mi fanno avvampare. L'addetta alla reception è una giovane afroamericana con grandi orecchini d'argento e lunghi capelli stirati. Con quel look bohémien, è il genere di donna di cui potrei essere amica. È un pensiero confortante. Ogni tanto, alza gli occhi su di me, distogliendoli dallo schermo del computer, e mi rivolge un sorriso caloroso. Io contraccambio, esitante.

Il mio volo è prenotato, mia madre è felicissima che io vada a trovarla, ho preparato il bagaglio e Kate ha promesso di accompagnarmi all'aeroporto. Christian mi ha ordinato di portare con me il BlackBerry e il Mac. Alzo gli occhi al cielo al pensiero della sua insopportabile prepotenza, ma mi rendo conto che è fatto così. Gli piace controllare ogni cosa, me compresa. Eppure, a volte, quando uno meno se lo aspetta, è di una gentilezza disarmante. Può essere tenero, allegro, persino dolce, e quando è così ti lascia di stucco. Ha insistito per accompagnarmi fino alla macchina, in garage. Per la miseria, me ne sto andando solo per qualche giorno e lui si comporta come se dovessi stare via per settimane. Mi disorienta sempre.

«Ana Steele?» Una donna con lunghi capelli neri, in piedi vicino al banco della reception, mi distoglie dai miei pensieri. Ha lo stesso look bohémien dell'addetta alla reception. Le darei più o meno quarant'anni. Mi è così difficile indovinare l'età delle donne più grandi di me.

«Sì» rispondo, alzandomi in maniera goffa.

Mi rivolge un sorriso educato, valutandomi con freddi occhi nocciola. Indosso uno dei vestiti di Kate, uno scamiciato nero su una camicetta bianca, e le mie décolleté nere. Molto da colloquio di lavoro, secondo me. Ho i capelli raccolti in una coda e, una volta tanto, le ciocche stanno al loro posto. Mi tende la mano.

«Salve, Ana, sono Elizabeth Morgan, il direttore delle risorse umane della SIP.»

«Piacere.» Le stringo la mano. Ha un aspetto molto informale per essere il direttore delle risorse umane.

«Prego, mi segua.»

Entriamo in un vasto open space arredato con colori vivaci, e da lì passiamo in una piccola sala riunioni. Le pareti sono verde chiaro, decorate con le foto di copertine di libri. A un capo del grande tavolo di legno d'acero è seduto un giovane con i capelli rossi raccolti in una coda. Piccoli orecchini d'argento gli luccicano alle orecchie. Indossa una maglietta azzurra, senza cravatta, e pantaloni di cotone cachi. Quando mi avvicino, si alza e mi guarda con impenetrabili occhi azzurri.

«Ana Steele, sono Jack Hyde, il direttore editoriale della SIP. Molto lieto di conoscerla.»

Ci stringiamo la mano. La sua espressione è imperscrutabile, ma mi sembra amichevole.

«Ha dovuto fare molta strada?» chiede, per rompere il ghiaccio.

«No, mi sono appena trasferita nella zona del Pike Place Market.»

«Ah, dunque non molto lontano. Prego, si accomodi.»

Mi siedo, ed Elizabeth prende posto vicino a lui.

«Allora, perché vorrebbe fare uno stage da noi, Ana?» chiede.

Pronuncia il mio nome dolcemente e piega la testa di lato come qualcuno di mia conoscenza... È inquietante. Faccio del mio meglio per ignorare l'irrazionale diffidenza che mi ispira, e mi lancio in un discorso che ho preparato con cura, sapendo che un lieve rossore mi si sta diffondendo sulle guance. Li guardo entrambi, ricordando la lezione di Kate sulla tecnica per fare colpo in un colloquio di lavoro: "Mantieni il contatto visivo, Ana!". Accidenti, anche quella ragazza sa essere prepotente, quando vuole. Jack ed Elizabeth mi ascoltano con attenzione.

«I suoi voti sono ottimi. Quali attività extracurriculari si è concessa mentre frequentava l'università?»

"Concessa?" Lo guardo stupita. Strana scelta di parole. Mi lancio nei dettagli del mio lavoro alla biblioteca centrale del campus, e della mia unica esperienza di intervista a un despota ricco sfondato per il giornale studentesco. Glisso sul fatto che poi non sono stata io a scrivere l'articolo. Accenno ai due circoli letterari a cui sono iscritta e concludo con il lavoro nel negozio di ferramenta, e con tutte le inutili conoscenze che oggi possiedo sul bricolage. Entrambi scoppiano a ridere: proprio la reazione in cui speravo. Un po' alla volta mi rilasso e inizio a divertirmi.

Jack Hyde mi fa domande spiazzanti e intelligenti, ma io

non mi faccio cogliere impreparata: rispondo colpo su colpo e, quando discutiamo delle mie letture preferite, credo di cavarmela bene. Jack, al contrario di me, sembra prediligere la letteratura americana posteriore al 1950. Nient'altro. Niente classici, nemmeno Henry James o Upton Sinclair o Francis Scott Fitzgerald. Elizabeth non dice nulla, si limita ad annuire di tanto in tanto e a prendere appunti. Jack, nonostante la sua vena polemica, è a suo modo simpatico, e la mia diffidenza iniziale si dissolve con il procedere della conversazione.

«Dove si vede fra cinque anni?» mi chiede.

"Insieme a Christian Grey" è la prima risposta che mi viene in mente. Aggrotto la fronte a quel pensiero inopportuno.

«Forse a fare l'editor? O l'agente letterario, non lo so ancora. Sono aperta a tutte le possibilità.»

Lui sorride. «Molto bene, Ana. Io non ho altre domande, e lei?» mi chiede.

«Quando comincerebbe lo stage?» chiedo.

«Il prima possibile» interviene Elizabeth. «Quando potrebbe iniziare?»

«Sono disponibile dalla prossima settimana.»

«Buono a sapersi» commenta Jack.

«Direi che ci siamo detti tutto.» Elizabeth sposta lo sguardo da me a lui. «Penso che il colloquio sia concluso.» Fa un sorriso gentile.

«È stato un piacere conoscerla, Ana» dice Jack, galante, nel prendermi la mano. La stringe leggermente, facendomi alzare gli occhi mentre lo saluto.

Mi sento turbata mentre torno verso la mia Audi, ma non saprei perché. Mi pare che il colloquio sia andato bene, anche se è difficile dirlo. I colloqui sono situazioni così artificiose; ognuno si comporta meglio che può, cercando in ogni modo di nascondersi dietro una patina professionale. Sarò sembrata adatta al ruolo? Non mi resta che aspettare il responso.

Salgo in macchina e torno a casa, ma senza fretta. Il mio volo, che farà scalo ad Atlanta, parte stasera alle 22.25, quindi ho ancora parecchio tempo.

Rientrando, trovo Kate impegnata a disfare scatoloni in cucina.

«Com'è andata?» mi chiede, eccitata. Solo Kate può sembrare così sexy con una camicia oversize, i jeans strappati e una bandana blu.

«Bene, grazie, Kate. Non sono certa che questo look fosse adatto per il secondo colloquio.»

«Ah, sì?»

«Ci sarebbe voluto qualcosa di più *boho-chic*.»

Kate alza un sopracciglio.

«Tu e il *boho-chic*.» Piega la testa di lato… Uffa! Perché tutti mi ricordano Mr Cinquanta Sfumature? «In realtà, Ana, tu saresti una delle poche a non sembrare ridicola con quel look.»

Sorrido. «La seconda casa editrice mi è piaciuta tantissimo. Penso che mi ci troverei bene. Il tizio che mi ha fatto il colloquio mi metteva a disagio, però…» Mi manca la voce… Accidenti, sto parlando con il Gazzettino Kate Kavanagh. "Taci, Ana!"

«Però…?» Il radar di Kate ha captato una notizia ghiotta, che riaffiorerà in un momento imbarazzante e inopportuno. Mi viene in mente una cosa.

«A proposito, ti dispiacerebbe smettere di montarmi contro Christian? Il tuo accenno a José alla cena di ieri è stato fuori luogo. Lui è un tipo geloso. Non serve a niente, sai.»

«Senti, se non fosse il fratello di Elliot, avrei rincarato la dose. È un vero prepotente. Non so come fai a sopportarlo. Ho cercato apposta di farlo ingelosire, per aiutarlo a risolvere le sue difficoltà a impegnarsi.» Alza le mani in un gesto di difesa. «Ma se non vuoi che mi intrometta, non lo farò» si affretta ad aggiungere davanti alla mia espressione truce.

«Bene. Il mio rapporto con Christian è già abbastanza complicato, fidati.»

"Oddio, parlo come lui."

«Ana.» Mi guarda dritto negli occhi. «Stai bene, vero? Non stai andando da tua madre per scappare?»

Arrossisco. «No. Sei stata tu a dire che mi serviva una pausa.»

Kate si avvicina e mi prende le mani, un gesto molto poco da lei. "Oh, no…" Le lacrime incombono, minacciose.

«È solo che sei… come dire… diversa. Spero che tu stia bene e che, se hai un qualunque problema con Mr Miliardo, tu possa parlarmene. Smetterò di stuzzicarlo, anche se con lui, a dire il vero, è come sparare sulla Croce Rossa. Senti, Ana, se c'è qualcosa che non va devi dirmelo. Non darò giudizi, cercherò di capire.»

Mi sforzo di non piangere. «Oh, Kate.» La abbraccio. «Penso di essere innamorata cotta di lui.»

«Ana, questo lo capirebbe chiunque, e per lui è lo stesso. Ha perso la testa per te. Non ti toglie gli occhi di dosso.»

Faccio una risatina incerta. «Lo pensi davvero?»

«Non te l'ha detto?»

«Non in modo così esplicito.»

«E tu?»

«Non in modo così esplicito.» Mi stringo nelle spalle con aria di scuse.

«Ana! Qualcuno deve fare il primo passo, altrimenti non andrete da nessuna parte.»

"Cosa…? Dirgli quello che sento?"

«Ho paura di spaventarlo.»

«E come fai a sapere che lui non si faccia gli stessi scrupoli?»

«Christian? Non riesco a credere che abbia paura di qualcosa.» Mentre lo dico, però, lo immagino da bambino. Forse la paura, allora, era tutto ciò che conosceva. Mi si stringe il cuore a quel pensiero.

Kate mi guarda con una smorfia corrucciata.

«Voi due avreste bisogno di farvi una bella chiacchierata.»

«Non abbiamo parlato molto, ultimamente.» Arrossisco di nuovo. Abbiamo fatto altro. Comunicazione non verbale, e quella funziona bene. Anzi, più che bene.

Kate sorride. «Troppo impegnati con il sesso! Se quello è okay, sei già a buon punto, Ana. Vado a prendere qualcosa da mangiare al takeaway cinese. Sei pronta per partire?»

«Abbiamo ancora un paio d'ore, no?»

«Sì... Torno subito.» Prende la giacca ed esce, lasciando la porta aperta. La chiudo e vado in camera, riflettendo sulle sue parole.

Christian ha paura dei suoi sentimenti? Prova davvero qualcosa per me? Sembra essere molto attratto, dice che sono sua, ma questo potrebbe far parte della sua mania di controllo e di possesso, del suo io dominatore. Mi rendo conto che, mentre sarò via, dovrò ripensare a tutte le nostre conversazioni, cercando di ricavarne qualche segno rivelatore.

"Anche tu mi mancherai... Più di quanto credi..."

"Devi avermi fatto un incantesimo..."

Scuoto la testa. Non voglio pensarci adesso. Ho messo il BlackBerry in carica, quindi non l'ho portato con me nel pomeriggio. Mi avvicino con cautela e, non trovandovi messaggi, rimango delusa. Accendo la macchina infernale e, anche lì, nessun messaggio. "L'indirizzo mail è lo stesso, Ana!" esclama la mia vocina interiore alzando gli occhi al cielo, e per la prima volta capisco perché Christian vuole sculacciarmi ogni volta che lo faccio.

D'accordo. Allora, gli scriverò io.

Da: Anastasia Steele
A: Christian Grey
Data: 30 maggio 2011 18.49
Oggetto: Colloqui

Caro signore,
i miei colloqui di oggi sono andati bene. Pensavo che la
cosa potesse interessarti. Com'è andata la tua giornata?
Ana

Mi siedo e fisso lo schermo. Di solito le risposte di Christian sono istantanee. Aspetto, aspetto, e finalmente sento il gradito segnale sonoro.

Da: Christian Grey
A: Anastasia Steele
Data: 30 maggio 2011 19.03
Oggetto: La mia giornata

Cara Miss Steele,
tutto quello che fai mi interessa. Sei la donna più affascinante
che conosco. Sono felice che i tuoi colloqui siano andati bene.
La mia mattinata è andata oltre le mie aspettative.
Il pomeriggio, in confronto, è stato abbastanza piatto.

Christian Grey
Amministratore delegato, Grey Enterprises Holdings Inc.

Da: Anastasia Steele
A: Christian Grey
Data: 30 maggio 2011 19.05
Oggetto: Una bella mattinata

Caro signore,
anche per me la mattinata è stata esemplare, nonostante
tu abbia sclerato dopo il nostro eccezionale amplesso
sulla scrivania. Non pensare che non l'abbia notato.
Grazie per la colazione. O grazie a Mrs Jones.
Vorrei farti delle domande su di lei, senza che tu scleri di nuovo.
Ana

Le mie dita esitano prima di premere INVIA, ma mi rassicura il fatto che domani a quest'ora sarò dall'altra parte del continente.

Da: Christian Grey
A: Anastasia Steele
Data: 30 maggio 2011 19.10
Oggetto: Tu e l'editoria…

Anastasia,
"sclerare" non è un verbo e non dovrebbe essere usato
da una persona che intende lavorare nell'editoria.
Eccezionale? Rispetto a cosa, scusa? E cosa hai bisogno
di chiedermi su Mrs Jones? Sono curioso.

Christian Grey
Amministratore delegato, Grey Enterprises Holdings Inc.

Da: Anastasia Steele
A: Christian Grey
Data: 30 maggio 2011 19.17
Oggetto: Tu e Mrs Jones

Caro signore,
il linguaggio è qualcosa di organico, cambia e si evolve. Non
è chiuso in una torre d'avorio, sospeso tra costosi oggetti
d'arte, con vista su Seattle e un'elisuperficie sul tetto.
Eccezionale, rispetto alle altre volte che abbiamo… come
dici tu…? ah, sì… scopato. A dire il vero, qualsiasi scopata
con te è stata, a mio modesto parere, eccezionale, punto.
Ma come ben sai la mia esperienza è assai limitata.
Mrs Jones è una tua ex Sottomessa?
Ana

Le mie dita esitano di nuovo, prima di inviare il messaggio.

Da: Christian Grey
A: Anastasia Steele
Data: 30 maggio 2011 19.22
Oggetto: Linguaggio. Lavati la bocca!

Anastasia,
Mrs Jones è una dipendente preziosa. Non ho mai avuto nessuna relazione con lei, a parte quella professionale. Non assumo persone con cui ho avuto rapporti sessuali. Mi sconvolge il fatto che tu abbia pensato una cosa del genere. L'unica persona per cui farei uno strappo alla regola sei tu: perché sei una ragazza molto intelligente, con ottime capacità di negoziazione. Tuttavia, se continui a usare un linguaggio del genere, potrei ripensarci. Sono felice che la tua esperienza sia limitata… solo a me. Prenderò "eccezionale" come un complimento, anche se con te non sono mai sicuro che sia quello che pensi o che la tua ironia, come al solito, prevalga.

Christian Grey
Amministratore delegato, Grey Enterprises Holdings Inc.

Da: Anastasia Steele
A: Christian Grey
Data: 30 maggio 2011 19.27
Oggetto: Nemmeno per tutto il tè della Cina

Caro Mr Grey,
mi sembrava di aver già espresso le mie riserve sul fatto di lavorare per la tua società. La mia opinione in merito non è cambiata, e non cambierà mai. Ora devo lasciarti, perché Kate è tornata con la cena. La mia ironia e io ti auguriamo la buonanotte.
Ti contatterò appena arrivo in Georgia.
Ana

416

Da: Christian Grey
A: Anastasia Steele
Data: 30 maggio 2011 19.29
Oggetto: Nemmeno per il Twinings English Breakfast?

Buonanotte, Anastasia.
Spero che la tua ironia faccia buon viaggio.

Christian Grey
Amministratore delegato, Grey Enterprises Holdings Inc.

Kate e io accostiamo fuori dall'area partenze dell'aeroporto di Seattle. Lei mi saluta con un abbraccio.

«Goditi Barbados, Kate. Buone vacanze.»

«Ci vediamo quando torno. Non farti mettere sotto dal riccone.»

«Non lo farò.»

Ci abbracciamo di nuovo, e mi ritrovo sola. Raggiungo il banco del check-in e mi metto in coda, con il mio bagaglio a mano. Non valeva la pena portare una valigia, ho preso solo il pratico zaino che Ray mi ha regalato per il mio ultimo compleanno.

«Il suo biglietto, prego.» Il giovane annoiato dietro il banco tende la mano senza guardarmi in faccia.

Con aria altrettanto annoiata, gli consegno il biglietto e un documento di identità. Vorrei avere un posto accanto al finestrino, se fosse possibile.

«Bene, Miss Steele. Il suo biglietto è stato cambiato: ora è in prima classe.»

«Cosa?»

«Signora, se gradisce accomodarsi nella sala d'attesa di prima classe ad aspettare il volo...» Sembra essersi risvegliato dal torpore e mi sorride come se fossi Babbo Natale e il coniglio pasquale insieme.

«Dev'esserci un errore.»

«No, no.» Controlla di nuovo lo schermo del computer. «Anastasia Steele... prima classe.» Mi rivolge un sorriso affettato.

"Uffa." Stringo gli occhi a fessura. Lui mi consegna la carta d'imbarco, e io vado nella sala d'attesa di prima classe imprecando a bassa voce. Maledetto Christian Grey, impiccione prepotente... Non può evitare di strafare.

22

Mi offrono un massaggio, una manicure e due calici di Moët & Chandon. La sala d'attesa di prima classe ha molti pregi. A ogni sorso di champagne mi sento un po' più disposta a perdonare Christian per la sua invadenza. Apro il MacBook, augurandomi che sia vero che riesce a collegarsi da qualsiasi angolo del pianeta.

Da: Anastasia Steele
A: Christian Grey
Data: 30 maggio 2011 21.53
Oggetto: Gesti iperstravaganti

Caro Mr Grey,
ciò che mi spaventa davvero è che sapevi
quale volo avrei preso.
Il tuo stalking non conosce limiti. Speriamo
che il dottor Flynn sia tornato dalle vacanze.
Mi hanno offerto la manicure, un massaggio alla schiena
e due calici di champagne: non male, come inizio
della vacanza.
Grazie.
Ana

Da: Christian Grey
A: Anastasia Steele
Data: 30 maggio 2011 21.59
Oggetto: Prego

Cara Miss Steele,
il dottor Flynn è tornato, e ho appuntamento
con lui questa settimana.
Chi ti ha massaggiato la schiena?

Christian Grey
Amministratore delegato con amici nei posti
giusti, Grey Enterprises Holdings Inc.

Aha! È il momento di vendicarmi. Annunciano il mio volo, per cui dovrò scrivergli dall'aereo. Sarà meno rischioso. Mi sento travolgere da una maliziosa euforia.

C'è così tanto spazio in prima classe. Con un cocktail a base di champagne in mano, sprofondo sulla sontuosa poltrona di pelle accanto al finestrino, mentre la cabina si riempie a poco a poco. Chiamo Ray per dirgli dove sono, una telefonata breve, perché per lui è molto tardi.

«Ti voglio bene, papà» mormoro.

«Anch'io, Annie. Salutami tua madre. Buonanotte.»

«Buonanotte.» Riattacco.

Ray sembrava stare bene. Guardo il mio Mac e, con il solito entusiasmo infantile, lo accendo e apro la casella di posta.

Da: Anastasia Steele
A: Christian Grey
Data: 30 maggio 2011 22.22
Oggetto: Mani forti ed esperte

Caro signore,
è stato un giovanotto molto carino a massaggiarmi la schiena.

Già. Molto carino davvero. Non avrei incontrato Jean-Paul nella sala d'aspetto della classe economy, quindi grazie ancora per il regalo. Non so se potrò scriverti dopo il decollo, e ho bisogno di riposarmi un po', perché negli ultimi tempi non ho dormito tanto. Sogni d'oro, Mr Grey... ti penso.

Ana

Oh, questa lo manderà fuori di testa, e io sarò in volo, fuori dalla sua portata. Ben gli sta. Se fossi rimasta nella sala d'aspetto della classe economy, Jean-Paul non mi avrebbe messo le mani addosso. Era un ragazzo molto attraente, di quelli biondi e perennemente abbronzati... E dài, come si fa ad abbronzarsi a Seattle? Penso che fosse gay, ma questo dettaglio lo terrò per me. Fisso la mail. Kate ha ragione, con lui è come sparare sulla Croce Rossa. La vocina interiore mi riprende: "Vuoi proprio farlo arrabbiare? Ha fatto una cosa carina, sai! Gli importa di te, e vuole che viaggi con tutte le comodità". Sì, ma poteva chiedermelo, o almeno avvertirmi, invece di farmi fare la figura della tonta al check-in. Premo INVIA e aspetto, sentendomi una piccola peste.

«Miss Steele, stiamo per decollare, dovrebbe spegnere il computer» mi avverte educatamente la hostess ipertruccata. Mi fa sobbalzare. Il mio senso di colpa è al lavoro.

«Oh, mi dispiace.»

"Merda. Adesso dovrò aspettare per sapere se mi ha risposto." La hostess mi porge una coperta morbida e un cuscino, mostrando la sua dentatura perfetta. Mi stendo la coperta sulle ginocchia. A volte è piacevole essere viziati.

La cabina si è riempita, a parte il posto accanto a me, che è ancora vuoto. "Oh, no"... Un pensiero mi attraversa la mente: "Forse è il posto di Christian... No... non lo farebbe mai. O sì? Gli ho detto che non volevo che venisse con me". Guardo l'orologio e poi la voce dalla cabina di pilotaggio annuncia: «Assistenti di volo, prepararsi al decollo».

Cosa significa? Ora chiuderanno i portelloni? Mi si accappona la pelle dalla tensione. Dei sedici posti in cabina quello accanto a me è l'unico rimasto vuoto. Quando l'aereo si dirige con un sobbalzo verso la pista di decollo, tiro un sospiro di sollievo, ma sento anche una punta di delusione… Niente Christian per quattro giorni. Lancio un'occhiata al BlackBerry.

Da: Christian Grey
A: Anastasia Steele
Data: 30 maggio 2011 22.25
Oggetto: Divertiti finché puoi

Cara Miss Steele,
so cosa stai cercando di fare e, fidati, ci sei riuscita. La prossima volta volerai nella stiva, legata e imbavagliata in una cassa. Credimi quando dico che vederti in quello stato mi darebbe un piacere molto maggiore che limitarmi a pagare la differenza di un biglietto di prima classe. Aspetto con ansia il tuo ritorno.

Christian Grey
Amministratore delegato con una mano che
prude, Grey Enterprises Holdings Inc.

"Merda." Il problema, quando Christian fa lo spiritoso, è che non capisco mai fino in fondo se scherza o se è davvero arrabbiato. Di nascosto, per non farmi vedere dalla hostess, digito una risposta sotto la coperta.

Da: Anastasia Steele
A: Christian Grey
Data: 30 maggio 2011 22.30
Oggetto: Stai scherzando?

Sai, non capisco se stai scherzando. Se non è così, credo che me ne resterò in Georgia. Le casse sono un limite assoluto per me. Scusa se ti ho fatto arrabbiare. Dimmi che mi perdoni.

Da: Christian Grey
A: Anastasia Steele
Data: 30 maggio 2011 22.31
Oggetto: Sto scherzando

Com'è possibile che tu mi stia scrivendo adesso?
Stai mettendo in pericolo la vita di tutte le persone a
bordo, te compresa, usando il BlackBerry! Penso che
questo vada contro una delle nostre regole.

Christian Grey
Amministratore delegato con entrambe le mani
che prudono, Grey Enterprises Holdings Inc.

"Entrambe le mani!" Mi affretto a riporre il BlackBerry,
mi appoggio allo schienale mentre l'aereo corre sulla pista
e tiro fuori la mia copia consumata di *Tess*, una lettura leggera per il viaggio. Una volta arrivati in quota, abbasso lo
schienale e mi addormento subito.

La hostess mi sveglia quando iniziamo la discesa verso
Atlanta. Secondo l'ora locale, sono le 5.45, ma io ho dormito
solo quattro ore, o qualcosa del genere... Mi sento stordita,
ma grata per il bicchiere di succo d'arancia che mi viene offerto. Guardo il BlackBerry, nervosa. Non ci sono altre mail
da Christian. In realtà, a Seattle sono quasi le tre del mattino, ed è probabile che lui voglia scoraggiarmi dal compro-
mettere il sistema radar o qualunque cosa impedisca agli
aerei di volare se i telefoni cellulari sono accesi.

Lo scalo ad Atlanta dura solo un'ora, in cui di nuovo mi
godo la sala d'aspetto di prima classe. Sono tentata di ap-
pisolarmi su uno dei soffici, invitanti divani in cui sprofondo. Ma non c'è abbastanza tempo. Per tenermi sveglia,
inizio una lunga mail stile flusso di coscienza indirizzata
a Christian.

Da: Anastasia Steele
A: Christian Grey
Data: 31 maggio 2011 06.52 - ORA SOLARE DEGLI STATI UNITI ORIENTALI
Oggetto: Ti piace spaventarmi?

Sai quanto odio che tu spenda soldi per me. Lo so, sei molto ricco, ma è una cosa che mi mette a disagio, come se mi pagassi per il sesso che facciamo insieme. Comunque, mi piace viaggiare in prima classe, è molto più comodo. Quindi, grazie. Dico sul serio. Ed è vero che mi sono goduta il massaggio di Jean-Paul. Era gay fino alla punta dei capelli. Avevo omesso questo dettaglio per farti arrabbiare, perché ce l'avevo con te, e mi dispiace. Come al solito, però, hai reagito in modo esagerato. Non puoi scrivermi cose come quelle… legata e imbavagliata in una cassa. (Dicevi sul serio o era uno scherzo?) Queste cose mi spaventano.. tu mi spaventi… Sono avvinta dal tuo incantesimo, sto valutando uno stile di vita con te che non sapevo nemmeno esistesse fino alla settimana scorsa, e poi mi scrivi una cosa del genere e mi viene voglia di scappare a gambe levate. Certo, non lo farò, perché mi manchi. Mi manchi davvero. Voglio che tra noi funzioni, ma sono terrorizzata dall'intensità di quello che sento per te e dal sentiero oscuro in cui mi stai portando. Quello che mi offri è erotico e sensuale, e io sono curiosa, ma ho anche paura che mi farai male, fisicamente ed emotivamente. Dopo tre mesi potresti dirmi addio, e cosa ne sarebbe, allora, di me? D'altra parte, immagino che questo sia un rischio che si corre in ogni relazione. Solo che questo non è il tipo di relazione che avrei mai pensato di avere, soprattutto alla mia prima volta. Per me è un enorme atto di fede. Avevi ragione quando hai detto che non ho il nerbo della Sottomessa… Sono d'accordo con te, adesso. Detto questo, voglio stare con te e, se è questo che devo fare, mi piacerebbe provare, ma temo che farò una pessima figura e finirò piena di lividi… e l'idea non mi fa impazzire. Sono felice che tu abbia detto di voler provare a darmi di più. Ho solo bisogno di riflettere su cosa significhi "di più" per me e questa è una delle ragioni per cui ho voluto prendere le distanze. Mi stordisci tanto che trovo difficile pensare a mente lucida quando siamo insieme.

Stanno chiamando il mio volo. Devo andare.

Ci sentiamo più tardi

Tua Ana

Premo INVIA e mi dirigo assonnata verso il gate d'imbarco del mio secondo aereo. Questo ha solo sei sedili in prima classe e, quando siamo in quota, mi rannicchio sotto la morbida coperta e mi addormento.

Troppo presto vengo svegliata dalla hostess che mi offre un succo d'arancia mentre iniziamo la discesa verso l'aeroporto internazionale di Savannah. Lo sorseggio piano, esausta, e mi concedo di provare un briciolo di eccitazione. Sto per rivedere mia madre dopo sei mesi. Mentre lancio un'occhiata furtiva al BlackBerry, ho il vago ricordo di aver mandato una lunga, delirante mail a Christian... ma ancora non c'è risposta. A Seattle sono le cinque del mattino; spero che lui stia dormendo, e non suonando qualche brano strappalacrime al pianoforte.

La bellezza di avere solo il bagaglio a mano è che posso sfrecciare subito fuori dall'aeroporto, invece di aspettare per un secolo che le valigie passino sul nastro. La bellezza di viaggiare in prima classe è che hai la precedenza quando scendi dall'aereo.

Mia madre mi sta aspettando insieme a Bob. È così piacevole vederli. Non so se sia la stanchezza, il lungo viaggio, o tutta la situazione con Christian, ma non appena mi trovo tra le braccia di mia madre, scoppio a piangere.

«Oh, Ana, tesoro. Devi essere a pezzi.» Guarda Bob, ansiosa.

«No, mamma, è solo che... sono così felice di vederti.» La abbraccio forte.

È così bello stare con lei, mi sento a casa. La lascio andare di malavoglia, e Bob mi abbraccia goffamente con un braccio solo. Sembra avere un equilibrio instabile, e ricordo che si è fatto male a una gamba.

«Bentornata, Ana. Perché stai piangendo?» mi chiede.

«Oh, Bob, sono così felice di vedere anche te.» Guardo il suo bel viso dalla mascella squadrata e i suoi luccicanti occhi azzurri che mi fissano con affetto. Mi piace questo marito, mamma. Puoi tenerlo. Mi prende lo zaino dalle spalle.

«Accidenti, Ana, cos'hai qui dentro?»

Deve essere il Mac. Entrambi mi mettono un braccio sulle spalle, e ci dirigiamo verso il parcheggio.

Dimentico sempre quanto sia insopportabile il caldo a Savannah. Dopo aver lasciato la frescura dell'aria condizionata del terminal, ci infiliamo nell'afa della Georgia come dentro un vestito. Devo divincolarmi dall'abbraccio di mamma e Bob per potermi togliere la felpa. Sono felice di aver portato gli shorts. A volte mi manca il caldo secco di Las Vegas, dove ho vissuto con la mamma e Bob quando avevo diciassette anni, ma è sempre difficile abituarsi a questo caldo così umido, anche alle otto e mezzo del mattino. Una volta seduta sul retro del SUV meravigliosamente refrigerato di Bob, mi sento fiacca, e i miei capelli iniziano a diventare crespi in segno di protesta contro quell'aria pesante. Mando un veloce messaggio a Ray, Kate, e Christian:

arrivata sana e salva a savannah. A :)

Penso per un istante a José prima di premere INVIA e nella nebbia della stanchezza mi ricordo che la prossima settimana inaugura la sua mostra. Dovrei invitare Christian, sapendo quello che pensa di José? Christian vorrà ancora vedermi dopo quella mail? Il pensiero mi fa rabbrividire, e decido di cacciarlo dalla mente. Ci penserò più tardi. Per il momento, intendo godermi la compagnia di mia madre.

«Tesoro, devi essere stanca. Hai voglia di fare un sonnellino quando arriviamo a casa?»

«No, mamma. Vorrei andare al mare.»

Sto sorseggiando Diet Coke nel mio costume blu, su un lettino con vista sull'oceano Atlantico, e penso che solo ieri stavo guardando la baia di Seattle, che si apre sul Pacifico. Mia madre è sdraiata accanto a me con un cappello floscio di dimensioni imbarazzanti e occhiali da diva, e sorseggia la sua Coca. Siamo a Tybee Island Beach, ad appena tre isolati da casa. Lei mi tiene per mano. La mia stanchezza si sta dissolvendo, e crogiolandomi al sole mi sento tranquilla, coccolata e al sicuro. Per la prima volta da una vita, inizio a rilassarmi.

«Allora, Ana... parlami di quest'uomo che ti fa girare la testa.»

"Girare la testa!" Come l'ha capito? Cosa posso dirle? Non posso raccontarle di Christian nei dettagli per via dell'accordo di riservatezza, ma anche se non fosse per quello, mi confiderei con mia madre sull'argomento? Il pensiero mi fa sbiancare.

«Allora?» insiste, dandomi una strizzata alla mano.

«Si chiama Christian. È di una bellezza mozzafiato. È ricco... troppo ricco. È molto complicato e lunatico.»

Sono davvero soddisfatta del mio riassunto conciso e accurato. Mi giro su un fianco per guardarla, e lei fa lo stesso. Mi fissa con i suoi occhi azzurri cristallini.

«Concentriamoci sugli ultimi due aspetti, complicato e lunatico, Ana.»

"Oh, no..."

«Oh, mamma, i suoi sbalzi d'umore mi fanno impazzire. Ha avuto un'infanzia difficile, quindi è molto chiuso, è difficile capirlo.»

«Ti piace?»

«Dire che mi piace è poco.»

«Davvero?» Mi guarda sbigottita.

«Sì, mamma.»

«Gli uomini non sono poi così complicati, Ana, tesoro. Sono creature molto semplici e lineari. Di solito dicono quello che pensano, e noi passiamo ore ad analizzare le loro frasi, quando il loro significato è evidente. Se fossi in te, lo prenderei alla lettera. Questo potrebbe aiutarti.»

La guardo a bocca aperta. Sembra un ottimo consiglio. Prendere Christian alla lettera. Mi vengono subito in mente alcune delle sue frasi: "Non voglio perderti... Devi avermi fatto un incantesimo... Mi hai completamente sedotto... Anche tu mi mancherai... Più di quanto credi".

Guardo mia madre con attenzione. Lei è al quarto matrimonio. Forse, in fin dei conti, degli uomini sa qualcosa.

«Molti uomini cambiano spesso umore, tesoro, alcuni più degli altri. Prendi tuo padre, per esempio...» Il suo sguardo diventa dolce e triste ogni volta che pensa a mio padre. Il mio vero padre, l'uomo leggendario che non ho mai conosciuto, strappatoci con tanta crudeltà da un incidente durante l'addestramento quando era un marine. Una parte di me pensa che mia madre abbia sempre cercato un altro uomo come lui... Forse con Bob l'ha finalmente trovato. Peccato che con Ray non ci sia riuscita.

«Credevo che tuo padre fosse di umore instabile. Ma ora, se mi guardo indietro, penso solo che fosse troppo preso dal suo lavoro, e dallo sforzo di far quadrare i conti per noi due.» Sospira. «Era così giovane, lo eravamo entrambi. Forse era questo il problema.»

Mmh... Christian non è esattamente vecchio. Le sorrido con affetto. Può diventare sentimentale quando pensa a mio padre, ma sono certa che lui non aveva gli sbalzi d'umore di Christian.

«Bob vuole portarci a cena fuori stasera. Al suo golf club.»

«Oh, no! Bob ha iniziato a giocare a golf?» Non posso crederci.

«Non me ne parlare» geme mia madre, alzando gli occhi al cielo.

Dopo un pranzo leggero a casa, disfo il bagaglio. Vorrei concedermi un sonnellino. Mia madre è sparita per modellare candele o qualcosa del genere, e Bob è al lavoro, quindi ho tempo di recuperare un po' di sonno. Prendo il Mac e lo accendo. Sono le due del pomeriggio in Georgia, le undici del mattino a Seattle. Mi chiedo se Christian mi abbia risposto. Con un certo nervosismo, apro la casella di posta.

Da: Christian Grey
A: Anastasia Steele
Data: 31 maggio 2011 07.30
Oggetto: Finalmente!

Anastasia,
mi rincresce notare che appena metti un po' di distanza
tra noi riesci a comunicare con me in modo aperto e
sincero. Perché non puoi farlo quando siamo insieme?
È vero, sono ricco. Ti ci devi abituare. Perché non dovrei spendere
i miei soldi per te? Abbiamo detto a tuo padre che sono il tuo
fidanzato, accidenti. Non è questo che fanno i fidanzati? Come
tuo Dominatore, mi aspetto che accetti qualsiasi mio regalo
senza discutere. Già che ci sei, dillo anche a tua madre.
Non so come rispondere se mi dici che ti senti una prostituta.
So che non hai usato questa parola, ma in qualche modo è
sottintesa. Non so cosa potrei dire o fare per sradicare questa
tua sensazione. Vorrei che tu avessi il meglio di ogni cosa. Lavoro
tantissimo, quindi posso spendere i soldi come mi pare e piace.
Posso comprarti tutto ciò che desideri, Anastasia, e voglio farlo.
Chiamala redistribuzione della ricchezza, se vuoi. Sappi solo che
non potrei mai e poi mai pensare a te in quel modo, e mi fa rabbia
che tu ti percepisca così. Per essere una ragazza tanto intelligente,
spiritosa e attraente, hai dei seri problemi di autostima, e ho una

mezza idea di fissarti un appuntamento con il dottor Flynn.

Ti chiedo scusa per averti spaventato. Detesto l'idea di metterti paura. Pensi davvero che ti lascerei viaggiare nella stiva? Accidenti, ti ho offerto il mio jet privato. Sì, era uno scherzo, a quanto pare non molto riuscito. Tuttavia, il pensiero di te legata e imbavagliata mi eccita (questo non è uno scherzo, è la verità). Posso fare a meno della cassa, che non mi fa nessun effetto. So che hai dei problemi con la storia del bavaglio, ne abbiamo già parlato, e se/quando ti imbavaglierò davvero, ne discuteremo. Quello che secondo me non riesci a capire è che in una relazione tra Dominatore e Sottomessa è la Sottomessa ad avere il potere. Sei tu. Te lo ripeto: sei tu ad avere il potere. Non io. Nella rimessa delle barche, hai detto di no. Non posso toccarti se tu dici di no, a questo ci serve il contratto, che dice quello che non sei disposta a fare. Se proviamo delle cose e non ti piacciono, possiamo rivedere il contratto. La decisione spetta a te, non a me. E se non vuoi essere legata e imbavagliata in una cassa, non accadrà.

Io voglio condividere con te il mio stile di vita. Non ho mai voluto niente con tanta forza. A essere sinceri, ammiro il fatto che una persona così innocente sia disposta a provare. Questo mi dice più di quanto immagini. Non riesci a capire che anch'io sono vittima del tuo incantesimo, anche se te l'ho detto innumerevoli volte. Non voglio perderti. Mi fa male il pensiero che tu sia volata a migliaia di chilometri di distanza per allontanarti da me, perché con me vicino non riesci a pensare lucidamente. Per me è lo stesso, Anastasia. La mia ragionevolezza scompare quando siamo insieme, è questa la profondità del mio sentimento per te.

Capisco la tua trepidazione. Ho provato a starti lontano; sapevo che eri inesperta, anche se non ti sarei mai corso dietro se avessi saputo fino a che punto, eppure riesci ancora a disarmarmi, in un modo che prima non è riuscito a nessuno. Prendi la tua mail: l'ho letta e riletta infinite volte, cercando di capire il tuo punto di vista. Tre mesi è una durata arbitraria. Potremmo fare sei mesi, un anno? Quanto vorresti che durasse? Cosa ti farebbe sentire al sicuro? Dimmelo. Capisco che per te sia un grande atto di fede. Devo guadagnarmi la tua fiducia, ma in compenso tu devi comunicare con me quando io non ci riesco. Sembri così forte e indipendente, e poi leggo quello che hai scritto e vedo un altro lato di te. Dobbiamo guidarci a vicenda, Anastasia, e solo tu puoi dirmi come devo comportarmi nei tuoi confronti. Devi essere sincera con me, e dobbiamo trovare entrambi il modo di far funzionare questa intesa. Ti preoccupi di non essere una Sottomessa. Può essere che tu abbia ragione. Detto questo, l'unica situazione in cui assumi il contegno giusto per una Sottomessa è la stanza dei giochi. Sembra che sia l'unico luogo in cui mi permetti di esercitare il necessario controllo su di te, e l'unico luogo in cui fai quello che ti viene detto. "Esemplare" è il termine che mi viene in mente. E non ti ho mai riempito di lividi. Al limite, ti ho arrossato un po' il sedere. Fuori dalla stanza dei giochi, mi piace che tu mi sfidi. È un'esperienza nuova e rigenerante, un aspetto che non cambierei. Quindi, sì, dimmi cosa significa per te "di più". Farò ogni sforzo per tenere la mente aperta, e cercherò di darti lo spazio di cui hai bisogno e di starti lontano finché sei in Georgia. Aspetto con ansia la tua prossima mail. Nel frattempo, divertiti. Ma non troppo.

Christian Grey
Amministratore delegato, Grey Enterprises Holdings Inc.

Per la miseria. Ha scritto un tema come se fossimo tornati a scuola, e nel complesso è scritto piuttosto bene. Rileggo la mail con il cuore in gola, e mi rannicchio sul letto, quasi abbracciata al computer. Estendere a un anno la durata del contratto? Ho io il potere! Oddio, dovrò pensarci. "Prendilo alla lettera" dice mia madre. Non vuole perdermi. L'ha ripetuto due volte! Vuole che la nostra relazione funzioni. "Oh, Christian, lo voglio anch'io!" Cercherà di starmi lontano! Questo significa che potrebbe non riuscirci? Di colpo, lo spero con tutto il cuore. Ho una gran voglia di vederlo. Siamo stati separati meno di ventiquattr'ore, e sapendo che non lo rivedrò per quattro giorni, mi rendo conto di quanto sento la sua mancanza. Di quanto lo amo.

«Ana, tesoro.» È una voce dolce, piena di affetto e teneri ricordi di un tempo lontano.

Una mano delicata mi accarezza il viso. Mia madre mi sveglia, e mi ritrovo avvolta al laptop, che sto stringendo al petto.

«Ana, amore» continua nella sua dolce voce cantilenante, mentre emergo dal sonno, sbattendo gli occhi nella luce rosata del crepuscolo.

«Ciao, mamma.» Mi stiracchio, sorridendo.

«Fra mezz'ora usciamo a cena. Vuoi ancora venire?» chiede premurosa.

«Sì, mamma, certo.» Mi sforzo di soffocare uno sbadiglio, ma non ci riesco.

«Quello sì che è un computer con i fiocchi.» Indica il Mac.

"Oh, merda."

«Cosa... questo?» Fingo una noncurante sorpresa.

La mamma mi coglierà in fallo? Sembra essere diventata più astuta da quando ho "un fidanzato".

«Me l'ha prestato Christian. Credo che con questo coso potrei pilotare una navicella spaziale, ma a me serve solo per guardare la posta e navigare su Internet.»

"Non è niente di che, davvero." Lanciandomi un'occhiata diffidente, lei si siede sul letto e mi infila una ciocca ribelle dietro l'orecchio.

«Ti ha mandato una mail?»

"Merda, merda."

«Sì.» La mia nonchalance fa cilecca, e arrossisco.

«Forse gli manchi, eh?»

«Lo spero, mamma.»

«Cosa dice?»

"Merda, merda, merda." Cerco alla velocità della luce di

pensare a un brano della mail che potrei riferire a mia madre. Sono certa che non vuole sentir parlare di dominatori, bondage e bavagli, e comunque non posso parlargliene per via dell'accordo di riservatezza.

«Mi ha detto di divertirmi, ma non troppo.»

«Sembra ragionevole. Ti lascio, così ti prepari, tesoro.» Si china a baciarmi sulla fronte. «Sono davvero contenta che tu sia qui, Ana. È così bello vederti.» Con queste parole affettuose, esce dalla stanza.

"Mmh, Christian, ragionevole..." Due concetti che pensavo si escludessero a vicenda, ma dopo questa mail, forse tutto è possibile. Scuoto la testa. Avrò bisogno di tempo per assimilare le sue parole. Magari dopo cena... Allora potrò anche rispondergli. Scendo dal letto, mi sfilo in fretta la maglietta e gli shorts e vado verso la doccia.

Mi sono portata il vestito grigio di Kate, quello con lo scollo sulla schiena che ho indossato per la mia laurea. È l'unico capo elegante che ho. Un vantaggio del clima caldo umido è che le pieghe si sono lisciate, quindi penso che per il golf club andrà bene. Mentre mi vesto, do un'occhiata al computer. Non c'è niente di nuovo da Christian, e avverto un briciolo di delusione. Gli scrivo velocemente una mail.

Da: Anastasia Steele
A: Christian Grey
Data: 31 maggio 2011 19.08 - ORA SOLARE DEGLI STATI UNITI ORIENTALI
Oggetto: Verboso?

Signore, sei proprio uno scrittore loquace. Devo andare a cena al golf club di Bob e, tanto perché tu lo sappia, il pensiero mi fa alzare gli occhi al cielo. Ma tu e la tua mano che prude siete molto lontani, quindi per il momento il mio posteriore è al sicuro. Mi è piaciuta la tua mail. Risponderò appena posso. Mi manchi già.
Buon pomeriggio.
Tua Ana

Da: Christian Grey
A: Anastasia Steele
Data: 31 maggio 2011 16.10
Oggetto: Il tuo posteriore

Cara Miss Steele,
sono distratto dall'elemento in oggetto. Non c'è
bisogno di dire che è al sicuro… per ora.
Goditi la cena. Anche tu mi manchi, soprattutto
il tuo didietro e la tua lingua biforcuta.
Il mio pomeriggio sarà noioso, ravvivato solo dal
pensiero di te che alzi gli occhi al cielo. Penso che
sia stata tu a farmi notare, assennata come sempre,
che anch'io soffro di questa pessima abitudine.

Christian Grey
Amministratore delegato e grande alzatore di
occhi, Grey Enterprises Holdings Inc.

Da: Anastasia Steele
A: Christian Grey
Data: 31 maggio 2011 19.14 - ORA SOLARE DEGLI STATI UNITI ORIENTALI
Oggetto: Occhi al cielo

Caro Mr Grey,
piantala di scrivermi. Sto cercando di prepararmi per
la cena. Sei una grossa distrazione, anche quando
sei dall'altra parte del continente. Eh, già… chi
sculaccia te quando alzi gli occhi al cielo?
Tua Ana

Premo INVIA e l'immagine della strega cattiva Mrs Robinson si materializza all'istante. Non riesco proprio a immaginarmi la scena. Christian picchiato da una donna vecchia come mia madre, è così sbagliato. Ancora una volta, mi chiedo che danni gli abbia procurato. Le mie labbra si chiudono in una linea dura e feroce. Ho bisogno di una bambolina da infilzare con gli spilli, solo così forse riuscirei a sfogare una parte della rabbia che sento verso questa sconosciuta.

Da: Christian Grey
A: Anastasia Steele
Data: 31 maggio 2011 16.18
Oggetto: Il tuo posteriore

Cara Miss Steele,
continuo a preferire il mio oggetto al tuo, da diversi
punti di vista. Si dà il caso che io sia padrone del mio
destino e nessuno possa castigarmi. A parte mia madre,
di tanto in tanto e, naturalmente, il dottor Flynn. E tu.

Christian Grey
Amministratore delegato, Grey Enterprises Holdings Inc.

Da: Anastasia Steele
A: Christian Grey
Data: 31 maggio 2011 19.22 - ORA SOLARE DEGLI STATI UNITI ORIENTALI
Oggetto: Castigarti… Io?

Caro signore,
quando mai ho trovato il coraggio di castigarti, Mr Grey?
Temo che mi confondi con un'altra persona… cosa
assai preoccupante. Devo davvero prepararmi.
Tua Ana

Da: Christian Grey
A: Anastasia Steele
Data: 31 maggio 2011 16.25
Oggetto: Il tuo posteriore

Cara Miss Steele,
lo fai di continuo in queste mail. Posso tirarti su la cerniera?

Christian Grey
Amministratore delegato, Grey Enterprises Holdings Inc.

Per qualche strana ragione le sue parole balzano fuori dallo schermo, e mi fanno sussultare. "Oh... vuole giocare."

Da: Anastasia Steele
A: Christian Grey
Data: 31 maggio 2011 19.28 - ORA SOLARE DEGLI STATI UNITI ORIENTALI
Oggetto: VM 18

Preferirei che la tirassi giù.

Da: Christian Grey
A: Anastasia Steele
Data: 31 maggio 2011 16.31
Oggetto: Attenta a quello che desideri...

ANCH'IO.

Christian Grey
Amministratore delegato, Grey Enterprises Holdings Inc.

Da: Anastasia Steele
A: Christian Grey
Data: 31 maggio 2011 19.33 - ORA SOLARE DEGLI STATI UNITI ORIENTALI
Oggetto: Ansimando

Lentamente...

Da: Christian Grey
A: Anastasia Steele
Data: 31 maggio 2011 16.35
Oggetto: Gemendo

Vorrei essere lì.

Christian Grey
Amministratore delegato, Grey Enterprises Holdings Inc.

Da: Anastasia Steele
A: Christian Grey
Data: 31 maggio 2011 19.37 - ORA SOLARE DEGLI STATI UNITI ORIENTALI
Oggetto: Gemendo

ANCH'IO.

«Ana!» Il richiamo di mia madre mi fa sobbalzare. "Cavolo." Perché mi sento così in colpa?

«Arrivo subito, mamma.»

Da: Anastasia Steele
A: Christian Grey
Data: 31 maggio 2011 19.39 - ORA SOLARE DEGLI STATI UNITI ORIENTALI
Oggetto: Gemendo

Devo andare.
A più tardi, piccolo.

Corro verso l'ingresso, dove Bob e mia madre mi stanno aspettando. Lei aggrotta la fronte.

«Tesoro, stai bene? Mi sembri un po' accaldata.»

«Sto benissimo, mamma.»

«Quel vestito ti dona.»

«Oh, è di Kate. Ti piace?»

Il solco sulla sua fronte diventa più profondo.

«Perché indossi un vestito di Kate?»

"Oh... no."

«Be', a me piace e a lei no» improvviso.

Lei mi fulmina con lo sguardo, mentre Bob, remissivo e affamato, trasuda impazienza.

«Domani ti porto a fare shopping» dice mia madre.

«Mamma, non serve. Ho un sacco di vestiti.»

«Non posso fare una cosa per mia figlia? Andiamo, Bob sta morendo di fame.»

«Eh, già» geme Bob, strofinandosi la pancia e assumendo un'espressione di finta sofferenza.

Rido nel vederlo alzare gli occhi al cielo, e usciamo tutti insieme.

Più tardi, mentre sono nella doccia, a rinfrescarmi sotto l'acqua tiepida, rifletto su quanto sia cambiata mia madre. A cena era a proprio agio: spiritosa e civettuola in mezzo a tutti i suoi amici del golf club. Bob era attento e premuroso... Sembrano fatti l'uno per l'altra. Sono davvero felice. Significa che posso smettere di preoccuparmi per lei, tentare di anticipare le sue decisioni e lasciarmi alle spalle una volta per tutte i giorni bui del Marito Numero Tre. Bob è una persona affidabile, e lei mi sta dando buoni consigli. "Quando ha cominciato?" Quando ho conosciuto Christian. "Chissà come mai."

Finita la doccia, mi asciugo in fretta, ansiosa di riprendere il discorso con Christian. Ad aspettarmi c'è una mail inviata qualche ora fa, appena dopo che sono uscita per andare a cena.

Da: Christian Grey
A: Anastasia Steele
Data: 31 maggio 2011 16.41
Oggetto: Plagio

Mi hai rubato la battuta.
E lasciato in sospeso.
Buon appetito.

Christian Grey
Amministratore delegato, Grey Enterprises Holdings Inc.

Da: Anastasia Steele
A: Christian Grey
Data: 31 maggio 2011 22.18 - ORA SOLARE DEGLI STATI UNITI ORIENTALI
Oggetto: Da che pulpito…

Signore, mi sembra che in origine fosse una battuta di Elliot.
Sospeso come?
Tua Ana

Da: Christian Grey
A: Anastasia Steele
Data: 31 maggio 2011 19.22
Oggetto: Cose lasciate a metà

Miss Steele,
sei tornata. Te ne sei andata così all'improvviso,
proprio mentre le cose si facevano interessanti.
Elliot non è molto originale. Avrà rubato la battuta a qualcun altro.
Com'è stata la cena?

Christian Grey
Amministratore delegato, Grey Enterprises Holdings Inc.

Da: Anastasia Steele
A: Christian Grey
Data: 31 maggio 2011 22.26 - ORA SOLARE DEGLI STATI UNITI ORIENTALI
Oggetto: Cose lasciate a metà?

La cena è stata abbondante. Sarai contento di
sapere che ho mangiato fin troppo.
Interessanti? Perché?

Da: Christian Grey
A: Anastasia Steele
Data: 31 maggio 2011 19.30
Oggetto: Cose lasciate a metà, niente da aggiungere

Fai finta di non capire? Pensavo che mi avessi
chiesto di tirarti giù la cerniera del vestito.
E non vedevo l'ora di farlo. Sono felice di sapere
che mangi.

Christian Grey
Amministratore delegato, Grey Enterprises Holdings Inc.

Da: Anastasia Steele
A: Christian Grey
Data: 31 maggio 2011 22.36 - ORA SOLARE DEGLI STATI UNITI ORIENTALI
Oggetto: Be'… c'è sempre il weekend

Certo che mangio… È solo l'incertezza
che sento vicino a te che mi fa passare
l'appetito.
E non farei mai finta di non capire, Mr Grey,
se non avessi uno scopo preciso.
Ormai dovresti averlo capito. ;)

Da: Christian Grey
A: Anastasia Steele
Data: 31 maggio 2011 19.40
Oggetto: Non vedo l'ora

Me lo ricorderò, Miss Steele, e senza dubbio saprò
usare questa informazione a mio vantaggio.
Mi dispiace sentire che ti faccio passare l'appetito.
Pensavo di avere un effetto più lussurioso su di te.
Questa è stata la mia esperienza,
estremamente piacevole, devo dire.
Aspetto con ansia il prossimo incontro.

Christian Grey
Amministratore delegato, Grey Enterprises Holdings Inc.

Da: Anastasia Steele
A: Christian Grey
Data: 31 maggio 2011 22.36 - ORA SOLARE DEGLI STATI UNITI ORIENTALI
Oggetto: Ginnastica linguistica

Ti sei rimesso a giocare con il dizionario?

Da: Christian Grey
A: Anastasia Steele
Data: 31 maggio 2011 19.40
Oggetto: Beccato

Mi conosci troppo bene, Miss Steele.
Vado a cena con una vecchia conoscenza, quindi dovrò guidare.
A dopo, piccola.

Christian Grey
Amministratore delegato, Grey Enterprises Holdings Inc.

"Quale vecchia conoscenza?" Non pensavo che Christian ne avesse, a parte... lei. Guardo lo schermo, accigliata. Perché deve continuare a vederla? Una bruciante, verde, biliosa gelosia mi invade inaspettatamente. Vorrei prendere a pugni qualcosa, se possibile Mrs Robinson. Spengo il computer per la rabbia e mi infilo a letto.

In realtà dovrei rispondere alla sua lunga mail di stamattina, ma sono troppo infuriata. Perché non riesce a vedere quella donna per ciò che è: una specie di pedofila? Spengo la luce, ribollendo di rabbia, e fisso il buio. Come ha osato? Come ha osato molestare un adolescente vulnerabile? Lo fa ancora? Perché hanno smesso di vedersi? Vari scenari mi si prospettano nella mente: se lui ne ha avuto abbastanza, perché è ancora suo amico? Idem per lei... È sposata? Divorziata? Oddio... ha figli? "Forse ha avuto figli da Christian?" Il mio subconscio sembra volermi sfidare e il pensiero mi sconvolge e mi dà la nausea. Il dottor Flynn sa di lei?

Scendo dal letto e riaccendo la macchina infernale. Sono in missione. Tamburello impaziente in attesa che appaia la schermata azzurra. Clicco sull'icona di Google e inserisco "Christian Grey" nel motore di ricerca. Di colpo, lo schermo si riempie di immagini di Christian: in smoking, in giacca e cravatta, oddio... le foto scattate da José all'Heathman, in camicia bianca e pantaloni di flanella. Come sono finite su Internet? Ragazzi, quant'è bello.

Vado avanti in fretta: alcune foto con soci in affari, poi immagini a ripetizione dell'uomo più fotogenico che conosca intimamente. "Intimamente? Sono certa di conoscere Christian intimamente?" Lo conosco sessualmente, e immagino che in quel campo ci siano ancora molte cose da scoprire. So che è lunatico, difficile, spiritoso, freddo, affettuoso... Passo alla pagina successiva. È sempre da solo in tutte le foto, e ricordo che Kate mi aveva accennato di non essere riuscita a trovare immagini di lui con una compagna, cosa che l'aveva spinta a rivolgergli la domanda sull'omosessualità. Poi, sulla terza pagina, c'è una foto di lui con me, il giorno della laurea. La sua unica foto con una donna, e sono io.

"Accidenti! Sono su Google!" Osservo noi due insieme. Io guardo l'obiettivo sorpresa, nervosa, a disagio. Era appena prima che accettassi di provarci. Christian, dal canto suo, è bello come un dio, calmo e disinvolto, e indossa la famosa cravatta. Lo guardo. I suoi occhi splendidi, i suoi occhi splendidi che in questo preciso momento potrebbero essere posati su Mrs Robinson. Salvo la foto nei Preferiti e sfoglio le altre diciotto pagine dei risultati della ricerca... Niente. Non troverò Mrs Robinson su Google. Ma devo sapere se adesso è con lei. Gli scrivo una mail veloce.

Da: Anastasia Steele
A: Christian Grey
Data: 31 maggio 2011 23.58 - ORA SOLARE DEGLI STATI UNITI ORIENTALI
Oggetto: Compagni di cena

Spero che tu e la tua vecchia conoscenza
abbiate avuto una cena piacevole.
Ana
PS: Era Mrs Robinson?

Premo INVIA e torno a letto, abbattuta, ripromettendomi di chiedere a Christian del suo rapporto con quella donna. Una parte di me darebbe qualsiasi cosa per saperne di più, un'altra vorrebbe dimenticare per sempre quello che mi ha detto. E poi mi è iniziato il ciclo, quindi domani mattina dovrò ricordarmi di prendere la pillola. Mi affretto a programmare una sveglia sul calendario del BlackBerry, che poi appoggio sul comodino. Mi sdraio e scivolo in un sonno tormentato, desiderando essere nella sua stessa città, non a migliaia di chilometri di distanza.

Dopo una mattinata di shopping e un altro pomeriggio in spiaggia mia madre ha decretato che dovremmo passare una serata in un locale. Dopo aver lasciato Bob davanti alla tivù, ci troviamo nel raffinato bar dell'hotel più esclusivo di Savannah. Sono al secondo Cosmopolitan. Mia madre al terzo. Mi sta dando ragguagli sul fragile ego maschile. Sconcertante.

«Vedi, Ana, gli uomini pensano che qualsiasi cosa esca dalla bocca di una donna sia un problema da risolvere. Non hanno la più pallida idea che a volte vorremmo sfogarci un attimo e poi dimenticare tutto. Gli uomini preferiscono l'azione.»

«Mamma, perché mi stai dicendo queste cose?» chiedo, senza riuscire a nascondere l'esasperazione. È tutto il giorno che ripete la stessa solfa.

«Tesoro, mi sembri così smarrita. Non hai mai portato un ragazzo a casa. Non hai mai avuto un fidanzato quando stavamo a Las Vegas. Pensavo che sarebbe nato qualcosa con quel tuo compagno dell'università, José.»

«Mamma, José è solo un amico.»

«Lo so, tesoro. Ma qualcosa bolle in pentola, e credo che tu non mi stia raccontando tutto.» Mi guarda con un'aria di preoccupazione materna.

«Avevo solo bisogno di prendere le distanze da Christian per capire cosa penso… tutto qui. Quell'uomo tende a sopraffarmi.»

«Sopraffarti?»

«Già. Però mi manca.» Aggrotto la fronte.

Oggi non ho ricevuto notizie di Christian. Niente mail, niente di niente. Sarei tentata di chiamarlo per controllare che sia tutto a posto. La mia paura più grande è che sia stato coinvolto in un incidente stradale. La mia seconda paura più grande è che sia finito di nuovo nelle grinfie di Mrs Robinson. So che è irrazionale, ma quando si tratta di lei, sembro perdere ogni senso della misura.

«Tesoro, devo andare alla toilette.»

La breve assenza di mia madre mi concede un'altra occasione di sbirciare il BlackBerry. È tutto il giorno che controllo di nascosto la posta. Finalmente... Una risposta da Christian!

Da: Christian Grey
A: Anastasia Steele
Data: 1 giugno 2011 21.40 - ORA SOLARE DEGLI STATI UNITI ORIENTALI
Oggetto: Compagne di cena

Sì, ho cenato con Mrs Robinson. È solo
una vecchia amica, Anastasia.
Non vedo l'ora di rivederti. Mi manchi.

Christian Grey
Amministratore delegato, Grey Enterprises Holdings Inc.

Ha cenato con lei. Mi si accappona la pelle, mentre adrenalina e rabbia mi si diffondono in tutto il corpo nel vedere realizzate le mie paure peggiori. "Come ha potuto?" Sono via da due giorni, e lui si getta tra le braccia di quella strega.

Da: Anastasia Steele
A: Christian Grey
Data: 1 giugno 2011 21.42 - ORA SOLARE DEGLI STATI UNITI ORIENTALI
Oggetto: VECCHIE compagne di cena

Non è solo una vecchia amica.
Ha trovato un altro adolescente su cui affondare i denti?
Tu ormai sei troppo attempato per lei?
È questo il motivo per cui la vostra relazione è finita?

Premo INVIA mentre mia madre sta tornando.
«Ana, sei così pallida. Cos'è successo?»
Scuoto la testa.

«Niente. Prendiamo un altro drink» mormoro.

Lei sembra preoccupata, ma alza lo sguardo e attira l'attenzione di uno dei camerieri, poi indica i bicchieri. Lui annuisce: ha capito il linguaggio universale di "un altro giro, per favore". Nel frattempo, lancio una rapida occhiata al BlackBerry.

Da: Christian Grey
A: Anastasia Steele
Data: 1 giugno 2011 21.45 - ORA SOLARE DEGLI STATI UNITI ORIENTALI
Oggetto: Stai attenta…

Non voglio parlare di questo via mail.
Quanti Cosmopolitan hai intenzione di bere?

Christian Grey
Amministratore delegato, Grey Enterprises Holdings Inc.

"Oh, mio Dio, è qui."

23

Mi guardo intorno, nervosa, ma non riesco a vederlo.

«Ana, cos'hai? Sembra che tu abbia visto un fantasma.»

«È Christian, è qui.»

«Cosa? Davvero?» Si guarda intorno anche lei.

Ho dimenticato di parlare a mia madre delle abitudini da stalker di Christian.

Lo vedo. Il cuore mi balza nel petto e inizia a martellare all'impazzata, mentre lui ci viene incontro. "È qui davvero... È venuto per me." La mia dea interiore si alza, esultante, dalla sua chaise longue. Christian si muove con eleganza in mezzo alla gente, e i suoi capelli brillano di riflessi ramati sotto le lampade alogene. I suoi luminosi occhi grigi fiammeggiano di... rabbia? Tensione? Ha un'espressione così severa, con la mascella contratta. "Oh, accidenti... no." In questo momento sono infuriata con Christian, ed eccolo qui. Come posso essere scostante con lui di fronte a mia madre?

Arriva al nostro tavolo e mi guarda con circospezione. Indossa la sua abituale camicia bianca di lino e i jeans.

«Ciao» squittisco, senza riuscire a nascondere la sorpresa di vedermelo davanti in carne e ossa.

«Ciao» risponde, e si china a baciarmi la guancia, cogliendomi alla sprovvista.

«Christian, ti presento mia madre, Carla.» La mia inveterata buona educazione ha la meglio su tutto.

Lui si gira per salutarla. «Mrs Adams, sono lieto di fare la sua conoscenza.»

"Come fa a conoscere il suo cognome?" Le rivolge il tipico sorriso mozzafiato alla Christian Grey, quello che fa terra bruciata intorno. Lei non ha scampo. Per poco non le cade la mascella. "Oddio, mamma, ricomponiti." Prende la sua mano tesa, e gliela stringe. Non ha replicato al saluto. Ah, dunque il rimbambimento totale è genetico... non ne avevo idea.

«Christian» riesce a dire alla fine.

Lui le lancia uno sguardo d'intesa, con gli occhi che brillano. Li guardo entrambi di traverso.

«Cosa ci fai qui?» La mia domanda suona più fredda di quanto vorrei, e il sorriso scompare dal volto di Christian, mentre la sua espressione si fa guardinga. Sono entusiasta di vederlo, ma mi sento presa del tutto alla sprovvista, e la rabbia riguardo a Mrs Robinson continua a ribollirmi nelle vene. Non capisco se ho voglia di urlargli contro o di gettarmi tra le sue braccia – penso che nessuna delle due cose gli farebbe piacere – e vorrei sapere da quanto tempo ci sta spiando. La mail che gli ho appena mandato mi preoccupa un po'.

«Sono venuto a trovarti, mi sembra ovvio.» Mi guarda impassibile. "Cosa starà pensando?" «Alloggio in questo hotel.»

«Alloggi qui?» Parlo come una matricola sotto amfetamine, la mia voce suona stridula persino alle mie orecchie.

«Be', ieri hai detto che avresti voluto che fossi qui.» Fa una pausa, cercando di valutare la mia reazione. «Ogni tuo desiderio è un ordine, Miss Steele.» La sua voce è tranquilla, senza traccia di umorismo.

"Oddio, è impazzito?" Sono stati i miei commenti su Mrs Robinson? O il fatto che sono al terzo Cosmopolitan, presto al quarto? Mia madre ci guarda preoccupata.

«Le va di bere qualcosa con noi, Christian?» Fa un cenno al cameriere, che arriva in un lampo.

«Vorrei un gin tonic» dice Christian. «Con l'Hendrick's, se lo avete, o il Bombay Sapphire. Cetriolo con l'Hendrick's, lime con il Bombay.»

"Accidenti…" Solo Christian può fare un simile romanzo per ordinare un cocktail.

«E altri due Cosmopolitan, per favore» aggiungo, guardandolo con circospezione. Sto bevendo insieme a mia madre, non può certo arrabbiarsi per questo.

«Si accomodi, Christian.»

«Grazie, Mrs Adams.»

Christian prende una sedia da un tavolo vicino e si siede accanto a me.

«E così ti trovavi per caso nell'hotel dove siamo venute a bere?» chiedo, sforzandomi di assumere un tono spensierato.

«O forse voi vi trovavate per caso a bere nell'hotel dove alloggio» ribatte Christian. «Ho finito di cenare, sono venuto qui e ti ho trovata. Ero soprappensiero per via della tua ultima mail, ho alzato gli occhi e ti ho visto. Una bella coincidenza, no?» Inclina la testa di lato, e sulla sua bocca vedo l'ombra di un sorriso. "Grazie al cielo"… forse, dopotutto, riusciremo a salvare la serata.

«La mamma e io siamo andate a fare shopping stamattina, e nel pomeriggio ci siamo fiondate in spiaggia. Stasera avevamo deciso di berci un paio di cocktail» mormoro, come se gli dovessi una spiegazione.

«Hai comprato questo?» Indica il mio top di seta verde nuovo di zecca. «Il colore ti dona. E poi hai preso il sole. Sei bellissima.»

Arrossisco, senza parole.

«Insomma, avevo intenzione di venire a trovarti domattina. Ma eccoti qui.»

Si protende in avanti, mi prende la mano e la stringe appena, sfiorandomi le nocche con il pollice… e sento l'ormai familiare attrazione. L'elettricità mi scorre sotto la pelle al tocco lieve del suo dito, mi entra nel sangue e mi vibra in tutto il corpo, infiammando ogni cosa che trova sul suo percorso. Sono passati più di due giorni dall'ultima volta che l'ho visto. Quanto lo voglio... Mi toglie il respiro. Lo guardo con un sorriso timido, e vedo che sorride anche lui.

«Avevo pensato di farti una sorpresa. Ma come al solito, Anastasia, sei stata tu a sorprendermi, presentandoti qui.»

Lancio un'occhiata a mia madre, che sta contemplando Christian... Sì, contemplando – "Piantala, mamma!" – come se fosse una creatura esotica, mai vista prima. So di non aver mai avuto un fidanzato e che Christian, per comodità, si qualifica come tale, ma è così incredibile che io possa attrarre un uomo? "Un uomo così? Dài, francamente... guardalo!" sbotta la mia vocina interiore. Guardo di traverso mia madre, che sembra non accorgersene.

«Non volevo interrompere la vostra serata insieme. Berrò un drink veloce e andrò a dormire. Ho del lavoro da fare» dice Christian, serio.

«È un vero piacere per me conoscerla, finalmente» lo interrompe mia madre, dopo aver ritrovato la voce. «Ana mi ha parlato di lei con molto affetto.»

Lui le sorride.

«Davvero?» Mi guarda con aria divertita, e io arrossisco.

Il cameriere arriva con le nostre ordinazioni.

«Hendrick's, signore» dice, trionfante.

«Grazie» ribatte Christian, soddisfatto.

Sorseggio nervosamente il mio ultimo Cosmopolitan.

«Fino a quando si fermerà in Georgia, Christian?» chiede mia madre.

«Fino a venerdì, Mrs Adams.»

«Vuole venire a cena da noi, domani sera? E, per favore, mi chiami Carla.»

«Mi farebbe molto piacere.»

«Ottimo. Se volete scusarmi, ho bisogno di andare alla toilette.»

"Mamma... ci sei appena stata." La guardo disperata mentre si alza e si allontana, lasciandoci soli.

«Quindi sei arrabbiata con me perché ho cenato con una vecchia amica.» Christian mi guarda con gli occhi ardenti, portandosi la mia mano alle labbra e baciando piano ogni nocca.

"Oddio, vuole parlarne ora?"

«Sì» mormoro, sentendomi avvampare.

«La mia relazione sessuale con lei è finita molto tempo fa, Anastasia. Non voglio altre donne, solo te. Non l'hai ancora capito?»

Lo guardo incredula. «Penso che quella donna sia una pedofila, Christian.» Trattengo il fiato, aspettando una sua reazione.

Christian impallidisce. «È un giudizio molto severo. Non si è trattato di niente del genere» mormora, sconvolto. Lascia la mia mano.

"Severo?"

«Ah, e allora di cosa si è trattato?» chiedo. I Cosmopolitan mi rendono audace.

Lui aggrotta la fronte, sconcertato. Continuo. «Ha approfittato di un quindicenne vulnerabile. Se tu fossi stato una ragazzina, e Mrs Robinson fosse stata un maturo signore e ti avesse coinvolto in una relazione sadomaso, sarebbe stato accettabile? Se fosse successo a Mia?»

Lui mi guarda a bocca aperta. «Ana, non è stato così.»

Lo fulmino con gli occhi.

«O almeno io non l'ho vissuto così» continua piano. «Lei è stata un dono del cielo. Quello di cui avevo bisogno.»

«Non capisco.» Adesso sono io quella sconvolta.

«Anastasia, tua madre tornerà presto. Non mi va di parlare di questo adesso. Magari più tardi. Se non vuoi che mi fermi qui, ho un aereo che mi aspetta all'aeroporto. Posso andarmene.»

"È arrabbiato con me... No."

«No, non andartene, per favore. Sono felice che tu sia

qui. Sto solo cercando di farti capire… Mi sono arrabbiata perché, appena sono partita, sei andato a cena con lei. Pensa a come ti senti tu ogni volta che incontro José. Lui è un mio caro amico, con cui non ho mai avuto una relazione sessuale. Mentre tu e lei…» Mi manca la voce, come se non volessi portare avanti quel ragionamento.

«Sei gelosa?» Mi fissa sbigottito, e il suo sguardo si intenerisce un po'.

«Sì, e arrabbiata per quello che ti ha fatto.»

«Anastasia, lei mi ha aiutato. È tutto qui quello che ho da dire. E per quanto riguarda la gelosia, mettiti nei miei panni. Non ho dovuto rendere conto delle mie azioni a nessuno negli ultimi sette anni. A nessuno. Io faccio quello che desidero, Anastasia. Mi piace la mia indipendenza. Non ho visto Mrs Robinson per farti arrabbiare. L'ho fatto solo perché ogni tanto ceniamo insieme. È una mia amica e una socia in affari.»

"Socia in affari? Oddio. Questa è nuova."

Mi guarda, studiando la mia espressione. «Sì, siamo soci in affari. Non c'è più sesso tra noi. È così da anni.»

«Perché la vostra relazione è finita?»

Storce la bocca e un lampo gli attraversa lo sguardo. «Perché suo marito l'ha scoperto.»

"Oh, mio Dio!"

«Possiamo parlarne un'altra volta, in un luogo più appartato?» mormora.

«Penso che non mi convincerai mai che lei non è una specie di pedofila.»

«Io non penso a lei in questi termini. Non l'ho mai fatto. Ora basta!» sbotta.

«La amavi?»

«Come va, ragazzi?» Mia madre è tornata, senza che ce ne accorgessimo.

Faccio un sorriso forzato e sia io sia Christian ci affrettiamo a calmarci… sentendoci in colpa. Mia madre mi osserva con attenzione.

«Bene, mamma.»

Christian sorseggia il suo cocktail, guardandomi con un'espressione controllata. A cosa sta pensando? Amava quella donna? Se è così, stavolta perdo le staffe.

«Bene, signore, credo che vi lascerò alla vostra serata.»

"No... no... non può lasciarmi così."

«Per favore, mettete i drink sul conto della camera 612. Ti chiamo domani mattina, Anastasia. A domani, Carla.»

«Oh, è così bello sentire qualcuno che usa il tuo nome per intero.»

«Un bel nome per una bella ragazza» mormora Christian, stringendo la sua mano tesa, e lei fa un autentico sorriso da smorfiosa.

"Oh, mamma... *Tu quoque, Brute?*" Mi alzo e gli rivolgo uno sguardo accorato, implorandolo di rispondere alla mia domanda, ma lui mi deposita un casto bacio sulla guancia.

«A più tardi, piccola» mi sussurra all'orecchio. Poi sparisce.

"Brutto bastardo prepotente." La mia collera ritorna in tutta la sua potenza. Mi lascio cadere sulla sedia e guardo mia madre.

«Ana, sono senza parole. Che colpaccio! Non so cosa stia succedendo tra voi, comunque. Mi sa che avete bisogno di parlare. Accidenti... la tensione sessuale era intollerabile.» Si fa teatralmente vento con una mano.

«Mamma!»

«Vai a parlare con lui.»

«Non posso. Sono venuta per stare con te.»

«Ana, sei venuta perché eri confusa a causa di quel ragazzo. È ovvio che siete molto presi l'uno dall'altra. Devi parlargli. Per la miseria, ha appena fatto un volo di cinquemila chilometri e rotti per vederti, e sai quanto sia scomodo volare.»

Arrossisco. Non le ho detto del suo aereo privato.

«Cosa c'è?» sbotta.

«Lui ha un aereo suo» farfuglio, imbarazzata «e sono meno di cinquemila chilometri, mamma.»

"Perché sono imbarazzata?" Lei rimane esterrefatta.

«Wow» mormora. «Ana, c'è qualcosa di strano fra voi. Sto cercando di indovinarlo da quando sei arrivata. Ma l'unico modo in cui puoi risolvere il problema è parlarne con lui. Puoi rimuginare quanto vuoi, ma finché non vi confrontate con sincerità, non andrete da nessuna parte.»

Aggrotto la fronte.

«Ana, hai sempre avuto la tendenza ad analizzare tutto. Segui l'istinto. Cosa ti dice, tesoro?»

Mi guardo le mani.

«Penso di essere innamorata di lui» mormoro.

«Lo so, mia cara. E lui è innamorato di te.»

«No!»

«Sì, Ana. Ma cos'altro ti serve? Che vada in giro con una scritta al neon sulla fronte?»

La guardo a bocca aperta… le lacrime sono in agguato.

«Ana, tesoro. Non piangere.»

«Non penso che lui mi ami.»

«A prescindere da quanto sei ricco, non molli tutto per salire sul tuo jet privato e attraversare il continente per qualcosa che non ti interessa. Vai da lui! Questo è un bel posto, molto romantico. È anche un territorio neutrale.»

Il suo sguardo mi mette a disagio. Voglio andare, e al tempo stesso non voglio.

«Tesoro, non pensare di dover tornare da me. Voglio solo che tu sia felice, e in questo preciso momento credo che la chiave per la tua felicità sia di sopra, nella stanza 612. Se più tardi vuoi tornare a casa, la chiave è sotto il vaso della yucca sulla veranda. Se rimani, insomma… Sei grande, ormai. Solo, non correre rischi.»

Divento di tutti i colori. "Mamma, per favore."

«Prima finiamo i cocktail.»

«Ora ti riconosco, Ana.» E sorride.

Busso timidamente alla stanza 612 e rimango in attesa. Christian viene ad aprire. Sta parlando al cellulare. Sbatte le palpebre meravigliato, poi tiene la porta aperta e mi fa segno di entrare.

«Tutti gli esuberi sono stati sistemati?... E il costo?...» Fa un fischio. «Caspita... un errore piuttosto costoso... E Lucas...?»

Mi guardo intorno. Alloggia in una suite, come all'Heathman. Qui l'arredamento è ultramoderno, molto nuovo. Tutto viola scuro e oro, con sprazzi di bronzo alle pareti. Christian si avvicina a un mobile di legno e apre un'anta svelando un minibar. Mi fa cenno di servirmi da sola, poi va nella camera da letto. Immagino che sia per non farmi ascoltare la conversazione.

Mi stringo nelle spalle. Non avevo interrotto la sua telefonata, quella volta che sono entrata nel suo studio. Sento l'acqua scorrere... Sta riempiendo la vasca. Prendo un succo d'arancia. Lui torna nel soggiorno.

«Chiedi ad Andrea di mandarmi le tabelle. Barney ha detto di aver individuato il problema...» Scoppia a ridere. «No, venerdì... Qui c'è un lotto di terra che mi interessa... Sì, fammi chiamare da Bill... No, domani... Voglio vedere cos'avrebbe da offrire la Georgia se ci trasferissimo.» Christian non distoglie lo sguardo da me. Mi porge un bicchiere e indica il cestello del ghiaccio.

«Se gli incentivi sono interessanti... Penso che dovremmo considerarlo, anche se ho qualche dubbio su questo caldo infernale... È vero, Detroit ha i suoi vantaggi, ed è più fresca...» Il suo volto si incupisce per un attimo. "Perché?" «Fammi chiamare da Bill. Domani... Non troppo presto.» Chiude la comunicazione e mi guarda, con un'espressione indecifrabile. Nessuno dei due apre bocca.

E va bene... è il mio turno di parlare.

«Non hai risposto alla mia domanda» mormoro.

«No» dice lui, guardingo.

«No, non hai risposto alla mia domanda, o no, non la amavi?»

Lui incrocia le braccia e si appoggia alla parete, con l'ombra di un sorriso sulle labbra.

«Cosa sei venuta a fare qui, Anastasia?»

«Te l'ho appena detto.»

Fa un respiro profondo.

«No, non l'amavo.» È divertito ma turbato.

È incredibile, ma sto trattenendo il fiato. Mi sgonfio come un palloncino mentre lo lascio uscire. "Bene, meno male." Come mi sarei sentita se avesse amato quella megera?

«Ti rodi dalla gelosia, Anastasia. Chi l'avrebbe mai detto?»

«Mi stai prendendo in giro, Mr Grey?»

«Non oserei mai.» Scuote la testa solennemente, ma ha un luccichio malizioso negli occhi.

«Oh, penso che lo faresti. Anzi, penso che tu lo faccia spesso.»

Fa un mezzo sorriso, poi il suo sguardo si incupisce.

«Per favore, smettila di morderti il labbro. Sei nella mia stanza. Non ti vedo da quasi tre giorni e ho fatto un lungo volo per venire a trovarti.» Il suo tono è diventato dolce, sensuale.

Il suo BlackBerry ronza, distraendoci entrambi, e lui lo spegne senza guardare da chi arriva la chiamata. Trattengo il fiato. So come andrà a finire... Eppure dovremmo parlare. Fa un passo verso di me, con il suo sguardo sensuale da predatore.

«Ti voglio, Anastasia. Adesso. E tu vuoi me. Per questo sei qui.»

«Volevo davvero una risposta» mormoro, a mo' di difesa.

«Adesso che l'hai avuta, vieni o vai?»

Avvampo, mentre lui si ferma davanti a me.

«Vengo» sussurro, guardandolo ansiosa.

«Oh, lo spero proprio.» Mi scruta. «Eri così arrabbiata con me.»

«Già.»

«Non ricordo nessuno, a parte i miei familiari, che si sia mai arrabbiato con me. Mi piace.»

Mi sfiora la guancia con le dita. La sua vicinanza, il suo inebriante profumo... Dovremmo parlare, ma il cuore mi batte, il sangue mi freme nelle vene e il desiderio aumenta, si diffonde... ovunque. Christian si china e mi sfiora la spalla e la base dell'orecchio con il naso, passandomi le dita tra i capelli.

«Dovremmo parlare» mormoro.

«Dopo.»

«Ci sono tante cose che voglio dirti.»

«Anch'io.»

Mi bacia sotto il lobo dell'orecchio, stringendo la presa sui miei capelli. Mi tira indietro la testa, esponendo la mia gola alle sue labbra. Mi sfiora il mento con i denti e mi bacia il collo.

«Ti voglio» ansima.

Con un gemito gli afferro le braccia.

«Hai il ciclo?» chiede, continuando a baciarmi.

"Merda." Non gli sfugge niente.

«Sì» mormoro, imbarazzata.

«Hai dolori?»

«No.» Arrossisco. "Ma che...?"

Si ferma e mi guarda.

«Hai preso la pillola?»

«Sì.» Questo interrogatorio è davvero umiliante.

«Andiamo a farci un bagno.»

"Cosa?"

Mi prende per mano e mi porta nella camera, dominata da un enorme letto matrimoniale con un sontuoso baldacchino. Ma invece di fermarsi, punta verso il bagno, costituito da due stanze, tutte acquamarina e bianco calcare. È uno spazio immenso. Nella seconda stanza si sta lentamente riempiendo una vasca incassata nel pavimento, che potrebbe ospitare quattro persone, con gradini di pietra che portano all'interno. Il vapore si alza sopra la schiuma, e noto un sedile di pietra che corre lungo il perimetro della vasca. A lato ci sono alcune candele accese. "Wow... ha fatto tutto questo mentre era al telefono!"

«Hai un elastico per capelli?»

Lo guardo confusa, poi frugo nella tasca dei jeans e ne tiro fuori uno.

«Fatti la coda» mi ordina. Obbedisco.

L'aria è calda e pesante, e il mio top inizia ad appiccicarsi alla pelle. Lui si china a chiudere il rubinetto. Mi riporta nella prima stanza del bagno e si mette dietro di me davanti allo specchio a tutta parete sopra i due lavandini di vetro.

«Togliti i sandali» mormora, e io lo faccio.

«Alza le braccia» ansima. Eseguo, e lui mi sfila il top dalla testa, così rimango a seno nudo. Senza staccare gli occhi dai miei, mi slaccia il primo bottone dei jeans e abbassa la cerniera.

«Voglio prenderti nel bagno, Anastasia.»

Mi bacia il collo, e io piego la testa di lato per facilitargli l'accesso. Mi infila i pollici nei jeans e me li fa scivolare lungo le gambe insieme agli slip, chinandosi dietro di me.

«Esci dai jeans.»

Faccio quello che mi chiede, appoggiandomi al bordo del lavabo. Adesso sono nuda davanti allo specchio, mentre lui è inginocchiato dietro di me. Mi bacia e mi morde con delicatezza il sedere, facendomi sussultare. Si alza e guarda la mia immagine riflessa. Mi sforzo di stare ferma, ignorando l'istinto di coprirmi. Lui mi appoggia una mano sulla pancia, coprendola quasi interamente.

«Guardati. Sei splendida» mormora. «Senti com'è bello toccarti.» Mi prende le mani coprendole con le sue, palmi contro dorsi, le dita intrecciate in modo da tenerle aperte. Poi me le posa sul ventre. «Senti com'è morbida la tua pelle.» La sua voce è bassa e vellutata. Muove le mie mani lentamente in cerchio, poi risale verso i seni. «Senti come sono sodi.» Mi tiene le mani in modo che avvolgano i seni. Con i pollici tormenta delicatamente i capezzoli.

Io gemo a labbra socchiuse e inarco la schiena. Lui continua a titillare i capezzoli con i pollici, tirandoli dolcemente. Io guardo affascinata la lasciva creatura che si muove davanti a me. "Oh, che sensazione fantastica." Gemo e chiudo gli occhi, perché non voglio più vedere il riflesso di quella donna libidinosa che si sgretola nelle proprie mani... nelle mani di lui... toccando la propria pelle come farebbe lui, sentendo com'è eccitante... solo il suo tocco e i suoi tranquilli, pacati comandi.

«Così va bene, piccola» mormora.

Mi guida le mani lungo i fianchi, dalla vita alle anche, e sui peli del pube. Infila una gamba tra le mie, facendomi divaricare i piedi, e fa scorrere le mie mani proprio *lì*, una alla volta, seguendo un ritmo preciso. È così erotico. Sono una marionetta, e lui è il mio burattinaio.

«Guarda come diventi rossa, Anastasia» mormora, baciandomi e mordicchiandomi la spalla. Gemo. Di colpo lascia la presa.

«Prosegui» mi ordina, e fa un passo indietro per osservarmi.

Mi strofino. "No." Voglio che sia lui a farlo. La sensazione non è la stessa. Senza di lui sono persa. Lui si sfila la camicia e si toglie in fretta i jeans.

«Preferisci che lo faccia io?» Il suo sguardo grigio infiamma il mio nello specchio.

«Oh, sì... ti prego» mormoro.

Mi circonda con le braccia e mi prende di nuovo le mani, continuando la carezza sensuale sul clitoride. I peli del suo petto mi sfregano contro la pelle, la sua erezione preme contro di me. "Oh, sbrigati... per favore." Mi morde la nuca e io chiudo gli occhi, godendomi quella marea di sensazioni: il collo, l'inguine... la percezione di lui dietro di me. Si ferma di colpo e mi fa girare, poi mi afferra i polsi con una mano, imprigionandomi le mani dietro la schiena, e mi tira la coda con l'altra. Il mio corpo è incollato al suo. Mi bacia con voracità, saccheggiando la mia bocca. Sono immobilizzata.

Il suo respiro spezzato riecheggia il mio.

«Quando ti è iniziato il ciclo, Anastasia?» chiede di punto in bianco.

«Ehm... ieri» farfuglio, nel mio stato di eccitazione frenetica.

«Bene.» Si stacca da me e mi fa girare di nuovo.

«Appoggiati al lavandino» ordina, e mi prende per i fianchi tirandomi a sé, come aveva fatto nella stanza dei giochi, in modo da farmi piegare in avanti.

Mi infila una mano tra le gambe e tira il cordoncino azzurro – "Cosa???" – estraendo delicatamente l'assorbente interno e gettandolo nel gabinetto. "Per la miseria!" E poi è dentro di me... ah! Pelle contro pelle... All'inizio si muove piano... con calma, mettendomi alla prova, spingendo... Mi tengo al lavandino, ansimando, e mi muovo per andargli incontro, sentendolo dentro. Che dolce agonia... Le sue mani mi stringono i fianchi. Stabilisce un ritmo sfiancante, dentro, fuori, e poi con la mano mi trova il clitoride e inizia a massaggiarlo... Sento quel fremito familiare.

«Così va bene, piccola» e intanto si spinge dentro di me, inarcando i fianchi, quanto basta a farmi decollare.

"Aaaahhhh"... vengo, urlando e aggrappandomi disperatamente al lavandino mentre cado nel vortice del mio orgasmo, sentendo fremere ogni muscolo. Lui mi segue, tenendomi stretta, e chiama il mio nome come se fosse una litania, o una preghiera.

«Oh, Ana!» Ha il respiro spezzato, in perfetta sintonia con il mio. «Oh, piccola, ne avrò mai abbastanza di te?» mormora.

Crolliamo lentamente sul pavimento, e lui mi stringe tra le braccia, imprigionandomi. Sarà sempre così? Così travolgente, così totale, così distruttivo… Io avrei voluto parlare, ma adesso sono sfinita e stordita dalla sua sensualità e mi chiedo se *io* ne avrò mai abbastanza di *lui*.

Sono rannicchiata in braccio a Christian, la testa contro il suo petto, e pian piano ci calmiamo entrambi. Inalo quasi inavvertitamente il suo profumo dolce e inebriante. "Non devo annusarlo, non devo annusarlo." Me lo ripeto mentalmente come un mantra, anche se sono così tentata di farlo. Vorrei alzare la mano e passare le dita tra i peli del suo petto… ma resisto, sapendo che a lui non piacerebbe. Siamo entrambi silenziosi, persi nei nostri pensieri. Mi sento persa in lui… persa per lui.

Mi viene in mente che ho il ciclo.

«Sto sanguinando» mormoro.

«A me non dà fastidio» sussurra lui.

«L'ho notato» osservo, con una punta di sarcasmo.

Lui si irrigidisce impercettibilmente. «A te sì?»

Se mi dà fastidio? Forse dovrebbe… Dovrebbe? No, non mi dà fastidio. Mi lascio andare e alzo lo sguardo su di lui, che mi fissa con i suoi occhi grigi appena velati.

«No, per niente.»

Sorride.

«Bene. Andiamo a farci un bagno.»

Si alza in piedi, depositandomi sul pavimento. Mentre lo fa, noto di nuovo le piccole cicatrici bianche e rotonde sul suo petto. Non sono i segni della varicella, rifletto, soprappensiero. Grace ha detto che lui quasi non ne è stato colpito. "Oddio… Devono essere bruciature. Bruciature di cosa?" Quel pensiero mi fa impallidire, mi sento invadere dal terrore e dalla repulsione. Di sigaretta? Mrs Robinson, la sua madre naturale, chi è stato? Chi gli ha fatto una cosa del genere? Forse c'è una spiegazione razionale, e io sto esagerando… Una speranza mi sboccia nel petto, la speranza di essere in errore.

«Cosa c'è?» Christian mi guarda allarmato.

«Quelle cicatrici» mormoro. «Non sono dovute alla varicella.»

Lo osservo mentre, in una frazione di secondo, si chiude in se stesso, e la sua espressione passa da calma e rilassata a difensiva, persino arrabbiata. Aggrotta la fronte, il suo sguardo si rabbuia e la sua bocca si tende in una sottile linea rigida.

«No, non lo sono» sbotta, senza altre spiegazioni. Mi tende la mano e mi aiuta ad alzarmi.

«Non guardarmi così.» La sua voce è più fredda e irritata quando lascia andare la mia mano.

Arrossisco mortificata e abbasso lo sguardo. Lo so, lo so che qualcuno ha spento sigarette sulla sua pelle. Mi viene la nausea.

«È stata lei?» mormoro, senza riuscire a trattenermi.

Lui non dice niente, quindi sono costretta ad alzare gli occhi. Mi sta fulminando con lo sguardo.

«Lei chi? Mrs Robinson? Non è una bestia, Anastasia. Certo che non è stata lei. Non capisco perché devi demonizzarla.»

È di fronte a me, nudo, in tutto il suo splendore, con il mio sangue addosso… e finalmente ne stiamo parlando. E sono nuda anch'io, nessuno dei due può nascondersi, se non forse nella vasca. Faccio un sospiro profondo, gli passo accanto e vado a immergermi nell'acqua. È deliziosamente calda e piacevole. Mi calo nella schiuma fragrante e lo guardo, nascondendomi tra le bolle.

«Mi chiedo solo come sarebbe stato se non l'avessi incontrata. Se non ti avesse introdotto al tuo… ehm… stile di vita.»

Lui sospira ed entra nella vasca di fronte a me, la mascella contratta dalla tensione, lo sguardo gelido. Mentre si immerge nell'acqua, sta attento a non toccarmi. "Merda… l'ho fatto arrabbiare fino a questo punto?"

Mi guarda con un'espressione indecifrabile, senza parlare. Il silenzio tra noi si prolunga, ma io tengo duro. È il tuo turno, Grey… non intendo cedere. Il mio subconscio mi tiene sulla corda, comunicandomi ansia. Questa storia potrebbe finire in molti modi. Christian e io ci fissiamo, ma io non mi arrendo. Alla fine, dopo quella che sembra un'eternità, lui scuote la testa e sorride.

«Probabilmente avrei fatto la fine della mia madre naturale, se non fosse stato per Mrs Robinson.»

Oh! Lo guardo incredula. Droga o prostituzione? Forse entrambe?

«Lei mi amava in un modo che trovavo... accettabile» aggiunge, stringendosi nelle spalle.

"Che diavolo significa?"

«Accettabile?» mormoro.

«Sì.» Mi guarda fisso. «Mi ha allontanato dal cammino di autodistruzione che avevo imboccato. È difficile crescere in una famiglia perfetta quando non sei perfetto.»

"Oh, no." Mi si secca la gola, mentre assimilo le sue parole. Lui mi fissa con un'espressione indecifrabile. Non mi dirà di più, e questo è un pensiero frustrante. Sono sconvolta nel profondo... Christian sembra avere un tale disprezzo per se stesso. E Mrs Robinson lo amava. "Accidenti a lei..." Lo ama ancora? È come un calcio nello stomaco.

«Lei ti ama ancora?»

«Non credo, non in quel modo.» Aggrotta la fronte, come se non ci avesse mai pensato. «Continuo a ripeterti che è successo tanto tempo fa. Appartiene al passato. Non potrei cancellarlo, nemmeno se volessi, e comunque non voglio. Quella donna mi ha salvato da me stesso.» Si passa una mano bagnata tra i capelli, esasperato. «Non ne ho mai parlato con nessuno.» Fa una pausa. «A parte il dottor Flynn, naturalmente. E l'unica ragione per cui adesso ne sto parlando con te è che voglio guadagnarmi la tua fiducia.»

«Io mi fido di te, ma desidero conoscerti meglio, e ogni volta che cerco di parlare con te, mi distrai. Ci sono tante cose che voglio sapere.»

«Per carità, Anastasia, cosa vuoi sapere? Cosa devo fare?»

I suoi occhi ardono e, anche se non alza la voce, so che sta facendo di tutto per mantenere la calma.

Mi guardo le mani, sotto l'acqua che inizia a tornare trasparente dopo che la schiuma si è dispersa.

«Sto solo cercando di capire. Sei un tale enigma. Diverso da chiunque abbia mai conosciuto. Sono felice che tu mi stia dicendo quello che voglio sapere.»

Forse sono i Cosmopolitan a rendermi così audace, ma di colpo non posso sopportare la distanza che si è creata tra noi. Mi sposto accanto a lui e mi appoggio al suo corpo, pelle contro pelle. Lui si irrigidisce e mi guarda con sospetto, come se potessi mordere. "La situazione si è ribaltata."

«Per favore, non avercela con me» mormoro.

«Non ce l'ho con te, Anastasia. Solo che non sono abituato a parlare di queste cose, a questi interrogatori. Lo faccio unicamente con il dottor Flynn e con…» Si ferma e aggrotta la fronte.

«Con lei. Mrs Robinson. Parli con lei?» lo incalzo, cercando di mantenere la calma.

«Sì.»

«Di cosa?»

Mentre si sposta per vedermi meglio, fa uscire un po' di acqua dalla vasca. Mi cinge le spalle con un braccio.

«Sei insistente, eh?» mormora, con una traccia di irritazione. «Della vita, dell'universo… degli affari. Anastasia, Mrs Robinson e io ci conosciamo da una vita. Possiamo parlare di qualsiasi cosa.»

«Di me?» chiedo.

«Sì.» I suoi occhi grigi mi osservano con attenzione.

Mi mordo il labbro inferiore, tentando di reprimere un improvviso moto di rabbia.

«Perché parlate di me?» Cerco di non suonare stizzosa, ma non ci riesco. So che dovrei fermarmi, sto tirando troppo la corda.

«Non ho mai conosciuto nessuna come te, Anastasia.»

«Cosa significa? Nessuna che non firmasse automaticamente il tuo contratto, senza fare domande?»

Scuote la testa. «Ho bisogno di consigli.»

«E li chiedi a Mrs Pedofila?» sbotto. La mia capacità di tenere a freno la rabbia è meno efficace del previsto.

«Anastasia... smettila» ribatte lui, con un'espressione severa.

Mi sto muovendo sul filo del rasoio, e sto per cacciarmi nei guai. «Altrimenti ti sculaccio. Non ho nessun interesse sessuale o romantico nei suoi confronti. È una cara, fidata amica e una socia in affari. Tutto qui. Abbiamo un passato, una storia condivisa, che per me è stata molto positiva, anche se ha mandato all'aria il suo matrimonio... ma quel tipo di relazione tra noi è finito.»

Ecco un'altra cosa che non riesco a capire. Lei era sposata. Come hanno fatto a passarla liscia per tanto tempo?

«E i tuoi non l'hanno mai scoperto?»

«No» ringhia lui. «Te l'ho già detto.»

So che questo è tutto. Non posso fargli altre domande su di lei, altrimenti perderebbe la pazienza.

«Hai finito?»

«Per ora.»

Fa un sospiro profondo e si rilassa visibilmente, come se si fosse liberato di un enorme peso, o qualcosa del genere.

«Bene, è il mio turno» mormora, e il suo sguardo diventa duro, interrogativo. «Non hai risposto alla mia mail.»

Arrossisco. Odio essere al centro dell'attenzione, e sembra che lui si arrabbi ogni volta che abbiamo una discussione. Scuoto la testa. Forse è così che lui si sente davanti alle mie domande: non è abituato a essere provocato. È un pensiero rivelatore, disorientante e inquietante.

«Ti avrei risposto. Ma adesso sei qui.»

«Preferiresti che non ci fossi?» chiede, l'espressione di nuovo impassibile.

«No, mi fa piacere» mormoro.

«Bene.» Mi rivolge un sorriso sincero, sollevato. «Anche a me fa piacere essere qui, nonostante l'interrogatorio. Dunque, anche se consideri accettabile tempestarmi di domande, senti di poter rivendicare una specie di immunità diplomatica solo perché sono volato fin qui per vederti? Non ci casco, Miss Steele. Voglio sapere cosa provi.»

"Oh, no…"

«Te l'ho detto. Mi fa piacere che tu sia qui. Grazie per aver fatto un viaggio così lungo» dico con un filo di voce.

«Il piacere è mio, Miss Steele.» I suoi occhi lampeggiano mentre si protende a baciarmi. Sento che reagisco in automatico. L'acqua è ancora calda, il bagno pieno di vapore. Si ferma e si ritrae, guardandomi fisso.

«No. Penso di volere qualche risposta prima che facciamo di più.»

"Di più?" Ancora quelle parole. E lui vuole risposte… a cosa? Io non ho un passato misterioso, non ho un'infanzia tragica. Cosa potrebbe voler sapere di me che già non sappia?

Sospiro, rassegnata. «Cosa vuoi sapere?»

«Tanto per cominciare, cosa pensi del nostro potenziale accordo.»

Sbatto le palpebre. È il momento del gioco della verità… Il mio subconscio e la mia dea interiore si scambiano occhiate nervose. "Bene, giochiamo pure."

«Non penso di poterlo reggere per un lungo periodo. Un intero weekend a fingere di essere una persona che non sono.» Arrossisco e abbasso lo sguardo.

Lui mi solleva il mento e mi guarda divertito.

«Nemmeno io penso che ci riusciresti.»

Una parte di me si sente un po' offesa, e provocata. «Stai ridendo di me?»

«Sì, ma in senso buono» dice, con un sorrisetto.

Mi dà un bacio.

«Non sei un granché come Sottomessa» aggiunge, tenendomi il mento, lo sguardo pieno di ironia.

Lo fisso sconvolta, poi scoppio a ridere, e lui fa altrettanto.

«Forse non sei un granché come maestro.»

Sbuffa. «Forse. Forse dovrei essere più severo.» Piega la testa di lato e mi rivolge un sorriso malizioso.

Deglutisco, ma, al tempo stesso i miei muscoli si contraggono deliziosamente. È il suo modo di farmi capire che per lui sono importante. Forse è l'unico modo che conosce... me ne rendo conto. Mi sta osservando, per valutare la mia reazione.

«È stato così terribile quando ti ho sculacciato per la prima volta?»

Lo guardo, sbattendo le palpebre. "È stato così terribile?" Ricordo di essermi sentita confusa dalla mia reazione. Faceva male, ma non poi così tanto, a ripensarci. Mi ha ripetuto infinite volte che è più che altro nella mia testa. E la seconda volta... Be', quella è stata fantastica... eccitante.

«No, non molto» mormoro.

«Meno di quanto pensavi?» mi incalza.

«Immagino di sì. Provare piacere quando non ci si aspetta di provarlo.»

«Ricordo che per me è stato lo stesso. Ci vuole un po' per abituarsi all'idea.»

"Oddio." È successo quando lui era bambino.

«Puoi sempre usare la *safeword*, Anastasia. Non dimenticartelo. E, finché segui le regole, che appagano il mio profondo bisogno di controllo e servono a proteggerti, possiamo trovare il modo di andare avanti.»

«Perché hai tanto bisogno di controllarmi?»

«Perché ciò soddisfa una necessità che non è stata soddisfatta negli anni della mia crescita.»

«Dunque, è una forma di terapia?»

«Non l'ho mai pensata in questi termini, ma sì, immagino di sì.»

Questo posso capirlo. Mi aiuterà.

«Ma c'è una cosa... un attimo prima dici di non sfidarti

e un attimo dopo dici che ti piace essere provocato. È difficile districarsi.»

«Lo immagino. Per il momento sembri cavartela bene.»

«Ma a quale costo personale? Mi sento in trappola.»

«Mi piaci intrappolata.» Mi fa l'occhiolino.

«Non era questo che intendevo!» Lo schizzo con l'acqua, esasperata.

«Mi hai appena schizzato?»

«Sì.» "Oddio... quello sguardo."

«Oh, Miss Steele.» Mi afferra e mi trascina in braccio a lui, facendo tracimare la vasca. «Penso che per il momento abbiamo parlato abbastanza.»

Mi prende il volto con entrambe le mani e mi bacia. A fondo. Impadronendosi della mia bocca. Manovrando la mia testa... Controllandomi. Gemo sulle sue labbra. Questo è quello che gli piace, quello che sa fare. Tutto dentro di me prende fuoco. Gli affondo le dita tra i capelli e lo stringo a me, baciandolo con passione per fargli capire che lo voglio, nell'unico modo che conosco. Lui grugnisce, facendomi mettere a cavalcioni su di lui, sopra la sua erezione. Si scosta e mi guarda con gli occhi socchiusi e vogliosi. Mi aggrappo al bordo della vasca, ma lui mi afferra entrambi i polsi e mi mette le braccia dietro la schiena, tenendole entrambe con una mano sola.

«Ora ti prendo» sussurra, e mi solleva in modo che mi ritrovi sospesa sopra di lui. «Pronta?» ansima.

«Sì» rispondo. Allora mi fa scivolare sopra di lui, con una lentezza lancinante... mi riempie... guardandomi negli occhi.

Gemo, chiudendo gli occhi e godendomi quella sensazione di pienezza. Lui inarca i fianchi facendomi sussultare, e io mi piego in avanti, appoggiando la fronte alla sua.

«Per favore, liberami le mani» mormoro.

«Non toccarmi» implora lui e, lasciandomi i polsi, mi afferra i fianchi.

Stringendo il bordo della vasca, mi muovo piano su e giù, aprendo gli occhi per guardarlo. Mi sta osservando a bocca aperta, trattenendo il fiato, la lingua tra i denti. È così sensuale. Ci muoviamo insieme, la pelle bagnata e scivolosa. Lo bacio. Lui chiude gli occhi. Esitando, poso le mani sulla sua testa e gli faccio scivolare le dita tra i capelli, senza staccare le labbra dalla sua bocca. Questo è permesso. Gli piace. Mi piace. Continuiamo a muoverci insieme. Gli tiro i capelli, rovesciandogli la testa all'indietro, e lo bacio con passione ancora maggiore, cavalcandolo sempre più in fretta, prendendo il ritmo. Gemo contro la sua bocca. Lui mi solleva in movimenti sempre più rapidi, tenendomi per i fianchi. Mi bacia. Le nostre bocche bagnate e le lingue si incrociano, i nostri capelli si confondono, i nostri fianchi si muovono all'unisono. Sono in balia delle sensazioni... che ancora una volta mi sopraffanno. Sono vicina al culmine... Inizio a riconoscere quel fremito delizioso... sempre più intenso. E l'acqua sciaborda intorno a noi, come in un nostro speciale idromassaggio, il vortice creato dai nostri movimenti frenetici... Ci sono schizzi dappertutto, a imitazione di quello che mi sta succedendo dentro... e non mi importa niente.

Amo quest'uomo. Amo la sua passione, l'effetto che ho su di lui. Amo il fatto che abbia compiuto un viaggio così lungo per vedermi. Amo essere importante per lui... e lo sono. È una scoperta così inattesa, così confortante. Lui è mio, e io sono sua.

«Così va bene, piccola» ansima.

Vengo, e l'orgasmo mi travolge in ondate successive, tumultuoso e appassionato, divorandomi anima e corpo. E di colpo Christian mi stringe a sé... aggrappandosi alla mia schiena mentre gode.

«Ana, piccola!» urla, ed è un'invocazione selvaggia, che mi commuove nel profondo dell'anima.

Restiamo sdraiati nel letto, a guardarci negli occhi, stringendo entrambi il cuscino davanti a noi. Nudi. Senza toccarci. Ci limitiamo a osservarci e ammirarci, coperti dal lenzuolo.

«Vuoi dormire?» chiede Christian con voce dolce e apprensiva.

«No. Non sono stanca.» Sento una strana energia. È stato così bello parlare... non voglio smettere.

«Cosa vuoi fare?» chiede.

«Parlare.»

Sorride. «Di cosa?»

«Di qualcosa.»

«Per esempio?»

«Di te.»

«Cosa vuoi sapere di me?»

«Qual è il tuo film preferito?»

Sorride. «Al momento, *Lezioni di piano*.»

Il suo sorriso è contagioso.

«Ma certo, che stupida. Ha una colonna sonora così triste, così commovente. Tu saprai senz'altro suonarla, immagino. La tua vita è costellata di successi, Mr Grey.»

«E il più grande sei tu, Miss Steele.»

«E così sono la numero diciassette.»

Lui mi guarda senza capire.

«Diciassette?»

«Il numero di donne con cui hai... ehm... fatto sesso.»

Sbarra gli occhi.

«Non esattamente.»

«Hai detto quindici.» Sono davvero confusa.

«Mi riferivo al numero di donne che sono state nella mia stanza dei giochi. Pensavo che intendessi questo. Non mi hai mai chiesto con quante donne ho fatto sesso.»

«Oh.» "Oddio... sono di più... Quante?" Lo guardo a bocca spalancata. «Vaniglia?»

«No. Tu sei la mia prima conquista vaniglia.» Scuote la testa, senza smettere di sorridere.

Come fa a trovare la cosa divertente? E perché mai gli sorrido anch'io come un'idiota?

«Non sono in grado di dirti una cifra. Non ho inciso delle tacche sulla testiera del letto o cose simili.»

«Ma stiamo parlando di decine, centinaia… migliaia?» Il mio sguardo diventa sempre più attonito.

«Decine. Siamo nell'ordine delle decine, per la miseria.»

«Tutte sottomesse?»

«Sì.»

«Piantala di ridere» lo rimprovero poco convinta, cercando senza successo di rimanere seria.

«Non posso, sei così bizzarra.»

«Nel senso che sono strana o che faccio ridere?»

«Un po' l'una e un po' l'altra, direi.» Le sue parole riecheggiano quelle che gli ho detto io tempo fa.

«Senti chi parla.»

Si china in avanti e mi bacia la punta del naso. «Ti sconvolgerà, Anastasia. Sei pronta?»

Annuisco, atterrita, sempre con un sorriso ebete stampato in faccia.

«Tutte sottomesse in addestramento, quando anch'io mi stavo addestrando. Ci sono posti a Seattle, e nei dintorni, dove si può andare a fare pratica. A imparare a fare quello che faccio» dice.

"Cosa???"

«Oh.» Lo guardo incredula.

«Già, ho pagato per fare sesso, Anastasia.»

«Non è una cosa di cui andare fieri» ribatto, altezzosa. «Hai ragione… sono sconvolta. E mi dispiace non poterti sconvolgere a mia volta.»

«Hai indossato i miei boxer.»

«E questo ti ha sconvolto?»

«Sì. E non hai indossato gli slip quando sei venuta a conoscere i miei.»

«E questo ti ha sconvolto?»

«Sì.»

«A quanto pare, riesco a sconvolgerti solo nel settore biancheria intima.»

«Mi hai detto che eri vergine. Quella è stata la cosa che mi ha più sconvolto nella vita.»

«Sì, la tua espressione era esilarante, avrei dovuto farti una foto» ridacchio.

«Hai lasciato che ti tormentassi con il frustino.»

«E questo ti ha sconvolto?»

«Sì.»

Sorrido. «Be', magari te lo lascerò fare di nuovo.»

«Oh, lo spero, Miss Steele. Questo weekend?»

«D'accordo» rispondo timidamente.

«Davvero?»

«Sì, tornerò nella Stanza Rossa delle Torture.»

«Mi chiami per nome.»

«Questo ti sconvolge?»

«Mi sconvolge il fatto che mi piaccia.»

«Christian.»

«Domani voglio fare una cosa.» I suoi occhi luccicano.

«Cosa?»

«Una sorpresa. Per te.» La sua voce è bassa e dolce.

Alzo un sopracciglio e soffoco uno sbadiglio.

«Ti sto annoiando, Miss Steele?» chiede, sardonico.

«Mai.»

Si china per darmi un bacio delicato sulle labbra.

«Dormi» ordina, poi spegne la luce.

E nel momento di pace in cui chiudo gli occhi, sazia e sfinita, penso di trovarmi nell'occhio del ciclone. E a dispetto di tutto ciò che lui ha detto, e non ha detto, credo di non essere mai stata più felice di così.

24

Christian è in piedi, dentro una gabbia di metallo. Indossa i jeans strappati, ha il torace e i piedi deliziosamente nudi, e mi guarda fisso. Sul suo volto bellissimo c'è il solito sorriso enigmatico, e i suoi occhi sono di metallo fuso. Ha in mano una ciotola di fragole. Si avvicina con grazia atletica alla parte anteriore della gabbia, senza togliermi gli occhi di dosso. Prende una fragola matura e allunga il braccio tra le sbarre.

«Mangia» dice, sporgendo le labbra mentre pronuncia la "g".

Cerco di andargli incontro, ma sono legata, trattenuta da una forza invisibile che mi tiene il polso. "Lasciami andare."

«Vieni, mangia» dice lui, sorridendo in modo irresistibile.

Io tiro, tiro… "Lasciami andare!" Vorrei urlare, gridare, ma non mi escono suoni. Sono muta. Lui si allunga ancora, e la fragola mi sfiora.

«Mangia, Anastasia.» La sua bocca forma il mio nome, indugiando in modo sensuale su ogni sillaba.

Apro la bocca e mordo, la gabbia sparisce, e le mie mani sono libere. Allungo un braccio per toccarlo, per intrecciare le mie dita ai peli del suo petto.

«Anastasia.»

"No." Gemo.

«Dài, piccola.»

"No. Voglio toccarti."

«Svegliati.»

"No. Per favore." I miei occhi si aprono di malavoglia per un istante. Sono a letto, e qualcuno mi sta mordicchiando l'orecchio.

«Svegliati, piccola» sussurra lui, e l'effetto della sua voce dolce si diffonde come caramello fuso nelle mie vene.

È Christian. Accidenti, è ancora buio, e le immagini oniriche di lui persistono, confondendomi e tormentandomi.

«Oh... no» mi lamento. Voglio tornare al suo petto, al mio sogno. Perché mi sta svegliando? È notte fonda, o così sembra. Dio, non vorrà fare sesso... ora?

«È il momento di alzarsi, piccola. Sto per accendere la luce.» La sua voce è tranquilla.

«No» piagnucolo.

«Voglio inseguire l'alba insieme a te» mi dice, baciandomi il viso, le palpebre, la punta del naso, la bocca, e io apro gli occhi. L'abat-jour è accesa. «Buongiorno, splendore» mormora.

Gemo, e lui sorride. «Non sei una tipa mattiniera» commenta.

Nel bagliore, strizzo gli occhi e vedo Christian chino su di me. Sorride. È divertito. Divertito da me. Ed è vestito! Di tutto punto.

«Pensavo che volessi fare sesso» farfuglio.

«Anastasia, voglio sempre fare sesso con te. È consolante sapere che per te è lo stesso» dice seccamente.

Lo guardo mentre i miei occhi si adattano alla luce. Sembra ancora divertito... per fortuna.

«Certo, ma non così tardi.»

«Non è tardi, è presto. Vieni, su. Usciamo. L'invito a fare sesso lo tengo per dopo.»

«Stavo facendo un sogno bellissimo» piagnucolo.

«Cosa sognavi?» chiede, paziente.

«Te.» Arrossisco.

«Cosa stavo facendo, stavolta?»

«Mi davi da mangiare delle fragole.»

Sulle sue labbra aleggia l'ombra di un sorriso. «Il dottor Flynn avrebbe di che divertirsi. In piedi… vestiti. Non perdere tempo con la doccia, possiamo farla dopo.»

"Possiamo!"

Mi tiro su a sedere, e le lenzuola mi cadono sui fianchi, scoprendomi il corpo. Lui si alza per farmi spazio, con gli occhi cupi.

«Che ore sono?»

«Le cinque e mezzo del mattino.»

«Mi sembrano le tre.»

«Non abbiamo molto tempo. Ti ho lasciata dormire il più possibile. Vieni.»

«Non posso farmi una doccia?»

Sorride.

«Se ti fai una doccia, vorrò farla con te, e sappiamo entrambi cosa succederebbe, a quel punto. Perderemmo la giornata. Vieni.»

È eccitato come un ragazzino, sprizza gioia da tutti i pori. Mi fa sorridere.

«Cosa dobbiamo fare?»

«È una sorpresa, te l'ho detto.»

Non posso fare a meno di sorridere. «Va bene.» Scendo dal letto e cerco i miei vestiti. Naturalmente, sono piegati in bell'ordine lì accanto. Mi ha anche preparato un paio di boxer: Ralph Lauren, nientemeno. Me li infilo, e lui mi sorride. Mmh, un altro indumento intimo di Christian Grey, un trofeo da aggiungere alla mia collezione, insieme all'auto, al BlackBerry, al Mac, alla sua giacca nera, e a un cofanetto di preziose prime edizioni. Scuoto la testa davanti alla sua prodigalità, e mi viene in mente una scena di *Tess*, quella delle fragole, che evoca il mio sogno. Altro che dottor Flynn… Freud avrebbe di che divertirsi, e probabilmente avrebbe gettato la spugna davanti a Mr Cinquanta Sfumature.

«Ti concedo un po' di tempo, adesso che ti sei alzata.» Christian si dirige verso il soggiorno, mentre io vado in bagno. Vorrei darmi una lavata veloce. Sette minuti dopo sono pronta: pulita, spazzolata e vestita con jeans, top e boxer di Christian Grey. Lui alza gli occhi dal piccolo tavolo da pranzo dove sta facendo colazione. Colazione, a quest'ora!

«Mangia» dice.

"Per la miseria... come nel mio sogno." Lo guardo sbigottita, pensando alla sua lingua sul palato. "Mmh, la sua lingua esperta."

«Anastasia» dice, con tono severo, strappandomi alle mie fantasticherie.

È davvero troppo presto per me. Come ne esco?

«Prendo un tè. Posso tenere il croissant per dopo?»

Lui mi guarda con diffidenza, e fa un sorriso affettato.

«Non mi rovinare la festa, Anastasia» mi avverte.

«Mangerò più tardi, quando il mio stomaco si sarà svegliato. Verso le sette e mezzo... va bene?»

«Va bene.»

"Uffa."

«Ho voglia di alzare gli occhi al cielo.»

«Ti prego, fallo. La mia giornata promette bene» dice, in tono inflessibile.

Guardo il soffitto.

«Be', forse qualche sculacciata mi sveglierebbe.» Faccio una smorfia in quieta contemplazione.

Christian rimane a bocca aperta.

«D'altra parte, non voglio che ti ecciti troppo; il clima qui è già abbastanza torrido.» Mi stringo nelle spalle, con noncuranza.

Christian chiude la bocca e si sforza di apparire dispiaciuto, ma fallisce miseramente. Vedo dai suoi occhi che si sta divertendo un mondo.

«Sei provocatoria come sempre, Miss Steele. Bevi il tè.»

Noto la marca Twinings, e il mio cuore si mette a danzare. "Visto, per lui sei importante" mi sussurra la vocina interiore. Mi siedo davanti a Christian e assaporo la sua bellezza. Ne avrò mai abbastanza di quest'uomo?

Quando lasciamo la stanza, Christian mi lancia una felpa.

«Questa ti servirà.»

Lo guardo perplessa.

«Fidati.» Sorride e mi bacia in fretta sulle labbra, poi mi prende per mano.

Fuori, nella relativa frescura che precede l'alba, l'addetto al parcheggio porge a Christian un mazzo di chiavi per una fiammante macchina sportiva decappottabile. Rivolgo uno sguardo interrogativo a Christian, che mi strizza l'occhio.

«Sai, a volte è bellissimo essere me» dice, con un sorriso compiaciuto che non posso fare a meno di imitare. È adorabile quando è così spensierato e giocoso. Apre la portiera con un inchino esagerato e mi fa salire a bordo. È così di buonumore...

«Dove andiamo?»

«Lo vedrai.» Si sistema al posto di guida, avvia il motore e ci dirigiamo verso la Savannah Parkway. Imposta il navigatore, preme un comando sul volante, e un brano sinfonico riempie l'abitacolo.

«Cos'è?» chiedo, mentre il suono dolcissimo di cento violini ci assale.

«*La Traviata*. Un'opera di Verdi.»

Oddio... è splendida.

«*La Traviata*? Ne ho sentito parlare, non ricordo a che proposito. Di cosa parla?»

Christian mi guarda e sorride.

«È basata sul romanzo di Alexandre Dumas, *La signora delle camelie*.»

«Ah, l'ho letto.»

«Immaginavo.»

«La cortigiana segnata dal destino.» Mi agito, a disagio, sul morbido sedile di pelle. "Sta cercando di dirmi qualcosa?" «Mmh, è una storia deprimente» mormoro.

«Troppo deprimente? Vuoi scegliere tu la musica? È sul mio iPod.» Christian fa il suo sorriso enigmatico.

Non riesco a vedere l'iPod da nessuna parte. Lui dà un colpetto allo schermo al centro del cruscotto, e su di esso compare una playlist.

«Scegli tu.» Le sue labbra si piegano in un sorriso, e so che si tratta di una sfida.

L'iPod di Christian Grey: potrebbe essere interessante. Scorro il touch screen, e trovo il brano ideale. Premo il tasto PLAY. Non avrei mai immaginato che fosse un fan di Britney Spears. Il ritmo techno ci coglie entrambi di sorpresa, e Christian abbassa il volume. Forse è troppo presto per questa musica: Britney al massimo della sensualità.

«*Toxic*, eh?» Christian sorride.

«Non capisco che cosa vuoi dire.» Fingo innocenza.

Abbassa ancora il volume e io mi abbraccio mentalmente. La mia dea interiore è in piedi sul podio, in attesa della medaglia d'oro. Ha abbassato la musica. Vittoria!

«Non ho messo io quella canzone sul mio iPod» dice con nonchalance, e preme sull'acceleratore facendomi rimbalzare contro lo schienale mentre l'auto sfreccia sull'autostrada.

"Cosa?" Lo fa apposta, il bastardo. "Chi è stato, allora?" E devo ascoltare Britney che va avanti all'infinito. "Chi... chi?"

Il brano finisce e l'iPod passa a Damien Rice. Triste. "Chi? Chi?" Guardo fuori dal finestrino, con lo stomaco in subbuglio. Chi è stato?

«È stata Leila» dice, rispondendo alla mia domanda inespressa. "Ma come fa?"

«Leila?»

«Una mia ex, ha messo lei quella canzone sul mio iPod.»

Damien gorgheggia in sottofondo, mentre accuso il colpo. Una ex... ex Sottomessa? Una ex...

«Una delle quindici?» chiedo.

«Sì.»

«Che fine ha fatto?»

«Abbiamo rotto.»

«Perché?»

Oh, maledizione. È troppo presto per una conversazione del genere. Ma lui sembra rilassato, persino felice, e, soprattutto, loquace.

«Voleva di più.» La sua voce è bassa, quasi meditativa, e lascia la frase sospesa tra noi. Di nuovo quelle potenti parole. "Di più."

«E tu no?» chiedo, prima di mettere in funzione il filtro bocca-cervello. "Merda, sono certa di volerlo sapere?"

Lui scuote la testa. «Non ho mai voluto di più, finché non ho incontrato te.»

Sussulto. Non è questo che volevo sentire? Lui vuole di più. "Lo vuole anche lui!" La mia dea interiore è scesa dal podio con un triplo salto mortale e sta facendo la ruota intorno allo stadio. Non lo voglio solo io.

«Cos'è successo alle altre quattordici?» chiedo.

"Accidenti, gli si è sciolta la lingua… approfittane."

«Vuoi un elenco? Divorziate, decapitate, uccise?»

«Non sei Enrico VIII.»

«D'accordo. In pratica, ho avuto relazioni a lungo termine solo con quattro donne, a parte Elena.»

«Elena?»

«Quella che chiami Mrs Robinson.» Fa il suo solito sorriso misterioso.

Elena! Per Dio. Il diavolo ha un nome. La visione di una magnifica vamp dalla pelle diafana con i capelli corvini e le labbra color rubino mi si forma nella mente, e capisco che lei dev'essere bella. "Non devo pensarci. Non devo pensarci."

«Com'è andata a finire con queste quattro?» chiedo, per distrarmi.

«Sei così curiosa, così avida di informazioni, Miss Steele» mi rimprovera con affetto.

«Senti chi parla, Mr Quando Ti Viene Il Ciclo.»

«Anastasia, un uomo deve sapere queste cose.»

«Ah, sì?»

«Io sì.»

«Perché?»

«Perché non voglio che resti incinta.»

«Io neanche! Almeno, non per qualche anno ancora.»

Christian sbatte le palpebre sorpreso, poi si rilassa visibilmente. Okay. Christian non vuole figli. Adesso o mai? Sono sconvolta dal suo improvviso, inaudito attacco di schiettezza. Forse è l'ora antelucana? Qualcosa nell'acqua della Georgia? Il clima? Cos'altro voglio sapere? *Carpe diem.*

«Allora, com'è andata a finire con le altre quattro?» chiedo.

«Una ha conosciuto un tizio. Le altre volevano… di più. All'epoca, io non offrivo di più.»

«E con le altre?» insisto.

Mi lancia un'occhiata e scuote la testa.

«Non ha funzionato.»

Mmh, una valanga di informazioni da elaborare. Guardo nello specchietto laterale dell'auto, e noto la tenue velatura rosa e acquamarina del cielo alle nostre spalle. L'alba ci segue.

«Dove stiamo andando?» chiedo perplessa, guardando la strada. Siamo diretti a sud, è l'unica cosa che so.

«All'aeroporto.»

«Non torniamo a Seattle, vero?» sussulto, allarmata. Non ho salutato mia madre. Cavolo, ci aspetta per cena.

Lui scoppia a ridere. «No, Anastasia, ci dedicheremo al mio secondo passatempo preferito.»

«Secondo?» Lo guardo senza capire.

«Sì. Il mio preferito te l'ho detto stamattina.»

Osservo il suo profilo stupendo, aggrottando la fronte.

«Godermi te, Miss Steele. Quello è in cima alla lista. Prenderti in qualsiasi modo.»

"Ah."

«Be', questo è abbastanza in cima anche alla mia lista di attività perverse» mormoro, arrossendo.

«Sono lieto di sentirlo» ribatte lui deciso.

«Dunque, all'aeroporto?»

Mi sorride. «Inseguiremo l'alba, Anastasia.» Si gira a guardarmi e mi sorride, mentre il navigatore gli dice di girare a destra in quello che sembra un complesso industriale. Lui accosta davanti a un grosso edificio bianco con un cartello che dice CIRCOLO VOLOVELISTICO DI BRUNSWICK.

"Aliante! Andremo in aliante!"

Spegne il motore.

«Sei pronta?» chiede.

«Guidi tu?»

«Sì.»

«Sì, ti prego!» Non ho esitazioni. Lui sorride e mi bacia.

«Un'altra prima volta, Miss Steele» dice, scendendo dall'auto.

"Prima volta? In che senso, prima volta? La prima volta che pilota un aliante… merda! No, mi aveva detto di averlo già fatto." Mi rilasso, mentre viene ad aprirmi la portiera. Il cielo si è tinto di uno sbiadito color opale e riluce debolmente dietro qualche sporadica, inoffensiva nuvola. L'alba è sopra di noi.

Prendendomi per mano, Christian mi porta oltre l'edificio, verso una larga pista su cui sono parcheggiati diversi velivoli. In attesa dietro di essi c'è un uomo con la testa rasata e lo sguardo un po' folle, accompagnato da Taylor.

"Taylor!" Christian fa mai un passo senza quest'uomo? Gli sorrido, e lui contraccambia.

«Mr Grey, le presento il pilota del trainatore, Mr Mark Benson» dice Taylor. Christian e Benson si stringono la mano e iniziano una conversazione che suona molto tecnica a proposito di velocità del vento, direzioni e compagnia bella.

«Salve, Taylor» mormoro, intimidita.

«Miss Steele.» Mi saluta con un cenno della testa, e io aggrotto la fronte. «Ana» si corregge. «Ha fatto il diavolo a quattro negli ultimi giorni. Sono contento che siamo qui» mi dice in tono complice.

"Ah, questa è nuova. Per quale motivo? Certo non per me!" Cos'è, il giorno delle rivelazioni?

«Anastasia» mi chiama Christian. «Vieni.» Mi tende la mano.

«A più tardi.» Sorrido a Taylor, che dopo avermi rivolto un frettoloso saluto, torna verso il parcheggio.

«Mr Benson, questa è la mia fidanzata, Anastasia Steele.»

«Piacere di conoscerla» mormoro, mentre ci stringiamo la mano.

Benson mi rivolge un sorriso smagliante.

«Piacere mio» ribatte, e dal suo accento capisco che è inglese.

Mentre prendo la mano di Christian, sento montare l'agitazione. "Accidenti… l'aliante!" Seguiamo Mark Benson verso la pista di decollo. Lui e Christian continuano la conversazione, di cui mi sembra di cogliere il succo: useremo un Blanik L-23, che pare essere meglio del modello L-13, anche se ci sono diverse scuole di pensiero. Benson guiderà un Piper Pawnee. Sono circa cinque anni che pilota aerei da traino. Non ho idea di cosa significhi, ma Christian è così animato, così nel suo elemento, che è un piacere guardarlo.

Il velivolo è lungo, lucido e bianco, con strisce arancioni. Ha una piccola carlinga con due sedili, uno davanti all'altro. È collegato da un lungo cavo bianco a un piccolo monoelica. Benson apre una grande cupola in Perspex trasparente che incornicia la carlinga, per consentirci di prendere posto.

«Per prima cosa, dovete infilarvi il paracadute.»

"Il paracadute!"

«Ci penso io» interviene Christian, e si fa dare l'imbracatura da Benson, che gli sorride gioviale.

«Vado a prendere le zavorre» dice Benson, dirigendosi verso il velivolo.

«Ti piace proprio legarmi con queste cinghie» osservo.

«Non immagini quanto, Miss Steele. Vieni, infilati qui.»

Obbedisco, appoggiandogli un braccio sulla spalla. Christian si irrigidisce un po', ma non si muove. Una volta che i miei piedi sono negli appositi lacci, tira su il paracadute e io infilo le braccia nelle cinghie delle spalle. Lui mi allaccia in fretta l'imbracatura e stringe tutte le cinghie.

«Ecco, così va bene» dice. Il suo tono è tranquillo, ma il suo sguardo è in fiamme. «Hai con te l'elastico per capelli?»

Annuisco.

«Vuoi che mi faccia la coda?»

«Sì.»

Obbedisco subito.

«Sali» ordina. È sempre così prepotente. Mi arrampico sul sedile posteriore.

«No, davanti. Dietro si siede il pilota.»

«Ma riuscirai a vedere?»

«Vedrò quello che serve.» Sorride.

Non penso di averlo mai visto così felice... prepotente, ma felice. Mi metto nel posto davanti, sprofondando nel sedile di cuoio. È sorprendentemente comodo. Christian si china su di me, mi tira l'imbracatura sulle spalle, cerca la cintura inferiore tra le mie gambe e la aggancia al fermaglio all'altezza della mia pancia. Infine, stringe tutte le restanti cinghie.

«Mmh, due volte in una mattina, sono un uomo fortunato» mormora, e mi bacia in fretta. «Non durerà molto, venti, trenta minuti al massimo. Le correnti ascensionali non sono un granché al mattino, ma a quest'ora la vista da lassù è mozzafiato. Spero che tu non abbia paura.»

«Sono emozionata.» Sorrido.

Da dove viene quel sorriso ebete? In realtà, una parte di me è terrorizzata.

«Bene.» Mi sorride, mi accarezza la guancia e sparisce alla mia vista.

Lo sento mentre sale nel posto dietro di me. Ovviamente, mi ha legato così stretta che non posso girarmi a guardarlo... Tipico! Siamo a un livello molto basso sul terreno. Davanti a me c'è un pannello di quadranti e comandi e una grossa leva. Non tocco niente.

Mark Benson appare con un sorriso amichevole, controlla la mia cintura e il pavimento della carlinga. Immagino che lì ci sia la zavorra.

«Okay, è sicuro. Prima volta?» mi chiede.

«Sì.»

«Si divertirà molto.»

«Grazie, Mr Benson.»

«Mi chiami Mark.» Si gira verso Christian. «Tutto bene?»

«Sì. Andiamo.»

Sono contenta di non aver mangiato niente. Me la sto facendo sotto, e non penso che il mio stomaco possa reggere cibo, emozione e decollo in una volta sola. Mi sto mettendo ancora nelle mani esperte di quest'uomo. Mark chiude la calotta della carlinga, si dirige verso il velivolo davanti a noi e sale a bordo.

L'elica del Piper si mette in movimento, e lo stomaco mi balza in gola. "Oddio... lo sto facendo davvero." Mark imbocca con calma la pista, e quando il cavo si tende al massimo, facciamo un balzo in avanti. Siamo partiti. Sento delle voci uscire dalla radio montata alle mie spalle. Penso che Mark stia parlando con la torre di controllo, ma non riesco a capire quello che dice. Il Piper prende velocità, e noi con lui. Il percorso è molto irregolare, e il monoelica non si è ancora staccato da terra. Dio, ce la faremo mai a decollare? Di colpo, il mio stomaco precipita in caduta libera fino a sfiorare il pavimento... siamo in volo.

«Si parte, piccola!» urla Christian alle mie spalle, e ci ritroviamo in una bolla tutta nostra, noi due e basta. Sento solo il vento che passa sferzante e il ronzio lontano del motore del Piper.

Mi sto tenendo al sedile con entrambe le mani, stringendo al punto da farmi sbiancare le nocche. Ci dirigiamo verso ovest, nell'entroterra, lontano dal sole che sorge, e guadagniamo quota, passando su campi, boschi, case e l'autostrada.

È fantastico, sopra di noi c'è solo il cielo. La luce è straordinaria, diffusa e dalle tonalità calde, e ricordo che José favoleggiava dell'"ora magica", un momento della giornata molto amato dai fotografi. È questo, subito dopo l'alba, e io ci sono dentro, insieme a Christian.

Di colpo, mi viene in mente la mostra di José. Mmh. Devo dirlo a Christian. Per un attimo mi chiedo come reagirà. Ma non voglio preoccuparmene, non adesso... Mi sto godendo la corsa. Mi si tappano le orecchie mentre prendiamo quota, e la terra scivola sempre più lontana. C'è una tale pace. Capisco perché a Christian piaccia tanto stare quassù. Lontano dal BlackBerry e dallo stress del lavoro.

La radio si accende crepitando, e Mark parla di tremila piedi. Ahia, sembra piuttosto alto. Guardo giù, e non riesco più a distinguere niente con chiarezza là sotto.

«Sgancia» dice Christian alla radio, e di colpo il Piper sparisce e la sensazione di propulsione data dal piccolo monoelica cessa. Stiamo planando sulla Georgia.

"Oddio, è davvero emozionante." Il velivolo si inclina e curva mentre l'ala si abbassa, e descriviamo una spirale verso il sole. "Come Icaro." Sto volando vicino al sole, ma Christian è con me, mi guida. Mi sento mancare il fiato. Continuiamo a volare a spirale, e nella luce del mattino la vista è spettacolare.

«Tieniti forte!» mi urla e ci abbassiamo di nuovo, solo che stavolta lui non si ferma! Di colpo, mi ritrovo a testa in giù, a fissare la terra dalla calotta.

Lancio un urlo, e le mie braccia si proiettano d'impulso

verso l'alto. Mi appoggio alla calotta per non cadere. Lo sento ridere. "Brutto bastardo!" Ma la sua gioia è contagiosa, e mi ritrovo a ridere anch'io, mentre lui raddrizza l'aliante.

«Meno male che non ho fatto colazione!» urlo.

«Sì, a ripensarci è stato un bene, anche perché sto per farlo di nuovo.»

Inclina un'altra volta l'aereo finché non ci troviamo a testa in giù. Stavolta, essendo preparata, mi tengo stretta alla cintura, e rido come una pazza. Christian raddrizza il velivolo.

«È bello, vero?» grida.

«Sì.»

Voliamo, fluttuando maestosamente nell'aria, ascoltando il vento e il silenzio, nella luce del primo mattino. Chi potrebbe volere di più?

«Vedi la cloche davanti a te?» grida di nuovo.

Guardo l'arnese tra le mie ginocchia. "Oh, no. Cos'ha intenzione di fare?"

«Prendila.»

"Oh, merda." Vuole farmi pilotare l'aliante. "No!"

«Andiamo, Anastasia. Prendila» insiste.

Esitante, l'afferro e sento il beccheggio del timone, o delle pale, o di qualsiasi altro aggeggio tenga questo affare sospeso nell'aria.

«Tienila stretta... tienila ferma. Vedi il quadrante davanti a te? L'ago deve restare esattamente nel centro.»

Ho il cuore in gola. "Oddio." Sto guidando un aliante.

«Brava bambina.» Christian sembra soddisfatto.

«È incredibile che tu mi abbia lasciato prendere il comando» grido.

«Ti sorprenderebbero le cose che sarei disposto a lasciarti fare, Miss Steele. Ora lo riprendo io.»

Sento la cloche sobbalzare, e mollo la presa mentre scendiamo a spirale di diversi piedi. Spalanco gli occhi. La terra si avvicina, sembra che stiamo per sbatterci contro. Accidenti, fa paura.

«BMA, qui BG N Papa 3 Alpha, sto per atterrare sulla pista sette in erba da sinistra sottovento, BMA.» Christian suona autoritario come al solito. Dalla torre gracchiano una risposta, ma non capisco cosa dicano. Descriviamo un ampio cerchio, sprofondando lentamente verso il suolo. Vedo l'aeroporto, le piste di atterraggio, e passiamo di nuovo sull'autostrada.

«Tieniti forte, piccola. Può essere un po' acrobatico.»

Dopo un altro cerchio, scendiamo in picchiata, e di colpo siamo a terra con un tonfo sordo, e rulliamo sul prato... Dio mio. Mi battono i denti mentre caracolliamo sul terreno a velocità allarmante, e poi, finalmente, ci fermiamo. L'aliante oscilla e si inclina a destra. Faccio un profondo respiro, mentre Christian apre la calotta, si alza in piedi e si stiracchia.

«Com'è stato?» chiede, con gli occhi che brillano. Si china a slacciarmi la cintura.

«Fantastico. Grazie» mormoro.

«Era "di più"?» chiede, con una nota di speranza nella voce.

«Molto di più» sussurro, facendolo sorridere.

«Vieni.» Mi tende la mano, ed esco dalla carlinga.

Quando sono a terra, mi prende e mi stringe forte a sé. Con una mano mi afferra la coda, tirandomela per farmi alzare il viso, mentre l'altra mano scivola fino alla base della mia spina dorsale. Mi dà un bacio lungo, appassionato. Il suo respiro accelera, il suo ardore... "Oddio, la sua erezione..." Siamo in un aeroporto, ma non m'importa. Le mie mani giocano con i suoi capelli, stringendolo a me. Lo voglio, qui, ora, sulla pista di atterraggio. Lui si scosta e mi guarda, gli occhi scuri e luminosi nella prima luce del mattino. È pieno di brutale, arrogante erotismo. "Wow. Mi toglie il fiato."

«Colazione» mormora, facendola suonare come una cosa deliziosamente sensuale.

Come riesce a far sembrare uova e bacon il frutto proibito? Ha un talento straordinario. Si gira, mi prende la mano e torniamo verso l'auto.

«E l'aliante?»

«Qualcuno ci penserà» dice, tranquillo. «Ora andiamo a mangiare.» Il suo tono non ammette replica.

"Cibo!" Sta parlando di cibo, mentre io non voglio altro che lui.

«Vieni.»

Non l'ho mai visto così, mi riempie di gioia. Mi trovo a camminare al suo fianco, mano nella mano, con un sorriso ebete stampato sul viso.

Mi ricorda quando, a dieci anni, sono andata a Disneyland con Ray. È stata una giornata perfetta, e questa promette di non essere da meno.

Tornati in macchina, mentre riprendiamo l'autostrada verso Savannah, la mia sveglia si mette a suonare. Ah, già… la pillola.

«Cos'è?» chiede Christian, curioso.

Mi metto a frugare nella borsa.

«La sveglia per la pillola» mormoro, arrossendo.

Sorride.

«Bene, fantastico. Odio i preservativi.»

Arrossisco ulteriormente. È dispotico come al solito.

«Mi è piaciuto che tu mi abbia presentato a Mark come la tua fidanzata.»

«Perché, non lo sei?»

«Ah, sono la tua fidanzata? Pensavo che volessi una Sottomessa.»

«Anch'io lo pensavo, Anastasia, e continuo a farlo. Ma, come ti ho detto, voglio anche di più.»

"Oh, Signore." Sta cambiando idea, e una speranza mi sorge dentro, lasciandomi senza fiato.

«Sono molto contenta che tu voglia di più» mormoro.

488

«Il nostro scopo è il piacere, Miss Steele.» Mi sorride, mentre parcheggia davanti a una caffetteria della catena International House of Pancakes.

Non ci posso credere. Chi l'avrebbe mai detto...? Christian Grey in un posto così comune.

Sono le otto e mezzo, ma il locale è poco affollato. C'è odore di pastella, frittura e disinfettante. "Mmh... non è un aroma molto invitante." Christian sceglie un tavolo.

«Non ti avrei mai immaginato in un posto del genere» dico, mentre ci sediamo.

«Mio padre ci portava a mangiare in questa catena ogni volta che mia madre partiva per uno dei suoi congressi medici. Era il nostro segreto.» Mi sorride, poi prende il menu e si ravvia i capelli.

"Oh, quanto vorrei toccarli anch'io." Prendo a mia volta il menu e lo esamino. Mi rendo conto che ho una fame da lupi.

«So cosa voglio» mormora lui, con la voce bassa e roca.

Alzo lo sguardo, e vedo che mi sta fissando in quel modo che mi fa vibrare ogni muscolo e mi toglie il fiato, con gli occhi torbidi e ardenti. Il sangue mi freme nelle vene, rispondendo al suo richiamo.

«Io voglio quello che vuoi tu» mormoro.

Fa un respiro profondo.

«Qui?» chiede, con un tono allusivo e un sorriso perverso, mordendosi la punta della lingua.

"Oddio... sesso all'International House of Pancakes." La sua espressione cambia, diventa più severa

«Non morderti il labbro» ordina. «Non qui, non adesso.» Il suo sguardo si indurisce per un attimo, dandogli un aspetto pericoloso e sexy. «Se non vuoi che ti prenda qui, non tentarmi.»

«Salve, sono Leandra. Cosa posso portarvi stamattina... ehm... ragazzi...?» La voce muore in gola alla cameriera non appena adocchia Mr Splendore seduto davanti a me. Diventa paonazza, e un briciolo di compassione per lei si fa strada nella mia coscienza, perché lui a me fa ancora lo stesso effetto. La presenza di Leandra mi permette di sfuggire per un attimo al suo sguardo sensuale.

«Anastasia?» chiede lui, ignorandola, e non penso che qualcun altro sarebbe capace di dare al mio nome una carnalità così potente.

Deglutisco, sperando di non diventare dello stesso colore della povera Leandra.

«Te l'ho detto: voglio quello che vuoi tu» rispondo a voce bassa, e lui mi lancia uno sguardo vorace. "Oddio. Sono pronta a fare il suo gioco?"

Leandra sposta lo sguardo da me a lui. È praticamente dello stesso colore dei suoi capelli: rosso acceso.

«Forse volete pensarci ancora un attimo?»

«No. Sappiamo quello che vogliamo.» La bocca di Christian si piega in un sorrisetto sexy. «Vorremmo due porzioni di pancake classici con sciroppo d'acero e bacon a parte, due bicchieri di succo d'arancia, un cappuccino e un tè English Breakfast, se lo avete» dice, senza staccare gli occhi dai miei.

«Grazie, signore. Desiderate altro?» dice Leandra, guardando in ogni direzione tranne che verso di noi. Entrambi ci giriamo a fissarla, facendola sgattaiolare via immediatamente.

«Lo sai, non è giusto.» Guardo il piano di formica del tavolo su cui sto tracciando un disegno con l'indice, e mi sforzo di avere un tono noncurante.

«Cosa non è giusto?»

«Il modo in cui disarmi la gente. Le donne. Me.»

«Ti disarmo?»

Sbuffo. «Di continuo.»

«È solo un'impressione, Anastasia» osserva.

«No, Christian, è molto di più.»

Aggrotta la fronte. «Tu sì che mi disarmi, Miss Steele. La tua innocenza. Dà un taglio a tutto lo schifo.»

«Per questo hai cambiato idea?»

«Cambiato idea?»

«Sì... su, ecco... su noi due.»

Si sfrega il mento, soprappensiero. «Non penso di aver propriamente cambiato idea. Dobbiamo solo ridefinire i parametri, tracciare nuove linee strategiche, se vuoi. Possiamo far funzionare la cosa, ne sono certo. Voglio che tu faccia la Sottomessa nella mia stanza dei giochi. Ti punirò se infrangi le regole. Il resto... be', penso che sia in discussione. Queste sono le mie esigenze, Miss Steele. Che cosa ne dici?»

«Quindi posso dormire con te? Nel tuo letto?»

«È quello che vuoi?»

«Sì.»

«Allora, d'accordo. Fra l'altro, dormo benissimo quando sei nel mio letto. Non lo avrei mai immaginato.» Aggrotta la fronte, mentre la sua voce si affievolisce.

«Temevo che mi avresti lasciato se non avessi accettato tutte le condizioni» mormoro.

«Non ho nessuna intenzione di lasciarti, Anastasia. E poi...» Si interrompe, e dopo qualche istante di riflessione, riprende: «Stiamo seguendo il tuo consiglio, la tua definizione: compromesso. Me l'avevi scritto via mail. Per il momento, sta funzionando».

«Sono felice che tu voglia di più» mormoro, timidamente.

«Lo so.»

«Come fai a saperlo?»

«Fidati. Lo so e basta.» Mi strizza l'occhio. Mi sta nascondendo qualcosa. "Cosa?"

In quel momento Leandra arriva con le ordinazioni e la nostra conversazione cessa. Mi brontola lo stomaco per la fame. Christian mi guarda con irritante approvazione mentre divoro tutto ciò che ho nel piatto.

«Posso farti un regalo?» chiedo a Christian.

«Che regalo?»

«Offrirti questa colazione.»

Christian sbuffa.

«Non credo.»

«Per favore. Mi farebbe piacere.»

Mi fulmina con lo sguardo.

«Stai cercando di castrarmi del tutto?»

«Questo è probabilmente l'unico posto in cui potrò mai permettermi di pagare.»

«Anastasia, apprezzo il pensiero, davvero. Ma no.»

Faccio una smorfia.

«Non mettere il broncio» mi minaccia, con un inquietante luccichio negli occhi.

Naturalmente, non mi chiede l'indirizzo di mia madre. Da bravo stalker, lo conosce già. Quando accosta davanti a casa, non faccio commenti. Tanto a cosa servirebbero?

«Vuoi entrare?» chiedo, esitante.

«Devo lavorare, Anastasia, ma torno stasera. A che ora?»

Ignoro la fitta di delusione. Perché sento che vorrei trascorrere ogni singolo minuto della mia vita con questo prepotente dio del sesso? Oh, sì, sono innamorata di Christian, e lui sa volare.

«Grazie... per il di più.»

«Non c'è di che, Anastasia.» Mi bacia, e io inalo il suo profumo sensuale.

«Ci vediamo dopo.»

«Puoi giurarci» mormora.

Lo saluto con la mano mentre si allontana nel sole della Georgia. Indosso ancora la sua felpa e i suoi boxer, e sto morendo di caldo.

In cucina, mia madre è in fibrillazione. Non le capita tutti i giorni di ospitare un multimiliardario, ed è in preda al panico.

«Come stai, tesoro?» chiede, e arrossisco perché immagino che intuisca che cos'ho fatto la notte scorsa.

«Bene. Stamattina Christian mi ha portato in aliante.» Spero che questa informazione la distragga.

«In aliante? Quella specie di piccolo aereo senza motore? È questo che intendi?»

Annuisco.

«Però!»

Mia madre è senza parole, una cosa che non le capita spesso. Mi guarda incredula, ma alla fine si ricompone e riprende l'interrogatorio.

«Com'è andata ieri sera? Avete parlato?»

"Oddio."

«Abbiamo parlato, sì, ieri sera e oggi. Ora va meglio.»

«Bene.» Riporta l'attenzione sui quattro libri di ricette aperti sul piano di lavoro.

«Mamma... se vuoi posso cucinare io stasera.»

«Oh, tesoro, è gentile da parte tua, ma voglio farlo io.»

«Va bene.» Faccio una smorfia, ben sapendo che l'arte culinaria di mia madre è piuttosto approssimativa. Forse è migliorata da quando si è trasferita a Savannah con Bob. C'era un tempo in cui non avrei sottoposto nessuno alla sua cucina... nemmeno... qual è la persona che odio di più?... Ah, già, Mrs Robinson... Elena. Be', lei forse sì. "Incontrerò mai quella donna maledetta?"

Decido di mandare un ringraziamento veloce a Christian.

Da: Anastasia Steele
A: Christian Grey
Data: 2 giugno 2011 10.20 - ORA SOLARE DEGLI STATI UNITI ORIENTALI
Oggetto: Brividi *vs* lividi

Certe volte, sai proprio come far star bene una ragazza.
Grazie
Ana x

Da: Christian Grey
A: Anastasia Steele
Data: 2 giugno 2011 10.24 - ORA SOLARE DEGLI STATI UNITI ORIENTALI
Oggetto: Brividi *vs* lividi

Preferisco gli uni e gli altri al sentirti russare.
Mi sono divertito anch'io.
Ma mi diverto sempre, quando sono con te.

Christian Grey
Amministratore delegato, Grey Enterprises Holdings Inc.

Da: Anastasia Steele
A: Christian Grey
Data: 2 giugno 2011 10.26 - ORA SOLARE DEGLI STATI UNITI ORIENTALI
Oggetto: RUSSARE

IO NON RUSSO. E anche se fosse, è molto poco
galante da parte tua farmelo notare.
Non sei un gentiluomo, Mr Grey! E qui sei nel Profondo Sud!
Ana

Da: Christian Grey
A: Anastasia Steele
Data: 2 giugno 2011 10.28 - ORA SOLARE DEGLI STATI UNITI ORIENTALI
Oggetto: Parlare nel sonno

Non ho mai detto di esserlo, Anastasia, e penso di avertelo
dimostrato in diverse occasioni. Non sono intimidito
dalle tue ARROGANTI maiuscole. Ma ti confesserò che ho detto
una piccola bugia: no, non russi, ma parli. Ed è affascinante.
Che fine ha fatto il mio bacio?

Christian Grey
Pinocchio & Amministratore delegato, Grey Enterprises Holdings Inc.

"Merda." Lo so, parlo nel sonno. Kate me l'ha detto diverse volte. Cosa cavolo avrò detto? "Oh, no."

Da: Anastasia Steele
A: Christian Grey
Data: 2 giugno 2011 10.32 - ORA SOLARE DEGLI STATI UNITI ORIENTALI
Oggetto: Vuotare il sacco

Sei un mascalzone e un furfante. Altro che gentiluomo!
Allora, cos'avrei detto? Niente bacio finché non parli!

Da: Christian Grey
A: Anastasia Steele
Data: 2 giugno 2011 10.35 - ORA SOLARE DEGLI STATI UNITI ORIENTALI
Oggetto: Bella addormentata chiacchierina

Sarebbe poco galante da parte mia rivelartelo, e
sono già stato rimproverato per questo.
Ma se ti comporti bene, potrei dirtelo stasera.
Ora devo andare a una riunione.
A più tardi, piccola.

Christian Grey
Amministratore delegato, Mascalzone e
furfante, Grey Enterprises Holdings Inc.

"E va bene!" Manterrò il silenzio radio fino a stasera. Fumo di rabbia. "Accidenti." Se avessi detto che lo odio, o ancora peggio, che lo amo? Dio, spero di no. Non sono pronta per dirglielo, e sono sicura che lui non è pronto per sentirlo. Se mai lo sarà. Guardo lo schermo del computer accigliata e decido che, qualsiasi cosa cucini mia madre, io farò il pane, per sfogare le mie frustrazioni impastando la farina.

Mia madre ha deciso di fare un gazpacho e bistecche alla griglia marinate in olio di oliva, aglio e limone. A Christian piace la carne, e sono facili da cucinare. Bob si è offerto come volontario per il barbecue. "Chissà perché gli uomini hanno questa fissa del fuoco" mi chiedo, seguendo mia madre con il carrello tra i reparti del supermercato.

Mentre esploriamo il settore della carne, il mio telefono squilla. Mi affretto a tirarlo fuori, pensando che sia Christian. È un numero sconosciuto.

«Pronto?» rispondo, affannata.

«Anastasia Steele?»

«Sì.»

«Sono Elizabeth Morgan, della Seattle Independent Publishing.»

«Ah, salve.»

«La chiamo per offrirle il lavoro di assistente di Mr Jack Hyde. Vorremmo che cominciasse lunedì.»

«Wow, è fantastico. Grazie!»

«Conosce i dettagli del suo salario?»

«Sì, sì... è... insomma, accetto la vostra offerta. Sarei davvero felice di lavorare per voi.»

«Magnifico. Allora ci vediamo lunedì mattina alle otto e mezzo?»

«A lunedì. Arrivederci, e grazie.»

Guardo mia madre, raggiante.

«Hai un lavoro?»

Annuisco, felicissima, e lei fa un urletto e mi getta le braccia al collo nel bel mezzo del supermercato.

«Congratulazioni, tesoro! Dobbiamo comprare lo champagne!» Sta battendo le mani e saltellando come una pazza. "Ha quarantadue anni o dodici?"

Guardo il cellulare e noto che c'è una chiamata persa di Christian. Lui non mi chiama mai. Mi affretto a richiamarlo.

«Anastasia» risponde subito.

«Ciao» mormoro.

«Devo rientrare a Seattle. È sorto un problema. Adesso sto tornando all'Hilton Head. Per favore, fai le mie scuse a tua madre... Non potrò essere da voi a cena.» Ha un tono molto professionale.

«Niente di grave, spero.»

«C'è una faccenda di cui devo occuparmi. Ci vediamo domani. Manderò Taylor a prenderti all'aeroporto, se non posso venire io.» Suona freddo. Persino arrabbiato. Ma per la prima volta, non penso subito che sia colpa mia.

«Okay. Spero che tutto si risolva. Fa' buon viaggio.»

«Anche tu, piccola» mormora, e in quelle parole torna il mio Christian. Poi riattacca.

Oh, no. L'ultima "faccenda" che ha dovuto risolvere era la mia verginità. "Cavolo, spero che non sia niente del genere." Guardo mia madre. La sua allegria di poco prima si è trasformata in apprensione.

«È Christian. Deve tornare a Seattle. Si scusa.»

«Oh! Che peccato, tesoro. Possiamo fare comunque il barbecue, e adesso abbiamo qualcosa da festeggiare: il tuo nuovo lavoro! Devi raccontarmi tutto per filo e per segno.»

Nel tardo pomeriggio mia madre e io siamo sdraiate a bordo piscina. Lei è molto più rilassata da quando ha saputo che Mr Miliardo non viene a cena, e adesso si riposa sulla sdraio. Mentre prendo il sole, ansiosa di perdere un po' di pallore, penso a ieri sera e alla colazione di stamattina. Penso a Christian. Il mio sorriso ebete si rifiuta di sparire, continua a insinuarsi nella mia espressione, irrefrenabile e sconcertante, mentre ricordo le nostre conversazioni e quello che abbiamo fatto... che lui ha fatto.

Sembra esserci una svolta epocale nel suo atteggiamento. Lui prova a negarlo, ma ammette che sta cercando di darmi di più. Cosa può essere cambiato? Cosa è successo tra il momento in cui mi ha mandato quella lunga mail e ieri, quando ci siamo visti? Cos'ha fatto? Mi tiro su a sedere di

colpo e per poco non rovescio la bibita che sto bevendo. È
andato a cena con… lei. Elena.

"Oddio!"

Mi vengono i brividi. Forse lei gli ha detto qualcosa? Oh…
come avrei voluto essere una mosca sul muro durante la
loro cena. Avrei potuto atterrare nella sua zuppa o nel suo
calice di vino e soffocarla.

«Cosa c'è, tesoro?» chiede mia madre, riscuotendosi dal
suo torpore.

«Ho avuto un attimo di sfasamento, mamma, tutto qui.
Che ore sono?»

«Saranno le sei e mezzo, tesoro.»

Mmh… lui non deve essere ancora atterrato. Posso chiederglielo? Devo chiederglielo? Magari lei non c'entra niente
in tutto questo. Me lo auguro davvero. Cosa avrò detto nel
sonno? "Merda…" Qualche commento incontrollato mentre lo sognavo, scommetto. In ogni caso, spero che la svolta
epocale venga da dentro di lui, e non da quella donna.

Questo caldo maledetto mi soffoca. Ho bisogno di un
tuffo in piscina.

Mentre mi preparo per andare a letto, accendo il computer.
Non ho avuto notizie da Christian. Nemmeno una parola
per farmi sapere che è arrivato sano e salvo.

Da: Anastasia Steele
A: Christian Grey
Data: 2 giugno 2011 22.32 - ORA SOLARE DEGLI STATI UNITI ORIENTALI
Oggetto: Arrivato?

Caro signore,
per favore, dimmi che sei arrivato a casa sano e
salvo. Inizio a preoccuparmi. Ti penso.
Tua Ana x

Tre minuti dopo il segnale sonoro mi avverte dell'arrivo della risposta.

Da: Christian Grey
A: Anastasia Steele
Data: 2 giugno 2011 19:36
Oggetto: Scusa

Cara Miss Steele,
sono arrivato e ti prego di accettare le mie scuse
per non averti avvertito. Non voglio farti preoccupare.
È bello sapere che conto qualcosa per te. Anch'io
penso a te, e come al solito non vedo l'ora di
vederti domani.

Christian Grey
Amministratore delegato, Grey Enterprises Holdings Inc.

Sospiro. Christian è tornato alla formalità.

Da: Anastasia Steele
A: Christian Grey
Data: 2 giugno 2011 22.40 - ORA SOLARE DEGLI STATI UNITI ORIENTALI
Oggetto: La faccenda

Caro Mr Grey,
mi sembra evidente che conti moltissimo
per me. Come puoi dubitarne?
Spero che la tua "faccenda" sia sotto controllo.
Tua Ana x

PS: Non vuoi dirmi cos'ho detto quando ho
parlato nel sonno?

Da: Christian Grey
A: Anastasia Steele
Data: 2 giugno 2011 19.45
Oggetto: Facoltà di non rispondere

Cara Miss Steele,
sono molto felice di contare qualcosa per te.
La "faccenda" non è ancora risolta.
Riguardo al tuo post scriptum, la risposta è no.

Christian Grey
Amministratore delegato, Grey Enterprises Holdings Inc.

Da: Anastasia Steele
A: Christian Grey
Data: 2 giugno 2011 22.48 - ORA SOLARE DEGLI STATI UNITI ORIENTALI
Oggetto: Infermità mentale

Spero che sia stato divertente. Ma dovresti sapere
che non posso assumermi la responsabilità di quello
che mi esce dalla bocca mentre sono incosciente.
Anzi, è probabile che tu abbia sentito male.
Un uomo della tua veneranda età può avere
qualche problema d'orecchio.

Da: Christian Grey
A: Anastasia Steele
Data: 2 giugno 2011 19.52
Oggetto: Mi dichiaro colpevole

Cara Miss Steele,
scusa, puoi parlare più forte? Non ti sento.

Christian Grey
Amministratore delegato, Grey Enterprises Holdings Inc.

Da: Anastasia Steele
A: Christian Grey
Data: 2 giugno 2011 22.54 - ORA SOLARE DEGLI STATI UNITI ORIENTALI
Oggetto: Infermità mentale accertata

Mi fai impazzire.

Da: Christian Grey
A: Anastasia Steele
Data: 2 giugno 2011 19.59
Oggetto: Lo spero…

Cara Miss Steele,
è proprio quello che ho intenzione di fare venerdì sera. Non vedo l'ora.
;)

Christian Grey
Amministratore delegato, Grey Enterprises Holdings Inc.

Da: Anastasia Steele
A: Christian Grey
Data: 2 giugno 2011 23.02 - ORA SOLARE DEGLI STATI UNITI ORIENTALI
Oggetto: *Grrrrrr*

Mi hai ufficialmente stufato. Buonanotte.
Miss A.R. Steele

Da: Christian Grey
A: Anastasia Steele
Data: 2 giugno 2011 20.05
Oggetto: Gatta selvatica

Hai voglia di graffiarmi, Miss Steele? Ho già una gatta per queste cose.

Christian Grey
Amministratore delegato, Grey Enterprises Holdings Inc.

Una gatta? Non l'ho mai vista nel suo appartamento. No, non gli risponderò. Dio, a volte riesce a essere così esasperante. Cinquanta sfumature di esasperazione. Vado a letto e rimango a fissare il soffitto mentre i miei occhi si abituano al buio. Sento un altro segnale sonoro dal computer. Non devo guardare. No, neanche per sogno. No, non devo guardare. Uffa. Quanto sono stupida, non resisto al richiamo delle parole di Christian Grey.

Da: Christian Grey,
A: Anastasia Steele
Data: 2 giugno 2011 20.20
Oggetto: Quello che hai detto nel sonno

Anastasia,
vorrei sentirti dire le parole che hai detto nel sonno quando sei cosciente, per questo non voglio rivelartele. Dormi, adesso. Dovrai essere riposata per quello che ho in mente per domani.

Christian Grey,
Amministratore delegato. Grey Enterprises Holdings Inc.

Oh, no.. Cos'avrò detto? È grave come penso, ne sono certa.

25

Mia madre mi abbraccia forte.

«Segui il tuo cuore, tesoro, e, per favore, cerca di non rimuginare troppo. Rilassati e divertiti. Sei così giovane, cara. Devi ancora fare tante esperienze, lascia che tutto vada come deve andare. Meriti il meglio in ogni cosa.» Le parole sincere che mi sussurra all'orecchio mi confortano. Mi bacia i capelli.

«Oh, mamma.» Calde lacrime involontarie mi salgono agli occhi, mentre l'abbraccio forte.

«Tesoro, sai come si dice: bisogna baciare molti rospi prima di trovare il principe.»

Le rivolgo un sorriso dolceamaro.

«Io penso di aver già baciato il principe, mamma. Semmai, spero che non si trasformi in un rospo.»

Lei mi fa uno dei suoi sorrisi materni, pieni di amore incondizionato, e mentre ci abbracciamo ancora una volta mi stupisco della profondità dei sentimenti che sento per questa donna.

«Ana, stanno chiamando il tuo volo» dice Bob, ansioso.

«Verrai a trovarmi, mamma?»

«Certo, tesoro… appena posso. Ti voglio bene.»

«Anch'io.»

I suoi occhi sono rossi di lacrime trattenute. Mi dispiace lasciarla. Abbraccio Bob, poi mi giro e mi dirigo verso il gate d'imbarco. Oggi non ho tempo per la sala d'attesa di prima classe. Mi sforzo di non voltarmi indietro, ma finisco per farlo... Bob sta stringendo mia madre, che piange come una fontana. Nemmeno io riesco più a trattenermi. Abbasso la testa, mi volto di nuovo e proseguo, con lo sguardo fisso sul lucido pavimento bianco, sfocato dal velo di lacrime.

Una volta a bordo, nel lusso della prima classe, mi raggomitolo sul sedile e cerco di ricompormi. È sempre una sofferenza separarmi da mia madre... Lei è svagata, disorganizzata, ma saggia come non l'ho mai sentita, e mi vuole bene. Mi ama di un amore incondizionato, quello che ogni bambino dovrebbe aspettarsi da un genitore. I pensieri che mi vengono in mente mi fanno aggrottare la fronte, quindi tiro fuori il BlackBerry e lo controllo, con aria avvilita.

Cosa sa Christian dell'amore? A quanto pare, non ha ricevuto l'amore incondizionato a cui avrebbe avuto diritto negli anni dell'infanzia. Ho un tuffo al cuore, e le parole di mia madre mi aleggiano nella mente come una brezza: "Sì, Ana. Ma cos'altro ti serve? Che vada in giro con una scritta al neon sulla fronte?". Lei pensa che Christian mi ami, ma in fondo è mia madre, è ovvio che lo pensi. Crede che io meriti sempre il meglio. È vero, e in un momento di incredibile lucidità, me ne rendo conto. È molto semplice: voglio il suo amore. Ho bisogno che Christian Grey mi ami. Per questo sono così reticente sulla nostra relazione, perché in me c'è un impulso ben radicato a essere amata e protetta.

E a causa delle sue cinquanta sfumature, mi sto trattenendo. Il rapporto sadomaso è una distrazione dal vero problema. Il sesso con lui è favoloso, intenso, bello, ma tutto questo non ha senso se non c'è l'amore, e ciò che davvero mi fa disperare è che non so se lui sia capace di amare. Non ama nemmeno se stesso. Ricordo il suo disprezzo per se stesso, il fatto che considerava l'amore *di lei* l'unica forma di amore che trovava "accettabile". Punito – frustato, picchiato, o qualsiasi cosa comportasse la loro relazione – lui non si ritiene degno di essere amato. Perché si sente così?

504

Com'è possibile? Le sue parole mi perseguitano: "È difficile crescere in una famiglia perfetta quando non sei perfetto".

Chiudo gli occhi, immaginando la sua sofferenza, ma non riesco a farmene nemmeno una vaga idea. Rabbrividisco ricordando che forse ho divulgato troppe informazioni. Quali segreti avrò confessato a Christian nel sonno?

Fisso il BlackBerry nella vaga speranza che mi dia qualche risposta. Come previsto, non ha tanta voglia di collaborare. Dato che l'aereo non è ancora decollato, decido di scrivergli.

Da: Anastasia Steele
A: Christian Grey
Data: 3 giugno 2011 12.53 - ORA SOLARE DEGLI STATI UNITI ORIENTALI
Oggetto: Verso casa

Caro Mr Grey,
sono di nuovo comodamente seduta in prima classe,
cosa di cui ti ringrazio. Conto i minuti in attesa di
vederti, stasera, e forse torturarti finché non mi
rivelerai qualcosa sulle mie confessioni notturne.
Tua Ana x

Da: Christian Grey
A: Anastasia Steele
Data: 3 giugno 2011 09.58
Oggetto: Verso casa

Anastasia, non vedo l'ora di incontrarti.

Christian Grey
Amministratore delegato, Grey Enterprises Holdings Inc.

La sua risposta mi indispettisce. Suona rigida e formale, non ha il suo solito stile brillante e spiritoso.

Da: Anastasia Steele
A: Christian Grey
Data: 3 giugno 2011 13.01 - ORA SOLARE DEGLI STATI UNITI ORIENTALI
Oggetto: Verso casa

Carissimo Mr Grey,
spero che tutto vada bene con la "faccenda".
Il tono della tua mail mi preoccupa.
Ana x

Da: Christian Grey
A: Anastasia Steele
Data: 3 giugno 2011 10.04
Oggetto: Verso casa

Anastasia,
la "faccenda" potrebbe andare meglio. L'aereo è decollato?
Se è così, non dovresti scrivermi mail. Ti stai mettendo a
rischio, violando la regola sulla tua sicurezza personale.
Non scherzavo quando ti ho parlato delle punizioni.

Christian Grey
Amministratore delegato, Grey Enterprises Holdings Inc.

"Merda." Okay, cosa lo rende così scostante? La "faccenda"? Forse Taylor si è dato alla macchia, forse ha perso qualche miliardo in Borsa… chissà.

Da: Anastasia Steele
A: Christian Grey
Data: 3 giugno 2011 13.06 - ORA SOLARE DEGLI STATI UNITI ORIENTALI
Oggetto: Reazione esagerata

Caro Mr Antipatia,
le porte dell'aereo sono ancora aperte. Siamo in

ritardo, ma solo di dieci minuti. La mia salute e quella
dei passeggeri che mi circondano è al sicuro. Puoi
riporre la tua mano che prude, per il momento.
Miss Steele

Da: Christian Grey
A: Anastasia Steele
Data: 3 giugno 2011 10.08
Oggetto: Scuse (mano che prude riposta)

Mi mancate tu e la tua lingua biforcuta, Miss Steele.
Voglio che arrivi a casa sana e salva.

Christian Grey
Amministratore delegato, Grey Enterprises Holdings Inc.

Da: Anastasia Steele
A: Christian Grey
Data: 3 giugno 2011 13.10 - ORA SOLARE DEGLI STATI UNITI ORIENTALI
Oggetto: Scuse accettate

Stanno chiudendo le porte. Non sentirai più altri *bip*
da parte mia, soprattutto vista la tua sordità.
A più tardi.
Ana x

Spengo il BlackBerry, senza riuscire a liberarmi dall'ansia.
Qualcosa bolle in pentola. Forse la "faccenda" gli è sfuggita
di mano. Mi appoggio allo schienale della poltrona, con lo
sguardo rivolto alle cappelliere, dov'è custodito il mio bagaglio. Stamattina, con l'aiuto di mia madre, sono riuscita a
comprare un regalino a Christian per ringraziarlo della prima classe e del giro in aliante. Il ricordo del nostro volo mi
fa sorridere... era proprio un altro mondo. Non so ancora
se gli darò il mio stupido regalo. Potrebbe pensare che sia

infantile, soprattutto se è di umore strano, oppure no. Sono ansiosa di tornare e, al tempo stesso, preoccupata da quello che mi aspetta alla fine del viaggio. Mentre esamino mentalmente i possibili scenari della "faccenda", constato che il sedile accanto al mio è ancora una volta vuoto. Scuoto la testa al pensiero che Christian potrebbe aver comprato quel posto per essere sicuro che non parlassi con nessuno. Liquido l'idea come assurda... Nessuno potrebbe essere così fissato, così geloso. Chiudo gli occhi, mentre l'aereo corre lungo la pista di decollo.

Arrivo all'aeroporto di Seattle otto ore dopo, e trovo Taylor ad attendermi con un cartello che dice MISS A. STEELE. "Ma dài!" In ogni caso, mi fa piacere vederlo.

«Salve, Taylor.»

«Miss Steele» mi saluta formalmente, ma vedo l'ombra di un sorriso nei suoi acuti occhi castani. È impeccabile come al solito: giacca elegante color carbone, camicia bianca e cravatta intonata alla giacca.

«L'avrei riconosciuta, Taylor, anche senza il cartello. E vorrei che mi chiamasse Ana.»

«Ana. Posso prenderle il bagaglio?»

«No, grazie, faccio da sola.»

Fa una visibile smorfia.

«M-ma se questo la fa sentire meglio...» mi correggo.

«Grazie.» Mi prende lo zaino e il trolley appena comprato per i vestiti che mi ha regalato mia madre. «Da questa parte, signora.»

Sospiro. È così educato. Ricordo, anche se vorrei cancellarlo dalla memoria, che quell'uomo ha acquistato biancheria intima per me. In realtà, e il pensiero mi disturba non poco, è l'unico uomo che mi abbia mai comprato biancheria intima. Nemmeno Ray si è mai cimentato nell'impresa. Camminiamo in silenzio verso il SUV nero nel parcheggio dell'aeroporto, e lui mi apre la portiera. Salgo a bordo, chiedendomi se sia stata una buona idea indossare una gonna così corta per il ritorno a Seattle. Nel caldo della Georgia era un sollievo. Qui mi fa sentire nuda. Dopo che Taylor ha caricato in macchina i miei bagagli, ci dirigiamo all'Escala.

Il viaggio, con il traffico dell'ora di punta, è lento. Taylor tiene gli occhi fissi sulla strada. "Taciturno" è un aggettivo che non basta a descriverlo.

Non sopporto più il silenzio.

«Come sta Christian, Taylor?»

«Mr Grey ha delle preoccupazioni, Miss Steele.»

Oh, deve trattarsi della "faccenda". Sono sulla pista giusta.

«Preoccupazioni?»

«Sì, signora.»

Lo osservo accigliata, e lui incrocia il mio sguardo nello specchietto retrovisore. Non dice altro. Dio, riesce a essere ermetico come il maniaco del controllo in persona.

«Sta bene?»

«Suppongo di sì, signora.»

«Si sente più a suo agio a chiamarmi Miss Steele?»

«Sì, signora.»

«Oh, d'accordo.»

Questo tronca la conversazione, e procediamo in silenzio. Comincio a pensare che la recente apertura di Taylor, quando mi ha riferito che Christian aveva fatto il diavolo a quattro, sia stata un'anomalia. Forse quell'episodio lo imbarazza, gli fa temere di essere stato sleale. Il silenzio è soffocante.

«Potrebbe mettere su un po' di musica?»

«Certo, signora. Cosa vorrebbe ascoltare?»

«Qualcosa di tranquillo.»

Vedo un sorriso aleggiare sulle sue labbra quando, per un istante, i nostri occhi si incontrano di nuovo nello specchietto.

«Sì, signora.»

Preme alcuni pulsanti sul volante, e la dolce melodia del

Canone di Pachelbel riempie l'abitacolo. "Oh, sì…" Proprio quello che ci voleva.

«Grazie.» Mi rilasso, mentre procediamo lentamente ma con decisione sull'autostrada alla volta di Seattle.

Venticinque minuti dopo Taylor mi lascia fuori dall'imponente ingresso dell'Escala.

«Prego, signora, entri pure» dice, tenendomi la porta aperta. «Le prendo i bagagli.» La sua espressione è dolce, calorosa, quasi da zio.

"Oddio…" Zio Taylor, che idea!

«Grazie per essermi venuto a prendere.»

«È stato un piacere, Miss Steele.» Sorride, ed entro nell'edificio. Il portiere mi saluta.

Mentre salgo al trentesimo piano, ho la sensazione che nello stomaco mi svolazzino migliaia di farfalle impazzite. "Perché sono così nervosa?" So che è perché non ho idea di quale umore sarà Christian. La mia dea interiore spera in un certo tipo di umore; il mio subconscio, come me, è un fascio di nervi.

Le porte dell'ascensore si aprono, e mi ritrovo nell'atrio. È così strano non trovare Taylor ad accogliermi. Certo, lui sta parcheggiando l'auto. Nel salone Christian sta parlando a bassa voce al telefono e guarda dalla vetrata lo skyline di Seattle al tramonto. Indossa un completo grigio con la giacca slacciata, e si passa una mano nei capelli. È agitato, teso. "Oh, no, cosa sarà successo?" Agitato o no, è comunque una splendida visione. Come fa a essere così… attraente?

«Nessuna traccia… Va bene… Sì.» Si volta e mi vede, e il suo atteggiamento cambia. Dalla tensione al sollievo a qualcos'altro: un'espressione che fa appello alla mia dea interiore, uno sguardo di irresistibile erotismo, quei suoi occhi ardenti…

Il mio desiderio si accende…

«Tenetemi informato» sbotta, chiude il telefono e mi viene incontro, a passo deciso. Rimango paralizzata mentre mi si avvicina, mangiandomi con gli occhi. "Oddio..." C'è qualcosa che non va... la sua mascella tesa, le occhiaie. Si toglie la giacca, si sfila la cravatta scura e le butta entrambe sul divano. Poi mi abbraccia e mi attira a sé, in fretta, con violenza, sollevandomi il viso e baciandomi come se fosse una questione di vita o di morte. "Che diavolo gli prende?" Mi disfa la coda, strappandomi qualche capello, ma non importa. Nel suo bacio c'è qualcosa di disperato, di primitivo. Ha bisogno di me, per qualche ragione, in questo preciso momento, e non mi sono mai sentita così desiderata e necessaria. È triste, sensuale e spaventoso allo stesso tempo. Lo bacio con pari trasporto, intrecciando le dita ai suoi capelli. Le nostre lingue si incrociano, e quel contatto fa esplodere la passione e l'ardore. Lui ha un sapore divino, erotico, sexy, e il suo profumo – bagnoschiuma e Christian – è eccitante. Stacca la bocca dalla mia e mi guarda, travolto da un'emozione inespressa.

«Cosa c'è?» ansimo.

«Sono così felice che tu sia tornata. Doccia con me... subito.»

Non capisco se sia una richiesta o un comando.

«Sì» mormoro, e lui mi prende per mano e mi porta nella sua camera, e poi nel bagno.

Qui mi lascia la mano e apre il rubinetto dell'acqua nella sua doccia smisurata. Girandosi con calma, mi guarda con gli occhi socchiusi.

«Mi piace la tua gonna. È cortissima» dice, con voce roca. «Hai delle splendide gambe.»

Si toglie le scarpe e si china a sfilarsi i calzini, senza staccare gli occhi dai miei. Il suo sguardo vorace mi lascia senza parole. "Wow... essere desiderata da questo dio greco." Mi tolgo le ballerine nere. All'improvviso, lui mi afferra e mi sbatte contro la parete. Mi bacia il viso, la gola, le labbra, accarezzandomi i capelli. Sento le piastrelle fresche e lisce sulla schiena mentre lui preme contro di me, schiacciandomi tra il suo calore e il freddo della ceramica. Esitante, gli poso le mani sugli avambracci e, sentendolo gemere, stringo più forte.

«Ti voglio subito. Qui... in fretta, senza pietà» mormora e mi tira su la gonna. «Hai ancora il ciclo?»

«No...»

«Bene.»

Infila i pollici nei miei slip bianchi, poi si mette in ginocchio e me li strappa di dosso. Ho la gonna sollevata e sono nuda dalla vita in giù. Ansimo, vogliosa. Lui mi prende per i fianchi, spingendomi di nuovo contro la parete, e mi bacia l'interno delle cosce. Mi costringe ad aprire le gambe. Quando la sua lingua mi avvolge il clitoride, mi sfugge un mugolio. Rovescio la testa all'indietro e gemo afferrandogli i capelli.

La sua lingua è instancabile, forte, insistente, mi travolge, girando intorno all'infinito, senza smettere un istante. L'intensità di questa sensazione è straordinaria, quasi dolorosa. Quando il mio corpo inizia a fremere, lui molla la presa. "Cosa? No!" Ho il respiro spezzato e lo guardo, in ansiosa attesa. Lui mi prende il volto tra le mani, tenendomi ferma, e mi bacia con forza, spingendomi la lingua in bocca per farmi assaporare la mia eccitazione. Si abbassa la cerniera, si libera, mi prende per le cosce e mi solleva.

«Avvolgimi le gambe intorno alla vita, piccola» mi ordina, la voce tesa, incalzante.

Obbedisco, poi gli circondo il collo con le braccia e lui, con una mossa veloce e decisa, mi riempie. Lancio un urlo. Affondando le dita nella morbida carne del mio sedere, inizia a muoversi, prima lentamente, a un ritmo uniforme e regolare... poi perde il controllo e accelera... più forte, sempre più forte. "Ahhh!" Di nuovo, rovescio la testa all'indietro e mi concentro su quella sensazione invadente, violenta, celestiale... mi spinge... mi spinge... in alto, in avanti, sempre più su... e quando non riesco più a sopportarlo esplodo, cadendo nel vortice di un intenso, sfrenato orgasmo. Lui esala un grugnito profondo e mi affonda la testa nel collo, sprofondando dentro di me con un gemito sonoro, e raggiunge il piacere senza più freni.

Ha il respiro affannoso, ma mi bacia con tenerezza, senza muoversi, indugiando dentro di me, e io sbatto le palpebre, senza vederlo. Quando lo metto a fuoco, scivola piano fuori di me, sostenendomi mentre poso a terra un piede dopo l'altro. Il bagno adesso è pieno di vapore... e caldo. Mi sento troppo vestita.

«A quanto pare, sei contento di vedermi» mormoro, con un sorriso.

«Sì, Miss Steele, credo che la mia contentezza sia piuttosto evidente. Vieni, ti porto nella doccia.»

Si slaccia gli ultimi tre bottoni della camicia, se la sfila e la getta sul pavimento. Poi si toglie pantaloni e boxer. Quindi inizia a slacciare i bottoni della mia camicetta mentre lo guardo, con una terribile voglia di accarezzargli il petto, che reprimo.

«Com'è andato il viaggio?» mi chiede. Adesso sembra molto più tranquillo, la sua apprensione svanita, dissolta dal nostro amplesso.

«Bene» mormoro, ancora senza fiato. «Di nuovo grazie per la prima classe. È un modo molto più comodo di viaggiare.» Gli sorrido. «Ho una notizia» aggiungo, nervosa.

«Cioè?» Mi guarda mentre mi slaccia l'ultimo bottone, mi fa scivolare la camicetta dalle braccia e la getta sulla pila degli altri vestiti.

«Ho un lavoro.»

Lui si ferma, poi mi sorride, con uno sguardo pieno d'affetto.

«Congratulazioni, Miss Steele. Ora mi dirai dove?» mi provoca.

«Non lo sai?»

Scuote il capo, rabbuiandosi.

«Come faccio a saperlo?»

«Pensavo che, viste le tue capacità di stalker...» Mi interrompo, notando la sua espressione contrita.

«Anastasia, non mi sognerei mai di interferire con la tua carriera, a meno che tu non me lo chiedessi.» Sembra ferito.

«Quindi non hai idea di quale sia la casa editrice?»

«No. So che a Seattle ci sono quattro case editrici, dunque immagino che sia una di queste.»

«La SIP.»

«Ah, quella piccola. Congratulazioni.» Si china e mi bacia sulla fronte. «Che ragazza intelligente. Quando cominci?»

«Lunedì.»

«Così presto? Sarà meglio che io approfitti di te finché posso. Girati.»

Sono colta di sorpresa dal suo ordine disinvolto, ma lo eseguo. Lui mi slaccia il reggiseno e abbassa la cerniera della gonna, che poi spinge verso il basso, accarezzandomi il sedere e baciandomi le spalle. Si piega su di me e mi annusa i capelli, inalando a fondo. Mi palpa le natiche.

«Mi ecciti, Miss Steele, e al tempo stesso mi calmi. Che combinazione deliziosa.» Mi bacia i capelli, poi mi prende per mano e mi trascina sotto la doccia.

«Ahi» strillo. L'acqua è bollente. Christian mi sorride.

«È solo un po' di acqua calda.»

In effetti ha ragione. È una sensazione divina, che mi lava via l'aria appiccicosa della Georgia e il sudore dell'amplesso.

«Girati» ordina, e io obbedisco, voltandomi verso la parete. «Voglio lavarti» mormora, e prende il bagnoschiuma. Se ne versa un po' sul palmo della mano.

«Ho un'altra cosa da dirti» sussurro io, quando comincia a lavarmi le spalle.

«Dimmi.»

Faccio un respiro profondo per darmi coraggio. «Giovedì, a Portland, c'è l'inaugurazione della mostra di fotografie del mio amico José.»

Si ferma, le mani sospese sopra il mio seno. Ho insistito sulla parola "amico".

«E allora?» chiede, severo.

«Gli avevo promesso che sarei andata. Vuoi venire?»

Dopo quello che sembra un secolo riprende lentamente a lavarmi.

«A che ora?»

«Alle sette e mezzo di sera.»

Mi bacia l'orecchio.

«Va bene.»

Il mio subconscio si rilassa, e io con lui.

«Avevi paura di chiedermelo?»

«Sì, da cosa l'hai capito?»

«Anastasia, tutto il tuo corpo si è appena rilassato» dice, conciso.

«Ecco, il fatto è che mi sembri un tantino… geloso.»

«Infatti lo sono» risponde, con tono cupo. «E fai bene a ricordartelo. Ma grazie per avermelo chiesto. Prenderemo *Charlie Tango*.»

Oh, certo, l'elicottero. Che stupida. Si vola di nuovo… Fico! Gli faccio un sorriso.

«Ora posso lavarti io?» chiedo.

«Direi di no» mormora, baciandomi dolcemente sul collo per addolcire il suo rifiuto. Faccio il broncio, mentre mi accarezza la schiena con il sapone.

«Lascerai mai che ti tocchi?» chiedo audacemente.

Lui si ferma di nuovo, una mano sul mio sedere.

«Metti le mani sul muro, Anastasia. Ora ti prendo di nuovo» mi sussurra all'orecchio afferrandomi i fianchi, e so che la discussione è chiusa.

Più tardi siamo seduti al bancone della cucina in accappatoio. Abbiamo appena finito di mangiare l'ottima pasta alle vongole di Mrs Jones.

«Un altro po' di vino?» chiede Christian, con lo sguardo che brilla.

«Un goccio, grazie.» Il Sancerre è fresco e delizioso. Christian ne versa un bicchiere per me e uno per sé.

«Come sta andando la... ehm... faccenda che ti ha portato a Seattle?» chiedo, con circospezione.

Lui aggrotta la fronte.

«È sfuggita di mano» mormora, con amarezza. «Ma non è niente di cui tu debba preoccuparti, Anastasia. Ho dei piani per te, stasera.»

«Sì?»

«Sì. Voglio che tu sia pronta ad aspettarmi nella stanza dei giochi fra un quarto d'ora.» Si alza e mi guarda.

«Puoi prepararti in camera tua. A proposito, la cabina armadio adesso è piena di vestiti per te. Non voglio discutere di questo.» Stringe gli occhi a fessura, come per sfidarmi a dire qualcosa. Dato che non ribatto, si avvia verso il suo studio.

Discutere? Io? Con te? Non ho la minima intenzione di giocarmi il lato B. Resto seduta sullo sgabello, un po' sconvolta, cercando di assorbire quest'ultima informazione. Mi ha comprato dei vestiti. Alzo gli occhi al cielo in maniera plateale, sapendo che lui non può vedermi. Auto, telefono, computer... vestiti, la prossima volta sarà un maledetto appartamento, e a quel punto sarò in tutto e per tutto la sua amante.

"Puttana!" Il mio subconscio è insolente come al solito. Lo ignoro e vado di sopra, nella "mia" stanza. Dunque, è ancora mia... Perché? Pensavo che avesse accettato di lasciarmi dormire con lui. Immagino che non sia abituato a condividere il suo spazio personale, ma del resto non lo sono nemmeno io. Mi consolo con il pensiero che almeno ho un posto in cui rifugiarmi da lui.

Esaminando la porta, scopro che ha una serratura ma non la chiave. Mi domando per un istante se Mrs Jones ne abbia una copia. Glielo chiederò. Apro la cabina armadio e la richiudo subito. "Accidenti, deve aver speso una fortuna." Sembra l'armadio di Kate, un'infinità di vestiti appesi in file ordinate alle grucce. Sono certa che saranno tutti della taglia giusta. Ma non ho il tempo di pensarci ora, devo andarmi a inginocchiare nella Sala Rossa delle... Torture... o del Piacere, mi auguro, per stasera.

Quando mi inginocchio accanto alla porta, indosso solo gli slip. Ho il cuore in gola. Oddio, pensavo che dopo il sesso in bagno lui ne avesse avuto abbastanza. Quell'uomo è insaziabile, o forse sono tutti così. Non ne ho idea, dato che non ho termini di paragone. Chiudo gli occhi e cerco di calmarmi, di connettermi con la mia Sottomessa interiore.

L'aspettativa mi ribolle nelle vene. Cosa mi farà? Faccio un respiro profondo per calmarmi, ma non posso negarlo: sono eccitata, già bagnata fradicia. È così... Vorrei pensare che è tutto sbagliato, ma per certi versi so che non lo è. Per Christian è giusto. È quello che vuole, e dopo gli ultimi giorni... dopo tutto quello che ha fatto, devo fare buon viso a cattivo gioco e accettare qualsiasi cosa decida di volere, qualsiasi necessità decida di soddisfare.

Il ricordo del suo sguardo quando sono arrivata stasera, il desiderio sul suo viso, i suoi passi decisi verso di me, come se fossi un'oasi nel deserto... Farei quasi qualsiasi cosa per rivedere quell'espressione. Stringo le cosce a quel pensiero divino. Poi mi ricordo che devo divaricare le ginocchia, cosa che mi affretto a fare. Quanto mi farà aspettare? L'attesa mi distrugge, un desiderio oscuro e ipnotico mi consuma. Lancio un'occhiata alla stanza fiocamente illuminata: la croce, il tavolo, il divano, la panca... quel letto. Sembra così enorme, ed è coperto da lenzuola di raso rosso. Quale attrezzatura utilizzerà?

La porta si apre e Christian entra di buon passo, ignorandomi completamente. Abbasso subito lo sguardo sulle mie mani, posate con cura sulle cosce divaricate. Lui appoggia qualcosa sul cassettone vicino alla porta, poi prosegue disinvolto verso il letto. Mi azzardo a sbirciarlo, e il mio cuore rischia di fermarsi. È nudo, a parte i jeans strappati, con il primo bottone distrattamente slacciato. "Oddio, quant'è sexy." Istintivamente mi passo la lingua sulle labbra. Il sangue mi pulsa nelle vene. "Cos'ha in mente di farmi?"

Christian si gira, e torna con nonchalance verso il cassettone. Apre un cassetto, e ne estrae alcuni oggetti, che appoggia sul ripiano. Ardo di curiosità, ma resisto alla potente tentazione di sbirciare. Quando finisce quello che sta facendo, viene a mettersi davanti a me. Vedo i suoi piedi nudi, e vorrei baciarne ogni centimetro... sfiorargli il collo del piede con la lingua, succhiargli ogni dito. "Oddio."

«Sei bellissima» mormora.

Tengo la testa bassa, sapendo che mi sta osservando mentre sono praticamente nuda. Sento il rossore diffondersi piano sulle mie guance. Lui si china e mi prende il mento, sollevandolo in modo da guardarmi negli occhi.

«Sei una donna splendida, Anastasia. E sei solo mia» sentenzia. «Alzati.» Il suo ordine è dolce, pieno di sensuali promesse.

Mi alzo in piedi, tremante.

«Guardami» mormora, e io lo fisso negli occhi ardenti. È il suo sguardo da Dominatore: gelido, severo e sensuale da morire, sette sfumature di peccato in un'unica combinazione. So che farò qualsiasi cosa lui mi chieda. Un sorriso quasi crudele gli aleggia sulle labbra.

«Non abbiamo un contratto firmato, Anastasia. Però, abbiamo parlato dei limiti. E voglio ribadire che abbiamo delle *safeword*, d'accordo?»

"Oh, mio Dio"... Cosa ha in mente di fare, se pensa che mi serviranno le *safeword*?

«Quali sono?» chiede, con tono autoritario.

Aggrotto la fronte, e la sua espressione diventa truce.

«Quali sono le *safeword*, Anastasia?» chiede, scandendo bene le parole.

«Giallo» farfuglio.

«E poi?» insiste, stringendo le labbra.

«Rosso» mormoro.

«Cerca di ricordarle.»

Non riesco a trattenermi... Alzo un sopracciglio e sto per ricordargli che mi sono laureata a pieni voti, ma un improvviso lampo gelido nei suoi occhi mi blocca.

«Tieni a freno la tua lingua biforcuta qui dentro, Miss Steele. Altrimenti ti scopo, inginocchiata come sei. Capito?»

Deglutisco. "Capito." Sbatto le palpebre, mortificata. In realtà a intimidirmi è il suo tono, più che la minaccia in sé.

«Allora?»

«Sì, signore» mi affretto a mormorare.

«Brava bambina» fa una pausa e mi guarda. «La mia intenzione non è che tu usi le *safeword* perché stai provando dolore. Quello che voglio farti sarà intenso. Molto intenso, e tu devi guidarmi. Hai capito?»

"Non proprio. Intenso? Oddio."

«È tutta una questione di tatto, Anastasia. Non potrai né vedermi né sentire la mia voce. Ma sentirai il mio tocco.»

Non capisco... Non sentirò la sua voce? Come funzionerà? Christian si volta, e sul cassettone noto una scatola nera, lucente e piatta. Lui le agita una mano davanti e la scatola si apre: due sportelli scorrono, rivelando un lettore CD e una serie di pulsanti. Christian ne preme diversi in sequenza. Non succede niente, ma sembra soddisfatto. Sono disorientata. Quando lui si volta di nuovo verso di me, sul suo volto aleggia uno dei suoi sorrisi enigmatici.

«Ora ti lego al letto, Anastasia. Ma prima voglio bendarti e tu» mostra l'iPod che ha in mano «non potrai sentirmi. Sentirai solo la musica che ho scelto per te.»

Bene. Un interludio musicale. Non me l'aspettavo. Possibile che non faccia mai quello che mi aspetto? "Speriamo che non sia rap."

«Vieni.» Mi prende per mano e mi porta verso il letto a baldacchino. Ci sono ceppi attaccati su ogni lato, sottili catene di metallo con manette di cuoio che scintillano sul raso rosso.

Porca miseria, penso che il cuore mi esca dal petto e mi sento venire meno, invasa come sono dal desiderio. Non potrei essere più eccitata di così.

«Mettiti qui.»

Sono davanti al letto. Lui si china verso di me e mi sussurra all'orecchio.

«Aspetta qui. Tieni gli occhi sul letto. Immaginati lì sopra, legata e alla mia mercé.»

"Oddio."

Si allontana un attimo, e lo sento prendere qualcosa vicino alla porta. I miei sensi sono più che mai all'erta, il mio udito è più acuto del solito. Ha preso qualcosa dalla rastrelliera delle fruste e degli sculacciatori. "Oh, cazzo, cosa sta per fare?"

Lo sento dietro di me. Mi afferra i capelli, me li tira indietro e inizia a intrecciarmeli.

«Anche se mi piacciono i tuoi codini, Anastasia, sono troppo impaziente di dedicarmi a te. Quindi dovremo accontentarci di una treccia.» La sua voce è bassa, vellutata.

Di tanto in tanto, le sue dita abili mi sfiorano la schiena mentre lavorano sui miei capelli, e ogni tocco casuale è simile a una dolce scossa elettrica. Christian lega l'estremità della treccia con un elastico, poi la tira leggermente, per farmi arretrare e premere contro di lui. Infine la tira di lato, facendomi inclinare la testa per offrirgli il collo. Mi annusa la gola, tracciando una linea con la lingua e i denti dalla base dell'orecchio alla spalla. Intanto canticchia piano, e quel suono risuona dentro di me. Fin giù... fin *lì*, dentro di me. Involontariamente, gemo piano.

«Ora stai zitta» mormora lui, soffiandomi sulla pelle. Alza le mani davanti a me, toccandomi con le braccia. Nella sua mano destra c'è un flagellatore. Me ne ricordo il nome dalla prima volta che sono entrata nella stanza.

«Toccalo» sussurra, e suona come il diavolo in persona. Il mio corpo si infiamma. Allungo una mano esitante e sfioro le lunghe stringhe. Ne ha molte, di pelle morbida, con perline attaccate in fondo.

«Userò questo. Non farà male, ma farà salire il sangue in superficie, rendendo la tua pelle molto sensibile.»

Oh, dice che non farà male.

«Quali sono le *safeword*, Anastasia?»

«Uhm... giallo e rosso, signore» mormoro.

«Brava bambina. Ricorda: la maggior parte della paura è nella tua mente.»

Getta il flagellatore sul letto, e mi mette le mani sulla vita.

«Queste non ti serviranno» mormora, e mi fa scivolare le mutandine lungo le gambe. Me le sfilo barcollando, appoggiandomi a una delle colonnine del letto.

«Stai ferma» ordina, e mi bacia il sedere, poi me lo morde due volte, con delicatezza, facendomi irrigidire. «Ora sdraiati. Supina» aggiunge, e mi colpisce con forza le natiche, facendomi sobbalzare.

Mi affretto a salire sul materasso duro del letto e mi stendo, guardando Christian. Il raso delle lenzuola sotto di me è morbido e fresco contro la pelle. Il suo viso è impassibile, a parte gli occhi, che luccicano di un'eccitazione trattenuta a stento.

«Le mani sopra la testa» ordina, e io obbedisco.

"Accidenti." Il mio corpo ha fame di lui. Lo voglio già.

Si gira e, con la coda dell'occhio, lo vedo dirigersi di nuovo verso il cassettone e tornare con l'iPod e quella che sembra una mascherina per gli occhi, simile a quella che ho usato sul volo per Atlanta. Il pensiero mi fa venire voglia di sorridere, ma non riesco a indurre le mie labbra a collaborare. Sono troppo presa dalla trepidazione. So solo che il mio viso è completamente immobile, i miei occhi sbarrati, fissi su di lui.

Si siede sul bordo del letto e mi mostra l'iPod. Ha una bizzarra antenna, oltre agli auricolari. Che strano. Aggrotto la fronte cercando di capire a cosa serva.

«Questo trasmette allo stereo della stanza quello che senti

nell'iPod.» Christian risponde alla mia domanda inespressa, indicando la piccola antenna. «Posso sentire quello che senti tu, e ho un telecomando per azionarlo.» Con il suo sorriso enigmatico, mi fa vedere un piccolo arnese piatto che assomiglia a una calcolatrice di ultimissima generazione. Si piega su di me e mi infila con delicatezza gli auricolari nelle orecchie, poi appoggia l'iPod da qualche parte sul letto, sopra la mia testa.

«Solleva la testa» ordina, e io obbedisco immediatamente.

Mi infila piano la mascherina, sistemandomi l'elastico sulla nuca. Adesso sono cieca. L'elastico tiene fermi anche gli auricolari. Quando si alza dal letto, lo sento ancora, anche se il suono è attutito. Sono assordata dal mio stesso respiro, lieve e spezzato, che riflette la mia eccitazione. Christian prende il mio braccio sinistro, lo allunga verso la colonnina di sinistra e mi lega il polso con una manetta di cuoio. Quando ha finito, mi sfiora il braccio con le dita. Il suo tocco mi provoca un brivido delizioso, stuzzicante. Lo sento spostarsi sull'altro lato, dove mi lega il braccio destro. Ancora una volta, le sue dita indugiano sulla mia pelle… Sono già vicina al culmine. Perché è tutto così erotico?

Si sposta in fondo al letto e mi prende entrambe le caviglie.

«Solleva la testa di nuovo» comanda.

Obbedisco, e lui mi trascina sul letto in modo che le mie braccia siano distese, quasi forzando le manette. Oddio, non riesco a muovermi. Un fremito di trepidazione misto a un'eccitazione inebriante mi percorre il corpo, bagnandomi ancora. Gemo. Lui mi divarica le gambe e lega prima la caviglia destra e poi la sinistra, così sono intrappolata, con le gambe e le braccia divaricate, e totalmente vulnerabile. È frustrante non poterlo vedere. Tendo l'orecchio… Cosa sta facendo? Non sento niente, a parte il mio respiro e il battito sordo del cuore mentre il sangue mi pulsa furioso contro i timpani.

All'improvviso l'iPod si accende, con un lieve crepitio.

Dentro la mia testa una solitaria voce angelica canta senza accompagnamento una melodia straziante, e a essa si uniscono quasi subito un'altra voce e poi altre ancora – oddio, un coro celestiale – che cantano a cappella un inno antichissimo. "Che diavolo è questa roba?" Non ho mai sentito niente del genere. Qualcosa di insopportabilmente morbido mi sfiora il collo, scende languidamente sulla gola, attraversa piano il petto, fino ai seni, accarezzandomi... mi tormenta i capezzoli, è così morbido, così inatteso. "È una pelliccia! Un guanto di pelliccia?"

Christian passa la mano, senza fretta, con insistenza, sulla mia pancia, girando intorno all'ombelico, poi si sposta con cura da un fianco all'altro, e io cerco di anticipare dove si dirigerà dopo... ma la musica... è nella mia testa... mi trasporta... la pelliccia scorre sul pube... tra le gambe, lungo le cosce, scende da una gamba... risale sull'altra... mi fa quasi il solletico, ma non proprio... altre voci si uniscono al coro celestiale, tutte cantando parti diverse, fondendosi in modo così dolce e divino in un'armonia diversa da tutto ciò che ho sentito finora. Afferro una parola, "*deus*", e capisco che stanno cantando in latino. E la pelliccia continua a sfiorarmi le braccia, i fianchi... torna sui seni, i capezzoli si induriscono sotto il suo tocco soffice... sto ansimando... chiedendomi dove andrà ora la sua mano. Di colpo, la pelliccia sparisce e sento le stringhe del flagellatore scorrere sulla mia pelle, seguendo lo stesso tracciato della pelliccia, ed è così difficile concentrarsi con quella musica nel cervello... Sembra che cento voci cantino, intessendo nella mia testa un etereo arazzo di seta dorata e argentea, che si mescola alla sensazione della morbida pelle... che struscia su di me... "Oh, mio Dio"... Tutt'a un tratto scompare. Poi, all'improvviso, mi sferza la pancia.

«*Aaahh!*» urlo. Mi coglie di sorpresa, ma non fa male sul serio, è piuttosto una specie di pizzicore. Mi colpisce di nuovo. Più forte.

«*Aaah!*»

Vorrei muovermi, dimenarmi… sottrarmi a ogni colpo, oppure accoglierlo… non saprei, è una sensazione così forte… Non posso muovere le braccia… le mie gambe sono in trappola… sono immobilizzata… Lui mi colpisce ancora una volta, al petto, e io grido. È un'agonia dolce, sopportabile, forse addirittura… piacevole, o meglio no, non subito, ma mentre la mia pelle risuona a ogni colpo in perfetto contrappunto con la musica nella mia testa, vengo trascinata in una parte oscura, molto oscura della psiche, che si arrende a questa sensazione profondamente erotica. "Sì, ora capisco." Mi colpisce sul fianco, poi si sposta con delicati colpetti sul pube, sulle cosce, e verso l'interno coscia… e risale di nuovo… sui fianchi. Continua a muoversi mentre la musica raggiunge il climax, e di colpo si interrompe. Lo stesso fa lui. Poi il canto ricomincia… sale sempre più in alto, e lui mi tempesta di colpi… e io mugolo e mi dimeno. Ancora una volta, si ferma e cala il silenzio… a parte il mio respiro affannoso… e una voglia irrefrenabile. Oh… cosa sta succedendo? Cosa farà adesso? L'eccitazione è quasi insopportabile. Sono entrata in un luogo molto oscuro e carnale.

Il letto si muove, mentre lo sento arrampicarsi sopra di me, e la musica ricomincia. L'ha messa in loop… Stavolta il suo naso e le sue labbra prendono il posto della pelliccia… e mi scivolano lungo la gola, mi baciano, mi succhiano… arrivano fino ai seni, tormentando ogni capezzolo… la sua lingua guizza su uno dei due, mentre le sue dita stuzzicano senza tregua l'altro… gemo, un gemito sonoro, credo, anche se non sento niente. Sono persa in lui… persa in queste voci astrali, angeliche… persa in tutte le sensazioni a cui non posso sfuggire… sono completamente in balia del suo tocco esperto.

Scende sul ventre, fa dei cerchi intorno all'ombelico con la lingua, segue il tracciato del flagellatore e della pelliccia, facendomi mugolare… Continua a baciarmi, a succhiare,

524

a mordere... si sposta sempre più in basso... finché la sua lingua arriva tra le mie cosce... Getto la testa all'indietro e grido, mentre sto per esplodere nell'orgasmo... Sono al limite, e lui si ferma.

"No!" Si inginocchia tra le mie gambe, facendo muovere il letto. Si allunga verso una colonnina e, all'improvviso, una delle manette che mi tengono le caviglie è sganciata. Trascino la gamba verso il centro del letto... appoggiandola contro di lui. Lui si protende verso la colonnina opposta e mi libera l'altra caviglia. Le sue mani scivolano veloci lungo le mie gambe, stringendole e massaggiandole, come per riportarle in vita. Poi, prendendomi per i fianchi, mi solleva in modo che io non abbia più la schiena a contatto con il letto. Sono inarcata, appoggiata sulle spalle. "Cosa...?" In una sola, brusca mossa è dentro di me... "Oddio..." Urlo di nuovo. Il fremito dell'orgasmo imminente comincia. Lui si ferma. Il fremito cessa... "Oh, no..." Ha intenzione di torturarmi ancora.

«Ti prego!» mugolo.

Mi stringe più forte... È un avvertimento? Non lo so, le sue dita affondano nella carne del mio sedere, mentre ansimo... Allora, di proposito, mi fermo. Molto lentamente lui ricomincia a muoversi... fuori, e dentro... La lentezza si fa straziante. "Oddio, ti prego!" Dentro di me sto gridando... E mentre il numero di voci del brano corale aumenta, lo stesso fa il suo ritmo, in modo impercettibile. È così controllato, a tempo con la musica... E io non resisto più.

«Per favore» imploro e, con una mossa repentina, lui mi adagia di nuovo sul letto e si sdraia sopra di me, le mani accanto ai miei seni per sostenere il suo peso, e mi sprofonda dentro. Quando la musica raggiunge il culmine, precipito... in caduta libera... nell'orgasmo più intenso, più lacerante che abbia mai avuto, e Christian mi segue... affondando altre tre volte dentro di me... e infine fermandosi, per poi crollarmi addosso.

Quando la mia coscienza torna dal posto misterioso in cui è stata, Christian scivola fuori dal mio corpo. La musica si è fermata, e lo sento allungarsi sopra di me per sganciare la manetta che tiene il polso destro. Gemo quando la mia mano si ritrova libera. Si affretta a sganciare anche l'altra, poi mi toglie delicatamente la mascherina e gli auricolari. Sbatto le palpebre nella luce fioca e guardo i suoi penetranti occhi grigi.

«Ciao» mormora.

«Ciao» ansimo. Le sue labbra si piegano in un sorriso, e mi bacia con tenerezza.

«Complimenti» mormora. «Girati.»

"Oh, cazzo… Cosa vuole fare adesso?" Il suo sguardo si addolcisce.

«Voglio solo massaggiarti le spalle.»

«Ah… va bene.»

Mi giro, il corpo indolenzito. Sono così stanca. Christian si siede a cavalcioni sulla mia schiena e inizia a massaggiarmi le spalle. Esalo un gemito: le sue dita sono forti, esperte. Si china e mi bacia la testa.

«Cos'era quella musica?» mormoro in modo quasi incomprensibile.

«*Spem in alium*, un mottetto per quaranta voci di Thomas Tallis.»

«Era… travolgente.»

«Ho sempre desiderato scopare con questo accompagnamento.»

«Non sarà un'altra prima volta, Mr Grey?»

«Proprio così, Miss Steele.»

Gemo di nuovo, mentre le sue dita esercitano la loro magia sulle mie spalle.

«È stata anche per me la prima scopata con questo accompagnamento» mormoro, imbarazzata.

«Mmh… tu e io ci stiamo regalando un sacco di prime volte.»

«Cosa ti ho detto in sogno, Chris… cioè, signore?»

La sua mano si ferma per un attimo.

«Hai detto molte cose, Anastasia. Parlavi di gabbie e di fragole… dicevi di volere di più… e che ti mancavo.»

Oh, è andata bene.

«Tutto qui?» Il sollievo nella mia voce è evidente.

Christian interrompe il suo massaggio divino e si sdraia di fianco a me, appoggiandosi a un gomito. Ha un'espressione seria.

«Cosa pensavi di aver detto?»

"Oh, merda."

«Che ti considero brutto, presuntuoso, e che a letto sei una frana.»

Aggrotta la fronte.

«Be', naturalmente io sono tutte queste cose. Adesso mi hai incuriosito davvero. Cosa mi nascondi, Miss Steele?»

Sbatto le palpebre con aria innocente. «Non ti nascondo niente.»

«Anastasia, sei una bugiarda patentata.»

«Pensavo che, dopo il sesso, mi avresti fatto ridere. Sono delusa.»

Christian non riesce a trattenere un sorriso. «Non sono capace di raccontare barzellette.»

«Mr Grey! Una cosa che non sai fare?» Gli sorrido anch'io.

«Sì, sono un disastro con le barzellette.» Ha un'aria talmente orgogliosa di sé che inizio a ridacchiare.

«Anch'io.»

«È un suono così piacevole» mormora, e mi bacia. «Comunque, Anastasia, mi nascondi qualcosa. Forse dovrò tirartela fuori con la tortura.»

26

Mi sveglio di soprassalto. Penso di essere appena caduta dalle scale in sogno, e mi tiro su a sedere di scatto, disorientata per un attimo. È buio e sono nel letto di Christian da sola. Qualcosa mi ha svegliato, un pensiero tormentoso. Guardo la sveglia sul comodino. Sono le cinque del mattino, ma mi sento riposata. Come mai? Ah, forse il fuso orario, è come se fossero le otto in Georgia. "Merda... devo prendere la pillola." Scendo dal letto, con un pensiero grato a qualsiasi cosa mi abbia svegliato. Sento le note attutite del pianoforte. Christian sta suonando. Non posso perdermelo. Mi piace guardarlo suonare. Nuda, prendo l'accappatoio dalla sedia e me lo infilo mentre percorro con calma il corridoio, ascoltando il magico suono del melodioso lamento che arriva dal salone.

Circondato dal buio, Christian è seduto in un cono di luce, e i suoi capelli splendono di riflessi ramati. Sembra nudo, anche se so che indossa i pantaloni del pigiama. È concentrato e suona divinamente, perso nella malinconia della musica. Esito, guardandolo dall'ombra, perché non voglio interromperlo. Vorrei abbracciarlo. Sembra smarrito, quasi triste, e disperatamente solo... o forse è solo la musica, così piena di sofferenza. Finisce il brano, si ferma un attimo e ricomincia a suonare. Mi avvicino con cautela, come una falena attirata dalla fiamma... Quella metafora mi fa sorridere. Lui alza gli occhi su di me e aggrotta la fronte, prima di riportare lo sguardo sulle sue mani.

"Oh, merda, è seccato perché sono venuta a disturbarlo?"

«Dovresti essere a letto» mi rimprovera dolcemente.

Capisco che qualcosa lo preoccupa.

«Anche tu» ribatto, meno dolcemente di lui.

Lui alza di nuovo gli occhi, e l'ombra di un sorriso gli aleggia sulle labbra.

«Mi stai sgridando, Miss Steele?»

«Proprio così, Mr Grey.»

«Non riesco a dormire.» Si acciglia, e una traccia di irritazione, o di rabbia, balena nel suo sguardo. Ce l'ha con me? Non può essere.

Ignoro la sua espressione, e con audacia mi siedo di fianco a lui sullo sgabello del pianoforte, e poso la testa sulla sua spalla nuda per guardare le sue dita agili che accarezzano i tasti. Lui si ferma per un secondo, poi continua fino alla fine del brano.

«Cos'era?» mormoro.

«Chopin. *Preludio opera 28*, numero 4. In Mi minore, se ti interessa.»

«Mi interessa sempre quello che fai.»

Si gira e preme le labbra sui miei capelli.

«Non volevo svegliarti.»

«Non sei stato tu. Suona quell'altro.»

«Quell'altro?»

«Il pezzo di Bach che hai suonato la prima volta che sono rimasta a dormire.»

«Ah, il Marcello.»

Comincia a suonare, lentamente e con passione. Sento il movimento delle sue mani nella sua spalla, e chiudo gli occhi. Le tristi, appassionate note ci avvolgono dolenti, riecheggiando dalle pareti. È un pezzo meraviglioso, ancora più struggente di quello di Chopin, e mi perdo nella bellezza di quel lamento. Da un certo punto di vista, riflette quello che sento. Il desiderio profondo e straziante di conoscere meglio quest'uomo straordinario, di cercare di comprendere la sua tristezza. Il brano finisce troppo in fretta.

«Perché suoni solo musica triste?»

Lo guardo, mentre lui per tutta risposta si stringe nelle spalle, con un'espressione diffidente.

«Davvero avevi solo sei anni quando hai iniziato a suonare?» continuo.

Lui annuisce, lo sguardo sempre più diffidente. Dopo un attimo, di sua iniziativa, dice: «Mi sono impegnato a studiare il pianoforte per fare contenta la mia nuova madre».

«Per adattarti a quella famiglia perfetta?»

«Diciamo così» risponde, evasivo. «Perché sei sveglia? Non dovresti riposarti dalle fatiche di ieri?»

«Per me sono le otto del mattino. E devo prendere la pillola.»

Sembra sorpreso. «Brava, te ne ricordi» mormora, e capisco che è colpito. «Solo tu potresti iniziare una terapia contraccettiva da assumere a un orario regolare in una zona con un fuso orario diverso. Forse dovresti aspettare mezz'ora, e poi un'altra mezz'ora domattina, così alla fine arriverai a prenderla ragionevolmente in orario.»

«Ottima idea» replico. «Dunque, cosa possiamo fare nella prossima mezz'ora?» Sbatto le palpebre con candore.

«Mi vengono in mente un paio di cose.» Fa un sorriso malizioso. Lo osservo impassibile, mentre i miei muscoli fremono sotto il suo sguardo penetrante.

«Oppure possiamo parlare» suggerisco.

«Preferisco la mia idea.» Mi prende in braccio.

«Tu preferisci sempre fare sesso invece di parlare.» Rido, tenendomi stretta a lui.

«È vero. Soprattutto con te.» Mi annusa i capelli e inizia a baciarmi dall'orecchio alla gola. «Forse potremmo farlo sul pianoforte» mormora.

Tutto il mio corpo freme a quel pensiero. "Il pianoforte. Wow."

«Voglio chiarire una cosa» riprendo, mentre il mio battito comincia ad accelerare, e la mia dea interiore chiude gli occhi, crogiolandosi nella sensazione delle sue labbra su di me.

Lui fa una pausa prima di continuare il suo assalto erotico.

«Sei sempre così avida di informazioni, Miss Steele. Cos'hai bisogno di chiarire?» Mi soffia sulla pelle alla base del collo, continuando a seminare i suoi baci delicati.

«Noi due» mormoro, chiudendo gli occhi.

«Mmh. Cosa in particolare?» Interrompe la sfilza di baci lungo la mia spalla.

«Il contratto.»

Alza la testa per guardarmi, con un lampo divertito negli occhi, e sospira. Mi sfiora la guancia con la punta delle dita.

«Be', penso che il contratto sia opinabile, no?» La sua voce è bassa e roca, lo sguardo dolce.

«Opinabile?»

«Opinabile.» Sorride. Lo guardo senza capire.

«Ma ci tenevi tanto.»

«Prima sì. Comunque, le Regole non sono in forse, quelle valgono ancora.» La sua espressione si indurisce leggermente.

«Prima? Prima di cosa?»

«Prima…» Si ferma a metà della frase. Di nuovo quell'espressione diffidente. «Prima del "di più".» Si stringe nelle spalle.

«Ah.»

«E poi siamo stati già due volte nella stanza dei giochi e tu non sei scappata a gambe levate.»

«Ti aspettavi che lo facessi?»

«Non mi aspetto niente di quello che fai, Anastasia» risponde seccamente.

«Dunque, cerchiamo di essere chiari. Vuoi solo che io segua la parte del contratto che riguarda le Regole, ma non il resto?»

«Eccetto che nella stanza dei giochi. Voglio che tu segua lo spirito del contratto quando sei nella stanza dei giochi, e sì, voglio che tu segua le Regole... sempre. Così saprò che sei al sicuro, e che potrò averti ogni volta che voglio.»

«E se infrango una delle Regole?»

«In quel caso, ti punirò.»

«Ma non avrai bisogno del mio permesso?»

«Sì.»

«E se dico di no?»

Lui mi guarda per un attimo con un'aria confusa.

«Se dici no, dici no. Dovrò trovare un modo di convincerti.»

Mi allontano da lui e mi alzo in piedi. Ho bisogno di prendere le distanze. Lui si incupisce, sembra di nuovo confuso e diffidente.

«Quindi l'aspetto della punizione rimane.»

«Sì, ma solo se infrangi le Regole.»

«Dovrò rileggerle» dico, cercando di ricordarne i dettagli.

«Vado a prenderle.» Il suo tono è diventato improvvisamente professionale.

"Caspita." La cosa si è fatta seria in un battibaleno. Si alza dal piano e si dirige nello studio. Ho i brividi. Accidenti, ho bisogno di un tè. Il futuro della nostra cosiddetta relazione viene discusso alle 5.45 del mattino, mentre lui è preoccupato da qualcosa che non mi riguarda... È una decisione saggia? Mi sposto nella zona cucina, che è immersa nel buio. Dov'è l'interruttore della luce? Lo trovo e lo schiaccio, poi riempio il bollitore. "La pillola!" Frugo nella borsa, che ho lasciato sul bancone, e la trovo. Ne butto giù una, e sono a posto. Nel frattempo, Christian è tornato e si siede su uno degli sgabelli, con gli occhi fissi nei miei.

«Ecco qui.» Spinge verso di me un foglio dattiloscritto, e noto che sono state cancellate alcune cose.

REGOLE
Obbedienza
La Sottomessa obbedirà a qualsiasi istruzione impartita dal Dominatore, immediatamente, senza riserve e con sollecitudine. La Sottomessa accetterà qualsiasi attività sessuale considerata appropriata e piacevole dal Dominatore, fatta eccezione per le attività considerate limiti assoluti (Appendice 2). Lo farà con zelo e senza esitazioni.
Sonno
La Sottomessa garantirà di dormire almeno sette ore per notte quando non è insieme al Dominatore.
Alimentazione
~~La Sottomessa mangerà regolarmente per mantenersi in forma e in salute, scegliendo da una lista prescritta di cibi (Appendice 4). La Sottomessa eviterà gli spuntini fuori pasto, a eccezione della frutta.~~
Abbigliamento
Per tutta la durata del contratto, la Sottomessa indosserà esclusivamente abiti approvati dal Dominatore. Il Dominatore provvederà un budget per l'abbigliamento della Sottomessa, che lei è tenuta a utilizzare. Il Dominatore, quando lo riterrà opportuno, accompagnerà la Sottomessa ad acquistare i vestiti.
Esercizio fisico
Il Dominatore fornirà alla Sottomessa un personal trainer ~~quattro~~ tre volte alla settimana in sessioni di un'ora alla volta da concordare tra il personal trainer e la Sottomessa. Il personal trainer riferirà al Dominatore i progressi della Sottomessa.
Igiene personale / Bellezza
La Sottomessa si terrà pulita e depilata con rasoio e/o ceretta in qualsiasi momento. La Sottomessa si recherà in un salone di bellezza a scelta del Dominatore nelle occasioni prescritte dal Dominatore, e si sottoporrà a qualsiasi trattamento il Dominatore ritenga opportuno.
Sicurezza personale
La Sottomessa eviterà di bere in eccesso, fumare, assumere droghe, o mettersi in pericolo senza motivo.

Qualità personali
La Sottomessa eviterà rapporti sessuali con persone che non siano il Dominatore. La Sottomessa si comporterà sempre in modo rispettoso e modesto. Deve riconoscere che il suo comportamento ha un influsso diretto sul Dominatore. Sarà ritenuta responsabile di qualsiasi misfatto, trasgressione e comportamento scorretto commesso in assenza del Dominatore.

La trasgressione di una qualsiasi delle regole precedenti provocherà un'immediata punizione, la cui natura sarà determinata dal Dominatore.

«Quindi l'obbedienza rimane?»

«Certo.» Sorride.

Scuoto la testa, divertita e, prima di rendermene conto, alzo gli occhi al cielo.

«Hai appena alzato gli occhi al cielo, Anastasia?» ansima.

"Oh, cazzo."

«Forse… dipende dalla tua reazione.»

«La solita» dice lui, scuotendo il capo, gli occhi ardenti di eccitazione.

Deglutisco istintivamente, e un brivido di euforia mi attraversa.

«Quindi…» "Oddio. Che cosa faccio?"

«Sì?» Si passa la lingua sul labbro inferiore.

«Adesso vuoi sculacciarmi.»

«Sì. E lo farò.»

«Ah, davvero, Mr Grey?» lo provoco, con un sorriso. Non devo per forza dargliela vinta.

«Pensi di fermarmi?»

«Prima dovrai prendermi.»

Sbarra gli occhi per un attimo, e sorride, alzandosi in piedi con calma.

«Ah, davvero, Miss Steele?»

Siamo separati dal bancone della cucina. Non sono mai stata così grata della sua esistenza.

«E in più ti stai mordendo il labbro» mormora lui, muovendosi piano verso la sua sinistra, mentre io mi muovo verso la mia.

«Non puoi» lo stuzzico. «In fondo, anche tu alzi gli occhi al cielo.» Cerco di ragionare con lui. Continua a muoversi verso sinistra, e io pure.

«Sì, ma tu con questo gioco stai alzando la sbarra dell'eccitazione.» Un lampo si accende nei suoi occhi, pieni di desiderio sfrenato.

«Corro veloce, sai.» Tento di fare l'indifferente.

«Anch'io.»

Mi sta dando la caccia nella sua cucina.

«Pensi di fare la brava e venire qui?» chiede.

«Lo faccio mai?»

«Miss Steele, cosa intendi?» mi strizza l'occhio. «Sarà peggio se devo venire a prenderti.»

«Solo se mi prendi, Christian. E in questo momento, non ho la minima intenzione di lasciartelo fare.»

«Anastasia, potresti cadere e farti male, il che sarebbe una diretta violazione della regola numero sette, che ora è diventata la sei.»

«Sono in pericolo fin dal giorno che ti ho incontrato, Mr Grey, con o senza regole.»

«Giusto.» Si ferma, e aggrotta la fronte.

All'improvviso, fa un balzo su di me, facendomi strillare e correre verso il tavolo del salone. Riesco a scappare, e a mettere il tavolo tra di noi. Il cuore mi batte forte e sono piena di adrenalina… Cavolo… è eccitante. Sono di nuovo una bambina, anche se queste cose non si fanno. Lo tengo d'occhio, mentre si avvicina a me con passo deciso. Mi sposto.

«Tu sì che sai come distrarre un uomo, Anastasia.»

«Il nostro scopo è il piacere, Mr Grey. Distrarti da cosa?»

«Dalla vita. Dall'universo.» Fa un gesto vago con la mano.

«Sembravi molto preoccupato mentre suonavi.»

Si ferma e incrocia le braccia con un'espressione divertita.

«Possiamo continuare così tutto il giorno, piccola, prima o poi ti prenderò, e in quel momento sarà molto peggio per te.»

«Non mi prenderai.» "Devo essere sicura di me." Me lo ripeto come un mantra. Il mio subconscio è pronto per la sfida, mi sollecita.

«Qualcuno penserebbe che non vuoi che io ti prenda.»

«Infatti non voglio. È proprio questo il punto. Per me la punizione è come per te essere toccato.»

Tutto il suo comportamento cambia in una frazione di secondo. Il Christian giocoso è sparito, e rimane a guardarmi come se gli avessi dato uno schiaffo. È livido.

«È così che ti senti?» mormora.

Quelle cinque parole, e il modo in cui le pronuncia, sono molto eloquenti. "Oh, no." Mi dicono così tante cose su di lui e su quello che prova. Mi parlano della sua paura e delle sue avversioni. No, per me non è così terribile. Proprio no.

«No, non mi dà così fastidio, ma era per darti l'idea» mormoro, guardandolo ansiosa.

«Ah» dice.

"Accidenti." Sembra completamente smarrito, come se gli avessi tolto il terreno da sotto i piedi.

Faccio un respiro profondo e giro intorno al tavolo fino a mettermi davanti a lui, per guardarlo negli occhi pensierosi.

«Lo detesti così tanto?» mormora, con uno sguardo inorridito.

«Be'... no» lo rassicuro. "Caspita, quindi è così che si sente al pensiero che qualcuno lo tocchi?" «No. È una sensazione conflittuale. Non mi piace, ma non lo detesto.»

«Eppure, ieri sera, nella stanza dei giochi, tu...» La voce gli muore in gola.

«Lo faccio per te, Christian, perché tu ne hai bisogno. Io no. Non mi hai fatto male ieri sera. Il contesto era diverso, e posso razionalizzarlo, e mi fido di te. Ma quando vuoi punirmi, ho paura che tu mi faccia male.»

I suoi occhi si incupiscono come il cielo prima della tempesta. Il tempo avanza e si dilata, e scivola via prima che lui risponda, a voce bassissima.

«Voglio farti male, ma non più di quanto tu riesca a sopportare.»

«Perché?»

Si passa una mano tra i capelli, e alza le spalle.

«Ne ho bisogno, e basta.» Si ferma e mi guarda angosciato, poi chiude gli occhi e scuote la testa. «Non posso dirtelo» mormora.

«Non puoi o non vuoi?»

«Non voglio.»

«Allora conosci il motivo.»

«Sì.»

«Ma non hai intenzione di dirmelo.»

«Se lo faccio, fuggirai da questa stanza e non tornerai più.» Mi guarda impaurito. «Non posso correre questo rischio, Anastasia.»

«Tu vuoi che rimanga.»

«Più di quanto immagini. Non sopporterei di perderti.»

"Oddio."

Mi guarda, e di colpo mi prende tra le braccia e inizia a baciarmi con passione. Mi coglie di sorpresa, e io avverto il panico e il bisogno disperato nel suo bacio.

«Non mi lasciare. Nel sonno hai detto che non mi avresti lasciato e mi hai supplicato di non lasciarti» mi mormora contro le labbra.

"Oh... le mie confessioni notturne."

«Io non voglio andare via.» Mi si stringe il cuore.

Quest'uomo è indifeso. La sua paura è evidente, scoperta, ma lui è perso da qualche parte nell'oscurità che lo avvolge. I suoi occhi sono spalancati, tristi e tormentati. Io posso calmarlo, posso unirmi a lui per un attimo nel buio e portarlo verso la luce.

«Fammi vedere» mormoro.

«Cosa?»

«Fammi vedere quanto può fare male.»

«Cosa?»

«Puniscimi. Voglio sapere quanto posso farmi male.»

Christian fa un passo indietro, confuso.

«Sei disposta a provare?»

«Sì, te l'ho detto.» Ma c'è un motivo in più: se faccio questo per lui, forse lascerà che lo tocchi.

Sbatte le palpebre. «Ana, mi confondi.»

«Anch'io sono confusa. Sto cercando di capirci qualcosa. Tu e io dobbiamo scoprire, una volta per tutte, se sono in grado di farlo. Se riesco a sopportarlo, poi forse tu...» Mi mancano le parole, e i suoi occhi si spalancano di nuovo. Sa che mi sto riferendo al fatto di essere toccato. Per un attimo, appare lacerato, ma poi una risolutezza d'acciaio si disegna sui suoi tratti. Lui stringe gli occhi, guardandomi soprappensiero, mentre soppesa le alternative.

Di punto in bianco, mi prende il braccio in una morsa e si gira, portandomi fuori dal salone, su per le scale, nella stanza dei giochi. Piacere e dolore, premi e punizioni... le sue parole di molto tempo fa mi riecheggiano nella mente.

«Ti mostrerò fino a che punto ti può fare male, così potrai decidere.» Si ferma davanti alla porta. «Sei pronta?»

Annuisco, decisa, e mi sento leggermente stordita, debole. Impallidisco.

Apre, poi, sempre tenendomi il braccio, prende quella che sembra una cintura dalla rastrelliera vicino alla porta, e mi trascina verso la panca di cuoio rosso in fondo alla stanza.

«Chinati sulla panca» mormora.

"Va bene. Posso farlo." Mi chino sul liscio, morbido cuoio. Lui mi ha lasciato addosso l'accappatoio. In una parte tranquilla del mio cervello mi sorprendo che non me l'abbia tolto. "Oddio, mi farà molto male... lo so."

«Siamo qui perché hai detto di sì. E perché sei scappata da me. Ti colpirò sei volte, e tu conterai insieme a me »

Perché diavolo non mi punisce e basta? Fa sempre tante cerimonie. Alzo gli occhi al cielo, sapendo che non può vedermi.

Solleva l'orlo del mio accappatoio e, per qualche ragione, mi sento più scoperta che se fossi nuda. Mi accarezza piano il sedere, passando la sua mano calda su entrambe le natiche e lungo le cosce.

«Farò quello che sto per fare così ti ricorderai che non devi mai scappare da me. Per quanto sia eccitante, non voglio che tenti di scappare mai più» mormora.

L'ironia della situazione non mi sfugge. Stavo scappando proprio per evitare quello che sta per farmi. Se avesse aperto le braccia, sarei corsa da lui invece di scappare.

«E poi hai alzato gli occhi al cielo. Sai cosa penso di quel gesto.» All'improvviso il tono di nervosismo e paura è sparito. Sembra tornato dal posto misterioso in cui si era ritirato. Lo sento dalla voce, dal modo in cui mi appoggia le dita sulla schiena, tenendomi ferma, e l'atmosfera nella stanza cambia.

Chiudo gli occhi, preparandomi al colpo. Arriva forte, schioccandomi sul sedere, e il morso della cinghia era quello che mi faceva più paura. Grido involontariamente e faccio un respiro profondo.

«Conta, Anastasia!» mi ordina.

«Uno!» grido, e suona come un'imprecazione.

Mi colpisce di nuovo, e il dolore pulsa e riecheggia lungo la cinghia. "Santo Dio... brucia."

«Due!» urlo. È un tale sollievo urlare.

Lui ha il respiro roco e spezzato, mentre il mio è quasi impercettibile, mentre frugo disperata nella mia psiche alla ricerca di un briciolo di forza interiore. La cintura mi solca la carne.

«Tre!» Le lacrime mi escono dagli occhi, mio malgrado. Dio, è più dura di quanto pensassi, molto più delle sculacciate. Non sta avendo nessuna pietà.

«Quattro!» grido, mentre la cintura mi colpisce di nuovo, e ormai ho il volto inondato di lacrime. Non voglio piangere. Queste lacrime mi fanno infuriare. Mi colpisce di nuovo.

«Cinque.» La mia voce è più che altro un singhiozzo strozzato, e in questo momento penso di odiarlo. Un altro, posso sopportarne un altro. Mi sembra di avere il sedere in fiamme.

«Sei» mormoro, mentre provo di nuovo quel dolore acuto, e lo sento gettare la cinghia dietro di me, poi mi prende tra le braccia, affannato e pieno di compassione... ma io non voglio saperne di lui.

«Lasciami andare... no...» E mi ritrovo a lottare per uscire dalla sua stretta, a respingerlo. A combatterlo.

«Non mi toccare!» sibilo. Raddrizzo la schiena e lo guardo, e lui mi sta fissando con gli occhi sbarrati, sconvolto, come se potessi morderlo. Mi asciugo rabbiosamente le lacrime con il dorso delle mani e gli rivolgo uno sguardo assassino.

«È questo che ti piace davvero? Vedermi così?» Mi strofino il naso nella manica dell'accappatoio.

Lui mi osserva, diffidente.

«Sei un bastardo squilibrato!»

«Ana» mi implora, sconvolto.

«Non osare chiamarmi Ana! Devi risolvere i tuoi cazzo di problemi, Grey!» Con queste parole, mi giro ed esco di corsa dalla stanza dei giochi, chiudendomi la porta alle spalle.

Stringo la maniglia dietro di me e mi appoggio al battente per un attimo. Dove vado? Scappo? Resto? Sono così furiosa, le lacrime mi scivolano lungo le guance, e me le asciugo rabbiosamente. Voglio solo rannicchiarmi in un angolo e riprendermi, in qualche modo. Ricomporre la mia fiducia a pezzi. Come ho fatto a essere così stupida? Certo che fa male.

Esitante, mi strofino il sedere. *Aah!* Brucia. Dove posso andare? Non in camera sua. Nella mia, o in quella che sarà mia, no, che *è* mia... che *era* mia. Per questo ha voluto che la tenessi. Sapeva che avrei avuto bisogno di prendere le distanze.

Mi lancio in quella direzione, sapendo che Christian potrebbe seguirmi. La stanza è ancora immersa nel buio, l'alba è solo un bagliore sopra i grattacieli. Salgo sul letto, dolorante, attenta a non sedermi. Tengo l'accappatoio e me lo stringo addosso, poi mi raggomitolo e mi lascio andare davvero… singhiozzando nel cuscino.

Cosa mi è venuto in mente? Perché ho lasciato che mi facesse una cosa del genere? Volevo l'oscurità, volevo capire quanto poteva farmi male… ma l'oscurità è troppo fitta per me. Non ce la faccio. Eppure, è così che lui si eccita.

Che brusco risveglio. Per la verità, lui mi ha lanciato diversi avvertimenti, più volte. Christian non è normale. Ha necessità che io non posso soddisfare. Ora me ne rendo conto. Non voglio che mi colpisca in quel modo mai più. Penso alle altre volte che mi ha picchiato e a come c'è andato piano con me, in confronto. Non potrebbe bastargli quello? Singhiozzo ancora più forte. Lo perderò. Non vorrà stare con me se non posso dargli questo. Perché, perché, perché mi sono innamorata di Mr Cinquanta Sfumature? Perché? Perché non posso amare José, o Paul Clayton, o qualcuno come me?

"Oh, il suo sguardo mortificato quando me ne sono andata. Sono stata così crudele, ero troppo scossa dalla sua brutalità… Riuscirò a perdonarlo?" I miei pensieri sono confusi e ingarbugliati, rimbalzano e mi risuonano dentro il cranio. Il mio subconscio è avvilito, e la mia dea interiore è scomparsa. Questo è un momento davvero buio per me. Mi sento così sola. Vorrei mia madre. Ricordo le parole con cui mi ha salutato all'aeroporto.

"Segui il tuo cuore, tesoro, e, per favore, cerca di non rimuginare troppo. Rilassati e divertiti. Sei così giovane, cara. Devi ancora fare tante esperienze, lascia che tutto vada come deve andare. Meriti il meglio in ogni cosa."

Ho seguito il mio cuore, e ho avuto in cambio un sedere dolorante e un'anima spezzata e piena d'angoscia. Devo andarmene. È finita… Devo andare via. Lui non va bene per me, io non vado bene per lui. Come può la nostra relazione funzionare? Il pensiero di non rivederlo quasi mi strangola…

Sento la porta che si apre. "Oh, no. È qui." Lui posa qualcosa sul comodino, e il letto si sposta sotto il suo peso mentre si siede di fianco a me.

«Ssh» mormora, e io vorrei allontanarmi da lui, spostarmi dall'altra parte del letto, ma sono paralizzata. Non posso muovermi e resto rigida, senza lasciarmi andare. «Non mi respingere, Ana, ti prego» sussurra. Con dolcezza, mi prende tra le braccia, affonda il naso tra i miei capelli, mi bacia il collo.

«Non odiarmi» mormora contro la mia pelle, con enorme tristezza. Mi si stringe il cuore e io mi abbandono a una nuova ondata di singhiozzi silenziosi. Lui continua a baciarmi con tenerezza, ma io mi mostro distaccata e diffidente.

Rimaniamo sdraiati così, senza dire una parola, per un'eternità. Lui mi tiene tra le braccia e, piano piano, mi rilasso e smetto di piangere. L'alba arriva e se ne va, e la luce morbida diventa più intensa mentre il mattino avanza, e noi siamo ancora sdraiati in silenzio.

«Ti ho portato un antidolorifico e un po' di crema all'arnica» dice lui a un certo punto.

Mi giro lentamente, per guardarlo negli occhi. Ho la testa appoggiata al suo braccio. Il suo sguardo è duro e circospetto.

Osservo il suo bellissimo viso. Lui non lascia trapelare niente, ma tiene gli occhi fissi nei miei, quasi senza sbattere le palpebre. Oh, è bello da mozzare il fiato. In poco tempo mi è diventato così caro. Gli accarezzo la guancia e gli sfioro la barba sfatta con i polpastrelli. Lui chiude gli occhi e sospira.

«Mi dispiace» mormoro.

Apre gli occhi e mi guarda confuso.

«Per cosa?»

«Per aver detto quelle cose.»

«Non mi hai detto niente che non sapessi.» Il suo sguardo si addolcisce, pare sollevato. «Mi dispiace di averti fatto male.»

Alzo le spalle. «Te l'ho chiesto io.» E ora so. Deglutisco a fatica. Ci siamo. Devo fargli il mio discorsetto. «Penso di non poter essere tutto quello che vuoi.» Lui sbarra gli occhi e mi guarda sorpreso. La sua espressione spaventata ritorna.

«Tu sei tutto quello che voglio.»

"Cosa?"

«Non capisco. Non sono obbediente, e ci puoi scommettere che non ti permetterò più di farmi quello che mi hai fatto. Ed è di questo che tu hai bisogno, l'hai detto tu.»

Chiude di nuovo gli occhi, e vedo una miriade di emozioni attraversargli il volto. Quando li riapre, ha lo sguardo vitreo. "Oh, no."

«Hai ragione. Dovrei lasciarti andare. Non sono l'uomo per te.»

Mi viene la pelle d'oca, ogni singolo follicolo del mio corpo si mette in allerta e il mondo mi scivola via da sotto i piedi, lasciando un immenso abisso spalancato in cui posso solo precipitare.

«Non voglio andarmene» mormoro. Al diavolo… è così. Adesso o mai più. Le lacrime mi riempiono gli occhi di nuovo.

«Nemmeno io voglio che tu te ne vada» sussurra, la voce roca. Mi accarezza piano la guancia, asciugandomi una lacrima con il pollice. «Ho iniziato a vivere da quando ti ho incontrato.» Il suo pollice mi sfiora il contorno del labbro inferiore.

«Anch'io» sussurro. «Mi sono innamorata di te, Christian.»

Lui spalanca gli occhi, per puro terrore.

«No» ansima, come se gli avessi dato un pugno nello stomaco.

"Oh, no."

«Non puoi amarmi, Ana. No… è sbagliato.» È inorridito.

«Sbagliato? Perché sbagliato?»

«Insomma, guardati. Non posso farti felice.» Ha la voce piena di angoscia.

«Ma tu mi fai felice.» Aggrotto la fronte.

«Non adesso, non se faccio quello che voglio fare.»

"Dio mio." Allora è davvero finita. È tutta qui la questione, incompatibilità, e mi tornano in mente tutte quelle povere sottomesse.

«Non supereremo mai questa cosa, vero?» mormoro, rabbrividendo per la paura.

Lui scuote tristemente la testa. Chiudo gli occhi. Non sopporto di guardarlo.

«Allora… è meglio che io me ne vada» mormoro, tirandomi su a sedere con un sussulto.

«No, non andartene.» Sembra in preda al panico.

«Non ha alcun senso che rimanga.» Di colpo, mi sento stanca, sfinita, e voglio andarmene subito. Scendo dal letto, e Christian mi segue.

«Devo vestirmi. Vorrei un po' di privacy» dico con voce piatta e incolore, lasciandolo in piedi in mezzo alla stanza.

Quando scendo al piano di sotto, guardo il salone, pensando che solo poche ore fa ho appoggiato la testa sulla sua spalla mentre lui suonava il piano. Sono successe tante cose da allora. Mi si sono aperti gli occhi e ho visto fin dove arriva la sua depravazione, e adesso so che non è capace di amare, di dare o ricevere amore. Le mie peggiori paure si sono realizzate. E, strano a dirsi, la cosa è liberatoria.

Il dolore è tale che rifiuto di riconoscerlo. Mi sento stordita. È come se fossi fuggita via dal mio corpo, e adesso sono un osservatore casuale della tragedia che si sta svolgendo. Torno su, mi faccio una doccia veloce, pensando solo alle azioni immediate: versare il bagnoschiuma dal flacone; rimettere il flacone sulla mensola; strofinare la schiuma sul viso, sulle spalle, e così via… tutte azioni semplici, meccaniche, che richiedono pensieri semplici e meccanici.

Esco dalla doccia e, dato che non mi sono lavata i capelli, ci metto poco ad asciugarmi. Mi vesto in bagno, tirando fuori jeans e maglietta dal bagaglio. I jeans mi sfregano il sedere, ma a essere sinceri sono felice di quel dolore perché mi distrae da quello che sta succedendo al mio cuore in frantumi.

Mentre mi chino a chiudere la valigia, mi cade l'occhio sul pacchetto del regalo di Christian: il modellino di un alian-

te Blanik L-23 da costruire. Rischio di mettermi a piangere di nuovo. "Oh, no..." Momenti felici, in cui c'era la speranza di avere di più. Tiro fuori il pacchetto, sapendo che
devo darglielo. Strappo un foglietto dal mio block-notes,
scribacchio un messaggio per lui e lo poso sopra la scatola.

> Questo mi ha ricordato un momento felice.
> Grazie.
> *Ana*

Mi guardo allo specchio: un fantasma stravolto. Mi lego
i capelli e ignoro le borse che mi sono venute sotto gli occhi a forza di piangere. Non riesco a credere che il mondo
mi stia crollando addosso, che tutte le mie speranze e i miei
sogni vadano in pezzi. No, no, non pensarci. Non adesso,
non ancora. Faccio un sospiro profondo, prendo la valigia
e dopo aver messo la scatola dell'aliante e il messaggio sul
cuscino di Christian, scendo verso il salone.

Christian è al telefono. Indossa un paio di jeans neri e
una maglietta. Ha i piedi scalzi.

«Cos'ha detto?» urla, facendomi sobbalzare. «Be', avrebbe anche potuto dirci la verità, cazzo. Dammi il suo numero, devo chiamarlo... Welch, è proprio un bel casino.» Alza
gli occhi torbidi e pensierosi e non li stacca più da me. «Tro-
vala» sbotta, e interrompe la chiamata.

Mi avvicino al divano e prendo lo zaino, facendo del mio
meglio per ignorare Christian. Tiro fuori il Mac e vado in
cucina, lo poso con cura sul bancone, insieme al BlackBerry
e alle chiavi della macchina. Quando mi volto verso di lui,
mi sta guardando inorridito.

«Ho bisogno dei soldi che Taylor ha avuto per il mio
Maggiolino.» La mia voce adesso è limpida e calma, priva
di emozione... "Incredibile."

«Ana, non voglio queste cose, sono tue» dice lui, incredulo. «Riprendile.»

«No, Christian. Le ho accettate solo per non discutere... e adesso non le voglio.»

«Ana, sii ragionevole.» Mi sgrida, persino in questo momento.

«Non voglio niente che mi ricordi te. Ho solo bisogno dei soldi che Taylor ha ottenuto per la mia auto.»

Mi guarda sbigottito. «Stai cercando di ferirmi?»

«No.» Aggrotto la fronte. Certo che no... ti amo. «Non sto cercando di ferirti, sto cercando di proteggermi» mormoro. Perché tu non mi vuoi come io voglio te.

«Ti prego, Ana, prendi questa roba.»

«Christian, non voglio litigare... Mi servono solo i soldi.»

Lui stringe gli occhi a fessura, ma non mi intimidisce più. O meglio, solo un po'. Lo guardo impassibile, senza sbattere le palpebre o ritrarmi.

«Ti va bene un assegno?» chiede, acido.

«Sì, penso di potermi fidare.»

Non sorride; si gira e sparisce nel suo studio. Lancio un'ultima, prolungata occhiata al suo appartamento, ai quadri sulle pareti, tutti così astratti, sereni... addirittura freddi. "Molto appropriati" penso distrattamente. I miei occhi indugiano sul pianoforte. Maledizione, se avessi tenuto la bocca chiusa, avremmo fatto l'amore su quel piano. O meglio, scopato, avremmo scopato su quel piano. Be', io avrei fatto l'amore. Quel pensiero indugia, triste e pesante, nella mia mente e in quel che resta del mio cuore. Non ha mai fatto l'amore con me, vero? Per lui è stato sempre solo scopare.

Christian torna e mi porge una busta.

«Taylor ha ottenuto un buon prezzo. È un'auto d'epoca. Puoi chiederlo a lui, ti porterà a casa.» Fa un cenno con la testa oltre le mie spalle. Mi volto, e Taylor è in piedi sulla soglia, in giacca e cravatta, impeccabile come sempre.

«Non occorre. Posso tornare da sola, grazie.»

Mi volto di nuovo, per guardare Christian, e vedo la rabbia a stento repressa nei suoi occhi.

«Intendi sfidarmi fino all'ultimo?»

«Perché cambiare l'abitudine di una vita?» Mi stringo nelle spalle.

Lui chiude gli occhi esasperato e si passa una mano tra i capelli.

«Per favore, Ana, lascia che Taylor ti accompagni a casa.»

«Vado a prendere l'auto, Miss Steele» annuncia Taylor in tono autoritario. Christian annuisce e, quando mi giro, Taylor è sparito.

Guardo Christian ancora una volta. Siamo a un metro di distanza. Lui fa un passo in avanti, e d'istinto io ne faccio uno indietro. Lui si ferma, l'angoscia nella sua espressione è palpabile, i suoi occhi sono in fiamme.

«Non voglio che tu te ne vada» mormora, la voce piena di desiderio.

«Non posso rimanere. So cosa voglio e tu non puoi darmelo, e io non posso darti quello di cui tu hai bisogno.»

Fa un altro passo avanti e io alzo le mani.

«No, per favore.» Indietreggio. Non potrei mai sopportare il suo tocco adesso, mi ucciderebbe. «Non posso farlo.»

Prendo la valigia e lo zaino, e mi dirigo verso l'atrio. Lui mi segue, a distanza di sicurezza. Preme il pulsante dell'ascensore, e le porte si aprono. Entro.

«Addio, Christian» mormoro.

«Addio, Ana» dice in un sussurro, e sembra completamente distrutto, un uomo in agonia, che riflette come mi sento dentro. Distolgo lo sguardo prima di cambiare idea e cercare di consolarlo.

Le porte dell'ascensore si chiudono e scendo nel ventre dell'edificio, verso il mio inferno privato.

Taylor mi apre la portiera dell'auto e io salgo sul sedile posteriore, evitando di guardarlo. L'imbarazzo e la vergogna mi soffocano. Sono un fallimento totale. Speravo di trascinare Christian nella luce, ma il compito si è dimostrato superiore alle mie scarse capacità. Cerco disperatamente di tenere a bada le mie emozioni. Mentre imbocchiamo la Fourth Avenue, guardo fuori dal finestrino senza vedere, e l'enormità di quello che ho fatto mi sommerge a poco a poco. "Merda, l'ho lasciato." L'unico uomo che abbia mai amato. L'unico uomo con cui abbia mai dormito. Ho un sussulto, mentre un dolore straziante mi attraversa, e gli argini crollano. Le lacrime mi rigano le guance, inarrestabili, mi affretto ad asciugarle con le dita, frugando nella borsa in cerca degli occhiali da sole. Quando ci fermiamo a un semaforo, Taylor mi offre un fazzoletto di stoffa. Non dice niente e non guarda nella mia direzione, e io gliene sono grata.

«Grazie» farfuglio, e quel piccolo, discreto gesto gentile è la mia rovina. Mi accascio sul lussuoso sedile e piango.

L'appartamento è penosamente vuoto e poco familiare. Non ci vivo da abbastanza tempo per sentirmi a casa. Vado nella mia stanza, dove, appeso alla testiera del letto, c'è un triste palloncino sgonfio a forma di elicottero: *Charlie Tango*. Sembra il riflesso del mio umore. Lo strappo con rabbia dal letto, spezzando lo spago e lo abbraccio forte. "Oddio… cos'ho fatto?"

Crollo sul letto, con le scarpe e tutto, e mi metto a urlare. È un dolore indescrivibile… fisico, mentale… metafisico… È ovunque, mi si infiltra nelle ossa. Una tragedia. Questa è una tragedia, e sono stata io a provocarla. Nel profondo di me stessa, un pensiero spontaneo e sgradito arriva dalla mia dea interiore, che ha un ghigno sul volto… il dolore fisico delle cinghiate non è niente, niente in confronto a questa devastazione. Mi raggomitolo, stringendo disperata il palloncino sgonfio e il fazzoletto di Taylor, e mi abbandono alla disperazione.

**Romantica, erotica, appassionante,
questa storia ti ossessionerà e ti travolgerà
come i suoi due protagonisti.**

Cinquanta sfumature di Nero
di E. L. James

Che cosa faranno ora Ana e Grey?

Il secondo romanzo dell'irresistibile trilogia
Cinquanta sfumature

Sconfortata dagli oscuri segreti del giovane e inquieto imprenditore Christian Grey, Ana Steele ha messo fine alla loro relazione per iniziare un nuovo lavoro in una casa editrice.

Ma l'attrazione per Grey domina ancora ogni suo pensiero e quando lui le propone di rivedersi, lei non può resistere. Presto scoprirà molto più di quanto avrebbe mai immaginato sullo sconvolgente passato dell'affascinante e tormentato Christian Grey.

Ma mentre lui combatte contro i suoi demoni interiori, Ana si trova di fronte alla decisione più importante della sua vita.

Una decisione che può prendere solo lei...

**Romantica, erotica, appassionante,
questa storia ti ossessionerà e ti travolgerà
come i suoi due protagonisti.**

Cinquanta sfumature di Rosso
di E. L. James

Ci sarà un lieto fine per Ana e Grey?

Il capitolo conclusivo dell'irresistibile trilogia
Cinquanta sfumature

Quando Ana Steele incontra per la prima volta Christian Grey, tra i due scatta una passione erotica travolgente che cambierà per sempre le loro vite.

Ana ha sempre saputo che amarlo non sarebbe stato facile e stare insieme li sottopone a sfide che nessuno dei due aveva previsto. Lei deve imparare a condividere lo stile di vita di Grey senza sacrificare la sua integrità e indipendenza e lui deve superare la sua ossessione per il controllo lasciandosi alle spalle i tormenti che continuano a perseguitarlo.

Ma proprio quando sembra davvero che tutto vada per il meglio, un tragico destino incombe, con il rischio che i peggiori incubi di Ana diventino realtà.

Arnoldo Mondadori Editore S.p.A.

Questo volume è stato stampato
presso Mondadori Printing S.p.A.
Stabilimento Nuova Stampa Mondadori - Cles (TN)

Stampato in Italia - Printed in Italy